STELLA CAMERON

Im Fieber

Buch

Der attraktive junge James St. Giles schwört Rache – Rache für all die Intrigen der Vergangenheit, für seine harte Kindheit, für den Verlust seines Adelstitels und des damit verbundenen Reichtums. Sein mächtigster Feind, der ihm und seiner Familie all dies Unrecht antat, hat jedoch eine schwache Stelle: seine bezaubernde, unschuldige Tochter Celine. So gibt James sich als wohlhabender Lord aus und versucht, Celine zu verführen. Doch die junge Schöne ist längst nicht so rein und weltfremd, wie sie aussieht – sie verfügt über eine rasche Auffassungsgabe und einen unbezähmbaren Willen. Daß eine vom Vater arrangierte Heirat nicht zustande kommt, paßt hervorragend in ihre Pläne. Denn glühende Leidenschaft treibt sie ausgerechnet in die Arme des unwiderstehlichen James ... Doch wird es ihr auch gelingen, seine rachedurstige Seele zu heilen?

Autorin

Im Fieber hat Stella Cameron in Amerika einen riesigen Publikumserfolg beschert und ihr einige Auszeichnungen eingebracht, zum Beispiel einen Preis der »Romance Writers of America«. Stella Cameron lebt mit ihrem Mann und den drei Kindern im Staate Washington, D.C.

Weitere Romane von Stella Cameron sind im Blanvalet Taschenbuch bereits in Vorbereitung!

STELLA
CAMERON

Im Fieber

Roman

Aus dem Amerikanischen
von Dinka Mrkowatschki

BLANVALET

Originaltitel: His Magic Touch
Originalverlag: Avon Books, The Hearst Corporation, New York

Umwelthinweis:
Alle bedruckten Materialien dieses Taschenbuches
sind chlorfrei und umweltschonend.
Das Papier enthält Recycling-Anteile.

Blanvalet Taschenbücher erscheinen im Goldmann Verlag,
einem Unternehmen der Verlagsgruppe Bertelsmann

Deutsche Erstveröffentlichung Juli 1998

Umschlaggestaltung: Design Team München
Umschlaggestaltung: Gadino/Schlück, Garbsen
Satz: Uhl + Massopust, Aalen
Druck: Elsnerdruck, Berlin
Verlagsnummer: 35035
Lektorat: SK
Redaktion: Barbara Gernet
Herstellung: Heidrun Nawrot
Made in Germany
ISBN 3-442-35035-2

1 3 5 7 9 10 8 6 4 2

1

»Sünde, mein Freund, beurteilt, genau wie Schönheit, das Auge des Betrachters.« Der Blick von James St. Giles, Earl of Eagleton, galt nicht seinem Gefährten, sondern der lärmenden, aufgetakelten Menge, die sich zur Abendvorstellung von *Romeo und Julia* im Royal Theatre des Covent Garden drängte.

Wie immer nahm sich der große Mann mit dem dunklen Teint, der selten von James' Seite wich, Zeit für eine Antwort, und als er schließlich sprach, klang seine leise Stimme wie immer leicht bedrohlich. »Ihr werdet mir ohne Zweifel den Autor dieser Weisheit nennen?« Won Tel stand im Schatten der roten Samtvorhänge der Loge, die Linien seines breiten Gesichtes mit den hohen Backenknochen waren nur schwach auszumachen in dem dämmrigen Licht.

James klopfte mit einem langen Finger an seine Unterlippe. »Diese Weisheit stammt aus dem Mund des Mannes, dessen Meinung ich am meisten vertraue: aus meinem eigenen.«

Won Tels Lachen hätte den meisten Leuten eine Gänsehaut über den Rücken gejagt. Er zupfte an seinem üppigen schwarzen Bart. »Wenn das stimmt, was ich nicht bezweifle, dann ist die Welt so ein Jammertal, wie ich es mir auch dachte. Dies erfüllt mich mit Gram!«

»Du, mein Freund, bist ein Lügner.« James gönnte seinem Diener ein dünnes Lächeln. »Du nährst dich von Sünde. Und das« – er schnippte mit einer Hand in Richtung des unruhigen Publikums, das sich auf fünf Etagen von Logen und Rängen drängte – »das sollte deine Überzeugung festigen, daß die englische Gesellschaft im Grunde verachtenswert ist. Vielleicht noch etwas Schlimmeres, dank dem Einfluß unseres ehrenwerten Regenten. Ich, für meinen Teil, betrachte mich als glücklichen Mann, dem es gelungen ist, so lange Zeit Abstand – sehr großen Abstand – zu halten.«

Das Publikum beachtete die leidenschaftliche Vorstellung auf der Bühne kaum. Alles gaffte, gestikulierte, jeder darauf erpicht, den anderen durch gewagte Albereien oder prächtige Garderobe zu übertrumpfen. James tat so, als merke er nicht, wieviel Aufmerksamkeit seine Person erregte. Da flatterten Fächer, Frauen kicherten, lehnten sich gefährlich weit aus den Nachbarlogen.

»Wir könnten immer noch Euren Plan verwerfen und nach Paipan zurückkehren, Mylord«, sagte Won Tel.

»Nicht, bevor ich nicht meine Mission in London ausgeführt habe!« James wirbelte herum und die volle Wucht seiner blitzenden grauen Augen traf den Begleiter. »Dieser *Plan*, wie du es nennst, bleibt so lange auf der Tagesordnung, bis die Sache *beendet* ist – bis ich das gewissenlose Paar ruiniert habe! Und denk dran, solange ich dich nicht anders instruiere, bin ich schlicht James Eagleton, Schiffsmagnat. Mein Onkel Augustus hat endlich akzeptiert, daß ich zwar den Titel anerkenne, aber erst wenn er mir nützen wird. Vergiß nicht, ich habe mir größte Mühe gegeben, den Tod meines Vaters sowie meine verwandtschaftliche Beziehung zu Augustus in England zu verheimlichen. Es wäre jammerschade, wenn irgendeine unvorsichtige Bemerkung von dir meinen Feinden meine Anwesenheit verriete. Vergiß den Namen St. Giles und denk nicht an den Titel – bis ich mich entschließe, ihn wie eine Axt gegen die Hälse von Darius und Mary Godwin zu schwingen.«

Won Tel verzog keine Miene. Bei der Verbeugung zeigte sich seine dunkelblaue Kappe, die aus derselben schweren Seide wie seine schmucklose, hochgeknöpfte Tunika genäht war; darunter trug er eine bauschige Hose in hohen, glänzenden Stiefeln ohne Absätze. Die Stiefel waren eine Spezialanfertigung, die ihrem Träger erlaubte, sich schnell und lautlos zu bewegen – ein Umstand, der nur James und seinen Freunden bekannt war. Zum Leidwesen der letzteren ging die Aufdeckung dieser Tatsache unweigerlich einher mit einer Aktion, die dem Opfer entweder den Willen oder die Möglichkeit, dazu einen Kommentar abzugeben, raubte.

Der Mann richtete sich auf und sagte mit unbewegter Stimme: »Dann ist meine Pflicht erfüllt. Bevor Euer Vater starb, habe ich ihm versprochen, Euch stets daran zu erinnern, daß für das Erledigen gefährlicher Angelegenheiten niemals nur eine Vorgehensweise besteht.«

James' Hände ballten sich über seinen Schenkeln zu Fäusten. Seine Muskeln waren gespannt wie Federn, und zwar seit dem Tag, an dem Francis St. Giles seinen Verletzungen, die ihm die Räder einer Kutsche zugefügt hatten, erlag. »Hier gibt es nur eine Möglichkeit. Die Godwins werden zu einem Nichts reduziert. Und ich *werde* kriegen, was mir zusteht – das rechtmäßige Erbe meines Vaters.« Er rutschte rastlos auf dem zierlichen vergoldeten Stuhl mit dem blauen Samtpolster herum, der offensichtlich nicht für ein solches Gardemaß geschaffen war. »Mein Auftrag lautet: Vergeltung!« Das war der letzte Wunsch seines sterbenden Vaters gewesen: James sollte in ihrer beider Namen Rache üben, aber diesen Pakt hatten der Lebende und der Tote stillschweigend geschlossen.

»Wie Euch beliebt. Die dritte Loge von links ist diejenige, die Ihr sucht, Mr. Eagleton. Auf diesem Rang. Sie befindet sich direkt gegenüber.«

James drehte sich nach vorn, kniff die Augen zusammen und nahm sein Opernglas. »Das hättest du mir sofort, als du es entdecktest, sagen müssen.«

»Ist geschehen, Mr. Eagleton«, sagte Won Tel mit seiner tonlosen Stimme.

James ersparte es sich, den näheren Einzelheiten nachzugehen. »Ich kann nicht… Dritte Loge von links? Auf diesem Rang?«

»Korrekt.«

»Da sind zwei Frauen in der Loge. Wo ist Godwin?«

Won Tel hob das eigene Opernglas. »Das Mädchen muß seine Tochter sein. Die Frau –«

»Die Frau interessiert mich nicht. Sie ist offensichtlich eine Art Gesellschafterin.« James richtete das Glas auf das Mädchen. »Aber sie sieht nicht wie Godwins Tochter aus. Und die andere ist für ihre Mutter zu jung. Verflucht! Dein Informant hat dich im Stich gelassen ... und mich.«

»Mr. Eagleton –«

James ließ Won Tel mit einer Handbewegung verstummen. »Ich hatte mit dieser Gelegenheit, Kontakt aufzunehmen, gerechnet. Mein Geschäft *muß* schnell erledigt werden. Die Godwins haben mich mehr gekostet – meine *Familie* mehr gekostet – als ihre zwei armseligen Leben wert sind.«

»Und dennoch wollt Ihr ihnen die Hauptsache lassen.«

»Oh ja«, murmelte James. »Ihr armseliges Leben können sie behalten, auch wenn sie dafür nicht besonders dankbar sein werden, nehme ich an. Geh jetzt und finde raus, wo die beiden stecken. Ich habe keinen Grund, in diesem Zirkus zu bleiben, wenn Darius und Mary Godwin nicht hier sind.«

Won Tel glitt wortlos durch die Vorhänge, die die Loge abschlossen.

Der energische Herr widmete sich einen Augenblick den bedauernswerten Schauspielern auf der Bühne, dann ließ er sein Opernglas noch einmal über die gegenüberliegenden Sitze schweifen, versuchte Gesichter zu entdecken, die zu den Beschreibungen seines Vaters paßten.

Sinnlos. Francis St. Giles hatte die Godwins so geschildert, wie sie vor zwanzig Jahren ausgesehen hatten – und das Werk der Zeit außer acht gelassen.

James sah sich noch einmal durch das Opernglas die beiden Frauen an, die für ihn keinerlei Bedeutung besaßen. Sie waren höchstens insofern bemerkenswert, weil ihre ganze

Aufmerksamkeit dem Schauspiel auf der Bühne galt. Die ältere, dunkelhaarige mochte so um die dreißig sein, ein schlankes Wesen mit ernstem Gesicht, das man durchaus als anziehend bezeichnen konnte. Ihr strenges schwarzes Kleid, von extrem schlichtem Schnitt, wies sie als eine Art gehobene Dienerin aus.

Und die andere…

»Wir sind in Schwierigkeiten, Mr. Eagleton.« Won Tel glitt neben James. »Die Godwins sind noch nicht in London.«

»Was?«

»Die Godwins sind…«

»Ich hab dich gehört, verdammt noch mal. Was, in Gottes Namen, sagst du da? Laut unserer Information sollten sie sich seit Anfang April hier befinden. Heute ist bereits der zehnte.«

»Sie haben es sich anders überlegt. Aber nur Mut. Es heißt, sie können jeden Tag eintreffen. Und das Mädchen *ist* Celine Godwin, die Tochter.«

James hob sehr langsam noch einmal das Glas.

»Die Godwins wollen sie in dieser Saison in die Gesellschaft einführen«, fuhr Won Tel fort. »Das ist der Hauptgrund für ihre Anwesenheit in London.«

»Gerade hast du gesagt, sie seien *nicht* in London.«

»Sie werden hier sein. Das Mädchen und ihre Gesellschafterin wurden vorausgeschickt.«

Entweder trügte ihn das Glas, oder der Backfisch sah deutlich anders aus, als man ihm das Fräulein beschrieben hatte.

Won Tel legte eine Hand auf James' Schulter. Diese Geste bildete die einzige Vertraulichkeit, zu der es je zwischen ihnen kam. Das erste Mal, als Won Tel dieses beruhigende Signal benutzt hatte, war James gerade zwölf gewesen und Won Tel knapp neunzehn. In den mittlerweile fast zwanzig vergangenen Jahren hatte es viele Situationen gegeben, deren Spannung nach einer beruhigenden Hand für James verlangte.

»Außerdem hört man, daß die Godwins wahrscheinlich in finanziellen Engpässen stecken.«

James erstarrte. Sein Blick blieb unverwandt auf die hohe Gestalt mit dem Goldhaar gerichtet, deren meergrünes Seidengewand – wenn seine Augen ihn nicht täuschten – bar jeder Verzierung und etwas verschnitten war.

»Wie gesagt wird, hoffen sie durch Miss Celines Heirat ihre leeren Taschen etwas zu füllen. Komischerweise scheint es bereits einen Heiratsantrag von einem sehr vermögenden Bewerber zu geben. Würden Sie nicht sagen, daß das die Ausgaben für ein Debüt eigentlich überflüssig macht?«

»Bin ganz deiner Meinung«, James lächelte grimmig. »Zweifelsohne wirst du bald herausfinden, was hinter all dem steckt.« Won Tels geheimnisvolles Talent, exzellente Informationen an Land zu ziehen, wurde nur übertroffen von seiner Intuition; das war niemandem als James und der schönen Liam bekannt, dem einzigen weiteren menschlichen Wesen, dem er blind vertraute. Seit dem Tod von Francis St. Giles hatte Won Tel kaum Worte mit jemandem außer James und der kleinen Chinesin gewechselt.

Der erste Akt des Stücks näherte sich seinem Ende, begleitet von einem Crescendo animalischen Gejaules und brüllenden Gelächters. James lehnte sich im Stuhl zurück und ließ einen Arm über die Lehne baumeln. »So, das Mädchen soll Godwin einen Lebensstandard verschaffen, der ihm nie zugestanden hat.«

»Gut möglich.«

»Würdest du sagen, das macht sie zu seinem wertvollsten Besitztum?«

»Wie es scheint, besteht kein Zweifel, daß diese Tochter ihren Eltern einiges bedeutet.«

James legte einen Daumen unter das Revers seines vollendet geschnittenen schwarzen Jacketts und warf sich in die Brust. »Genau. Sehr großen Wert, in der Tat! Komm. Der Abend läßt sich möglicherweise doch noch zu meinem Vorteil nutzen.« Die prachtvollen Lüster, die von der Kuppeldecke hingen, erstrahlten in vollem Glanz, das Signal für die Pause, und James verließ rasch mit Won Tel auf den Fersen die Loge. »Hiermit eröffne ich den ersten Schachzug auf mein Ziel zu. Wir wissen beide, daß ich vorhabe, Mr. und Mrs. Godwin keinerlei Werte zu überlassen. *Gar nichts*.«

Celine klatschte, bis die Bühne leer war und allein die wunderschöne, Mr. Shakespeare so angemessene Tempelkulisse übrigblieb.

»Wie schade, daß Mama und Papa nicht hier sein können, um etwas so Wunderbares zu sehen«, sagte Celine zu der lieben Lettie Fisher. »Ich darf nicht vergessen, mich bei ihnen für alles zu bedanken, was sie für mich tun.«

»Unbedingt mußt du das.«

Celine wußte ohne hinzusehen, daß ihre Gefährtin ein wissendes Lächeln verbarg. »Du findest mich wahrscheinlich kindisch, nicht wahr, Lettie?«

»Ich finde dich entzückend. Das warst du übrigens *immer* und Gott sei Dank ist es ihnen nicht gelungen ... Erfreulicherweise hat dein fröhliches Gemüt doch die Oberhand behalten.« Letties Dorset-Akzent war unverkennbar.

Celine senkte die Wimpern und versuchte, züchtig dreinzuschauen. »Ist das nicht eine höfliche Umschreibung dafür, daß ich eine vollendete Schauspielerin und Heuchlerin bin?« Sie und Lettie hatten einen Pakt geschlossen: Bei Gesprächen, die die bizarreren Elemente ihrer Erziehung berührten, erwähnten sie Celines Eltern nie namentlich.

»Jedenfalls hast du es überlebt, Kind. Dem Herrn sei Dank!«

Lettie war Celines Hüterin gewesen, ihre einzige Hilfe während ihrer gesamten Kindheit, bevor Mama und Papa sie an Celines vierzehntem Geburtstag offiziell zu ihrer Gesellschafterin und Zofe ernannten.

Celine wandte sich jetzt dem Schauspiel der Dandys zu, die vor dem Orchestergraben auf- und abstolzierten. »Warum geben sie sich derartige Mühe, so dumm auszusehen?«

»Die Dandys?« Lettie beugte sich vor, um einen besseren Überblick zu bekommen.

»Ja, sieh doch, wie sie posieren. Es ist ein Wunder, daß die Höhe und Steifheit ihrer lächerlichen Krawatten sie nicht ersticken läßt.« Sie seufzte. »Gibt es denn gar keine Männer, die es wert sind, so genannt zu werden, und die noch nicht verheiratet sind?«

Lettie kicherte. »Ich neige dazu zu bezweifeln, daß überhaupt ein Mann existiert, der deinen schwindelerregenden Maßstäben gerecht würde.«

»Was ist denn daran so schwindelerregend, daß ich einen guten, unverfälschten Mann heiraten will, und zwar aus Liebe?« Celine klappte den steifen grünen Spitzenfächer zu, den sie glücklicherweise als Dreingabe beim Kauf ihres Kleides bekommen hatte. »Oh, Lettie, wenn doch nur Bertram Letchwith das Offensichtliche erkennen würde!«

»Und das wäre …?«

»Na ja, meine Größe, Langweiligkeit und mein Aussehen. Dann würde er seine Meinung ändern und den Antrag zurückziehen.«

»Da diese Selbsteinschätzung blanker Unsinn ist, wirst du ohne Zweifel vor Jahresende Mrs. Letchwith sein.«

Lettie klang genauso verzweifelt, wie Celine sich bei der Aussicht auf die Heirat mit diesem fetten, ältlichen Kaufmann fühlte, den ihre Eltern um jeden Preis als Schwiegersohn haben wollten. Letchwith war zumindest so betagt wie Papa und hatte einen unverheirateten, erheblich älteren Sohn als Celine. Percival, noch unattraktiver als Bertram Letchwith selbst, lebte nach wie vor bei seinem Vater und begleitete ihn brav auf Schritt und Tritt.

»Es *muß* einen Ausweg geben«, murmelte Celine. »Es *muß*. David hat mir das Gefühl beschrieben, wenn man jemanden trifft, mit dem man sich in echter Zuneigung verbindet.«

»David Talbot ist ein vertrauenswürdiger Mensch«, sagte Lettie über den jungen Geistlichen der Gemeinde Little Puddle, dem Dorf nahe bei Knighthead, der Heimat der Godwins in Dorset. »Das war er auch schon als kleiner Junge.« David, der Sohn von Little Puddles früherem Vikar, hatte im selben Dorf das Licht der Welt erblickt.

»Du teilst Davids Meinung zum Thema Liebe nicht?«

»Unbestreitbar ist er genauso ein Träumer wie du, und trotz seiner Angewohnheit, sich in Auseinandersetzungen einzumischen, die ihn nichts angehen, finde ich es zu schade, daß ihr beiden nicht…«

»Still, Lettie! Ich hab dir schon einmal gesagt, daß David mir ein sehr lieber Freund ist – mehr nicht. Ich werde den Mann, den ich heiraten möchte, sofort erkennen, falls und wenn ich ihm begegne. Also jetzt verdirb uns nicht einen herrlichen Abend mit diesem deprimierenden Geplapper.«

»Du hast mit dem, was du deprimierendes Geplapper nennst, angefangen. Das tust du immer – mindestens ein dutzendmal am Tag. Ich würde wirklich gerne wissen, was für einen Typus wir eigentlich suchen. Werde ich den Kandidaten erkennen?«

»Pfui!« Verärgert zog Celine die Schultern hoch; doch da fiel ihr ein, wie gefährlich sich dabei ihr Kleid um ihren Busen spannte und sie korrigierte ihre Haltung sofort. »*Ich* werde ihn erkennen, und das genügt. Schließlich handelt es sich um *meinen* Gemahl.«

»Miss Godwin?«

Celine machte einen kleinen Satz, drehte sich im Stuhl um und errötete bis in die Haarspitzen. Ein großer Mann – wirklich groß – stand in der Loge, kaum einen Meter entfernt. Er mußte ganz leise eingetreten sein… so leise, daß er vielleicht schon dagewesen war, als sie mit Lettie über… Peinlich, aber er hatte hoffentlich nicht gelauscht…

Der Herr verbeugte sich. Seine Haare waren schwarz und etwas lockig, auf eine Art, die Celine unwiderstehlich fand. Und seine Schultern sahen bemerkenswert stattlich aus unter einem tadellosen schwarzen Jackett, das seine schneeweiße, betont unauffällige Krawatte, Hemdbrust und Manschetten hervorhob.

Er richtete sich wieder auf. Sein Gesicht war klug, mit einer kühnen Nase, starken Wangenknochen und einem breiten, festen Mund. Freundlich lächelnd zeigte er seine kräftigen Zähne. Bei diesem Lächeln bemerkte Celine seine Augen und ihr stockte der Atem. So etwas hatte sie noch nie gesehen: Stahlgraue Iris, schwarz gefleckt und umringt, blickten sie so unverwandt an, daß sie das Gefühl hatte, bis in ihr Innerstes durchschaut zu sein.

»Habe ich Sie erschreckt, Miss Godwin?«

»Ich… nein, oh, du meine Güte, nein!« Sie klang genau wie diese hirnlosen Gänse, die in so irritierender Zahl bei jedem Londoner Ereignis, an dem sie bis jetzt teilgenommen hatte, vertreten waren. »Sie haben mich nur überrascht, Sir.«

»Kennen Sie und Miss Godwin sich?« Lettie schien von dem Besucher nicht sonderlich beeindruckt zu sein. »Ich bin Lettie Fisher, Miss Godwins Gesellschafterin. Sind wir uns schon einmal begegnet?«

Er lächelte, diesmal richtig, und in seinen Wangen erschienen tiefe Grübchen. »Nein, Madam, und ich muß mich wirklich für meinen impulsiven Entschluß, mich Ihnen einfach zu nähern, entschuldigen.«

Jetzt wandte er seine Aufmerksamkeit Lettie zu und Celine musterte den ganzen Mann: von seinem ausgesprochen ansprechenden, gebräunten Gesicht bis zu den breiten Schultern – er brauchte sich nicht mit Watte auszustopfen – einem flachen Bauch, schmalen Hüften und beeindruckend kräftigen Beinen, die die engen Hosen und Seidenstrümpfe so perfekt ausfüllten, daß Celine sich gar nicht satt sehen konnte. Wie mußten die bierbäuchigen, spindelbeinigen Bertram Letchwiths dieser Welt solche Prachtexemplare hassen!

Als Celines Blick wieder nach oben wanderte, begegnete sie erneut diesen beunruhigend blinkenden Augen. Sie sah davon ab, noch einmal zu erröten, oder den Blick auf die vorschriftsmäßig schickliche Art zu senken. »Was veranlaßt Sie denn, sich uns zu nähern?« fragte sie ihn mit eisiger Stimme, die ihr selbst ganz fremd erschien. Aber sie bemerkte das seltsame Gefühl in ihrer Brust und die Wärme, die andere Teile von ihr durchströmte. Das mußten jene Regungen sein, vor denen David sie gewarnt hatte, Bewußtseinstrübungen, die für den Untergang vorher völlig respektabler Frauen verantwortlich waren.

»Darf ich, Miss Godwin?«

Celine lauschte seiner tiefen, dröhnenden Stimme, als sie merkte, daß er ihr seine große, gebräunte Hand bot. Sie zögerte, bevor sie ihre Hand leicht auf die seine legte – und preßte ihre Linke an den Hals, als er sich bückte, um mit seinen Lippen über ihre äußerst sensible Haut zu streichen. Sie warf Lettie einen Blick zu, doch diese lächelte nur. Er ließ sich viel zu lange Zeit für das, was höchstens ein Hauch von Berührung sein sollte.

Celine entzog ihm mit einem Ruck ihre Hand. »Kenne ich Sie, Sir?«

»Verzeiht mir«, sagte er. »Ich hatte nicht erwartet, daß Sie so… Das heißt… Bitte verzeiht, daß ich so linkisch bin.« Erneut verbeugte er sich und schien um Worte zu ringen.

Er hatte nicht erwartet, daß sie so – was? Celines Mund verzog sich zu einer strengen Linie. Erst mal sollte David von ihrer bewundernswerten Reaktion unter den allerschwierigsten Umständen hören!

»Oh, entschuldigt meine Unhöflichkeit«, sagte der Mann

abrupt. »Ich bin James Eagleton, bis vor kurzem beheimatet in Paipan, einer kleinen Insel im Südchinesischen Meer. Soeben komme ich von dort nach England zurück, und vermutlich muß ich mich wieder an die Manieren der – wollen wir es *zivilisierten* Welt nennen? – gewöhnen.«

Sein Lächeln entwaffnete Celine, und sie erlaubte auch ihren Lippen, sich ein wenig zu kräuseln – aber kaum merklich. »Waren Sie lange im Orient?« Natürlich sollte sie einem Fremden keine Fragen stellen, aber er machte sie so ungeheuer neugierig; allein die Erwähnung exotischer fremder Orte schickte ein Kribbeln der Erregung durch ihren Körper. Nachdem er praktisch ein Ausländer war, erklärte das sein höchst ungewöhnliches Auftreten und wahrscheinlich auch seine gebräunte Haut.

»Seit meiner Kindheit habe ich in Übersee gelebt, natürlich abgesehen von meiner Internatszeit in englischen Schulen. Aber bestimmt fragen Sie sich, wieso ich mir die Freiheit genommen habe, Sie anzusprechen.«

Hatte sie das nicht bereits zu Anfang geäußert?

»Meine Loge liegt gegenüber.« Er machte eine vage Handbewegung. »Jemand, der vorbeikam, um sich vorzustellen, hat Sie bemerkt und Ihren Namen erwähnt.«

Celine warf einen Blick quer durchs Theater. »Ich bin überrascht, daß Sie beide mich überhaupt sehen konnten. Sicherlich haben Sie eins dieser neuen Operngläser, die die Leute jetzt benutzen.«

Einen Augenblick lang schien es ihr, als würde sein Blick nachdenklich. »Genau. Aber das ist unwichtig. Wie ich höre, leben Sie in Dorset?«

»Das stimmt.« Warum, in aller Welt, machte sich ein so offensichtlich erfolgreicher und gutaussehender Mann die Mühe, ausgerechnet sie anzusprechen?

»Wie nett! Gerade habe ich mir selbst dort einen Besitz erworben.«

Sie unterdrückte eine Bemerkung darüber, daß Dorset

nicht unbedingt eine kleine Grafschaft war, und viele Menschen dort lebten.

»Also, ich war höchst überrascht zu erfahren, daß Sie tatsächlich in Knighthead residieren!«

Celine erstarrte. »Sie kennen mein Zuhause?«

»Ich habe davon gehört. Es liegt etwas nördlich von dem Dorf Little Puddle.«

»Hm!« Unter seiner straffen weißen Seidenweste sah Mr. Eagletons Brust wirklich erstaunlich kräftig aus. »Ja, in der Nähe von Little Puddle...«

»Ein entzückendes Landschloß aus der Zeit Jacobs I. von bescheidenen, aber ausgewogenen Proportionen. Einige der beneidenswertesten Bleiglasfenster, die es in einem Privathaus gibt... sagte man mir. Und die Gärten... besonders sie sollen äußerst reizvoll sein, das Ergebnis großer Mühe von...« Ein Muskel zuckte in seiner Wange, aber dann lächelte er – etwas steif, dachte Celine. »Vielleicht bin ich ein wenig durcheinander. Angeblich hat dort eine Lady gelebt, die verantwortlich für den Rosengarten und die allgemeine Gestaltung des restlichen Grundstücks war. Sie liebte weite Rasenflächen und hatte eine höchst ungewöhnliche Art, überall Rhododendronbüsche und ähnliches mitten hineinzusetzen. Habe ich recht?«

Celine runzelte die Stirn. Der Mann brachte sie aus der Fassung. »Sie beschreiben die Gärten genau, Sir. Was allerdings die Gestaltung betrifft, irren Sie sich. Meine eigene Mutter erzählt mir oft, was für eine mühsame Aufgabe es war, den Besitz in seine jetzige Form zu bringen. Offensichtlich bedurfte es noch sehr vieler Arbeit, als mein Vater es gekauft hatte.«

Mr. Eagleton hob sein kantiges Kinn und starrte über Celines Kopf hinweg, als erblickte er etwas Bestimmtes – das ihn wütend machte? Sie schwieg. Lettie neben ihr hatte sich dem Theaterraum zugewandt und studierte eifrig das Programm.

Leider vermochte Celine den Blick nicht von diesem reglosen Riesen zu lösen, der so kraftvoll erschien, daß seine Gegenwart die enge Loge förmlich sprengte. Die kleinen Panikwellen, die durch ihren Magen glitten, fand sie seltsam, aber nicht ganz unangenehm. Offen gestanden kamen sie jenen Emotionen recht nahe, die David ihr so drastisch beschrieben hatte: Lust! Lust, die nur ihren Körper beherrschte und höchstens am Rande etwas mit dem Kopf zu tun hatte. Diese Art von Lust, pflegte David sie zu warnen, könnte zu heimtückischer fleischlicher Erregung führen, die in Zaum zu halten fast unmöglich wäre, bevor sie sie in... heillose Leidenschaft stürzte.

Ein Schauder durchfuhr Celine. Sie wußte nur allzu genau, welches Schicksal Frauen erwartete, die sich davon verführen ließen. Genug von diesen törichten Gedanken! »Danke für Ihren Besuch, Mr. Eagleton. Ich hoffe, daß Sie sich in Dorset wohl fühlen.«

Es kostete James einige Mühe, sich soweit zu beruhigen, daß er die junge Dame noch einmal anschauen konnte. Dabei war sie wirklich eine Augenweide. »Zweifellos wird es mir gefallen«, sagte er, eisern bedacht darauf, daß seine Stimme nichts von dem wilden Zorn verriet, der in seinem Herzen pochte. Diese Godwin hatte es tatsächlich gewagt, die Lorbeeren für die Kreationen im geliebten Garten seiner zarten Mutter, den sie unter Zwang hatte verlassen müssen, einzuheimsen. Und Darius Godwin hatte seine eigene Tochter belogen. Nach so langer Zeit hatten diese Lüge offensichtlich alle als Tatsache akzeptiert. Jedermann – außer Augustus St. Giles, Dritter Marquess von Casterbridge, und James. Letzterer war der Neffe des Marquess und sein einziger Erbe. Nach James' kürzlicher Ankunft in England hatte der kinderlose Marquess den einzigen Sohn seines verstorbenen jüngeren Bruders Francis mit Freuden auf dem prunkvollen Familiensitz Morsham Hall an der Küste von Dorset willkommen geheißen. Der Earl of Eagleton traf nach den Worten des alten Mannes, »ein als Antwort auf ein sehr dringliches Gebet – als die Aussicht auf eine Zukunft für eine uralte Familie, die vom Aussterben bedroht ist.«

Der zweite Akt des Stücks begann – aber da saß Celine Godwin immer noch vor ihm, und er fühlte sich wie festgenagelt zwischen den gähnenden Fängen alten Verrats und der Aussicht darauf, was für ein Werkzeug dieses üppige Mädchen werden könnte.

»Wann kehren Sie nach Knighthead zurück?« hörte er sich fragen.

Ihre schmalen Brauen schossen nach oben, um ihm zu zeigen, daß sie sich der Impertinenz seiner Frage wohl bewußt war.

»Verzeiht, wenn ich Sie mit meiner Neugier belästige. Ich bewege mich schon lange nicht mehr in gesellschaftlichen Kreisen und vergesse ständig, wie streng hier die Regeln sind.« Er log, aber das würde sie wohl kaum je erfahren. »Blackburn Manor ist das erste englische Zuhause, das mir gehört. Ich bin wie ein Kind mit einem neuen Spielzeug.« Plötzlich kam ihm der flüchtige Gedanke, daß eine andere Art von Spielzeug bei ihm längst überfällig war. James hatte Frauen immer mit Leichtigkeit erobert, aber der Gedanke an diese leichte Beute langweilte ihn. Die Frau vor ihm indessen könnte alles andere als das Übliche sein... unter Umständen sogar genau das, was er brauchte.

»Blackburn Manor?« Sie beugte sich vor und James stellte mit einer gewissen Verspannung zwischen den Beinen fest, daß die Fülle ihrer hohen Brüste ein im übrigen durchaus schmeichelhaftes Kleid so schlecht sitzen ließ. »Wenn es das Blackburn Manor ist, das ich kenne, gehörte das Haus dem alten Squire Loder, bevor er starb; es liegt kaum drei Meilen von Knighthead entfernt.«

James' Mund wurde trocken. »Genau das ist es«, bestätigte er. Himmel, sie war wirklich ein Leckerbissen. Die kleinen durchsichtigen Ärmel, die das Kleid um ihre sanft gerundeten milchzarten Schultern halten sollten, waren zu knapp und soeben im Begriff, mit jeder unbewußten Bewegung weiter ihre Arme hinunterzurutschen. »Wenn ich recht verstehe, waren Sie schon einmal dort?«

»Nicht direkt im Haus. Der Squire lebte ziemlich zurückgezogen, so hieß es jedenfalls. Aber ich reite sehr viel, weil…« Sie zögerte. »Reiten macht mir große Freude und so streife ich mehrmals die Woche durch die Gegend.« Sie wandte ihr Gesicht ab und holte tief Luft. Die Bewegung befreite fast eine ihrer blassen, aufrechten Brustknospen.

James schluckte und biß sich fest in die Unterlippe. Die köstlichen Rundungen weckten in ihm die Begierde, die Haut, die wie elfenbeinfarbener Satin glänzte, zu berühren, die Corsage hinunterzuziehen, bis er seine Hände mit ihnen füllen konnte, sie in süß duftendes Gras zu schieben, oder in weiche Laken; oder er kostete gleich auf der Stelle ihre vollen Lippen, ihren Hals, diesen verlockenden Nippel, der unter seinen Zähnen hart würde. Und wenn sie dann begänne zu wimmern und sich zu winden, um all das zu betteln, was ein Mann ein Mädchen lehren konnte, dann würde er sich mit dem Rest Zeit lassen…

Er spannte seine Schenkel – dankenswerterweise waren die Lichter soweit gedämpft, daß sie den körperlichen Beweis für die Bilder, die seine Phantasie so lebhaft beschwor, kaschierten.

»Ich wünsche Ihnen viel Freude mit Ihrem Spielzeug«, sagte Celine plötzlich.

Die Vorstellung, daß sie seine Gedanken so unmittelbar erfaßte, verschlug ihm fast die Sprache. Freilich meinte sie das Herrenhaus. »Ja. Danke.« O ja, hier versprach er sich manche Freuden – oder eher eine ungeheure Befriedigung, womit er gleichzeitig von gewissen anderen eine teure Entschädigung für ihre Habgier einforderte.

»Ist etwas nicht in Ordnung, Mr. Eagleton?«

»Im Gegenteil!« Sie mußte etwas von dem Tumult, der in ihm tobte, spüren – und seine Erregung. »Hoffentlich erlauben Sie mir, Ihnen einen Besuch abzustatten?« Offensichtlich hatte er doch nicht alles über gesellschaftliche Formen vergessen.

Bei ihrem offenen Blick verschränkten und verkrampften sich seine Hände auf dem Rücken. Sie war eine junge Juno, ein Mädchen wie aus Honig und Sahne, mit ihrem reichen, schweren Haar. Bestens konnte er sich vorstellen, wie dieses Haar sich aus seinen Spangen löste und über ihre Schultern fiel, durch seine Finger glitt und über diese voluminösen Brüste.

»Darf ich Ihnen bald einmal meine Aufwartung machen, Miss Godwin?« Sie mußte hören, wie belegt seine Stimme klang.

»Sie sind sehr freundlich. Aber ich werde erst am Ende der Saison nach Dorset zurückkehren. Sonst wäre es mir natürlich eine Freude, Sie zu empfangen.«

Aufgepaßt, mein hinreißender Fang! Ich werde dich zu meiner Trophäe machen. Ja, du sollst mein Spielzeug werden. »Eigentlich wollte ich Ihnen gern einen Besuch abstatten, wo Sie derzeit logieren.«

»Oh!« Für einen Augenblick geriet ihre eiserne Reserviertheit deutlich ins Wanken. »Wir wohnen in der Curzon Street. Aber ich bin mir nicht sicher …«

Er lächelte beschwichtigend. »Danke. Auf ein Wiedersehen also?«

»Das könnte sein!« Ihre Wimpern senkten sich und James zog sich zurück.

Der Earl von Eagleton schloß die Vorhänge der Loge und ging zu Won Tel, der am Ende des Korridors wartete.

»Ihr seht aus wie ein Mann, der aus einer Schlacht kommt«, bemerkte Won Tel. »Einer, der gekämpft und gewonnen – und jeden Augenblick genossen hat.«

»Wie immer sind deine Beobachtungen bemerkenswert. Es ist mir etwas gelungen – zumindest für den Augenblick.« Er schritt weiter bis zur Treppe und sprang beschwingt abwärts. »Diese Schlacht war nur ein Scharmützel, mein Freund. Vor uns liegt der Krieg; aber erstaunlicherweise sehe ich dem mit wesentlich mehr Freude als erwartet entgegen.«

»Würdet Ihr ...«

»Das erklären?« James lachte. Sie waren in einem unteren Foyer angelangt, und er schritt weiter aus. »Ja, ich werde es erklären. Ich habe gerade ein schönes Mädchen mit einer prachtvollen Erscheinung kennengelernt. Sie hat riesige löwenfarbene Augen, die ihr eisiges Gehabe Lügen strafen. Ein junges Weib wie eine Naturgewalt, schreckhaft, aber neugierig, geschmeidig und gelenkig, ungezähmt und reif. Donnerwetter, wie reif sie ist!«

Won Tel lachte. »Sprechen wir von Miss Godwin?«

»In der Tat, erraten!« Sie hatten die Straße erreicht und James winkte seinem Kutscher, der mit den anderen seiner Zunft beisammenstand und sich die Zeit während der Vorstellung mit Schwatzen vertrieb. »Won Tel, diese Nacht hat uns weit mehr gebracht, als ich mir hätte träumen lassen. Soeben ist mir die Bekanntschaft einer Frau in den Schoß gefallen, mit deren Hilfe ich ans Ziel meiner sämtlichen Pläne gelangen könnte.«

»Das freut mich für Euch.«

Klappernde Hufe näherten sich und James warf Won Tel ein befriedigtes Lächeln zu, bevor die Kutsche hielt. »Wirklich ein Glückstreffer! Wenn mein Instinkt mich nicht trügt, wird meine unschuldige Helferin eine Menge profitieren, während sie meinen Zwecken dient ... und ich werde jede einzelne Lektion selber genießen.«

2

Darius Godwin drehte sich, damit die Frau leichteren Zugang zu den Verschlüssen seiner Breeches bekam. »Gut, gut«, säuselte sie mit derselben sanften, gurrenden Stimme wie beim ersten Mal, als die Letchwiths sie nach Dorset gebracht hatten.

»Leg dich zurück.« Ihre Stimme war hypnotisch. »Ich möchte dir alles bieten, mein Krieger. Du hast einen Belohnung verdient und sollst sie bekommen!«

Er ließ sich von ihr in die seidenen Kissen auf dem Boden seines geheimen Liebestempelchens im Wald drücken, und sah zu, wie sie sich über ihm bewegte. Sie war mollig, wie er seine Frauen mochte, und unverschämt keß – nicht wie die angeblich unschuldigen kleinen Mädchen, die Bertram und Percival bevorzugten.

Selbst jetzt waren ihre Angstschreie und das laute Gestöhne von der anderen Seite des einzigen Raumes des fensterlosen Gebäudes zu hören. Heute stürzten sich die Letchwiths mit besonderem Elan in ihren Lieblingssport.

»Du bist unruhig, Schatz«, flüsterte die Frau in sein Ohr. »Entspann dich und denk nur an die wunderbaren Dinge, die Summer Peach sich für dich ausdenken wird.«

Summer Peach. Ja, jetzt erinnerte er sich an den Namen, den sie benutzte, genau wie er sich allmählich an jede ihrer unerhörten Raffinessen erinnerte.

»Oooh, so ein Kerl.« Summer, immer noch vollständig angezogen, hatte seine Hose heruntergezogen, bis sein Penis heraussprang. Sie beugte sich sofort vor, nahm ihn in den Mund und ließ ihre Lippen den Schaft auf- und abgleiten. »Wunderbar«, murmelte sie, kroch nach oben und leckte Kreise um seinen Mund.

Ein lautes Kreischen ertönte von dem Mädchen, das die Letchwiths sich teilten. Darius hatte ihre perversen Rituale schon öfter beobachtet und würde es wieder tun, bevor die Nacht zu Ende war. Der Gedanke ließ seinen Schwengel erneut pulsieren und er durchbrach das Muster seiner eigenen Verführung, indem er nach Summers vollen Brüsten griff.

»Ah, ah!« Sie schob seine Hand weg. »Unartig, unartig. Du weißt doch, es tut dir leid, wenn du unser Spiel verdirbst.«

Darius nickte, aber heute abend war er besonders gierig. Das Ergebnis würde eine köstliche zusätzliche Stimulation zur süßen Agonie des Wartens sein und der Aussicht, Summers üppigen Körper wiederholt zu genießen.

Sie knöpfte langsam sein Hemd auf und schlug es auseinander. »Ein wahrer Baum!« Kichernd und ohne hinzusehen griff sie nach seinem Schaft. »So hart. Der härteste Mann im Land!«

Darius schlängelte sich ihr entgegen. Sie hatte recht. Er war muskulös – denn er hatte sich nicht gehen lassen, um ein Fettberg wie Bertram Letchwith zu werden, oder schwabbelig wie Percival, der meist Stunden schwitzen mußte, bis er zwischen den Beinen seiner »Jungfrauen« Erlösung fand.

»Wir brauchen eine kleine Stärkung«, sagte Summer zu Darius. Sie beugte sich über ihn und ließ ihre rote Mähne über seine Haut gleiten, packte die Brandyflasche am Hals und kippte etwas von dem goldenen Feuer in seine Kehle. Als er sich die Tropfen von seinem Kinn wischen wollte, hielt sie seine Hand fest und leckte sie weg. Dann tauchte sie zuerst einen Finger, darauf den andern in die Flasche, befeuchtete sie, schob ihre Hand zwischen seine Beine und packte den berstenden Sack seiner Männlichkeit.

Mit einer geschmeidigen Bewegung stellte Summer die Flasche ab, schwang sich herum, bis sie auf ihm saß, ihr Gesicht über seinen Genitalien, die Beine gespreizt, damit sich ihr Rock hochschob und ein Busch so rot wie ihr Haar zum Vorschein kam mit den geschwollenen rosa Lippen darunter.

Es war kein Zufall, daß Summers Schienbeine seine Oberarme umklammerten, damit er sie nicht berühren konnte, während sie ihm die empfindlich plazierten Brandytropfen wegleckte.

»Beeil dich«, stöhnte Darius und sah zu, wie sie feuchter, glitschiger wurde, noch bereiter für ihn.

»Kusch«, ermahnte Summer ihn, aber ihre Stimme überschlug sich schon fast und Darius lächelte befriedigt. Es gab keine Frau auf dieser Welt, die seine Potenz kaltließ. Der Körper dieser hier schluchzte vor Begierde nach ihm.

Darius fletschte die Zähne. »Näher«, drängte er sie, »komm näher, dann werde ich dich befriedigen.«

Genau wie vorausgesehen konnte sie nicht widerstehen. Sie sank tiefer, bis seine Zunge den Knoten, den ihre Erregung hatte wachsen lassen, finden und reizen konnte. Während sich in seinen Lenden die Lust steigerte, trieb Darius sie zu kreischender Raserei. Aber auch mitten im Taumel kannte dieses erfahrene Weib die Grenzen ihres Willens. Sie entzog sich seiner Reichweite.

Keuchend wechselte Summer Peach rasch die Stellung und setzte sich auf seinen nackten Bauch. Sie sah hinunter auf ihn, strich mit der Zunge über ihre Lippen und bewegte ihren Hintern, damit er fühlte, wie naß sie war. Sie schob sich nach unten und neckte die Spitze seines Schwanzes mit der Öffnung zu ihrer Gasse; diesmal schrie sie mit ihm, entblößte die Zähne und warf den Kopf zurück.

»Summer«, stöhnte Darius. »Laß mich rein, meine Herrliche.«

Gespielt verängstigt legte sie eine Hand an die Stirn. »Was, wenn man uns entdeckt? Ich werde ruiniert sein.«

»Das«, sagte er, wie man von ihm erwartete, »ist unser Risiko. Jeden Augenblick können wir gefunden werden, aber bis dahin werden wir jede Sekunde genießen.«

Tatsächlich sah der Tempel von außen, tief in den bewaldeten Ausläufern der Ländereien von Knightshead versteckt, wie ein einfaches Lagergebäude aus verwitterten Balken aus. Sicher gab es einige, die von diesem Gebäude wußten; aber abgesehen von einer Handvoll Gleichgesinnter, die Darius dazu auserkoren hatte, seine Nächte der Lust zu teilen, ahnte wohl niemand etwas von den Orgien.

Summer rutschte, sank gerade soweit hinunter, daß er mit seiner Spitze eindrang. Aber dann erhob sie sich wieder, lächelnd. Sie beobachtete sein Gesicht, während sie ihre Röcke bis zur Taille hochschob und mit seinem hochragenden Schaft zwischen ihren Schenkeln dasaß. Sekundenlang ließ sie ihre Fingerspitze über die Spitze flattern, bis er schrie.

»Was willst du? Sag es, Summer!«

»Zeig dich mir.«

»Mich dir zeigen?« Ihre braunen Augen wurden ganz groß. »Ich versteh nicht, was du meinst. Was zeigen?«

»Deine Titten, ich will deine Titten.« Die Dunkelheit sammelte sich in seinem Kopf, die Hitze. Bald, wenn sie zu lange wartete, würde das Spiel sich ändern. Er wollte nicht, daß das passierte, erst später. Später würde er der gewalttätige Angreifer werden und er wußte vom letzten Mal, wie sehr sie das liebte. Aber zuerst wollte er es so haben.

Die Hure schien zu spüren, daß ihm seine schwache Beherrschung allmählich entglitt, und sie warf ihr Haar zurück. Langsam griffen ihre weißen Finger nach den Satinbändern, die ihre Corsage zwischen den großen Brüsten zusammenhielten.

»Endlich«, murmelte er. Das hatte er verdient für all das, was er in diesen verflucht langen frustrierenden Jahren der Gefangenschaft in Knighthead erduldet hatte. Seine Gefangenschaft mit diesem kalten Weib, das seine Gemahlin war und ihre eigene Erfüllung fand, eine völlig andere als seine.

Das Satinband glitt aus seiner Schleife und Summer fädelte es weiter aus den Ösen, bis sich schimmernder weinfarbener Satin langsam teilte und Zentimeter für Zentimeter ihre weißen schwellenden Brüste zum Vorschein kamen.

»Ja.« Darius stieß zu. »Ja!« Diesmal hielten ihre Knie seine Arme fest. Dieses Luder von Ehefrau zeigte ihm stets die kalte Schulter. Aber er wußte, wie heiß sie mit den ungeleckten Welpen war, die sie in ihr Bett mitnahm, oder irgendwo anders hin, wo sie sie kriegen konnte. Er wußte es, weil sie es ihm in allen Einzelheiten erzählt hatte. Aber bald würde er seine Rache haben. Bertram Letchwith würde ihm das Geld geben, das er brauchte, um sich die letzten Monate in Knighthead über Wasser zu halten. Er war seinem Ziel nahe – spürbar! Bertram und sein Schlappschwanz von Sprößling konnten Celine haben, und Mary Knighthead – oder das, was davon übrig war. Darius würde endlich die Zahlung erhalten, auf die er zwanzig Jahre seines Lebens verbissen hingearbeitet hatte und würde frei sein!

Frei. Alles drehte sich in seinem Kopf.

»Jetzt, mein Held!«

Darius strich sich mit der Zunge über seine Lippen.

Mit einem letzten Ruck zog Summer das Band heraus und warf es beiseite. Ihre Hände glitten in die baumelnde Corsage, rissen die großen weißen Kugeln ihrer Brüste heraus und schwangen sie nach vorn, boten sie ihm dar. Gleichzeitig waren seine Arme befreit.

Darius zupfte wimmernd an ihr, knetete, richtete sich auf, bis er einen dunkelrosa Nippel saugen konnte, während er den anderen zwischen den Fingern rollte und kniff.

Summer Peach schrie auf, schrie ihre Wonne und ihre Wollust hinaus. Er würde sie wieder und wieder nehmen, bevor diese Nacht zu Ende war.

»Jetzt!« Das Wort entriß sich ihrem gestreckten Hals und in diesem Augenblick spießte sie sich auf ihn, sank nieder, bäumte sich auf und fiel wieder herab. Ihre Brüste bebten über ihm, und er haschte danach, nahm sie wieder und wieder in den Mund, während sich ihre Körper ineinanderrammten; dann ergoß er sich in sie.

Mit einer letzten heftigen Drehung ihres Körpers warf sie sich zur Seite und fiel keuchend in die Kissen neben ihm.

Darius hatte seine Energien verschossen und ließ sich einfach treiben. Nur ein kleines Weilchen, dann wäre er wieder bereit. Sein Verstand war trunken von diesem Gedanken. Blindlings streckte er einen Arm, bis er ihre Brust gefunden hatte, und drückte sie. »Bald?« murmelte er, in der Gewißheit, daß sie verstand. »Oh, sehr bald«, sagte sie und zog seinen Kopf an ihre Schulter. Ein kleiner Ruck und er lag mit ihrem Nippel im Mund da.

»Ein hübscher Anblick.«

Darius hörte Bertram Letchwiths verächtliche Stimme, aber machte sich nicht die Mühe, die Augen zu öffnen.

»Vielleicht könnte man mich dazu überreden, etwas von dem, was du scheinbar bevorzugst, zu genießen«, meinte Bertram. »Percival ist heute abend wieder elend langsam bei der Sache.«

Darius nahm seinen Mund von Summer Peachs Brust und drehte sich auf den Rücken. Bertram stand über ihnen, sein nackter korpulenter Körper verriet, daß er recht forsch bei der Sache gewesen war und daß er unbedingt mehr als interessiert war an dem, was Darius bevorzugte. »Komm zu uns«, Darius deutete gnädig auf die Kissen auf der anderen Seite von Summer.

»Großzügig von dir«, sagte Letchwith, legte sich unbeholfen hin und stützte seinen eckigen Kopf auf eine feiste Hand. »Aber ich werde wahrscheinlich warten, bis ich das nächste Mal bei der süßen Lily dran bin.« Gelangweilt spielte er mit einer von Summers Brüsten, wiegte sie, schob sie nach oben.

Darius war verärgert und verkniff sich mit einiger Mühe seinen Groll. Vielleicht eignete sich dieser Zeitpunkt dazu, eine gewisse andere Angelegenheit zur Sprache zu bringen. »Solltest du nicht doch lieber die Geschichte mit Celines Debüt abblasen? Schließlich und endlich könntest du doch getrost die Konventionen außer acht lassen und sie gleich, ohne dieses ganze Trara, für dich beanspruchen.«

Letchwith hob seine seltsam unschuldigen blauen Augen zu Darius und schenkte ihm ein engelhaftes Lächeln. »Der Gedanke ist reizvoll, natürlich. Aber ich fürchte, du mußt deinen Teil der Abmachung einhalten. Ich möchte, daß das Mädchen gesehen wird. Jeder junge aristokratische Schnösel soll davon träumen, die schöne Celine zu besteigen, und dann mit ansehen müssen, daß ein anderer der Sieger ist. Zumindest werde ich dann als die Macht anerkannt, die ich schließlich bin!«

Darius verspürte einen Augenblick Unbehagen wegen Celine, aber nur vorübergehend. Es war angemessen, daß das Mädchen durch die Hand ihres Mannes sich zu unterwerfen lernte. Darius' eigenes Versagen in der Ehe hatte zuviel Nachgiebigkeit gezeitigt. Er bekam seine Tochter einfach nicht in den Griff.

»Das gefällt dir, nicht wahr?« sagte Letchwith und beugte sich vor, um Summers Brüste zusammenzuschieben. Die Frau beobachtete träge, wie er sich näherte und seinen feuchten Mund auf den Nippel legte, an dem eben noch Darius gesaugt hatte.

»Wann wirst du in die Stadt zurückkehren?« fragte Darius; er konnte es kaum erwarten , die Letchwiths loszuwerden.

»Morgen früh«, sagte Bertram und gähnte. Er setzte sich auf, ein massiger, weißer Buddha von Mann mit spärlichem farblosem Haar, das in gewachsten Sechsern um seine mondähnliche Visage frisiert war. »Es ist höchste Zeit, daß ich meine zukünftige Braut besser kennenlerne.«

Bertram ließ seine stummeligen, wülstigen Finger über Summers Bauch gleiten und in das Dreieck roter Haare zwischen ihren Schenkeln. Seine sabbernden Lippen öffneten sich, und er nahm seine Zunge zwischen die Zähne. Er sah seine Hand an, hielt inne, dann tauchte er in sie ein mit kleinen, grabenden Bewegungen, bis Summer quietschte und sich auf ihn zuschlängelte.

Bertram sah Darius in die Augen, und als die Hure seinen Schwanz packte, schob er sie schadenfroh grinsend von sich. »Reg dich nicht auf, Darius. Meine Vorlieben sind zu raffiniert für diese Schlampe.«

Darius hielt den Mund. Später würde seine »Schlampe« für diese Beleidigung zahlen müssen.

»Percival!« Letchwith rutschte erbost herum. »Verfluchter Junge! Hoffen wir, daß er nach der Hochzeit etwas mehr Elan aufbringen wird.«

»Nach der Hochzeit?« Darius erhob sich und schlüpfte in seine Kleider. »Wieso sollte diese Hochzeit einen Einfluß auf Percival haben? Zieh dich an, Weib. Wir dürfen die Nacht nicht verplempern.« Das Ritual des Ausziehens wäre später erneut für ihn ein fast so großer Genuß wie der Akt des Besteigens selbst.

»Nach der Hochzeit«, sagte Bertram und kicherte über den Anblick seines Sohnes, der mit trübem Blick lediglich im Hemd daherstolperte, auf die Schulter eines zerzausten Frauenzimmers gestützt, deren weißes Musselingewand in aufreizenden Fetzen um ihren jugendlichen Körper hing. »Nach der Hochzeit werde ich genauso bereit sein zu teilen wie immer. Aber ich werde nicht mehr soviel Geduld aufbringen, bis Percival endlich zu Schuß kommt.«

3

Sein Plan durfte keinesfalls auf Hindernisse stoßen. Gar keine. Nein, das würde er nicht dulden! James stützte seine Ellbogen auf den Mahagonischreibtisch der Bibliothek des Stadtpalais, das er am Grosvenor Square ergattert hatte, und versuchte sich auf die Blätter vor ihm zu konzentrieren. Jeder Morgen brachte neue Depeschen aus Paipan über den

Zustand seines Schiffs- und Handelsimperiums, das er von seinem Vater geerbt hatte. Das Geschäft blühte und würde weiter blühen. Mit seinen Fingern am Puls der Weltereignisse und seinen für beide Seiten profitablen Verbindungen zur Ostindischen Kompanie war das stete Wachstum seines Vermögens gesichert.

In Paipan gedieh alles zu seiner Zufriedenheit, und auch für England besaß er genaue Vorstellungen.

»Verflucht noch mal!« Er warf die Papiere hin und bohrte seine Feder in den Halter. »Es gibt kein Hindernis, elender Mist!« Abgesehen von der erstaunlich störrischen Miss Godwin selbst. Dieses hinreißende Gesicht und dieser Körper – ihre mißtrauischen goldenen Augen – beeinträchtigten seine Konzentration schon die ganzen zwei Tage seit ihrem Treffen im Royal Theatre. Warum hatte sie so distanziert auf ihn reagiert? Er hätte schwören können, daß sie im Grunde geneigt war, aber etwas hatte sie zurückgehalten. Dieses unbekannte Etwas mußte sorgfältig und rasch aus der Welt geschafft werden.

Miss Celine Godwin war das fehlende Glied in seinem Angriffsplan geworden, mit dem sich sein Mangel an Kenntnissen der Gegebenheiten ausgleichen ließe, indem es ihm in doppelter Hinsicht diente: sowohl was die Zeit als auch die Verbindungen anbelangte.

Er zog seine Zigarrenkiste näher und packte den Deckel. »Ich werde dich bekommen, Celine«, murmelte er mit zusammengebissenen Zähnen.

Entdecke die Macht des Auges.

James dachte, wie tausendmal jeden Tag, an die dürftigen Anhaltspunkte, die sein Vater ihm wenige Stunden vor seinem Tod gegeben hatte und die James zu einer Mission veranlaßten, die er zu Ende führen oder bei dem Versuch zugrunde gehen würde.

Francis St. Giles, der trotz seiner Verletzungen bis zum letzten Augenblick klar gewesen war, hatte gesagt: *»Meine*

Mutter wiederholte oft, ich müsse die Macht des Auges entdecken. Sie sagte, die Antwort würde mich zu den Sainsbury Juwelen führen, die in einem Kellergewölbe unter dem Bibliotheksboden versteckt sind. Seit Generationen waren sie in ihrer Familie – immer durch die Frauen weitervererbt. In Ermangelung einer Tochter wollte sie sie mir überlassen – ihrem jüngeren Sohn –, weil mir kein anderer Besitz zustand. Sie versprach, mich zur rechten Zeit darüber aufzuklären, was ich bräuchte, um das Gewölbe zu öffnen. Unglücklicherweise starb sie, bevor diese »rechte Zeit« gekommen war. Ich hätte zurückgehen und das, was mir gehört, suchen sollen. Das hatte ich immer vor. Bald werden die Sainsbury Juwelen rechtmäßig dir gehören. Nimm sie in Besitz, James! Finde heraus, auf welche Weise Darius Godwin mich betrogen und meinen Platz eingenommen hat, und zerstöre ihn – um unserer Ehre willen! Zerstöre ihn und hol dir Knighthead zurück. Knighthead muß dein Zuhause werden, so, wie es meines hätte sein sollen. Die Juwelen warten unter dem Boden der Bibliothek von Knighthead auf dich. Du bist ohnehin schon ein reicher Mann. So wertvoll sie auch sein mögen, hast du nicht unbedingt Bedarf an Juwelen, außer als Mittel zur Bestrafung der Godwins. Ich weiß, daß sie irgendwann von ihrer Existenz erfahren haben. Aber sie können sie nicht gefunden haben. Tu das für uns, James. Bediene dich dessen, was sie am meisten begehren, damit triffst du Darius und Mary endgültig.«

Francis St. Giles, seine Frau und ihr kleiner Sohn, James, waren samt und sonders von Francis' Vater verbannt worden, aus Gründen, die Francis, wie er James berichtete, nicht kannte. Und Darius Godwin, der Freund, dem er voll vertraut hatte, war der Mann, der frech hereinspaziert war und Francis St. Giles' geliebtes Knighthead just an dem Tag in Besitz nahm, als Francis sich anschickte, mit seiner Familie England zu verlassen.

»Godwin wird bezahlen«, hatte James seinem Vater geschworen. »Und ich werde alles zurückholen, was uns gehört.«

»Die Macht des Auges«, murmelte James. Für sich bedeutete es nichts; aber mit den Einzelheiten, die ihm sein Vater mitgeteilt hatte, und dem, was in dem doppelten Dekkel der unauffälligen Intarsienschachtel für Zigarren lag, würde er sein Versprechen gegenüber Francis St. Giles einlösen.

Er öffnete das Kästchen, tastete unter dem Deckel nach der versteckten Feder und fing die beiden Gegenstände, die herausfielen, auf. Der erste war die zarte Goldkette einer Frau mit einem Medaillon, der zweite der schwere Siegelring eines Mannes mit einem tief eingravierten Zeichen, das James nicht zu identifizieren vermochte. Laut den Anweisungen seines Vaters, die ihm bereits seine Mutter, die einstige Countess of Casterbridge, gegeben hatte, sollte er diese Stücke gut hüten: Denn der Ring würde den Weg zu den Schätzen weisen, und ohne den Besitz des Medaillons sollte die Aneignung dieses Schatzes den Tod bedeuten.

Mehr wußte er nicht.

Aber James würde auch so sein Ziel erreichen. Mit Celine Godwins Hilfe.

Er legte den Schmuck zurück in sein Versteck, klappte den Deckel zu und schob die Schachtel von sich. »Und du *wirst* mitmachen!«

Die Tür flog auf und Liam stolzierte herein. »Ihr führt schon dröhnende Selbstgespräche«, verkündete sie und steckte ihre Hände in die langen Ärmel eines hochgeschlossenen feuerroten Gewandes. »Wir sollten nach Hause zurückkehren.«

James hatte sich wieder gefaßt und betrachtete sie gelassen. »Wir werden nicht so bald nach Paipan zurückkehren, was du genau weißt; heiliges Kanonenrohr, wie oft haben wir diese Diskussion schon geführt!« Obwohl es ihn ärgerte, daß das Mädchen ständig auf diesem Thema herumritt, konnte James nicht umhin zuzugeben, daß er sehr gerne eine Schwester mit Liams Temperament gehabt hätte.

Sie stand im Lichtkegel der frühen Nachmittagssonne, die durch ein schmales Fenster hereinfiel, ein Kleinod von Frau, deren prächtiges Brokatkleid wie ein schlichtes Hemd geschnitten war, mit einem kleinen Kragen und Satinknöpfen vom Hals bis zum Saum. Wenn sie ging, enthüllten Schlitze an den Seiten die schmalen schwarzen Seidenhosen, die sie darunter trug. Liam richtete sich zu ihrer vollen Größe von einem Meter fünfzig auf und sagte: »Dieses London bringt Euch ganz durcheinander, Master James. Ihr braucht…«

»Liam«, begann James, und in seiner Stimme lag ein Hauch von Warnung. »Genug! Wir werden in England bleiben, bis ich mein Geschäft hier erledigt habe.« Jeder Hinweis auf die wahre Natur seines Vorhabens wäre äußerst unklug. Diese kleine, vollkommene Frau betrachtete ihn als ihren Schützling. In den neun Jahren, seit sie dem Haushalt der St. Giles angehörte, hatte sie oft genug ihre fanatische Treue bewiesen – wobei sie im Eifer des Gefechts gelegentlich übers Ziel hinausschoß. In der Angelegenheit von Darius und seiner Frau Mary wollte James ungestört Gerechtigkeit üben.

»Da ist etwas, was Ihr mir verschweigt«, hielt Liam ihm vor. Sie glitt auf ihn zu, mit einem täuschend süßen Lächeln auf ihren weichen Lippen. »Was quält Euch denn? Sagt es mir. Ich werde mit allen Mitteln, die mir zur Verfügung stehen, helfen.«

»Den größten Gefallen erweist du mir, indem du deine Neugier zügelst.« Aber ihre freundliche Besorgnis und ihr sanftes Gesicht hatten die gewohnte beruhigende Wirkung.

Ihr Lächeln wurde breiter. »Ah, es gibt also etwas, was meine Neugier rechtfertigt.« Sie stellte sich neben ihn an den Schreibtisch, und es ging der flüchtige Duft wilder

Lilien von ihr aus. »Erzählt es mir.« Sie trug Brokatpantoffeln, die zu ihrem Kleid paßten und stellte ihre winzigen Füße präzise nebeneinander.

James schüttelte den Kopf. Er schob seinen Stuhl zurück und legte seine Stiefel auf den Tisch. »Schaffst du es mit dem Hauspersonal?«

Sie warf ihren Kopf zurück, wodurch ein kompliziertes Arrangement von Zöpfen, die mit schmalen roten Seidenkordeln geflochten waren, vorteilhaft zur Geltung kam.

»Liam?«

»Sie geloben Besserung«, sagte sie schließlich. »Die Köchin, Mrs. Uphill – ein komischer Name – klappert furchtbar mit den Töpfen und kommandiert alle anderen herum; aber wenn sie glaubt, daß ich nicht hinschaue – dann nimmt sie, wie ich sie angewiesen habe, das viele Wasser aus den Gemüsetöpfen. Ich glaube, sie ist zufrieden, weil wir ihr Anerkennung zollen. Aber diese Engländer – daß sie alles mit Wasser kochen!« Liam erinnerte sich nur selten daran, daß James auch ein Angehöriger jener Rasse war, an der sie kein gutes Haar ließ, seit sie den Fuß auf britischen Boden gesetzt hatte.

»Ich verstehe.« James verschränkte seine Hände hinter dem Kopf. »Langweilig für dich, nicht wahr?« Liam konnte ihn immer zum Lachen bringen. Ihre Frische berührte willkürlich jeden, den sie mochte.

»Die Diener machen nur sehr widerwillig die Leibesübungen, die ich ihnen gezeigt habe, aber ich werde nicht lockerlassen.«

James grinste. »Leibesübungen? Willst du damit sagen, du läßt die armen Teufel hampeln, als wären sie Mitglieder unseres Haushalts auf der Insel?«

Sie machte ein Schmollmündchen. »Es ist aber richtig – und gut für sie! Mit der Zeit werden sie mir danken.« Auf einmal runzelte Liam die Stirn, beugte sich vor, um James' Krawatte zu lockern und ein paar Knöpfe seines weiten

Leinenhemds zu öffnen. »Ich nehmt die Sitten dieser ausgestopften Pfaue in London an! So habt Ihr es doch bequemer.« Aus einer unsichtbaren Tasche holte sie ein flaches emailliertes Töpfchen heraus und klappte den Deckel auf. »Und sogar noch mehr.«

Liam hob mit einer geschickten Bewegung sein Kinn und strich ein leichtes Öl über die angespannten Muskeln an seinem Hals. James schloß die Augen und sog den feinen Duft von Sandelholz ein.

Seufzend nahm er ihre kleinen Hände zwischen die seinen. »Danke.« Richtig behaglich würde er sich erst fühlen, wenn seine Mission hier vollendet war. »Mach ein wenig Musik, es stimmt, ich bin sehr angespannt.«

»Wie Ihr wünscht.« Rasch glitt sie über den tiefrot und schwarz gemusterten Teppich und entzündete in drei goldenen Schalen, die von Ebenholzdrachen getragen wurden, Räucherwerk. Dann kniete sie sich vor den Kamin und zog ihre hochpolierte chinesische *Ch'in* auf den Schoß. Ihr dunkler Kopf neigte sich über das aus uralten Zeiten stammende Instrument. Ihre zierlichen Finger entlockten den sieben Saiten wehmütige Klänge.

Liam war mit acht Jahren in seinen Haushalt gekommen, ein winziges schwarzhaariges Kind von vollkommener Schönheit mit blasser Olivenhaut und Augen, die von einem unbeugsamen Willen zeugten. An jenem unvergeßlichen Tag auf einem chaotischen Marktplatz an der chinesischen Küste hatte James, schäumend vor Wut, beobachtet, wie man das Mädchen auf einer Plattform zur Schau stellte: für den Verkauf an mehrere überfressene, juwelenbehängte Männer, die mit den teuersten Stoffen bekleidet waren. Won Tel hatte James zugeflüstert, daß diese Prinzen aus fernen Wüstenprovinzen angereist seien, um frisches Blut für ihre Harems zu besorgen.

Won Tels strenge Hand hatte James zurückgehalten, bis der Auktionator, auf ein Zeichen eines fürstlichen Bieters hin begann, das Kind auszuziehen. Der ungeduldige Käufer war, zitternd vor Erregung, begleitet von obszönen Zurufen, auf die Plattform gestiegen und fing an, sie zu betatschen und zu kneifen.

Selbst nach so langer Zeit schloß James die Augen vor dieser Erinnerung.

Was dann passierte, würde ohne Zweifel auf ewig den verfluchten Auktionator und den fetten Wüstling, der den Befehl gegeben hatte, verfolgen. Das Mädchen hatte geschrien und vergeblich mit zerbrechlichen Fäustchen auf ihre Häscher eingehämmert. James war wie ein Irrer losgestürmt, das tödliche Stilett schwingend, das Won Tel ihm geschenkt hatte. Das hatte den Auktionator ein Auge gekostet. Seine Hoheit, der Prinz, war in Panik ausgebrochen und hatte seine zerfetzte, blutgetränkte Robe gegen seinen Unterleib gehalten. In Zukunft würde er nur mehr wenig mit Frauen anfangen können.

»Won Tel benimmt sich wie ein Bär mit einem Dorn in der Pfote.«

James atmete ein, sog das flüchtige, berauschende Aroma von Liams kostbarem Inselräucherwerk ein. Er hatte nicht bemerkt, daß sie innehielt in ihrem Spiel.

Die Tür öffnete sich erneut, und der Gegenstand ihres Gesprächs trat ein. Won Tel ging zu Liam und bot ihr seine Hand. »Deine Talente werden in der Küche benötigt.« Er lachte, warf den Kopf zurück und zeigte sein starkes Gebiß. »Die Köchin hat soeben lebende ›Bestien‹ in ihrer Waschküche gefunden. Sie besteht darauf, daß sie unverzüglich entfernt werden. Andernfalls kündigt sie.«

Liam packte seine große Hand und sprang auf. »Diese Menschen wollen einfach nicht begreifen, daß Lebensmittel frisch sein müssen. Die Bestien, wie sie sie nennt, sind nur zwei Ferkel, die ich von einem Farmer gekauft habe, der neulich über den Markt fuhr. Er hat sie, wie ich anordnete, am Dienstboteneingang abgeliefert, und die Tiere sind in angemessenen Verschlägen untergebracht. Wo sie auch bleiben, bis sie für die Küche geschlachtet werden.«

James wandte sich ab, um seine Erheiterung zu verbergen. Dann nahm er sich wieder zusammen: »Offensichtlich mußt du noch daran arbeiten, dich hier als Haushälterin zu etablieren, Liam. Bitte, beruhige Mrs. Uphill ein wenig.«

Liam murmelte etwas in ihrer Muttersprache und eilte davon. Sobald die Tür hinter ihr zugefallen war, lachten James und Won Tel aus vollem Herzen.

»Ich fürchte, unsere exotische kleine Kriegerin wird diesen Leuten eine Erziehung zukommen lassen, die sie nie mehr vergessen«, sagte James schließlich. »Ich glaube, es war die richtige Entscheidung, sie mit einer so delikaten Aufgabe zu betrauen. Es wäre nicht gut, sie in die andere Angelegenheit zu verwickeln.«

Won Tel wurde schlagartig ernst. »Wir werden in Kürze einen Besucher haben. Euer Onkel, der Marquess, hat melden lassen, daß er eine Visite plant.«

»Verdammt!« James schwang seine Beine auf den Boden. »Bezeichne diesen Mann nie wieder als meinen Onkel. Was hat er sich dabei gedacht, mir hierherzufolgen? Ich habe ihn gebeten, meinen Bescheid abzuwarten.« Nach seiner Ankunft in England war James direkt nach Dorset gereist und hatte die Klauseln für sein Einverständnis, sein Erbe anzutreten, aufgesetzt. Augustus hatte schließlich diese Klauseln akzeptiert, auch James Forderung, sich erst zu treffen, wenn er ein Zeichen gab.

»Beruhigt Euch, Mr. Eagleton.« Won Tels Anflug von Lächeln wies Befriedigung auf. Er war immer am glücklichsten, wenn er Kontroversen witterte. »Euer… der Gentleman braucht Euch und wird Euch weiterhin brauchen. Er wird leicht zu überreden sein, jeglichen Kurs, den Ihr für ihn setzt, zu segeln.«

»Ich kann keine Zeit darauf verschwenden, mir irgendwelche Beschwichtigungen für meinen … für Casterbridge auszudenken!«

»Natürlich nicht!« Won Tel sank auf einen Diwan mit grünen Seidenkissen. »Vor zwei Tagen habt Ihr die Bekanntschaft der Tochter Godwins gemacht. Ich hätte geglaubt, daß Ihr inzwischen …«

»Deinen Kommentar dazu, was ich inzwischen hätte erreichen können, spar dir bitte.« Verflucht! Won Tel besaß die penetrante Angewohnheit, genau das anzusprechen, was James gerade am schwersten auf dem Magen lag. »Ich werde die Sache einfädeln, wann es mir paßt. Es hat keine Eile.«

»Wirklich?«

James stand auf, ging zum Fenster und starrte verdrossen auf den Rasen und die verschwenderischen Blumenbeete hinterm Haus. Schwalben schwangen sich in den kristallklaren Himmel und stürzten sich wieder herab, huschten über die Wipfel jungbelaubter Bäume. »Hölle und Verdammnis! Natürlich eilt das mit dem Mädchen. Aber ich will keinen Fehler bei ihr machen, weil sie sich irgendwie von den anderen unterscheidet, Won Tel. Sie ist ein Unschuldslamm, da bin ich mir sicher. Aber sie steckt auch voller Mißtrauen, was man bei einem so jungen und unerfahrenen Menschen nicht erwarten würde. Was hast du über diesen Mann herausgefunden, der Absichten auf sie hegt?«

»Sehr viel und nichts Angenehmes.«

James drehte sich um. »Erzähl!«

»Vielleicht sollten wir warten, bis der Marquess uns seinen Besuch abgestattet hat. Ich habe den Verdacht, daß Ihr nach meinem Bericht sofort Pläne für einen Besuch bei Miss Godwin schmieden werdet.«

»Würde sie ihn womöglich erhören?« fragte James mit scharfer Stimme. »Ist das der Grund für die Eile? Besteht Gefahr, daß sie etwas Unüberlegtes tut?«

»Zum Beispiel mit dem Kerl durchbrennen?« Won Tel schüttelte den Kopf. »Das bezweifle ich. Meine Bedenken sind ganz anderer Natur. Bitte faßt Euch in Geduld.«

»Geduld?« echote James mit zusammengebissenen Zähnen. »Ich war schon viel zu lange geduldig, genau wie mein Vater vor mir!«

»Euer heißes Blut wird Euer Untergang sein.« Won Tel war und blieb ein Schulmeister. »Noch vor wenigen Monaten wußtet Ihr überhaupt nichts von Knighthead... und dem Schatz.«

James blieb stehen, die Blicke der beiden Männer trafen sich. Am Tag von Francis St. Giles' Tod hatte James Won Tel in die wichtigsten Teile des letzten Wunsches seines Vaters eingeweiht. Sie hatten keinen Schweigeschwur geleistet, seit diesem Augenblick jedoch fiel kein Wort mehr über jene legendären Kleinodien, die für James mittlerweile wichtiger geworden waren, als Knighthead wieder in Besitz zu nehmen... bis heute.

»Aber jetzt weiß ich von dem Schatz«, sagte James langsam. »Ein paar Monate. Ein Leben lang. Dabei spielt die Zeitdauer keine Rolle. Mein Vater war sicher, daß sein Vater ihn verstieß aufgrund einer Intrige, die Darius und Mary Godwin ausgeheckt hatten. Und ich glaube ihm. Auch ich bin der Meinung, daß Godwin dem Schatz irgendwie auf die Spur gekommen ist und beschlossen hat, ihn an sich zu reißen. Dafür mußte er seinen alten Jugendfreund – meinen Vater – aus seinem eigenen Haus werfen lassen.«

»Ihr habt keinen Beweis.«

»Den werde ich kriegen. Meine Eltern und ich haben in Knighthead gelebt, bis ich fast elf war. Dann hat mein Großvater meinen Vater aus heiterem Himmel verbannt. Er bezeichnete den eigenen Sohn als Schande und es wäre besser, wenn er England ein für alle Male verließe. Mein Großvater lehnte jegliche Erklärung zu dem angeblichen Verstoß meines Vaters gegenüber der Familienehre ab.«

»Das ist alles sehr lange her.«

James knallte eine Faust auf den Tisch und stützte sich darauf. »Deshalb findest du, ich soll vergeben und vergessen?«

»Ihr wißt, daß ich immer schon auf Euch achtgebe. Es ist meine Aufgabe, dafür zu sorgen, daß Ihr gut überlegt, bevor Ihr unwiderrufliche und nachteilige Schritte unternehmt.« Won Tels Aufmerksamkeit richtete sich jetzt auf die schwarze Lacktruhe an einem Ende des Diwans, und er strich mit dem Finger über den Elfenbeindrachen, der in ihren Deckel eingelegt war. »Seid Ihr Euch immer noch sicher, daß Godwin den Schatz noch nicht entdeckt hat?«

»Mehr denn je. Hätte er ihn entdeckt, wäre er längst über alle Berge! Vergiß nicht, daß er nicht als Eigentümer in Knighthead sitzt, sondern aufgrund irgendeiner Vereinbarung mit meinem Großvater – eine Vereinbarung, über die ich es bis jetzt noch nicht gewagt habe, mit meinem Onkel zu sprechen. Außerdem würde er wohl kaum die Heirat seiner Tochter als neue Einkommensquelle benötigen, wenn er den geheimen Schatz meiner Großmutter in seinen Besitz gebracht hätte. Ich vermute sogar, daß die beiden auch gegenwärtig, während Mary Godwin angeblich nicht gesund genug ist zu reisen, nach den Sainsbury Juwelen suchen.«

»Sir, die Godwins bewohnen Knighthead seit fast zwanzig Jahren. Euer Vater hat Euch gesagt, daß die Juwelen dort versteckt sind. Und seiner Meinung nach hatte Godwin zufällig die Geschichte Eurer Großmutter belauscht – die Erbfolge über Generationen – und wo sie versteckt waren. Warum sollte er sie dann noch nicht gefunden haben?«

»Weil ihm, genau wie mir, immer noch einige Stücke des Puzzles fehlen.«

»Habt Ihr vor, ebenfalls zwanzig Jahre Eures Lebens mit der Suche nach diesem Tand zu verbringen?«

»Nein«, sagte James und richtete sich auf. »Nein, denn ich

verfüge im Gegensatz zu Godwin über gewisse Vorteile.« Angeblich wußte Darius Godwin nichts von dem Ring, dem Medaillon und dem Standort des Gewölbes – und Won Tel auch nicht. Um seiner selbst willen war es wohl besser, wenn James' treuer Diener nicht alle Details kannte.

»Also schön.« Won Tel breitete die Hände aus. »Ich bin bereit, was immer Ihr von mir verlangt, zu tun. Aber ich hoffe, daß ein Haufen Steine und ein paar Glassplitter das Risiko wert sind, das Ihr eventuell eingeht. James, wie Ihr feststellen werdet, handelt es sich um gefährliche Leute. Es ist möglich, daß sie sogar irrsinnig sind.«

»Gefährliche Leute, Irrsinnige!« Fast ein Echo der letzten Warnung seines Vaters. Gleichzeitig mit der Aufforderung, dieses alte Unrecht zu rächen, hatte Francis St. Giles seinen Sohn vor den Gefahren gewarnt, die von sich zwanzig Jahre auf vergeblicher Schatzsuche befindenden Leuten ausgingen.

James Blick flackerte über die Zigarrenschachtel. »Won Tel, ich habe immer auf das, was du sagst, gehört, aber mach nicht den Fehler einer groben Vereinfachung. Mein Vater und meine Mutter mußten dort weg, wo sie am glücklichsten waren. Meine Mutter starb viele Jahre vor ihrer Zeit, weil sie in einem für sie unverträglichen Klima lebte. Sie beschwerte sich nicht bei meinem Vater, weil sein Geschäft florierte und ihn ausfüllte. Keinesfalls sollte er das aufgeben, was für ihn befriedigender Ersatz geworden war. Erst als meine Mutter starb, entdeckte mein Vater, wie lange sie gelitten hatte. Seine Verbitterung zerstörte sein Herz und seine Seele. Er plante, selbst hierherzukommen und den Godwins das anzutun, was ich jetzt übernehme. Der Unfall hat das verhindert. Für sie, für meine Eltern, suche ich Vergeltung.«

Won Tel zupfte wiederholt an seinem Bart und Schnurrbart. Seine Augen unter den zottigen Brauen funkelten düster. »Noch einmal, *Mr. Eagleton*, ich bin Eure rechte Hand in dieser Sache – und auch Eure linke, falls nötig!«

James nickte kurz. »Wie wir schon besprochen hatten, wäre es besser, wenn Liam nie herausfindet…«

»Kein Wort mehr!« Won Tel grinste übers ganze Gesicht. »Unsere kleine Wildkatze hat scharfe Krallen und ist immer bereit, ihren Master James zu verteidigen.«

»Genau. Also, genug der Diskussion. Sag mir, was du über die Godwins und den Heiratsantrag für ihre Tochter erfahren hast.«

»Ich glaube wir… ah!« Won Tel hob einen Finger. »Möglicherweise kommt gerade der Marquess von Casterbridge, Mr. Eagleton.«

James vertraute Won Tels außergewöhnlichem Gehör blindlings. »Dann begrüße ihn, Mann. Und ich bin überzeugt, du kannst dir meinen augenblicklichen Namen inzwischen merken, ohne ihn so penetrant oft zu wiederholen.«

Won Tel rauschte mit regloser Miene hinaus. Man hatte beschlossen, aus Sicherheitsgründen bis auf weiteres keinen Butler zu engagieren. Bis jetzt schienen diejenigen, die ihre Aufwartung gemacht hatten, recht fasziniert vom eigenartigen Haushalt des geheimnisvollen Mr. Eagleton. Später erzählten diese Besucher anderen von einem seltsamen Mann, wohl von unbestimmter orientalischer Herkunft, der als Butler diente, und einem bildschönen exotischen Mädchen – augenscheinlich chinesisch –, das die Stellung der Haushälterin bekleidete. Der letzteren Erklärung waren rasch eine Vielzahl möglicher Pflichten Liams gefolgt, wobei Mr. Eagletons Dienerin noch die freundlichste darstellte.

»Ja, ja, ja. Wie Sie sagen. Ich finde selbst den Weg.«

Als er Onkel Augustus' dröhnendes Organ vernahm, sah James zur Decke und betete um Hilfe. Er durfte nicht zulassen, daß sein impulsiver Verwandter sich in das, was getan werden mußte, einmischte. Zweifellos würde der alte Mann James erneut bitten, öffentlich seine Identität anzuerkennen und seine Stellung als Erbe des Casterbridge Titels und der Ländereien anzutreten.

James kam, zu spät, der Gedanke, er hätte seinen Onkel aus Rücksicht im Blauen Salon empfangen sollen, einem Raum, der noch nicht asiatisch eingerichtet war. Aber nachdem Augustus sich bereits der Bibliothek näherte, müßte er sich eben mit der extravanganten Einrichtung abfinden.

»Ah, da bist du ja, mein Junge!« Augustus, Dritter Marquess von Casterbridge, trat ein, mit einer atemberaubenden rothaarigen jungen Schönheit an einem Arm und einer hinreißenden, etwas reiferen Brünetten am anderen. »Meine Lieben, erlaubt mir, euch James *Eagleton* vorzustellen, der Sohn meines ältesten und liebsten verstorbenen Freundes, Alfonse Eagleton. Von den Northumberland Eagletons natürlich. James ist vor kurzem aus Asien zurückgekehrt. Paipan. Seine eigene Insel. Alfonse hat sie gekauft. Reederei, wißt ihr. Ekelhaft erfolgreich, könnte ich noch hinzufügen. So viel Gold, daß er angeblich nicht mehr weiß, was er damit anfangen soll.«

James merkte, daß sein Mund offenstand und klappte ihn zu – auch Won Tel preßte seine Lippen fest zusammen.

»Diese zauberhaften Damen sind so gütig, einem heruntergekommenen und kränklichen Alten ein wenig von ihrer Zeit zu schenken.« Casterbridge, mit seinem weinroten Jackett, den gelben Hosen, einem auffälligen Krawattenschal und einer grauen Seidenweste, mit rosa Rosen bestickt, mit seinem aristokratischen Gesicht, das vor Gesundheit strotzte, dem geraden Rücken und dem federnden Gang, sah alles andere als gebrechlich aus.

»Das« – er neigte seinen Kopf zu der Brünetten – »ist Sybil, Countess Lafoget, die Witwe meines lieben alten Freundes Comte Lafoget. Er kam während der Unannehmlichkeiten in Frankreich hierher.«

Die Countess löste sich widerwillig vom scheinbar faszinierenden Anblick des Räucherwerks, neigte ihr Haupt zu

James und reichte ihm eine zarte Hand. »Madam«, sagte er und berührte die glatte, weiße Haut kurz mit seinen Lippen. Entweder war Lafoget sehr jung vor den »Unannehmlichkeiten« in Frankreich geflohen, oder er hatte eine Frau geheiratet, die seine Enkelin hätte sein können. »Und das«, fuhr Casterbridge fort, sein Blick war dabei nicht auf die Rothaarige, sondern sehr eindringlich auf James gerichtet, »ist Lady Anastasie Blenkinsop, die Tochter des Earl of Wheaton.«

James wiederholte das offizielle Begrüßungsritual. Diesmal verweilte die weiche Hand, die in die seine gelegt wurde, etwas – auf Wunsch der Lady. Lady Anastasie trug gelben Musselin, angefeuchtet – seinerzeit üblich bei Frauen mit etwas großzügiger Moral – um mehr von dem üppig geformten Körper zu enthüllen als zu verdecken. Sie hob ihre großen, welterfahrenen Augen zu James und schaffte es mit einem koketten Lächeln, eine unmißverständliche Aufforderung zu übermitteln.

»Ich bin entzückt, Sie kennenzulernen, Mr. Eagleton.« Lady Anastasie beugte sich vor, ihre Hand immer noch in die seine gedrückt, um ihm eine bessere Einsicht in ihre unbestreitbaren Reize zu gestatten. »Der Marquess hat mir verraten, daß uns etliche Gemeinsamkeiten verbinden.«

James nagte an seiner Unterlippe und zog die Brauen hoch. Was, fragte er sich, könnten die wohl sein?

»Unglücklicherweise verlor ich vor einigen Monaten meinen Verlobten auf der Iberischen Halbinsel«, fuhr Lady Anastasie fort. Sie seufzte abgrundtief, was ihre ohnehin imposanten Brüste noch weiter anschwellen ließ. »Also hat man mich überredet, eine weitere Ballsaison über mich ergehen zu lassen. Um mich von meinem Schmerz abzulenken, natürlich.«

»Selbstredend.« Und Casterbridge hatte wahrscheinlich beschlossen, daß er genau der Richtige wäre, ihr bei diesen Ablenkungen zur Seite zu stehen. Der Marquess war ohne

Zweifel bereits auf der Jagd nach potentiellem weiblichem Brutmaterial, das dabei helfen sollte, die seit Ewigkeiten leerstehenden Kinderzimmer von Casterbridge zu füllen. Der Onkel war offensichtlich klug genug zu erkennen, wann ausreichender Besitz – und gewisse andere Vorzüge – sogar einen etwaigen Mangel an Titel vergessen lassen würden. Wenn James sich nicht irrte, hatte er davon auch Lady Anastasie überzeugt.

Sie seufzte erneut und James bemerkte, wie die Countess gelangweilt gähnte.

»Mylord!« James raffte sich auf, entzog ihr vorsichtig seine Hand und reichte sie seinem Onkel. »Es ist wirklich zu gütig von Ihnen, mich zu besuchen, aber ich kann Sie doch nicht abhalten …«

»Nicht der Rede wert, das Vergnügen ist ganz auf meiner Seite.« Der Marquess strahlte, und es gelang ihm, James Hand zu schütteln, ohne sich aus Lady Anastasies schlangengleichem Zugriff zu lösen. »Das mindeste, was ich für Alfonse' Sohn tun kann! Ich erinnere mich, als Alfonse und ich uns in, äh, China, auf Entdeckungsreisen befanden. Da war dieser Killertiger, der ganze Dörfer von Wilden ausgelöscht hatte und … na ja, wir durchstreiften, äh, das Herrschaftsgebiet dieser Bestie, und ich habe in einem unglücklichen Augenblick meinen Rücken zum Wald gedreht … da … na ja, wenn Alfonse nicht gewesen wäre …«

James wagte einen Blick zu Won Tel und bekam prompt einen Hustenanfall.

»Dann gab es da noch die Geschichte …«

»Bitte!« James sah sich außerstande, die angemessene Bewirtung noch weiter hinauszuzögern und zeigte auf einen der drei Diwane. »Mein Vater war ein sehr verschlossener Mann – nehmen Sie doch Platz – und er verabscheute Lobreden auf sich.«

»Richtig.« Die Augen des Marquess glänzten vor Vergnügen. »Aber, wie dem auch sei, wir müssen weiter. Hab meinen zwei reizenden Schmetterlingen versprochen, mit ihnen eine Spazierfahrt durch den Park zu machen. Neue offene Kutsche, du versteht! Kanariengelb. Der letzte Schrei.«

»Da bin ich mir sicher.« James hätte den Marquess gerne allein beiseite genommen und ihm die Klausel ihrer Beziehung noch einmal eingehämmert. »Hab ich nicht gehört, daß Sie sich entschieden hatten, diese Saison in Dorset zu bleiben, Mylord?«

Casterbridge blies seine Backen auf. »Das könnte sein. Ich werde wahrscheinlich nur ein, zwei... vielleicht drei Wochen in der Stadt bleiben. Höchstens einen Monat.«

James fixierte den Onkel mit einem warnenden Blick.

»Sag doch Mr. Eagleton, warum wir hier sind«, flötete Lady Anastasie mit ihrer honigsüßen Stimme. »Ich weiß einfach, wie sehr er sich freuen wird.«

»Ja«, sagte der Marquess. »Hätte es fast vergessen. Übernächsten Sonnabend gebe ich ein kleines Fest in Casterbridge House. Die Einladung kommt noch, aber Lady Anastasie war ganz erpicht darauf, dich schon vorher einmal zu sehen.«

Lady Anastasie senkte schüchtern dick geschwärzte Wimpern, machte aber kein Hehl daraus, wie sehr sie an James interessiert war. »Der Marquess hat mir erzählt, daß Sie in London niemanden kennen. Ich freue mich schon darauf, dafür zu sorgen, daß Sie bei dem Fest nicht einsam sind.« Die Wimpern öffneten sich flatternd über ihren lokkenden, erfahrenen, grünen Augen.

»Augustus«, meldete sich nun Lady Sybil zu Wort. »Ich glaube, wir haben den Sohn deines Freundes lange genug aufgehalten. Und außerdem wollen wir nicht den ganzen Sonnenschein und die Gesellschaft im Park verpassen. Komm Anastasie, bevor dein Kleid vollends ausgetrocknet ist.«

James blieb kaum ein Augenblick, um Lady Anastasies giftigen Blick auf die Countess zu genießen, denn ein sich nähernder roter Blitz verkündete Liams Anmarsch.

Sie glitt lautlos über den edlen Orientteppich und stellte sich neben Won Tel. James sah den warnenden Blick, den Won Tel ihr schickte, den sie aber ignorierte. Liams feine dunkle Brauen zogen sich zusammen und streng musterte sie die Rücken der Besucher.

»Liam!« James winkte sie zu sich. »Du kommst gerade rechtzeitig. Darf ich dir einen alten Freund meines Vaters vorstellen – der Marquess von Casterbridge!«

Sie glitt an seine Seite und stellte sich dem Marquess und seiner Begleitung vor. Sich verneigend sagte sie mit ihrer klaren, hohen Stimme: »Es ist mir eine Freude, den Marquess kennenzulernen.«

Wie nicht anders zu erwarten, war der Marquess entzückt. »Aber keine annähernd so große wie mir, Sie kennenzulernen, meine Liebe!«

Lady Sybil lächelte ebenfalls charmant.

Lady Anastasie lächelte nicht. »Wie klug von Ihnen, Mr. Eagleton. Wir sollten uns immer bemühen, nach Kräften originell zu sein. Diese kleine orientalische Kuriosität ist wirklich eine Errungenschaft.«

»Liam ist...«

»...höchst befriedigt vom Kompliment dieser Lady«, sagte Liam und nahm rasch James' Arm, um sich daran festzuhalten, wie die beiden Damen an Casterbridge. Sie straffte ihre Schultern und lächelte bewundernd zu James auf.

»Dein Charme und dein Taktgefühl sind uns allen ein Beispiel«, sagte James und genoß den Augenblick. Er strich mit einem Finger über ihre glatte Wange, bevor er sich wieder seinen Besuchern zuwandte.

Ein listiges Grinsen überzog das rote Gesicht des Marquess. »Ich würde wirklich gerne bleiben, aber... Vielsagend hob er die Schultern. »Meine Countess und meine Lady wollen unbedingt gehen. Ich freu mich darauf, dich bei dem Fest zu empfangen, mein Junge.«

James beugte den Kopf. Er betete darum, daß Lady Anastasie vernünftigerweise nicht den Fehler machen würde, Liam noch weiter zu reizen. Das Ergebnis könnte katastrophal sein, und zwar nicht für Liam!

Gefolgt von den Hausbewohnern scheuchte Casterbridge seine Begleitung ins Foyer. Won Tel trat vor und reichte dem Marquess seinen Zylinder und den Stock mit dem Elfenbeinknauf.

An der Tür drehte sich der Marquess noch einmal um. »Das verspricht eine interessante Saison zu werden, meinst du nicht auch, James?« Seien Augen wanderten von James zu Lady Anastasie, die ihm gerade einen weiteren vielversprechenden Blick schenkte.

»Interessant in der Tat«, stimmte James zu. Wesentlich interessanter, als sich sein übereifriger Onkel überhaupt vorstellen konnte. »Genießen Sie Ihre Fahrt!«

Lady Anastasie bewegte sich wiegenden Schrittes vorwärts, wölbte ihren stattlichen Busen … und wogte mit den Hüften, über denen sich der luftige Musselin bauschte. Sie warf James einen Blick über eine weich gerundete Schulter zu. »Übernächste Woche also?« Ihr Blick flatterte in Richtung Liam. »Sorgen Sie dafür, daß Sie gut ausgeruht sind, Mr. Eagleton. Diese Festlichkeiten können *äußerst* anregend sein. Und *naturellement* werde ich mich gerne in *jeder* Weise um Sie kümmern.«

Damit verließen die drei das Haus.

»Ich werde mich gerne in jeder Weise um Sie kümmern«, äffte Liam die Dame nach.

»Aber, aber!« James verkniff sich das Lachen. »Die Lady – Lady Anastasie übrigens – wollte einem Fremden gegenüber doch nur höflich sein.«

Liam stellte sich vor ihn und verschränkte die Arme. Sie schob ihr Kinn hoch. »Wie ich es dachte! Ihr seid völlig unvorbereitet auf den Umgang mit diesen englischen Schlangen. Ich bin dagegen sehr gut vorbereitet.«

»Du wirst dich nicht in meine Angelegenheiten mischen.« Verdammt, Casterbridge hätte sich fernhalten sollen. »Lady Anastasie ist eine naive Person, die unglücklicherweise eine recht provokante Ausdrucksweise besitzt.« Möge man ihm diese Lüge verzeihen!

»Ha!« Liam bohrte einen scharfen Zeigefinger in seine Brust. »Naiv?«

»Hm...«

»Sie wirft ihre Netze nach Euch aus!«

4

»Bitte, Celine«, Lettie verstellte ihr den Weg zur Treppe. »Laß das sein.«

»Ich weiß, was ich tue«, sagte Celine, drückte aber Lettie rasch an sich. »Du machst dir zuviel Sorgen.«

»Und du machst dir zu wenig. Wenn deine Mama rausfindet, was du da praktizierst, wird sie...«

»Sie wird es nicht herausfinden«, sagte Celine bestimmt. »Meine Eltern waren beeindruckt, daß ich mich mit einer bestimmten Summe zufriedengebe. Ich habe ihnen gesagt, ich würde meine Ausgaben kontrollieren und nichts verschwenden oder um mehr Geld bitten.«

»Oh, Celine!« jammerte Lettie. »Du hast ihnen nicht gesagt, daß du die Absicht hattest, einen Teil dieser Summe für andere Zwecke zu sparen.«

»Ich spare es nicht für mich. Und ich verhalte mich sehr vernünftig. Meine Idee ist gut. Eine Möglichkeit, Dinge wiederzubenutzen, die schon anderen Leuten dienten, heißt, ihren Wert verdoppeln; und das Beste daran ist, daß sie nur einen Bruchteil kosten vom Neupreis.«

»Es ist so riskant.« Lettie rang die Hände. »Irgendwann wird es rauskommen, daß du deine Kleider von... Also, du weißt doch, wie boshaft diese hochnäsigen Londoner sind. Wie wirst du dich verhalten, wenn sie rausfinden, daß deine

Gewänder schon von anderen jungen Damen getragen wurden?«

»Lettie, diese anderen jungen Damen haben ebenfalls ihre Gründe, mir ihre feinen Sachen zu verkaufen. Sie beherrscht ein viel größerer Appetit auf solche Dinge als mich, und deswegen sind sie so erpicht auf dieses Geschäft. Alle passen gründlich auf, daß nichts von unserem Arrangement durchsickert. Die Sache ist perfekt, und ich bin entschlossen, so weiterzumachen – um Davids willen – und Ruby Roses und all der anderen Frauen, denen wir damit helfen, ein neues Leben in London zu beginnen. David stellt im Augenblick eine Zuflucht und den Lebensunterhalt für Ruby Rose. Er kann es sich nicht leisten, einen Koch und eine Haushälterin zu bezahlen – trotzdem hat er sich entschlosssen zu diesem Opfer. Du weißt, daß er alle nur mögliche Hilfe für seine Mission braucht.«

»Seine Mission!« Lettie knetete die Röcke ihres grauen Morgenkleides. »Du weißt, wie gern ich David habe; aber seine wilden Pläne mit diesen gefallenen Frauen werden ihn in Teufels Küche bringen. Und noch schlimmer, er zieht dich vielleicht mit in den Abgrund, mein Kind. Seine Mission sollte es sein, die Seelen der Dorfbewohner von Little Puddle zu führen.«

»Alle Seelen müssen geführt werden.« Celine hielt inne, schuldbewußt, da sie persönlich mit der Frömmigkeit auf Kriegsfuß stand. »Findest du nicht, daß Ruby Roses Seele genauso wichtig ist wie die von dieser ekligen Mrs. Strickland?« Damit war Davids Haushälterin gemeint, eine angsteinflößende Person, die lautstark ihren Ärger darüber kundtat, daß man ihr Ruby Rose aufgehalst hatte.

»Mrs. Strickland hat ihre eigenen Probleme, da bin ich mir sicher«, sagte Lettie streng. »Als David Talbots Haushälterin kann sich jede brave Frau in eine Megäre verwandeln. Und du, mein Fräulein, solltest dich für deine scharfe Zunge schämen.«

»Und für meinen Dickkopf? Papa und Mama reden immer davon.«

»So einfach wirst du nicht das Thema wechseln, Celine. Dieser Plan von dir kann dein Untergang sein – und mein Ende, was mich nicht weiter wundern würde. Du bringst mich mit den ständigen Sorgen um dich in ein frühes Grab!«

»Unsinn. Die Rettung von Ruby Roses Seele ist der bestmöglichste Vorwand, David Geld zu schicken. Und dabei ist wirklich nichts Unredliches.«

Letties dunkle Augen glänzten vor Zorn. »Unredlichkeit und Unredlichkeit sind zweierlei Stiefel. Raffiniert zu sparen, und dann deinen Eltern zu verschweigen, daß du ihr Geld verschenkst, ist definitiv unredlich.«

»Aha!« Celine lachte und drehte sich, ließ die weichen Röcke ihres lavendelfarbenen Musselinkleides mit der hohen Taille wirbeln, bis sie wie ein Ballon wehten und sich dann um ihren Körper wickelten. »Aha! Aha! Liebste Lettie, *welcher* von den zwei Stiefeln ist es? Ich behaupte, daß es eine List für einen guten Zweck ist, wodurch du sie gelten lassen mußt – aus Güte!«

»Du zuckermäuliger Schmetterling«, rief Lettie, aber ihr nachsichtiges Lächeln brachte ihre Grübchen zum Vorschein. »Master David Talbot hatte kein Recht, dich in dieses spatzenhirnige Unternehmen zu verwickeln.«

Celine stampfte mit einem lavendelfarben beschuhten Fuß auf und packte Letties Schultern. »Ruby Rose und all den anderen Frauen helfen, wie wir es vorhaben, ist keine Torheit. Sie sind Frauen, die ohne eigene Schuld und Mangel an Führung… unschuldige Mädchen, weil keiner sie vor den lauernden Gefahren gewarnt hat… Naja«, sie hob die Hände, »und so sind sie eben *gefallen.*«

»Sie sind gefallen? Du redest also von gefallenen Frauen. Master David hat kein Recht, mit einem jungen Ding über *gefallene Frauen* zu sprechen. Und das nächste Mal, wenn ich ihn sehe, werde ich ihm Bescheid sagen.«

»Das wirst du nicht tun«, entgegnete Celine mit gerunzelter Stirn. »Er ist schon schüchtern genug. Meinst du etwa, es ist leicht für einen so stillen Mann wie David, nach London zu kommen und diese unangenehmen Orte aufzusuchen, wo solche Frauen wohnen und arbeiten?«

Lettie blieb der Mund offen stehen. »Er hat dir von diesen Orten erzählt?« flüsterte sie und trat auf Celine zu.

»Aber natürlich. Und sie arbeiten hart, nur um genug Geld für diese gräßlichen schrillen Kleider zu verdienen, die sie auf der Straße tragen, um ... die Aufmerksamkeit von Männern zu erregen!«

»Was?« quiekte Lettie. »Warte, bis ich diesen Herrn Pastor erwische.«

»Ich verstehe dich nicht. David hält soziales Bewußtsein für absolut notwendig. Man muß die Verantwortung übernehmen für diejenigen, die in keiner so glücklichen Lage sind wie wir. Die gefallenen Frauen verzehren sich nach der Aufmerksamkeit von Männern. Sie meinen, sie müssen so gewagte Sachen anziehen, um aufzufallen. Es ist alles ein Teil ihres großen Irrtums.«

»David darf nicht mit dir über solche Dinge reden.«

»Solche Dinge? Warum nicht? Ruby Rose ist eine liebe sanfte Frau, die sich ohne eigene Schuld ... gewissen Gefühlen hingegeben hat. Sie war ... berauscht von diesen Täuschungen und absolut unfähig, sich ohne Hilfe davon zu befreien. Selbst für irgendeinen Schurken zu arbeiten schien ihr akzeptabel, nur um diese, diese ...«

»Also, hör mal!« Lettie verschränkte die Arme. »Ich bete darum, daß du nicht wirklich ein einziges Wort von dem, was du da plapperst, verstehst.« Ihr hübscher Mund war nur noch ein grimmiger Strich.

»Aber natürlich tue ich das. Diese armen Dinger – all die Ruby Roses – müssen in Häusern leben, die ältere, unersättlich geldgierige Frauen beaufsichtigen.«

»Das hat dir David Talbot auch erzählt?«

»Ja, sicher hat er das. Er muß zu diesen… Weißt du, daß diese habgierigen Hexen oft den Titel Äbtissin tragen? Ich glaube, das trifft David am schlimmsten. Sie tun so, als würden sie praktisch einer heiligen Sache dienen, indem sie diese armen Gefallenen in ihren… wußtest du, daß sie ihre Häuser manchmal Klöster nennen?«

Lettie schauderte es.

»Genau!« Celine holte tief Luft. »Entsetzlich, nicht wahr? Ich bin so froh, daß du endlich verstehst, wie wichtig unser Anliegen ist. Diese bösartigen *Äbtissinnen* verlangen von Unglückskindern Wucherpreise für ihre armseligen Zimmer und lassen sie furchtbar hart arbeiten … oft die ganze Nacht, wie ich glaube. Normalerweise gibt es irgendeine Art Abmachung, die junge Frauen wie Ruby Rose zwingen, dort zu bleiben. Und dafür braucht David das Geld. Um diese gräßlichen Ausbeuterinnen auszuzahlen, damit sie ihren Mietern erlauben zu gehen. Und um sein mageres Einkommen zu strecken, natürlich. Was er bezahlt bekommt, deckt kaum die ständigen Kosten des Pfarrhauses.«

»Arme Mrs. Strickland«, murmelte Lettie.

»Was hat Mrs. Strickland mit all dem zu tun?«

Lettie warf einen Blick über das Treppengeländer in die Einganghalle.

»Lettie?«

»Oh, nichts, nichts. Wie kommt denn Ruby Rose mit ihren Kochstunden voran? Erzähltest du mir nicht, David hat bestimmt, daß sie das lernen soll? Kochen?«

»Genau!« Es war für Celine wirklich eine große Befriedigung, wenn Lettie sich endlich entschloß, sich auch für diese Sache zu erwärmen. »Nach einiger Zeit wird Ruby Rose imstande sein, sich einen ehrbaren Lebensunterhalt in einem anständigen Haushalt zu verdienen und für sich selbst zu sorgen. Inzwischen ist sie sicher eine große Hilfe für Mrs. Strickland. Bevor sie begann, Ruby Rose zu unterrichten, mußte sie alles im Pfarrhaus alleine machen.«

»Hm! Mrs. Strickland liegt der Unterricht für Ruby Rose bestimmt sehr am Herzen.«

»Genau. Das glaube ich auch. Ich hab sogar Mrs. Strickland sagen hören, Ruby Rose müsse ein Ausgleich für etwas in ihrer Vergangenheit sein. War das nicht nett?«

Lettie schüttelte langsam den Kopf. »Sehr nett. Ich möchte jetzt dieses Thema nicht mehr weiter erörtern, und wenn du einen Funken Verstand hast, wirst du dir Mühe geben, auch nicht mehr darüber zu reden. Mr. und Mrs. Godwin würden ...«

»Das *weiß* ich.« Celine bereute ihren heftigen Ton sofort. »Ich meine, daß ich immer sehr vorsichtig bin mit dem, was ich mit meinen Eltern bespreche.«

»In der Tat.«

Lettie sah Celine direkt in die Augen. Da gab es diese Dinge, die nie laut ausgesprochen werden durften. Lettie und Celine vermieden es, über die schwierigen Zeiten zu reden, die sie zusammen erduldet hatten, wenn ihre Eltern sich ihre finsteren Launen – wilde Phasen – wie Lettie sie nannte, erlaubten. Eingesperrt in ihren Zimmern, manchmal tagelang, hatten sich Celine und Lettie an die Geräusche von Schleifen und Poltern und die tobenden Stimmen der Godwins gewöhnt. Insgeheim glaubte Celine, daß die vielen Flaschen Wein und anderen starken Getränke, die ihre Eltern zu sich nahmen, schuld an diesen Tobsuchtsanfällen waren. Sie wußte, daß sie ihnen nie Anlaß geben durfte, auf sie wütend zu werden. Die Narben der Prügel ihrer Kindheit waren auf ihrem Körper nicht sichtbar; aber sie existierten in den Bereichen ihres Gedächtnisses, die sie energisch verschlossen hielt. Das Leben war so voller Veränderungen und Freuden, da blieb keine Zeit fürs Nachgrübeln über häßliche Dinge.

Celine lächelte. Vielleicht war es an der Zeit, das gewohnte Schweigen zu brechen. »Überleg doch mal, Lettie. Warum sollte es nicht gut sein zu erkennen, daß manche

Leute ein wesentlich härteres Leben haben als ich? Vielleicht wird mir der Umgang mit diesen gefallenen Frauen helfen, wenn wir das nächste Mal eine dieser wilden Phasen über uns ergehen lassen müssen!« Sie hielt sich die Hand vor den Mund. Niemals, niemals hatten sie über Einzelheiten von Mamas und Papas Wutanfällen gesprochen.

»Womöglich könnte es das«, bestätigte Lettie leise und wandte ihr Gesicht ab. »Mein armes Lämmchen. Aber ich muß dich ermahnen, deinen Eltern gegenüber niemals etwas davon zu erwähnen – weder über die wilden Phasen noch über diese Geschichte mit David Talbot.«

»Das verspreche ich dir«, sagte Celine. »Und jetzt laß uns *bitte* runtergehen. Miss Isabel Prentergasts Besuch ist bereits überfällig.«

Mit einem Seufzer zupfte Lettie die Spitze an Celines Hals zurecht und strich ihr über die Wange. Sie gab den Weg frei und stieg dann hinter Celine die Treppe hinunter. »Vielleicht hat es sich Miss Prentergast ja anders überlegt.« In Letties Stimme schwang unverkennbar Hoffnung.

»Ich kann dir versichern, daß sie das nicht hat.« Celine blieb stehen und lachte Lettie an. »Miss Prentergast braucht Geld. Laut meinen Auskunftgebern hat sie einen unstillbaren Appetit auf Whist.«

»Nein!« Lettie legte die Hand an ihren Hals. »Was würde ihr Papa...«

»... und ihre Mama sagen?« beendete Celine den Satz. Sie kicherte und hüpfte vergnügt hinunter ins Entrée, wo ein schäbiger indischer Teppich in verblaßten Schlammtönen das hochpolierte, aber abgetretene Eichenparkett nur mangelhaft bedeckte.

Im Salon blieb Celine stehen und biß sich auf die Lippe. »Freilich sollte ich mich nicht beklagen – aber findest du diesen Raum nicht auch ausgesprochen muffig, Lettie?«

»Ich werde ein Fenster öffnen.«

»Nein, nein«, sagte Celine irritiert. »Die Fenster *sind*

offen. Ich meine all diese steifen, langweiligen, alten Möbel. Warum sucht sich jemand lauter so langweilige Brauns und Grüns aus? Und die ganzen Goldkordeln sind nur noch Fetzen. Obendrein sehen die Vorhänge so … *müde* aus.«

»Du beklagst dich zuviel«, erwiderte Lettie, aber in ihrer Stimme war nichts von Tadel zu hören.

»Ich weiß.« Celine setzte sich auf eine schlechtgepolsterte Bank und arrangierte ihre Röcke. »Besser halte ich mir das Los der armen gefallenen Frauen vor Augen und zeige mich dankbar.«

Lettie zuckte die Schultern.

»Du magst London nicht«, drehte Celine nun den Spieß um. Sie klopfte auf den Sitz neben sich.

Lettie nahm Platz und betrachtete ihre Hände. »London ist es nicht direkt.«

»Aber das, was hier vor sich geht? Die Ballsaison? All dieses Kommen und Gehen und Getue?«

»Zum Teil.«

Celine wurde plötzlich flau in der Magengegend. »Du machst dir Sorgen wegen der Sache mit Bertram Letchwith«, sagte sie zögernd, um ihr eigenes Grauen vor dieser Verbindung zu kaschieren.

»Nein, nein, natürlich nicht.« Aber Letties Unterlippe zitterte.

»Wir zerbrechen uns grundlos die Köpfe«, verkündete Celine entschlossen. »Du wirst sehen. Er legt sich nicht auf einen echten Antrag fest, und dann gibt es auch keine Heirat.«

»Oh, mein armes, liebes, kleines Mädchen, wie kannst du das glauben nach all den Verhandlungen?«

»Einfach deshalb, weil es absolut realistisch ist. Wenn Mr. Letchwith wirklich an meiner Person gelegen wäre, dann würde ihm diese Ballsaison nicht gefallen. Meiner Ansicht nach ist er gar nicht ernsthaft interessiert. Er will diesen Aufschub nutzen, um sich noch weiter umzusehen. Und wahrscheinlich nimmt er korrekterweise an, daß ich einem Vergleich mit den anderen jungen Damen nicht standhalte. Dann wird er sich neu entscheiden. Papa und Mama wissen das und wünschen inständigst, daß ich selbst eine Alternative zu ihm finde.« Celine nahm Letties Hand. »Hab ich es dir nicht gesagt? Es gibt nichts, weshalb wir uns grämen müßten.«

Lettie seufzte erneut und lächelte etwas schief.

Celine fand, sie müßte selbst Mr. Letchwith aus ihren Gedanken vertreiben. Nun fiel ihr noch etwas ein. »Es gab keinen… Ich nehme an, es war kein Besuch da während meiner Ausgänge? Gestern vielleicht? Oder hat Baity vergessen, es zu erwähnen?« Sie vermied es, Lettie anzusehen.

»Wen genau erwartest du denn?«

Sofort mußte Celine an Augen wie ein grauer Himmel an einem Wintermorgen denken.

»Celine?«

So groß, so kräftig, mit so muskulösen Beinen…

»Celine!«

»Genau! Das ist es… Was hast du gesagt, Lettie?«

»Immer mit den Gedanken in den Wolken, das Fräulein! Genau dies, genau das. Und in deinem hübschen Kopf bleibt nichts hängen. Du hast nach einem Besuch gefragt, und ich wollte mich genauer erkundigen.«

Celine zupfte an einem losen Faden, der aus einer besonders widerlich aussehenden violetten Rose auf dem Polster hing. »Niemand. Keine Menschenseele. Ich dachte nur, vielleicht hätte ein Freund seine Karte hinterlassen.«

»*Seine* Karte? Genau wie ich es mir dachte, junge Lady. Dir schwebt immer noch dieser Lebemann im Anzug eines Gentleman vor, der die Kühnheit besaß, dich im Theater anzusprechen.«

Celine machte eine grimmige Miene. »Falsch geraten. Und er war kein Lebemann. Mr. Eagleton hat sich tadellos benommen.«

»Runzel nicht die Stirn. Du wirst Falten kriegen. Du bist keine Autorität, was Lebemänner und Gentlemen angeht, Celine. Vertrau mir, er ist ein Salonlöwe und hat beschlossen, unser schönes Mädchen mit seiner weltmännischen Art im Sturm zu erobern.«

Mr. Eagleton hatte tatsächlich etwas sehr Weltmännisches an sich gehabt – aber auf eine faszinierende Art. Celine richtete sich auf. Ohne Zweifel hegte Ruby Rose damals ähnliche Gedanken gegenüber jenem Gentleman, der ihr begegnet war – und nun sah man, wohin sie das gebracht hatte.

»Miss Prentergast verspätet sich ja enorm!«

Aber Ruby Rose hatte sich wahrscheinlich wunderbar amüsiert mit ihren Gedanken und den Gefühlen, die sie auslösten, bevor sie tatsächlich... *fiel.* Was genau, fragte man sich, passierte eigentlich, bevor eine Frau endgültig fiel?

»Celine, du bist heute morgen sehr verträumt. Was ist los mit dir?«

Die junge Dame hörte die Glocke an der Haustür und wandte sich mit strahlendem Lächeln Lettie zu. »Miss Prentergast, endlich.« Oder könnte es sein, daß Mr. Eagleton sich doch noch entschlossen hatte, seine Aufwartung zu machen?

Baity, klein, stämmig, mit glänzender Glatze und sehr kurz angebunden, trat ein. »Eine Miss Isabel Prentergast.«

Die blonde, muntere Isabel schoß um Baity herum und trippelte ins Zimmer. In ihrem Kielwasser, praktisch zugedeckt von dem mit einem Laken verhüllten Bündel, das sie trug, befand sich noch eine Frau.

»Danke, äh...« Miss Prentergast winkte Baity hinaus, dieser machte sich auch prompt davon.

»Guten Morgen...«

»Wir müssen uns beeilen«, unterbrach das Mädchen Celine und scheuchte ihre schwer beladene Dienerin zu einem Stuhl. »Leg die Sachen da hin, Millie.«

»Ist alles in Ordnung?« fragte Celine. »Sie hatten doch nicht etwa, äh, Schwierigkeiten?«

Miss Prentergast sandte ihr einen warnenden Blick. »Du darfst im Foyer warten, während ich die Anprobe bespreche, Millie.« Als das Mädchen den Raum verließ, faßte die junge Frau zuerst Lettie bedeutungsvoll ins Auge und dann Celine. »Ich halte es wirklich für das beste, wenn es unter uns bleibt nicht wahr?«

»Lettie ist meine Gesellschafterin«, erklärte Celine fest. »Und meine Freundin.«

»Wie unkonventionell! Ich finde, man kann mit Bediensteten gar nicht vorsichtig genug sein. Diese Kreaturen mit den losen Zungen! Ich habe Millie eingeredet, Sie wären eine Modistin.«

Celine ignorierte das empörte Schnaufen, das Lettie entfuhr. »Wie klug von Ihnen, Miss Prentergast. Vielleicht sollten wir unser Geschäft also umgehend abwickeln.«

»Bitte sagen Sie doch Isabel. Und ich werde Sie Celine nennen.« Ein Lächeln machte das unscheinbare Gesicht fast hübsch, dann schickte sie sich an, ihr Angebot auszupacken.

Bei Celines erster gesellschaftlicher Unternehmung in einem kleinen Salon einer Politikergemahlin, die offensichtlich Celines Vater kannte, hatte sie das Geplapper der Mädchen furchtbar gelangweilt – bis jemand die enormen Kosten der Gewänder ansprach. Scheinbar fanden die jungen Damen es schrecklich unfair, daß sie nicht an all den aufregenden Vergnügen teilnehmen konnten, die ihre reicheren Freundinnen genießen durften. Die meisten Familien hatten bereits ihre finanziellen Mittel bis zum äußersten erschöpft, um sich überhaupt eine Ballsaison leisten zu können; und die größten Ausgaben erforderte die Garderobe, besonders Roben, die meist nur einmal getragen wurden.

Celine war eine perfekte Lösung eingefallen. Sie würde

einige dieser jetzt im Schrank hängenden Kreationen kaufen, sie so gut es ging verändern, und dann die Differenz, die sie für neue Kleider benötigt hätte, David zukommen lassen. Bei ihren diskreten Nachfragen hatte sie bereits mehrere willige Verkäuferinnen gefunden.

»Und?«

Celine merkte nicht, daß Isabel auf ihre Reaktion wartete. »Hm?«

»Sie gefallen Ihnen nicht?« Isabel zog einen Schmollmund und zupfte verlegen an der Corsage eines bildschönen rosa Satingewands herum. »Meine Mama hat ein Vermögen dafür bezahlt, aber es ist viel zu auffällig. Ich kann es nicht mehr anziehen, sonst denken die Gentlemen womöglich noch, bei mir gäbe es *überhaupt* keine Mitgift.« Sie drehte ihre runden blauen Augen dramatisch gen Himmel.

Celine trat vor und zupfte an der entzückenden Borte aus silbernen Rosen am Ausschnitt. »Rosa steht mir nicht.« Sie rümpfte die Nase. »Und solch protzigen Tand mag ich nicht.«

»Protziger Tand!« Isabels Empörung war eindeutig echt. »Das Silber am Hals und am Saum ist wirklich einzigartig. Alle haben das gesagt.«

»Na ja!« Celine schürzte die Lippen. »Das ist natürlich noch ein Punkt. Selbst wenn mir das Silber gefallen würde«, – und wie gut es ihr gefiel, dachte sie voller Bedauern – »ist dadurch das Kleid viel zu leicht erkennbar. Also ...«

»Man könnte es abtrennen«, sagte Isabel hastig. »Das wäre doch ein kaum nennenswerter Aufwand.«

»Für eine Modistin«, warf Lettie sarkastisch ein.

Isabel ignorierte sie. »Wirklich. Ein paar kleine Schnitte und weg ist es.«

»Hm.«

»Natürlich«, fuhr Isabel drängend fort. »Natürlich würde man den Preis entsprechend anpassen.«

»Hm. Wieviel dachten Sie ...«

»O nein! Solche Dinge dürfen wir nicht laut aussprechen.« Sie holte ein Notizbuch und einen goldenen Stift aus dem reizenden, mit Blumen verzierten Strohtäschchen, das sie am Handgelenk trug. »Wir werden unsere Verhandlungen aufschreiben. Über Geld zu sprechen ist einfach *zu* vulgär. Mama sagt das immer.«

Isabel schrieb eine Reihe kleiner ordentlicher Zahlen und zeigte sie Celine.

»Oje! Sie müssen sehr reich sein, um sich solche Extravaganzen leisten zu können. Ich fürchte...«

»Es ist ein besonderes Modell«, protestierte Isabel. »Die Kopie eines französischen Entwurfs, und wurde sehr bewundert.«

»Hm.«

Isabel blies die Backen auf und schrieb eine weitere Zahl in das Büchlein. »Hier.«

»Hm.«

»Also wirklich.« Isabel kritzelte weiter.

Diesmal nahm Celine das Büchlein und studierte die Vorschläge darin mit äußerster Konzentration. »Darf ich?« Sie nahm Isabels Stift, um selbst ein paar Zahlen zu notieren. »Das beinhaltet einen Preisnachlaß für das Entfernen der Verzierungen.«

Isabel lugte um Celines Arm herum. »So wenig? Aber ich brauche...« Sie hielt inne und wäre sicher beleidigt gewesen, hätte sie Celines befriedigtes Grinsen gesehen.

»Oh, das darf ich nicht vergessen.« Celine schrieb erneut. »Sie sind gute fünf Zentimeter kleiner als ich. Das heißt, ich kaufe fünf Zentimeter weniger Kleid, als ich brauche. Diese Summe ist mein Preisvorschlag.«

Isabel rang um ihre Fassung.

»Natürlich«, sagte Celine mit zuckersüßer Stimme, »wenn Sie tatsächlich so dringend Geld brauchen, müssen Sie sich leider einen anderen Käufer suchen.«

»Meine Mama und mein Papa werden nicht klagen,

danke. Die Summe, die Sie nennen, muß ausreichen.« Isabel rümpfte verächtlich die Nase.

Nach einer weiteren halben Stunde war der Kauf der zweiten Kreation geregelt. Ein elegantes Blattmuster in Schwarz und Gold zierte die tief ausgeschnittene Corsage des frühlingsgelben Musselinkleides. Nachdem Isabel erheblich weniger Busen besaß als Celine, könnte es einige Schwierigkeiten beim Ändern der Corsage geben, aber Celine war recht geschickt im Nähen.

»Gut, daß das erledigt ist«, sagte Isabel erleichtert nach Beendigung der Transaktion. Sie hatte auch keine Bedenken, das Geld einzustecken, das Celine ihr gab. »Ich kann mir wirklich nicht vorstellen, wie man abgelegte Stücke tragen mag. Sie armes Ding!«

Celine lächelte. »Man kann sich sein Schicksal nicht aussuchen. Aber nachdem wir beide unsere Interessen schützen wollen, sollte besser kein Wort über unser Arrangement laut werden, nicht wahr?«

»Abgemacht!« Isabels blaue Wangen wurden hart. »Kein Sterbenswörtchen! Außerdem ist es ziemlich unwahrscheinlich, daß wir uns öfter über den Weg laufen.«

Celine warf ihr einen scharfen Blick zu, sagte aber nichts. Isabel bezog sich damit auf die Tatsache, daß sie einen wesentlich höheren gesellschaftlichen Rang bekleidete als Celine und daß Isabel deshalb viele Festivitäten besuchte, von denen Celine ausgeschlossen war.

»Ich habe vielleicht noch ein Gewand. Ende nächster Woche. Wenn ja, werde ich es bringen und Ihnen alles über die wunderbare Soirée erzählen, zu der ich eingeladen bin. Angeblich wird es das bis jetzt aufwendigste Fest dieser Saison, vielleicht des ganzen Jahres.«

»Wirklich?« Celine gelang es, reserviert dreinzuschauen. Zweifellos! Der Marquess von Casterbridge öffnet zum ersten Mal seit *Jahren* Casterbridge House am Park Lane. Und ich habe eine *Einladung*. Mama sagt *alle* werden da sein. Die crème de la crème! Jedes Mitglied der Gesellschaft von Rang und Namen! Ich kann es kaum erwarten.« Isabel holte einen Fächer aus bemaltem blauem Pergament heraus, genau passend zur Farbe ihres Kutschenkleides und schlug ihn auf. Sie beäugte Celine abschätzend über den Rand. »Es ist so schade, daß Sie nicht dabeisein werden.«

Celine stellte etwas irritiert fest, daß das andere Mädchen automatisch davon ausging, die bessere Position zu besitzen... und sie hatte recht. »Nein, das werde ich wohl nicht.« Ihr Blick huschte an Lettie vorbei, und sie fügte hinzu: »Ich habe bereits eine andere Verabredung.«

Bevor Isabel etwas erwidern konnte, öffnete sich die Salontür erneut und Baity erschien auf der Schwelle. Er reichte Celine eine Karte auf einem Silbertablett. Eine Ecke der Karte war nach unten geknickt, das Zeichen, daß der Besucher auf Antwort wartete.

Celine las sie, und ihre Hand wanderte zu ihrem Herzen. »James Eagleton« stand da auf dem schweren, cremefarbenen Karton in Prägedruck – sonst nichts.

»Nun, bitten Sie den Gentleman herein«, sagte Celine zu Baity. Dann wandte sie sich an Isabel. »Ich bin Ihnen sehr dankbar für Ihren Besuch und hoffe, Sie bald wiederzusehen. Vielleicht nach dem erwähnten Fest?«

Während Isabel ihre weißen Handschuhe glättete, blickte sie erwartungsvoll zur Tür. »Ja«, sagte sie zerstreut, »bis danach!«

Ohne hinzusehen spürte Celine, wie Lettie sich abrupt erhob, als die Tür sich erneut öffnete. Der Mann, der eintrat, fesselte auf der Stelle die gesamte Aufmerksamkeit.

Mr. James Eagleton schritt herein, ging direkt zu Lettie und nahm ihre Hand. »Wie reizend, Sie wiederzusehen, Madam!«

»Miss Fisher«, sagte Lettie. Aber ihre Stimme klang schwach, und Celine bemerkte, daß Letties Wangen rosig anliefen.

»Und Miss Godwin.« Mr. Eagleton wandte sich Celine zu und sah sie gewinnend an. »Ihr seid noch liebreizender, als ich in Erinnerung hatte!«

»Oh!« Celine wurden die Knie weich, und ihr Herz machte einen Satz. Aber dann faßte sie sich und sagte: »Guten Morgen, Mr. Eagleton. Wie nett von Ihnen vorbeizuschauen.«

»Mr. Eagleton?« hauchte Isabel Prentergast mit gepreßter Stimme. »*Der* Mr. James Eagleton?«

Eine unvermittelte Wut unterbrach den Strom zitternder Wärme, der in Celine aufgestiegen war. Isabel machte Mr. Eagleton schöne Augen. Wirklich abstoßend.

»Der bin ich.« Er lachte, zeigte seine starken, sehr weißen Zähne, und sein Mund verzog sich zu ... wie sich eben nur sein Mund verziehen konnte.

»Der James Eagleton, der eine ganze Insel *besitzt*?«

»Paipan ist ein ziemlich kleines Eiland, aber es trifft zu.«

Isabel trabte näher heran. »Und Sie haben Schiffe? Und, äh, ein Handelsimperium?«

Bescheiden neigte Mr. Eagleton den Kopf. »Ich fürchte, das alles entspricht den Tatsachen.«

»Das ist herrlich aufregend«, krächzte Isabel mit heiserer Stimme und reichte ihm ohne Aufforderung ihre Hand.

Celine kniff energisch den Mund zusammen.

»Und Sie sind?« fragte James höflich.

»Isabel.« Sie betonte jede Silbe, so, wie man es von Opernsängern beim Sprechen kennt. »Isabel Prentergast.« Dann hielt Isabel Mr. Eagleton ihre Hand praktisch unter die Nase und vergaß dabei ihr nicht ganz geschlossenes Täschchen am Handgelenk. Der Inhalt ergoß sich auf den Boden, aber Isabel hatte nur Augen für Mr. Eagleton.

»Oje«, sagte er und Celine registrierte erfreut, daß er sich amüsierte. Er bückte sich, um das Notizbuch und den Stift, das spitzenbesetzte Taschentuch, das Riechfläschchen ... und ein Töpfchen mit Rouge aufzuheben.

»Lassen Sie nur!« sagte Isabel und sah wie ein begossener Pudel auf die Bescherung.

Also wirklich, mit einem Topf Rouge in der Tasche erwischt zu werden! Wie ungeheuer peinlich.

Endlich hatte Isabel sich wieder gefaßt, wenn auch noch in Verlegenheit. »Lady Anastasie Blenkensop ist eine Freundin meiner Familie, Mr. Eagleton«, sagte sie und schob eine entwischte Locke aus dem Gesicht.

Er verschränkte seine Hände unter den Schößen seines wie immer tadellosen Jacketts. »Nicht möglich.«

»O ja, sie hat uns alles über Ihren selt... Ihren interessanten Haushalt erzählt.«

Mr. Eagleton schien auf einmal sehr geschäftig. »Ohne Zweifel. Könnte ich Ihre Kutsche für Sie rufen, Miss Prentergast?«

»Ich... na ja, ich denke schon. Stimmt es, daß Sie eine chinesische...«

»Ganz richtig«, unterbrach Mr. Eagleton. »Kommen Sie, ich helfe Ihnen.«

»Lady Anastasie sagte, Sie würden zum Casterbridge Fest kommen. Klingt es nicht *himmlisch*? Können Sie es auch kaum erwarten, bis es soweit ist?«

Mr. Eagleton packte Isabel am Ellbogen. »Es wird sicher ein glänzendes Ereignis werden.«

»Arme Celine«, sagte Isabel und sah mit einiger Mühe über ihre Schulter. »Sie ist natürlich nicht eingeladen. Aber ich habe versprochen, zu kommen und ihr alles darüber zu erzählen.«

»Was Sie nicht sagen!« Er schob das Mädchen, das buchstäblich auf Zehenspitzen trippelte, um mit ihm Schritt zu halten, hinaus in die Halle, und man hörte ihn Baity anweisen, die Kutsche zu rufen.

Minuten später kehrte er zurück und sah wieder genauso gelassen und attraktiv aus wie bei seiner Ankunft. Wieder war es Lettie, der er zuerst seine Aufmerksamkeit schenkte.

»Miss Fisher, ich hoffe Sie betrachten meinen Besuch nicht als zu überstürzt. Ich hatte ein paar Schwierigkeiten, die genaue Nummer dieses Hauses herauszufinden. Nachdem ich nun bereits in der Gegend war, beschloß ich, Ihr Wohlwollen etwas auf die Probe zu stellen. Wenn es Ihnen lieber wäre, daß ich gehe...« Er verbeugte sich.

Lettie schien zu überlegen.

Celine wartete, wünschte sich inständig, daß ihre Gesellschafterin ihn nicht fortschicken würde.

Diese warf einen Blick auf ihren Schützling und sagte: »Es liegt nichts Dringendes vor, Mr. Eagleton. Ich glaube, Celine würde sich über ein wenig Gesellschaft freuen. Sie ist zuviel allein. – Also, Celine, ich werde diese Gewänder in dein Gemach bringen und mit den Änderungen beginnen. Warum zeigst du nicht Mr. Eagleton den Garten? Ich bin ein großer Freund von Rosen, Sir. Und es kommt mir vor, als hätten meine Bemühungen in der kurzen Zeit, in der wir hier sind, bereits Wirkung gezeitigt.«

Celine sah Lettie erstaunt an, als sie das Zimmer verließ. Was konnte denn bloß in ihre Gesellschafterin gefahren sein? Normalerweise bedeutete männliche Gesellschaft, daß Lettie nicht von ihrer Seite wich wie ein ängstlicher Mutterschwan bei ihrem einzigen überlebenden Küken.

»Miss Godwin.« Mr. Eagleton berührte ihren Arm und Celine zuckte zusammen.

Er lächelte und sie sah wieder die schwarzen Flecken im Grau seiner Augen, die schwarzen Ringe um diese Iris aus poliertem Stahl. Dort, wo seine makellos weiße Krawatte auf seine Haut traf, bemerkte sie einen faszinierenden Kontrast zu seiner Sonnenbräune und dem schwarzen Haar, das sich dort lockte. Seine Mundwinkel zogen sich noch weiter nach oben und unter seinen hohen Wangenknochen bildeten sich etliche Fältchen. Nun bemerkte sie auch zum ersten Mal ein leichtes Grübchen in seinem scharf gezeichneten Kinn.

»Darf ich Sie in den Garten begleiten?« fragte er.

Langsam hob sie ihren Arm. Er nahm ihn behutsam und legte ihn auf seinen Unterarm, dann schloß sich seine Hand um die ihre. Oje, oje! Diese Atemlosigkeit, das Hämmern in ihrer Brust... Es war der Anfang dieses anderen... dieses Gefühls, das sie meiden sollte. Celine wußte es.

»Gehen wir?«

»Ich... ja...«

Definitiv mußte das der Anfang sein. Und Celine stellte fest, daß ihr absolut der Wille fehlte... und auch das Bedürfnis... dem Einhalt zu gebieten.

5

James grübelte über das seltsame Verhalten von Celines Gesellschafterin nach... was völlig unzulässig war. Ein junges, unerfahrenes Mädchen dem zweifelhaften Schutz eines Mannes – eines Fremden – anzuvertrauen, dürfte nicht vorkommen. Unwissenheit? fragte er sich, oder irgendeine tückische Absicht? Egal. Beide Motive konnten seinen Absichten nur dienen.

Er spürte es weiterhin, dieses mißtrauische Zögern. Aber noch stärker spürte er das Feuer in Celine, ihre schlummernde Leidenschaft. James spazierte mit ihr durch das bedrückende Haus und nahm deutlich, wie schon im Theater, ihr goldenes Haar, die weichen und seidigen Wangen mit ihrem Hauch von Rosa, die Fülle glatter weiblicher Haut über dem eckigen Ausschnitt ihres Kleides wahr.

Ein Lichtwesen wie ein Strahl polierten Sonnenscheins, der durch die schäbige Umgebung wanderte, die rings um sie her in den Hintergrund trat.

»Wie Miss Fisher schon sagte, Miss Godwin, dies ist in der Tat ein herrlicher Tag.« Wegen einer Frau hatte er noch nie den Kopf verloren, und er würde sich verdammt hüten, das ausgerechnet jetzt zuzulassen – vor allem jetzt!

»Lettie liebt den Sonnenschein und die Frühlingsblumen.« Ihre sanfte Stimme war ein bißchen rauchig – und sie zog ihn damit noch mehr in Bann. »Ich liebe sie auch«, fügte sie hinzu und erlaubte sich einen kurzen Seitenblick auf ihn.

Sie verließen das Haus durch eine Tür am hinteren Ende eines überraschend gut bestückten Wintergartens. James fühlte, wie der Druck ihrer Hand auf seinem Arm stärker wurde und streichelte instinktiv ihren Handrücken. Ein sanftes Weibchen, diese Celine Godwin, wenn er sich nicht irrte!

Mit einemmal stieg in ihm das Konterfei dieser widerlichen Kreatur Letchwith vor seinem inneren Auge auf. James biß die Zähne zusammen. Won Tel hatte gute Arbeit beim Sammeln von Informationen geleistet, und jetzt besaß er eine Fülle von Fakten über die vielen Aspekte von Darius Godwins Leben. Sein Geschäftsgebaren, seine Glücksspielexzesse, seine perversen sexuellen Praktiken – sämtliche Details lagen vor. Andere Namen waren aufgetaucht wie dreckiger Schaum auf erhitztem schmutzigem Wasser. Von all diesen Männern wußte man, daß sie einer gewissen League of Sporting Gentlemen angehörten. Ihre bevorzugten Sportarten kannten nur sie selbst – und die Frauen, die sie engagierten – sowie jetzt James.

Er kannte auch die Pläne, die Letchwith mit Celine Godwin hatte. Tief atmete er die frische Frühlingsluft ein und erinnerte sich an sein Hauptanliegen: die Godwins fertigzumachen und sich die Sainsbury Juwelen zu holen.

»Ich glaube tatsächlich, daß es wärmer ist als erwartet«, sagte Celine.

James wurde klar, daß er vergessen hatte, auf einen Sonnenschirm zu dringen. »Wir könnten in den Schatten dieser Laube gehen«, sagte er und deutete auf eine Reihe von Bögen, die mit früh blühenden gelben Rosen übersät waren. »Da wird es kühler sein.« Und man könnte sie vom Haus aus nicht sehen.

»Diese Rosen heißen Tillie's Charmers«, sagte Celine. Sie rückte ein bißchen ab von ihm, um einer gebrochenen Platte auf dem Weg auszuweichen, und ihre Grazie benahm ihm den Atem. Das Mädchen wiegte sich wie ein junger Baum im Wind.

»Tillie's Charmers«, wiederholte James, ohne den Blick von ihren dichten, gesenkten Wimpern zu wenden. »Ich bezweifle, daß es eine Rose gibt, die so charmant ist wie Sie, Miss Godwin – selbst eine namens Tillie's Charmers.«

Der Hauch von Rosa auf ihren Wangen intensivierte sich zu einem heftigen Rot, aber einem freudigen, dachte er. Wenn er sich nicht täuschte, war dieses gerade erblühende Wesen an Komplimente kaum gewöhnt.

Er mußte sich konzentrieren, jeden Zug, den er machte, genau austüfteln. Seine Aufmerksamkeit gehörte einzig und allein dem Ziel, das er sich hier und heute selbst gesteckt hatte: die unaufhaltsame und baldige Verführung von Miss Celine Godwin zu beginnen. Dazu mußte er genau überlegen, wie weit und wie rasch er diese Verführung vorantreiben konnte, ohne sie zu verängstigen.

»Ah«, sagte sie und nahm ihre Hand von seinem Arm. »Da wären wir. Sehen Sie, wie dicht die Blüten wachsen? Man sieht kaum noch einen Zentimeter Himmel zwischen ihnen.«

Ideal, dachte James. »Ja, in der Tat.« Außerdem war das Haus inzwischen außer Sichtweite und niemand hätte Einblick in die Laube.

Mit einer unbewußten Geste schob Celine Godwin den Wasserfall von Locken in ihrem Nacken hoch. Sie ging ein kleines Stück vor James, beide Ellbogen hochgestreckt, während sie ihr schweres Haar ordnete. Und dabei flutete das Licht durch ihr dünnes Kleid, zeichnete die Silhouette ihres Körpers so deutlich ab, als wäre sie nackt. Er mußte Luft holen. Ihre Hüften waren gerundet, wölbten sich unter einer sehr schmalen Taille, und bei jedem Schritt schwangen sie aufreizend hin und her. Der Anblick traf ihn wie ein Blitzschlag – nicht unerwartet, aber sehr, sehr heftig. Er spannte seine Bauchmuskeln, versuchte seine Erektion zu dämpfen – obwohl es ziemlich unwahrscheinlich war, daß Celine Godwin *diesen* Teil seines Körpers genauer in Augenschein nehmen würde.

»Die Rosen haben einen himmlischen Duft«, sagte er. Fraglos war er ausschließlich an dem Duft interessiert, der ihrer Satinhaut anhaftete – vorzugsweise nackt und zu seiner Ergötzung an einem Ort seiner Wahl präsentiert. Einen verrückten Augenblick lang stellte er sie sich so in diesem Garten vor, vielleicht auf dem Gras hinter den Rosen, wo die Schatten der schwankenden Blumen auf ihrem Gesicht, ihren Brüsten, ihrem Bauch, den Beinen und dem weichen geheimnisvollen Ort zwischen ihren Schenkeln tanzten.

»Hier gibt es Waldhyazinthen«, erklärte sie, blieb stehen, bückte sich und berührte die zarten Stengel rosafarbener, blauer und weißer Blüten. »Ich glaube, ihren Duft mag ich am allerliebsten.«

James fiel auf ein Knie neben sie und atmete den Duft ein, von dem sie sprach. Süß. Aber nur ein Teil seiner Sinne erfaßte ihn. Jeder Nerv seines Körpers verlangte, diesem goldenen Mädchen an seiner Seite noch näher zu kommen.

»Ihre Insel liegt im Südchinesischen Meer?« fragte sie zu seiner Überraschung.

Er hob sein Gesicht und stellte fest, wie nahe sie ihm war. »Ja.«

Sie berührte die Blüten, die er hielt, mit einem Finger. »Paipan. Es klingt … so weit weg und exotisch.« Sie beugte sich über ihn und der Schwung ihres Nackens war so nah, nur ein paar Zentimeter, so daß er damit beginnen könnte, sanft mit den Lippen darüber zu streichen. Und ein paar Zentimeter weiter unten würden die Lippen noch etwas viel Verlockenderes finden.

»Ist es geheimnisvoll?«

Er strich mit der Zunge über seinen ausgedörrten Gaumen. »Vermutlich wirkt es auf einen Fremden so. Für mich ist es mein Zuhause. Und das war es seit meiner Kindheit.«

»Ich nehme an, Sie werden bald dorthin zurückkehren, Mr. Eagleton. Es klingt, als hätten Sie Sehnsucht danach.« Sie fiel auf die Knie, dann setzte sie sich auf die Fersen und legte ihre Hände in den Schoß. Aus dieser Nähe wiesen ihre Augen die Farbe feinen, gewärmten Brandys auf.

»James«, sagte er.

»Wie bitte?«

»Verzeiht mir. Ich kann sehr abrupt sein, wirft man mir gelegentlich vor.« Das Lächeln kostete ihn Mühe. »Es ist mir eine Ehre, wenn Sie mich James nennen.«

Sie beugte den Kopf und sagte sehr leise: »James. Das ist ein guter Name. Stark. Er paßt zu Ihnen.«

Verdammt. Verflucht. Wenn er nicht aufpaßte, würde sie seinen Verstand zum Erliegen bringen. »Darf ich es wagen… Celine zu sagen?«

Sie schaute zu ihm hoch und blinzelte. »Wenn Sie möchten.«

»Oh, liebend gerne! Es klingt wie ein Lied.«

»Noch nie hat mir jemand solche Dinge gesagt.« Sie schlug sich die Hand vor den Mund und wandte den Kopf ab.

James legte sehr langsam, sehr vorsichtig, Zeigefinger und Daumen unter ihr Kinn und zog ihr Gesicht zu sich. »Seid nicht schüchtern, mein Goldmädchen. Viele Männer müssen sich danach gesehnt haben, Ihnen zu sagen, wie wunderschön Sie sind. Da Sie auf Koketterie und Tändelei verzichten, sind Ihre Anbeter verwirrt und schließlich ratlos.« Er zwang sich ein lockeres Lachen ab. »Dafür bin ich dankbar, denn jetzt kann ich Sie mit meinem Süßholzgeraspel erobern.«

»Sie machen sich über mich lustig«, flüsterte sie.

»Tu ich das?« Den Blick auf ihren Mund gerichtet, senkte

er seinen Zentimeter für Zentimeter, bis sich sein Atem mit ihrem mischte. »Tu ich das, goldene Maid?«

»Hm…«

»Warum glaubst du das?« Ganz behutsam, obwohl er sich gewaltig zurückhalten mußte, berührte James Celines Lippen mit den seinen, eine federleichte Liebkosung, die seine Haut fast verbrannte. Sie gab ein kleines Wimmern von sich und schloß zitternd ihre Augen.

James nahm sich zusammen und musterte ihre bewegend liebreizenden Züge. Sie war angespannt, ihre Lippen feucht und leicht geöffnet. Kleine Haarsträhnen flatterten in der leichten Frühlingsbrise.

Aber sein Herz hatte hier nichts zu suchen. »Sagen Sie mir, warum Sie an Ihrer Schönheit zweifeln?«

Ein Seufzer hob ihre Brüste, und James krallte seine Hände in seine Schenkel. Er mußte sich unter Kontrolle halten.

»Ich bin zu groß, zu unscheinbar und ich habe freizügige Manieren.«

Jetzt lachte er wirklich lauthals, warf den Kopf zurück. Als er sich wieder gefangen hatte, entdeckte er ihren verletzten Gesichtsausdruck. »Groß, unscheinbar und freizügig, hm? Ich glaube, ich sollte diese Komplexe ein für allemal aus der Welt schaffen.«

»Meine Mama und mein Papa sagen immer, ich betrage mich zu locker.« Gütiger Himmel, wie er diese Godwins haßte! »Tun sie das? Warum denn?«

»Weil mein Wille sehr ausgeprägt ist und ich oft Dinge tue, die sie nicht gutheißen würden.«

Einen Moment stutzte er. »Dinge, die sie nicht gutheißen würden? Heißt das, sie wissen nicht, was Sie tun?«

Sie sah beschämt drein. »Manchmal.«

»Woher wissen sie dann, daß Sie freizügig sind?«

»Sie wissen es einfach, und so ist es eben.« Ihr Kinn schob sich vor.

»Also, Sie sind nicht zu groß und auch ganz bestimmt nicht unscheinbar.«

»O doch«, sagte sie hartnäckig, rutschte näher, versuchte ihm mit allem Nachdruck zu zeigen, daß sie recht hatte. »Und ich kann Ihnen versichern, ich bin ganz furchtbar groß.«

»Sie gehen mir höchstens fünf Zentimeter über die Schulter. Ich betrachte das als perfekte Größe für eine Partnerin.« Besonders einer Frau, deren Körper er nur allzu gerne an seinen gepreßt hätte. »Und was Ihr Aussehen angeht ... laßt es mich einmal prüfen.«

James nahm ihr Gesicht zwischen seine Hände und musterte es ernst. »Fein geschwungene Brauen. Ja, die gefallen mir. Und eine leicht nach oben gebogene Nase. Hm! Augen wie die eines wilden Rehs, das etwas Hübsches betrachtet. Entzückend. Und Ihr Mund ... Celine, Sie haben absolut perfekte Lippen. Darf ich Sie küssen, jetzt gleich?«

Sie sah erschrocken aus, aber genauso rasch konzentrierte sich ihre Aufmerksamkeit auf seinen Mund und sie beugte sich ein winziges Stück vor.

»Ist das ein Ja, Celine?«

Sie nickte fast unmerklich, und er nahm sie beim Wort. Er achtete darauf, seinen Mund nicht zu öffnen, drückte ihn auf ihren, legte eine Hand in ihren Nacken, hob ihren Kopf und küßte sie nun schon kühner. Ihre Arme legten sich zögernd um seine Schultern, und er spürte, wie die Stimmung umschlug. Sie begann seinen Kuß zu erwidern.

Ihre Ungeschicktheit, die zögernde Bewegung ihres Mundes auf seinem, entfachte James Eroberungsdrang. Er sehnte sich danach, ihr die Kleider vom Leib zu reißen und auch seine eigenen. Und am allermeisten sehnte er sich danach, seine Hose aufzureißen und dem pulsierenden Schmerz zwischen seinen Beinen Linderung zu verschaffen.

»Ah, ja«, murmelte er an ihren Lippen. »Genauso, meine Sanfte!«

Sie erhob sich auf ihren Knien, lehnte sich gegen ihn und drückte sich in aller Unschuld immer fester an seinen Leib. James' Hand wanderte über ihren Hals, streichelte sie, berührte mit seinen Fingerspitzen die sensiblen Kuhlen überm Schlüsselbein, fand die empfindlichen Stellen hinter ihren Ohren. Sie atmete schneller. Er neigte den Kopf und küßte die Stellen, die seine Hände berührt hatten und sah, wie ihre Brüste sich immer heftiger hoben und senkten.

Er ließ seine Hände über ihre Schultern gleiten, schob die winzigen gerafften Ärmel hinunter, dann zwang er sich zu warten, nahm sie in die Arme, und hielt sie fest, drückte eine Hand an die Stelle, wo ihre Hüften begannen sich zu wölben. Sie war unglaublich biegsam und geschmeidig, kam seiner Berührung entgegen, wie sie sich seinem Körper entgegenrecken würde, wenn seine Männlichkeit ihr Recht einforderte...

James fühlte, wie ihm der Schweiß auf der Stirn ausbrach.

Sein Vorgehen stand für ihn fest. Er würde sich in das Leben dieses Mädchens hineindrängen, bis sie nur noch an ihn dachte. Wenn er erst einmal den Mittelpunkt ihrer Welt bildete, würde er um ihre Hand anhalten. Die Godwins ließen sich ohne Frage leicht von seinem Vermögen blenden, und sie würden nicht lange nachforschen, wer er wirklich war, wenn er angeblich Celine heiraten wollte. Unterdessen gäbe er sich stets unwissend hinsichtlich alter Familiengeschichten. Im allerletzten Moment würde er seine Karten auf den Tisch legen. Den Godwins würde eine ruinierte Tochter bleiben, ohne jegliche Hoffnung auf eine vorteilhafte Heirat zur Rettung ihrer Existenz. Und damit die endgültige Rache... völlige Zerstörung von allem, was die Godwins sich erarbeitet und ergaunert hatten, sowie der Verlust des einzig Guten in ihrem erbärmlichen Dasein – ihres Kindes.

Celine stöhnte leise an seinem Hals, und er bemerkte, daß sie seinem Beispiel folgend zögernd seinen Hals küßte. Ihre

Hände hatten einen Weg unter seine Jacke und seine Weste gefunden, und sie knetete mit fiebriger Intensität seine Brust.

Im Gegensatz zu Bertram Letchwith und seinem widerlichen Sproß hatte James nie Freude am Deflorieren Unschuldiger gehabt. Doch bei dem Kind seiner verhaßten Feinde, das er als Waffe gegen sie benutzen wollte – sosehr er zugegebenermaßen Celines verlockende Reize genoß –, war ein solcher Schritt gerechtfertigt. Er mußte sie nur an den Punkt bringen, wo es kein Zurück mehr gab, bevor ihre Eltern Wind von der Gefahr bekamen.

Er hob ihr Kinn und küßte sie voll auf den Mund, leidenschaftlich – diesmal hielt er nichts zurück. Als er ihre Lippen öffnete, spürte er ihr Erschauern. Das war eine Frau, die nur darauf wartete, erweckt zu werden. Kaum eine Sekunde verstrich, dann erwiderte sie bereits die Liebkosung, imitierte die Stöße seiner Zunge mit heißen kleinen Angriffen.

»Du bist so süß«, murmelte er an ihrer Wange, »so absolut vollkommen.«

»James«, war alles, was sie herausbrachte, und ihre Stimme überschlug sich.

»Ja, ja, meine Schöne.« Er küßte sie wieder und dabei schoben seine Handflächen die zarten Ärmel, kaum mehr als Träger, von ihren Schultern und langsam ihre Arme hinunter.

Dann konnte er sich nicht mehr beherrschen, hob sein Gesicht und senkte den Blick, gerade rechtzeitig, um zu sehen, wie ihre Brüste aus der rutschenden Corsage sprangen. Ihm stockte der Atem. »So herrlich«, flüsterte er, unfähig, sich vom Anblick der festen milchweißen Hügel mit drängenden rosa Knospen zu lösen, die hochstanden, als würden sie um seine Aufmerksamkeit betteln.

»Oh!« Celine stieß einen Schreckenslaut aus und versuchte sich zu bedecken.

James hielt ihr sanft die Arme fest und labte sich weiter

an ihrem Anblick. »Zu schön, um noch länger vor einem Mann – dem richtigen – versteckt zu werden«, sagte er. Er legte einen Arm um sie und zog sie leicht nach hinten, so daß sich ihre perfekten Brüste wie ein Geschenk darboten.

Er sah ihr noch einmal in die Augen, dann beugte er sich vor und leckte an ihrem Nippel. Ihr kleiner Schrei entlockte ihm ein Lächeln, und er kehrte für einen Augenblick zu ihrem Mund zurück, was sie verstummen ließ. Doch schon sehr bald berührte seine Zungenspitze wieder ihren Nippel, zuckte hin und her, bis sie sich wand und es ihr gelang, sein Haar zu packen. Mit mehr Kraft, als sie wohl ahnte, zwang Celine seinen Mund hart gegen ihre Brust; er tat ihr den Gefallen, indem er sich auf sie senkte und sanft an der geschwollenen Knospe knabberte.

»James«, keuchte sie. »Oh, James!«

Wieder lächelte er und wandte sich der anderen Brust zu, bearbeitete sie ausgiebig und entlockte ihr kleine Lustschreie, während sein Finger den verlassenen Nippel streichelte.

»Mir ist so... so heiß innen«, ächzte sie. »Es schmerzt, James. Da ist so... so ein Gefühl. Brennend und...« Mit einemmal erstarrte sie.

Er hob seinen Mund ein kleines Stück; es glückte ihm aber nicht, sich von der köstlichen Haut zu trennen, die sein Glied dazu brachte, sich an der Enge seiner Kleidung wundzustoßen.

Als sie weiter schwieg, fragte er: »Du brennst, mein Goldmädchen? Ein gutes Brennen?«

»Ich bin... oje, ich bin... es kann nicht sein.«

»Erzähl es mir«, drängte er sie.

»Ich glaube, da läuft etwas. Wie kann das sein? Und ich hab die komischsten... Gefühle in einem... in einem gewissen Teil von mir.« Ihre Stimme überschlug sich bei jedem Wort.

James lächelte wieder und widmete sich erneut ihren

Brüsten. Während sie sich hilflos an ihn schmiegte, glitt seine Hand unter ihren Rock und strich an ihrem Bein hoch, über einen Seidenstrumpf, bis er die unglaublich weiche Haut darüber erreicht hatte.

Sie hörte auf, sich zu bewegen. »James! Was machst du da?«

Jetzt mußte er aufpassen. »Nur eine Kleinigkeit, die das Brennen lindert, meine Schöne«, sagte er, und seine Hand umfaßte geschickt den elastischen Busch am Ansatz ihrer Schenkel.

»Oh, o nein, James. Oh!«

Er tauchte in die Nässe, die sie so erstaunt hatte. Tauchte und teilte die geschwollenen, weiblichen Falten, die die winzige Knospe der Weiblichkeit schützten, jene Quelle unendlicher Freuden.

»Oh! James!«

Er hob den Kopf und horchte, hörte aber keine Menschen in der Nähe. James beobachtete ihre wogenden Brüste, ihre rosa Zunge, die über feuchte Lippen huschte, und rieb die erwachte Knospe, bis Celine sich gegen seine Hand warf, die Zähne zusammenbiß und willenlos den Kopf kreisen ließ.

Auch sein Mund öffnete sich, verzerrte sich vor Wonne über ihre Bereitschaft. Er wollte diesen anderen Teil ihres erregten Körpers sehen, wenn er seinen Höhepunkt erreicht hatte, also schob er ihren Rock hoch, bis er sich um ihre weißen vollkommen geformten Hüften bauschte. Ihre Schenkel zuckten, und ihre Nässe empfing seine Finger widerstandslos. Sie war verloren, untergetaucht im Meer der Begierde, das er geschaffen hatte. Ihre lavendelfarbenen Seidenstrümpfe ringelten sich um die Knie.

James beugte sich über sie, biß noch einmal in ihre Nippel, leckte die Fülle ihrer Brüste, bevor er sie mit einer letzten zärtlichen Berührung zu ihrem bebenden Höhepunkt brachte.

»Oh«, flüsterte sie nur, dann sank sie in seinen Armen in sich zusammen.

James raffte sie an sich, hielt sie fest, während ihre Augen geschlossen blieben, und er allmählich wieder in die Wirklichkeit zurückfand... aber das Verlangen, das in seinem Unterleib zuckte, konnte er nicht stillen. Ab jetzt mußte er sich bewegen wie ein Mann in einem Haus aus Glas. Er hatte sie da, wo er sie haben wollte. Aber ein falscher Zug, und seine sorgsam konstruierte Falle würde vorzeitig zuschnappen.

»Komm, meine Schöne«, murmelte er in ihr Ohr. »Deine Gesellschafterin kommt dich vielleicht suchen, und wir möchten doch nicht, daß sie dich so vorfindet, nicht wahr?«

Sie riß die Augen auf, und ihr Blick klärte sich. »Du große Güte!«

»Das gefällt uns in der Tat.« Er zog ihr behutsam die Strümpfe hoch und strich ihren Rock herunter. »Wir haben etwas ganz besonderes gefunden, aber es gibt immer Neider. Verstehst du mich, Celine?««

Ihre Augen weiteten sich vor Schreck. »Ja, ich verstehe.«

Etwas an ihr beunruhigte ihn. »Das ist auch unbedingt nötig; denn wenn du noch einmal so wunderbare Momente wie diesen mit mir erleben willst, mußt du mir gehorchen.«

Dann wäre sie fast seinem Zugriff entwischt. Er packte sie, als sie losrennen wollte, immer noch mit entblößten Brüsten. Statt dessen zog James sie noch einmal an sich und lächelte. Er gab ihr einen leichten Kuß auf den Mund und strich mit den Daumen noch einmal kurz über ihre Nippel. »Still, Goldmädchen«, sagte er. »Still. Du hast einen Schock von diesem wunderbaren Erlebnis, aber du wirst dich daran gewöhnen.«

Celine gab keine Antwort. Sie blieb stumm, während er ihre Corsage hochzog und die Ärmel in Ordnung brachte.

»Männer sind dabei nicht gefährdet, nicht wahr?« fragte sie abrupt.

James runzelte verwirrt die Stirn. »Gefährdet?« Er stand auf und zog sie mit sich.

»Durch die Gefühle, die sie veranlassen könnten, zu... fallen?«

»Zu fallen?« Er schüttelte den Kopf. Dann wurde ihm klar, was sie meinte, und er lächelte. »Die Gefühle. Natürlich, ich verstehe! Wir haben sie auch, aber nicht direkt auf dieselbe Art, glaube ich.«

»Ihr seid fähig, euch zu beherrschen.«

Sie klang so verloren, daß er sie erneut umarmen wollte.

Celine trat hastig zurück. »David wird so enttäuscht von mir sein.«

James sah sie mit offenem Mund an. »*David?* Wer ist David?«

Ihre Augen füllten sich mit Tränen. »Er ist ein alter Freund von mir – und außerdem Pastor. Seinetwegen tut es mir so leid, daß ich gefallen bin. Aber vielleicht ist es noch nicht zu spät, und ich kann noch gerettet werden.«

Die Bedeutung dessen, was sie da sagte, traf James mit voller Wucht. »Also jetzt hör mal...«

»Nein, nein. Wir sollten uns wieder siezen. Ich muß gehen und David eine Nachricht schicken. Und dann werde ich nach Dorset zurückkehren. Sonst gibt es nur noch einen Ausweg: das Kloster.«

»Ein Kloster? Das ist ja die Höhe!« James machte sich nicht die Mühe, sich für seinen Ausbruch zu entschuldigen. »Kloster, von wegen! Sie werden schön hierbleiben und niemandem etwas von dem, was zwischen uns vorgefallen ist, mitteilen, verstehen Sie?«

Abermals trat sie einen Schritt zurück. »Ich muß jetzt ins Haus.«

»Antworten Sie mir!«

»Warum? Sie werden bald meiner Ansprüche an Sie überdrüssig sein. Oje!« Sie strich sich mit der Hand über die Stirn. »Ich hatte keine Ahnung, wie mächtig diese Gefühle sind. Kein Wunder, daß es so schwer ist, sich davon zu kurieren.«

»Sie sollen sich davon nicht kurieren, verdammt noch mal!« James riß sie an seine Brust und starrte ihr wütend in die Augen. Celine erwiderte den Blick, und er sah die dumpfe Resignation in ihrem Blick. Es gab nur eine Möglichkeit, er mußte einen definitiven, aber notwendigen Schritt tun, und zwar jetzt.

»Celine!«

»Ja?«

»Ich werde Ihnen etwas sagen und möchte, daß Sie versprechen, mit niemandem darüber zu reden, bis der richtige Zeitpunkt gekommen ist.«

»Einverstanden.« Ihre Stimme klang teilnahmslos.

»Gut!« Er schluckte. »Was ich zusammen mit Ihnen entdeckt habe, ist völlig neu. Ich bin mir nicht sicher, was es bedeutet, aber es ist sehr wichtig.«

Langsam begann die Dunkelheit aus ihren Augen zu schwinden. »Ist es das?«

»Ja. Was gerade geschehen ist, traf Sie und gleichzeitig einen Mann, der nie zuvor solche Leidenschaft verspürte. Ich glaube, daß ich Sie ganz ungeheuer brauche, und ich möchte kein Wort mehr über Klöster hören.«

»Aber ...«

Er verbat ihr mit einer Handbewegung das Wort. »Keine Fragen mehr. Wir müssen abwarten und sehen, wie es sich entwickelt. In der Zwischenzeit darf keine Menschenseele erfahren, was sich zwischen uns abgespielt hat. Können Sie mir das auch versprechen?«

»Das Fallen spielt keine Rolle?«

»Ein absolut normales Gefühl, meine Schöne. Absolut! Sie haben es doch genossen, nicht wahr?«

Sie nickte, aber wieder mit niedergeschlagenem Blick.

»Und Sie werden Ihren Mund halten?«

»Ja, James!«

»Gut. Dann möchte ich, daß Sie sich deswegen nicht mehr grämen. Überlassen Sie das alles meiner Fürsorge.« Er zuckte zusammen. Gott gebe ihm Geduld!

»Wie Sie meinen«, sagte sie mit allzu prüder Stimme.

»Meiner Treu!« Der Einfall kam keinen Augenblick zu früh. »Fast hätte ich vergessen, Ihnen eine Botschaft auszurichten.«

Sie wartete, die Arme fest unter ihrer Brust verschränkt; die Wirkung dieser Geste war leider genau das Gegenteil von der Distanz, die sie sich jetzt zweifelsohne erhoffte.

James setzte seinen ganzen Willen daran, seinen Körper zu straffen und seinen Verstand walten zu lassen. »Auf dem Weg hierher bin ich zufällig dem Marquess von Casterbridge begegnet.«

Celine runzelte die Stirn.

»Sie erinnern sich. Der Casterbridge, der … Miss Prentergast hat ihn erwähnt.«

»Oh, der, der das prachtvolle Fest geben wird?«

»Vielleicht würden Sie gerne hingehen?«

Mittlerweile bekam ihr Gesicht wieder etwas Farbe. »Ich gehöre nicht der Schicht an, die eingeladen wird.«

»Meine Schöne, ich versichere Ihnen, daß Sie eine viel zu geringe Meinung von sich haben. Der Marquess hat mich eigens aufgehalten, weil ich meine Absicht kundtat, Sie aufzusuchen. Er hat mich gebeten, Ihnen zu sagen, daß Ihre Einladung auf dem Schreibtisch seines Sekretärs unter andere Papiere geraten ist. Sie wird in Kürze bei Ihnen eintreffen – morgen, da bin ich mir sicher.« Ja, da war er sich ganz sicher, er würde persönlich dafür sorgen. »In der Zwischenzeit soll ich Sie auf Geheiß des Marquess persönlich einladen.«

»Das sagte er?«

»Laut und deutlich!«

Die Puzzlestücke seines Plans begannen allmählich, sich gut ineinanderzufügen.

6

Aber es gab wirklich viel *zuviel* zu tun! Geduld, sagte sich Celine, sie mußte sich in Geduld fassen.

Freda, eine Zofe, die schon so lange Celine denken konnte, zum Godwinschen Haushalt gehörte, kniete neben ihr. »Drehen Sie sich ein Stück«, murmelte die Zofe, so gut es mit dem Mund voller Stecknadeln ging.

Celine tat gehorsam einen Schritt nach rechts. »Wie sieht die Rüsche aus?« Ein gerafftes Stück belgischer Spitze, das sie von einem anderen Kleid abgenommen hatten, sollte den Saum von Isabel Prentergasts Rosentraum verlängern.

»Andere Richtung.« Freda rutschte unbeholfen auf allen vieren weiter. In jungen Jahren war sie schon mollig gewesen, und inzwischen platzte sie aus allen Nähten.

»Wie sieht das aus?« wiederholte Celine. Sie mußte hier rasch fertig werden und dann in die Bond Street eilen, um ein paar wichtige Transaktionen zu tätigen.

Freda schnaufte beschwichtigend. Keuchend, mit hochrotem Gesicht, in das ihr graue Strähnen hingen, winkte sie Celine zu, sich weiterzudrehen.

Dieses Schlafzimmer hätte einen weniger beherzten Geist als Celine mit Sicherheit in tiefe Depression versetzt. Pflaumenfarbene Bettvorhänge, pflaumenfarbener Überwurf, abgeschabte pflaumenfarbene Polster auf den Stühlen in der Nähe des rußverschmierten Kamins und ein gräßlicher pflaumenfarbener Teppich auf dem Holzboden! Wirklich niederschmetternd. Warum, warum, Mama und Papa, so... *Warum* vernachlässigten sie alles derartig? Celine richtete ihre Aufmerksamkeit auf den Sonnenschein, der zwischen verschossenen pflaumenfarbenen Samtvorhängen hereindrang – auf die Staubflusen, die in diesem Licht schwebten – und zwang sich, ruhig zu bleiben.

Die ihr angeborene Tatkraft hatte sich endgültig wieder

durchgesetzt. »Wie lange noch, Freda?« Ein weiterer Brief von David Talbot war eingetroffen, und auf seine sanfte Art hatte er seine Besorgnis über einen gewissen finanziellen Engpaß angedeutet.

»Ich finde, Sie sollten diese Schneiderin zwingen, ihre Fehler selbst zu korrigieren«, grummelte Freda vom Boden, offensichtlich endlich von den Stecknadeln befreit. »Dann würde eine arme alte Haut wie ich nicht so schikaniert.«

Celine hätte fast über die Last ihrer Machenschaften aufgestöhnt. »Wenn ich nicht wüßte, daß du es viel besser kannst, hätte ich freilich darauf bestanden.« Die junge Dame schürzte ihre Lippen. Sicherlich würden ihr ein paar kleine Lügen verziehen, da sie doch einem so guten Zweck dienten. David benötigte einfach das Geld. Celine wollte das ihre dazu beitragen, aber erst müßte sie diesem trübsinnigen Zimmer entfliehen, hinaus in den Sonnenschein und die rege Geschäftigkeit der Bond Street!

»Hm.« Freda fühlte sich geschmeichelt. »Trotzdem, so was hab ich noch nie gesehen. Ein so schönes Kleid zu kurz machen! Andersrum.«

Celine drehte sich in die entgegengesetzte Richtung und hörte, wie die Tür aufging. Im Spiegel ihres Toilettentisches sah sie Lettie auf der Schwelle. Ihre Blicke begegneten sich, und Celine hob fragend die Brauen. Jeden Tag konnten nun ihre Eltern in London eintreffen. Lettie schüttelte den Kopf, legte ein in Leinen gewickeltes Bündel auf das Bett und blieb mit am Rücken verschränkten Armen stehen.

»Wie kommen wir denn voran, Freda?« fragte sie.

»Ich hab gerade Miss Celine gesagt, sie soll dieser eingebildeten Schneiderin, auf die sie so versessen ist, den Laufpaß geben«, sagte Freda ohne Umschweife. »Können Sie sich das vorstellen? Sie macht ein Kleid zehn Zentimeter zu kurz – aber sie ist so hochnäsig und überzeugt von sich, daß unsere Miss Celine Angst hat, sich zu beschweren.«

Lettie schüttelte den Kopf. »So ist das eben in London während der Saison.« Sie warf Celine einen grimmigen Blick zu, diese setzte im Gegenzug ein engelsgleiches Lächeln auf.

»Ich bin nicht das erste Mal in London, Lettie. Mit dem Drachen … tut mir leid … mit Mrs. Godwin bin ich schon, als sie noch Miss Mary Detterling war, hierhergekommen. Über London weiß ich so ziemlich was, das kann ich Ihnen sagen.«

»Natürlich«, gestand Lettie ihr in angemessen zerknirschtem Ton zu.

Celine war oft, sehr oft daran erinnert worden, daß das Haus in der Curzon Street Mamas Mitgift darstellte, die sie in ihre Ehe mit Papa eingebracht hatte.

»Wenn ich Sie wäre, würde ich einen Peisnachlaß verlangen«, äußerte Freda wütend. »Das grüne Kleid, das sie fürs Theater gemacht hat, spottet jeder Beschreibung.«

»Es ist hübsch«, sagte Celine trotzig, warf einen Blick auf Lettie und dann auf das abgelegte Bündel.

»Hübsch auf einem Leib, der wie ein Bügelbrett gewachsen ist«, sagte Freda und beugte sich wieder über ihren Saum. Wenn ich es nicht besser wüßte, würde ich sagen, das dumme Frauenzimmer hat es für jemanden anders zugeschnitten.«

Celine schickte wieder einen verzweifelten Blick zu Lettie hinüber. Diese quittierte ihn mit einem ihrer Ich-habe-es-dir-ja-gesagt-Lächeln.

»So was wurde niemals für eine junge Lady mit Ihrer herrlichen Figur angefertigt«, zankte Freda. »Einige Körperteile einer Frau sind ihr von Gott geschenkt worden, um bewundert zu werden. Und es war Gottes Wille, daß man Sie bemerkt, Miss Celine!«

Celine errötete und sah hinunter auf die Corsage aus rosa Satin. Sie und Lettie hatten bereits vorsichtig die silbernen Rosen vom Dekolleté entfernt. Jetzt sah es etwas zu schmucklos aus und enthüllte zuviel von dem, was Freda gerade angesprochen hatte.

»Vielleicht...«, meinte Lettie mit nachdenklich geneigtem Kopf, »vielleicht würde ein Spitzenbesatz das Dekolleté etwas aufbessern?«

Freda schnaubte ungeduldig. »Kann mir nicht vorstellen, warum. Sie wird der Mittelpunkt dieses rauschenden Festes sein, an dem sie teilnimmt. Viele Mädchen würden ein Jahr ihres Lebens geben, so auszusehen wie Miss Celine in dieser Robe.«

»Dem stimme ich zu«, sagte Lettie, lächelte und wandte sich rasch ab. »Aber es könnte sein, daß es da ein kleines bißchen zuviel zu sehen gibt, meinst du nicht, Freda?«

Celine spürte, wie ihr warm wurde. Unwillkürlich erinnerte sie sich an einige der Dinge, die Mr. Eagleton gesagt – und getan – hatte im Garten. *So schön.* Und sie war vor seinen Augen ganz entblößt gewesen... unter seinen Händen... *Zu schön, um noch länger vor einem Mann – dem richtigen – versteckt zu werden.* Die fast schmerzliche Sehnsucht, die sie empfunden hatte, brandete erneut in ihr auf. Gestern morgen war eine einzelne gelbe Rose abgegeben worden – und heute morgen zwei! Beide Male fehlte eine Karte dazu. Baity hatte Celine informiert, daß der Überbringer der Rosen ein seltsam ausländisch anmutender – ziemlich wilder, um ehrlich zu sein – Gentleman in ungewöhnlicher Kleidung gewesen sei. Als Celine ihn fragte, ob man diese Person möglicherweise als Orientale bezeichnen könne, vertraute Baity ihr an, daß ihn das keineswegs überraschen würde. Celine schloß daraus, daß er wohl ein Mitglied von Mr. Eagletons angeblich so bizarrem Haushalt sein müßte.

»Ich würde gar nichts mit dem Dekolleté machen, wenn ich Sie wäre, Miss Celine«, sagte Freda. »Wie ich schon sagte, es gibt viele...«

»Wir werden Spitze drannähen«, sagte Celine schroffer, als sie eigentlich vorhatte.

Freda schniefte beleidigt. »Was immer Sie befehlen! Aber nicht von dem Stück hier. Das reicht nicht.«

»Ich werde etwas finden... und zwar bei der Schneiderin selbst«, sagte Celine hastig, ohne Lettie anzusehen... »Mir eilt es, Freda. Für den Fall, daß genau das Richtige nicht gleich verfügbar ist, muß ich sofort mir ihr reden.«

»So was kann man nicht husch husch machen«, bockte Freda. »Wenn wir nur die richtigen Verzierungen hätten, könnten wir den Satin dort hochraffen, da am Saum – über der Spitze. Natürlich würde das Kleid dann ganz anders aussehen, und Sie werden wahrscheinlich nicht...«

»Genau!« Celine klatschte in die Hände. »Freda, du bist ein Genie! Was für eine Litze sollen wir hernehmen?« Sie ignorierte das kleine Kichern, das von Lettie kam.

»Na ja, Miss, da bin ich mir nicht ganz sicher.«

»Verschwende keinen Gedanken mehr darauf. Bereite schon mal alles vor, und ich werde in ein entsprechendes Geschäft gehen, um das Richtige auszuwählen.«

Freda plusterte sich auf. »Etwas, was ein bißchen glitzert, wäre hübsch.« Sie hockte sich auf ihre Fersen und strich sich ihr drahtiges Haar aus der Stirn. »Wir könnten dasselbe am Ausschnitt verwenden... wenn Sie meinen, daß Ihnen das gefällt, natürlich.«

»Eine wunderbare Idee!« stimmte Celine zu, die Vorstellung fand sie reizend. »Und jetzt, wenn du fertig bist mit dem, was du...«

»Noch nicht ganz.« Freda beugte sich wieder über den Saum und begann ihn in Bögen über die breite Spitze, die sie darunter festgesteckt hatte, zu raffen.

Celine hob die Hände und warf einen verzweifelten Blick auf Lettie, die eisern an ihrem Platz in der Nähe des Bettes verharrte. »Ich bin überzeugt, es wäre besser zu warten, bis ich das notwendige Material besorgt habe.«

Lettie hob die Schultern und sah starr geradeaus. Von da war also keine Hilfe zu erwarten.

»Freda, bitte, befrei mich aus diesem Ding.« Sie mußte rechtzeitig in der Bond Street sein, um ihre Verabredung mit einer Schneiderin einzuhalten, die, nachdem Celine einige abgelegte Accessoires an sie losgeworden war, gnädiges Interesse an weiteren Gegenständen »bester Qualität« bekundet hatte. Die Frau machte allerdings unmißverständlich klar, daß sie keinen Penny mehr zahlen würde, als der Plunder wert sei. Celine war aber der berechnende Blick der Person nicht entgangen, und sie hatte sich fest vorgenommen, diesmal härter zu feilschen. »Freda, bitte, ich muß rechtzeitig in den Läden sein, um ...«

»Warum, Miss?« fragte Freda.

Celine war mit ihrer Geduld fast am Ende. »Natürlich, um die Dinge auszusuchen, die du haben willst.« Sie hoffte, Freda würde das Stückchen grüne Seide, das aus dem Bündel auf dem Bett herauslugte, nicht bemerken und es als einen Teil von Celines Theaterkleid anerkennen – oder sich womöglich danach erkundigen.

»Ich werde für Sie gehen«, schlug Freda großzügig vor. »Allzu gerne würde ich mit dieser Dame ...«

»Nein, nein, danke, Freda!« Diese Täuschung aufrechtzuerhalten wurde immer anstrengender. »Das ist sehr nett von dir; aber ich finde wirklich, ich sollte das selbst aussuchen. Freda, Liebes, könnten wir bitte später weitermachen?«

»Später gehen Sie zu dem Empfang da – in dem gelben Kleid. Und, übrigens, das war auch zu kurz, erinnern Sie sich? Also da ist man schon sehr versucht, mal was Böses zu sagen.«

»Ja.« Celine warf Lettie einen wütenden Blick zu. »Na ja, das mit dem gelben Musselin haben wir ganz schön hingekriegt – hast *du* ganz schön hingekriegt. Weißt du, das Unterkleid, das du unten mit Goldplissee abgesetzt hast, sah großartig aus. Es hat perfekt zu der Verzierung am Dekolleté gepaßt.« Sie hoffte nur, daß dieser Zusatz Miss Prentergasts ziemlich unverkennbares Gewand ausreichend veränderte.

»Das hat sich ja praktisch angeboten«, sagte Freda, aber ihre Freude über das Lob strahlte ihr aus den Knopflöchern.

»Du bist wirklich so geschickt mit solchen Verbesserungen, Freda.« Hoffentlich achtete ihr Schutzengel darauf, daß die alte Zofe nicht zuviel von alldem Mama bei ihrer Ankunft in London erzählte. »Und jetzt muß ich gehen – oder ich bin nicht rechtzeitig aus der Bond Street zurück, um mich für den Empfang zurechtzumachen.«

Endlich erhob sich Freda mühsam und lockerte die Schnüre des rosa Satinkleids. Mit entnervender Sorgfalt zog sie das Gebilde über Celines Kopf und breitete es auf dem Bett aus. Dann richtete sie sich auf und sah hinunter auf das Leinenbündel neben dem rosafarbenen Stoffberg.

Celine raffte ihr Unterhemd zusammen und sprang zwischen Freda und das Bett. »Danke, liebe Freda«, sagte sie und drückte einen Kuß auf die runde rote Backe. »Du mußt müde sein. Trink eine Tasse Tee und ruh dich schön aus.«

»Ausruhen?« Freda schien verwirrt. »Ich habe meine Pflichten zu erledigen.«

»Selbstverständlich. Aber ich finde, es gibt Zeiten, da hast du eine kleine Pause von deinem Eifer verdient. Und deinen loyalen Diensten.« Celine wandte sich zu Lettie. »Findest du nicht auch?«

»Oh, *genau.*« Letties schmaler Mund und vorgeschobenes Kinn zeigten auch ihre Ungeduld. »Ich werde mich jetzt um Miss Celine kümmern, Freda«, sagte sie.

»Sie wollen nicht, daß ich Ihnen beim Anziehen helfe, Miss?«

»Danke Freda. Lettie kann das übernehmen. Ich werde dich wissen lassen, wenn die anderen Sachen, die wir noch brauchen, geliefert sind.«

Celine hielt den Atem an und zwang sich zu lächeln, bis

Freda sich mit neugierigen Blicken über die Schulter entfernte.

»Das wird eine schöne Bescherung, wenn du nicht vorsichtiger bist, junge Frau«, sagte Lettie. »Lügen führen zum Ruin, denk an meine Worte.«

»Du hörst dich an wie David«, rutschte es Celine heraus. »Ich meine, du klingst... Oh, ich weiß nicht, was ich meine. Vor allem muß ich mich jetzt sofort anziehen und einkaufen gehen.«

»Einkaufen? So nennst du das?«

»Ich mag nicht mit dir streiten, Lettie. Mein Vorhaben steht einfach fest. Am besten ziehe ich jetzt etwas Unauffälliges an.«

Lettie gab ein ersticktes Geräusch von sich.

»Und was, bitte, soll das heißen?« fragte Celine.

»Nichts. Es heißt gar nichts. Hast du noch einmal darüber nachgedacht, wer dir die Rosen geschickt haben könnte?«

Lettie konnte ziemlich lästig sein. »Nein, ich hab dir gesagt, daß mir wahrscheinlich jemand einen Streich spielen will.« Sie hatte stur darauf bestanden, völlig ahnungslos zu sein.

Er hatte gesagt, er brauche sie ganz ungeheuer.

Celine erzitterte. Wie konnte das sein? Sie waren ja noch gar nicht richtig bekannt miteinander, und wenn er entdeckte, was für eine falsche Person sie war, würde er sie endgültig ablehnen.

»Frierst du?« fragte Lettie. Sie klang teilnahmsvoll.

»Nein.«

»Du hast gezittert.«

»Egal.«

Lettie schien nicht überzeugt. »Irgendwie mach ich mir Gedanken.« Ihre dunklen Augen zeugten von ihrer Besorgnis. »Ist es nicht wunderbar, daß du auf das Casterbridge Fest eingeladen bist?«

»Doch, ja!« Genaugenommen war sie so aufgeregt, daß ihr jedesmal, wenn sie daran dachte, der Atem stockte. Aber im Augenblick mußte sie sich um andere Dinge kümmern. »Ich kann mein lavendelblaues Kleid anziehen. In dem wird mich keiner bemerken.«

»Wir sollten sehr dankbar sein für all diese Einladungen, die uns jetzt ins Haus flattern.«

»Warum...« Das lavendelblaue! Weiches Gras und Waldhyazinthen... und Mr. James Eagleton... Nein, sie wählte lieber etwas anderes.

»Wir brauchen reichlich Gelegenheiten, damit heiratsfähige Männer auf dich aufmerksam werden. Es sollten keine Mühen gescheut werden, angemessene Bewerber für deine Hand zu finden, Celine – Bewerber, die deine Eltern diesen unsäglichen Mr. Letchwith vergessen lassen.«

»Stimmt.« James Eagletons Geständnis hatte eigentlich aufrichtig geklungen, aber da war Davids Warnung: die falsche Art von Mann verleitete junge Frauen zu einem Verhalten, das ihm zupaß kam und doch gefährlich für sie sein konnte – für ihre Ehre. Solche Männer bedienten sich häufig vieler Artigkeiten, um den Sinn für Anstand eines Mädchens durcheinanderzubringen. David wußte all diese verwirrenden Dinge.

»Wie fand denn Mr. Eagleton unsere Blumen?«

Celine machte einen Satz. »Blumen?«

»Im Garten. Als ihr neulich nachmittags euren Spaziergang gemacht habt. Ihr habt doch über Blumen geredet, nicht wahr? Ich hoffe, du hast dir die Mühe gemacht, ihm einige unserer schönen Exemplare zu zeigen.«

»Ich kann mich nicht genau erinnern. Aber Mr. Eagleton war äußerst zuvorkommend.« Celine glättete ihr Haar. »Mein blaues Spazierkleid werde ich tragen – das dunkelblaue.«

»Du hast es wirklich eilig, nicht wahr?«

»Ja«, sagte Celine verärgert. »Wenn du mit den Händen

am Rücken ewig stehenbleiben und lächerliche Fragen stellen willst, hol ich das Kleid selbst.«

»Nicht nötig«, winkte Lettie ab und holte ihre Hand hinterm Rücken hervor, die drei gelbe Rosen hielt. »Ein weiteres Geschenk von deinem geheimnisvollen Anbeter. Ich frage mich, wer das wohl sein kann.«

Celines Herz vollführte einen Purzelbaum, und sie legte eine Hand auf ihre Brust.

»Die Person, die sie gebracht hat, hat Baity etwas aufgetragen.«

»Ist das wahr?« sagte Celine mit schwacher Stimme. Ihre Knie waren ganz weich.

»Ja. Die Nachricht hieß...« Lettie runzelte die Stirn. »Also jetzt muß ich mir Mühe geben, daß ich den Wortlaut genau wiedergebe.«

Celine wollte sich um keinen Preis anmerken lassen, wie wichtig ihr dieser Wortlaut war... jeder einzelne Buchstabe. Sie machte sich an der Hülle des grünen Kleides zu schaffen.

»Ja, ich glaube, jetzt hab ich es. ›Charmers in der Tat‹ – zumindest fing es ungefähr so an.«

»Oh, beeil dich doch, Lettie«, entfuhr es Celine.

Lettie lächelte. »›Charmers in der Tat?‹ Das hat der Mann gesagt und das soll Baity dir ausrichten. ›Aber diese Charmers verblassen neben der Schönheit, die Sie mir gezeigt haben.‹ Das war die Botschaft«, endete Lettie.

»Oh!« Celine ließ sich abrupt auf einen Hocker neben dem Toilettentisch fallen. Ihre Beine, ihr ganzer Körper zitterte. Er besaß die Unverschämtheit, sie an den allerpeinlichsten Augenblick zu erinnern... den faszinierendsten, aber trotzdem peinlichsten Moment ihres Lebens.

»Was könnte diese Person wohl damit gemeint haben?«

Celine blickte tief in Letties kluge Augen und wußte, daß sie ihr Geheimnis zumindest teilweise erraten hatte.

»Du errötest, Celine. Gibt es da etwas, worüber du mit mir reden möchtest?«

»Nichts. Wir werden Baity um eine Droschke schicken. Es ist wohl besser, wenn ich nicht unsere eigene Kutsche nehme.«

»Da hast du recht.« Lettie reichte ihr lächelnd die Rosen. »Tillie's Charmers. Genau wie die Rosen in der Laube. Ist das nicht ein Zufall?«

»Kann sein.« Celine senkte den Kopf und tat so, als würde sie ihren süßen Duft einatmen. »So was gibt es.«

»Ach, fast hätte ich den Zusatz vergessen. Er hat noch gesagt, du sollst das Wichtigste Eurer Unterhaltung gut im Gedächtnis bewahren.«

7

»Verflucht, Mann, wir haben sie verloren.«

»Keineswegs, Mr. Eagleton«, sagte Won Tel mit dem Gesicht dicht am Kutschenfenster. »Bei solchen Angelegenheiten ist ein gewisses Maß an Diskretion notwendig und das wird beachtet. Mehr nicht.«

James ließ den Blick über das Gedränge von Menschen, das sie umgab, schweifen. »Diese verfluchte Horde hat uns eingekeilt.« Er war sich nicht mehr sicher, ob die Droschke, der sie von der Curzon Street gefolgt waren, und in der Celine Godwin mit ihrer Gesellschafterin saß, sich noch vor ihnen befand.

»Beruhigt Euch, mein Freund«, sagte Won Tel. Er saß aufrecht und sehr wachsam auf der Kante seines Sitzes. »Sie haben Schwierigkeiten, sich an dieses andere Leben zu gewöhnen.«

James' Miene war finster. »Manchmal ziehst du deine Schlußfolgerungen etwas übereilt. Ich bin lediglich erpicht darauf, diese Angelegenheit zu beenden. Was mir gehört, möchte ich zurückholen, und dann nichts wie weg aus diesem Höllenpfuhl.«

»Es gibt Leute, die betrachten London als den zivilisiertesten Ort der Welt.«

Mr. Eagleton verschränkte die Arme und starrte mürrisch durch das Fenster auf die hektischen Menschenmassen. Nicht einmal der Frühlingssonne gelang es, etwas Farbe in die bleichen Gesichter zu zaubern. »Diejenigen, die das hier als Zivilisation bezeichnen, waren zweifellos noch nie woanders. Bist du sicher, daß dieser Trick von dir mit dem Mädchen nicht eine Ausgeburt deiner Phantasie ist?«

Won Tel lächelte nur.

»Warum sollte sie sich so seltsam verhalten? Und was …«

»Euer Befehl lautete, der jungen Dame überallhin zu folgen, falls Ihr Euch erinnert. Ich habe Euch nur erzählt, was ich gestern in der Bond Street bemerkte. Und nachdem wir jetzt eindeutig wieder in Richtung Bond Street unterwegs sind, könnt Ihr Eure eigenen Schlüsse ziehen.«

Die Kutsche schwankte und holperte, die Räder knirschten langsam über das unebene Kopfsteinpflaster. Eine scharfe Wende warf James fast vom Sitz und sein Gesicht wurde noch grimmiger. »Sag dem Kutscher, wir werden zu Fuß gehen, sobald es sich empfiehlt.«

»Das weiß er bereits.«

James schnitt eine Grimasse. »Eben, was sag ich denn!« Won Tel war ihm ohne Ausnahme immer zwei Schritte voraus. »Weiß er auch, wie er es anstellen muß, um genau dann, wenn wir ihn wieder benötigen, mitten in diesem Irrsinn aufzutauchen?«

»Überlaßt solche Angelegenheiten getrost mir«, erwiderte Won Tel majestätisch. Er war gekleidet wie üblich – wenn man solche Kleidung denn als üblich bezeichnen konnte – mit seiner blauen Tunika, schwarzen Hosen, glänzenden Stiefeln und seiner Kappe. Sein Gesicht verzog sich erneut zu einem rätselhaften Lächeln. »Nur Mut, mein Freund! Ich bin überzeugt, daß dieser Ausflug sich als eine sehr nützliche Unannehmlichkeit erweisen wird. Meiner Erfahrung nach ist die Kenntnis der Geheimnisse eines anderen möglicherweise sehr aufschlußreich, wenn man dieses Wesen an sich binden will. Ich glaube, Miss Godwin verbirgt ein oder zwei Geheimnisse, die sie lieber für sich behalten würde.«

James lachte. »Ich bin wirklich froh, daß ich dich zum Freund und nicht zum Feind habe. Gibt es etwas Neues von den Godwins?«

»Sie halten sich weiterhin in Knighthead verschanzt. Offensichtlich waren dieser gewisse Letchwith samt Sohn zu Besuch; sie sind dort aber abgereist, und man erwartet sie in der Stadt. Meiner Meinung nach werden die Godwins bald folgen.«

»Dann dürfen wir keine Zeit verlieren.« James rutschte auf seinem Sitz nach vorn. »Ich muß noch einiges erledigen, bevor sie eintreffen.« Er hatte bereits einen sehr befriedigenden Anfang mit Celine zu verzeichnen. Seine Schenkel spannten sich und auch andere Teile seines Körpers. Höchst erfreulich und definitiv ein Ansporn, seine etwas veränderte Strategie so rasch wie möglich voranzutreiben.

Won Tels Stimme unterbrach seine Gedanken. »Habt Ihr vor, dieses Mädchen zu heiraten?«

James sah seinen Gefährten mit zusammengekniffenen Augen an. »Wie kommst du bloß auf so eine Idee?«

»Es scheint mir eine natürliche Schlußfolgerung.«

»Warum?«

Won Tel erwiderte gelassen James' Blick. »Ihr seid ein Mann der Ehre. Hart, ja, aber... ehrenhaft. Nachdem Ihr diese weibliche Person mit solcher Hartnäckigkeit verfolgt, was andeutet, daß Ihr vorhabt, sie ganz zu besitzen, werdet Ihr ja wohl um ihre Hand anhalten...«

»Meine Absichten sind meine Privatangelegenheit.« Der

Mann hatte recht, verflucht. Das Entjungfern unschuldiger Mädchen war ein Vergnügen, dem James nie gefrönt hatte. Sein Geschmack tendierte eher zu erfahrenen Frauen, die die Bedürfnisse eines heißblütigen und leidenschaftlichen Mannes verstanden. »Ich habe lediglich vor, Miss Godwin als Mittel zum Zweck zu verwenden, nämlich um mir Zugang zu Knighthead zu verschaffen. Wenn ich sie und ihre Eltern dazu bringe, mich als potentiellen Bewerber um ihre Hand anzuerkennen, werden sie mich in ihrem Haus willkommen heißen – ganz besonders als zukünftige Nachbarn.«

»Die Ballsaison ist noch längst nicht vorbei«, gab Won Tel zu bedenken. »Eure Geduld neigt sich bereits dem Ende zu. Wie werdet Ihr Euch bis zum Sommer zügeln können?«

Der arme Verliebte zuckte zusammen. »Meine Selbstbeherrschung muß nicht deine Sorge sein.«

»Darius Godwin und seine Frau haben eine Abmachung mit Letchwith getroffen. Nach Letchwiths Ankunft werdet Ihr heftige Konkurrenz um die Gesellschaft der schönen Celine haben.«

»Die schöne Celine«, murmelte er leise. »Du sagst, dieser Mann ist nicht... nicht unbedingt das, was einer jungen Frau gefällt?«

»Er hat bald sechzig Jahre auf dem Buckel, ein beleibter, außerordentlich unattraktiver Wicht. Nach dem, was man mir berichtete, ist er teuflisch häßlich, mit einem Frettchenmaul, über das er ständig seine Zunge gleiten läßt. Außerdem wurde erwähnt, daß er und sein Sohn – in ihrer Eigenschaft als Mitglieder jenes Clubs – ständig auf der Jagd nach frischen Jungfrauen sind, deren Familien ihnen keine Träne nachweinen, wenn sie verschwinden. James...« Won Tel beugte sich mit sehr ernster Miene vor. »Es sieht so aus, als wollten die Letchwiths Miss Godwin zu einem Teil ihrer abstoßenden Praktiken machen.«

James verschränkte die Arme über der Brust. »Das geht

mich nichts an.« Sie war schön. Unschuldig. »Was mich anbelangt, mache ich mit dieser Komödie gerne weiter.« Unschuldig, aber sehr bereit für die behutsame Führung eines Mannes, der sie in ihre Bestimmung einführte – derjenigen einer fähigen Partnerin körperlicher Vergnügen.

»Außerdem kursiert das Gerücht, daß es eine wirtschaftliche Katastrophe für die phantasievolleren Gespielinnen in London wäre, wenn die Letchwiths die Arena verließen.«

James versuchte, nicht an Celines große Augen zu denken. »Alle Schichten der Gesellschaft müssen erhalten werden – auch die unteren. Wann, in Gottes Namen, geht es denn endlich vorwärts?«

»Der Kutscher wird klopfen, wenn die Damen aus ihrer Droschke steigen.«

Eine Frau wäre die Lösung, beschloß James. Er mußte seine aufgestauten Säfte, die drohten seinen Verstand aus dem Lot zu bringen, dort loswerden, wo er Celine Godwins seidigen, perfekten Körper vergäße. Lady Anastasie besaß einen gewissen Reiz. Er würde darauf wetten, daß sie tausend kleine Tricks kannte, um einem Mann ekstatische Befriedigung zu verschaffen. Der Sitz zwängte ihn ein. Er wollte aber nicht Lady Anastasies geübte Liebkosungen. Celine Godwins Beine oberhalb der Strümpfe waren so glatt gewesen, so weich, so lieblich. James Eagleton war der erste Mann, der sie berührt hatte, daran gab es gar keinen Zweifel. Und als ihre Schenkel sich hilflos öffneten, hatte zum ersten Mal er diese feisten, feuchten, weiblichen Teile ertastet und diese schwellende kleine Stelle gefunden, die umgehend auf seine Finger reagierte.

Seine Lenden brannten.

Er hatte mit ihren Brüsten, ihren hartgewordenen Nippeln gespielt, als wären diese Instrumente nur für seinen Gebrauch bestimmt. Und sie hatte ihre Lust hinausgeschrien, während ihrer genüßlichen gierigen Hingabe.

Seine Sehnsucht grenzte an Besessenheit, nahm seinen

Verstand in Beschlag – den er gerade jetzt dringender benötigte als je zuvor.

»Liam wird möglicherweise schwer unter Kontrolle zu halten sein«, sagte Won Tel plötzlich.

James warf ihm einen scharfen Blick zu. »Liam fügt sich meinen Wünschen.«

»Sie hat mich mit den Rosen gesehen.«

»Aber du hast ihr nicht erzählt, für wen sie bestimmt sind.«

»Ihr unterschätzt unseren kleinen chinesischen Drachen. Sie hat mich gebeten, mich begleiten zu dürfen, wenn ich das Geschenk ›Eurer Liebe‹ überbringe, wie sie es ausdrückte.«

James fluchte laut. »Hoffentlich hast du ihr gesagt, es gäbe keine Liebe! Du hast ihr geraten, sich um die Küche und die Schweine, oder was immer sie gerade wieder für eine Schelmerei ausheckt, zu kümmern!« Liam mußte beschützt werden, um seiner und ihrer selbst willen. »Du hast ihr doch sicher klargemacht, daß sie mit der Sache hier nichts zu schaffen hat!«

»Ich habe es versucht. Aber ich habe sie auch seit heute morgen nicht mehr gesehen und bin nicht im Bilde, wo sie steckt.«

»Und du hast bis jetzt damit gewartet, mir das zu sagen?« brüllte James. »Was soll das heißen? Was glaubst du, könnte sie anstellen?«

Won Tel schien ungewöhnlich verlegen. »Es scheint möglich, daß sie Euer Interesse an dieser speziellen Dame erraten hat. Ihr müßt zugeben, Geschenke wie Rosen hat sie von Euch in ähnlichen Situationen noch nicht erlebt. Sie hat gefragt, ob die Frau Eurer würdig ist.«

»Gott steh uns bei!« James schlug mit der Faust auf einen Schenkel. »Hast du ihr gesagt, daß sie das alles nichts angeht?«

»Ja. Aber sie hat nicht lockergelassen. Und als ich ihr eine

Antwort verweigerte, hat sie gesagt, mein Schweigen spreche Bände. Sie fand, keine farblose englische Miss habe das Recht, einen Mann zu quälen, der zu gut für jede Frau wäre.«

»Papperlapapp!« James schlug die Augen gen Himmel. »Liam darf unter keinen Umständen da mit hineingezogen werden.«

Won Tel konzentrierte sich auf die Szene außerhalb des Fensters.

»Sie weiß nicht, wohin wir heute fahren?«

»Ich hab es ihr nicht verraten.«

»Und sonst auch niemand?«

»Eher nein. Unglücklicherweise hat Liam ein großes Geschick, sich die Informationen, die sie braucht, selbst zu beschaffen.«

James grunzte. »In diesem Fall hat sie keine Chance. Ich werde später mit ihr reden.«

Ein scharfes Klopfen ertönte am Guckloch zum Kutschbock. Das Gefährt blieb stehen.

»Endlich.« James packte den Türgriff, aber Won Tel hielt ihn fest. »Komm schon, Mann. Sie steigen sicher aus.«

»Geduld!«

Das Guckloch glitt auf und das rote Gesicht des Kutschers erschien. »Die fraglichen Personen verlassen jetzt ihre Droschke, Mr. Eagleton. Sie sollten sich beeilen.«

James schüttelte Won Tels Hand ab, sprang hinaus und sah sich hastig um.

»Ganz London muß heute auf dieser Straße unterwegs sein«, sagte er zu Won Tel, der bereits neben ihm stand. »Wo… Da! Da sind sie.«

Celine Godwin trug eine Strohschute mit blauen Blumen, die neben dem Ohr mit einer blauen Schleife gebunden war. Die honigfarbenen Locken in ihrem Nacken wippten bei jedem Schritt. Und sie ging sehr rasch, genau wie Miss Fisher, die wieder schwarzen Taft trug. Celines

Kleid war aus tiefblauem Stoff, der sich beim Gehen um ihre Beine schmiegte. Beide Frauen hatten mehrere Päckchen in Händen.

James seufzte entnervt. »Sie kaufen ein, mein Freund. Das ist alles.«

Won Tel zog ihn in den Schatten der Häuser. »Beobachtet und wartet ab. Und seid auf dem Sprung!«

Um sie herum wogte ein Durcheinander der gesamten Bevölkerung, was für die beginnende Ballsaison in London typisch war. Bedienstete auf Botengängen unterwegs eilten zielstrebig durch die Straßen. Der Geruch von heißem Aal und Hammelpasteten schwebte in der Luft, appetitlich, aber für James nicht verlockend. Er hörte den Ruf des Verkäufers: »Hier sind sie! Heiße Pasteten! Penny, das Stück!« Der nächste Geruch war feiner und der Mann, der ein Faß an einem Lederriemen trug, rief:

»Pfefferminzwasser! Halber Penny, das Glas!«

»Verflucht, Won Tel«, knurrte James erbittert. »Das ist der reinste Jahrmarkt. Laß die Frauen nicht aus den Augen.«

»Keine Sorge«, erwiderte Won Tel.

James winkte eine alte Vettel beiseite, die ihm einen Busch getrockneten Lavendel unter die Nase hielt und heiser flüsterte: »Das bringt Glück, Euer Lordschaft. Das Glück einer Zigeunerin darf man nie ablehnen.«

James gönnte dem faltigen braunen Gesicht unter dem schmuddeligen Kopftuch einen Blick, sah ihre dunklen, listigen Augen und fischte eine Münze aus seiner Tasche. Die drückte er ihr in die Hand und dann nahm er die Verfolgung der wehenden blauen Röcke seiner Beute wieder auf.

Er spürte Won Tel nicht mehr neben sich und warf einen Blick zurück, suchte nach seinem Waffenbruder. Keine Spur von ihm, also drängte James weiter und sah sich mit einemmal einer Gruppe junger Dandys gegenüber, die Arm in Arm, rüde lachend vorwärtsmarschierten, bereit, jeden, der ihnen in den Weg kam, in den Rinnstein zu stoßen.

Diese Lackaffen stolzierten daher mit ihren Wespentaillen, die sie Korsetts zu verdanken hatten, die Brust aufgeblasen wie Täuberiche, den Hals gestreckt durch künstlich gesteifte Stehkragen. Sie musterten durch ihre Monokel vorübergehende Mädchen und schleuderten ihnen beleidigende Kommentare an den Kopf. »Man fragt sich, warum nicht alle Männer schreiend vor dieser Kuhvisage davonlaufen.« »Schade, daß die Mutter – falls es so etwas gab – sie nicht mit dem Rest vom Wurf ertränkt hat.«

James ballte die Hände zu Fäusten. Das ging ihn nichts an. Junge Kerle hielten diese Pöbeleien für einen Teil ihrer Initiation in die Männerwelt – der sie dann allerdings auch nicht zur Zierde gereichen würden.

»Nein!« Ein Dienstmädchen, das höchstens fünfzehn Jahre alt war, kreischte auf, und James sah, daß der schlaksige Schnösel gleich neben ihm den Unterrock des Mädchens mit seinem Gehstock lüftete. Begleitet vom Gejohle seiner Kumpane, tänzelte der Mann herum und tat so, als hätte er Schwierigkeiten, den Stock freizukriegen.

James spürte, wie sich seiner eine eisige Ruhe bemächtigte. Mit einer geschickten Bewegung glitt seine rechte Hand unter seinen linken Ärmel und holte das Stilett heraus, das er seit dem Tag, an dem Won Tel es ihm geschenkt hatte, immer trug. In dem Strudel von Lärm und Gedränge bekam keiner mit, wie der polierte Stahl kurz aufblitzte. Aber viele sahen, daß plötzlich Sägemehl aus einem Schlitz in der ausgestopften Wade des beschämten Dandys rieselte.

James ließ das Messer lächelnd in seinem Halfter verschwinden und wich der rasch wachsenden Menge lachender Zuschauer aus. Selbst das Mädchen, das jetzt aus den Fängen des Dandy befreit war, kicherte hinter vorgehaltener Hand.

Won Tel erschien und glitt eilig auf James zu. Seine geblähten Nasenflügel waren das einzige Anzeichen seiner Verärgerung. »Habt Ihr Eure kleine Darbietung beendet, Mr. Eagleton?«

James ignorierte die Frage. »Wo ist Miss Godwin?«

»Ihr könnt dankbar sein, daß zumindest ich nicht so leicht abzulenken bin.« Won Tel neigte den Kopf. »In der nächsten Gasse. Haltet Euch außer Sicht und Ihr werdet sie gleich entdecken. Sie sollte Euch nicht sehen. Ich werde in der Nähe sein.« Damit mischte er sich unter die Ansammlung von Leuten um eine Drehorgel. Der wackere Patron warf eine Münze in eine Tasse, die ein turnender Affe hielt, bevor er spurlos im Gedränge verschwand.

Gasse? James überquerte die schmale dunkle Straße und stellte sich in den Vorraum eines Ladens, von dem aus er die Einmündung der von Won Tel bezeichneten Gasse überschauen konnte. Warum sollten zwei respektable Frauen die verhältnismäßige Sicherheit einer belebten Straße verlassen und einen Ort betreten, wo sehr wohl Gefahr lauern könnte?

Gerade als er beschloß, die Warnung seines Dieners, sich außer Sichtweite zu halten, zu ignorieren, erschienen die beiden, und er drückte sich instinktiv in den Schatten.

Sie kamen auf ihn zu.

»... sehr dumm«, sagte Celine, als sie den Eingang erreicht hatten. »Sie braucht nicht zu glauben, daß ich ihr noch eine Chance gebe. Es gibt genug andere Interessenten für meine Angebote.«

Die Dame Fisher sagte etwas, was James nicht verstehen konnte. Celine machte zur Erwiderung ein grimmiges Gesicht: »Sie werden mich nicht erwischen. Ich halte meine Transaktionen geheim...« Sie bewegten sich außer Hörweite.

»Erwischen?« murmelte James. »Transaktionen?« Verflucht, war das Mädchen aus demselben bösen Holz geschnitzt wie ihre tückischen Eltern? In was für üble Machenschaften könnte sie verstrickt sein?

Er wartete noch eine Sekunde, bevor er seine Nische verließ ... und wich sofort wieder zurück. Celine und ihre Gesellschafterin standen nur wenige Meter entfernt und stritten scheinbar heftig.

James zog seinen Zylinder tiefer über die Augen und wartete ab – da entdeckte er aus dem Augenwinkel etwas, das smaragdgrün schimmerte, sowie funkelnde Goldstickerei und passenden goldenen Talmi in glänzend schwarzem Haar.

Liam!

Erneut rückte er vor. Lieber riskieren, von Celine gesehen zu werden, und Liam vom Schauplatz entfernen, als daß letztere sich ständig in seine Angelegenheiten mengte.

Won Tel tauchte neben ihm auf. »Ihr habt sie gesehen?«

»Liam? Ja. Diese verdammte Hexe.« Er sah mit Erleichterung, daß Celine und Miss Fisher weitergegangen waren. »Wo ist sie jetzt?« Liam war, flink wie immer, verschwunden.

»Nicht weit«, grollte auch Won Tel. »Laßt uns schleunigst unser Vorhaben erledigen und nach Grosvenor Square zurückkehren. Vielleicht hätte ich Euch nicht mit dieser Angelegenheit belästigen sollen.«

»Aber natürlich hättest du«, versicherte ihm James. »Das Mädchen gibt uns vielleicht unwissentlich einen Fingerzeig.«

»Wie das?« Won Tel blieb einen Schritt hinter ihm, und schon bald traten die Frauen hastig in eine weitere finstere Gasse.

»Wenn sie, wie ich vermute, irgendeine Dummheit vorhat, werde ich sie dabei ertappen, und das als weitere Waffe gegen ihre Eltern verwenden. Die meisten heiratsfähigen Männer, vielleicht sogar Letchwith, würden ein Mädchen von fragwürdigem Charakter schneiden.« Er lächelte Won

Tel an. »Ein verständnisvoller Vertreter wie ich könnte sich indessen dazu überreden lassen, eine kleine Indiskretion zu ignorieren und das arme Ding zu retten, bevor sie das Schicksal einer alten Jungfer ereilt – zumindest solange sie meinen Zwecken dient.«

»Bewundernswert«, murmelte Won Tel und fügte mit noch leiserer Stimme hinzu: »Liam ist auf der anderen Seite der Gasse.«

James warf einen scharfen Blick nach vorn und sah gerade noch, wie Liam mit gesenktem Haupt hinter ein spazierengehendes Paar huschte. Er schickte sich an, ihr zu folgen, doch dann wich er zurück. Celine und Miss Fisher waren wieder auf der Bildfläche erschienen. James machte keinen Versuch, sich zu verstecken. Die beiden Frauen unterhielten sich, lachten und waren unbestreitbar so glücklich über etwas, daß sie niemanden bemerkten.

»Ah«, flüsterte James und beobachtete, wie die beiden weiter die Bond Street hinuntergingen. »Ich glaube, allmählich verstehe ich, was dein Interesse geweckt hat, Won Tel.«

»Selbstverständlich fällt Euch auch etwas auf. Seltsam, findet Ihr nicht?«

»In der Tat! Unsere unschuldige kleine Miss führt nichts Gutes im Schilde. Dort hinten ist sie nah genug an mir vorbeigegangen, daß ich gehört habe, wie sie etwas von nicht erwischen und irgendwelchen Transaktionen äußerte. Wenn ich nicht so erpicht darauf gewesen wäre, die Angelegenheit heute nachmittag hinter mich zu bringen, hätte ich mich rechtzeitig darüber gewundert, daß zwei Frauen mit Paketen beladen sind, *bevor* sie zum Einkaufen gehen.«

»Der Meinung bin ich auch«, stimmte Won Tel ihm zu. »Gestern habe ich diese Tatsache auch nicht sofort registriert. Wie Ihr seht, tragen sie jetzt nur noch ein großes Bündel. Vor ihrem letzten Halt waren es mehrere gewesen.«

James traf eine Entscheidung. »Liam wird uns wohl

nur nachspionieren.« Er wünschte, er wäre tatsächlich davon überzeugt. »Ich habe vor, diese kleine Eskapade zu meinem Vorteil zu nutzen. Je früher wir die Sache in Gang bringen, desto besser. Halte dich im Hintergrund, bis ich fertig bin.«

Damit, und ohne weiter auf Liam zu achten, brach er die heimliche Verfolgung ab, und schritt in gewohnt selbstsicherer Art drauflos.

Er mußte nicht weit gehen. Sonnenlicht bestrahlte die Einbiegung einer weiteren Gasse, und die Frauen verschwanden, wie erwartet, darin.

James sah ein kleines Blumenmädchen und lächelte befriedigt.

»Kaufen Sie doch einen Strauß, Sir«, bettelte das Kind. »Ich bin ein armes Mädchen. Kaufen Sie Blumen!«

Nach seiner Schätzung war sie höchstens acht Jahre alt. Er zog einen Sixpence aus seiner Westentasche, suchte sich einen Veilchenstrauß aus und gab der jungen Verkäuferin die Münze. »Da hast du, meine Kleine.«

»Oooh, ein Sixpence!« Ihre Augen wanderten von James zu dem Geld. »Ich hab noch nie einen Sixpence gehabt. Danke, Sir. *Danke!*«

Er bog in die Gasse ein. In Paipan waren nur diejenigen arm, die sich aus Faulheit dazu entschlossen hatten, arm zu bleiben. Im Moment wollte er nicht darüber nachdenken, wie viele Obdachlose es in London gab, insbesondere Kinder, die ihrem Schicksal auf der Straße nicht entrinnen konnten.

Verkaufte Celine gestohlene Waren? Hielten die verachtenswerten Godwins ihre Tochter so kurz, daß sie gezwungen war, sie zu bestehlen und ihre Beute an irgendeinen zweifelhaften Hehler zu verkaufen?

Die einzige Tür in der Wand zu seiner Rechten stand offen, und er spähte vorsichtig in einen dämmrigen Raum. »Nein, das ist längst nicht genug, und Sie wissen es genau.

Sie versuchen mich zu übervorteilen, Mademoiselle, aber das gehört sich nicht! Dreimal soviel wir Ihr Angebot ist mein Verkaufspreis. Und kein Penny weniger!«

»Mon Dieu!« ertönte eine nicht sehr überzeugende ›französische‹ Stimme. *»C'est impossible à faire.«*

»Unsinn«, schnitt Celine ihr die Rede ab. »Natürlich geht das – wenn Sie nicht können, dann eben jemand mit mehr Weitblick. Komm, Lettie.«

James lehnte sich an die Wand und wartete, ließ den Veilchenstrauß in seiner Hand kreisen. Seine Mission versprach, unterhaltsam zu werden.

»In Ordnung, in Ordnung«, erklang die Stimme nun resigniert in Cockney. »Noch mal die Hälfte drauf.«

James grinste über die Verwandlung der ›Französin‹.

»Das reicht nicht«, ließ Celine sich vernehmen.

»Sie verhandeln hart, das kann ich Ihnen sagen. Noch eine Guinea obendrauf und das ist mein letztes Wort. Nehmen Sie es oder lassen Sie es.«

»Ich nehme es!« sagte Celine.

»Sicherlich ist Ihnen auch ein fairer Tauschhandel mit Waren recht«, versuchte es die Käuferin nun noch einmal.

»Tauschhandel mit Waren ist mir ganz bestimmt *nicht* recht«, entgegnete Celine. »Ich bestehe auf Bargeld.«

Ein hörbarer Seufzer drang an James' Ohr. »Eine eiserne Lady! Kommen Sie mit in den Laden. Ich mag es nicht, wenn man solche wie Sie durch die Hintertür kommen und gehen sieht.«

James riß seinen Hut vom Kopf, steckte den Kopf zur Tür hinein und bekam gerade noch mit, wie Celine sich von ihrem blaßgrünen Kleid trennte. Er runzelte die Stirn. Das Gewand, das sie an jenem Abend getragen hatte, an dem sie sich zum ersten Mal begegnet waren, wenn er sich recht erinnerte.

Das Objekt lag sorgfältig ausgebreitet zwischen Stoffballen auf einer Art Arbeitstisch, und eine rundliche Frau in schwarzem Kleid, das mit weißen Spitzenrüschen besetzt war, winkte ihre Besucher durch eine Tür.

Der Arbeitsraum einer Schneiderin hinter einem Etablissement für Damenmode, entschied James, und zog sich zurück. Das Mädchen verkaufte offensichtlich ihre eigenen Kleider. Äußerst interessant. Er ging rasch los und suchte sich dann eine Stelle, von der aus er die Tür zum Laden gut im Auge hatte. Ein Element der Überraschung konnte ein nützlicher Verbündeter sein, und Miss Celine stand eine große Überraschung bevor.

Er mußte nicht lange warten. Minuten später öffnete sich die Tür 5 und Celine, mit einem triumphierenden Lächeln auf den hübschen Lippen, trat mit Miss Fisher ans Tageslicht. Celine zog die Schultern hoch, schloß für einen Moment die Augen, und ein Ausdruck purer Siegesfreude überflutete ihr Gesicht. Miss Fisher dagegen schien alles andere als erfreut. Sie nahm Celines blaues Täschchen und zog es weit auf. Celine ließ einige Münzen hineinfallen und hängte es sich an ihren Arm, bevor sie weiterschritt, direkt auf James zu.

Das Element der Überraschung.

8

»Miss Godwin!« James ging auf sie zu, schwang seinen Hut vom Kopf und verbeugte sich tief. »Welch glücklicher Zufall!«

»Glücklich?«

James richtete sich auf und sah in erschrockene löwenfarbene Augen. »Sogar ein echter Glücksfall!« Sein Blut geriet in Wallung. Wirklich, ein Mann von Welt konnte sich doch wegen so eines Backfischs nicht zum Narren machen – auch wenn dieser Backfisch das provozierendste, verlockendste, anziehendste Geschöpf war, das er je kennengelernt hatte.

Sie sah ohne eine Spur von Arglist zu ihm hoch. »Wie das, James – ich meine, Mr. Eagleton? Warum ist das so ein Glück?«

»Ganz einfach.« Er warf Miss Fisher ein verschwörerisches Lächeln zu, das andeuten sollte, daß sie und er erfahrener waren, und Celine das Kombinieren erst noch lernen mußte. »Es ist ein Glücksfall, weil ich ohnehin vorhatte, Sie zu besuchen.«

»Mich zu besuchen?«

»Genau das.«

»Ich verstehe.«

»Wirklich, Celine?«

Sie drückte ihr Täschchen an die Brust und warf einen verzweifelten Blick auf ihre Begleiterin. Miss Fisher wandte sich ab.

»Was verstehen Sie denn nun, Celine?« fuhr er fort, mit sehr ruhiger, aber selbstsicherer Stimme.

»Also, Mr. Eagleton …«

»James.«

»Äh …« Sie sah wieder zu Miss Fisher, die weiterhin Passanten studierte. »Äh … James! Ich glaube, ich verstehe doch nichts. Ich glaube, Sie haben … Vielleicht würden Sie mir diesen glücklichen Umstand näher erklären.«

»Aber gern.« Er lächelte und griff impulsiv nach ihrer Hand.

»Oh!« Sie hielt das Täschchen weiter umklammert, löste aber die Linke und reichte sie ihm. Ein entzückender Hauch von Rosa schoß über ihre Wangen und ihren Hals – sowie den Ansatz ihrer Brüste, die durch ihre Hand am Täschchen aus dem tiefen viereckigen Ausschnitt gedrückt wurden.

James war nicht entgangen, daß Miss Fisher ein paar Schritte weitergetan hatte, um etwas in einem Schaufenster zu betrachten. Wenn die Vorstellung nicht so grotesk wäre, müßte er annehmen, daß die Gesellschafterin des Mädchens entschlossen war, seinen Plan zu unterstützen. Er beugte sich vor und drückte einen langen, ergebenen Kuß auf Celines Handrücken. »Sie riechen wundervoll, Celine. Wie diese *charmanten* Rosen in Ihrem Garten!«

»Sie sollten solche Sachen wirklich nicht sagen«, wisperte sie atemlos.

»Aber ich finde, das soll ich absolut.«

»Nicht hier.«

»Hier wäre auch nicht der Ort meiner Wahl, aber es muß vorläufig genügen.«

»Mr. Eagleton!«

»James.«

»Hm! James.«

Er hob langsam den Kopf, trat gleichzeitig näher und zog ihre Hand höher, bis seine Knöchel diese köstliche sanfte Schwellung über ihrer Corsage berührten.

»Mr. – James«, flüsterte sie heiser, entzog ihm aber ihre Hand nicht und ließ ihm somit weiter Gelegenheit für seine heimliche Liebkosung. »Das sollten Sie wirklich nicht.«

»Ich finde doch.«

»Warum?«

»Weil ich es möchte.«

»Wirklich?«

»Ja. Und Sie auch.« Scheinbar ohne einen Muskel zu bewegen, steckte er einen Finger unter ihre Corsage, in ihr tiefes, warmes Dekolleté.

Sie öffnete die Lippen, aber James hieß sie mit einer Mundbewegung verstummen. Lächelnd, mit unverwandtem Blick in ihre Augen, gelang es ihm mit dem Finger über die nackte Rundung zu einer bereits harten Knospe zu streichen. Celine keuchte und packte seine Hand fester. Mit einer raschen Bewegung kniff er kurz das erigierte, begierige Fleisch und beobachtete befriedigt, wie ihre Lippen sich öffneten. Der Blitzschlag, der sie durchfuhr, schoß durch James Finger in seinen Körper. Sein Glied sprang hoch, wurde hart und schwer.

Genug. Genug, um das erneut bestätigt zu finden, was er bereits wußte. Dieses Weib war für die Leidenschaft gemacht, und er mußte sie unbedingt haben. Im Lauf der Zeit würde er aus ihr eine wollüstige Verführerin machen und – irgendwie – würde es ihm gelingen, sich wieder und immer wieder an ihr zu laben.

James entfernte seinen geschickt versteckten Finger und flüsterte: »Es gibt soviel mehr, was du und ich genießen sollten, mein goldenes Mädchen. Wirst du mir gestatten, dir einiges zu zeigen?«

Ihre Augen glänzten benommen. »Mehr?«

»Viel, viel mehr. Ich würde dir gern Lektionen erteilen.«

»Das ... das dürfen Sie nicht.«

»Doch, die sind längst fällig.«

Ihr nächster tiefer Atemzug ließ James wünschen, er könnte diesen Anstandsunsinn übergehen und sie einfach davontragen. Er sah sich um, und einen Augenblick lang spielte er tatsächlich mit dem wilden Gedanken, sie in seine Kutsche zu drängen und den Kutscher drauflos fahren zu lassen, bis er ihm befahl anzuhalten. Und in der Kutsche würde er Miss Godwin sehr viele Dinge beibringen, die ein guter Anfang für die Unterweisung, die er im Sinn hatte, wären.

»Warum wollten Sie in die Curzon Street kommen?« Ihre zittrige Stimme brachte ihn zurück in die Gegenwart.

»Ich wollte kommen ...« Liam stand ein paar Meter entfernt, das Kinn vorgeschoben, die Hände in den Ärmeln versteckt. Ihre Augen waren kälter als Obsidian und musterten Celine eindringlich.

»James? Warum wollten ...«

»Ach ja!« Er wandte seine Aufmerksamkeit wieder Celine zu. »Ich wollte in die Curzon Street kommen, um Sie zu besuchen.« Jetzt fielen ihm die Veilchen ein, er drückte sie in die Hand, die er gehalten hatte, und trat einen Schritt zurück. »Ein kleiner, schlichter Beweis meiner Wertschätzung.«

»Sie sind schön. Ich liebe Veilchen.« Sie lächelte zaghaft, und sein Herz machte einen Satz. »Rosen auch. Besonders Tillie's Charmers.«

Er mimte den Unschuldigen. »Das war die Sorte in Ihrem Garten?«

Celines Lächeln wurde breiter. »Spielen Sie nicht mit mir, James. Danke für die Sträuße, die Sie geschickt haben, aber solche Geschenke sind unter den gegebenen Umständen unangebracht.«

Liam war näher gerückt. Sie vermied es, James anzusehen, und blieb erst still stehen, als sie nahe genug war, um jedes Wort zu verstehen.

James räusperte sich. Um Liam würde er sich später kümmern.

»Wenn ich die Rosen geschickt hätte, wären sie vollkommen angemessen gewesen. Schöne Blumen für ein schönes Mädchen. Was könnte passender sein?«

Celine hörte gottlob das kleine erboste Zischen nicht, das Liam von sich gab. Mit äußerster Beherrschung gelang es James, seine enervierende Schutzbefohlene zu ignorieren.

»Ich wollte meine Aufwartung machen und fragen, ob Sie mir die Ehre geben, Sie morgen nachmittag in den Park zu begleiten. Sagen wir, um vier?«

»Um vier?«

»Ja.« Alles lief wie am Schnürchen.

»Morgen?«

»Bitte.« Er war noch nie ein Befürworter der Gewohnheit der englischen Oberschicht gewesen, Mädchen völlig im unklaren zu lassen, was das Leben zwischen Mann und Frau anbelangte, bis jetzt. »Mein Diener, der die unheimliche Fähigkeit hat, solche Dinge vorauszusagen – sagt mir, der Tag wird angenehm warm werden.«

Ein weiteres angewidertes Schnauben von Liam.

Die Muskeln in James Kiefer zuckten. »Leichte Kleidung wird genügen. Und vergessen Sie nicht Ihren Sonnenschirm, damit Sie keine Angst um Ihren Teint haben müssen.«

Obwohl sie, wenn sie etwas erfahrener wäre, auf jeden Fall um ihre Tugend fürchten sollte. »Ich bin überzeugt, Ihre Begleiterin wird sich uns gerne als Anstandsdame anschließen.« Eine Komplikation, mit der er sich dann vor Ort befassen würde.

Celine wandte sich halb ab. Ihr Gesicht, wie James mit leichter Besorgnis feststellte, war blaß geworden, und sie starrte ins Leere, als würde etwas sie mit Trauer erfüllen, das nur sie sehen konnte. »Eine Gefallene«, sagte sie, offensichtlich zu sich selbst. »Oje. Ojemine, nein!«

»Wie bitte?«

Sie hob die Veilchen an ihre Nase und sah ihn an. »Das wird nicht möglich sein.«

»Um Erfrischungen kümmere ich mich... wie bitte?«

Celine richtete sich zu ihrer vollen Größe auf und blickte ihn kühl, fast wütend an. »Ich sagte, daß es mir nicht möglich sein wird, Sie morgen zu begleiten.«

»Aber...«

»Und jetzt muß ich mich von Ihnen verabschieden.«

»Warum denn auf einmal eine Absage?«

Eine nervöse Bewegung lenkte seinen Blick zu Liam. Sie trat hektisch von einem Fuß auf den anderen und starrte wie hypnotisiert auf Celines Rücken. Das könnte Ärger geben.

»Ich kann nicht in den Park kommen, weil...« Celines Hals zuckte. »Es wird mir alles zuviel... weil ich heute abend zu einem Empfang muß und morgen zu müde sein werde, um irgend etwas zu unternehmen«, endete sie hastig.

James kochte innerlich. *Verflucht.* Das kleine Luder war doch mißtrauisch ihm gegenüber – ein Umstand, den er nicht einkalkuliert hatte. »Aber Sie werden sich bestimmt bis morgen nachmittag erholt haben! Welcher Empfang kann ein Mädchen so lange von ihrem Ruhelager fernhalten, daß sie am nächsten Tag nicht rechtzeitig für eine kleine Ausfahrt bereit wäre?«

»Der der Arbuthnotts.« Sie sah sich nervös um. »Lettie, wir müssen nach Hause, sonst komme ich zu spät.«

Die Arbuthnotts. James zügelte seine Enttäuschung und verbeugte sich elegant. »Ich möchte Sie nicht aufhalten. Hoffen wir, daß der Empfang nett ist. Einen schönen Nachmittag, Miss Fisher!«

»Einen schönen Nachmittag, Mr. Eagleton!« Miss Fisher kehrte an die Seite ihrer Herrin zurück, ihre dunklen Augen musterten ihn kritisch, aber nicht unfreundlich.

»Danke für die Veilchen«, sagte Celine. Sie nahm den Arm ihrer Begleiterin. »Ich hoffe, sie haben einen entzückenden … einen entzückenden …«

»Tagesausklang?« schlug James vor. Sein Verstand arbeitete bereits fieberhaft am nächsten Schritt seines Plans.

»Genau! Einen entzückenden Tagesausklang.« Sie verließ ihn, zerrte die arme, geduldige Miss Fisher unbarmherzig hinter sich her.

Nach ein paar Sekunden fiel James Liam wieder ein. Er stürzte auf sie zu und packte ihre Hand. »Du, Liam, hast heute nachmittag einen schweren Fehler begangen.«

»Wie das?« Ihre Stimme überschlug sich, da sie gezwungen war zu rennen, um mit ihm Schritt zu halten.

»Spionieren. Mich bis dorthin zu verfolgen, wo du kein Recht hast zu sein. Das wird nie wieder passieren. Hast du verstanden?«

»Autsch!« Ihr plötzlicher lauter Schrei weckte die Aufmerksamkeit einiger Passanten, und James ließ ihre Hand fahren.

»Ich bin mit meiner Geduld bald am Ende«, sagte er in bewußt bedrohlichem Ton.

»Und ich auch, James!«

»Das ist doch die Hö…«

Won Tel tauchte neben ihm auf. »Ich konnte sie nicht bremsen, also hoffte ich, sie würde keine allzu großen Unannehmlichkeiten verursachen.«

»Unannehmlichkeiten? Das ist ziemlich milde ausgedrückt. Wir können dankbar sein, daß Miss Godwin sie nicht bemerkt hat.«

»Miss Godwin?« Liam schob ihr ovales Kinn vor und senkte die Lider, als würde sie sich den Namen durch den Kopf gehen lassen. »Miss Celine Godwin aus der Curzon Street! Zweifellos die Adresse, wohin Won Tel die Rosen geliefert hat...«

Wenn er nicht so verstrickt wäre in die Sache, hätte James über ihre Frechheit gelacht. »Wir gehen jetzt nach Hause, und so etwas wird sich nicht wiederholen. Won Tel! Die Kutsche!«

»Ist sie das, was man als Bottich bezeichnet?«

James drehte sich überrascht um. »Bottich?«

»Miss Godwin. Soll sie ein Bottich sein? Eine von den sogenannten unverzeihlichen Damen dieses faden Volkes? Eine gefeuerte Schönheit dieser hochnäsigen Lords?«

Won Tel grinste. »Ich werde die Kutsche holen, Mr. Eagleton.«

James knöpfte sich Liam vor. »Miss Godwin mag vielleicht eine ›Beauté‹ sein, Liam. Vielleicht sogar eine unvergleichliche und möglicherweise betrachten die Oberen Zehntausend sie als *gefeierte* Schönheit.«

»Ach so«, sagte Liam ohne eine Spur von Zerknirschung. »Ich werde mir Eure Aufklärung merken. Glücklicherweise sieht sie ein, daß sie Eurer großzügigen Aufmerksamkeit nicht würdig ist.«

James verschränkte die Arme und hoffte inständig, daß die Kutsche kommen würde. »Du wirst dich nicht mehr in meine Angelegenheiten mischen. Wenn du es tust, dann...«

»Es ist gut, daß sich der Bottich Euch nicht noch mehr an den Hals geworfen hat.«

»*Beauté!* Celine hat sich mir überhaupt nicht an den Hals geworfen, Liam. Hier ist die Kutsche.«

»Ihr werdet natürlich nicht weiter versuchen, nett zu dieser Unverzeihlichen zu sein.«

James schlug hilfesuchend die Augen gen Himmel. »Unsere Diskussion ist beendet.«

»Das finde ich auch«, sagte Liam. Sie ging zum Randstein, wo Won Tel am offenen Schlag wartete. »Dieser unverzeihliche Bottich ist so eitel, sich wie ein Pfau vor Euch zu brüsten – versucht mit ihren leicht durchschaubaren Tricks Euch einzufangen –, und dann akzeptiert sie nicht einmal ein Angebot, für das jede Frau sterben würde. Ihr dürft nicht mehr an sie denken.«

Won Tel hob Liam in die Kutsche, und James stieg hinter ihr ein. Der große Freund folgte und schloß die Tür.

»Ja«, sagte Liam, die züchtig auf der Sitzkante balancierte, »ich bin froh, daß Miss Celine Godwin Euch nicht weiter belästigen wird.«

»Es freut mich, daß du froh bist«, sagte James abwesend. Er war derjenige, der belästigen würde, und das schon sehr bald, womit Celine sicher nicht rechnete.

»Warum bist du so froh, Liam?« hakte Won Tel nach.

James warf seinem Begleiter einen scharfen Blick zu.

»Ich bin froh«, sagte Liam, »weil ich mich lieber auf die Pflichten konzentriere, die James mich gebeten hat, in diesem Haushalt wahrzunehmen.« Das klang nicht sehr überzeugend, stellte James mit flauem Gefühl im Magen fest.

»Was solltest du denn sonst tun?« fragte Won Tel kühl.

Liam schenkte ihm ein strahlendes Lächeln. »Nichts… wahrscheinlich nichts.« Sie beugte sich vor und schien mit einemmal fasziniert von dem Treiben vor dem Fenster. »Nein, ich würde definitiv nichts anderes tun, als was James gerne möchte.«

James legte einen bestiefelten Fuß auf das andere Knie und trommelte auf das glänzende schwarze Leder. Er wünschte, er könnte Liams unschuldigen Äußerungen glauben. Zweifellos mußte er sie genau im Auge behalten während ihres Englandaufenthalts.

Er klopfte an das Guckfenster des Kutschers. Es öffnete sich, und er ordnete an: »Grosvenor Square«. Als die Kutsche weiterrollte, lehnte er sich zurück und dachte voller Vorfreude an den heutigen Empfang der Arbuthnotts… und an Celine Godwin… und an ein Vermögen in Juwelen, das auf ihn wartete.

9

»Drecksweib!«

Darius Godwin trat zurück und drückte sich flach gegen das Fenster des Privatsalons seiner geliebten *Ehefrau. Privat?* Ja, für ihn, ihren *Ehemann* war er verschlossen, aber nicht für einen errötenden blonden Stalljungen, der nackt vor ihren gierigen Augen zitterte. Darius füllte seine Lunge mit Nachtluft, die von nahem Donner kündete.

Die *allerliebste* Mary dachte, er wäre anderweitig beschäftigt. Er lächelte. Das war er auch gewesen – mit einer sehr leckeren Schnecke, die Bertram Letchwith ihm für den Abend hatte zukommen lassen. Aber jetzt gab es ernsthafte Dinge zu regeln, und das Schäferstündchen seiner Frau war eine unwillkommene Behinderung.

Die Neugier übermannte ihn erneut, und er ging wieder in Position, um durch die Lücke zwischen den schweren Vorhängen in das dämmrig beleuchtete Zimmer zu spähen.

Darius erinnerte sich, daß der Junge Colin hieß. Er war erst seit ein paar Wochen in Knighthead… mehr als genug für Mary, um diesen schönen männlichen Körper zu bemerken, der gerade dabei war, sich vom schlaksigen Heranwachsenden zur ersten Blüte der Männlichkeit zu mausern.

Der Junge stand jetzt vor ihr, die Hände schützend über seinen Unterleib gelegt. Darius beobachtete, wie Mary, prachtvoll angetan mit einem voluminösen weißen Negligé, auf die Knie sank und den Mantel öffnete, um ihre Brüste zu entblößen. Herausfordernd nahm sie sie in die Hände, lächelte und strich mit der Zunge über ihre Lippen. Sie hatte ihm ihr Profil zugewandt, und Darius sah, daß sie etwas sagte.

Der Junge starrte wie gebannt auf Marys üppigen Busen, ließ langsam die Hände fallen, und sein Glied sprang dick und hart hoch.

Durch das Glas hörte Darius Marys triumphierenden Schrei der Vorfreude. Das war ihr Lebenselixier, diese Verführung unerfahrener Knaben. Verächtlich blähte er die Nasenflügel, wandte sich aber nicht ab. Zuerst würde er dem Luder und ihrer kleinen männlichen Hure zuschauen, dann würde er sie wissen lassen, daß er sie beobachtet hatte. Er würde damit drohen, ihre perversen Gelüste bloßzustellen. Auf diese Weise sicherte er sich ihre Unterstützung für das, was getan werden mußte – und zwar bald.

Er kniff sein Gesäß zusammen. Sie hatte Colins Hintern gepackt und zog ihn an ihren Mund.

Darius Hand packte seinen eigenen Schwengel. Er hatte gedacht, die reife, schwarzhaarige Dirne, die er drei-, nein viermal in seiner Zuflucht im Wald bedient hatte, hätte ihn ausgelaugt. Dem war nicht so. Selbst die unansehnliche Mary, mit dem struppigen blonden Haar, das in stumpfen Locken um ihr volles, fleckiges Gesicht hing, konnte so ein herrliches Mannsbild wie Darius Godwin erregen. Er war einmalig, ein Hengst, pausenlos bereit, ein williges oder nicht williges Weibsstück zu besteigen.

Der glänzende Schaft des Stalljungen glitt mühelos in Marys Mund hin und her, während sie seinen strammen Hintern knetete. Ein paar Sekunden heftiges Pumpen, dann zog sie sich zurück, lachte über den hilflosen Stoß der

Hüften ihres Opfers. Mit einer lächerlichen Bewegung, die wohl graziös wirken sollte, rollte sie sich auf den Rücken, öffnete ihr Negligé ganz und spreizte die Beine.

Nachdem sie den Jungen zwischen ihre Schenkel gezwängt hatte, ihm in ihre Hurengasse geholfen hatte, gab es ein kurzes, unbeholfenes Geschaukel, bis der neu initiierte »Meister« seinen Rhythmus fand. Darius fletschte die Zähne und musterte Colins Gesicht, das blind auf das Fenster gerichtet war.

Was er wohl dachte? fragte sich Darius. Was für hitzige Bilder sich wohl hinter diesen glasigen blauen Augen abspielten, um den widerlichen Akt für ihn zu erleichtern?

Bilder von Celine vielleicht? Darius lächelte. Das wären Bilder, die jeden Mann zu prompter Entladung anspornen konnten. Ja, es könnte sein, daß dieser wollüstige Stalljunge nicht die fette alternde Frau sah, die sich unter ihm bäumte und schwitzte, sondern den weichen vollbusigen Körper des unschuldigen Mädchens, das demnächst Bertram Letchwith als Spielzeug dienen sollte.

Gelangweilt von dem Spektakel wandte Darius sich ab, ging um das Haus herum und trat durch die Küche ein. Er suchte in der Speisekammer nach etwas Eßbarem, riß einen gebratenen Hühnerschenkel ab; dann schlenderte er langsam einige Gänge entlang und stieg die Treppe zur Beletage hinauf. Was er zu besprechen hatte, konnte nicht mehr lange warten.

Er war am Ende des Korridors angelangt, der zu Marys Empfangszimmer führte, und hielt sich im Schatten, bis – wie vorhergesehen – ihre Tür aufging und Colin herauskam. Mary wurde ihrer Opfer schnell überdrüssig und hatte es immer sehr eilig, die Jungen wieder loszuwerden, sobald sie ihren Zweck erfüllt hatten. Er war jetzt blaß und sah sich nach allen Seiten um – ohne Darius zu bemerken –, bevor er in die andere Richtung davonhastete.

Erfüllt von Vorfreude auf das, was er zu tun hatte, ging

Darius rasch auf das Zimmer zu und riß die Tür, ohne zu klopfen, auf.

»Was …?« Mary stand mit offen hängendem Negligé vor dem Feuer. In einer erhobenen Hand hielt sie einen großen Kelch Rotwein. »Wie kannst du es wagen, ungebeten hereinzustürmen?«

Darius schloß die Tür hinter sich und stolzierte durch den Raum auf sie zu. »Es kam mir in den Sinn, daß dir vielleicht eine Kostprobe reifer, geübter Manneskraft gefiele.« Er schlug seine Zähne in das Hühnerfleisch und legte den fettigen Rest auf ihre Brust. »Eine Frau mit deinen Gelüsten hat doch ausgedehntere Bedürfnisse, als ein grüner Junge befriedigen kann.«

Ihr Gesicht verfärbte sich knallrot. »Was willst du damit andeuten?«

Er legte den Kopf zur Seite, zog eine glänzende Spur zu ihrem Nippel und grinste befriedigt, als die große dunkle Warze sich aufrichtete. »Ich deute an, daß du mir bieten solltest, was du gerade für meinen Dienstboten gemacht hast.« Er schob ihr Negligé mit dem Hühnerknochen weiter auseinander und zog dann eine Linie zu dem noch feuchten Busch zwischen ihren Beinen. »Mach meine Hose auf, *Gemahlin*. Blas mir einen, *Gemahlin*. Bitte mich auf deinen Teppich, damit ich dich besteige, *Gemahlin*.«

Sie hob ihr schlaffes Kinn. »Wo warst du? Woher weißt du, was hier passiert ist?«

»Ich weiß es«, sagte er. »Vor dir muß ich mich nicht rechtfertigen. Mach schon!«

Mit einem unverschämten Blick führte Mary den Kelch an den Mund und trank, bis ihr der Wein aus den Mundwinkeln lief. Sie wischte sich mit dem Handrücken ab. »Du hast deine Chancen längst verspielt. Früher habe ich um deine Gesellschaft in meinem Bett gebettelt. Jetzt will ich dich nicht mehr – will dich bekanntlich schon seit vielen Jahren nicht mehr.«

Darius ging grinsend in Fechtposition. *»En garde«*, flüsterte er, und steckte das Hühnerbein zwischen ihre weiblichen Falten. Mit gefletschten Zähnen rieb er es hin und her, wartete auf ihren angewiderten Schrei.

Aber der Schrei kam nicht. Das Entsetzen in Marys Augen schwand dahin. Ihre Lider senkten sich, und ihr Mund klaffte auf. Sie spreizte die Beine weiter, bäumte sich ihm entgegen, drehte die Hüften, keuchte in wachsender Erregung.

Darius wandte sich abrupt ab und warf den Hühnerschenkel ins Feuer.

»Oh!« In einer Wolke weißen Batists, mit wabbelnden Brüsten, stürzte sie sich auf ihn, schlug ihm ihre Krallen in den Hals. »Verflucht sollst du sein! Verflucht!« Sie ließ den Kelch fallen und packte seine Hose. »Befriedige mich, du verfluchter Kerl.«

»Nichts da!« Er wehrte sie mit dem Arm ab, bis sie erschöpft in einen Sessel fiel. »Bedeck dich, bevor ich mich bei deinem Anblick übergeben muß!«

Sie wimmerte ein wenig, raffte aber das Kleidungsstück zusammen und kauerte sich in die Kissen.

»So ist es besser.« Er baute sich breitbeinig mit dem Rücken zum Feuer vor ihr auf. »Wir haben etwas zu erledigen. Bertram ist versessen darauf, daß wir seine Hochzeit so schnell wie möglich über die Bühne bringen.«

»Aber Celine hält sich ...«

»... in London auf. Leider, leider! Verdammte Geldverschwendung ist das alberne Theater. Aber er besteht immer noch darauf. Die ganzen feinen Lordschaften sollen ihre Schönheit sehen und dann, wenn sie mit ihm verlobt ist, anerkennen, was für ein prächtiger Kerl er doch sein muß.«

»Aber Celine ist ...«

»Nicht erpicht auf diese Hochzeit? Das spielt keine Rolle. *Seine* Sicht interessiert. Je eher er befriedigt und mit dieser Göre verheiratet wird, desto eher bekommen wir den

Batzen, den wir haben *müssen* – unter allen Umständen, Weib, wenn wir unseren Lebensstil und dieses Haus weiter aufrechterhalten wollen. Es gilt weiterzumachen, bis die Juwelen gefunden sind. Dann werden wir frei sein und können fort von hier. London gehört dann uns, die Gesellschaft gehört uns. Endlich werden wir anerkannt und akzeptiert werden, so, wie es uns gebührt.«

»Zwanzig Jahre«, murmelte Mary.

Er warf ihr einen wütenden Blick zu. »Jawohl, zwanzig Jahre verplempert. Aber wir werden die Sainsbury Juwelen finden. Für sie haben wir Francis St. Giles und seinen närrischen Alten betrogen. Wir haben viel riskiert und endlich unseren Lohn verdient.«

»Ich wünschte, es wäre nicht von Celine abhängig. Was, wenn Bertram einen Rückzieher macht?«

»Das wird er nicht!« Er rückte etwas näher zum Feuer und breitete seine Rockschöße aus, um sich den Hintern zu wärmen. In der Ferne grollte Donner, und mit einemmal wurde es kühl im Raum. »Als der Junge dich gevögelt hat, hat er wahrscheinlich in Gedanken Celine gevögelt. Es war ihr Körper, in den er eindrang. Ihre Brüste, die er liebkost und gesaugt hat.«

»Was?« kreischte Mary und sprang von ihrem Stuhl hoch. »Du hast zugesehen! Du hast es gesehen, du Misthaufen! Nicht sie hat er geliebt, sondern mich! Ich bring dich um!«

Er packte sie mit einer Hand am Hals, um ihre Schläge abzuwehren. Mary keuchte, grabschte nach seinem Arm und wäre fast zu Boden gestürzt. Darius wartete, bis sie das Gleichgewicht wiedergefunden hatte und ließ sie brüsk los. »Sie werden mir gehorchen, Madam! Setz dich.«

Zeternd sank sie wieder auf den Sessel. »Sie ist ein Nichts. Ein dummes Nichts, das nur dazu gut ist, uns das zu beschaffen, was wir brauchen. Kein wahrer Mann könnte sie begehren.«

»Bertram und Percival begehren sie sehr. Sie wollen sich erst dann ihren jungfräulichen Körper teilen, bis sie in der Kunst, Bertram zu befriedigen, wohlbewandert ist, und raffiniert die Unschuldige für Percival spielen kann. Dann wird es ihre Pflicht gegenüber ihrem Ehemann sein, seinen Wünschen Folge zu leisten und seine Freunde damit zu beglücken, was sie bei ihren Versammlungen erwarten. Sie wird mitleiderregend schreien, wenn einer nach dem anderen, wie das Los entscheidet, in ihren *unberührten* Körper eindringt. Und wenn sie sehr, sehr klug ist und sehr gut, wird es ein paar Jahre dauern, bis sie ihrer überdrüssig werden.«

Mary schniefte und wickelte ihr Negligé fester um sich. »Es ist höchste Zeit, daß sie uns für all unsere Fürsorge entschädigt. Undankbares Biest! Und dann kann Lettie endlich gehen. Ich hab ihre vorwurfsvollen Blicke lange genug ertragen.«

»Da müssen wir vorsichtig sein«, erinnerte Darius sie. »Die Frau weiß zuviel. Wir werden vielleicht gewisse Schritte in Betracht zu ziehen haben.«

»Das ist nicht allzu schwierig. Überlaß alles getrost mir.«

Er gönnte ihr ein Lächeln. »In der Tat! Zweifellos wirst du die Angelegenheit vorzüglich lösen. In solchen Dingen warst du immer schon sehr einfallsreich.«

Mary erwiderte sein Lächeln. »Wir haben ein Talent fürs Manipulieren, mein Herz, wie Francis St. Giles und seine ach so liebe Frau Sophie erfahren mußten – zu ihrem Untergang.«

Darius nickte. »Es lief so reibungslos, weil der alte Narr von Marquess leicht zu beeinflussen war.«

»Die Perfektion unseres Plans von damals ist mir immer noch eine Freude«, intonierte Mary mit leiser Stimme. »Wie wir Francis betäubt und in ein Hurenhaus geschafft haben! Seinen Ring gestohlen haben und ihn in dem Glauben ließen, er hätte eine Hure beglückt und wäre dann volltrunken eingeschlafen! Und er hat geglaubt, die Dirne sei die Diebin gewesen. Perfekt!«

»Genau ausgetüftelt«, bestätigte Darius. »Er glaubte, die Hure hätte seinen Ring gestohlen und ihn seinem Vater gegeben. Kannst du dir vorstellen, wie sich seine Därme zusammengezogen haben, als ihm der Marquess den Ring unter die Nase hielt? Francis nahm ihn einfach an sich!« Darius klatschte sich voller Freude auf die Schenkel. »Er hat ihn, ohne zu fragen, an seinen Finger gesteckt und sein Schicksal besiegelt. Seiner Meinung nach hatte die kleine Hure den Ring zu seinem Vater getragen, und der alte Mann war irreparabel enttäuscht über die schlüpfrige Moral seines Sohnes. Francis hat nie versucht, sich zu verteidigen, und sein Vater hat ihn aus diesem Haus gejagt. Nie kam er darauf, daß *du* dem Marquess den Ring überbracht hast und eine ganz andere Geschichte erzähltest, als die seines irrtümlichen Schicksals.«

»Und weil sich Francis nie verteidigt hat, hat der Marquess eben meine Geschichte geglaubt.« Mary schüttelte sich vor Wonne. »Oh, es ist schon so lange her, daß wir darüber gesprochen haben. Mir gereicht es immer noch zur Freude, daß keiner von beiden uns je verdächtigte. Euer Sohn hat mich geschändet, hab ich dem Tattergreis weisgemacht. Er hat mich ruiniert, und wenn es nicht den guten alten Darius gäbe, wäre ich zu einem Leben als geduldete, herumgeschubste Gesellschafterin im Hause einer anderen verdammt. Und er hat mir *geglaubt*.

»Und um für die Sünden seines Sohnes zu büßen, hat er uns vermacht, was wir wollten – dieses Haus – Francis' Erbe.« Darius verspürte wieder die tiefe Befriedigung, die dieser Triumph immer noch mit sich brachte.

»Eigentlich nicht vermacht«, sagte Mary und ihre Stimme wurde hart, ihre Miene verdrießlich, »sondern bloß geliehen.«

»So lange, wie wir es brauchen«, erinnerte Darius sie.

»Gott sei Dank hat sein Nachfolger seine Wünsche respektiert.«

»Augustus haßt uns.«

»Dafür hast du keinen Beweis.«

»Sein Schweigen beweist es«, sagte Mary, »genau wie seine Weigerung, uns zu empfangen oder gar Knighthead uns im wahrsten Sinne des Wortes zu überlassen – wie er es sollte.«

»Er wird uns nicht vor die Tür setzen. Alles andere ist Nebensache. Wir werden das Geld, das wir brauchen, von Letchwith erhalten und die Juwelen finden! Das sagt mir meine innere Stimme. Und dann sind wir frei!« *Er* würde frei sein – von ihr und jedem anderen bleiernen Hindernis – für das Leben, das er verdiente.

»Manchmal habe ich Angst, Francis könnte zurückkehren.«

»Aber nie und nimmer!« Darius war dessen zutiefst gewiß. »Wenn es eine Versöhnung mit dem neuen Marquess nach dem Tod des Vaters gegeben hätte, wäre es damals passiert – vor Jahren. Aber nichts ist geschehen. Ich bin fest davon überzeugt, Augustus weiß nichts von dem, was passierte, bevor Francis verstoßen wurde. Sein Vater muß ihn angewiesen haben, jeden Kontakt mit seinem jüngeren Sohn abzubrechen.«

»Ich überprüfe ständig die Zeitungen nach einer Meldung über seine Rückkehr«, sagte Mary nachdenklich. »Die Möglichkeit verfolgt mich.«

»Mich verfolgt sie nicht«, verkündete Darius und warf sich in die Brust. »Er wird in Ewigkeit glauben, was er glaubt, und wird es nie wagen, nach England zurückzukehren. Denn vor allem seine edle Sophie soll von seinen angeblichen Exzessen nichts erfahren.«

»Sophie hat dieses Haus geliebt.« Mary sah in die Ferne und lächelte. »Wie köstlich wäre es doch, ihr Gesicht zu sehen, wenn sie erfährt, daß *ich* der Grund für ihr Elend war, daß sie all die Jahre leiden mußte, weil ihr Ehemann *mich* verführt hat.«

Darius musterte Mary durch halbgeschlossene Lider. »Vergessen wir die Wahrheit nicht – zumindest nicht unter uns. Francis hat dich nicht verführt. Er hat dich nicht angefaßt! Deshalb warst du ja eine so perfekte Verbündete für mich. Du hast ihn gehaßt, weil er dich nicht wollte, und du hast vor nichts zurückgeschreckt in deiner Rache an ihm und seiner Familie.«

Sie warf den Kopf zurück. »Er war ein Einfaltspinsel. Wo immer er auch steckt, ich bin davon überzeugt, er denkt an mich und daran, was wir zusammen hätten haben können. Hoffentlich leiden sie beide schrecklich!«

»Ich bete um ihr frühes Ende!«

10

Geliebtes Knighthead! Geliebte, efeubewachsene gelbe Steinmauern und anmutige Terrassen. Geliebte Bleiglasfenster, die in der Morgensonne erstrahlten. Geliebte weiche grüne Rasenflächen und Rhododendronhügel in Rosa, Weiß und Violett. Geliebte sanfte Hügel von Dorset, die sich zum Meer erstreckten. Geliebte ...

»Ist dir nicht wohl?« Lettie unterbrach Celines Gedanken. »Du siehst vergrämt aus.«

»Ach was!« Sie versuchte zu lächeln, aber es gelang ihr nicht. »Oje ... vielleicht bin ich doch ein wenig krank. Am besten schreibe ich Mama und Papa und bitte sie, meine Heimreise zu arrangieren.« Celine seufzte und sah ihre Hände an, die kraftlos in den Falten von Isabel Prentergasts gelbem Musselinkleid lagen. Heute abend war ihr unerschöpflicher Elan etwas aus dem Lot geraten.

Die Kutsche, die sie zum Empfang der Arbuthnotts am Berkeley Square brachte, holperte ein kurzes Stück weiter und blieb wieder stehen, gerade als Lettie sagte: »Du hast dich aber nicht krank gefühlt, bevor wir heute nachmittag Mr. Eagleton begegnet sind.« Sie beugte sich vor, um Celines Hand zu tätscheln.

»Was hat denn der damit zu tun«, fragte sie schnippisch und zog ihre Hand weg. »Also wirklich, Lettie, manchmal ziehst du aber auch Zusammenhänge an den Haaren herbei.« Irritierende Zusammenhänge, die zumeist den Kern der Sache trafen.

»Findest du?«

»Jawohl, das finde ich… und ich hasse das alles.« Celine deutete auf die Schlange von Kutschen, die sich vor und hinter ihnen erstreckte. »Es ist mehr als dämlich!«

»Dämlich?«

»Genau!«

»Geh ich recht in der Annahme, daß die allgemein übliche Art, mit denen Ereignisse wie dieser Empfang gehandhabt werden, nicht dein Gefallen findet?«

»Richtig!«

Lettie schloß die Augen und drückte ihr Kinn in die diskrete Weite ihres hohen Kragens.

»Was ist denn?« fragte Celine verstimmt. »Bist du müde?«

»Nein, nein – keine Sorge.«

»Was dann?«

»Ich denke nach«, sagte Lettie.

Außerdem haßte Celine es, wenn Lettie sie ausschloß. Lettie war die einzige Menschenseele auf dieser Welt, der Celine vertrauen konnte. »Worüber?«

»Über irgendeinen Zauber, der dich glücklich machen würde!«

Celine packte sofort die Reue, sie beugte sich vor und nahm Letties Hand. »Ich bin glücklich, wenn du bei mir bist.« Wenn sie der lieben Freundin doch nur erklären könnte, daß sie, Celine, völlig verwirrt von ihren Gefühlen war – welche Mr. James Eagleton in ihr geweckt hatte, gleich bei ihrem ersten Treffen –, und daß diese, was sie auch bedeuten mochten, mit jeder Begegnung stärker wurden …

»Ich würde zu gerne mehr über ihn wissen«, murmelte Lettie.

Celine erschrak sichtlich, und ihre freie Hand flog an ihren Hals. Sie brauchte nicht zu fragen, wen Lettie damit meinte.

Lettie packte ihre Hand fester, schlang ihre Finger um Celines. »Da ist etwas …« Sie schüttelte den Kopf.

»Was denn?« fragte Celine aufgeregt.

»Nichts.« Nun runzelte Lettie die Stirn. »Bitte, sei vorsichtig. Du bist sehr jung und sehr schön. Er ist ein gutaussehender Mann. Das kann keiner bestreiten. Gutaussehend und charmant und offensichtlich auch erfolgreich. Ein toller Fang für manches Mädchen, zu dem es sich beglückwünschen könnte. Und ich glaube, er würde ein liebevoller Gefährte sein. Aber da ist etwas …«

»Ach, sag das nicht dauernd!« Celine lehnte sich in ihrem Sitz zurück und starrte hinaus in die Dunkelheit, die sich an den Rändern der Lichtbögen um die Straßenlaternen sammelte. »So oder so gibt es keinen Grund, sich den Kopf über Mr. Eagleton zu zerbrechen. Ich weiß genau, daß du von ihm sprichst. Meine Bekanntschaft mit ihm ist ganz unverbindlich, das kann ich dir versichern. Er gibt sich nur als Kavalier, weil … weil …«

»Weil?« beharrte Lettie leise und strich Celine eine Locke von der Wange.

»Weil er gute Manieren hat«, sagte sie und warf den Kopf zurück. »Schau dir dieses lächerliche Gedränge an. Meilen von Kutschen, die im Schneckentempo zu einem Empfang fahren, wo die meisten Leute sich nicht einmal kennen. Richtig albern!«

»Und woher weißt du soviel über Empfänge, Miss? Das ist schließlich dein erster.«

»Freda hat es mir erzählt. Sie hat gesagt, im Haus der Arbuthnotts – übrigens, *ich* kenne die Arbuthnotts nicht und kann mir nicht vorstellen, wieso sie mich eingeladen haben – wird es eine Festbeleuchtung geben, damit ihr wunderbarer Empfang von draußen bewundert werden kann. Und die Leute wandern von Zimmer zu Zimmer und unterhalten sich über nichts Bestimmtes mit niemandem Bestimmten.« Sie hielt inne, um Luft zu holen. »Und das Essen – es soll immer nur ein paar Bissen geben – wird furchtbar sein, alle machen nur mit, um gesehen zu werden. Und außerdem wird es viel zu *heiß* sein!« Sie verschränkte wieder die Arme, schob ihr Kinn vor und sah Lettie herausfordernd an. Wehe, sie wagte es, etwas Positives über das Ereignis des heutigen Abends anzudeuten.

»Dieses Kleid steht dir wunderbar!« Lettie lächelte ermutigend. »Ich hoffe nur, daß es keiner erkennt.«

»Genau«, sagte Celine. »Und dann hoffe ich auch noch, daß niemand diese schäbige Kutsche im Dunkeln wahrnimmt.«

»Wenn du erst einmal angelangt bist, wird keiner sich mehr für deine Beförderung interessieren«, meinte Lettie, sah aber ziemlich unglücklich drein. »Und ich habe dir bereits gesagt, daß Mrs. Arbuthnott jemand ist, den deine Mutter von früher kennt. Offenbar hat Mrs. Godwin Mrs. Arbuthnott geschrieben und ihr mitgeteilt, daß du zur Ballsaison in der Stadt sein wirst, aber erst einmal allein. Mrs. Arbuthnott, wie du dich sicher erinnerst, hat sich die Mühe gemacht und einen netten persönlichen Gruß auf die Einladung geschrieben. Sie freut sich auf deine Unterhaltung.«

Celine griff nach dem dünnen schwarz-goldenen Zopf, den Freda und Lettie ihr mit einiger Mühe in die Locken auf ihrem Kopf geflochten hatten. »*Muß* ich mich wirklich zu Mrs. Arbuthnott gesellen?«

»Unbedingt«, sagte Lettie strikt. »Zumindest für eine

Weile. Natürlich ist es absolut schicklich, daß du auch mit jedem anderen, den du kennst, plauderst.«

»Ich kenne niemanden.«

»Vielleicht lernst du interessante Leute kennen!«

»Ich habe bereits einen...«

»Richtig«, gestand Lettie ihr mit einem nachsichtigen Lächeln zu. »Du hast bereits jemanden kennengelernt, der dich fasziniert, nicht wahr?«

Celine packte plötzlich der Drang zu weinen. Sie weinte nie – fast nie. Ein schmerzhafter Kloß schnürte ihr die Kehle zu, und sie schluckte mit einiger Mühe.

»Oh, mein Lämmchen!« Lettie stützte sich mit einer Hand gegen die schwankende Kutschenwand und setzte sich neben Celine. »Ist es wahr? Hast du... Glaubst du, daß du etwas für Mr. Eagleton empfinden könntest?«

Celine schniefte und verzog jämmerlich ihre Miene. »Ich habe wirklich keine Erfahrung in solchen Angelegenheiten.« Ihre Wangen brannten. Was sie meinte, war, daß sie, abgesehen von ihren beachtlichen – viel zu beachtlichen – Erfahrungen mit James Eagleton absolut nichts wußte über die Vorgänge zwischen Mann und Frau.

Lettie tätschelte Celines Arm. »Als deine Gesellschafterin, und nachdem deine Mama und dein Papa nicht hier sind, könnte ich Mr. Eagleton sagen, daß sein Interesse nicht erwidert wird...«

»Nein! Nein, bitte tu das nicht, Lettie.«

»Er bedeutet dir also doch etwas?«

»*Bitte,* bedräng mich jetzt nicht. Am meisten mach ich mir Sorgen bei dem Gedanken an Mr. Letchwith.« Das zumindest stimmte.

»Ja«, pflichtete Lettie ihr bei. »Und außerdem glaube ich, daß Mr. Eagleton sehr sehr gut situiert ist.«

»Was hat das mit Mr. Letchwith zu tun?«

Lettie wandte ihr Gesicht ab. »Ich hab nur laut gedacht. Es könnte sein, daß deine Eltern eher geneigt sind, einem

Bewerber um deine Hand den Vorzug gegenüber Mr. Letchwith zu geben, wenn der Betreffende etwas vorzuweisen hat. Damit will ich nicht sagen, daß Mr. Eagleton der einzige heiratsfähige Mann sein wird, der dich bemerkt.«

»Wie immer ziehst du voreilige Schlüsse«, wehrte Celine ab. »Mr. Eagleton war sehr nett. Das heißt aber noch lange nicht, daß er im Begriff ist, um meine Hand anzuhalten.« Nein, James Eagleton hatte eine Menge... *intime* Dinge gesagt und getan, aber ernstere Absichten nicht einmal angedeutet.

»Wahrscheinlich nicht.« Lettie klang abwesend. »Wenigstens noch nicht. Aber das könnte ja noch kommen.«

»Du bist wegen Mr. Letchwith besorgt«, sagte Celine. »Ich auch. Aber Mama und Papa würden wohl kaum für eine Ballsaison bezahlen, wenn die Sache mit Mr. Letchwith bereits endgültig entschieden wäre... Meinst du nicht auch?«

»Vorläufig durchschaue ich es nur zum Teil. Aber ich nehme an, du hast recht. Deine Eltern geben nie einen Penny für...« Lettie biß sich auf die Lippen.

»... für irgend etwas außer sich selbst aus, wenn sie es vermeiden können«, ergänzte Celine und hoffte inständig, es träfe auch diesmal zu. »Ich sollte immer gehorsam und loyal sein. Es gehört sich nicht, sie zu kritisieren; aber ich glaube, im Augenblick ist das verzeihlich. Irgendwie scheinen Mama und Papa noch immer darauf erpicht, eine angemessenere Partie für mich zu finden.«

»Eine Partie, die ihnen mehr Besitz einbringen wird, meinst du«, murmelte Lettie.

»So ungefähr«, stimmte Celine zu. Wenn sie doch nur einen Mann kennenlernte, der ihr halbwegs gefiel und genau richtig wäre für Mamas und Papas Erfordernisse. »Es ist nicht *fair!*«

»Was ist nicht fair, mein Lämmchen?«

»Daß Mädchen praktisch wie... *Pferde* an den Meistbietenden versteigert werden. Und ohne einen Gedanken daran, ob sie in ihn verliebt sind …«

»Verliebtheit zählt nun einmal nicht, Celine.«

»Bei einigen nicht«, grollte sie und dachte an James Eagleton. War sie … War das, was sie für ihn empfand, Liebe? Oder war es nur … *Wollust?* Sie erschauerte.

»Celine, ich ertrag es nicht, dich so traurig zu sehen. Es muß einen Ausweg geben. Wir werden ihn finden. Vertrau mir.«

Celine lächelte und küßte Letties Wange. »Keine Sorge, Lettie. Selbstverständlich wird sich eine Lösung auftun.« Selbst wenn sie davonlaufen mußte, denn diesen widerlichen Bertram Letchwith würde sie niemals, niemals heiraten! »Sicher bin ich bloß überwältigt von den vielen neuen Dingen in meinem Leben.«

»Natürlich bist du das. Und dieser Unsinn mit der Geldbeschaffung für David Talbot macht alles noch schlimmer, was mich auch nicht wundert.«

Celine stieg sofort auf die Barrikaden. »Das ist kein Unsinn, und ich finde es höchst anregend, Geschäfte machen zu können.«

Lettie schnaubte. »Die Wahrheit ist, du magst es, wenn es ein bißchen gefährlich wird, mein Mädchen. Was du machst, schickt sich für eine junge Dame keineswegs, und meiner Meinung nach sollte ich ein Wörtchen mit David Talbot reden.«

»Bitte tu es nicht, du weißt, wie schüchtern er ist. Er wird sich so schämen.«

»Er sollte sich auch schämen, mit einem unschuldigen Mädchen wie dir über so weltliche Angelegenheiten zu sprechen.«

»David ist mein Freund. Was er mir erzählt, dient nur dazu, mich so gut wie möglich vorzubereiten.«

»Vorbereiten auf was?« fragte Lettie mit scharfer Stimme.

Celine machte eine lässige Handbewegung. »Ich bin mir

nicht sicher, aber ich werde es wohl wissen, wenn die Gelegenheit da ist.« Was würde Lettie wohl sagen, wenn sie wüßte, daß ihre Schutzbefohlene von Natur aus sinnlich war – daß sie, ohne Davids Warnungen stets vor Augen, zweifellos schon in die Fußstapfen von Ruby Rose getreten und komplett *gefallen* wäre?

Die Kutsche blieb wieder einmal stehen, aber diesmal sprang der Kutscher vom Bock und öffnete den Schlag. »Einen Augenblick, Ladys«, sagte er und stellte die Treppe darunter. Dann marschierte er, wie es sich gehörte, die Vordertreppe des ehrfurchtgebietenden herrschaftlichen Steinhauses empor und klopfte laut an die Tür.

»So was Albernes«, zischte Celine. »Es ist genau, wie Freda mir erzählt hat. Alle Lichter sind an. Schau in die Fenster. So ein Gedränge. Und sie wissen, daß Leute kommen. Warum muß denn jeder extra klopfen? Es ginge viel schneller, wenn ...«

»So ist es eben üblich«, sagte Lettie, und schuldbewußt erkannte Celine, daß ihre Begleiterin auch nervös war. »Zeit, hineinzugehen!«

Celine betrat viel zu hastig das imposante Foyer. Reichverzierter Stuck schmückte die Decke, aber sie zuckte zusammen, als ihr Blick auf das bedrückend dunkle Rot der Wände fiel – obwohl man durch das Gedränge von Leuten kaum etwas davon sah.

In einem Vorzimmer nahm Lettie ihren Umhang ab und machte sich dann an Celine zu schaffen, glättete ihr Haar, bauschte ihre Röcke über dem plissierten Goldsaum der Unterkleider auf. »Du siehst absolut bezaubernd aus«, sagte sie, aber ihre Stimme zitterte. »Wir sollen in den violetten Salon im nächsten Stock gehen.«

Lettie übernahm die Führung, drängte sich fast dreist den Weg zur Treppe frei und huschte dann die Stufen hoch, wobei sie sich immer wieder nach Celine umschaute.

Am oberen Treppenabsatz tummelten sich genauso viele

Menschen wie in den unteren Räumen. »Sinnlos«, flüsterte Celine in Letties Ohr. »Wir könnten gehen und keinem würde auffallen, daß wir überhaupt hier waren.«

»Still. Mrs. Arbuthnott hat nachdrücklich darum gebeten, daß du dich bei ihr vorstellst. Wenn du das nicht tust, wird sie sicher mit deiner Mama Verbindung aufnehmen, um sich nach dir zu erkundigen.«

»Oh«, jammerte Celine leise. »Wie ich das hasse! Wie sollen wir Mrs. Arbuthnott denn überhaupt erkennen?«

Lettie blieb so abrupt stehen, daß Celine gegen sie prallte. »Was soll das heißen, wie sollen wir sie erkennen?«

»Genau das meine ich. Hast du vor, jede Dame im Raum zu fragen, ob sie Mrs. Arbuthnott ist?«

»Natürlich nicht!«

»Also gut.« Celine verschränkte die Arme. »Was dann?«

»Celine Godwin!« Eine vertraute weibliche Stimme durchdrang den Lärm. »Was *machen Sie* denn hier?«

Celine wappnete sich innerlich, drehte sich um und sah in Isabel Prentergasts strahlend blaue Augen. »Ich besuche diesen Empfang«, sagte sie mit zusammengebissenen Zähnen. »Und *Sie*, Isabel?«

Das Fräulein starrte sie an – dann lachte sie und gab Celine einen Klaps mit ihrem Fächer aus weißer Spitze. »Sie sind wirklich amüsant. Soviel Sinn für Humor!« Die blauen Augen streiften über das Kleid, das Celine trug, und das Amüsement wich einem falschen kleinen Lächeln. »Und so ein … ungewöhnliches Gewand!«

»Danke«, sagte Celine mit züchtigem Augenaufschlag. »Ihres ist auch ganz reizend. Mit der scharlachroten Borte sieht es richtig gewagt und dramatisch aus.»

»Und Sie macht das Kleid in der Tat einmalig, finden Sie nicht«, sagte Isabel mit eisigem Blick.

»Absolut«, stimmte Celine ihr zu. »Um ehrlich zu sein, ohne den Besatz wäre es fast unmöglich zu erkennen, daß es schon einmal getragen wurde.«

»Ganz unmöglich!« Isabels Blick wurde listig. Sie senkte die Stimme. »Vielleicht könnten wir, äh…«

»Unter Umständen«, meinte Celine gelassen. »Ich werde morgen zu Hause sein, sollten Sie mich besuchen wollen.« Isabels Appetit auf Glücksspiel mußte wirklich eine Sucht sein. Und ein Glück für Celine! *Was für ein glücklicher Zufall,* hatte James Eagleton gesagt. Sie seufzte verärgert. Wenn sie den Mann doch nur vergessen könnte. Am Ende würde sie ihn ohnehin nie mehr wiedersehen. Er hatte nur mit einem unerfahrenen Mädchen gespielt, das lag auf der Hand und…

»Ich finde wirklich, Sie hätten einen weniger gefährlichen Anlaß finden können, gerade dieses Exemplar anzuziehen.« Isabels Geflüster bannte Celines abwegige Gedanken.

Lettie, die auf Zehenspitzen stand, versuchte etwas in dem Raum zu erkennen, der offensichtlich der violette Salon war, und wandte sich Celine zu. »Wir müssen uns auf den Weg machen. Jetzt weiß ich, wie wir unsere Mission erfolgreich absolvieren.«

»Was meint sie eigentlich?« fragte Isabel taktlos. »Warum werden Sie denn von einem Dienstboten begleitet?«

Celine warf einen Blick auf Letties nicht übertrieben schmeichelhaftes braunes Seidenkleid. »Lettie ist meine Gesellschafterin.« Sie mußte eine Möglichkeit finden, Lettie ein oder zwei hübsche Roben zu besorgen. Mit ihrer netten Figur und dem interessanten Gesicht würde sie ganz reizend aussehen in der richtigen Ausstaffierung.

»Gesellschafterinnen *sind* Dienstboten«, näselte Isabel. »Ich muß gehen. *Bitte,* versuchen Sie mit dem Kleid nicht zu sehr aufzufallen! Es wäre Ihnen sicher äußerst peinlich, wenn andere merkten, daß es für Sie geändert wurde.«

»Genau wie Ihnen, da ja auch Sie bereits einmal darin gesehen wurden!«

Isabel warf ihre Locken, die wie ein Wasserfall an ihrem Hinterkopf baumelten, zurück. »Ich wäre gezwungen zuzugeben, daß Sie so arm sind, daß Sie sich keine Neuanfertigungen leisten können.«

Jetzt war Celine an der Reihe, eine kühle Miene aufzusetzen. »Und warum sollte man dieser Geschichte eher glauben als der meinigen? Zum Beispiel, daß Sie mir das Kleid nicht gegeben, sondern verkauft haben, weil sie Geld brauchten?«

»Keiner würde Ihnen das abnehmen.« Isabel lachte nervös. »Aber wir wollen nicht streiten. Ich werde Sie morgen besuchen, und bis dahin haben wir sicher beide diese kleine Begegnung vergessen.«

»Da bin ich mir sicher.«

Celine sah Isabel nach, wie sie sich in ihrem wirklich aufwendigen weißen Musselin entfernte – und stellte sich vor, wie hübsch es wäre, wenn die Corsage geschickt mit kleinen Perlchen bestickt wäre, passend zu einem perlenbesetzten weißen Turban, unter dem ihr eigenes dunkelblondes Haar ganz wunderbar zur Geltung käme.

»Du wirst *keine* Kleider mehr von ihr kaufen«, beschwor Lettie sie. »Jetzt komm mit. Wir werden Gespräche belauschen – diskret natürlich – bis wir erfahren, welche Dame Mrs. Arbuthnott ist.«

»Ein fabelhafter Plan«, sagte Celine. »Und ich *werde* noch viel mehr Kleider von dieser arroganten Närrin kaufen.«

»Wirst du nicht«, widersprach Lettie und reckte den Hals, um besser sehen zu können, während sie sich in den Salon schlängelten. »Paß auf, was die Leute sagen. Horche auf Namen!«

Celine trabte gehorsam hinter Lettie her. Die Kleider der Damen waren zauberhaft. Und die Herren sahen so verwegen in ihren Abendanzügen aus – bis auf die Dandys. Dabei handelte es sich entweder um ältliche Tröpfe mit kläglichen Figuren oder junge Schnösel, die posierten, sich in die Brust warfen und von dem ganzen Ambiente so gelangweilt schienen, daß Celine sich fragte, wieso sie überhaupt dablieben. *Sie* hatten schließlich und endlich keine Gesellschafterinnen, die entschlossen waren, sie um jeden Preis vorzuführen.

»Ah!« Lettie blieb stehen, und Celine prallte ein zweites Mal gegen sie. »Dort, die Dame in Violett. Das muß Mrs. Arbuthnott sein.«

»Die voluminöse Matrone?«

»Exakt.«

»Die dieses Violett trägt, das nicht ganz mit den Wänden harmoniert?«

»Jawohl.«

»Mit der albernen violetten Spitzenhaube samt Wachskirschen?«

»Celine! Sie ist deine Gastgeberin und eine sehr gütige Person. Bitte sei so gut und denk an deine Kinderstube.«

»Ich habe nicht vor, ihr zu sagen, wie albern eine meterhohe Spitzenhaube aussieht, ganz besonders, wenn ihr dann trotzdem die Kirschen bis in die Augen baumeln.«

»Komm mit, junge Dame«, sagte Lettie streng, aber ein Lächeln umspielte ihren Mund. »Mit Verlaub, Mylady, aber dürfen wir uns Mrs. Arbuthnott bekannt machen?«

Die rotgesichtige Walküre, die ihnen gegenüberstand, hob ein Lorgnon und musterte Lettie mit zusammengekniffenen Augen. »Wer möchte sich da vorstellen?«

Celine richtete sich auf. »Guten Abend, Mrs. Arbuthnott.« So, wie sie sich verhielt, und der kichernden Gruppe um sie herum nach zu schließen, war diese hochnäsige Kreatur zweifellos ihre Gastgeberin. »Ich bin Celine Godwin, und das ist meine Gesellschafterin, Miss Letitia Fisher. Meine Mutter läßt Sie grüßen und bedankt sich, daß ich an den Festlichkeiten des heutigen Abends teilnehmen darf.«

Die Frau runzelte die Stirn. »Godwin? Godwin?« Ihr Kopf drehte sich auf ihrem fetten Hals hin und her. Diamanten blitzten an ihrem beachtlichen Busen, ihren Ohren, um die Handgelenke und auf ihren feisten Fingern. »Kennen wir eine Godwin?«

Verneinendes Gemurmel war zu hören, und Celine spürte, wie sie errötete. Sie hob den Kopf, und dieses Mal war sie dankbar für ihre stattliche Größe. »Meine Mutter ist Mary Detterling. Soweit ich informiert bin, waren Sie als Mädchen Freundinnen.«

»Guten Abend, Miss Godwin.« Ein schmächtiger junger Mann mit nettem Gesicht, feinen blonden Haaren und einem charmanten Lächeln verbeugte sich vor Celine. »Roland Yeatbury, zu Ihren Diensten!« Er nahm die Hand, die Celine ihm nach kurzem Stutzen reichte, und küßte sie, als wäre sie das Begehrenswerteste weit und breit.

»Roland, *Viscount* Yeatbury«, ertönte Mrs. Arbuthnotts zuckersüße Stimme.

Celine knickste leicht. »Wie geht es Ihnen, Mylord?«

»In diesem Augenblick sehr gut«, sagte Yeatbury, sein Lächeln wurde übermütig. »Und *Ihnen?*«

Sie mochte ihn auf Anhieb und sagte so leise, daß nur er es vernehmen konnte: »Besser – dank Ihnen, Mylord!«

Sein blasses Gesicht bekam etwas Farbe, und Celine biß sich auf die Lippe. Diesem hochrangigen Herrn bereitete sie eindeutig Vergnügen. War sie zu forsch, deutete zu unverblümt an, daß sie lockere Sitten besaß, die nur darauf warteten, entfesselt zu werden? Sie entzog ihm ihre Hand.

»Mary Detterling ist Ihre Mutter, sagen Sie?« sagte Mrs. Arbuthnott. Ihr zusammengekniffener Mund war beinahe kaum mehr zu sehen, und ihre Augen huschten vom Viscount zu Celine. »So vage erinnere ich mich … hat den jüngeren Sohn von irgendeinem Landbaron geheiratet, nicht wahr?«

»Mama.« Eine junge Frau, ebenso groß wie Celine, aber wesentlich dünner, nahm Mrs. Arbuthnotts Arm. »Willst du mich nicht der Tochter deiner alten Freundin vorstellen?«

»Beatrice, da bist du ja!« Mrs. Arbuthnotts Haupt drehte sich wie ein Kreisel, ähnlich einer ängstlichen Schildkröte. »Roland war schon ganz außer sich, weil er dich nicht finden konnte.«

Beatrice war nicht nur ziemlich dünn, sondern auch bemerkenswert unscheinbar, bis auf schöne Augen von der Farbe dunkler Saphire und außerordentlich dichtem schwarzem Haar, das sich zu einem komplizierten Chignon auftürmte. Celine bemerkte, daß Viscount Yeatbury Beatrices Erscheinen mehr oder weniger überging. Er war weit davon entfernt, ›*außer* sich zu sein, weil er sie nicht fand‹. Vielmehr starrte er Celine mit seinen grauen Augen an wie ein kleiner Hund, der um Aufmerksamkeit bettelt.

»Ich bin Beatrice Arbuthnott«, sagte der Neuankömmling und lächelte Celine an. »Wir sind so froh, Sie kennenzulernen, nicht wahr, Mama?«

»Sehr froh.« Die Stimme der Lady klang nicht sehr überzeugend.

Celine fand Beatrice richtig liebenswürdig. »Ihr Haus ist sehr… imposant.« Genau besehen lebte sie allerdings viel lieber unter ihrem eigenen ziemlich schäbigen Dach in der Curzon Street, als in diesem aufwendigen Museumsgebäude.

»Celine. Darf ich Sie Celine nennen?« Der Viscount ließ sich nicht abdrängen.

»Äh, natürlich.«

»Danke. Und zu mir müssen Sie Roland sagen.«

»Mach halblang, mein Alter!« Ein anderer größerer Mann in etwa demselben Alter, mit einer prachtvollen Uniform angetan, schälte sich aus der Menge hinter Mrs. Arbuthnott. »Seien Sie vorsichtig mit Roland, Miss Godwin. Er ist ein gefährlicher Schürzenjäger.«

Das Lächeln des Viscounts verzerrte sich. »Das ist eine verflixte Lüge, Teddy und…« Er warf einen entsetzten Blick auf Celine. »Verzeiht einem Schwadronierer seine lose Zunge. Ich wollte Ihnen keinesfalls zu nahe treten.«

Celine kicherte. Allmählich begann sie sich zu amüsieren. »Ich fühle mich nicht beleidigt, Mylord – Roland!«

Gespräche und Höflichkeitsfloskeln umbrandeten sie. Lettie berührte kurz ihren Arm, um auf eine Ecke zu zeigen, in der andere Anstandsdamen saßen, und entfernte sich rasch.

Mrs. Arbuthnott verkündete laut, jetzt würde sie sich ganz deutlich an Mary Detterling erinnern, und schien geneigt, dem Mädchen, das ihre Tochter scheinbar nett fand, Wohlwollen angedeihen zu lassen.

»Sagen Sie, Celine«, erkundigte sich Viscount Yeatbury, als die Hitze im Salon zunahm, »könnte ich Sie zu einem Glas Limonade verführen?«

»Also …«

»Mich können Sie auf jeden Fall verführen, Mylord.« Ein äußerst hübsches rothaariges Mädchen präsentierte sich neben Celine. »Ich schaff es einfach nicht, mich zum Büfett durchzuarbeiten. Sicher würde ich unterwegs in Ohnmacht fallen.«

Ein leichtes Zucken der Augenbrauen waren der einzige Hinweis auf die Verärgerung des Viscounts. »Ich werde mein Bestes tun, um Ihrem Wunsch zu entsprechen, Miss …?«

»Daphne DeClair.« Sie machte einen Schmollmund und wiegte sich hin und her, damit ihre atemberaubende Figur unter dem hellblauen Musselin sichtbar wurde. »*Lady* Daphne DeClair. Wir kennen uns. Zumindest habe ich das Gefühl. Mein Bruder Benjamin erwähnte, daß er Ihre Bekanntschaft bei White's gemacht hat. Kam denn da gar nicht die Rede auf mich?«

Celine schämte sich für diese Plappertasche.

»Leider kann ich mich nicht entsinnen. Celine, ich werde versuchen, so schnell wie möglich zurückzukommen.«

»Was für ein interessantes Kleid!« Lady Daphne richtete ihre berechnenden blauen Augen auf Celine. Sie sprühten vor Haß. »Ich glaube, ich habe schon mal ein ähnliches gesehen.«

»Wirklich?« Zeit, sich weiterzubewegen, aber wie? Celine sah sich nach Lettie um.

»Ja, ich erinnere mich sogar, daß die Person, die es besaß, mir erzählte, es wäre eine Sonderanfertigung für sie gewesen.« Lady Daphne bückte sich, um den Saum von Celines Kleid zu untersuchen. »An das Goldplissee kann ich mich nicht erinnern, aber natürlich, ein neuer Unterrock...« Sie ließ ihre Worte ausklingen.

Ein hektisch nickender Kopf und ein kurzer Blick auf ein Stück scharlachroten Besatz lenkte Celines Aufmerksamkeit auf Isabel Prentergast. Sie schüttelte ihren Kopf und hielt einen Finger an den Mund.

»Oh!« Lady Daphne hielt sich die Hände an die Ohren. »Was bin ich doch für ein dummes Ding. Verzeihen Sie mir, Celine. Isabel wird mit mir zanken!«

Betretenes Schweigen senkte sich auf die Gruppe.

»Ich glaube, jetzt möchte ich auch eine Limonade, Mylord«, sagte Celine zu dem aufbruchbereiten Viscount.

»Dummes Zeug! Ich habe Ihnen den Abend verdorben«, rief Lady Daphne. »Bitte genieren Sie sich nicht, daß Sie sich ein Kleid leihen mußten, um hierherzukommen. Wir wissen alle, welche Belastung eine Ballsaison für Leute mit beschränkten Mitteln ist.«

Ein Blick auf Isabels entsetztes Gesicht – und Celine hatte Mühe nicht laut loszuprusten! »Danke für Ihr Verständnis, Lady Daphne«, sagte sie und räusperte sich. »Aber Ihre Schlußfolgerungen sind nicht ganz korrekt.«

Die Augen des Mädchens wurden wieder hart, und ihr hübscher Mund verzog sich vor Bosheit. »Bitte erklären Sie sich.«

»Das würde ich zu gerne, aber nicht hier, wo ich zweifellos die Gäste langweilte. Es wäre mir jedoch ein Vergnügen...« Sie schlug ihren Fächer auf und vereitelte damit

Lady Daphnes Versuch, sie zu unterbrechen. »... ein wirklich großes Vergnügen, Ihnen eine sehr nützliche Information zukommen zu lassen über ein System, das ich ersonnen habe – übrigens ein sehr vorteilhaftes.«

»Aber...«

»Nein, nein«, sagte Celine mit ihrem freundlichsten, lebhaftesten Lächeln. »Sie haben es verdient, alles über meine Erfindung ausführlichst zu erfahren. Wenn Sie wünschen, können wir ein Treffen arrangieren. Roland, inzwischen werde ich doch mit Ihnen zum Büfett gehen.«

»Ich bin entzückt!« Der Viscount reichte ihr seinen Arm, und Celine legte eine Hand auf sein Handgelenk. »Bitte entschuldigt uns«, sagte er und führte sie an einer niedergeschmetterten Lady Daphne vorbei.

»Danke«, wiederholte Celine noch einmal.

»Es erfüllt mich wirklich mit großer Freude«, sagte er. »Vielleicht sollten wir eine kurze Runde auf der Terrasse drehen. Raus aus dem Gedränge. Hier hört man sich ja nicht mal mehr denken!«

Celine kicherte. »Ich dachte eigentlich, hier wäre alles so, wie es sein soll.« Es spielte keine Rolle, daß sie damit verriet, wie neu sie in der Londoner Szene war. Sie mochte Roland aufrichtig gern.

Er lachte laut. »Sie sind wunderbar unverdorben, meine Liebe. Wirklich hinreißend!«

Ein schlaksiger Jüngling stellte sich ihnen in den Weg. »In der Tat«, äffte er spöttisch nach, »Celine ist *in der Tat* wunderbar unverdorben, nicht wahr, meine Liebe?«

Celines Magen verkrampfte sich. Sie klammerte sich an Rolands Arm. »Guten Abend, Mr. Letchwith.«

Der Schnösel zeigte seine Zähne, aber das Lächeln drang nicht bis zu seinen Augen vor. »Kommen Sie! Zwischen uns braucht es keine Formalitäten. Für Sie bin ich doch Percival, meine Süße.«

»Wer ist dieser Mensch?« fragte Roland.

»Ich brauche unbedingt eine Limonade«, sagte Celine verzweifelt. »Könnten wir sie bitte jetzt holen?« Mehrere Gäste, die in der Nähe standen, machten kein Hehl daraus, daß sie dem Gespräch lauschten.

Bevor sie protestieren konnte, ergriff Percival ihre Hand und löste sie mit dünnen, klammen Fingern vom Arm des Viscount. Er verbeugte sich vor Roland. »Es wird mir eine Freude sein, Celine zu den Erfrischungen zu geleiten. Sie ist wirklich sehr schüchtern und weiß nichts von der Welt... oder wie man sich in einer Gesellschaft wie dieser verhält. Verzeiht ihr, wenn sie den Eindruck erweckt, wahllos Freundschaften zu schließen.«

Eine Frau mit luxuriösem Federschmuck auf dem Kopf ließ offen interessiert ihren Blick von Celine zu Roland und weiter zu Letchwith wandern. Celine mußte diesem Windbeutel, den sie haßte, entweder erlauben, sie mit seiner widerlichen Hand festzuhalten, oder eine Szene machen, die ihr Mama und Papa nie verzeihen würden.

Der Viscount hob fragend die Brauen. »Gibt es eine offizielle Verbindung zwischen Ihnen und diesem Herrn, Celine?«

»Ich bin Percival Letchwith.« Percival versuchte Rolands arrogante Mimik nachzuahmen – leider lenkte er damit nur die Aufmerksamkeit auf seine ungeschickt gefärbten, spärlichen Haare. »Ich vertrete hier meinen Vater, der heute abend nicht dabei sein kann. Celine und ich werden bald verwandt sein.«

Jetzt war ihr Herz gefährlich nahe daran, völlig auszusetzen. »Das ist nicht... Es ist nicht statthaft, daß Sie so etwas vorzeitig verlauten lassen, Mr. Letchwith.«

»Ach kommen Sie, geliebte kleine Celine! Sir, wie ich schon sagte, sie ist hoffnungslos schüchtern und auch sehr bescheiden. Sie möchte nicht zeigen, wie aufgeregt sie über die Aussicht ist, meine Stiefmutter zu werden.«

11

»Gehen wir?« Percival Letchwith hob seine Geiernase und schob sein fliehendes Kinn vor. »Ich glaube, wir sparen uns die Zeit für die Limonade, meinen Sie nicht auch, meine Liebe? Wo ist Ihre Anstandsdame? Ich werde sie entlassen und Sie selbst nach Hause begleiten.«

»Niemals.« Celine lächelte mit zusammengebissenen Zähnen, tat so, als würde sie stolpern und entriß ihm ihre Hand. »Wenn Sie mich noch einmal anfassen, Sir, schreie ich«, zischte sie ihm zu. »Und ich kann Ihnen versichern, meine Schreie sind legendär.«

Viscount Yeatbury befand sich immer noch auf ihrer anderen Seite, seine normalerweise glatte Stirn war sorgenvoll gekraust. Celine drehte sich zu ihm und sagte fröhlich: »Unsere Limonade scheint vom Schicksal nicht begünstigt, Roland. Vielleicht sollten wir einen zweiten Anlauf zum Büfettraum wagen.«

Die Gäste, die am nächsten standen und verstummt waren, um einer möglichen Quelle für den nächsten Gesellschaftsklatsch beizuwohnen, verloren das Interesse. Die Gespräche der einzelnen Gruppen wurden mit neuem Schwung wieder aufgenommen.

Aber so leicht ließ sich Percival Letchwith nicht abwimmeln. »Muß ich Sie wirklich daran erinnern, daß Ihre Eltern nicht sehr erfreut sein werden über Ihr rüdes Benehmen? Und mein Vater ebenfalls nicht.«

Celine tat so, als würde sie nicht verstehen. »Prüdes Benehmen, Mr. Letchwith?« Sie sah sich suchend um. »Wer?«

»Ich sagte«, begann Letchwith sehr laut, »ich sagte, Ihre Eltern werden... werden...« Er merkte, daß er erneut Zuhörer hatte – und diesmal fast im gesamten Salon –, also verstummte er und ließ seine Blicke schweifen, nur um zu sehen, daß alle erwartungsvoll die Hälse reckten.

Ein Raunen ging durch die Schar, elegant frisierte Köpfe neigten sich einander zu, wogten in einem Meer kostbarer Seidengewänder.

Eine Frau neben Celine trat vor, um einen Kommentar zu erhaschen. Dann wich sie wieder zurück, beugte sich zu dem Mann an ihrer Seite und flüsterte genüßlich: »*Er* ist gekommen. Ich hab nicht gedacht, daß *er* auf Empfänge geht.«

»Diesmal offensichtlich schon«, erwiderte ihr Begleiter grob. »Ich für meinen Teil versteh nicht, warum soviel Aufhebens von ihm gemacht wird. Es ist ja nicht so, als ob er jemand wäre.«

»Derartiges Vermögen sorgt immer für Aufmerksamkeit. Könnten die Gerüchte wahr sein, was meinst du? Wegen der anderen Sache?«

Der Mann kräuselte seine Lippen. »Wahrscheinlich. Hab diesen Ausländern nie vertraut.«

»*Ist* er denn tatsächlich Ausländer, Frederick? Ich meine, so richtig?«

»Natürlich ist er das. Ein Engländer würde sich nie einlassen auf... Na ja, Dottie, du weißt schon, was ich meine, das schickt sich einfach nicht.«

Die Dame kicherte. »Außer man kann es unter den Laken halten, hm?« Ihre fleckigen Wangen glänzten trotz dicker, weißer Puderschichten. »Aber ich kann mir vorstellen, wenn er tatsächlich so sagenhaft reich ist, dann werden viele Familien begeistert beide Augen zudrücken. Schließlich und endlich ist er auch ohne Titel eine fabelhafte Partie.«

Bevor Celine Zeit hatte, sich zu überlegen, wer wohl Gegenstand dieses pikanten Gespräches sein könnte, spürte man plötzlich, wie alles den Atem anhielt. Dann folgte ein allgemeines Raunen, und die Gäste in der Nähe von Mrs. Arbuthnott wichen auseinander. Ein Gang bildete sich, und Celine sah, wie sich die schwarzen Locken eines großen Mannes in Richtung der Hausherrin bewegten.

Es gab nur eine Person, deren Gegenwart sie in allen Fasern spüren konnte ... und in ihrem Herzen.

James Eagleton, eine dunkle, faszinierende Gestalt im schwarzen Abendanzug, schritt mit ernstem Gesicht auf die Gastgeberin zu: »Mrs. Arbuthnott?«

Das Goldlorgnon blitzte, und diese Lady inspizierte ihren neu eingetroffenen Gast mit gierigem Interesse. »Ich bin Hedwiga Arbuthnott. Sie sind dieser Eagleton?«

Celine drückte eine Hand unter ihre Brust. Ein Gefühl wie das Flattern von tausend Schmetterlingen ließ sie erzittern.

»James Eagleton, Madam. Zu Ihren Diensten!«

Mrs. Arbuthnott schmunzelte und klappte einen mit violetten Lackpfauen verzierten Fächer auf. »Falls man gewissen Leuten glauben darf, könnten Ihre Dienste äußerst exotisch sein.«

Der kollektive Schock löste sich in Kichern auf.

Celine konnte sich nicht vorstellen, was da so amüsant sein sollte; aber sie dachte bei sich, daß sie Mrs. Arbuthnott ohnehin nicht mochte und insbesonders nicht, wie sie James herausforderte.

»Was genau führt Sie her, Mr. Eagleton?«

Die Zuschauer hielten erneut die Luft an, so unverblümt war Mrs. Arbuthnotts direkte Frage.

James schien es nicht zu bemerken. Er hatte diesen Augenblick gewählt, um die Gesichter seines Publikums zu mustern ... und endlich fand er dasjenige, das ihn allein interessierte.

Celines Mund öffnete sich.

Seine Mundwinkel zuckten nach oben, und sein Blick rutschte ein Stück nach unten, und noch ein Stückchen.

Miss Godwin holte tief Luft.

Seine breite Brust war umspannt von einem strahlend weißen Hemd, das bestechend schlicht war, genau wie seine makellose Krawatte und seine Weste, die sich faltenlos an seinen flachen Bauch schmiegte.

Die Debütantin legte ihre Hand an den tiefen Ausschnitt ihres Kleides.

Er änderte seine Stellung, spreizte die Beine. Ganz bestimmt gab es keinen Mann, dessen Hosen sich so um jeden festen Muskel, jede sehnige Kontur spannte ... jeder Rundung folgte ...

Celines Gesicht begann zu glühen, und sie senkte rasch die Lider.

Mr. Eagletons Mund öffnete sich zu einem Lächeln, das unmißverständlich zeigte, daß er beobachtet hatte, wie sie ihn musterte – und wie es ihn befriedigte, daß er sie so in seinen Bann ziehen konnte.

Mrs. Arbuthnott klopfte ihm so plötzlich mit ihrem Fächer auf den Arm, daß die Umstehenden zusammenzuckten. »Ich habe Ihnen eine Frage gestellt, Mr. Eagleton.«

»Und die war?«

»Warum sind Sie hier?«

»Sie haben mich eingeladen.«

»Aber Sie schickten eine Absage, Sir.«

»Hab ich das?« Er ließ Celine keine Sekunde aus den Augen. »Wie seltsam. Ja, mag sein. Da muß es wohl einen Meinungswechsel gegeben haben.«

Celine stellte fest, daß sie ihren Blick nicht von ihm losreißen konnte. Er sagte ihr, daß er nur ihretwegen gekommen sei, weil sie diesen Empfang heute abend erwähnt hatte.

James verneigte sich kaum merklich, und sie senkte die Wimpern. Warum brachte er ihr Herz zum Rasen und ließ ihre Knie weich werden? Warum konnte er mit einem Blick diese schwere warme Sehnsucht auslösen ... diese Sehnsucht wonach? Seine Berührungen waren neu, etwas, was sie noch nie erlebt hatte. Wie konnte er es wagen, ausgerechnet jetzt wieder diese wunderbaren Gefühle in ihr auszulösen? Er spielte mit ihr ... oder doch nicht?

»Wieviel ist von dem, was man sich über Sie erzählt, wahr, Mr. Eagleton?«

Er wandte sich seiner Gastgeberin zu. »Was genau wird denn alles so gemunkelt, Mylady?«

»Daß sie einen … *ungewöhnlichen* Haushalt haben.«

»In gewisser Weise vielleicht.«

»Wieso vielleicht?«

»Ich betrachte mich als einen Mann, der vom Glück gesegnet ist …« Es gelang ihm abermals, Celines Blick zu erhaschen. »… der nur die Verbindungen pflegen muß, die ihm dienlich sind … und Freude bereiten … inner- und *außerhalb* meines Haushalts.«

Sie bereitete *ihm* Freude?

Percival Letchwith schniefte so heftig, daß sich mehrere Köpfe in ihre Richtung drehten. »Ich glaube tatsächlich, der Kerl gafft Sie an, Celine«, geiferte er. »Wir werden sofort gehen.«

»Ich breche dann auf, wenn es mir gefällt«, gab sie ihm Bescheid. »Und *nicht* mit Ihnen!«

Das Schwirren der Stimmen und das sporadische Gelächter hatten wieder eingesetzt. Nur diejenigen, die sich in unmittelbarer Nähe aufhielten, beobachteten sie weiter und tuschelten unter sich. Lady Daphne nahm sich erneut Viscount Yeatbury vor, redete leise auf ihn ein, wobei es ihr gelang, ihn von Celine abzulenken.

Percival Letchwith stellte sich direkt vor sie, um ihr die Sicht auf James zu versperren. »Mir scheint, es ist Ihnen heiß«, sagte er, und seine hellen Augen hefteten sich auf ihre Brust. Er fauchte: »Ich schlage vor, Sie tun, was man Ihnen sagt, Mädchen! Mein Vater würde es gar nicht schätzen, erfahren zu müssen, wie Sie sich seinem Sohn gegenüber betragen.«

Celine wurde flau im Magen … und ihr Jähzorn geriet in Wallung. »Ich schulde Ihrem Vater keine besondere Aufmerksamkeit und Ihnen erst recht nicht. Würden Sie sich jetzt freundlicherweise entfernen!«

Bevor sie ahnte, was er vorhatte, packte Percival ihr

Handgelenk und zog sie so nahe an sich, daß sie nur noch sein Gesicht oder die gewaltige Kaskade von Spitze anstarren konnte, der es nicht ganz gelang, seine eingefallene Brust zu verdecken.

»Laßt mich los, Sir!«

»Sie werden tun, was ich sage. Sie kleines Luder«, flüsterte Percival heiser. »Es steht Ihnen nicht zu, Ihre Wünsche zu äußern. Ihre Eltern hatten recht – Sie brauchen eine strenge Hand, und mein Vater und ich sind genau die richtigen Männer dafür!«

Celine spürte, wie Übelkeit in ihr aufstieg. Ihr Kopf war blutleer, dennoch schwindelte sie vor Hitze. Sie würde nicht zulassen, daß man sie diesen gräßlichen Widerlingen überließ. Unter *keinen* Umständen.

»Guten Abend, Miss Godwin. Welche Freude, Sie hier zu sehen!«

Sie hob den Kopf und blickte geradewegs in James Eagletons attraktives Gesicht. Er stand hinter Letchwith und blinzelte ihr über dessen hängende Schultern zu.

»G-guten Abend, Mr. Eagleton! Die Freude ist ganz auf meiner Seite.«

Percival packte ihr Handgelenk fester und schüttelte es kurz. Dann drehte er sich zu James und sagte: »Ich bin Percival Letchwith. Diese junge Lady ...«

»Mr. Letchwiths Vater ist ein Bekannter meines Vaters«, erklärte Celine hastig. »Mr. Percival Letchwith, darf ich vorstellen, das ist Mr. James Eagleton.«

»Ich kenne ihn«, fistelte Percival. »Jedermann in diesem Haus weiß, wer *der* ist. Wenn Sie uns jetzt bitte entschuldigen, Sir!«

»Sie werde ich sehr gerne entschuldigen.« James' Lächeln mit den entblößten Zähnen war furchterregend. »Das ist wirklich ein Glück – für Sie ...«

Percival wippte auf seinen Fußballen. »Wie das?«

»Weil ich nicht gedacht habe, daß Sie so leicht aufzuspüren sind.« Ein Schimmer von Mißtrauen regte sich in Percivals Augen. Er sagte nichts.

»Ein Mann fragte nach Ihnen – am Eingang. Ein wenig dreist und ohne Manieren…«

Celine beobachtete interessiert Parcivals Reaktion. Seine schmalen Lippen arbeiteten heftig. Vorstehende Adern pulsierten unter der weißen Haut seiner Schläfen.

James lachte. »Ich sehe, daß Sie mir nicht glauben. Warum eigentlich nicht? Er hatte möglicherweise den Namen falsch verstanden. Hat was geschrien von einem Sportclub oder so was Abwegigem.«

Percivals Finger lösten sich langsam von Celines Handgelenk. »Sportclub? Sind Sie sicher, Mann?«

James zuckte gleichgültig die Schultern. »Denken Sie einfach nicht mehr daran. Jeder kann doch sehen, daß Sie nicht der Typ für Sport sind.«

Celine unterdrückte ihre Genugtuung, aber Percival schien die Beleidigung gar nicht begriffen zu haben. »Beim Zeus«, murmelte er. »Beim Zeus.« Erneut schob er sein nicht vorhandenes Kinn vor und stakste davon, ohne Celine noch eines Blickes zu würdigen. Das letzte, was sie von ihm vernahm, war ein weiteres ersticktes *»Beim Zeus!«*

»Beim Zeus«, sagte eine andere Stimme, eine sanfte, tiefe nahe an ihrem Ohr. »Sie, mein goldenes Mädchen, sind eine Augenweide. Soll ich Sie von diesem unerfreulichen Aufenthalt befreien?«

Langsam hob sie ihr Gesicht zu seinem und sagte unbedacht: »Ich habe an Sie gedacht.«

»Gut. Und ich dachte an Sie.«

Lady Daphne wirbelte von Viscount Yeatbury weg und schob sich an James' Seite. Mit unverhohlener Bewunderung sah sie zu ihm hoch. »Sie sind der James Eagleton mit der berühmten Reederei, nicht wahr?«

Sein Lächeln wurde starr. »Ja.«

»Das ist Lady Daphne…«

»Daphne reicht völlig unter Freunden«, unterbrach Lady Daphne Celine; und schien plötzlich wieder interessiert an ihr. »Sie sind mit Celine bekannt, Mr. Eagleton?«

»Das trifft zu.«

Lady Daphne seufzte. »Oje! Vielleicht können Sie sie dazu überreden, mir den dummen faux pas zu verzeihen, der mir vorhin unterlaufen ist. Sagen Sie doch Celine, ich würde mir lieber die Zunge abbeißen, als ein so süßes Geschöpf zu verletzen.«

James' Reaktion war eine hochgezogene dunkle Braue.

»Sie werden helfen, das seh ich. Isabel ist auch böse auf mich, also bleibt einem armen Mädchen wir mir gar nichts anderes zu tun als zu Kreuze zu kriechen, nicht wahr?«

Mr. Eagleton neigte den Kopf.

Ein Geflatter von Scharlachrot und Weiß huschte daher, und Isabel Prentergast hakte sich bei Lady Daphne ein. »Bitte, gib jetzt Ruhe, Daphne«, sagte Isabel. Ihre Wangen glühten. »Bestimmt wäre es Celine am liebsten, wenn wir die Sache auf sich beruhen ließen, nicht wahr, Celine?«

Die Angesprochene betrachtete Isabels ängstliches Gesicht und verspürte Mitleid.

Lady Daphnes Augen glänzten vor Bosheit. »Isabel hat ein so weiches Herz. Sie möchte alle retten, obwohl das einfach nicht immer möglich ist. Es gibt Zeiten, da ist es das beste für bestimmte Leute, ihre Stellung im Leben einfach zu akzeptieren. Finden Sie nicht auch, Celine? Jetzt, wo Ihnen klargeworden ist, welches Potential für Katastrophen sich auftut, wenn man... na ja, die zarten Gefühle von Menschen wie Isabel ausnützt?«

Celine holte tief Luft. Viscount Yeatbury und sein uniformierter Freund hielten sich immer noch in Bereitschaft, zusammen mit mehreren anderen Kavalieren. Zwei weitere Mädchen im selben Alter wie Celine gesellten sich zu ihr.

Lady Daphne legte ihren geschlossenen Fächer an ihre

Unterlippe. »Eigentlich verdient Isabel Anerkennung für ihre Güte, finden Sie nicht auch, Celine?«

Isabels Gesicht war inzwischen puterrot.

Es mußte einen Ausweg aus diesem Dilemma geben... *einen* wenigstens! Natürlich war es riskant, aber...

»Sieht Celine nicht wundervoll aus in Isabels Kleid?« Lady Daphne setzte mit großem Elan an zum Todesstoß.

Sie hatte keine andere Wahl. Celine lächelte in die Runde, wiegte sich und strich über ihre gelben Musselinröcke. »Unser Geheimnis ist verraten! Und Isabel soll die Lorbeeren für eine wundervolle Idee bekommen. Um ehrlich zu sein, eine ganz großartige Sache.«

»O nein!« Isabel runzelte die Stirn, und ihr Hals zuckte. »Es war ganz allein Celines Einfall. Ich hab nur beschlossen zu helfen, wenn ich kann.«

Lady Daphne lachte schadenfroh. »Gut gemacht, Isabel. Ehre wem Ehre gebührt! Ehrlichkeit ist doch das einzig Wahre.«

»Worum geht es hier überhaupt?« fragte James ruhig.

Celine lächelte ihn an, raffte allen Mut zusammen und erklärte: »Isabel fand die Idee auch gut. Schlicht ausgedrückt, ich hielt es für eine unzulässige Verschwendung – angesichts so unendlich vieler Bedürftiger –, daß viele, viele bildschöne Kleider nur so wenige Male getragen werden. Also sah ich, die beste Lösung dieses Problems darin, daß junge Frauen, die sich in einer ähnlichen Situation befänden wie ich, einfach Änderungen vornähmen. Auf diese Weise könnte man etwas wahrhaft Gutes im Namen von Sparsamkeit und Nächstenliebe tun. Wer will behaupten, daß dieses Kleid weniger interessant ist, nur weil eine andere es vor mir getragen hat?«

Ein Chor kräftiger Männerstimmen verneinte das.

»Soll das heißen, Sie haben sich dieses Kleid von Isabel *geliehen*? Sie hat es Ihnen nicht *geschenkt*?«

»Richtig«, verkündete Celine erhobenen Hauptes. »Dies

soll nämlich mein Beitrag zur Verbesserung des sozialen Bewußtseins sein. Schließlich bringt man uns jungen Damen schon sehr früh den Wert guter Taten bei – und wir sollen sie zu einem Teil unseres Lebens machen, nicht wahr?«

»Hört, hört«, sagte Roland feierlich, was ein Raunen der Zustimmung zur Folge hatte.

Celine wandte sich an Isabel. »Danke, daß Sie so tapfer waren, sich zu beteiligen. Und Sie können versichert sein, daß das Geld, das ich nicht für ein neues Kleid ausgegeben habe, bereits zur Ausbildung von armen, ehrlichen Frauen, die Unterstützung benötigen, beiträgt.«

»Lobenswert!« Roland lächelte Isabel freundlich zu.

»Erstaunlich«, murmelte James.

Celine sah ihn nicht an. Erfreut von dem positiven Echo, das ihr Geständnis ausgelöst hatte, richtete sie sich auf und fügte hinzu: »Mein persönliches Motto lautet inzwischen: Danach kommt erst das Beste. Trag nie eine Eintagsfliege!«

»Bewundernswert«, sagte eine männliche Stimme.

»Sie ist wirklich *originell*«, sagte ein anderer.

»Trag nie eine Eintagsfliege«, murmelte ein Mädchen in purem Weiß vor sich hin.

Ihre Offenheit war angekommen... zumindest für den Augenblick.

12

»Darf ich Sie zum Abendessen geleiten, Celine?« fragte James und bot ihr seinen Arm. »Sie müssen ganz erschöpft sein von all der Aufmerksamkeit. Diese Limonade brauchen Sie jetzt sicherlich.«

Celine erwiderte Isabels zittriges, dankbares Lächeln und ließ sich von James zum Büfett geleiten, während Roland freundlicherweise bei dem anderen Mädchen blieb.

»Ich sollte Lettie sagen, wohin ich gehe«, meinte sie und rang um Luft.

»Miss Fisher hat bestimmt nichts dagegen, wenn ich Ihnen Gesellschaft leiste. Schließlich und endlich« – er verbeugte sich, um den Gruß eines Mannes zu erwidern – »sind wir ja nicht unbeaufsichtigt hier.«

»Da haben Sie wohl recht.« Celine kam zu dem Schluß, daß ihre Atemschwierigkeiten nicht von der überstandenen Aufregung herrührten, sondern daß der Grund dafür James' große warme Hand auf ihrer war und sie bei jedem Schritt seinen harten Schenkel streifte.

Sie verließen den Salon und begaben sich treppabwärts. Celine erschrak, als sie mehrmals das Wort Eintagsfliege mit fast ehrfürchtigem Respekt geflüstert hörte. Bei solchen Empfängen würde ein neuer Ausspruch wirklich im Nu ein geflügeltes Wort.

James führte sie nicht zu den Räumen, in denen Erfrischungen gereicht wurden; er bog am Fuß der Treppe scharf nach rechts und schritt rasch auf den hinteren Teil des Hauses zu.

»Wohin gehen wir?« fragte Celine. Sie mußte fast rennen, um Schritt zu halten.

»Wie durstig sind Sie?«

»Ach ... nicht so schlimm.«

»Bei mir auch nicht.«

Eine Tür öffnete sich in eine schwachbeleuchtete Bibliothek, die überraschenderweise menschenleer war.

»Oh, wie wunderbar!« Celine trabte fröhlich an James Seite hinein. »Leer. Hier gibt es tatsächlich Luft zum Atmen.«

»Draußen könnten wir sie in Hülle und Fülle haben.« Die Glastüren zur Terrasse standen offen.

»Sie kennen dieses Haus? Waren Sie schon einmal hier?«

»Noch nie.« James ging mit ihr zu der niederen Steinbalustrade, die die Terrasse begrenzte. »Zu Häusern gehören

Gärten. Und Häuser wie dieses besitzen Terrassen, die an der Hinterseite in diese Gärten führen. Einfache Schlußfolgerung. Wie viele Kleider haben Sie *geborgt?*«

Die abrupte Frage überraschte Celine. »Äh... einige. Heißen Sie meinen Plan nicht gut?«

»Kommt darauf an! Als wir uns kennenlernten, trugen Sie Grün. Haben Sie dieses Kleid auch geborgt?«

Sie schob ihr Kinn vor, sein aggressiver Tonfall mißfiel ihr. »Jawohl, das habe ich.«

»Die Farbe steht Ihnen. Hoffentlich tragen Sie es wieder.«

Celine starrte blind in den Garten. Der Mond schien blaugrau durch eine Schicht von Wolken auf Bäume und Büsche. »Die Kleider sind, wie gesagt, geliehen«, sagte sie und haßte sich für diese Lüge. »Ich kann sie nicht einfach behalten.«

»Sie tragen die Kleider also nur einmal und geben sie dann zurück?«

»Es ist ein wenig komplizierter.« Sie würde David diese Geschichte, die sie da erfunden hatte, erklären. Er würde es verstehen und ihr sagen, daß der Zweck die Mittel heilige und daß sie sich nicht den Kopf über kleine, notwendige Unwahrheiten... Halbwahrheiten... zerbrechen solle.

»Erklären Sie mir, wie Sie zu diesem Mann Letchwith stehen.«

Celine wurde patzig. »Ihnen muß ich gar nichts erklären, Sir.«

»Nein, natürlich nicht. Mein Name ist James. Werden Sie meine Frage beantworten?«

»Ich stehe in keinster Weise mit diesem Percival Letchwith in...«

»Aber ist es möglich, daß Sie auf irgendeine Art und Weise seinem Vater verbunden sind?«

Sie sah ihn direkt an. »Woher wissen Sie das? Ich meine, nein! Dem ist nicht so!«

»Klatsch verbreitet sich rasch, meine Liebe. Die Leute sprechen von Ihrer Verlobung mit Mr. Bertram Letchwith, der ein vermögender Kaufmann und enger Freund Ihres Vaters sein soll.«

Klang er – wütend? »Es gibt keine Verlobung«, sagte Celine nachdenklich. Warum wütend?

»Vielleicht ist es der Wunsch Ihres Vaters, daß Sie diesen Mann heiraten?«

James dräute über ihr. In diesem Augenblick wirkte er über die Maßen groß und einschüchternd, außerdem stand er ihr gefährlich nahe.

»Lassen Sie uns im Garten spazierengehen. Vielleicht trauen Sie sich, frei zu sprechen, wenn keine Gefahr besteht, daß uns jemand belauscht.« Seine Augen funkelten, und seine sehr weißen Zähne blitzten durch den leicht geöffneten Mund.

Er schien weit bedrohlicher als irgendein Lauscher. »Ich glaube nicht.« Aber sie wollte mit ihm in den Garten gehen, wollte wieder dieses Kribbeln spüren, wenn sie beide allein waren – und zusammen.

»Haben Sie Angst vor mir, Celine?«

Es war, als könnte er ihre Gedanken lesen. »Ich fürchte mich vor nichts«, verkündete sie heftig.

»Nichts?« Sein Lachen reizte ihre Nerven. Es war eine Herausforderung – und mitschwang ein Angebot von Freuden.

»Vor fast nichts«, schränkte sie beschämt ein.

»Dann wandle mit mir unter Bäumen, goldenes Mädchen. Ich brauche Raum und Luft… und ich brauche dich, damit du mir den Weg erleuchtest.«

Ihr Herz machte einen Satz. Sicher spielte er nur mit ihr.

»Celine, kommst du?« Er nahm ihre Hand zwischen seine. »Ein kleines Stück. Ich passe auf dich auf.«

Seine Stimme hypnotisierte sie. »Ja, aber ich muß bald zurückgehen, sonst macht Lettie sich Sorgen um mich.« Sie wußte, daß sie nicht mitgehen sollte, daß keine junge Dame riskieren durfte, sich zu kompromittieren, selbst wenn üble Nachrede unbegründet war.

»Ich werde dich gleich wieder zurückbringen.«

Langsam schritten sie die breite Steintreppe hinunter. James hielt Celines rechte Hand, seine Linke lag locker auf ihrer Taille. Ein Pfad wand sich durch Hecken, die ihre Köpfe überragten. Bald war nichts mehr von der Festbeleuchtung des Hauses hinter ihnen zu sehen, und sie fühlte sich abgeschnitten... erregt... und verzagt.

»Ich glaube, das ist weit genug«, sagte sie schließlich kleinlaut. »Hier ist die Luft frisch, und es gibt reichlich davon, finden Sie nicht auch?«

»Hm!«

Sie standen unter den schwankenden Ästen einer Kastanie. Der Mond zeichnete mit den Blättern ein zitterndes Muster auf das Gras zu ihren Füßen.

»Die Bäume duften wundervoll.«

»Hm!«

James drückte Celine behutsam an seine Brust und legte seine Arme um ihre Taille.

»Sweet Williams glaube ich. Und Levkojen.« Ihr Herz klopfte so schnell und wild. Das mußte er doch hören, spüren!

»Hm.«

Sanft rieb er sein Kinn in ihrem Haar. Hin und her. So sanft.

»Ich mag am liebsten wilde Blumen mit ihren starken Gerüchen. Sie erinnern mich an zu Hause. An Dorset.«

Er hielt einen Augenblick inne.

»Manchmal – wenn es paßt – reite ich Cleopatra nachts zur Küste. Der Wind auf meinem Gesicht riecht nach Meersalz und Weiden. Cleopatra ist der Name meines lieben kleinen Wallachs...«

»Wallach?«

»O ja!«

»Cleopatra?«

»Ja, der Name hat mir immer schon gut gefallen. Er klingt so tapfer.«

»Aber … ach, das spielt keine Rolle. Ist er ein Rappe?«

»Ein Grauer. Er versteht jedes Wort, das ich sage.«

»Ein grauer Wallach namens Cleopatra?«

»Genau! Sie würden ihn lieben, wenn Sie ihn sähen.«

»Da bin ich mir sicher«, sagte James und küßte zärtlich ihre Stirn. »Fraglos würde ich mit der Zeit alles lieben, was dir etwas bedeutet, Celine.«

Er war ein Rätsel: in einer Sekunde hart und kalt und beängstigend und in der nächsten so liebevoll, daß es ihr die Tränen in die Augen trieb. Aber sie weinte nie.

Fast ohne daß sie es bemerkte, glitten James' Hände von ihrer Taille aufwärts und tasteten sich über ihre Rippen, seine Daumen legten sich unter die weichen und sensiblen Unterseiten ihrer Brüste.

Er küßte ihre Wange, ihr Kinn, ihren Hals, ihre Schultern.

Celine spürte, wie sein Atem, warm wie Seide, über den gespannten Stoff ihrer Corsage glitt. Zufrieden schnurrte er gleichsam.

Er fand Lust daran, sie zu berühren!

Celine riß ihre halbgeschlossenen Lider auf.

Es geschah aus Freude am Zusammensein mit ihr, daß er sie verfolgte und für sich allein haben wollte. Die süßen Worte – sie kamen daher, daß er fühlte, was sie fühlte.

»Celine?« Seine Stimme war anders, und er hob ihren Kopf, bis sie merkte, daß er ihr Gesicht betrachten wollte. »Was ist denn?«

Es müßte eine Möglichkeit geben, Bertram Letchwith zu schlagen, sie vor dem Schicksal zu bewahren, das schlimmer wäre als der Tod.

Sprudelnd vor Erregung, aber wild entschlossen, sich

nichts anmerken zu lassen, drehte sich Celine zu James. Sie stellte eine beherrschte Miene zur Schau, legte ihre Hände auf seine Hemdbrust und sah auf.

»Was ist?« insistierte er und runzelte die Stirn.

»Ich glaube, daß viel zu viele Männer und Frauen aus irrtümlichen Gründen heiraten.«

James hatte die Hände hinter ihrem Rücken verschränkt. Nun wanderten sie auf ihre Taille.

»Betrachten Sie es nicht auch als Tragödie, daß Männer und Frauen sich für ihr gesamtes Leben zusammentun, ohne sich vernünftigerweise *vor* der Zeremonie zu überzeugen, ob sie auch wirklich zusammenpassen?«

»Also … na ja …«

»Genau!« Das klappte ja ganz wunderbar. Der Erfolg war schon fast in Reichweite, aber sie mahnte sich zu Geduld. Heute abend machte sie nur den Anfang und mußte auch mit einer Niederlage rechnen. Aber wenn sie die Situation richtig beurteilte, würde es nicht schwierig sein, James davon zu überzeugen, daß sie nur seine Aufmerksamkeit wollte, ohne ihn gleich in eine Heirat zu manövrieren; möglicherweise würde er dann genau den Verbündeten abgeben, den sie brauchte.

»Genau was?« fragte James grob.

»Es ist absolut unerläßlich, daß Parteien, die eine Eheschließung in Betracht ziehen, alle Fragen so bald wie möglich klären.»

James ließ seine Hände fallen, aber Celine packte ihn am Jackett.

»Welche Art von Fragen?«

»Erstens: Was, glauben Sie, darf eine Frau von ihrem Ehemann erwarten … um ein Gefühl von Harmonie zu haben, meine ich?«

Er räusperte sich. »Wahrscheinlich … *die tiefere Zusammengehörigkeit?«*

»Jawohl! Oh, James, das ist so aufregend.« Vielleicht

könnte sie mit etwas Glück sogar auf etwas Dauerhafteres zwischen ihnen beiden hoffen. »Güte und Sanftmut und die Gewißheit, beschützt zu sein... und absolutes Verständnis natürlich. Das sind die Dinge, die sie von ihm vertrauensvoll erwarten sollte. Und *Sie* haben es sofort erraten.«

»Güte und Sanftmut«, James Stimme klang ungewöhnlich gedämpft, »und... absolutes Verständnis?«

»Das meine ich.«

»Und was« – er klang so einfühlsam – »sollte dieser Mann von seiner Frau erwarten?«

»Nun... « Vor allem das mit dem Gehorsam gefiel ihr nicht besonders gut. »Sie sollte natürlich auch verständnisvoll sein. Wann immer es möglich ist.« Unterwerfung war nach Celines Meinung ein Begriff, der nicht immer paßte...

»Fahren Sie fort«, forderte James sie auf.

»Ein Mann sollte seine Frau immer als gleichberechtigt sehen.« Er hustete so heftig, daß Celine ihm mit der Faust zwischen die Schultern schlug.

Das Husten hörte abrupt auf, und er riß sie an sich, ihr Gesicht war nur wenige Zentimeter von seinem entfernt.

»Und was« – seine Stimme überschlug sich – »was darf der Gatte sonst noch erwarten?«

Das ging hier wesentlich weiter, als sie für den ersten Schritt vorgesehen hatte – obwohl sie eigentlich weder den ersten Schritt noch sonst irgendeinen bis dahin geplant hatte.

»Celine?«

»Ich denke, der Mann sollte seine Frau mehr bewundern als alle anderen Menschen auf dieser Welt – sich selbst eingeschlossen!«

Diesmal schwieg er so lange, daß sie unruhig in seinen stählernen Armen hin und her rutschte.

»War da noch irgend etwas, was deiner Meinung nach nützlich wäre... für Paare, die mit dem Ehestand liebäugeln?« fragte er schließlich.

»Bestimmt fällt mir noch mehr ein, aber im Augenblick sind es nur die Absoluten. Vielleicht sollte ich die erwähnen.«

»Die Absoluten?«

»Genau. Es ist absolut notwendig, daß der Ehemann versteht, warum seine Frau manche Dinge absolut nicht tolerieren kann. Und dann muß es natürlich Kompromisse geben.«

James genehmigte sich ein paar stärkende Atemzüge.

»Zum Beispiel kann ich es absolut nicht ertragen, wenn mein Ehemann am Frühstückstisch liest.«

»Was sollte er denn sonst tun?« Wie seltsam er sich anhörte.

»Essen natürlich. Und sich mit mir unterhalten. Schließlich und endlich hätte er genug Zeit zum Lesen, während ich meine Pflichten erledige … Einkaufen und Einladungen und na ja … solche Dinge.«

»Und – gibt es noch mehr *Absolute?*«

»Selbstverständlich! Ich kann es nicht ertragen, wenn ein Mann mit dreckigen Stiefeln ins Haus marschiert. Das ist furchtbar. Überall Schlammklumpen. Ich würde erwarten, daß die Stiefel ausgezogen werden. Und dann noch das Trinken. Trunkenheit widert mich an. Mein Mann sollte nicht trinken.«

»Überhaupt nicht?«

»Überhaupt nicht. Und da ich eine unheilbare Angst vor allem, was kriecht, habe, wäre er dafür verantwortlich, jeden Abend mein Schlafzimmer zu inspizieren, bevor ich zu Bett gehe. Denn er hält – aus Ritterlichkeit – all solches Grauen aus meiner Nähe fern.«

»Und was muß passieren, bevor *er* zu Bett geht?«

»Womit er sich in seinem Schlafzimmer befaßt, würde mich nicht interessieren.«

Er zuckte scheinbar zusammen.

»James? Ist alles in Ordnung?«

»Hm. In etwa!« Wenn sie es nicht besser wüßte, würde sie sagen, er lachte. Oder versuchte, einen Hustenanfall zu unterdrücken. Ja, offensichtlich hatte er Husten. »Und des weiteren?« fragte er schließlich.

»Nicht jetzt. Ich werde zurück zu Lettie gehen.« Das war genug Vorbereitung fürs erste. Jetzt sollte sie sich besser zurückziehen und abwarten, wie sich alles entwickelte.

»Aber...« Seine Hände packten sie erneut und Celine spähte zu ihm hinauf. Er starrte über ihren Kopf weg. »Du hast recht. Wir sollten zurückgehen.«

Celine wollte sich umdrehen, aber James hielt sie fest.

»Wir können nicht gehen, wenn Sie mich nicht loslassen, James.«

»Richtig, das geht nicht.« Er hielt sie noch fester.

Irgendwo hinter ihnen hörte sie ein Rascheln, gefolgt vom Geräusch knickender Zweige. »James? Was...? Antworten Sie mir!« Er hatte etwas gesehen. Sie wußte es. »James! Ist etwas?«

»Zeit reinzugehen«, sagte er fröhlich. »Also, ich fühle mich fast ein wenig erschöpft!«

In dem Moment, in dem er sie losließ, wirbelte Celine herum und erforschte die Dunkelheit auf der anderen Seite des Wegs.

»Gehn wir.« James packte ihren Ellbogen. »Wir müssen schnell zurück zum Haus, ohne daß uns jemand sieht.«

»Um meine Ehre zu retten«, sagte Celine niedergeschlagen. »Aber um die braucht sich keiner Sorgen zu machen.«

»Wie bitte?«

»Da drüben versteckt sich jemand. Ich hab ihn gehört und Sie auch.« James paßte für den Bruchteil einer Sekunde nicht auf, und sie entwischte ihm. »Komm raus, du Spion! Unverzüglich! Komm, zeig dich, du schmieriger Feigling!«

»Celine, bitte...«

»Keine Angst, James. Die Scham wird ihn rausholen, dafür sorge ich. Aha! Ich sehe dich!« Der Mond beleuchtete ein glänzendes Kleidungsstück, und Celine warf sich nach vorn. »Ich hab dich!« Was sie hatte, waren zwei Handvoll seidigen Stoff – aber der Träger zerrte heftig daran und drohte zu entfliehen.

»Genug!« brüllte James. Er packte Celine um die Taille und riß sie beiseite. »Liam! Rühr dich nicht!«

Liam?

Celine hörte auf zu strampeln, und James ließ sie langsam zu Boden gleiten. James' andere Hand umklammerte die zarte Schulter eines winzigen jungen Mädchens. Das Mondlicht warf Schatten auf ein Gesicht, das so exotisch war, daß Celine der Atem stockte. Sie sah hinreißend schön aus und konnte nicht älter sein als Celine, wenn überhaupt. Ihr silbriges Seidenkleid war völlig gerade geschnitten, verbarg aber nicht die perfekte Weiblichkeit dieses kleinen Körpers. Um ihren Kopf wanden sich zahllose blauschwarze Zöpfe, die glänzten, als sie ihn hochmütig zurückwarf.

»Kennen Sie die Person?« fragte Celine James.

»Ob James mich kennt?« Celine wünschte, sie könnte den melodiösen Singsang dieser Stimme imitieren. »James kennt mich sehr, sehr gut. Und ich kenne ihn besser als jeder andere. Wir leben schon lange zusammen. Seit Jahren.«

»Oh!«

»Celine, Liam stammt aus einer anderen Kultur.« James hielt weiterhin ihren Arm und die Schulter der anderen fest, als wollten sie wegfliegen. »Du würdest unsere Beziehung nicht verstehen.«

»Nein«, echote Liam. »Das würden Sie gar nicht verstehen.«

Allerdings nahm Celine das Gegenteil an. Alle Welt sprach davon, daß es in James' Haushalt einige *ungewöhnliche* Umstände gab. Sie mochte ja vielleicht unerfahren sein, aber ganz auf den Kopf gefallen war sie nicht. Auch dieses schöne Mädchen – armes, armes Ding – mußte wohl

James' unbestreitbaren Talenten auf dem Gebiet der *Leidenschaft* zum Opfer gefallen sein, und das offensichtlich wohl bereits als Kind.

Hier bestand eine weitere Herausforderung, mit der es fertig zu werden galt. »Ihr habt natürlich recht«, sagte sie, und gab sich große Mühe, ruhig zu klingen. »Aber darum geht es im Moment nicht. Sie sollten Liam jetzt nach Hause bringen, James!« Rasch wandte sie sich in die Richtung, aus der sie gekommen war.

»Celine!«

»Lassen Sie es gut sein, James.« Sie fing an zu rennen. Ein dicker, schwerer Klumpen schnürte ihr die Kehle zu. Ihre Augen füllten sich mit Tränen. Nein, weinen würde sie nicht.

Hinter ihr knirschte der Kies. »Celine!« Er erwischte sie am Ellbogen.

»Sehen Sie«, sagte sie und rang nach Luft. »Das Haus ist schon in Sicht.« Es spielte keine Rolle, daß eine andere Frau dieselben Gefühle mit ihm erlebte wie sie. Ihr Plan konnte immer noch funktionieren.

»Ich möchte, daß Sie das mit Liam verstehen.«

»Selbstverständlich, James. Und es macht mir wirklich nichts aus.«

»Es macht dir nichts aus? Was zum Teufel... Was meinst du damit?«

Das Mädchen hatte sie ebenfalls eingeholt.

»Ihr seltsamer Haushalt ist ja bekannt!«

»Verflixt und zugenäht. Sie reimen sich da etwas Falsches zusammen, Celine. Liam ist... meine Haushälterin.«

Sie sah die beiden an. Haushälterin? Was wohl David von dieser Bezeichnung hielt? Irgend etwas anderes als *Äbtissin* oder *Kloster* – aber er hatte gesagt, es gäbe zahllose solcher Ausdrücke, die von der Realität ablenken sollten.

Celine hob das Kinn. Sie war eine Frau mit einem Ziel: sich selbst zu retten und so viele andere rechtlose, irregeleitete Frauen wie möglich auch. Liam könnte vielleicht Probleme machen, aber mit Davids Hilfe würde man sicher eine Möglichkeit finden, sie auf den Weg höherer Ideale zu bringen.

»Sie haben mich eingeladen, morgen mit Ihnen eine Fahrt durch den Park zu machen, James?«

»Was ... Ja, richtig. Aber Sie sagten, Sie würden nach dem Empfang zu müde sein.«

»Ich habe meine Meinung geändert. Um vier Uhr bin ich bereit!« Sie entzog ihm, ohne daß er Protest erhob, ihre Hand, und machte sich auf den Rückweg. »Wie nett, Sie bald wiederzusehen! Wir werden vieles besprechen müssen.«

Er erwiderte nichts, aber sie spürte seine Blicke im Nacken, bis sie die Treppe zur Terrasse erreichte, sie erklomm und die Bibliothek durchquerte.

Als sie sich der Tür zum anderen Teil des Hauses näherte, lächelte sie grimmig. Wie würde er auf das Angebot, das sie ihm machen wollte, reagieren?

Nachdem sie wieder in dem Gedränge untergetaucht war, machte sie sich eilig auf die Suche nach Lettie. Höchste Zeit, heimzukehren und sich auszuruhen – sowie sich ihre Strategie für morgen zu überlegen! Ja, sie mußte ihre Worte mit großer Sorgfalt wählen, damit er einwilligte, ihren Ruf zu ruinieren.

13

Das Mädchen würde ihm gehören. Zu seinen Bedingungen!

James nickte Miss Fisher zu und lief im düsteren Foyer des Hauses Godwin auf und ab.

»Genießen Sie Ihren Aufenthalt in London, Mr. Eagleton?«

»In vollen Zügen.« Er durfte sich unter keinen Umständen anmerken lassen, wie frustriert er war. »Ja, sogar sehr.«

»Wie schön!«

Abermals nickte er und lief weiter auf und ab.

Gestern nacht war James klargeworden, daß er seinen schnellen Sieg bei Celine wohl ebenso dem Element der Überraschung verdankte wie seinen Verführungskünsten. Im Garten der Arbuthnotts hatte sie reagiert wie eine junge Frau, die sich plötzlich der Regeln des Anstands überaus bewußt ist.

Und dieses Gerede von ihren Erwartungen in eine Ehe!

Allmächtiger, Weiber konnten einen wirklich zur Weißglut treiben.

Ein Mann sollte seine Frau bewundern, sogar mehr als sich selbst! Und er sollte am Frühstückstisch nicht lesen – und niemals trinken! Zu guter Letzt hatte sie ihm wie einem liebeskranken Knaben, den sie nach Lust und Laune an der Nase herumführen konnte, einfach befohlen, heute nachmittag hier zu erscheinen.

Er würde ihr den Unterschied zwischen einem blindverliebten Welpen und einem Mann von Welt schon beibringen – und das würde ihr noch Dankestränen entlocken!

»Ich bin mir sicher, Celine wird jeden Moment herunterkommen, Mr. Eagleton.« Nachdem es Miss Fisher nicht gelungen war, ihn dazu zu überreden im Salon zu warten, durchmaß sie den Raum zwischen James und dem Treppenabsatz. »Es ist mir ein Rätsel, was sie so lange aufhält. Sie war schon einmal in der Halle, kurz bevor Sie kamen. Aber dann sagte sie: Na ja, jedenfalls wird sie gleich erscheinen.«

James blieb stehen. »Das glaube ich auch.« Er hatte den kämpferischen Butler der Godwins schockiert, als er sich weigerte, ihm seinen Hut zu geben, den er jetzt hinter dem Rücken hielt. Zeit war von äußerster Wichtigkeit, ja selbst die wenigen Augenblicke, die es dauerte, einen Hut zu holen, könnten entscheidend sein. Er mußte in Windeseile seine Stellung bei Celine sichern, bevor die Godwins kamen und bevor irgendein junger Schnösel alles komplizierte, indem er sie mit seinen Liebesschwüren verfolgte. Es war ihm nicht entgangen, wie viele Männeraugen sie beim gestrigen Empfang bewundernd verfolgt hatten.

»Trügt mich meine Erinnerung, oder haben Sie Celine erzählt, Sie seien in England nur zu Besuch? Aus Übersee? Aus China?«

»Nicht direkt China, Miss Fisher. Aus Paipan – dort befindet sich meine Geschäftsniederlassung – auf einer kleinen Insel im Südchinesischen Meer.«

»Wie interessant so ein Ort sein muß. Sicher sehr geheimnisvoll.«

»Interessant, ja. Höchstwahrscheinlich würden ihn manche geheimnisvoll finden, aber ich habe zu lange dort gelebt, für mich ist er ganz normal.« Das stimmte zwar so nicht, aber es konnte nichts schaden, wenn er ein paar Entkräftigungen des Klatsches, der über ihn und seinen exotischen Haushalt kursierte, unters Volk brachte – insbesondere hier.

Miss Lettie Fisher sah in ihrer stillen Art wirklich anziehend aus. Sie war etwas größer als der Durchschnitt, mit dichtem, glänzendem braunem Haar, das sie in einem schlichten Chignon im Nacken trug, mit klaren dunklen Augen, die keine Spur von Unbesonnenheit oder Arglist zeigten. Sie mußte wohl Mitte dreißig sein, und James war zu dem Schluß gekommen, daß sie ihm gefiel. Sie könnte sogar eine wertvolle Verbündete bei seiner Mission werden, wenn er es klug einfädelte.

Aber ein Schritt nach dem anderen. Zuerst mußte er sie dazu bringen, heute nachmittag in der Kutsche zu warten, während er und Celine spazierengingen – allein. Das würde schon schwierig genug werden. Denn heute wollte er einen Weg finden, Celine noch weiter auf den Weg zur endgültigen Verführung zu locken. Bald mußte er an sein Ziel gelangen, ein Ziel, von dem sie nie mehr ganz zurückkehren würde. Natürlich wollte er ihr unter gar keinen Umständen weh tun; aber er durfte bei dem Versprechen, das er seinem Vater gegeben hatte, keine Kompromisse zulassen.

»Haben Sie vor, bald nach Paipan zurückzukehren, Mr. Eagleton?«

Er unterdrückte ein Lächeln. Die Dame war nicht wirklich an seinen Plänen interessiert, sondern nur insoweit sie ihre Schutzbefohlene betrafen. »In der Hinsicht habe ich mich noch nicht festgelegt, Miss Fisher.« Sein Lächeln geriet freundlich. »Ich bin schließlich und endlich – in erster Linie – Engländer. England ist meine wahre Heimat, und es freut mich über die Maßen, endlich wieder auf englischem Boden zu weilen. Meine Geschäfte kann ich genausogut von hier aus führen. Nein, so ganz bald werde ich nicht abreisen.« Zumindest mußte er erst sein Vorhaben in die Tat umsetzen.

»Ah, da ist sie ja!« Miss Fisher war sichtlich erleichtert. »Beeil dich, Celine. Mr. Eagleton wartet schon.«

»Mit Vergnügen«, murmelte er.

In diesem Augenblick spielte das Warten definitiv keine Rolle mehr. Celine Godwin, die mit sicheren, selbstbewußten Schritten die Treppe herunterstolzierte, wäre eine noch weit längere Wartezeit wert gewesen, selbst in einer so kläglichen Umgebung wie dieser Halle. Die Muskeln in seinem Kiefer zogen sich zusammen – wie auch in anderen Teilen von ihm. Sie war der Inbegriff einer Venus, von ihrem unschuldigen Gesicht bis hin zu jedem üppigen Zentimeter ihres Körpers. James' Hand, die seine Handschuhe hielt, ballte sich zur Faust.

»Einen schönen Nachmittag«, sagte sie und lächelte zu ihm hinunter. »Bitte verzeihen Sie, daß ich Sie warten ließ. Plötzlich bemerkte ich, daß meine Strümpfe nicht zueinanderpaßten. Ich mußte sie wechseln. Oh, James. Sie sollten froh sein, daß Sie sich nicht mit solchen Unannehmlichkeiten wie Strumpfhaltern herumschlagen müssen. Wie lästig sie sind, wenn man das Kleid schon anhat und alles hochraffen muß…«

»Celine«, mahnte Miss Fisher in einem Ton, der das Mädchen verstummen ließ. »Ich glaube, Mr. Eagleton ist nicht unbedingt an solchen Dingen interessiert.«

James hätte gerne über Celines naives Geplapper gelacht, aber er konnte sie nur ansehen. Falls sie das Kutschenkleid, das sie trug, geborgt hatte, dann besaß die Eigentümerin einen einmaligen, gewagten Geschmack. Aber er war fast überzeugt, daß die junge Dame diese Kreation selbst ausgesucht hatte: Ein Jäckchen aus Seidensamt in einem schimmernden Goldorange, mit einer hohen, engen Taille, von der lange Spitzen mit kleinen Silberglöckchen fielen. Das Wams war am Ausschnitt hübsch eingefaßt und wurde von einem einzelnen chartreusegrünen Knopf unter Celines vollen Brüsten gehalten. Das Kleid, das darunter herausspitzte, war aus gleichfarbener Seide. Auf ihrem Kopf thronte ein Hütchen aus denselben Stoffen, und von einem Ohr baumelten ebenfalls silberne Glöckchen.

Dieses Haus mit seinen dumpfen Brauntönen trat völlig in den Hintergrund, genau wie bei jenem ersten Gartenspaziergang.

Celine runzelte die Stirn und kam auf ihn zu. »Stimmt etwas nicht, Mr. … James?«

Jetzt merkte er, daß er sie mit offenem Mund angestarrt hatte. »Aber nein, meine Liebe. Sie sind der charmanteste Anblick, den dieser Mann in… je gesehen hat.« Und zum Teufel, das war sein Ernst. »Kommen Sie. Die Sonne ist wesentlich launischer, als man mir zugesichert hatte. Und ich bin mir sicher, auch Miss Fisher wird den Park mehr genießen, wenn wir noch ein bißchen Wärme haben.«

»Eigentlich wollte ich heute nachmittag zu Hause bleiben«, sagte Miss Fisher. »Wenn es Ihnen nichts ausmacht, Mr. Eagleton?«

Er warf der Frau einen scharfen Blick zu, dann rang er

sich ein mühsames Lächeln ab. »Fühlen Sie sich nicht wohl, Miss Fisher?« Das war für ihn eine unvorhergesehene Entwicklung mit verlockenden Möglichkeiten, aber trotzdem verwirrend.

Sie holte ein Taschentuch heraus und betupfte ihre Nase. »Es ist nicht der Rede wert. Und ich könnte natürlich mitkommen, wenn Sie darauf bestehen. Aber ich muß zugeben, daß ich leicht indisponiert bin, und in Abwesenheit von Miss Celines Eltern obliegt es mir zu entscheiden, was für sie akzeptabel und schicklich ist. Ich betrachte Sie als zuverlässigen Mann, der, wie ich annehme, ein so junges Mädchen gut behüten kann.« Sie warf ihm einen bedeutungsvollen Blick zu, den sie aber Celine nicht sehen ließ. »Zweifellos wird mein Vertrauen gerechtfertigt sein.«

»Gar keine Frage!« Es gelang ihm, ernst und väterlich zu klingen. Eine leichte Unruhe befiel ihn. Miss Fisher mußte irgendeine mysteriöse Absicht hegen, wenn sie die Regeln des Anstandes einfach so mißachtete; aber er konnte sich beim besten Willen nicht vorstellen, was sie dazu bewegen mochte. »Vielleicht wäre es Ihnen lieber, wenn wir diesen Ausflug verschieben? Wir wollen doch nicht…«

»Keinesfalls!« Wenn er es nicht besser wüßte, würde er sagen, Miss Fisher konnte es kaum erwarten, Celine loszuwerden. »Geht nur! Amüsiert euch.«

Celine hüpfte die letzten Stufen hinunter, begleitet vom Klingeln ihrer Glöckchen. Wirklich ein bezauberndes Wesen, aber er durfte nicht vergessen, wer sie war und was sie darstellte.

»Natürlich« – Miss Fisher hustete – »könnte ich immer noch mitkommen, wenn Ihnen das lieber wäre.«

»Wir schaffen das schon, Lettie«, sagte Celine fröhlich. »Nicht wahr, James?«

»Das denke ich auch!« Sie würden *sehr* gut zurechtkommen. Die Entscheidung, ihm Celine unbeaufsichtigt anzuvertrauen, könnte einfach eine schmeichelhafte Anerkennung seines offenbar ehrenwerten Auftretens sein. James schluckte mehrmals. Dieser Lauf der Dinge war wirklich beunruhigend.

»Mach dir keine Sorgen um uns.« Celine rückte ihr lächerlich winziges Täschchen, das mit Federn und Glöckchen geschmückt war, etwas hoch und streifte chartreusefarbene Seidenhandschuhe über. »Kommen Sie, James. Lettie, wo steckt mein Parasol? Ich habe ihn vorhin runtergebracht.«

Die Dame brachte rasch den verlangten Gegenstand und gab ihn Celine, die höchst überraschend, ihre Gesellschafterin auf die Wange küßte und ihr liebevoll zulächelte, bevor sie zur Tür eilte. »Kommen Sie endlich, James!«

Ja, mein goldenes Mädchen, zu Befehl, und du wirst auch kommen, schon sehr bald.

Draußen im Sonnenschein drehte sie sich lachend zu ihm um, und eine Brise wehte ihr die Locken ins Gesicht.

James blieb oben an der Treppe stehen und sah sie an. Sie gebärdete sich wie ein Fohlen, das zu lange eingesperrt war und unerwartet befreit wurde.

Wild und so jung. Diese Jugend und Unerfahrenheit würde er sich zunutze machen.

In diesem Augenblick lag sein Zynismus und seine Welterfahrenheit wie ein schwarzer Alpdruck auf seiner Seele. Vielleicht sollte er diesen bunten, klingelnden Schmetterling von einer Frau einfangen und ihr einfach erlauben, ihn neu zu erschaffen …

»Komm, James!«

Zu spät für solche Träume.

»Bin schon da.«

Als er unten anlangte, war Celines Gekicher verstummt, ihr Tänzeln beendet. Statt dessen stand sie stumm vor Won Tel.

Nun war er ihr eine Erklärung schuldig. »Der Landauer gefällt dir?« fragte James in der Hoffnung, ihren Fragen über seinen ungewöhnlichen Kutscher zu entgehen.

Sie blieb wie angewurzelt stehen, ihr Blick haftete weiter auf Won Tel. Ihr Mund öffnete sich. Won Tel grinste von einem Ohr zum anderen, und seine Zähne leuchteten wie ein weißer Halbmond in dem schwarzen Bart.

»Ich hab mich für das Burgunderrot entschieden, weil das immer schon eine Lieblingsfarbe von mir war«, sagte James. In Wirklichkeit scherte er sich keinen Deut um die Farbe. Die Kutsche war sofort zum Kauf verfügbar gewesen, und etwas anderes hatte ihn nicht interessiert. »Und ich fand das schwarze Relief besonders ansprechend. Stimmen Sie mir zu, Celine?«

»Äh…« Ihre Gestalt drehte sich ein Stück, aber ihr Blick blieb immer noch starr auf Won Tel gerichtet. »Ja, der Landauer ist prachtvoll. Ich bin noch nie in so einem Prunkstück gefahren. Unsere alte Stadtkutsche ist eine Schande, aber Mama und Papa kümmert das wenig. Sie nehmen immer Droschken, wenn sie in der Stadt sind, so sagt man mir zumindest. Ich weiß wirklich nichts über ihr Leben, wenn sie hier in der Stadt sind.«

Fast hätte er über ihre Verlegenheit gelacht. »Wie oft sind Ihre Eltern hier?« Jede kleine Information konnte zu seinem Vorteil sein.

»Nicht oft. Normalerweise nur, wenn sie eine ihrer wilden Phasen – eine wirklich ganz wilde – haben… dann verschwinden sie tagelang, manchmal für Wochen. Währenddessen kommen sie angeblich hierher und… Oh! Warum plappere ich bloß soviel?«

James hob die Schultern und achtete darauf, daß er nicht zuviel Interesse an ihrem unbeschwerten Geplapper zeigte. »Das ist Won Tel, Celine. Er gehört seit vielen Jahren zu meiner Familie.« Er würde noch genügend Zeit haben, mehr über diese »wilden Phasen« herauszufinden.

»Einen schönen Nachmittag, Mr. Won Tel«, sagte Celine höflich. In jedem Wort schwang ihre Ehrfurcht vor der Größe und der seltsamen Kleidung des Mannes mit. »Ist

Kutschenfahren in Paipan so ähnlich wie bei uns in London?«

»Sehr ähnlich«, sagte Won Tel, ohne Luft zu holen und ohne James den giftigen Blick zu schicken, nach dem ihm zumute war. »Ich werde Euch und Euren Begleiter mit größter Vorsicht transportieren.« Eigentlich sollte er Miss Fisher unterhalten, solange James mit Celine alleine war.

Die Bitte um seine Dienste als Kutscher hatte Won Tel sehr ungnädig aufgenommen. Doch angesichts der vorgetragenen Gründe erklärte sich James' alter Freund schließlich doch, wenn auch widerwillig, bereit, diese Aufgabe zu übernehmen.

»Meine Gesellschafterin wird uns nicht begleiten«, erklärte Celine.

Won Tel, der gerade dabei war, den Schlag zu öffnen, hielt inne. »Wird sie nicht? Wie schade. Vielleicht habe ich die Ehre, sie bei einer zukünftigen Gelegenheit zu fahren.« Sein Lächeln entspannte sich zusehends dank dieser Entlastung.

Won Tel war so erleichtert, daß er vergaß, Celine in die Kutsche zu helfen. Statt dessen schlug er James auf den Rücken und ging nach vorn, um nach den Pferden zu sehen.

Also tat James sein Bestes und setzte sich dann ihr gegenüber in die offene Kalesche. Er warf einen Blick zum Himmel und hätte fast gegrinst angesichts der dunklen Wolken, die der Sonne zu Leibe rückten. Dann machte er sich hastig daran, seine Pläne neu zu ordnen.

Won Tel hatte endlich seinen Platz eingenommen, und sie wollten gerade losfahren, als die Haustür aufging und Miss Fisher mit wehenden Röcken die Treppe herabstürzte. Sie zeigte keine Spur von Unpäßlichkeit, wie James bemerkte.

»Einen Moment!« rief sie und schwang einen Korb, der viel zu schwer für ihre zarten Arme war.

Won Tel zügelte die Pferde und sprang vom Bock.

»Oh!« Miss Fishers Reaktion auf Won Tel glich derjenigen Celines aufs Haar, so daß James sich ein Lachen verkneifen mußte. »Ja, also…« Ihre dunklen Augen waren weit aufgerissen. »Hier ist eine kleine Erfrischung für den Fall… Ich dachte, es gäbe vielleicht eine Gelegenheit für… Bitte sehr!«

Miss Fisher hielt Won Tel den Korb hin. Er nahm ihn aber nicht gleich. Statt dessen musterte er Celines Gesellschafterin eindringlich.

»Können Sie ihn irgendwo verstauen?« fragte Miss Fisher leise. Sie sah unverwandt in Won Tels Gesicht. »Sind Sie aus Paipan?«

»Das bin ich.«

»Dachte ich es mir doch! Ist es exotisch?«

»In gewisser Weise. Woher stammt Ihr, Madam?«

»Miss bitte. Miss Lettie Fisher. Genau gesagt, komme ich aus Dorset. Ich wurde dort geboren. Auf einer Farm. Dann bin ich in der Nähe in Dienst gegangen.«

»Mein Name ist Won Tel.« Er legte seine Hände unter den Korb, ohne ihn Miss Fisher abzunehmen. »Wir werden in Kürze nach Dorset ziehen – nach Blackburn Manor.«

»Ist das wahr?« Auf Miss Fishers ernsten Zügen breitete sich ein Strahlen aus. »Dann sehen wir uns vielleicht wieder, Mr. Won Tel. Ich stehe ganz in der Nähe von Blackburn in Diensten.«

James kniff fassungslos die Augen zusammen. Won Tel hatte die Anwesenheit seines Herrn und Celines völlig vergessen. Bei einem Blick auf Celine sah er, daß sie ebenso erstaunt war über die beiden.

»Seid ihr sicher, daß Ihr uns nicht begleiten wollt…«

»Ich werde mich um Celine kümmern«, unterbrach James Won Tel. »Erholen Sie sich gut, Miss Fisher!«

Die Gesellschafterin drehte sich um und rannte leichtfüßig die Eingangstreppe hinauf, während Won Tel den Korb in die Kutsche stellte, neben den, den Liam geliefert hatte. Dann nahm er wieder seinen Platz bei den Pferden ein.

James ließ ein paar Minuten verstreichen, bevor er seinen

ersten Schritt auf sein Ziel zumachte. »Ich glaube tatsächlich, das Wetter könnte sich ändern.«

»Hm.« Sie sah ihn nicht an.

»Aber das macht nichts. Glücklicherweise kann man einen Landauer mühelos schließen.«

»Ja.«

Die Kleine war also schon ein wenig mißtrauisch, wenn es darum ging, mit ihm allein zu sein. Daraus ergab sich eine gewisse Spannung – wenn sie auf die Aussicht winkender Abenteuer so reagierte, wie er hoffte.

Sei es, wie es sei. Er rechnete damit, daß sie sich seinen Annäherungsversuchen widersetzen würde. Die Ereignisse gestern nacht hatten ihn in seiner Meinung bestärkt, daß sie das Leben für ein einziges Spiel hielt, auch seine Avancen. Zweifellos rechnete sie damit, seine Küsse und ein bißchen mehr von dem, wofür sie bereits großen Appetit gezeigt hatte, zu genießen und dann nach Hause zurückgebracht zu werden, sehr zufrieden mit sich selbst.

»An einem solchen Nachmittag könnte der Park ziemlich trübsinnig sein.«

Celine hatte die Hände fest im Schoß verschränkt, ihre Augenbrauen waren zusammengezogen, als würde sie sich auf etwas konzentrieren, und sie gab keine Antwort.

»Oder wir fahren ein Stück aus der Stadt. In Richtung Windsor vielleicht? Haben Sie das Schloß schon gesehen?«

»Nein.«

Mißtrauisch, in der Tat. »Na ja, so spät am Tag ist es wohl ein bißchen weit; aber wir nehmen diese Richtung und suchen einen schönen Platz auf einer Wiese für unsere Erfrischungen. Won Tel! Die Straße nach Windsor!«

Die Kutsche rumpelte an eleganten Privathäusern vorbei, wo die Herren und Damen sich gerade auf den Weg zur Nachmittagsfahrt in den Park begaben. Won Tel hatte er instruiert, daß er generell nordwestlich kutschieren sollte – auf Epping zu. Er ließ die Pferde forsch antraben.

James konnte sein Glück kaum fassen. Herr der Lage war er nun und fühlte sich überraschend zuversichtlich. London und die Ballsaison langweilten ihn von Tag zu Tag mehr. Er wollte nach Dorset, nach Knighthead zu den Sainsbury Juwelen, denen sein ganzes Trachten und Streben galt… so wie der baldige Untergang von Darius und Mary Godwin.

»Ist das Land weit weg?«

Celines zaghafte Stimme, die so gar nicht zu ihr paßte, erstaunte James.

»Nicht sehr.« Er lehnte sich zurück.

Celine sah sich die Umgebung an.

Und James Celine.

»Nicht alles in London ist schön, nicht wahr?«

»Da haben Sie recht. Das meiste ist nicht schön, aber ein Großteil der Welt ebensowenig.«

Ihr hübscher Mund verzog sich nach unten. »Wir können uns noch glücklich schätzen.«

James sah sich die Straße an, durch die sie gerade fuhren. Die prächtigen Gebäude Mayfairs hatten sie bereits hinter sich gelassen. Je weiter es hinausging, desto beklagenswerter sahen die Behausungen und Straßen aus.

Plötzlich lachte Celine auf.

»Was amüsiert Sie?« Er beugte sich vor. Sie verzauberte ihn mit ihrer Spontaneität.

»Daß ich manchmal nicht sehe, was real ist. Schauen Sie sich die Leute an. Sehen Sie ihre Gesichter! Oh, einige sind resigniert, sogar traurig, aber solche Leute gibt es in allen Schichten. Die meisten scheinen sehr fröhlich – besonders die Kinder. Genaugenommen sind sie fröhlicher als manches reiche Kind.«

Er mußte nicht hinsehen, um zu wissen, was sie meinte. Statt dessen betrachtete er Celine mit neuen Augen. »Ich glaube wirklich, daß Sie einen klaren Verstand und ein gefährlich weiches Herz besitzen, meine Liebe.« Die Muskeln in seinem Kinn zuckten. »Achten Sie darauf, daß es nicht zerdrückt wird.«

Sie warf den Kopf zurück, so daß die Glöckchen an ihrem Hut klingelten. »Lassen Sie sich nicht täuschen, James. Ich bin nur eine aufmerksame Beobachterin. Aber ich versichere Ihnen, daß ich egoistisch und berechnend sein kann.«

»Ah!« Ihre eifrigen Versuche, sich weltgewandt zu geben, brachten ihn mehr aus der Fassung als ihm lieb war; davon durfte sie auf keinen Fall etwas merken. Auch seine Selbstbeherrschung hatte ihre Grenzen.

Nach einer weiteren halben Stunde Fahrt befanden sie sich mitten in der Natur. Won Tel verlangsamte wie besprochen das Tempo, als er den Landauer in das vorher ausgesuchte, bewaldete Tal zwischen sanft geschwungenen grünen Hügeln lenkte. »Sagen sie es, wenn Ihnen die Aussicht gefällt, dann lasse ich Won Tel anhalten.«

Ihre ohnehin schon ernste Miene wurde abweisend. James breitete seine Arme auf der Rückenlehne aus und blickte sie besitzergreifend an. Schon bald würde Miss Godwin ihre nächste Lektion in den Freuden des Fleisches bekommen. Es kam nicht in Frage, daß ihre Verletzlichkeit ihn zu einem Kurswechsel bestimmte.

Niemals.

»Hier wäre es nett.« Sie senkte die Wimpern und spielte mit dem Knopf, der ihr Jäckchen verschloß. »Wenn es Ihnen auch gefällt.« Ihre Brüste hoben und senkten sich schwer um die tiefe Schlucht, die die raffinierten kleinen Spitzen am Ausschnitt ihres Gewands noch aufreizender machten.

James brauchte lange, um zu begreifen, was sie gesagt hatte. »Ja. Freilich. Sehr nett. Halt an, Won Tel!« Verflucht, daß seine männlichen Instinkte gegen die Gefühle kämpften, die er für abgestorben gehalten hatte: dieselben Gefühle wie damals, Liam auf dem chinesischen Markt zu retten. Verdammt! Altmodische Ritterlichkeit und der Drang zu beschützen hatten hier nichts zu suchen.

Won Tel fuhr von der Straße ab und brachte den Landauer auf einer, von dichtbelaubten Eichen umstandenen Lichtung zum Stehen.

Celine beugte sich sofort nach vorne. »Können wir spazierengehen? Ich bin erst vor ein paar Wochen aus Dorset abgereist und ersticke bereits in der Stadt... plappere ich am Ende zuviel?«

James stand auf und beugte sich über sie, um die Tür zu öffnen. »Ich finde jedes Wort, das Sie sagen, entzückend.« Er legte einen Finger unter ihr Kinn, hob ihr Gesicht und wartete, bis sie ihre goldenen Augen aufschlug. »Sie meinen, Sie vermissen Ihr geliebtes Dorset und wollen wieder das Gras unter den Füßen fühlen und Ihre geliebten Wildblumen riechen? Kommen Sie! Das können wir arrangieren.«

Wie einfach wäre es, sie auf den Sitz hinunterzudrükken, sich ihres Mundes zu bemächtigen, aus Samt und Seide ein Bett zu machen, auf dem er die ganze Celine nehmen könnte.

Mühsam atmend sprang er aus der Kutsche und reichte ihr seine Hand. »Wir haben ungefähr eine Stunde, bevor wir uns auf die Rückfahrt machen sollten«, sagte er und sah Won Tel an. In Abwesenheit von Miss Fisher mußte man ein wenig umdisponieren. »Vielleicht sollten wir zuerst spazierengehen und dann unser Picknick in der Kutsche einnehmen.«

»Wenn Sie nichts dagegen haben, Mr. Eagleton, werde ich mich um die Pferde kümmern und meine alte Kriegswunde etwas auf dem Hügel ausstrecken.« Won Tel deutete auf eine steile Anhöhe gegenüber dem Wald, ein guter Standort für einen Mann, der ein Signal sehen wollte... wenn ein anderer beschloß, ihm eines zu senden.

»Kriegswunde?« Celine musterte Won Tels beachtliche Erscheinung. »Sie wurden verwundet? Ojemine! Wie ist das passiert?«

»Lassen Sie mich überlegen!« Won Tel schielte gen Himmel, der sekündlich grauer wurde. »Ich möchte eine so zarte Lady nicht aufregen, aber um ehrlich zu sein, habe ich mehrere Wunden aus mehreren Schlachten davongetragen.«

James räusperte sich.

»Mußten Sie gegen die Soldaten dieses furchtbaren Mr. Napoleon kämpfen?«

»Hm, also, die waren auf jeden Fall für meine durchschossene Lunge verantwortlich. Aber das macht mir nicht soviel Probleme wie der Stich in den Schenkel, der war heftig – auf See, gegen ...«

»Won Tel ist ein äußerst tapferer Zeitgenosse«, fuhr James hastig dazwischen. Napoleon? Schlachten auf See? »Außerdem besitzt er beachtliche Fähigkeiten auf dem Gebiet phantasievoller, oder sollte ich sagen lebensnaher, Berichte über vergangene Ereignisse.« Da hatte es tatsächlich einen Vorfall gegeben, als ihr Schiff zwischen dem chinesischen Festland und Paipan von Piraten geentert worden war. Wenn James' Erinnerung ihn nicht trügte, dann wünschte sich mehr als ein Angreifer seit diesem Scharmützel, er wäre Won Tel nie begegnet. Und als der letzte Eindringling verdientermaßen über Bord kippte, war dieser freche Aufschneider neben James gestanden und hatte gelacht – ohne einen einzigen Kratzer.

»Ich werde mir ein bißchen die Beine vertreten. *Falls* Euch das recht ist, Mr. Eagleton.« Won Tel machte eine schwungvolle Verbeugung, die selbst einen erfahrenen Dandy vor Neid hätte erblassen lassen.

»Ganz recht. Kommen Sie, Celine!«

Artig legte sie ihre behandschuhte Hand auf seinen Arm, und sie spazierten unter die Bäume.

Von weitem war gedämpftes Donnergrollen zu vernehmen. James tat so, als höre er nichts, und als Celine langsamer wurde und zu ihm hochsah, legte er fürsorglich ihre Hand in seine Armbeuge.

Won Tel würde seinen Teil erledigen, aber nur, wenn er genügend Zeit hatte.

Die Luft wurde schwül. James sagte nichts.

»Wie alt waren Sie, als Sie England verließen?«

Es wäre ihm lieber gewesen, nicht über sich reden zu müssen. »Zehn. Fast elf.« Wie lange lustwandelten sie schon dahin? Die Antwort lautete eindeutig: bei weitem nicht lange genug.

»Und sind Sie glücklich auf Ihrer Insel?«

Jetzt mußte er wirklich auf der Hut sein. »Ich fange an, mich in England sehr wohl zu fühlen.« Für seine Zwecke war es notwendig, Celine einen längeren Aufenthalt vorzugaukeln.

Sie traten aus einer Baumgruppe und standen am Rande eines Abhangs. »Der Tag ist so grau geworden«, sagte Celine. »Es sieht nach Gewitter aus.«

James hob den Kopf und sog die Luft ein. »Ich glaube nicht«, log er.

»Auf jeden Fall noch nicht.« Sollte er sie jetzt bedrängen oder warten, bis sie zurück in der Kutsche waren?

»Ich mag stürmisches Wetter.« Sie klang fast verträumt. »Mama sagt, das kommt von meinen Launen und von meinem unberechenbaren Temperament.«

James zog es vor, momentan lieber nicht an Mary Godwin zu denken. »Eher kommt das daher, weil Sie eine Frau mit ausgeprägten Gefühlen sind«, sagte er, drehte sie zu sich und nahm ihre Arme. »Man braucht nur in Ihre Augen zu schauen – so wie ich jetzt –, um zu sehen, daß Sie in vielen Dingen sehr tief empfinden.« Es war gar nicht schwer, so mit ihr zu reden. Die Worte kamen von selbst, da sie der Wahrheit entsprachen.

»Und was löst bei Ihnen tiefe Empfindungen aus, James?«

Die Frage beunruhigte ihn. »Darüber muß ich erst einmal nachdenken.« Es gab einen Punkt, wo Lügen nicht in

Frage kamen, und die Wahrheit auch nicht – oder nur ein Teil davon. »Ich glaube wirklich, ich könnte für dich, mein goldenes Mädchen, sehr tief empfinden.«

Sie errötete zart und senkte die Augen. James bemerkte, daß derselbe Hauch von Röte auch ihren Hals und die glatte Rundung ihrer Brust überzog, da, wo sie aus dem Wams lugte. Die junge Dame holte tief Luft, und er sehnte sich danach, diese Weichheit zu berühren.

James kniff die Schenkel zusammen und spannte seine Bauchmuskeln. In einem solchen Augenblick brauchte ein Mann seine Vernunft. Wenn er einem unerfahrenen Mädchen einen Blick auf seine erregte Männlichkeit gestattete, könnte er sie verschrecken, bevor er sie sich mit Zärtlichkeiten eroberte.

»James!«

»Ja, meine Liebe.« Er legte einen Arm um ihre Schultern. Sie war steif. »Was ist denn, Celine? Was macht dir denn Sorgen?« *Geduld* hieß sein Schlüssel.

»Oh, ich *wünschte,* ich müßte nicht dauernd an David denken.«

Er kniff den Mund zusammen. »Dein frommer Freund?« Verdammt. Ausgerechnet jetzt gewährte sie hochtrabenden Gedanken an den Hüter ihrer Seele Raum.

»Ich *weiß,* daß er es nicht gutheißen würde.«

James rieb behutsam ihre Schulter, ließ seinen Daumen kurz die zarte Haut über dem Samt berühren. »Was würde er nicht gutheißen?« Er fürchtete, die Antwort bereits zu kennen, und daß dieses Gespräch entschieden seiner Regie entglitt.

»Das, worum ich Sie bitten möchte!«

Fast hätte er vor Erleichterung geseufzt. »Frag doch einfach. Betrachte mich auch als lieben Freund. Ich bin überzeugt, Mr. Talbot hätte nichts dagegen, wenn du einen Vertrauten um etwas bittest.« Es handelte sich wohl um etwas, worauf junge Frauen eben neugierig waren.

»Vielleicht hast du recht...« Sie beugte den Kopf. Die Glöckchen klingelten leise. »Ich habe... Da ist etwas... James, ich möchte dir anbieten... Würdest du in Betracht ziehen, mir einen großen Dienst zu erweisen?«

»Sprich nur.«

Ein tiefer Seufzer entrang sich ihrer Brust. »Ich muß es einfach schnell sagen und hinter mich bringen.«

Er wartete.

»Je eher ich es erledige, desto besser.«

»Celine...«

»Würdest du bitte in Betracht ziehen, mich zu entehren?« Sie atmete laut. »Da, jetzt ist es geschafft!«

James schüttelte den Kopf. Er mußte sich verhört haben.

»Wie bitte, Celine?«

Sie riß sich von ihm los und stellte sich mit dem Rücken zu ihm. »Vergiß, was ich gesagt habe. Ich wußte, daß du dich weigern würdest. Du bist zu sehr Gentleman, und jetzt wirst du mich endgültig verachten.«

Er hatte eher das Gefühl, daß sie allmählich den Verstand verlor... oder er. Keine junge Frau bat einen Mann um so etwas... nicht einmal einen Heuchler, der genau das mit ihr vorhatte, was sie von ihm verlangte. Es ging wirklich zu weit, daß ihm eine Frau bei seinen Verführungsplänen einfach zuvorkam!

»Ich hab einen Regentropfen gespürt!« Ihre Stimme überschlug sich.

»Celine«, sagte James und bemühte sich um Fassung. »Hast du mich gerade gebeten, dich zu kompromittieren?«

»Ja. Aber, verschwende keinen Gedanken mehr darauf! Vergiß es schleunigst.«

»Aber, das geht unmöglich.« Absolut nicht. »Warum hast du mich darum gebeten?«

»Weil ich *unbedingt* entehrt werden muß«, jammerte sie.

Er streckte die Hand aus und streichelte behutsam ihren Hals, langsam, sehr langsam. »Du hast meine Frage nicht beantwortet. Warum ich? Warum nicht... dein Priesterfreund?«

Sie stöhnte und wiegte den Kopf. »Weil David sich weigern würde!«

»Woher weißt du das?«

»Oh, es ist hoffnungslos. Was bin ich doch für ein Kohlkopf!« Celine machte keine Anstalten, sich seiner Berührung zu entziehen. »Du mußt mich für sehr dämlich halten.«

»Ganz im Gegenteil!« Er fand sie wunderbar, die Antwort auf seine Gebete. Aber sie sollte nicht die Rolle übernehmen, die definitiv einem Mann gebührte.

»Wir sollten nach Hause fahren. Ich bin mir sicher, daß ich noch einen Tropfen gespürt habe.«

James versuchte die Zeit zu überschlagen, seit sie Won Tel verlassen hatten. Wahrscheinlich reichte es noch nicht. »Bist du sicher, daß dein David dir eine Abfuhr erteilen würde?«

»Sag nicht *mein* David. Er ist ein Freund, aber kein Eigentum.« Sie lehnte sich kaum merklich gegen seine stützenden Hände. Wahrscheinlich würde er sogar auf einem offiziellen Antrag bestehen.«

James packte für Sekunden die Panik. »Und du willst das nicht? Heiraten?« Er hatte angenommen, daß ein solcher Antrag zur Erfüllung seines Plans unerläßlich wäre.

»Nicht ohne Liebe.« Sie hob den Kopf. »Eine Hochzeit darf keine Pflichtübung sein.«

Der Boden war auf einmal schwankend geworden. »Du glaubst nicht, daß beispielsweise ich dich lieben könnte?« meinte er.

»Nein.« Ihre Stimme klang jetzt entschlossener. »Nein. Das kann nicht sein.«

Die Sache wurde allmählich brenzlig. »Aber du könntest mich lieben? Vielleicht tust du das bereits – ein bißchen wenigstens?«

Sie wirbelte herum, und ihre Wangen waren hochrot. »So was von Einbildung! Man hat mich vor Männern wie dich gewarnt. Wenn das, was ich für dich empfinde, Liebe wäre, würde ich es zweifellos wissen.«

»Wie solltest du das wissen?«

»Vom Gefühl her! Es wäre deutlich in mir. Ich würde deine unendliche Güte spüren, und das würde mich wärmen – ich würde mich sicher fühlen. Vollkommen sicher!«

»*Güte? Sicherheit?* Und diese Gefühle löse ich nicht bei dir aus?«

»Nein!«

Er lachte bitter auf. »Eine klare Sprache, meine Kleine! Was empfindest du denn in meiner Gegenwart?«

»Daß ich in Gefahr bin.« Sie schob ihr Kinn vor und ihre Augen blitzten. »Ich finde, du bist der aufregendste, gefährlichste Mann der Welt. Ein Mann, der eine Herausforderung akzeptieren würde, weil er nicht ertragen könnte, sie auszuschlagen!«

James hatte größte Mühe, sie nicht einfach an sich zu reißen und ihr den Grad seiner Gefährlichkeit wirklich zu zeigen. »Warum richtest du diese Herausforderung ausgerechnet an mich?« Diesen Tag und diese Stunde würde er sicher nie vergessen.

»Sprechen wir nicht mehr davon. Offensichtlich findest du mich dreist und widerlich.« Sie wich zurück. »Vergiß, worum ich dich gebeten habe. Tut mir leid.«

In dem Augenblick, in dem sie losrennen wollte, sah er, wie ihr die Tränen in die Augen schossen. »Celine! Warte!«

»Nein.« Sie rannte weiter, raffte ihre Röcke und stolperte in ihrer Hast.

James warf die Hände hoch und stürzte hinterdrein. »Du kleine Närrin! Halt! Komm her, sag ich!«

Und wie zur Antwort zerriß ein Blitz den Himmel. Darauf peitschte eine Windbö durch das lange Gras und Donner grollte am Firmament.

»Celine!« Sie war schneller, als er geahnt hatte.

Und er wurde immer wütender.

»Celine!« Won Tel würde teuer dafür bezahlen, wenn er seine Aufgabe nicht erledigt hatte. James wetzte bereits seine Zunge.

Er holte soweit auf, daß er nach Celines Arm greifen konnte, aber sie schlug einen scharfen linken Haken.

Wieder zerriß ein Blitz den Himmel, und beim nächsten Donnergrollen begann es zu prasseln.

»Das ist doch verrückt.« Er warf sich nach vorn, packte ihren Arm und zerrte sie herum. »Du widerst mich *nicht* an, du törichtes Mädchen. Wie könnte dich irgendein Mann unangenehm finden?«

Sie öffnete den Mund, sagte aber nichts, rang nur nach Luft. Der Regen tränkte ihr Gesicht und die Locken, die nicht von ihrem Hut bedeckt waren – und klatschte an ihren Hals und ihr Schlüsselbein. Unter seinen Händen fühlte sie sich unerwartet zerbrechlich an.

»Bitte reg dich nicht auf!« Er ließ sie los, wollte ihr Gesicht berühren, kämpfte gegen das Verlangen an, sie gleich hier zu nehmen, gleich jetzt, durchnäßt vom Regen unter einem tobenden Himmel.

Sie nutzte die Chance, um ihm erneut zu entwischen.

»Verflucht«, knurrte James mit zusammengebissenen Zähnen.

Bevor er sie erreicht hatte, war sie bei den Bäumen angelangt und lief im Zickzack zwischen den riesigen Stämmen weiter. Eine Sekunde sah er sie, in der nächsten nicht mehr.

»Celine! Du wirst damit augenblicklich aufhören!«

»Ich will nach Hause!« rief sie. »Bringt mich heim Mr. Won Tel! Wo sind Sie, Mr. Won Tel?«

James lächelte grimmig und wurde langsamer. Sollte sie sich doch müde rennen. Das erleichterte ihm die Sache nur.

Er sah, wie sie aus dem Wald auf die Lichtung zulief, in

der sie die Kutsche abgestellt hatten. In wenigen Sekunden war er an ihrer Seite.

Sie beugte sich nach vorn, deutlich außer Atem. »Bitte bring mich nach Hause!«

James blickte geradeaus und zog seine Mundwinkel bewußt nach unten. »Das ist möglicherweise nicht so einfach.«

»Spiel nicht mit mir, James. Wir werden sofort losfahren und jedes Wort, das wir gewechselt haben, vergessen.«

»Nicht möglich!«

»O doch!« versicherte sie ihm vehement. »Du bist ein Gentleman und wirst dich wie einer benehmen.«

»Ich mag vielleicht ein Gentleman sein. Ein Zauberer bin ich aber nicht.« Er deutete nach vorn. »Wir haben ein Problem.«

Celine wirbelte herum. »Was willst du damit sagen? Oh, das Dach ist schon hoch. Gott sei Dank war Mr. Won Tel so schlau, die Kutsche zuzumachen. Sonst müßten wir wirklich unter elenden Bedingungen zurückkehren.«

»Ja, in der Tat.« Er wischte sich die Nässe vom Gesicht und folgte ihr, als sie auf den Landauer zurannte. »Aber eindeutig ist dir das Offensichtlichste entgangen.«

»Was ... Oh! Oh! Nein!« Sie drehte sich zu ihm um, sah wieder zur Kutsche, suchte hektisch die Umgebung in allen Richtungen ab. »Sie sind weg! James, die Pferde!«

14

Während sie aufgeregt in die Runde blickte, läuteten die Glöckchen an ihrer Aufmachung silberhell, eine höchst überraschende Note im trüben Licht des Regens.

»Mr. Won Tel!« Celine lief mit gerafften Röcken um die Kutsche herum. »Mr. Won Tel. Wo sind Sie?« Ihre Stimme verebbte zu einem verzweifelten Wimmern.

Das war genau die erhoffte Situation und noch einiges mehr. Die Kleine hatte jetzt genug gelitten. Und jetzt war eine ganz andere Erfahrung für seinen Lehrling in Sachen Erwachsenwerden fällig.

Er lief festen Schrittes hinter ihr her und holte sie ein. »Das reicht, Celine. Du bist tropfnaß. In die Kutsche mit dir!«

»Was nützt uns denn eine Kutsche ohne Pferde?«

Für seine Zwecke war sie wesentlich nützlicher als *mit* Pferden. »Sie werden zurückkommen.«

»Ich warte hier solange«, sagte sie mit trotziger Miene.

»Liebes, manchmal bist du wirklich eine Plage.« Er raffte sie einfach hoch und warf sie sich über die Schulter. »Du wirst jetzt in die Kutsche gehen, meine Süße.«

»Ich bin *nicht* deine Süße.« Sie trommelte gegen seinen Rücken und strampelte, und James stellte fest, daß ihm das, trotz des Regens, ganz gut gefiel. Ihr hübsch gerundeter Hintern, den er mit einer breiten Hand festhielt, wand sich höchst aufreizend. Und wieder mußte er feststellen, daß sich seine Hose unangenehm spannte. Da war ein Bereich, um den er sich anderweitig zu kümmern hätte – nicht hier und jetzt –, falls die neue Richtung, die er für seinen Plan erwog, sich als nützlich erweisen würde.

Sie waren an dem Gefährt angelangt. Er riß die Tür auf, warf seine Last ohne viel Federlesens hinein und stieg hinterher.

Celine rutschte sofort auf den Sitz gegenüber und verschränkte ihre Arme unter der Brust, was er als wunderbar erregend empfand. Eines Tages würde er ihr das vielleicht erzählen.

»Gerettet«, verkündete er fröhlich. »Gott sei Dank war Won Tel so umsichtig, das Dach zu schließen. Hier drin haben wir es warm und trocken.« Und sehr, sehr intim.

»Lettie wird sich Sorgen um mich machen.«

»Das bedauere ich. Wenn wir zurück sind, erkläre ich ihr

die furchtbaren Umstände.« Es gefiel ihm zwar nicht, den versierten Lügner herauszukehren, aber manchmal war dieses Talent unverzichtbar. »Bis dahin – entspann dich und zieh deine Kleider aus.«

»Was?« Sie verschränkte die Arme noch fester, schlang ihre Hände um ihren Brustkorb und schob dabei ihre Brüste so hoch, daß sie sich aus dem Ausschnitt preßten. »Ich werde gewiß kein einziges Kleidungsstück ablegen, Sir.«

»Du bist naß.«

»Genau wie du!«

Er knöpfte seine Jacke auf. »Ich werde mich auch ausziehen.«

»Das wirst du *nicht!*« Sie wandte sich ab, und ihr schmollender Mund, die leicht nach oben gebogene Nase und ihr pitschnasser, inzwischen verrutschter kleiner Hut bezauberten ihn.

Er würde erst einmal eine andere Taktik anwenden. Eine rasche Überprüfung des Inhalts von Miss Fishers Korb brachte Limonade und eine beachtliche Anzahl von Sandwiches zum Vorschein; also griff er nach dem Korb, den Liam gepackt hatte, und klappte den Deckel auf. Zufrieden entdeckte er die Flasche Champagner, die darin lag. Liam hatte ein großes Lob verdient!

Nachdem er noch zwei sorgfältig in Leinen verpackte Kristallflöten gefunden hatte, ließ er den Korken knallen und lächelte Celine an, als sie einen spitzen Schrei ausstieß.

»Das wird uns wärmen.« Er klemmte die Gläser zwischen seine Knie und goß ein.

»Das ist Champagner.«

»Erraten!«

»Ich bin gegen harte Getränke.« Wieder präsentierte sie ihm ihr Profil. »Was machen wir bloß?«

Da gab es eine ganze Menge! Aber erst, wenn er ihre Zunge etwas gelockert hatte – und ihren köstlichen, aber starren Körper. »Wenn du es gestattest, möchte ich dich beruhigen, was unsere augenblickliche Lage betrifft. Es wird nicht sehr lange dauern, das kann ich dir versichern.«

»Wie kannst du das wissen?«

»Es ist schon öfter passiert...«

»Wirklich?« Sie sah ihn wieder an.

»O ja! Ich bin mir sicher, daß Won Tel die Pferde zum Grasen ausgespannt hat und, äh, Anthony hat sich davongemacht.«

»Anthony?«

»Der etwas eigenwilligere Rappe. Er kann unberechenbar sein. Und der andere folgt ihm. Aber sie gehen nicht weit. Won Tel wird beobachtet haben, in welche Richtung sie gelaufen sind, und wird sie zurückbringen, wenn sie müde werden.«

»Wie lange kann das dauern?«

Er zuckte mit den Schultern. »Eine Stunde. Vielleicht zwei.«

»Zwei Stunden!«

»Es könnte schlimmer sein, beispielsweise die ganze Nacht dauern.«

»Das ist ein recht magerer Trost, finde ich«, jammerte sie und lehnte sich zurück, »... die Aussicht, zwei Stunden allein mit einem Mann zu verbringen, der einen verachtet.«

Er stellte die Champagnerflasche auf den Boden und bot Celine ein Glas an.

Sie schüttelte den Kopf. »Ich hab dir gesagt, daß ich so was nicht mag.«

»Das ist kein Trinken um des Vergnügens willen«, belehrte er sie. »Wir tun es aus rein medizinischen Gründen, um eine Erkältung abzuwehren.«

Mißtrauisch musterte sie ihn. »Ich habe nicht vor, jemals betrunken zu sein.«

»Ein kleines Glas Champagner wird dich nicht gleich betrunken machen, meine Liebe. Nur wärmen!«

Er drückte ihr das Glas in die Hand, und sie nahm es vorsichtig, hob es an den Mund und rümpfte ihr Näschen, als ihr die Blasen hineinstiegen.

Zögernd nippte sie daran.

James nahm einen tiefen Zug und beobachtete sie über den Glasrand hinweg.

Celine nahm einen weiteren, größeren Schluck – und einen dritten. »Es schmeckt ganz – nett?« Sie sah zu ihm hoch und kippte dann den Rest ihres Glases hinunter.

»Vor allem wärmend«, sagte James mit ernster Miene. Rasch füllte er ihr Glas nach. »Wunderbar gegen Erkältungen.«

Sie kicherte. »Wer hat dir denn das erzählt? Deine Kinderfrau?«

»Würde mich gar nicht wundern. Warum hältst du denn Trinken für etwas Schlechtes?« Er winkte ab. »Ich meine natürlich echtes Trinken. Nicht das medizinische.«

Celine hatte sich einen weiteren kräftigen Schluck genehmigt und musterte mit ernster Miene das feine, sprudelnde Getränk in ihrer Hand. »Weil es Bewußtseinstrübungen verursachen kann – bei einigen Leuten – und man nie weiß, ob man dafür anfällig ist. Trinken macht mir Angst!«

Miss Celine Godwin hatte definitiv keinen Sinn für irgendeine Art von berauschendem Getränk, und dies war zugegebenermaßen auch ihre erste Erfahrung damit. »Du meinst so wilde Phasen, wie deine Eltern sie durchmachen?«

»Hm.«

»Wie genau sehen diese Anfälle denn aus?« Sein Verstand war kalt und glasklar.

»Ich seh sie dann nicht so direkt.«

James runzelte die Stirn, sagte aber nichts.

»Du mußt wissen…« Sie trank noch einmal und strich mit ihrer Zunge über die Lippen, was ein loderndes Feuer in James Unterleib entfachte. »Wenn es anfängt, haben sie zuerst einmal getrunken... und dann schicken sie die Dienstboten auf ihre Zimmer. Und Lettie und mich, damit sie uns einsperren können.«

Er nahm sein Unterlippe zwischen die Zähne. »Einsperren? Aber nicht lange, nehme ich an?«

»Doch ziemlich!« Sie seufzte, und ihre Augen, als sie ihn ansahen, waren riesig und etwas glasig – auch traurig. »Manchmal lassen sie uns einen Tag lang nicht raus, manchmal zwei. Drei Tage war das längste. Das ist sehr beängstigend. Ohne meine liebe Lettie, die mich in den Arm nimmt und mich tröstet, wäre ich schon lange nicht mehr am Leben.«

Schockiert vermerkte James diese sich auftürmenden Fakten. »Aber du mußt doch irgendeine Erklärung haben, wieso deine Eltern dich einsperren. Vielleicht sind sie um deine Sicherheit besorgt.«

Sie schüttelte den Kopf und lächelte verschmitzt. »Ne-i-n! Sie wollen nicht, daß wir sehen, wie sie suchen.«

»Suchen?« Sein Herz machte einen Satz. »Wie kommst du darauf, daß sie etwas suchen?« Nicht im Traum hatte er sich erhofft, so rasch so viel zu erfahren.

»Ganz einfach.« Sie nahm wieder einen Schluck. »Alles ist verrutscht. Möbel, Bilder, Zierfiguren. Die Küche ganz fürchterlich auf den Kopf gestellt! Ein paar Sachen tauchen nie wieder auf. Ich kann mich nicht mal erinnern, wo sie einmal waren.«

»Ich verstehe. Das muß schwierig für dich sein.«

»Inzwischen verstecke ich meine Gefühle. Sie würden es genießen, meine Angst zu sehen, also zeige ich sie nie«, sagte sie ohne eine Spur von Selbstmitleid. »Glaubst du, ich könnte noch ein wenig Champagner haben – gegen die Erkältung?«

James goß erneut ein, dann verschloß er die Flasche und stellte sie in den Korb zurück. Übertreibung war von Übel, um ihret- und auch um seinetwillen. Jetzt bemerkte er im

Korb ein kleines rundes Gefäß, das fest in eine Spitzenserviette gebunden war. Oben hatte Liam die Spitze mit Silberpapier unterlegt und den Knoten zu einer Schleife auseinandergezogen. In der Schleife steckte eine gelbe Rose, eine Tillie's Charmer! Er lächelte. Ja, er würde sich heute abend bei dem Mädchen bedanken. Er hatte ihr Unrecht getan, und sie verdiente etwas Besseres. Seine kleine chinesische Freundin dachte stets zuerst an seine Wünsche...

Er hob die geschmückte Schale heraus und reichte sie Celine – die gerade wieder ihr Glas leerte. Er tauschte es gegen die Schüssel und sah, wie sie die Rose anlächelte.

»Eine hübsche Blume, nicht wahr?« sagte er. »Mach den Deckel auf, da ist sicher etwas Feines drin.« Liams köstliche Süßspeisen würden Celine munden.

Celine drückte die Schale an sich und wandte sich ihm zu. »Du bist so nett zu mir, und trotzdem ärgerst du dich bestimmt genauso über diese mißliche Lage wie ich.«

»Mach dir keine Sorgen um mich.«

»Das tu ich aber!« Ihr Gesichtsausdruck war sanft, ihr Mund entspannt und feucht. Wenn er sie küßte, würde sie nach Champagner schmecken – sehr einladend. »James, entschuldige bitte, wenn ich dich in Verlegenheit gebracht habe mit meinem...«

»Ich habe beschlossen, deinen Vorschlag anzunehmen.«

»Es soll nie wieder... du hast?«

»Jawohl! Aber zuerst mußt du mir genau erklären, wie du das meinst mit ›deinen Ruf ruinieren‹ und warum du so etwas willst.«

»Also!« Sie roch an der Rose, und er bemerkte, wie sich langsam und schläfrig ihre Lider senkten. »Du hast doch diesen furchtbaren Percival Letchwith gehört... und gesehen, daß er versuchte, mich auf dem Empfang der Arbuthnotts herumzukommandieren?«

»Nun...«

»Und du hast es geschafft, ihn loszuwerden!« Sie runzelte die Stirn. »Wie hast du das eigentlich gemacht?«

Er mußte dafür sorgen, daß sie nicht zu rasch einschlief. Später würde dieser Zustand vielleicht ein Segen sein, aber jetzt noch nicht. »Zerbrich dir deshalb nicht den Kopf. Erzähl mir von Percival Letchwith. Wie kommt dieser Mann dazu, dich zu bedrohen?«

»Das tut er nicht. Nicht wirklich. Es ist sein Vater, Bertram Letchwith. Die Gerüchte, die du gehört hast, sind wahr. Meine Mama und mein Papa geben ihm Grund zu der Annahme, daß sie einem Antrag um meine Hand nicht abgeneigt wären.«

Sein Magen zog sich zusammen. »Und dir würde das nicht gefallen?«

»Er ist verachtenswert.« Sie beugte sich vor und flüsterte sehr laut: »Ein alter, fetter Mann, der nach Alkohol und Pomade riecht. Er spuckt, wenn er redet, und drückt sich an mich. Einmal«, sie erschauerte, »hat er meine... gedrückt. Er hat meine... hat was Komisches gesagt... gesagt, er würde die Früchte testen.«

Nur mit allergrößter Mühe gelang es James zu ignorieren, wo dieser widerliche Lüstling Celine gedrückt hatte. Der Gedanke, daß so eine Kreatur dieses unschuldige Mädchen berührte, brachte sein Blut in Wallung. Diesem Molch würde er es heimzahlen!

»Denk einfach nicht an ihn. Erklär mir nur den Rest.«

»Aber du begreifst doch sicherlich schon alles.«

Er glaubte auch, daß er es begriffen hatte. »Ich muß es aber von dir selbst hören.«

»Das einzige, was Mama und Papa davon abhalten könnte, Mr. Letchwiths Angebot anzunehmen, wäre ein besseres Geschäft. Und ich kann dir versichern, daß das nicht in Aussicht steht. Also bleibt mir nur eine Alternative.«

»Und die wäre?«

»Mich selbst zu entehren, so daß Mr. Letchwith mich

nicht mehr haben will.« Sie setzte sich auf. »So. Da hast du die Geschichte!«

»Laß mal sehen, ob ich das auch richtig begriffen habe. Du möchtest, daß ich dir helfe, deinen Ruf zu ruinieren. Aber du verlangst nicht, daß ich um dich anhalte.«

»O nein!« Sie schüttelte den Kopf. »Absolut nicht. Ich möchte nicht, daß du noch einen Gedanken daran verschwendest.«

»Möchtest du nicht?«

»Nein. Ich weiß, daß du kein Interesse an mir hast. Warum solltest du auch? Du bist ein viel zu abenteuerlustiger und freidenkender Mann, um eine bedarfte Frau wie mich zur Gemahlin zu wollen. Und genau deshalb habe ich dir gestern abend, als wir zusammen darüber sprachen, was ich von einem Ehemann verlangen würde, gezeigt, daß wir überhaupt nicht zueinander passen. Ich würde auch nie erwarten, daß du so etwas in Betracht ziehst. Aber ich halte dich für einen guten Menschen und habe etwas, womit ich dich für dein Opfer belohnen kann.«

Er schaute gen Himmel. »Und was wäre das?« Dieses Mädchen brachte ihn zu oft völlig aus dem Takt.

Celines hübsche Wangen verfärbten sich tiefrot. »Ich habe eine Entdeckung gemacht. Und du wirst mich für eine alberne Gans halten, weil ich das nicht schon früher gewußt habe. Aber ich glaube, daß Gentlemen genauso fühlen… also – sie können doch genauso Gefühle der Leidenschaft empfinden wie Frauen, oder?«

James räusperte sich.

»Ja, also, als Entschädigung für deine Hilfe werde ich mit dir Aktivitäten frönen, die in dir Gefühle der Leidenschaft wecken. Und außerdem gehört dir meine ewige Dankbarkeit und lebenslange Freundschaft. Das war es!« Sie nickte, aber ihr Mund zitterte.

»Wann… wie soll ich denn… Wie lange soll denn, äh, die Entehrung dauern?«

»Nicht lange.« Ihre löwenfarbenen Augen verdüsterten sich vor Sorge. »Es ist wirklich zu dumm, daß Mama und Papa nicht schon in London sind. Wir könnten es einfach heute abend nach unserer Rückkehr hinter uns bringen.«

»Hinter uns bringen?«

»Ich könnte reingehen, verkünden, daß ich ruiniert bin… dann könntest du ihnen sagen, daß ich dich dazu gezwungen habe und du nicht die Absicht hättest, mich zu heiraten. Aber sie sind noch in Knighthead, und Lettie wird darauf bestehen, daß Mama und Papa deine Worte mit eigenen Ohren hören.«

»Lettie ist sich dessen, was du tust, bewußt?«

»Mehr oder weniger.« Nervös drehte sie die Schüssel auf ihrem Schoß. »Aber nicht direkt. Ich hab ihr nicht gesagt, daß ich so dreist vorgehen werde.«

»Verständlich«, ächzte er. Und sein ganzer ausgetüftelter Plan war hoffnungslos aus dem Lot. Er würde sie kompromittieren, aber langsam – so langsam wie nötig, damit er sich Zugang zu Knighthead und dem Vertrauen der Godwins verschaffen konnte.

»Du hältst mich für eine leichtfertige Maid, nicht wahr?«

»Ich finde dich anbetungswürdig«, sagte er voller Inbrunst. »Und ich werde dir helfen, das verspreche ich. Den richtigen Zeitpunkt und das Drumherum mußt du allerdings mir überlassen.«

»Aber…«

»Nein, Celine, kein *aber*. Vertrau mir!«

Sie zupfte an der Rose. »Wenn du meinst…«

»Das meine ich. Es würde nicht funktionieren, wenn wir zu schnell vorgehen.«

»Aber ich will es hinter mir haben.« Sie zog die Blume heraus und roch daran. »Ich kann es nicht ertragen, den ekligen Greis in meiner Nähe zu haben. Und ich verstehe nicht, warum er so ein unreifes Mädchen zur Frau begehrt.»

James sah sie an, und der Zorn wollte ihn übermannen. »Überlaß das mir«, wiederholte er. Wie konnten eine Mutter und ein Vater ihr Kind zu einem solchen Schicksal verdammen? Er kannte die Antwort – Habgier –, aber die Vorstellung wollte ihm nicht wirklich in den Kopf.

Celine legte die Rose beiseite und öffnete vorsichtig den silbrigen Spitzenknoten auf der Schüssel. »Ich glaube, ich bin ein bißchen hungrig.« Sie schlug die Serviette auseinander, sah hinein... und stieß einen gellenden Schrei aus.

»Was...« James griff nach ihr, als sie sich gegen die Lehne preßte. »Was zur Hölle...?«

Celine schrie und schrie. »Nein! Nein! Halt sie auf!« Sie warf die Arme zurück und wurde stocksteif, ihr Gesicht war totenblaß.

Dann sah James es und biß die Zähne zusammen. Dafür würde das sture kleine Luder bezahlen!

Bevor er sie aufhalten konnte, hakte eine große schwarze Spinne mit haarigen Beinen und bösartig aussehendem dickem Leib ein Bein über den Rand der Schüssel und fiel in Celines Schoß.

Sie hatte die Augen verdreht und brachte trotz des weitaufgerissenen Mundes keinen Ton mehr heraus.

James schob die Tür auf, beförderte die Kreatur hinaus und machte den Schlag wieder zu. Die Schüssel versenkte er in den Korb und drückte den Deckel darauf.

Dafür würde Liam büßen – und für ihre verdammte Lauscherei an Orten, wo sie nichts zu suchen hatte!

»Tut mir leid«, beschwichtigte er Celine. »Die Luft ist wieder rein und in Ordnung!«

Ihr Mund arbeitete, sie machte eine würgendes Geräusch, dann flüsterte sie: »Was sollte das...?«

»Ich weiß es nicht.« Das Lügen wurde heute zu sehr zur Gewohnheit. »Aber dir ist nichts passiert und bei mir bist du sicher!«

Er war völlig überrascht, als Celine sich mit wehenden

Röcken und zerzausten Haaren an seine Brust warf. Sie vergrub ihren Kopf in seinem Hemd, rückte auf seinen Schoß und schlang ihre Arme um seinen Hals.

Und hörte nicht auf zu zittern.

Ihr Hut war nicht mehr nur verrutscht, sondern lag zerknautscht am Boden. James glättete den Wasserfall tiefgoldener Locken, die sich aus den Nadeln gelöst hatten und ihr Gesicht umrahmten.

»Offensichtlich bin ich nicht wachsam genug gewesen«, meinte er bemüht heiter. »Du hast mir gesagt, du erwartest von einem Mann, daß er all solches ... Grauen ... aus deiner Nähe fernhält.« Und diese Aussage hatte Liam belauscht. Er konnte es gar nicht erwarten, sie in dieser Hinsicht zur Rede zu stellen.

»Das erwarte ich ja bloß von einem Ehemann«, sagte Celine kleinlaut. »Nicht von einem Freund, der mir lediglich zur Seite steht, weil er ein Gentleman ist.«

»Sag nicht ...« Er verstummte und wünschte sich, sie würde ihn nicht so nennen, schon gar nicht in dieser Situation. »Ich werde mir größte Mühe geben, dich in Zukunft besser zu beschützen. Deine Kleider sind feucht, Celine. Und ich habe meine Pflicht *nicht* erfüllt, wenn du krank nach Hause kommst.«

»Halt mich nur fest!«

Dem leistete er gerne Folge. Und er streichelte ihr üppiges lebendiges Haar und ihren Rücken, ihre schlanke Taille. Am Ansatz ihrer Hüften hielt er inne.

Sie kuschelte sich noch enger an ihn, drückte ihr Gesicht an seinen Hals.

James schloß die Augen und atmete ihren frischen, blumigen Duft ein. Mit einiger Mühe raffte er seine Beherrschung zusammen. »Da ist eine Decke in dem Korb unter dem Sitz«, sagte er. »Bitte. Zieh deine Kleider aus und hülle dich darin ein. Wir werden die Sachen ausbreiten, dann können sie etwas trocknen. Vor der Rückkunft ziehst du sie wieder an, und keiner wird etwas merken. Zumindest fröstelst du dann nicht so lange.«

»Was ist mit Mr. Won Tel?«

»Er wird noch nicht wieder da sein«, sagte er. Won Tel würde erst auf James' Signal hin zurückkommen. »Und selbst wenn, wird er nicht hereinschauen, dafür sorge ich.« Er setzte Celine behutsam und doch umißverständlich auf den anderen Sitz und schloß die Vorhänge. Nur noch ein Hauch von Dämmerlicht herrschte im Inneren der Kutsche.

Aber es genügte. Er griff unter den Sitz, fand den Korb und nahm die weiche Decke heraus, die er dort hatte plazieren lassen.

Celine kämpfte mit dem Knopf ihrer Jacke. Er merkte, daß trotz des Champagners ihre behandschuhten Hände eiskalt waren und sie sie kaum bewegen konnte.

Augenblicklich nahm er ihre Hände. »Laß dir die Handschuhe ausziehen.«

Sie streckte gehorsam die Arme aus und James streifte ihr die Hüllen ab. Dann nahm er ihre eisigen Finger zwischen seine und rieb sie; sie jammerte ein bißchen, als sie wieder zum Leben erwachten.

»Still«, sagte er leise. »Sie werden gleich richtig warm sein. Darf ich dir den Knopf öffnen?«

Als sie nickte, merkte James, wie er dahinschmolz. Kribbelnde Hitze durchströmte ihn. Er setzte sich auf seine Sitzkante und widmete sich hingebungsvoll seiner Aufgabe. Mit jeder kleinen Bewegung drückten seine Knöchel gegen ihre Brüste.

Der Knopf sprang auf.

Er hob den Kopf und sah, daß sie ihn beobachtete. »Danke, James.«

»Gern geschehen!«

Ohne sie aus den Augen zu lassen, schob er das Wams von ihren Schultern und streifte es über ihre Arme.

Sie bewegte sich nicht, blinzelte nicht einmal, versuchte auch nicht, ihm zu helfen.

»Steh kurz auf, Herzchen.« Er legte einen Arm um ihre Taille, hob sie hoch und zog ihr den nassen Samt aus. Dann breitete er, so gut es ging, das Ganze in einer Ecke aus. Auch seine eigene Jacke legte er ab.

Celine keuchte, und er sah sie mit gerunzelter Stirn an. »Was hast du?«

»Nichts.« Sie schlug die Augen nieder.

»Nein.« Er kniete sich vor sie und zog ihr Gesicht zu sich. »Tut dir etwas weh?«

»Nein.« Ihr Blick fiel auf sein Hemd, sie errötete heftig und legte eine Hand ans Herz.

James sah hinunter auf sein feines Leinenhemd, das durch die Feuchtigkeit an seiner Haut klebte. Ein Gedanke ließ ihn lächeln. »Beunruhigt es dich, mich ohne meine Jacke zu sehen?«

Celine runzelte die Stirn und musterte ihn sorgfältig. »Nein, aber ich glaube, das sollte es.« Sie nuschelte ein wenig.

»David hat gesagt, sensible Frauen können vom Anblick eines nicht ganz bekleideten Mannes überwältigt werden.«

»Hat er das?« James verkniff sich ein Stöhnen und fragte sich, ob man den frommen David Talbot für seine Predigten preisen oder verfluchen sollte. Der Gedanke, daß ein Mädchen noch nie einen Mann ohne Jacke gesehen hatte... ganz zu schweigen ohne den Rest, besaß natürlich seinen Reiz.

Celine warf immer noch heimliche Blicke auf sein nasses Hemd – oder genauer gesagt – auf die Andeutung von Muskeln und Haut, die durch den klebenden Stoff zutage traten.

Ihre Finger, die sich zögernd auf seine Brust legten – ausgerechnet da, wo ein flacher Nippel sofort steif wurde – benahmen ihm den Atem. Was war er – ein alberner Knabe, der auf seine erste Begegnung mit einer Frau reagierte? Wohl kaum. Es mußte die Situation und die Natur dieser speziellen Frau sein, die ihn so heftig berührten.

»Was denkst du, Celine?«

»Daß mir der Anblick eines nicht ganz bekleideten Mannes gefällt.« Sie kicherte, und James kniff krampfartig seine Schenkel zusammen.

Langsam. Langsam. »Du hast deinen Freund David nie ohne Jacke gesehen?«

Sie runzelte die Stirn. »Aber nein! Zumindest die letzten Jahre nicht mehr. Ich nehme an, früher war er wohl etwas legerer.« Sie zog die Schultern hoch und lachte, ein silbriges, fröhliches Geräusch. »Ich hab das ganz vergessen. Einmal traf ich ihn in seiner Unterwäsche – als er mich zum Schwimmen an den Fluß mitnahm.«

James kniff die Augen zusammen. »Wie konntest du das denn vergessen?«

»Oh, weil David es mir befohlen hat, nehme ich an. Er hat gesagt, es wäre unser Geheimnis, weil unsere Eltern das nicht gutheißen würden.« Sie hielt sich den Mund zu, und ihre Augen weiteten sich. »Und jetzt habe ich es dir erzählt! Aber das geht sicher in Ordnung, nachdem du mein ganz spezieller Freund bist, der mich entehren wird.«

Letzteres beachtete er nicht weiter. »Was hast du zum Schwimmen im Fluß getragen?« Er versuchte, nicht mit den Zähnen zu knirschen bei dem Vorgefühl auf ihre Antwort.

Celine schien überrascht. »Mein Unterhemd natürlich. Ich hätte es ausgezogen, aber er hat darauf bestanden, daß ich es anlasse.«

»Bewundernswert von ihm. Er muß eine vornehme Gesinnung besitzen.«

»Genau! Ich hab gewußt, daß du meine Bewunderung für David teilen wirst.«

James grunzte. Er mußte sich auf seine eigenen Angelegenheiten konzentrieren, konnte aber im Moment nicht widerstehen, ihr noch eine Frage zu stellen. »Wie alt warst du, als du versucht hast, mit David Talbot zu schwimmen?«

»Fünf. David war fünfzehn und sagte, ich wäre lästig, weil ich ihn unbedingt begleiten wollte.«

James lächelte. Eine Last rollte von seiner Seele. »Celine, du mußt wirklich raus aus diesem Kleid!« Die chartreusegrüne Seide klebte in glatten durchsichtigen Flecken an ihr. Es war möglicherweise nicht zu retten – obwohl ihn solche Trivialitäten wenig beschwerten.

»Na schön …« Celine zog die Schultern bis zu den Ohren hoch, mit sehr interessantem Ergebnis in anderen Bereichen, und kicherte wieder. »Ich werde mein Kleid ausziehen, wenn du dein Hemd ablegst. Du mußt wirklich raus aus diesem Hemd«, äffte sie ihn nach und fiel, hilflos kichernd über ihren eigenen Witz, in die Polster zurück.

»Wie recht du hast!« Rasch knöpfe er sein Hemd auf, zog es aus der Hose und ließ es hängen.

Celine hörte auf zu lachen. Ihr Mund öffnete sich ein bißchen, und er sah, wie sie schluckte, während sie seine nackte Brust studierte.

»Und nun bist du an der Reihe«, erinnerte er sie.

Unbeholfen griff sie nach hinten und versuchte das Unmögliche, nämlich die Schnüre ihres Kleides zu lockern. Schließlich hörte sie auf, schob ihr Kinn vor und drehte sich zur Seite. »Ich schaffe es nicht. Wirst du mir helfen?«

»Gern«, murmelte James. »Das übernehme ich.«

Er setzte sich neben sie und öffnete geschickt die Knoten, derer sie nicht Herr wurde. Seine Hände glitten unter die Ärmel, und er streifte die nasse Seide bis zu den Ellbogen hinunter.

Dann hielt er inne. Behutsam strich er über die Haut ihrer Arme vom Ellbogen zur Schulter und zurück, bevor er sie umschlang und an sich drückte. Sein Ziel bestand darin, so weit wie möglich zu gehen, ohne zu weit zu gehen – oder ihr wenigstens einzureden, daß er nicht zu weit gegangen war. Das mußte er in den folgenden Minuten schaffen.

Sein Unterleib begann zu pulsieren. Zweifellos würde es ihn allerhand kosten, einen klaren Kopf zu bewahren – aber wenn er dabei scheiterte, könnte er alles verlieren.

»Du hast Haare auf deiner Brust«, sagte sie verschämt.

»Und das gefällt dir nicht?« Mit einer langsamen Bewegung hob er ihr Haar beiseite und drückte seine Lippen auf ihre Schulter.

»Du bist so glatt, meine Schöne. Wie Seide!«

»Das Haar gefällt mir. Dadurch wirkst du sehr groß und ungestüm.«

»Groß und ungestüm«, wiederholte er und brachte seinen Mund an die weiche kleine Kuhle hinter ihrem Ohr. »Und was löst das in dir aus, wenn ich groß und ungestüm wirke?«

»Hitze«, sagte sie ohne Zögern. »Mir ist innen ganz heiß, und am liebsten würde ich die Haare anfassen.«

Ihm blieb fast das Herz stehen. Dieses unerfahrene Geschöpf trug eine natürliche Leidenschaft in sich, die leicht sein Untergang werden könnte!

»Dann gib dem Wunsch doch nach«, sagte er. Er streifte ihr, so schnell er es wagte, das Kleid von den Armen, hob sie noch einmal hoch und zog es unter ihr beiseite. »Warte.« Eilig breitete er das Gebilde aus, ohne Rücksicht darauf, ob es so trocknen konnte.

Als er sich umdrehte, saß Celine da und sah zu ihm auf; ihr feuchtes Unterkleid war nicht mehr als eine erotisch plazierte Barriere zwischen ihm und ihrer Haut.

Er stellte sich vor sie. »Öffne deine Knie, Celine, damit ich dir näher kommen kann.« Sie tat wie befohlen, und er drückte ihr Gesicht an seinen nackten Bauch. »Küß mich, meine Süße. Laß mich deinen Mund auf mir fühlen.«

Sie schnaufte wehmütig, und er spürte, wie sich ihr feuchter Mund wieder und wieder auf seine feuchte Haut drückte, bevor sie ihren Kopf erneut hob. »Ist es so recht, James?«

»Und wie«, murmelte er. »Wir werden diese Sache, die wir gemeinsam beschlossen haben, genießen. Aber den Rest überläßt du mir. Haben wir uns verstanden?«

Sie nickte.

Er nahm ihre Hände und legte ihre Finger auf seine Brust. Sie lächelte und streichelte ihn, sanft, zögerlich. Und sein Bauch zog sich zusammen. So eine Frau wie diese hatte es für ihn noch nie gegeben.

In seinem Leben war weder Zeit noch Platz für Emotionen. Nicht für närrische, romantische Emotionen.

Zu seinem Erstaunen holte sie ihn noch näher zwischen ihre gespreizten Schenkel, griff nach oben und streifte ihm das Hemd von den Schultern. Sie zog die Ärmel über seine Arme, bis sie nur noch an den Manschetten hingen. Dankbar, daß er daran gedacht hatte, die Verschlüsse daheim zu lassen, riß er sie herunter, und sie lehnte sich an ihn, küßte ungestüm seinen Körper, immer von neuem.

Bei ihrer Berührung richtete sich seine Männlichkeit auf. Eisern zwang er sich, ruhig zu bleiben. Er mußte unbedingt den Überblick wahren.

»Ich spüre jetzt wieder dieses … dieses *Gefühl.*«

»Welches denn?«

Was er selber fühlte, wurde allmählich unerträglich.

»Das … Nein, nein.«

»Celine.« Er kniete sich zwischen ihre Schenkel. »Sag es mir.«

»Diese heiße Nässe.« Sie wandte sich ab, aber nicht, bevor er einen Blick auf ihre geröteten Wangen erhascht hatte.

Vergnügt lachte er auf. »Das ist gut, mein goldenes Mädchen. Sehr, sehr gut.«

Das Hemd schmiegte sich um ihre Nippel, harte dunkle Knospen umgeben von verlockenden Kreisen.

»Sieh mich an, Celine!«

Sie schüttelte den Kopf.

»Bitte!«

Langsam wandte sie ihren Kopf. James sah ihr tief in die Augen, steckte einen Zeigefinger in den Mund, zog ihn langsam heraus und leckte die Spitze. Dann legte er ihn auf einen vorwitzigen Nippel und begann ihn zu streicheln.

»James!« rief sie und bäumte sich ihm unwillkürlich entgegen. Sie atmete schneller. »O du! Es darf nicht sein ... Ach, was bedeutet es schon.«

»Was denn?« Er streichelte immer weiter, machte Kreise um diese hungrige Knospe – und sie schloß die Augen, schaukelte ihre Hüften weiter nach vorne.

»Es ist mir egal, wenn ich falle«, keuchte sie. »Ich möchte es.«

Manchmal war sie wirklich verwirrend. In diesem Augenblick ließ er es jedoch auf sich beruhen.

Celine keuchte, wiegte ihren Kopf. »James, ich will ... ich will ...«

»Was willst du?« Aber das wußte er freilich längst.

Sie öffnete die Augen, fand seinen Finger und zog ihn in ihren Mund. Heftig saugte sie daran, dann legte sie ihn auf ihren anderen Nippel und begann ihn zu bewegen, so, wie er es gemacht hatte. »Das will ich ... glaube ich. Aber ich will ... Ach, ich weiß überhaupt nichts mehr!«

Aber er konnte es ihr beibringen, sie lehren.

Er setzte sich rasch gegenüber und zog sie mit, bis sie auf seinen Schenkeln saß und ihr spärliches Unterhemd bis zum Ansatz ihrer Schenkel hochgebauscht war.

Lächelnd zwang er sich zu Gelassenheit. »Ich mag dich hier, Celine. Ich mag dich ansehen.«

Mit zitternden Händen strich sie über seine Schultern, seinen Hals, seine Brust und erwiderte schüchtern sein Lächeln. »Ich mag dich auch betrachten. Und ich bin froh, daß ich dir Vergnügen bereite. Das habe ich dir versprochen. Es ist ein Teil unserer Abmachung, nicht wahr?«

»Sag nicht...« Er verkniff sich seinen Kommentar. Natürlich gehörte es zu ihrer Abmachung und mehr nicht. Sie war die Tochter der Feinde seiner Eltern. Das durfte er nie vergessen. »Es ist ein guter Pakt«, bestätigte er.

Wie sie so da saß mit ihren glatten, nackten Schenkeln, die zwischen ihrem Hemd und ihren Spitzenstrümpfen herausspitzten, war sie ihm zur Gänze ausgeliefert. James beugte sich vor, um sie zu küssen und versuchte, nicht an die warme, feuchte Öffnung zu ihrem Körper zu denken, die ihrer natürlichen Entsprechung so nahe war.

»James...«

Sein Mund bemächtigte sich stürmisch des ihren, um ihre Vertrauensseligkeit verstummen zu lassen. Seine Zunge stieß wieder und wieder in ihren Mund, bis sie sich an seine Schultern klammerte, ihre Nägel in seine Haut bohrte.

Hemmungslos walkte er ihr Gesicht, preßte sich auf ihren Mund. Er merkte es kaum, als sie begann seine Leidenschaft zu erwidern, sich aufbäumte und ihn gegen den Sitz drängte, um seine Zungenbewegungen nachzuahmen. Sie konnte nicht wissen, daß das nur ein Ersatz war für das, wonach sein Körper verlangte und den er nur mit Mühe unter Kontrolle behalten konnte.

Keuchend ließ sie sich wieder auf seinen Schoß fallen. Ihr Kopf rollte zurück, und er konnte es nicht mehr ertragen, daß ihre Brüste, diese schwellenden Globen, von den spärlichen Textilien bedeckt waren. Mit geschickten Fingern zog er die feine Kordel auf, die das Hemd zuammenhielt.

»James!« Mehr brachte sie nicht heraus, bevor ihre Arme erschlafften und sie beobachtete, wie er ihre Brüste enthüllte.

Süß, so schwellend und zart reckten sie sich ihm entgegen. Ein kleines Zupfen und das Hemd fiel auf ihre reizende Taille hinab. Mit ehrfürchtigen Händen strich er über ihre schmale Mitte, die nur dazu diente, die Fülle darüber zu betonen.

»Als ... Als du neulich ...« Sie schloß die Augen. »Mir hat gefallen, was du da gemacht hast.«

»Und es wird dir wieder gefallen.« Seine Zähne schlossen sich um eine runzlige, verlockend rauhe Spitze, seine Zunge kreiselte, und er hörte ihren leisen Wonneschrei.

»Dafür bist du geschaffen«, hauchte er entzückt. Er saugte, ließ seine Zunge flattern, biß zärtlich, schob ihre Brüste zusammen. Und während sein eigenes Bedürfnis sich hart gegen ihre bereite Fraulichkeit drängte, huschte sein Mund von einem Nippel zum anderen und wieder zurück, bis sie schluchzte und sich ermattend an ihn krallte.

James heftete seine Lippen an die ihren, zog ihr die Strümpfe herunter und streichelte die seidig weichen Innenseiten ihrer Schenkel. »Halt dich an meinen Schultern fest«, befahl er und kippte sie mit einer raschen Bewegung der Länge nach auf den Sitz. »Leg deine Beine um meine Taille.«

»Warum?« Ihre Stimme vibrierte vor Sehnsucht.

»Weil ich es will. Und du wirst es auch wollen. Du bist einmalig, Celine. Eine Frau, die für die Liebe bestimmt ist und für nichts anderes!«

Im dämmrigen Licht sah er ihre funkelnden Augen – und ihre nackten Brüste – sowie das Glitzern der Nässe in den Haaren am Ansatz ihrer Schenkel. Er biß die Zähne zusammen und riß ihr mit einem Ruck das Hemd vom Leib.

Irgendwie mußte er Erleichterung finden ...

Mit einiger Mühe öffnete er seine Hose und ließ sein Glied herausspringen. Ein Blick auf Celines Gesicht zeigte ihm, daß sie keine Ahnung hatte, was da geschah.

»Leg dich zurück«, bat er sie. »Das muß ich allein machen. Und du wirst nicht enttäuscht sein. Vertrau mir.«

Ihm vertrauen? Sein Verstand vernebelte sich vor Begierde – vor Verlangen.

Vor allem mußte er sie so fest an sich binden, daß sie nie

mehr frei sein wollte. »Schätzchen«, murmelte er, beugte sich über sie, küßte erneut ihre Lippen, jede Brust, ihren sanft gerundeten Bauch. »Süße, o du süße Frau!«

Mit seiner Zunge zeichnete er eine nasse Spur nach unten und gleichzeitig begann sein Daumen die Knospe zu bearbeiten, die sich in diesem schimmernden Dreieck von Haaren verbarg. Er glättete, rieb, lauschte auf ihr wachsendes Stöhnen, bis sie die Hüften suchend hob.

»Warte«, sagte er, und sein Mund schloß sich über ihrem Zentrum.

Ihr Schrei war pure Wollust. Sie warf sich gegen ihn, packte seine Haare und zog ihn fester an sich.

»Hm.« Er saugte. »Ja, du mein bildschönes Kind!« Er leckte, knabberte, öffnete den Mund weit, stieß seine Zunge kräftig in sie und spürte das erste heftige Zucken ihrer Erlösung.

»James!«

Er lächelte, und seine Zunge machte mit, während ihre Hüften sich gegen seinen Mund drängten, und die Wellen ihrer Erfüllung sich ausbreiteten.

James legte seine Hände unter ihr Gesäß und hielt sie, während sie schweißnaß auf den Sitz zurückfiel.

»Gut, meine Schöne?«

»Ja.« Sie seufzte. »O Himmel! Fühlst du dich auch so, James?«

»Fast«, sagte er. Er richtete sich über ihr auf, schob seine Hose hinunter, bis er sein Glied zwischen ihre glitschigen Schenkel stecken konnte. »Noch ein bißchen mehr, und ich werde mich als der glücklichste Mann der Welt fühlen. Besser, als die meisten es je erleben!«

»Gut«, sagte sie atemlos. »Was muß ich tun?«

»Nichts«, krächzte er und begann sich zu bewegen. Sie hatte keine Erfahrung und würde nicht wissen, was er vorhatte.

»James?«

»Still«, stöhnte er und fletschte die Zähne. »Drück deine Beine zusammen. Fest.«

Sie tat wie ihr befohlen – und erstarrte. »Was... James, was ist das?«

»Mach dir keine Sorgen«, sagte er mit einiger Mühe. »Das ist der Teil eines Mannes, der so reagiert wie bestimmte Teile einer Frau. Halt ihn mit deinen Beinen, Celine. Bitte halt ihn einfach!«

Sie hielt ihn, preßte ihre Schenkel mit mehr Kraft zusammen, als er für möglich gehalten hatte. Er begrub sein Gesicht an ihrem Hals und pumpte seinen Schaft zwischen ihren Schenkeln hin und her, genoß das unfaßliche erotische Gefühl, das das Kitzeln ihres Frauenhaars an seiner Männlichkeit auslöste.

Er pumpte weiter, zögerte die herrliche Agonie schwellender Lust hinaus – bis er die Ekstase nicht mehr länger aufschieben konnte. Ein letzter, heftiger Stoß und er fühlte, wie er explodierte. Mit einem Schluchzer, keuchend nach Luft ringend, warf er sich gegen Celine und ließ die Essenz seines Geschlechts zwischen ihre unnachgiebigen Beine spritzen.

»Geliebte!« Erschöpft ließ er sich auf sie fallen, raffte sie an sich und blieb keuchend liegen.

»James!« Ihre Stimme klang heiser und etwas verängstigt. »War das richtig?«

»Einmalig.« Er seufzte, zu erschöpft, um sich zu bewegen.

»Hab ich dir weh getan?«

Er lachte mühsam, rutschend gelang es ihm, sich umzudrehen und sie auf sich zu hieven. »Nein, mein wunderbares Mädchen, du hast mir wirklich nicht weh getan. Ich fühle mich großartig dank dir. Bist du glücklich?«

»Und wie!« Sie entspannte sich und strich ihm sanft über die Schulter. »Ich nehme an, jetzt bin ich vollkommen entehrt, nicht wahr?«

Er kniff die Augen zu. Nicht jetzt. Er wollte sie einfach noch ein wenig genießen. »Überlaß das alles mir, Celine. Es gibt nichts, worüber du dir den Kopf zerbrechen mußt. Schon gar nicht über solche Dinge.«

»James!«

Sie griff mit einer schlanken Hand nach ihm und sah in sein Gesicht, das im Schein der Straßenlaterne lag.

»Still, Celine«, sagte er und hob ihren Kopf von seiner Schulter, an der sie auf ihrer Fahrt zurück in die Stadt eingeschlafen war. »Du wirst bald zu Hause sein.«

»Du liebe Güte!« Sie kuschelte sich in die Decke, in die er sie bis zum Kinn gewickelt hatte. Im flackernden Schein der Lampen wirkten ihre Augen riesengroß und ihre Haare waren ein zerzaustes herrliches Gewirr.

»Ja«, sagte er und lachte ein bißchen, »du liebe Güte. Ich glaube, wir sollten uns jetzt etwas zurechtmachen.« Sie war so schnell eingeschlafen, nachdem er Won Tel sein heimliches Signal zur Rückkehr mit den Pferden gegeben hatte, daß sie sich nicht mehr herrichten konnten.

Sein eigenes Hemd und seine Hose waren in Ordnung. Er half ihr geschickt, ihre Strümpfe und ihr Hemd zurechtzurücken und hielt ihre Hände fest, als sie ihn daran hindern wollte.

»Du brauchst dich nicht vor mir zu genieren, meine Süße«, sagte er mit einer gewissen Befriedigung. »Es gibt nichts, was ich von dir nicht weiß, so ist es!« Bis auf eine Sache, eine sehr wichtige – und diese Verheißung würde das Warten wert sein.

»Bitte sag so etwas nicht laut«, meinte sie voller Reue.

»Wenn es dir lieber ist, dann schweige ich.« Er küßte ihre Nasenspitze. »So, und jetzt denk nicht mehr daran. Aber vergiß nicht, daß wir in einer gewissen Angelegenheit Partner sind. Wir sind Verbündete bei einer Mission, und du hast mich zu deinem Führer und deinem Wegbegleiter gemacht.«

»Das stimmt.« Sie hob die Arme und begann ihre Haare hochzustecken.

James konnte nicht widerstehen und küßte noch einmal die Stelle, an der das Unterhemd so einladend klaffte.

Celine erstarrte, und er sah in ihre fragenden Augen. »Ich fahre einfach nur mit unserer Abmachung fort, mein goldenes Mädchen.«

»Wir sollten es nicht gleich auf der Stelle wiederholen«, sagte sie mit sanfter Stimme. »Es könnte uns Schwierigkeiten bereiten, uns rechtzeitig zu sammeln, um überhaupt nach Hause zu gelangen.«

Gemeinsam brachen sie in Gelächter aus.

»Du bist eine Wonne. Ein Schatz.« Behutsam deckte er ihre Brüste zu und strich noch einmal mit den Fingerspitzen über sie, ehe er das Unterhemd zuband und nach ihrem Kleid griff.

Er half ihr, sich anzuziehen, dann streifte er seine Jacke über und faßte, so gut es ging, seine Gedanken zusammen.

»James. Ach je!«

Sie klang verzweifelt, und er beugte sich vor, um ihr Gesicht besser zu sehen. »Was ist denn?«

»Ich fürchte, mein Hut ist irreparabel.«

Er nahm ihn. »Du könntest recht haben. Ich werde dir einen neuen kauf...« Er wußte, daß er einen Fehler gemacht hatte, noch bevor der Satz zu Ende war.

»Du wirst mir nichts kaufen!« Sie zog einen Schmollmund. »Unsere Abmachung ist keine von *der Sorte!*«

»Was weißt du über solche Arrangements?«

»Oh...!« Es gelang ihr, sich die Handschuhe anzuziehen. »Ich weiß sehr wenig, außer daß David mir gegenüber gewisse Dinge erwähnt hat und gewisse... gewisse unschickliche Umstände. Unsere, James... deine Umstände mit mir – sollen für beide Seiten von Vorteil sein und beruhen auf der sehr starken Freundschaft, die uns beide verbindet. Ich habe es vom ersten Augenblick an, in dem wir uns begegneten, gespürt. Und mein Instinkt hat sich als richtig erwiesen, nicht wahr?«

Widerstrebend nickte er. »In der Tat. Wenn wir in der Curzon Street ankommen – und wir biegen bereits in sie ein –, dann erlaube mir bitte, mit Lettie allein zu sprechen.«

Ein Anflug von Angst huschte über ihre Züge, dann setzte sie sich auf die Sitzkante, mit den hoffnungslosen Resten ihres Hutes in der Hand.

Die Kutsche blieb stehen, Sekunden später riß Won Tel den Schlag auf. Wie vorhin, als er auf James' Signal hin anrückte, war seine Miene ausdruckslos.

James sprang hinaus und reichte dann Celine seinen Arm. Sie war, das mußte er zugeben, zu derangiert, um unauffällig davonzukommen.

»Mr. Eagleton?« Won Tels Ton klang fragend. Wie immer war er bereit, seinem Herrn beizustehen.

»Warte hier.«

James legte Celines Hand förmlich auf seinen Arm und führte sie so würdevoll wie möglich die Treppe empor. Die Tür ging auf, als er gerade die Glocke ziehen wollte.

»Da seid ihr ja endlich.« Sorgenfalten zogen Miss Fishers Mundwinkel nach unten. Sie sah von James zu Celine und wieder zu James. »Kommt herein.«

»Ich kann Ihnen gar nicht sagen, wie leid es mir tut, Miss Fisher«, begann James. »Wir hatten ein sehr mißliches Abenteuer.«

Die Frau wich rückwärts zum Salon zurück, ohne eine Miene zu verziehen. »Nach Celines Erscheinung zu schließen ist *mißlich* recht milde ausgedrückt.«

»Die Verantwortung für dieses Debakel liegt ganz allein bei mir«, fuhr James fort. Er reckte seinen Rücken und spürte eine gewisse Steifheit in den Muskeln, die ihn keineswegs überraschte. »Wir beschlossen – ich beschloß, nachdem der Tag etwas grauer als erwartet blieb, daß uns eine Fahrt aufs Land Freude machen würde.«

»Ach wirklich?« Sie starrte auf den Hut in Celines Hand. »Ich nehme an, Sie möchten einen Brandy, Mr. Eagleton.«

»Nein! Das heißt, nein danke. Ich muß dringend zu mir nach Hause. Und Celine ist sicher auch von den Ereignissen ganz erschöpft.«

»Wirklich?« James war sich nicht sicher, ob ihm Letties hochgezogene Augenbrauen gefielen.

»Ja. Wir fanden ein sehr reizvolles Plätzchen außerhalb der Stadt und wollten einen Spaziergang machen.«

»Ich wollte es, Lettie«, sagte Celine plötzlich. »Und es war auch wunderbar, bis das Gewitter begann.«

»Und der Regen«, fügte James hinzu. »Sturzbäche prasselten herab.«

»Wir rannten zurück zur Kutsche«, berichtete Celine. »Aber du wirst nie erraten, was wir dort entdeckten.«

»Das werde ich wohl nicht ...«

Celine hob die Hand. »Die Pferde waren weg. Mr. Won Tel hatte sie grasen lassen, und sie sind durchgebrannt.«

Mit großer Erleichterung stellte James fest, daß Miss Fishers ominöser Blick etwas ins Wanken geriet. »Ist das denn die Möglichkeit?«

»Und es hat eine *Ewigkeit* gedauert, bis sie zurückkamen.«

»Mehr als unerfreulich«, bemerkte James.

Miss Fisher schob die Salontür auf und trat beiseite. »Ihr seht beide völlig erfroren aus. Ich bestehe darauf, daß Sie einen Brandy trinken, Mr. Eagleton. Celine soll ein Bad nehmen und wird sofort ins Bett gesteckt.«

»Sie sind eine kluge Frau«, sagte James und verbeugte sich. Er folgte Celine bis zur Schwelle des Raumes. »Ich kann wirklich nicht bleiben. Aber morgen werde ich mich früh nach Celines Zustand erkundigen.«

»Schön, wenn Sie darauf bestehen.«

Plötzlich stieß Celine einen Schrei aus.

»Was ist denn?« Er versuchte vergeblich, ihren Arm zu erhaschen.

»David! O David!«

James hob langsam den Kopf und entdeckte einen großen, außerordentlich gutaussehenden, blonden jungen Mann, der aus den Schatten neben dem Kamin trat.

»Hallo, Celine!«

Das Mädchen lief zu dem Besucher und warf sich an seinen Hals. »David. Lieber, lieber David! Warum hast du denn keine Nachricht geschickt, daß du kommst?«

»Dazu war keine Zeit«, sagte dieser David. Seine Stimme klang tief und voll.

»James.« Celine warf ihm einen Blick über die Schulter zu, ihre Wangen waren vor Freude gerötet. »Das ist mein sehr lieber Freund David Talbot. Der Reverend David Talbot. Aus irgendeinem Grund hat er beschlossen, mich so zu überraschen, daß ich ganz aus dem Häuschen bin.« Sie warf ihrem alten Freund einen schelmischen Blick zu.

David musterte James über Celines Kopf hinweg mit Augen in der Farbe grünen durchsichtigen Glases. Sein ebenmäßiges Gesicht zeigte keine Spur von freudiger Röte, kein glückliches Lächeln darüber, ihm vorgestellt zu werden. »Aha«, sagte er, kaum hörbar. »Wie man sieht, ist Celine nicht die einzige Überraschte hier.«

15

»Männer können wirklich enervierend sein.«

David ließ sich Zeit dabei, seine Tasse abzusetzen und die Zeitung zu senken, die vor seiner Nase klebte, seit Celine den Frühstückssalon betreten hatte – was schon eine Ewigkeit schien. »Hast du etwas gesagt, Celine?«

»Allerdings! Das ist genau die Art von Verhalten, von der ich rede. Eine enervierende Unart, die dem Mann eigen ist!«

Er schüttelte die Blätter. »Wenn du schwierig sein willst, sollten wir uns vielleicht lieber später unterhalten.«

»Ich bin um zehn Uhr aufgestanden, obwohl ich frühestens mittags aufzustehen habe, und das nur, weil ich es genießen wollte, mit dir beim Frühstück zu plaudern.«

»Mittags?«

Sie wandte sich ab. »Das ist London, David. Und die Ballsaison. Man hält sich an gewisse Gepflogenheiten.« Es klang etwas albern. Bei David war eigentlich nie Verstellung oder Heuchelei nötig gewesen.

Als er die Zeitung umständlich gefaltet hatte, fixierte er sie mit eisigen grünen Augen. »Celine, was sollen diese Mätzchen? Du hast immer den Morgen geliebt, und gesellschaftliche Gepflogenheiten stets ignoriert. Du, meine liebe kleine Freundin, bist bekannt für deine Eigenwilligkeit, erinnerst du dich noch?«

»Das ist weder nett noch fair, David.« Solche Kleingeisterei sah ihm gar nicht ähnlich. »Ich dachte, du wärst mein Gesinnungsgenosse.«

»Das bin ich auch.« Er legte die Zeitung auf den Tisch und spielte mit einem Löffel. »Wie mir scheint, hast du dich jedoch verändert. Du sagst, du wärst um zehn Uhr aufgestanden und stellst es wie ein Opfer hin, obwohl wir beide wissen, daß du in Dorset oft schon um acht Uhr ausreitest.« Er erhob sich abrupt und schritt zur Anrichte. »Die Eier sind kalt. Die Nierchen auch. Die Brötchen scheinen mir noch eßbar. Was darf ich dir bringen?«

Er versuchte, die Wogen zwischen ihnen zu glätten. »Bitte ein Brötchen, David. Und ein bißchen Stachelbeermarmelade.« Sie konnte sich nicht länger zurückhalten. »Ich habe das Gefühl, du verrätst unsere Freundschaft!«

David wirbelte herum und fing gerade noch das Brötchen auf, bevor es ihm vom Teller rutschte. »Ich verrate? Warum?«

»Weil... weil...« Sie schluckte. »Weil Mama und Papa

immer sagen, daß ich eigenwillig bin, was, wie du sehr wohl weißt, nicht stimmt – nicht wirklich –, und bis jetzt hast du mich auch meistens verteidigt.«

Den Blick starr auf den Teller gerichtet, ging er zum Tisch und löffelte ein bißchen Marmelade aus einem Silberschälchen darauf.

Celine beobachtete ihn teils irritiert und teils voller Zuneigung. Sie kannte David so gut, daß sie ihn im Grunde nie als Mann betrachtet hatte. Jetzt setzte sie sich auf und verkündete: »Du bist bald neunundzwanzig.«

»Was?« Wieder gelang es ihm gerade noch, das Brötchen vor einer Talfahrt zu retten.

»Neunundzwanzig. Ein stattliches Alter.«

Ratlos starrte er sie an.

»Und du bist ungewöhnlich attraktiv, David.«

Röte kroch über seine hohen Backenknochen, und er zupfte an dem Knoten seiner streng gebundenen Leinenkrawatte.

»Groß, von ansprechender Gestalt.« Allmählich begann sie, sein extremes Unbehagen zu genießen. »Du brauchst keine Sägespäne, um deine Beine auszustopfen – oder Wattepolster für diese Schultern und den Brustkorb. Und ...«

»Celine!« Seine Stimme klang zwar mürrisch, zitterte aber ein wenig. »Ich kann mir nicht vorstellen, wieso du solche Dinge aufzählst.«

»Weil sie wahr sind«, sagte sie mit einer schnippischen Geste. »In der Tat. Du bist ein Mann, an den jede anspruchsvolle junge Frau im Nu ihr Herz verlieren könnte. Ich habe Hunger. Darf ich bitte mein Brötchen haben?«

»Ich ...« Er blickte Celine an und dann auf seine Füße. »Oh!« Mittlerweile hatte er sich wieder gefangen und stellte ihr den Teller hin.

»Es ist mir ernst.« Sie packte seine Hand, als er sich entfernen wollte. »Du mußt allmählich heiraten und Kinder kriegen, David! Ich weiß, daß du viele wichtige Aufgaben zu erledigen hast, aber die richtige Frau würde das verstehen und dich unterstützen.«

»Also, du bringst mich ganz aus der Fassung«, sagte er schließlich. »Meine Aussichten auf eine Eheschließung und meine persönlichen Bedürfnisse beschäftigen mich nicht im geringsten.«

»Das habe ich mir gedacht!« Sie mußte Davids sichere Fahrt in eine befriedigende Ehe auf ihre Liste von Dingen, die dringend waren, setzen. »Sag mir, gibt es denn gar keine heiratsfähige Frau, für die du ein bißchen Zuneigung empfindest?«

»Celine – *es reicht!*«

Sie überging seinen warnenden Ton. »Du hast keine Familie. Aber ich bin fast wie eine Schwester für dich, also werde ich diese Angelegenheit in die Hand nehmen. Ich versichere dir, es leuchtet absolut nicht ein, wieso du keine natürliche Sehnsucht nach… nach…« Verflixt!

David befreite sich vorsichtig aus ihrer Hand, blieb aber dräuend neben ihr stehen. »Natürliche Sehnsucht wonach, Celine?«

»Na ja« – sie zog die Schultern hoch und pickte imaginäre Krümel von dem auf Hochglanz polierten Mahagonitisch – »nach Gesellschaft natürlich. Und nach Kindern. Du bist wunderbar mit Kindern, David. Ich sehe, wie sie alle immer zusammenlaufen, wenn du nach Little Puddle kommst.«

»Ach, das meinst du!« Er kehrte, bedrohlich gemessenen Schrittes, zu seinem Stuhl zurück, setzte sich und faltete die Hände. »Ich glaube, wir haben sehr viel zu besprechen. Erstens muß ich mich für meine unbedachte Bemerkung entschuldigen. Ich möchte deinen Eltern gegenüber nicht respektlos sein, aber ich widerspreche ihrer harschen Beurteilung deiner Person von ganzem Herzen. Celine, selbstverständlich bist du ein besonderes Mädchen mit einem guten Herzen… Ist mir verziehen?«

Sie grinste ihn an. »Für dich besteht Generalamnestie.

Nichts, was du tust, könnte etwas anderes bewirken als Sympathie. Ohne dich – und die liebe Lettie natürlich – hätte ich nie überlebt.«

David wandte sich hastig ab, und Celine starrte in ihren Schoß. Vor langer Zeit hatten sie sich geschworen, das Thema der strengen und oft unfairen Behandlung ihrer Eltern niemals zu erörtern.

»Wann werden denn Mr. und Mrs. Godwin in London erwartet?«

»Wir sind uns nicht sicher, aber wir nehmen an, bald.«

»Ich habe sie in letzter Zeit nicht gesehen, trotzdem deutet alles darauf hin, daß sie noch in Knighthead weilen.«

Ihre Blicke begegneten sich, und es bedurfte keiner Worte. David wußte, wie oft Celine eingesperrt worden war. Und mehr als einmal war es ihm gelungen, wenn er sie eine Zeitlang vermißte, ihre Eltern abzulenken, und sie und Lettie mit Essen zu versorgen. Er hatte Celine immer wieder gewarnt: Falls es zu körperlicher Gewalt käme, würde er sein Schweigegelöbnis brechen.

»Wie geht es Ruby Rose?« fragte Celine, entschlossen, das Thema zu wechseln.

David ließ sich in seinen Stuhl zurückfallen. »Ich finde, sie macht sich sehr gut. Leider hat sich Mrs. Strickland vorgenommen, bei jeder Gelegenheit sowohl Ruby als auch mir zu sagen, das Mädchen sei des Teufels eigene Tochter.« Ein kleines Lächeln umspielte seinen fein modellierten Mund. »Glücklicherweise hat Ruby Rose meistens gute Laune und viel Humor.«

»Und du, David?« erkundigte Celine sich. »Wie steht's mit dir? Bist du guten Mutes?«

Er rümpfte die Nase. »Du kennst meine Zuversicht und mein ausgeglichenes Gemüt.«

»Ha!«

»Celine, es gibt da bestimmte Dinge, über die ich unbedingt mit dir sprechen muß, keine Widerrede!«

David betrachtete sich als ihr selbsternannter Beschützer und sprach jetzt mit seiner ›Aufpasserstimme‹.

»Muß das sein?«

»Unbedingt. Vorerst will ich dir aber sagen, warum ich in London bin.«

Celine machte einen Schmollmund. »Du bist nicht meinetwegen gekommen?«

»Benimm dich! Kokettieren steht dir nicht. Ich rechne mit Schwierigkeiten während meines Aufenthaltes hier. Lettie war so gütig, darauf zu bestehen, daß ich bei euch wohne – was ein Segen für meine Finanzen ist. Hoffentlich habe ich alles erledigt und bin schon wieder abgereist, bevor deine Eltern eintreffen.« Er sah etwas beschämt drein. »Bitte verzeih, daß ich so mit der Tür ins Haus falle.«

»Was soll denn das?« Celine schüttelte den Kopf. »Wir waren doch immer offen zueinander.«

David drehte seine Tasse zwischen den Händen, als überlege er seine nächsten Worte. »Mein Vorhaben in London wird nicht leicht sein. Vielleicht gelingt es mir nicht – zumindest nicht beim ersten Versuch –, gegebenenfalls komme ich so oft wieder, bis ich es geschafft habe.«

Sie war seine etwas weitschweifige Ausdrucksweise gewöhnt. »Und was hast du vor?«

»Sie heißt Marigold. Eine weitere arme Seele, die vom rechten Weg abgekommen ist.«

Celine drängte ihn, mehr zu erzählen.

»Ich habe von ihr durch einen Bekannten von Ruby Rose, der zu Besuch kam, erfahren.«

Auf Celines fragende Miene hin beugte er sich vor. »Keine Sorge. Das war keiner dieser Schurken, denen ich begegnet bin, als ich Ruby Rose zur Flucht aus dem Haus jener Merryfield verholfen habe. Ein Mensch, der zumindest den Anstand besaß, uns über Marigolds Schicksal zu informieren. Und ich bin hier, um der hinterlistigen Mrs. Merryfield meine weitere Aufwartung zu machen.«

Die junge Miss runzelte die Stirn. »Wieder Mrs. Merryfield? Ist diese Marigold in deren Haus?«

»Dort hält sie sich auf«, sagte David mit ernster Miene. »Und ich habe Grund zu der Annahme, daß sie verzweifelt auf eine Fluchtmöglichkeit wartet.«

»Dann mußt du dich also wieder in diese schreckliche, finstere Gegend bei den Docks wagen... die du mir geschildert hast. Wo genau war das noch mal?«

David warf ihr einen scharfen Blick zu und knurrte: »Ich habe nichts gesagt. Ich werde gehen, wohin ich muß, und mehr brauchst du nicht zu wissen.«

Wie sie es haßte, von Abenteuern ausgeschlossen zu sein! »Vielleicht würde Mrs. Merryfield bei einer Frau zuvorkommender reagieren.« Celine strich Stachelbeermarmelade auf ihre Semmel und biß genüßlich hinein.

»Wie das?« fragte David.

»Na ja, wenn man ihren Beruf bedenkt, hat sie vielleicht Grund, Männern zu mißtrauen. Demgemäß könnte es für sie einfacher sein, mit einer Frau zu verhandeln. Meinst du nicht auch?«

»Nein, meine ich nicht. Und du weißt nicht, wovon du sprichst: So soll es auch sein!«

»Aber du hast mir doch schon längst alles erzählt«, protestierte Celine. »Bitte, David, laß mich helfen. Ich könnte mit Mrs. Merry...«

»Nein!« donnerte er mit einer Stimme, wie sie sie wirklich nicht an ihm kannte. »Du wirst mir gegenüber nie wieder eine derart abwegige Idee erwähnen.«

»Aber...«

»Nein, Celine. Und jetzt will ich nichts mehr davon hören.«

»Wann gehst du hin?«

Er seufzte ungeduldig. »Samstag abend. Also...«

»Der Abend des Casterbridge Festes«, stöhne Celine. »Ein Jammer!«

»Vermutlich ersparen mir deine gesellschaftlichen Verpflichtungen, dich bis zu meiner Rückkehr festzubinden. Gut! Aber jetzt zu der anderen, wichtigeren Angelegenheit, die zu klären ist.«

Celine gefiel weder sein Ton noch seine Miene. »Hast du das letzte Geld, das ich dir schickte, bekommen?« fragte sie hastig.

»Ja, habe ich. Danke. Ich wollte nicht, daß du dir solche Umstände machst. Die Verantwortung, die notwendigen Mittel zu beschaffen, liegt bei mir.«

»Aber du brauchst doch meine Hilfe?« Ihre liebe Lettie argwöhnte zu Recht, daß der Plan, den sie ausgeheckt hatte, um David zu helfen, ihr wundervolle Aufregungen bescherte.

»Ich bin immer dankbar für Hilfe«, sagte er und sein Lächeln war so herzlich, daß Celine aufsprang, um ihn zu umarmen. Er lachte. »Sachte, Miss. Auch ein Mann hat nur begrenzte Kräfte, und du quetschst meine völlig aus mir raus.«

Celine ließ ihn los. »Wenn dem so ist, werde ich Gnade walten lassen. Deine Frau und deine Kinder brauchen dich noch.«

Er stöhnte. »Genug, sag ich, mein Fräulein. Wir haben etwas anderes zu besprechen. Jetzt ist Schluß mit den raffinierten Ablenkungsmanövern, Celine! Wer war dieser Mann?«

»Mann?« Sie spürte, wie ihr die Röte in die Wangen stieg.

»Celine«, sagte David in warnendem Ton. »Wir werden nicht Katz und Maus spielen. Sein Name ist James Eagleton – soviel weiß ich. Aber ich weiß nicht, *wer* er ist oder was er dir bedeutet. Und ich habe auch nicht die geringste Ahnung, wie du dazu kommst, *ohne Anstandsdame* mit ihm spazierenzufahren.«

Celine hatte keine Sekunde daran gezweifelt, daß es zu dieser Aussprache kommen würde; aber sie hatte nicht damit gerechnet, derartig in die Defensive zu geraten. »Lettie kann es erklären.«

»Lettie sagte, *du* würdest es erklären.«

»Du hast Lettie ausgefragt?« brauste Celine auf.

Er klopfte auf ihren Arm und wartete, bis sie ihn zögernd anschaute. »Was soll ich davon halten«, beschwerte er sich. »Du schlägst mir vor, Lettie zu fragen, und wirst wütend, wenn du erfährst, daß ich das bereits getan habe.«

»Ich weiß wirklich nicht, warum du so ein Aufhebens davon machst. James ist mit mir ausgefahren. Nachdem das Wetter etwas ungewiß war, haben wir uns entschieden, uns aufs Land zu begeben und nicht in den langweiligen alten Park, wo es außer Kutschen nichts zu sehen gibt.« Jetzt würde David sie sicher nicht weiter bedrängen.

»Aber warum ohne Anstandsdame?«

Was immer sie tat, sie durfte keinesfalls an James und gestern denken. Celine richtete ihre Aufmerksamkeit krampfhaft auf die nassen Blätter, die gegen eine Fensterscheibe klatschten. »Oh, das ist doch wirklich zu albern!« Wenn sie tatsächlich an James dachte, würde David ihre Verwirrung sicher durchschauen. »Lettie fühlte sich nicht gut, und sie vertraut James, genau wie ich auch. Und überhaupt hat Mr. Won Tel die Kutsche gelenkt.« *Da hast du es.*

»Mr. Won Tel?«

»Ja.«

»Ein komischer Name.«

»Er ist aus dem Orient.«

»Ein Kutscher aus dem Orient gibt also eine angemessene Anstandsdame ab. Ich verstehe.«

Wenn sie sich doch nur nicht so ... Sie konnte David nicht von den Ereignissen erzählen, die sie ins Rollen gebracht hatte. Es ging einfach nicht. »Mr. Won Tel ist kein Kutscher.«

»Aber du hast gerade gesagt...«

»Bitte, David! Du bringst mich ganz durcheinander, und

das mit Absicht. Mr. Won Tel ist James', äh, sein sehr enger Vertrauter, glaube ich.«

»Ein enger Vertrauter, der ein Kutscher und aus dem Orient ist. Celine, ich muß unbedingt herausfinden, was genau hinter diesem Eagleton steckt und welche Absichten er dir gegenüber hegt.«

Ihr Herz pochte höchst alarmierend gegen ihre Rippen. »Keiner versteht James wirklich. Er ist... er ist ein sehr ehrenwerter Mensch.« Ihre Wangen wurden noch heißer. »Absolut ehrenwert.«

»Wie kommst du darauf, daß ich Mr. Eagletons Ehre in Frage stelle?«

»Weil du so mürrisch und so mißtrauisch klingst. Ich kenne James und weiß, daß er als Gentleman über jeden Verdacht erhaben ist, fertig! Und er erweist sich als ganz besonderer und vertrauenswürdiger Freund, wenn...« O Himmel! Jetzt war David sicher gekränkt wegen ihrer Andeutung, daß er seine Stellung als engster Verbündeter mit jemand anders teilte. »Er ist nicht auf dieselbe Art wie du mein Freund. Ganz und gar nicht.«

»Nein«, sagte David nachdenklich. »Nein, ich bin mir fast sicher, daß das zumindest stimmt.«

Celine warf David einen sehr grimmigen Blick zu, bevor sie zurück zu ihrem Platz stapfte. Sie hob ihre Tasse, und es verdroß sie sehr, als ihre zitternde Hand Kaffee in den Unterteller schwappen ließ. »Ich finde, Leute können sehr engstirnig sein«, sagte sie und stellte vorsichtig die Tasse ab. »Dieses ganze Geschwätz über James' Haushalt ist einfach die Erfindung oberflächlicher Klatschbasen.«

»Warum erzählst du mir nicht, was diese bösen Menschen beim Tee über Mr. Eagletons Zuhause verbreiten?«

»Das werde ich nicht. Da wetzen sich schon zu viele Mäuler – neidische, wenn du mich fragst – über exotische Praktiken aus dem Orient und über Liam. Ich muß da nicht auch noch Öl ins Feuer gießen.«

David legte seine Ellbogen auf den Tisch. »Was, glaubst du, meinen sie mit exotischen Praktiken?«

»Woher soll ich das wissen? Wahrscheinlich, daß… also ich habe keine Ahnung. Vielleicht gibt es einen Gong oder ein Räuchergefäß. Außerdem halten die Leute Liam für etwas anderes als James' Haushälterin. Ich habe es zuerst selbst angezweifelt, aber jetzt, wo ich ihn besser kenne – also – habe ich einen neuen Eindruck gewonnen.« Wirklich?

»Wer ist Liam?«

»Das schönste chinesische Mädchen, das ich je gesehen habe.« Sie überlegte einen Moment. »Obwohl ich mich nicht erinnern kann, vormals eins gesehen zu haben. Aber wenn ja, dann wäre Liam bestimmt die schönste von allen.«

»Wie alt, würdest du sagen, ist sie?«

»Nun…« Celine legte einen Finger an die Nase und überlegte. »Vielleicht in meinem Alter, neunzehn oder so!«

»Und sie ist Mr. Eagletons Haushälterin?«

»Ja.« Das klang natürlich nicht sonderlich einleuchtend. »Ich halte es für möglich, daß im Fernen Osten Menschen des Dienstbotenstands früher erwachsen werden.«

Es gelang ihr nicht zu erkennen, was David wohl dachte. Er drehte sich im Stuhl zur Seite und starrte mit ernster Miene die verblichene Farbe der Kaminverzierung an.

Sie konnte sein Schweigen nicht länger ertragen. »David, darf ich dir ein paar Fragen stellen, die mich sehr beschäftigen?«

Er sah sie über die Schulter an. »Immer, Celine, das weißt du doch. Es gibt nichts, was du vor mir verbergen mußt.« Seine Miene war sehr sorgenvoll.

Sie richtete sich auf und schob ihr Kinn vor. »Was genau passiert, wenn eine Frau fällt?«

David drehte sich langsam zu ihr zurück. »Das haben wir bereits besprochen.«

»Ja, aber nicht detailliert genug.«

»Wozu brauchst du mehr Einzelheiten zu einem Thema, das für ein unschuldiges Mädchen wie du mehr als unschicklich ist?«

»Pah! Ich bin kein törichtes Kind, sondern mutig und entschlossen. Wart es nur ab, du wirst schon sehen! Und jetzt brauche ich mehr Informationen hierzu. Sie könnten mir nützen bei anderen, die Gefahr laufen, Opfer dieses beklagenswerten Zustandes zu werden.«

Sie sah, wie sein Hals zuckte. »Ich verbiete dir, mit irgend jemandem über so ein heikles Kapitel zu reden«, sagte er streng. »Hast du verstanden?«

»Nein!« In dieser Sache würde sie sich nicht abwimmeln lassen. »Du hast erklärt, daß die gefallenen Frauen Sklaven ihres Bedürfnisses sind, gewisse intensive körperliche Erscheinungen der Leidenschaft wieder zu erleben.«

»Ich habe nicht direkt...«

»Doch, das hast du. Was ich wissen will: Wer stiftet wen zu diesen Gefühlen an?«

»Wer?«

»Ja, David. Wer? Ist es nun der Mann oder die Frau, der den andern verführt?«

Er stand auf, zog seine Weste nach unten und hielt sich daran fest. »Warum fragst du so etwas?«

»Aha, genau wie ich dachte! Die Situation ist nicht so klar definiert, wie du es mir einreden wolltest. Ich frage das, weil ich genau wissen will, woher diese Gefühle von Leidenschaft kommen. Möchtest du mir vielleicht weismachen, daß – zuerst jedenfalls – die Frau sie sich einfach zusammenträumt?«

Er räusperte sich. »Wahrscheinlich.«

»Aber wie? Woher kommen diese Träume? Sind sie von Anfang an in ihr drin, oder ist es irgendwie ein Ergebnis von einer zufälligen Begegnung?«

»Begegnung?« Seine Stimme überschlug sich.

»Wie zum Beispiel mit einem besonders... na ja...

Könnte der Anblick eines ... wohlgestalteten Mannes möglicherweise gewisse Vorstellungen auslösen?«

»Celine, du bist so ... hm, ich denke schon!« Sein Gesicht wurde ganz rot vor Aufregung. »Aber das ist nicht sicher.«

»Da haben wir es. Oder könnte es vielleicht mehr die Art sein, wie ein Mann eine Frau *ansieht*? Daß er mittels bestimmter Blicke die Tendenz zu gewissen Träumen und Sehnsüchten schafft, die zu einer Neigung, der Leidenschaft zu frönen, führen?« Sie war ganz begeistert von ihrer glasklaren Analyse.

David näherte sich ihr mit versteinerter Miene. »Was hat dich auf diese Überlegungen gebracht?«

Keinesfalls würde sie sich einschüchtern lassen! »Das steht hier nicht zur Debatte. Sag mir, David, könnte die Art, wie ein Mann eine Frau berührt ... wenn er ... das heißt ...« Ein sehr flaues Gefühl machte sich in ihrem Magen breit. »Das ist reine Mutmaßung meinerseits, aber ich glaube, sie fände es auch positiv.« Ihre Stimme versagte. David sah nicht aus wie ein Mann, der ihren Unterbreitungen etwas Positives abgewinnen konnte. Er sah sehr wütend aus.

»Ich glaube, Celine, ich sollte Mr. Eagletons exotischem Haushalt einen Besuch abstatten.«

James betrat festen Schrittes, dicht gefolgt von Won Tel, das Haus am Grosvenor Square. Das heimliche Beobachten eines frühmorgendlichen Treffens des Sportclubs der Letchwiths, gefolgt von einem ärgerlichen Gespräch mit Onkel Augustus, hatten ihn in übelste Laune versetzt.

»Der Mann hat mir sein Wort gegeben, daß er in Dorset bleibt.« James Stiefel klapperten über die schwarzweißen Steinfliesen im Eingang. »Er ist eine untragbare Komplikation.«

Won Tel folgte ihm in die Bibliothek. »Ihr habt das durchgesetzt, was notwendig war, Mr. Eagleton. Der Marquess sieht ein, daß unter gar keinen Umständen weder

Miss Celine noch die Godwins Eure wahre Identität erfahren dürfen, bis Ihr ihm ein Zeichen gebt. Und er hat sich auch bereit erklärt, die Nachricht vom Tode Eures Vaters weiterhin zurückzuhalten.«

»Allmächtiger!« James streifte seine ledernen Reithandschuhe ab. »Ich kann einfach nicht begreifen, daß mein Großvater gegenüber seinem älteren Sohn nichts über den Grund der Verbannung des jüngeren hat verlauten lassen. Und doch zeigt das Verhalten meines Onkels, daß er nichts weiß.«

»Euer Vater hat mir erzählt, daß der alte Marquess ein sehr verschlossener Mann war«, sagte Won Tel ruhig.

James fuhr ihn an. »Das hat mein Vater dir gesagt?«

Trotz des kalten Nieselregens, in dem sie einen Großteil der letzten acht Stunden verbracht hatten, trug Won Tel immer noch keinen Mantel über seiner Tunika. Er spreizte seine gestiefelten Beine, zupfte an seinem Bart und starrte ins Leere, als wäre er in Gedanken versunken.

»Wann hat mein Vater mit dir über Großvater gesprochen?«

»Bei mehreren Anlässen, als er – sagen wir, schweren Mutes – war? Ganz besonders während der Krankheit Eurer Mutter.«

James schloß die Augen vor der Flut von Gefühlen, die in ihm aufbrandeten. »Warum hast du das mir gegenüber nie erwähnt?«

»Ihr habt nicht gefragt. Und Euer Vater hat eigentlich nicht wirklich mit mir gesprochen. Er wußte nur, daß ich über alles, was er in meiner Gegenwart äußerte, stets Schweigen bewahren würde.«

Tiefe Trauer, die Verzweiflung unwiederbringlichen Verlustes… und Haß: James war zerrissen von der Ungerechtigkeit, die seine Mutter das Leben gekostet hatte und möglicherweise auch den Vater. »Won Tel, verstehst du, wenn mein Vater nicht so vom Tod meiner Mutter betroffen gewesen wäre, hätte er vielleicht nicht diesen Unfall gehabt.«

»Das kann man hinterher nie sagen, James.«

»Warum hat er meinem Großvater nicht die Schuld am … Warum hat er ihm nicht die Schuld gegeben?«

»Das weiß ich nicht. Wie mir scheint, hat er die Entscheidungen seines Vaters akzeptiert, und – wie Ihr mir erzähltet – war er überzeugt, daß Darius und Mary Godwin ihm die Gründe dafür geliefert haben. Mr. Francis war ein kluger Mann, James. Vertraut ihm. Und verzeiht Eurem Großvater!«

»Außerdem regle ich das mit den Godwins«, fügte James leise hinzu. »Ich bete zu Gott, daß der jetzige Marquess sein Wort hält und nicht die wahre Natur unserer Beziehung preisgibt, bevor es ungefährlich geworden ist.«

»Er wird sich an die Abmachung halten«, beruhigte Won Tel ihn.

»Glaubt mir. Der Marquess sieht Euch als den Sohn, den er nicht hatte. Er wird nichts tun, um diesen Trost zu gefährden.«

James nickte. »Ich glaube dir.« Die Erbitterung machte ihn hellwach. Er riß seinen Umhang herunter und warf ihn achtlos auf den Diwan. »Verdammt, soviel Laster bereits am frühen Morgen!«

»Beklagenswert.«

»Die Letchwiths sind Ungeziefer – sowohl der Vater als auch der Sohn.« Die Ausschweifungen, die James bei Tagesbeginn, als es noch fast dunkel war, vom Schutz einer verfallenden Kirchenwand her beobachtet hatte, beschäftigten ihn immer noch. »Ich dachte, es gäbe nichts, was mir noch die Galle hochtreibt. Doch das war ein Irrtum.«

»Die Letchwiths und ihre Perversitäten müssen nicht Eure Sorge sein, außer sie behindern Eure Pläne.«

James fühlte, wie sich sein Magen zusammenzog.

»Komme, was da wolle«, murmelte er, »Celine werden sie nicht anfassen!«

Ein leises Schnauben ließ ihn den Kopf heben – und er sah direkt in Won Tels dunkle Augen. Hatte er darin ein flüchtiges Glänzen wahrgenommen? »Gibt es da irgend etwas Amüsantes? Ich würde es sehr gerne erfahren, wenn dem so wäre.«

Won Tels Gesicht wurde ausdruckslos. »Nicht im entferntesten, Mr. Eagleton. Ihr wollt sicherlich Miss Celine nur davor bewahren, Opfer der perversen sexuellen Praktiken von Mr. Bertram und Mr. Percival Letchwith zu werden, weil Ihr selbst in vorhersehbarer Zukunft gewisse Verwendung für sie habt. Nein, diese Situation hat absolut nichts Amüsantes. Und ich bin überzeugt, wenn Ihr Euer Ziel erreicht habt, wird es Euch nicht mehr kümmern, ob Celine diesen Gentlemen ...«

»*Won Tel.* Ich glaube, das genügt! Bitte sei so gut und rufe Liam.«

Won Tel trat von einem Fuß auf den anderen.

»Und?« James wischte irritiert über seine schlammbespritzte Reithose. »Ruf Liam!«

»Sie ist ein wenig starrköpfig«, sagte Won Tel mit hölzerner Miene.

»In der Tat? Ich bin dir dankbar für diese Aufklärung. Würdest du sie informieren, daß ich warte, oder soll ich sie selbst suchen?«

»Nicht nötig!« Aber Won Tel zögerte immer noch. »Ihr seid für dieses Kind der Nabel der Welt!«

James öffnete den Mund und klappte ihn sofort wieder zu. Er schritt zum Fenster und starrte aufgebracht über den Rasen, der sich unter regenschwerem Himmel graugrün verfärbt hatte.

Seit seinem Verlassen des Hauses der Godwins gestern abend hatte er nicht geschlafen. Gedanken an Celine – widersprüchliche Vorstellungen, was er wirklich von ihr wollte und für wie lange – hatten ihn bis drei Uhr wachgehalten und herumtigern lassen, bis Won Tel erschien mit seiner dringenden Bitte, noch vor dem Morgengrauen eine Fahrt zu absolvieren.

James sagte, ohne sich umzudrehen, steif: »Liam ist kein Kind mehr. Und ihre boshaften Streiche können nicht mehr geduldet werden.«

Benutze Celine und vergiß sie dann!

»Liam ist im Grunde ein recht sanftes Wesen, James.«

»Unsinn!«

Sobald er die Sainsbury Juwelen hatte, und die Godwins endgültig aus Knighthead vertrieben waren, gäbe es keinen Grund mehr, sich noch mit Celine zu befassen – absolut keinen Grund!

»Dann werde ich also Liam rufen, James.«

»Tu das.« Er drehte sich nicht um. Gold und Honig und Weichheit und süßes, süßes Vertrauen. Sanftes Vertrauen, das ihr gestattete, sich ihm zu schenken, wie es nie zuvor eine Frau getan hatte. Selbst ohne die letzte Erfüllung, den endgültigen Stoß in sie, hatte ihn in diesen Augenblicken, in denen sich sein Samen zwischen ihre seidigen Schenkel ergoß, dieses Gefühl von Triumph und Besitzergreifens beseelt. Sie glaubte, ihr Schicksal selbst in Händen zu halten. Er war ihr ehrenwerter Freund, der sie kompromittieren würde, damit sie die Verbindung mit diesem Abschaum Letchwith nicht eingehen mußte. Und ihn würde sie mit ihren köstlichen »Gefühlen« bezahlen. – Gütiger Himmel! Das arme kleine Ding wußte überhaupt nichts – nicht einmal, was es wirklich hieß, *kompromittiert* zu werden!

Bei der Erinnerung verkrampften sich seine Schenkel. Was für eine talentierte Schülerin in Sachen »Gefühle« seine liebe Celine doch war. Wie bald könnte er es wagen, sie weiter zu belehren? Und würde er sich daran hindern können, das zu nehmen, was sie ihm in ihrer Unschuld gar nicht vorenthalten wollte?

Ein kaum hörbares Klicken verriet ihm, daß die Tür sich geschlossen hatte.

»Ihr ließt nach mir rufen?«

Er nahm seine Unterlippe zwischen die Zähne und drehte sich um. Liam strich mit den Fingern über die Lehne eines Diwans, die perfekte Personifizierung eines aristokratischen englischen Fräuleins, das seinen Charme an einer begehrenswerten Partie ausprobierte.

James verkniff sich mit einiger Mühe ein Lachen. »Du hast mir ernsten Verdruß bereitet«, schimpfte er statt dessen.

Sie schwang ihre schmalen Hüften auf eine Art, die die schöne Lady Anastasie vor Neid hätte erblassen lassen, trippelte hinter dem Diwan hervor und machte es sich auf seinen Kissen bequem. Ihre scharlachrote Tunika, vom Hals bis zum Knöchel mit kleinen facettierten Jetknöpfen besetzt, schimmerte im Kontrast zu dem Dunkelgrün und Gold der Kissen.

»Erklär dein Verhalten!«

»Master James, seid Ihr naß geworden?«

»Verflucht noch mal, Mädchen. Versuch nicht, mich abzulenken!«

Sie senkte die Wimpern zu dunklen Schatten auf der perfekten Olivenhaut ihrer hohen Backenknochen. »Ihr klingt wütend, Master James. Ich vermeide Diskussionen mit wütenden Menschen.«

»Du tust was?« Geharnischt baute er sich vor ihr auf. Heute hatte sie das Haar aus dem Gesicht gekämmt und locker zu einem geflochtenen Chignon hochgesteckt. Von seinem Blickwinkel aus hatte er direkt diesen blauschwarzen Schimmer und die zerbrechliche Rundung ihres jungen Halses vor Augen. Angelegentlich betrachtete er die ledergebundenen Rücken der Bücher, die sich die Wand entlang reihten, dann faßte er sich und fragte: »Was hast du gerade zu mir gesagt, Liam?«

Sie sprang so plötzlich auf, daß er einen Schritt zurückwich.

»Liam…«

»Schreit nicht!«

»Mir reißt allmählich die Geduld, Miss. Wie kannst du es wagen, dich in meine Angelegenheiten einzumischen?«

Sie neigte den Kopf.

»Verstehst du, was ich sage?«

Das Fräulein verschränkte die Arme und steckte ihre Hände in die Ärmel. Heute waren ihre präzise positionierten Slipper aus genau demselben schwarzen Satin wie ihre schmale Hose.

»Liam…« Vielleicht hatte Won Tel recht. Vielleicht sollte er vorsichtig sein und diesen wackeren Kampfgeist nicht brechen. Wer konnte schon wissen, mit welchen Dämonen dieser rege Verstand täglich zu ringen hatte?

»Eine ganz kleine Spinne«, zwitscherte sie.

Er kniff die Augen zusammen. »Wie bitte?«

»Ein winziges Ding! Für ein Mädchen mit etwas Mut praktisch ein Nichts!«

»Liam, ich bin mit meiner Geduld am Ende. Ich habe keine andere Wahl, als…«

»Als was?« Sie hob den Kopf und lächelte ihn frech an. »Es war ein Test. Aus Eurer empörten Miene kann ich nur schließen, daß der Test nicht bestanden wurde und Ihr sehr leiden mußtet.«

Ratlos schüttelte er den Kopf.

»Was hat sie getan? Geschrien? Ist sie noch blasser geworden, als sie sowieso schon ist? Gut. Jetzt begreift Ihr, was für einen Fehler Ihr macht!«

»Du hast eine Spinne in eine Schüssel gesetzt, von der du wußtest, daß Miss Celine sie aufmachen würde. Keine kleine Spinne, sondern ein sehr großes, groteskes Exemplar, eines, das eine junge Lady ganz bestimmt erschrecken würde.«

Liam richtete sich auf. »Mich nicht! Nur eine alberne, kleinliche, pingelige Memme, die laut verkündete, daß ihr etwaiger Ehemann sie unter allen Umständen vor einem solchen ›Grauen‹ in ihrem Schlafzimmer schützen müsse!«

»Also hast du uns im Garten belauscht!«

»Genug, um zu wissen, daß man Euch vor so einer albernen Gans bewahren muß.«

»Ich werde mit dir nicht über Miss Godwin debattieren.«

»Warum? Weil Ihr fürchtet, daß ich Euch die Wahrheit über sie enthülle?«

So hatte er dieses Treffen ganz und gar nicht geplant. »Das mit der Spinne tut dir nicht leid?«

»Nein!« Sie schob ihr ovales Kinn vor. »Ich bin froh. Jetzt werdet Ihr sehen, daß diese Person nicht zu Euch paßt. Ihr braucht eine starke Frau, keinen blassen inkompetenten Bottich.«

»Beauté«, sagte James, mit einemmal fühlte er sich tödlich erschöpft. »Und das Beiwort heißt nicht inkompetent.«

»Mir doch egal!« Liam biß ihre geraden weißen Zähne aufeinander.

Es klopfte an der Tür, und James rief: »Herein!«, ohne Liam aus den Augen zu lassen. »Du wirst tun, was man dir befiehlt, Liam. In Zukunft wirst du meine Wünsche respektieren und dich so verhalten, wie es dir geziemt.«

Liam faltete die Hände und fiel vor ihm auf die Knie.

Das Mädchen war unverbesserlich. »Liam! Ich warne dich. Du wirst tun, was ich verlange.« Allzugut wußte sie, daß er sie wie eine Schwester liebte und sie ihn mühelos um den Finger wickeln konnte.

Sie beugte sich vor und legte ihre Stirn auf seine Stiefel. »Was immer Ihr verlangt, Master! Ich stehe zu Eurer Verfügung.«

»Mr. Eagleton.«

Als er Won Tels Stimme hörte, drehte James sich blitzschnell um. »Ja?« Langsam entspannte er sich. »Gottverdammter Mist! Ist das nicht ein bißchen früh für einen Besuch?«

David Talbot, mit Celine an seiner Seite, starrte entgeistert auf Liams unterwürfige Pose.

16

Gottverdammter Mist? Celine legte eine geballte Faust vor ihren Mund und musterte James wütendes Gesicht, dann Davids versteinertes Profil. *Kein Mensch* fluchte in Davids Gegenwart!

»Mr. Eagleton.« Won Tel trat vor, und Celine merkte, daß die Lippen des Mannes nervös zuckten. »Der Reverend Mr. Talbot und Miss Celine ...«

»Ich *weiß*, wer sie sind, zur Hölle mit dir, Mann!«

»James!« Celine konnte sich nicht mehr zurückhalten. »David ist ein ...«

»Ich *weiß*, was er ist, dieser Pfaffe!«

»Oh!«

James fixierte das Mädchen, das zu seinen Füßen kauerte.

»Liam«, sagte er mit eisenharter Stimme: »Wenn du weißt, was gut für dich ist ...«

»Haltet ein, Sir!« David richtete sich zu seiner vollen Größe auf. »Was glauben Sie eigentlich? Ein zartes Mädchen so zu demütigen.«

Liam kauerte sich noch tiefer über James Füße.

Celine bemerkte plötzlich, daß David wirklich sehr groß war. Um ehrlich zu sein, sah er aus wie ein zorniger Apoll, dem sie noch nie begegnet war.

»David ...«

»Du *wirst* schweigen, Celine«, sagte er barsch. »Dieser Besuch, Sir, hat nichts mit meinem Beruf zu tun!«

James schob seine mitternachtsblaue Jacke zurück und stemmte die Fäuste in die Hüften. »Ich bin erfreut, das zu hören, Mr. Talbot.« Seine helle Hose und seine Stiefel waren über und über mit Schlamm bespritzt. Wie herrlich sich seine Hosen um diese muskulösen Schenkel schmiegten und... Celine hob den Kopf und sah in graue Augen, die fast schwarz funkelten vor heftiger Erregung.

Er war hinreißend.

»Verärgert dich, was du siehst, Celine?« Seine Mundwinkel bogen sich nach oben – eine Herausforderung, keine Belustigung. »Ich weiß, wie sehr du Schlamm verachtest, vor allem an Stiefeln.«

Sie würde nicht erröten!

»Hören Sie, Eagleton.« David ging mit festen Schritten auf ihn zu. »Das schwächere Geschlecht zu ängstigen, mag vielleicht Ihrer Vorstellung von Sport entsprechen – meiner nicht!«

James' nächster Atemzug ließ seine Brust anschwellen. Celine erinnerte sich lebhaft an das Gefühl, unter dem kräftigen Körper dieses Mannes gefangen zu sein. Sie schloß die Augen. Wenn sie tatsächlich gefallen war, dann wollte sie am liebsten nie wieder aufstehen.

»Fühlst du dich nicht wohl, Celine?«

Auf James' Frage hin öffnete sie die Augen. »Doch, doch, ich bin nur etwas überrascht.«

»Überrascht?«

Konnte er denn nicht *fühlen,* was sie fühlte, *denken,* was sie dachte? So müßte es aber doch sein, wenn zwei Leute praktisch einer Meinung waren – und das waren sie ohne Zweifel –, so daß es in Augenblicken wie diesen keiner Erklärungen bedurfte...

»Soll ich Erfrischungen bringen lassen, Mr. Eagleton?«

James wandte sich Won Tel zu. »Ich werde mir einen sehr großen Whisky genehmigen. Wenn unsere Gäste sich mir anschließen wollen, kannst du ihn herumreichen. Und dann entferne bitte Liam!«

Wie er so inmitten dieses luxuriösen Raumes stand, inmitten von dunklem Edelholz, schwarzem Lack, bunten Seidenstoffen, seltsamen, vergoldeten Hunden und Jadedrachen mit Edelsteinaugen, war James eine geheimnisvolle, mächtige Präsenz in einem ihm auf den Leib geschneiderten Rahmen. Celine begegnete noch einmal seinem Blick, und ihre Nägel bohrten sich in ihre Handflächen. Eine undurchschaubare, eindrucksvolle, rätselhafte Präsenz. Sie konnte kaum glauben, daß sie ihn so intim kennengelernt hatte… kaum eine Wiederholung erwarten durfte. Sein Blick wich keine Sekunde von ihr, nur ein leises Lächeln umspielte seine Lippen.

Won Tel räusperte sich.

Schließlich richtete James das Wort an David. »Raus mit der Sprache, Mr. Talbot. Whisky? Oder ist vielleicht ein hartes Getränk allzu irdisch für einen Mann Gottes?«

»Sie machen es mir nicht leicht, Sir«, sagte David. »Was ich auch nicht anders erwartet habe. Weder Miss Godwin noch ich legen Wert auf eine Erfrischung in diesem Haus.«

Die Atmosphäre knisterte vor Spannung. Celine versuchte, ein fröhliches Lächeln aufzusetzen. »Ich hoffe doch, du verzeihst uns die Störung, James. David wird nicht allzu lange in London sein, und ich wollte, daß er Gelegenheit bekommt, dich kennenzulernen.«

»Zu welchem Zweck?«

Celine wurde ihre Haut zu eng und zu heiß. So hatte sie James noch nie erlebt, und sie wußte nicht ein noch aus.

David trat nervös von einem Fuß auf den anderen. »Der Besuch war meine Idee, Eagleton. Ich habe ein paar Fragen, die ich Ihnen stellen möchte.«

»Nun!« Muskeln zuckten in James' hageren Wangen. »Won Tel, entferne Liam.«

Die kleine Gestalt in Rot erhob sich so weit, daß sie ihre Arme um James' Beine schlingen und ihre Wange an seine Stiefel legen konnte.

»Das ist wirklich nicht zu ertragen«, murmelte David.

»Der Geist dieses armen Wesens hat furchtbaren Schaden genommen.«

Wenn doch nur David nicht darauf bestanden hätte, herzukommen! Celine öffnete zitternd ihr grünes Samttäschchen mit dem weißen Federbesatz, der genau zu demjenigen auf ihrer plissierten Haube paßte. »Hier hast du, David!« Sie reichte ihm ein kleines Fläschchen, das sie auf Letties Anweisung immer bei sich tragen mußte. »Riechsalz. Vielleicht hilft Liam das.«

»Ach du meine Güte!« James verdrehte die Augen gen Himmel.

»James, ich kann mir nicht vorstellen, was deine … deine Verstimmung ausgelöst hat.« Celine reckte ihr Kinn. »Es sieht dir gar nicht ähnlich, so ungastlich zu sein. Wenn ich geahnt hätte, wie du uns behandeln wirst, wäre ich niemals gekommen.«

Verstimmung? Ungastlich?

»In der Tat, Sir«, bekräftigte David.

»Ich hatte gedacht, ich stelle meine … meine lieben Freunde einander vor. Und …« Etwas in James' steinernem Blick ließ Celine verstummen. Er war nicht so wie sonst – so hatte sie ihn noch nie erlebt. Hatte er etwa seine Meinung geändert, was ihre Abmachung betraf? »James, wenn es dir lieber ist, verabschieden wir uns sofort.« Ihre Stimme schwankte ärgerlicherweise.

»Nicht, bevor meine Mission hier erfüllt ist«, zeterte David.

»Werden wir bald erfahren, worum es geht?« fragte James sarkastisch. Er sah noch einmal hinunter zu Liam: »Sei so gut und steh auf, mein Fräulein.«

»Untragbar«, brachte David zwischen zusammengebissenen Zähnen heraus. Mit einem vernichtenden Blick auf James beugte er sich über Liam und berührte unbeholfen ihre Schulter. »Aber, aber, liebes Kind. Ich werde dafür sorgen, daß dir nicht weh getan wird.«

»Gütiger Himmel!« James sah zu Won Tel, der die Schultern hochzog und sich mit einer Verbeugung zurückzog. »Wirklich, ein verdammtes Vergnügen, belagert und im Stich gelassen in meinem eigenen Haus!«

Celine schürzte die Lippen. »Bitte keine Flüche, James. Ganz besonders nicht in Gesellschaft von einem jungen und unschuldigen Mädchen wie Liam.«

Sein höhnisches Grinsen erstaunte sie. »Schäm dich, James«, sagte sie.

»Schäm dich, James«, äffte er sie nach. »Ich komme mir vor, als wäre ich in ein miserables Theaterstück geraten.«

»Was haben Sie sich dabei gedacht, als Sie sich gestern mit Celine aufs Land davongemacht haben?« fragte David bohrend, während er seine schönen Hände auf Liams Ärmchen legte.

James sah über David hinweg direkt in Celines Augen. Sie schüttelte kaum merklich den Kopf und sandte ihm eine stumme Bitte um Schonung. Sein Mund war ein Strich, aber sein Ausdruck nicht mehr ganz so grimmig, wie sie zu erkennen glaubte.

David versuchte, leise murmelnd, Liam auf die Füße zu stellen. Sie hatte ihr Gesicht immer noch nicht gezeigt und klammerte sich nur fester an James Bein.

»Kommen Sie, mein Kind. Lassen Sie sich helfen!« David löste behutsam Liams Finger und richtete sie zu ihrer vollen, wenn auch winzigen Höhe auf. Er drehte sie zu sich, und sie hob ihr Gesicht. »Lassen Sie mich... Lassen Sie mich...« Sein Mund blieb offenstehen, und er starrte unverwandt in Liams vollkommenes Antlitz.

Sekunden verstrichen. Viele Sekunden.

Celine sah, wie Davids grüne Augen sich weiteten und seine feinen Brauen sich zusammenzogen.

Liam ließ ihre Hände in seinen und erwiderte ruhig seinen Blick.

James verschränkte die Arme. »Worüber wollten Sie mit

mir sprechen, Talbot? Meinen gestrigen Versuch, Celine zu entführen?«

»James!« Celine machte einen Schritt auf ihn zu, aber der schüttelte kurz den Kopf.

»Sie hatte keine Anstandsdame dabei«, sagte David abwesend.

»In der Tat«, stimmte James zu. »Keine einzige! Und das für viele Stunden.«

Celine drückte eine Hand auf ihr Herz. So hatte sie das ganz und gar nicht geplant. In ihren Vorstellungen sagte James ihren Eltern, sie wäre ruiniert, und sie brachten sie einfach zurück nach Dorset, um nie wieder über dieses Thema zu sprechen – oder über den verhaßten Namen Letchwith. David sollte keinesfalls involviert werden.

»In Abwesenheit von Mr. und Mrs. Godwin und nachdem kein anderer Mensch die Verantwortung für sie übernimmt, ist es meine Pflicht, Celine zu beschützen.«

»Höchst ehrenwert«, sagte James. Er lächelte Celine an, legte seine Finger an die Lippen und schickte ihr einen Kuß über die ahnungslosen Köpfe von David und Liam zu.

Celine fröstelte in ihrem grünen Kutschenkleid und ihrem Umhang. Ein heftiges Schaudern durchströmte außerdem Bereiche, die sie sich weigerte zu benennen.

»Geht es Ihnen gut, mein Kind?« fragte David Liam und beugte sich zu ihr, um ihr Befinden zu studieren, als ob er nicht schon nahe genug wäre.

Sie nickte hastig, und der Zopf, den sie sich hochgesteckt hatte, löste sich über ihrem Rücken. »Ich war etwas durcheinander, Sir«, sagte sie mit heller, klarer Stimme. »Master James ärgerte sich ein wenig und hat mich – zu Recht – getadelt.«

David biß sich auf die Unterlippe. Er war fast einen Kopf größer als das Mädchen. Seine breite muskulöse Gestalt ließen sie noch filigraner und zerbrechlicher erscheinen …

noch mehr eine Elfe, die das Herz eines sanften Mannes stehlen konnte.

Celine verlagerte ihr Gewicht und blies die Backen auf. Was für eine blindgeborene Gans sie doch war. David ergoß sein gesamtes Mitleid auf jeden, der seiner Meinung nach Hilfe brauchte, wie immer!

»Keiner sollte Sie je tadeln«, sagte er sehr leise zu Liam. »O nein!«

Eine leichte Bewegung lenkte Celines Aufmerksamkeit wieder auf James. Er beobachtete David und Liam mit äußerstem Interesse.

»Von jetzt an, bis Celines Eltern eintreffen, Mr. Eagleton«, sagte David ziemlich zerstreut, »werden Sie mit mir sprechen, bevor Sie sich Celine nähern.«

»Oder sie wieder entführe?« James warf Celine einen boshaften Blick zu.

»Ganz sicherlich.« David nahm beide Hände Liams in seine und berührte ihre Wange. »Gibt es irgend etwas, was du mir erzählen möchtest, Liam? Irgend etwas, das ich für dich tun soll – für dich arrangieren kann – gleich jetzt?«

Liam beugte ihren Kopf. »Vielleicht… Nein, ich danke Euch.« Ihr Zopf löste sich vollends auf, und ihr Haar schwang bis auf ihre Ellbogen herab.

»Äh, David?« sagte Celine verunsichert. »Meinst du, wir sollten uns nicht doch allmählich zurückziehen?«

»Bist du sicher, Liam? Nichts? Gar nichts?«

Was Celine da miterlebte, war nicht die Halluzination einer blindgeborenen Gans. Reverend David Talbot aus Little Puddle, einem konservativen Dorf in Dorsetshire, starrte wie gebannt auf Liam, James' Haushälterin, ein chinesisches Mädchen aus Paipan im Südchinesischen Meer.

Er hatte sein Herz genau an dieser Stelle verloren.

Celine bemerkte, daß ihre Hände zitterten. Was war geschehen? Was für eine potentielle Katastrophe hatte sie unfreiwillig eingeleitet?

»Ich bin sehr glücklich in diesem Haus«, sagte Liam mit so leiser Stimme, daß sie fast nicht zu hören war. »Was Ihr da gesehen habt, war einfach eine Albernheit, die ich mir selbst zuzuschreiben habe.« Sie wandte sich an ihren Herrn. »Manchmal bin ich ein bißchen anstrengend, nicht wahr?«

James gelang es nicht, seine Überraschung zu verbergen. »Ahh…«

»Sie müssen verstehen«, erklärte Liam, »manchmal ist es notwendig, mich zu tadeln…«

»Niemals«, unterbrach David sie voller Inbrunst, und zu James sagte er: »Wenn Sie diese junge Lady nicht mit der größten Rücksicht behandeln, Sir, dann kriegen Sie es mit mir zu tun. Habe ich mich klar ausgedrückt?«

Celine keuchte vor Schreck. »Vorsicht, David!«

»Keine Sorge«, sagte James. »Ich bin mir sicher, unser Mann Gottes wird bei der Verteidigung seiner neuen Schutzbefohlenen nicht zu Gewalt schreiten.«

David hatte sich bereits wieder in Liams Anblick verloren. »Bist du aus deinem eigenen freien Willen hier, mein Kind?«

»Und wie!« Unergründliche schwarze Augen wanderten von David zu James und wieder zurück – und Celine bemerkte, wie sich der treu anbetende Blick veränderte, wenn er auf David traf. Liams halbgesenkte Lider, ihre geröteten Wangen verrieten alles.

Mit einemmal richtete David sich abrupt auf und schien sich erst jetzt bewußt, wie intim er Liams Hände hielt, wie nahe er ihr war. Er trat zurück und ließ sie los. »Wir brechen auf!«

Liam ging voraus, mit gesenktem Kopf zwischen ihnen durch, hinaus in die Halle. David folgte, mit sehr angespannter Miene. Als Celine sich anschickte hinterdreinzumarschieren, packte James sie am Arm.

»Du bist heute gefährlich grob geworden, James«, beklagte sie sich in scharfem Ton. »Wenn David Wind von unseren Plänen bekäme, würde er zweifelsohne alles tun, um sie zu unterbinden.«

Er drehte sie zu sich. »Er hat nicht einmal andeutungsweise meine Worte gehört.«

»Aber das war nicht dein Verdienst.«

Er sah ihren Mund an und beugte sich näher. »Nein, mein goldenes Mädchen, das war Schicksal.« Draußen im Foyer erklangen leise Stimmen, und er strich mit seinen Lippen über Celines, seine Zunge glitt ein kleines Stück in ihren Mund, um die zarte Haut darin zu necken.

Sie seufzte und schloß die Augen. »Ich habe noch mehr interessante Details über all das entdeckt.« Sie spielte mit, machte nach, was er mit seiner Zunge tat, und sein verhaltenes Stöhnen erregte sie.

Er packte ihre Schultern und hob den Kopf. »Was für Einzelheiten? Einzelheiten worüber?«

»Darüber, wie diese Gefühle entstehen.« Sie lehnte sich an ihn, legte ihre Hände auf seine schmalen Hüften. »Über Blicke und Berührungen... die jeweiligen Ursachen...« Wie einfach es doch war, ihre Hände auszubreiten, so daß ihre Daumen, sehr geschickte Daumen, wie man ihr gesagt hatte, Kreise auf seinem harten Bauch beschreiben konnten.

James stöhnte wieder – und packte ihre Hände ziemlich heftig. »Du wirst mich noch in den Wahnsinn treiben«, flüsterte er in ihr Ohr. »Und du weißt nicht mal, was du tust!«

»Aber doch«, protestierte sie. »Ich weiß jetzt alles über diese Dinge.«

Lächelnd legte er ihr einen Finger auf den Mund. »Laß uns deinem Beschützer und meiner *Haushälterin* folgen, bevor sie sich fragen, wo wir bleiben.«

»Natürlich!« Celine fühlte sich schwer, fast betäubt, ließ ihn schwankend los. Sie wollte nirgendwohin gehen, nur bei James bleiben.

»Du wirst Samstag auf dem Fest sein? Dort treffen wir uns.«

Leichte Panik bemächtigte sich Celines. »Ich kann nicht mit Bestimmtheit sagen, ob meine Eltern dann schon eingetroffen sind.«

Sein Blick war fragend. »Was für eine Rolle spielt das?«

»Nun« – sie zupfte an den Bändern ihrer Haube – »ich dachte, es wäre vielleicht an der Zeit, zu... zu... daß wir unsere Abmachung erfüllen.«

James schüttelte den Kopf und nahm sie wieder beim Arm. »Wir haben uns bereits darauf geeinigt, Celine, daß ich derjenige bin, der in dieser Sache entscheidet.« Er führte sie zur Tür. »Wir brauchen mehr Zeit. Ich werde dich informieren, sobald meiner Ansicht nach der geeignete Moment gekommen ist.«

Im Eingang blieben sie Seite an Seite stehen, und Celine spürte, wie James sie fester packte.

»Danke dir, Liam«, sagte David gerade. »Du wirst es nicht vergessen?«

»Das werde ich nicht vergessen.« Das Mädchen verbeugte sich. »Ich vergesse nichts.«

David hob die Hand, und Celine blieb das Herz stehen. Ganz vorsichtig strich ihr alter Freund – ihr bester Freund, der keine Zeit für Herzensangelegenheiten hatte – über Liams Haar. Celine sah, wie er stockte, bevor er eine Locke langsam an den Mund führte. Seine Augen schlossen sich für einen Augenblick, dann ließ er die Haare fallen.

James murmelte etwas, was Celine nicht verstand.

»Was hast du gesagt, James?«

»Ich hab gesagt *verdammte Bescherung*!« flüsterte er ihr zu.

17

»Oh, Lettie, ich glaube, ich möchte zurück in die Curzon Street.«

»Kommt nicht in Frage, Celine! Viele Leute bemerken es. Das würde ein endloses Gerede geben, wenn du versuchtest, dich wegzuschleichen.«

Celine stand mitten im schrecklichen Gedränge in der Eingangshalle des Hauses Casterbridge und ihr drohten jeden Augenblick, vor Hitze oder Erschrecken über die schiere Pracht der Umgebung, die Sinne zu schwinden.

»So viele Menschen«, flüsterte Celine in Letties Ohr, und als Lettie verständnislos nickte, schrie sie: »Wie soll denn da irgend jemand mitkriegen, wer hier war oder nicht? Und der Lärm!«

Lettie nickte und deutete auf eine mit Samt verkleidete Plattform, auf der ein Streichquartett eifrig über seine Instrumente gebeugt saß und nichts weiter produzierte als einige vereinzelte Akkorde.

»Das hat doch keinen Sinn«, maulte Celine. Die Menge schwappte unter dem Druck der Neuankömmlinge vorwärts und floß wie ein schimmernder, vielfarbiger Fluß auf eine zentrale Treppe zu.

»Wir können jetzt nicht mehr raus, Celine«, gab Lettie mit gerunzelter Stirn zu bedenken.

Celine war heute abend sehr zufrieden mit der Erscheinung ihrer Gesellschafterin. Das rostbraune Kleid, zu streng geschnitten für Celine, hatte sie für eine lächerliche Summe von einer Freundin Isabels gekauft, die sich nur allzugern davon trennte; es war noch ungetragen, weil ihr die Farbe nicht gefiel. Zu Letties dunklen Augen und Haaren paßte es perfekt. Celine selbst gefiel sich in Isabels wunderbarem rosa Satinkleid, verziert mit einer Rüsche aus belgischer Spitze, und es war ihr gelungen, für den Ausschnitt einen entzückenden Einsatz zu finden. Ein Gutes hatte ein solches Gedränge: niemand würde das Kleid bemerken oder gar wiedererkennen.

Getragen von der Menschenmenge erreichten sie den Fuß der Treppe, und Celine sah nach oben, wo die beiden Flügel auf eine runde Galerie führten. »Das ist alles so imposant.«

»In der Tat«, sagte Lettie. »Die blaßgrünen Wände sehen wundervoll aus mit dem weißen Stuck… so elegant!«

Celine packte Letties Hand und drückte sie. »Und wir kennen keine Menschenseele. In diesem Gewühle werden wir nie ein befreundetes Gesicht entdecken.«

»Dann genießen wir einfach unser Inkognito«, sagte Lettie mit glänzenden Augen. »Und unterhalten uns darüber, wenn wir wieder sicher in Dorset sind.«

Letties Lächeln erstarb. Einen Augenblick lang spürte Celine, wie das Stimmengewirr, das Gelächter und die verirrten Musiknoten zurückwichen. Sie und Lettie sahen sich an, und Celine wußte, daß sie sich beide nach Dorset sehnten – nach diesen herrlichen Tagen oder Wochen zwischen den »wilden Phasen«. Aber am meisten sehnten sie sich danach, nie wieder den Namen Letchwith hören zu müssen.

Hinzu kam David und die unangenehme Tour, die er heute abend plante. Celine hatte ihm angeboten, sie würde Kopfschmerzen vortäuschen, um nicht zu dem Ball zu müssen, und ihn begleiten. David hatte nur den Kopf geschüttelt, aber er schien gerührt von ihrer Anteilnahme.

»Ich hoffe inständig, daß David heute abend wohlauf ist«, sagte sie, ohne zu bedenken, daß Lettie nichts von dessen Vorhaben wußte. »Also hoffentlich langweilt er sich nicht zu sehr, wenn er allein in der Curzon Street herumsitzt«, fügte sie hastig hinzu.

»Miss Fisher?«

Eine tiefe Männerstimme deklamierte deutlich Letties

Namen und beide Frauen drehten sich nach diesem Wohlklang um. Won Tel war nicht zu übersehen, selbst in diesem Gedränge. Irgendwie schien sein Kostüm hier nicht nur angebrachter, sondern auch gewagter als in einer weniger prunkvollen Umgebung.

Lettie lächelte und versuchte ihm die Hand zu reichen, die prompt von einem halb betrunkenen Draufgänger zurückgeschubst wurde, der brüllend vor Lachen eine kreischende Frau hinter sich herzerrte. Die Begleiterin mit ihrem glasperlenbestickten scharlachoten Kleid war nicht mehr die Jüngste und hatte so viel Rouge aufgelegt, daß es fast nach einem Herzanfall aussah. Celine blickte den beiden mit offenem Mund nach. Kommentare wie »Dämlicher Tölpel« und »Rohling« folgten ihnen die Treppe hoch. Won Tel war abgedrängt worden.

Dann, wie durch ein Wunder, teilte sich die Menge vor Lettie und Celine. Sie warf einen Blick über die Schulter, und da tauchte er unmittelbar wieder auf. »Mr. Won Tel!«

»Bitte gehen Sie nach oben, Miss Godwin, Miss Fisher.«

Lettie und Celine sahen sich an und kicherten – folgten jedoch dem Geheiß. Mr. Won Tel stieg majestätisch hinter ihnen her, mit ausgestreckten Armen und zwang so die Nachkommenden, sich einen Weg um ihn und seine von ihm erwählten Schützlinge herum zu bahnen.

Am oberen Treppenabsatz gelang es ihm, einen Freiraum zu schaffen, wo sie stehen konnten. »Wo möchten Sie hingehen?« fragte er in aller Förmlichkeit.

»Ach…« Celine war ganz außer Atem. »Am liebsten möchte ich nach Hause, aber…«

»…aber das steht nicht zur Debatte«, beendete Mr. Won Tel den Satz, gerade als Lettie den Mund öffnete, um ihre Meinung zu äußern. »Sie würden bestimmte Leute enttäuschen, wenn Sie dieses Ereignis nicht mit Ihrer Anwesenheit zieren.«

»Welche denn?« erkundigte Celine sich, obwohl sie genau wußte, wen er meinte – aber sie wollte James' Namen aus seinem Mund hören.

Mr. Won Tels Augen schmunzelten oder sie dachte es zumindest; dann wandte er sich Lettie zu und verbeugte sich erneut. »Gefällt Ihnen London, Miss Fisher?«

»Lettie!«

Diesmal lächelte er wirklich. »Ich dachte, Ihnen fehlt hier die Natur.«

»Tut sie auch«, sagte Lettie und sah ihn lange an, bevor sie hinzufügte: »Celine sollte ihrem Gastgeber ihre Aufwartung machen.«

»Bitte, nein!«

»Doch«, beschied Lettie ihr. Sie beugte sich vor. »Celine, je mehr heiratsfähige Leute du triffst, desto besser stehen deine Chancen, na ja, du weißt schon …«

»Stimmt.« Wenn sie doch nur das Gefühl hätte, sie könnte Lettie ganz ins Vertrauen ziehen, was das Arrangement mit James betraf. Unglücklicherweise wäre Lettie wohl nicht damit einverstanden, wie weit Celine auch mit ihrem Plan bereits fortgeschritten war.

Lettie schubste sie leicht vorwärts. »Wir sollten den Marquess suchen.«

»Aber ich habe noch nie einen richtigen Marquess kennengelernt. Vielleicht muß man sich vor ihm fürchten.«

»Er ist nicht …« Mr. Won Tel räusperte sich. »Das heißt, ich habe den Marquess von Casterbridge beobachtet, und er scheint ein recht leutseliger Mann zu sein. Als ich ihn zuletzt sah, war er im Großen Ballsaal. Gestatten Sie mir, Sie dorthin zu führen.«

»Sie kennen dieses Haus«, bemerkte Celine und schloß sich ihm an.

»Ich habe mich ein wenig umgesehen«, erklärte er. Er ging vor ihnen her und machte ihnen genauso effizient wie auf der Treppe den Weg frei.

»Oh!« Celine blieb unterwegs am Eingang eines großen

Raumes stehen. »Schau, Lettie. Hast du jemals ... Nein, hast du nicht. Einen Moment bitte, Mr. Won Tel!« Sie drängte sich durch die Tür, um die Büfettische zu bewundern, die in ihrer Üppigkeit fast unecht aussahen. »Farbige Brunnen auf jedem Tisch. Und da! Papageien auf goldenen Stangen – und Palmen! Oh, Lettie! Da plätschert ein Teich in der Mitte!«

»Möchten Sie alles näher betrachten, Miss Godwin?«

Das wollte sie, aber sie hielt auch Ausschau nach James. Warum übermittelte Won Tel ihr nicht irgendeine Botschaft von ihm? »Nur ein kleines bißchen näher vielleicht?«

Er führte sie vorbei an Tischen, beladen mit vielstöckigen silbernen Etageren, auf denen exotische Früchte prangten und goldenen Platten voller Köstlichkeiten, die Celine meistenteils unbekannt waren. Die Gäste standen Schlange, jubelten über die Gaumenfreuden, die sie in unanständigen Mengen vertilgten.

»Schau nur«, verkündete Celine befriedigt, als sie am Teich angelangt waren. Er wies die Form einer riesigen Muschel auf, eingebettet in weißem Sand, und von seiner blauen Oberfläche stieg duftender warmer Dampf auf. »Sieh mal! Eine Seejungfrau!« Celine drückte hingerissen ihre Hände an die Wangen.

»Eine falsche Nymphe«, meinte Lettie mißbilligend. »Sehr spärlich bekleidet, auf einem künstlichen Felsen. Mehr als unschicklich, würde ich sagen.«

Lettie wandte sich ab, und Celine war gezwungen, ihr zu folgen, aber nicht, bevor sie die recht mollige Frau auf dem grellgrünen Stein genau gemustert hatte. Ihre lange blonde Perücke floß über unbekleidete Brüste sowie beachtliche Hüften.

Celine fand das alles wunderbar, auch den silbernen Schwanz der Meeresdame. »Jetzt bin ich doch froh, hier zu sein«, sagte sie, atemlos vom Hinterherlaufen. »Lettie, die haben Juwelen auf die Tische geworfen! Irgendwie ganze

Ströme. Oh, ich würde mich schrecklich ärgern, wenn ich den einzigen Ball, zu dem ich wahrscheinlich je eingeladen werde, verpaßt hätte!«

Ein paar Minuten später steigerte sich ihre Begeisterung noch. Der Büfettraum verblaßte vor der verschwenderischen und beängstigenden Pracht des Großen Ballsaales von Casterbridge House.

Auf der oberen Plattform einer sich diesmal abwärtsschwingenden Treppe stand ein vornehm aussehender Diener mit weißer Perücke, Satinkniebundhose und dazu passenden Strümpfen. Er beugte seinen Kopf zu Celine und hörte sich ihren Namen an. Sie fand, daß er seine lange Nase noch etwas höher hob, bevor er ihn laut verkündete.

»Wie albern«, sagte sie zu Lettie und tat alles, die Treppe so selbstbewußt wie möglich hinunterzuschreiten. »Wer soll denn das überhaupt hören?«

Sofort erschien ein kleiner, farbloser Mann in unscheinbarer Abendkleidung vor ihr. »Guten Abend, Miss Godwin! Ich werde Sie zum Marquess führen.«

Celine sah sich verwirrt nach Won Tel um. »Schon wieder weg«, sagte sie verärgert. »Er hat eine beunruhigende Art, aufzutauchen und wieder zu verschwinden.«

»Hier entlang, Miss Godwin«, sagte der kleine Mann. »Und Sie auch, Miss Fisher!«

Scheinbar hatten sie keine Wahl, als ihm zu folgen. Ihr Führer glitt rasch durch die Trauben prächtig gekleideter Gäste, die sich um die Tanzfläche drängten, wo lächelnde Paare souverän den komplizierten Schritten eines Kotillon folgten.

Über ihren Köpfen hingen Kronleuchter mit zahllosen Kerzen von der freskenbemalten Decke. Goldfarbene Seidentapeten schimmerten an den Wänden, unterbrochen von violett ausgeschlagenen Alkoven, vor denen weiße Marmorstatuen phantastisch zur Geltung kamen.

Celine geriet ins Stocken, aber Lettie drängte sie sanft

weiter, bis sie am Rande einer besonders herrschaftlichen Gruppe angelangt waren.

»Casterbridge hat nicht verlernt, wie man unvergeßliche Feste ausrichtet«, hörte Celine einen Mann zu der Frau an seiner Seite sagen.

Sie beugte sich zu ihm, ihre türkisen, diamantbesetzten Straußenfedern wippten heftig, und äußerte hinter vorgehaltenem Fächer: »Absolut unvergleichlich, mein Lieber. *Das* Ereignis der Ballsaison. Man fragt sich nur, *warum* er so etwas macht, nachdem er sich, Gott weiß wann, das letzte Mal in Gesellschaft blicken ließ.«

Mit strenger, aber unauffälliger Hand bahnte ihr Führer ihnen einen Weg durch die Menge, und plötzlich stand Celine vor einem großen, sehr vornehm wirkenden Herrn mit hochrotem Gesicht. Ihr entging nicht, wie beeindruckend sein Abendanzug geschnitten war, und auch nicht der funkelnde Goldorden, den er an einem blauen Band unter seinem Jackett trug. Außerdem registrierte sie die ausnehmend schöne Brünette, deren Hand zu seiner offensichtlichen Freude in seiner Armbeuge ruhte.

»Lettie...« Celine warf einen Blick zurück und stellte entsetzt fest, daß sie alleine war. Dann entdeckte sie das glänzende rostbraune Kleid und seine Trägerin. Sie sah gerade zu Mr. Won Tel hinauf, der wieder einmal aus dem Nichts aufgetaucht war. Während Celine ihrer Gesellschafterin verzweifelte Signale sandte, nickte diese Dame Mr. Won Tel zu, der scheinbar ernste Worte an sie richtete, bevor er sie aus Celines Blickfeld führte.

Allein.

Verlassen.

Kein vertrautes Gesicht in Reichweite!

»Guten Abend, äh...« Die Stimme des vornehmen Gentleman erreichte Celine Sekunden, bevor sie merkte, daß er sie ansprach.

»Ich...«

Eine Hand legte sich behutsam um ihre Taille. »Guten Abend, Mylord! Erlauben Sie mir, Euch Miss Celine Godwin vorzustellen.«

James' Stimme tönte so selbstsicher, daß die Gruppe verstummte.

»Miss Godwin« – er schob sie einen Schritt nach vorn – »Augustus, Dritter Marquess von Casterbridge.«

Celine nahm all ihren Mut zusammen, versank in einen Knicks und war sehr überrascht, als der weißhaarige Marquess prompt nach ihrer Hand griff und sie bat, sich aufzurichten. »Godwin, was?« Er lächelte zwar, aber da war etwas Eisiges in seinen blauen Augen. Celine mußte schlukken, und ihr Mund wurde staubtrocken.

»Miss Godwin absolviert ihre erste Ballsaison«, erläuterte James gewandt, und sie wünschte, sie hätte den Mut, ihn anzusehen. Statt dessen lächelte sie und senkte die Augenlider.

»Hübsches Ding«, hörte sie die männliche Stimme vor sich sagen.

James Hand umfaßte ihre Taille fester. »Miss Godwin ist aus Dorset, Mylord! Wie ich höre, kennen Sie ihre Familie. Die Godwins von Knighthead?«

James' starke Hand an ihrer Seite brachte Celine so aus dem Konzept, daß sie kaum vernahm, wie der Marquess kurz sagte. »Sicher. Willkommen, Miss Godwin. Ich hoffe, Ihnen gefällt meine kleine Party.«

Allgemeines Kichern machte die Runde und Gemurmel: »Kleine Party, meiner Treu!«

»Wo residiert Ihr denn, Miss Godwin?«

Celine wunderte sich, daß der Marquess ihr noch mehr Zeit widmete. »In der Curzon Street, Mylord.« Ein stärkerer Druck an ihrer Taille verhinderte ihre Anstalten, noch einen Knicks zu machen.

»Und Ihre Leute – Ihre Eltern ... Sie befinden sich natürlich auch in London?«

»Sie werden in Kürze erwartet.« Mit großem Unbehagen spürte Celine, wie sich interessierte Blicke auf sie richteten. »Mama war unpäßlich und mußte die Reise verschieben.«

»Mein Mitgefühl!« Der Marquess räusperte sich. »Ja, also, der Sohn meines alten Freundes besitzt zweifellos einen guten Geschmack, was die Wahl seiner Begleitung angeht.«

Celine erwiderte verständnislos aber höflich den Blick des Marquess.

»James Eagleton ist der Sohn meines ältesten und liebsten Freundes Algernon Eagleton – der beklagenswerterweise von uns gegangen ist.« Er schien tatsächlich traurig.

»Tut mir leid«, murmelte Celine.

Die Dame an der Seite des Marquess klopfte mit ihrem Fächer auf seinen Arm. »Ich bin sicher, Sie meinen Alfonse Eagleton, nicht wahr, Mylord?«

»Äh, ja, natürlich. Das hab ich doch gesagt… Alfonse. Meine Liebe«, sagte er zu Celine, »das ist Sibyl, Countess Lafoget, ein wahrer Sonnenschein und Segen im Leben eines alten Mannes – selbst die wenigen Minuten, die sie sich von ihren Anbetern freimachen kann.«

Die Dame lächelte charmant und tätschelte noch einmal seinen Arm.

»Wie dem auch sei«, fuhr Casterbridge fort, »James ist ein Sproß der Cumberland Eagletons. Gute Familie.«

»Ich glaube, es waren die Northumberland Eagletons«, korrigierte ihn Countess Lafoget.

Der Mund des Marquess zuckte irritiert. »Wie ich ja sagte… der Northumberland Eagletons.«

»Hören Sie, Sir«, mischte sich eine vertraute Stimme ein. »Sie wissen wahrscheinlich nicht, daß Sie mit einer jungen Dame sprechen, die *den* Trend der Ballsaison kreiert hat.«

Roland, Viscount Yeatbury, der von einem größeren Mann verdeckt gewesen war, trat nach vorn, mit Beatrice Arbuthnott am Arm. Beatrice lächelte Celine hocherfreut zu.

Sie spürte, wie der Druck von James' Hand noch stärker wurde.

»Es ist ein solcher Spaß«, sagte Beatrice, während Celine erstaunt feststellte, daß das Mädchen ein höchst vertrautes grünes Kleid trug. »Sie sind wirklich brillant! Ich bezweifle, ob irgend jemand von Rang und Namen sich noch in einer Eintagsfliege erwischen lassen möchte.« Zum Marquess sagte sie: »Celine hat uns alle dazu gebracht, mehr über das Schicksal weniger vom Glück Gesegneter nachzudenken. Sie ermutigte uns, Kleider zu kaufen, die bereits einmal getragen sind – und so ein großartiges System erfunden, das Geld für wohltätige Zwecke einbringt.« Sie wandte sich an Celine. »Haben Sie eine bestimmte Stiftung, die Sie betreuen, Celine?«

Celine beobachtete, daß sich immer mehr Ladys von Beatrices Enthusiasmus anstecken ließen. Ihr wurde etwas mulmig. »Ja, schon«, gab sie Auskunft. »Ich werde dafür sorgen, daß Ihnen die Einzelheiten übermittelt werden.«

»So clever«, sagte eine andere weibliche Stimme. »Ist gut angekommen, Celines kleine Kampagne!«

Lady Daphne DeClairs rote Haare paßten nur bedingt zu dem auffälligen roten Besatz des weißen Kleides, das Isabel Prentergast beim Empfang der Arbuthnotts getragen hatte. Celine war schon mit sich zu Rate gegangen, wieso sie das Kleid nicht ihr angeboten hatte. Isabel vermutete wohl richtig, daß Lady Daphne nicht so geschickt im Handeln wäre.

Der Marquess lachte laut und klatschte James auf die Schulter. »Eine sehr tüchtige junge Dame, was, James? Du bist genau wie dein Vater, mein Junge. Hat bei seinem Umgang immer nach Überraschungen gesucht.«

Celine spürte, wie sie errötete. Warum war sie in einer so illustren Versammlung auf einmal der Mittelpunkt? Sie suchte erneut nach Lettie, die sich aber nirgends blicken ließ.

»Celine!« Eine Stimme dicht an ihrem Ohr erschreckte sie, und gleichzeitig stellten sich ihre Nackenhaare auf. Das konnte doch wohl nicht sein? Nicht hier! Nicht in diesem Augenblick! Langsam drehte sie ihren Kopf und sah direkt in Bertram Letchwiths runde blaue Augen. »Wie geht es Ihnen, liebes Fräulein?«

»Nun ja, danke, Sir.«

Sie spürte, wie ein Raunen durch den Kreis ging, konnte aber den Blick nicht von Letchwiths fetten Hängebacken wenden, von den dünnen farblosen Haaren, die in lächerlich gewachsten Locken sein Gesicht umrahmten, von dem geschwollenen roten Mund.

»Sie sehen wirklich gut aus, Süßes. Sehr, sehr gut!« Seine wässrigen Augen musterten sie von Kopf bis Fuß, und er strich sich mit der Zunge über die Lippen.

Celine hörte, wie eine rauchige Frauenstimme schnarrte: »Da sind Sie ja, James. Wie unartig von Ihnen, so spät zu kommen, wo Sie doch wußten, daß ich Sie erwarte.«

»Vielleicht sollten wir eine kleine Runde auf der Terrasse drehen«, sagte Letchwith und schob sein Gesicht so nahe, daß Celine das Netz feiner roter Äderchen auf seinen Wangen und seiner Nase erblickte. »Percival erwähnte den, äh, *Vorfall* neulich abends. Sehr unklug. Besonders für ein junges Mädchen in Ihrer Position!«

Celine warf einen Blick zurück und sah die hinreißende rothaarige Frau, die James angesprochen hatte und ihn jetzt schmachtend über den Rand ihres Fächers ansah… einer Kreation aus reinweißer Spitze, die genau zur Corsage – zu der Andeutung einer solchen Bedeckung – ihres Kleides paßte.

»Haben Sie mich verstanden, Celine?« bellte Letchwith ihr entgegen.

»Sehr wohl«, hauchte Celine so leise wie möglich. »Von welcher Position sprechen Sie, Mr. Letchwith?«

Er lächelte. Die Pupillen seiner Augen erweiterten sich so, daß sie fast die Iris verdeckten. »Ich glaube, das wissen Sie. Es gibt eine Vereinbarung, über die Ihr bewundernswerter Vater Sie fraglos in Kenntnis gesetzt hat.« Speichel sammelte sich in seinen Mundwinkeln.

Verzweifelt wandte sie sich James zu, der sie immer noch festhielt. Er lächelte merkwürdigerweise die grünäuige Hexe an, die mit ihm plauderte.

»Celine.« Letchwiths schwammige Hand legte sich auf ihren Arm. »Deine Teilnahme an diesen Ereignissen dient nur dazu, dich von irgendwelchen törichten weiblichen Sehnsüchten, etwas verpaßt zu haben, zu befreien – wenn wir, äh ... zu einem späteren Zeitpunkt ...«

James war eine solide, unbeirrbare Säule an ihrer Seite. Sie wünschte, sie könnte die Augen schließen und sich – mit ihm – an einen fernen Ort versetzen, wo es keine rothaarigen Verführerinnen oder Bertram Letchwiths gab.

»Sie werden bald zu schätzen wissen, welches Glück Sie hatten, von einem, sagen wir – reiferen – Mann auserwählt zu werden, meine Liebe.« Letchwith schürzte die Lippen, dann flüsterte er. »Laßt uns hier verschwinden. Euer Ruf gewinnt nicht unbedingt an Tadellosigkeit durch die Begleitung dieses leichtlebigen jungen Mannes. Wie ich höre, verzehren sich jedes lose Frauenzimmer und alle Ballettänzerinnen Londons nach ihm. Sie wollen doch wohl nicht zu diesem Flattervolk gezählt werden?«

Celines Kopf fühlte sich nicht flattrig an, ihr schwindelte nur. »Ihre Worte klingen recht drastisch«, sagte sie zu Letchwith. Nein, wenn es um James ging, wollte sie zu gar keiner Sorte Frau gezählt werden, aber haben wollte sie ihn tatsächlich – für sich allein.

Der Marquess hatte wieder das Wort ergriffen. »James, Lady Anastasie schikaniert mich schon seit Stunden damit, daß sie ohne deine Gesellschaft auf diesem langweiligen Fest verloren ist.«

»Das ist nicht *genau*, was ich sagte, James«, berichtigte die Lady, wiegte sich aufreizend hin und her, ließ ihren Fächer auf- und zuklappen. »Ich habe lediglich Lord Casterbridge daran erinnert, daß Sie und ich abgemacht haben, uns gegenseitig fröhlich durch diesen Abend zu begleiten.« Die weißen Musselinröcke unter ihrer spärlichen Corsage waren nahezu durchsichtig.

Gott sei Dank, dachte Celine, hatte sie sich für den züchtigen Effekt von Spitze um ihren tiefen, eckigen Ausschnitt entschlossen.

»Wir werden tanzen«, verkündete Letchwith und grub seine Finger in die weiche Unterseite ihres Handgelenks.

Celine wurde zuerst kalt, dann extrem heiß.

»Wollen Sie mich denn nicht zum Tanzen auffordern?« sagte Lady Anastasie zu James, machte einen Knicks und reichte ihm ihren Arm. »Natürlich wäre mir das ein großes Vergnügen«, sagte James artig. Er wandte sich zu Celine, sah einfach durch Bertram Letchwith hindurch, als wäre er nicht vorhanden, und sagte: »Aber Miss Godwin hat sich bereits damit einverstanden erklärt, mich als Partner für den nächsten Tanz zu akzeptieren, und da höre ich schon die ersten Takte eines Walzers.«

Celine gelang es, ihn anzulächeln.

»Sollen wir, meine liebe Miss Godwin?«

»Gern.«

Letchwith hielt sie immer noch am Handgelenk gepackt. James' Blick richtete sich auf den Mann und verwandelte sich augenblicklich zu Stahl.

Letchwith ließ ihren Arm fallen, und Celine schaute kurz in die Runde, in Bertrams glänzende rote Visage, die vor Wut zitterte – und auf Lady Anastasies flammende Empörung hinter dem flatternden Fächer –, bevor James sie zur Tanzfläche führte.

Sie drehte sich zu ihm, er nahm sie in den Arm und schwang sie zu den ersten Takten herum – da begann sie zu kichern.

James hob eine dunkle, geschwungene Braue. »Du findest meine Walzerkünste amüsant?«

»Nein, nein«, stotterte sie. »Es ist wunderbar – aber ich habe noch nie Walzer getanzt und kann gar nicht glauben, daß das hier ich bin.«

»Du mußt schon mal Walzer getanzt haben, so, wie du dich bewegst.« Er wirbelte sie herum, beugte sie zu den Klängen der Musik.

Wie sollte man sich auch nicht leicht bewegen, wenn der Partner mit so geschmeidiger, selbstsicherer Anmut tanzte? Es gab Momente höchster Glückseligkeit, obwohl Gefahr in der Luft lag. Und sie konnte lachen!

»Du siehst absolut hinreißend aus«, sagte James und drehte sie. Seine Schritte waren so schnell und so sicher, daß ihre Füße kaum noch den Boden berührten. Er sah sie ernst an, die Brauen leicht zusammengezogen. »Ein Juwel von Mädchen unter so vielen Talmi-Damen.«

Trotz seiner ernsten Miene wurde sie immer übermütiger. »Ihr treibt Euren Scherz mit mir, Sir. Zwar poetisch, aber nicht wahr! Heute abend sind hier Horden von bildschönen reizenden Frauen vertreten.«

»Keine, die dir das Wasser reichen kann«, sagte er und klang so überzeugend, daß sie ihm gerne geglaubt hätte.

Celine versuchte vergebens, ihr Kichern zu unterdrükken. »Hast du…? Ojemine!«

»Habe ich Letchwiths Gesicht gesehen? Wolltest du das fragen?«

Sie nickte. »Genau.« Der Ballsaal hatte sich im Glanz tausender Kerzen in ein kreiselndes Kaleidoskop von pastellfarbenen Musselins und strahlenden Seiden verwandelt.

»Das Herz dieses Mannes wird seinen abstoßenden Jähzorn nicht mehr lange überleben«, bemerkte James. Er bewegte sich mit der gelenkigen Eleganz eines Meisters der Fechtkunst oder eines schlanken Boxers. »Es könnte auch sein, daß das Herz der schönen Lady Anastasie, wenn man es so nennen will, Gefahr läuft, vor Zorn zu bersten.«

Sie wollte weder an die Lady denken… noch an Letchwith. Er war so dreist gewesen, ihrer allzu sicher... Sollte James sich nun weigern das zu erfüllen, was er versprochen hatte, wäre sie verloren.

»Plötzlich so ernst?« Er schwang sie im Kreise, wieder und immer wieder. »Kein Lachen mehr? Sag mir, was du denkst?«

Konnte sie das wagen?

»Celine?«

Die Musik klang nicht mehr so süß. »Dieser Mann...« Sie zögerte. »Er...«

James hielt ihren Arm noch fester. »Du hast keinen Grund, Letchwith zu fürchten.« Er lenkte sie rasch durch lächelnd dahingleitende Paare.

»Er hat gesagt, es gäbe eine Vereinbarung.« Sie hatten sich weit von der Gruppe um den Marquess entfernt und näherten sich der Treppe am Eingang des Ballsaales. »James, dieser Mann erwartet, daß... daß...«

Noch eine Drehung und James wirbelte sie von der Tanzfläche durch eine der vielen Gruppen, die sich angeregt unterhielten. »Komm mit, Celine.«

Mit ihrer Hand in seiner sprang er großen Schrittes die Treppe hinauf. Celine raffte ihre Satinröcke so weit hoch, daß sie laufen und sein Tempo teilen konnte.

»James!« Sie hatten die Galerie über der Eingangshalle erreicht. »Wohin gehen wir?«

»Wir gehen...«, sagte er und trieb sie an dem Rondell der Wände entlang bis zu einer Tür, die er aufstieß und weiter in ein dunkles Zimmer steuerte. »Wir gehen an einen Ort, an dem wir ungestört sind.«

»James!« Sie versuchte ihn zu bremsen.

Er lächelte hinunter zu ihr, raffte sie in seine Arme und marschierte mit ihr durch die Finsternis wie ein Wesen der Nacht, das sich seinem Ziel nähert. Am hinteren Ende öffnete sich ein Paneel unter seinen Händen, sie traten hindurch, und er schloß die Öffnung hinter ihnen.

Vor ihnen wand sich eine schmale steinerne Wendeltreppe aufwärts, erleuchtet von einem blauweißen Schimmer. James begann sie emporzusteigen, mit Celine im Arm, als würde sie nichts wiegen.

Sie klammerte sich an seinen Hals. »Bitte, James. Du machst mir Angst. Wohin gehen wir?«

Das bläuliche Licht verwandelte seine Augen zu glitzerndem Schwarz und seine Backenknochen zu bedrohlichen Kanten. Schatten huschten über jeden Winkel und jede Fläche seines Gesichts.

»James?«

»Wir werden vergessen, daß Bertram Letchwith existiert.«

18

Das Turmzimmer.

James hielt Celine in seinen Armen und beschrieb langsam eine Runde. »Hier wird uns keiner finden«, sagte er und fühlte, wie ein leichtes Schaudern ihren geschmeidigen Körper erzittern ließ. Mondlicht strömte durch die Fenster, glitt über staubige goldgerahmte Spiegel, die die Wände zierten. »Hier kommt keiner her.«

»Warum?« fragte sie, ihren Mund an seinem Hals.

»Weil ...« *Vorsicht!* Es wäre nicht ratsam, ihr zu erzählen, daß er als zehnjähriger Junge hier mit seinem Vater geweilt hatte, und keiner ahnte, daß es ihr letzter gemeinsamer Besuch in diesem Hause sein sollte. »Wie du vom Marquess gehört hast, war mein Vater ein enger Freund der Familie Casterbridge. Er hat diesen Raum vor vielen Jahren entdeckt und mir gezeigt, wie man das Paneel öffnet.« *Gar nicht so weit von der Wahrheit entfernt...*

Celine umschlang seinen Hals. Ihre Finger arbeiteten sich in sein Haar. Ihre Stirn ruhte an seinem Kinn. James schloß für einen Augenblick die Augen und holte tief Luft.

Es galt Entscheidungen zu fällen – so ruhig und mit so wenig Emotionen wie möglich.

Er küßte ihr Haar, atmete den frischen Duft von Blumen ein. Dieses Verlangen zu beschützen empfand er als neu. Es war nicht der Drang, sich um ein schutzloses Kind zu kümmern, so, wie es ihm einst und in einem gewissen Sinn noch heute bei Liam erging. Hier setzte sich ein Trieb zu verteidigen und zu besitzen durch... woraus sich sowohl eine Gefährdung für ihn ergab und Versagen, als auch ein mächtiger und berauschender Sieg – der ihn, in Gestalt einer Frau in seinen Armen, verlockte.

»Wie kannst du so sicher sein, daß sonst niemand hierherkommen wird?«

Er lächelte mit dem Mund an ihrer Stirn. »Heißt das, du möchtest sichergehen, daß wir allein bleiben?«

Sie vergrub ihr Gesicht an seiner Schulter, und er lachte zärtlich auf. »Komm, mein goldenes Mädchen. Zeig den Mut, den du, wie ich bereits weiß, besitzt und sag mir, was du denkst.«

»Du bedrängst mich zu sehr, James.« Ihre Stimme klang gedämpft. »Ich will einfach eine Antwort auf meine Frage.«

Also gut. Er mußte raffinierter vorgehen bei seiner Suche nach ihren wahren Gefühlen. »Weil nur ich den Türöffnungsmechanismus kenne. Mein Vater hat ihn gefunden, als er... als er seinerzeit zu Besuch war.« Zu Besuch wie jedes Jahr bis zu James' zehntem Lebensjahr! »Er sagte, kein anderer würde Bescheid wissen. Und er hat nie gelogen. Schon gar nicht hinsichtlich eines Hauses, in dem er viele glückliche Aufenthalte verbracht hatte und wo seine Mutter, James' Großmutter, ihm dieses Versteck eröffnete. »Ihr Geheimnis«, wie sie und ihr geliebter Sohn Francis es genannt hatten. Um dieser beider willen mußte James dafür sorgen, daß ihr Vermächtnis von Juwelen in die Hände, die sie auserwählt hatten, gelangte.

Und deswegen war er heute hierhergekommen, und was

immer auch geschähe, er dürfte von seinem Ziel nicht ablassen.

James stellte Celine langsam wieder auf den Boden, aber sie blieb dicht bei ihm, während sie die seltsame Umgebung betrachtete. »Was kann das hier nur dargestellt haben?«

Er gab ein Pfeifen von sich. »Die geheime Zuflucht einer Dame?« Seine Großmutter hatte verwunschene Geschichten erfunden, um ihren Sohn zu unterhalten.

»Ein Zimmer, in dem es nur Spiegel gibt?«

»Einst waren auch Kissen da, auf denen sie ruhte.« James' Vater hatte die Geschichten an ihn weitergegeben und das so überzeugend, daß er an wahre Begebenheiten glaubte.

Celine entfernte sich ein Stückchen von ihm und ließ den Blick durch den mondbeschienenen Raum streifen. »Ich denke es mir sehr nett, einen so friedlichen Zufluchtsort zu haben. Aber die Spiegel, James. Warum?«

»Weil sie das Bedürfnis hatte, sich selbst zu sehen.« Sein einziges Sinnen und Trachten war auf einen Ort gerichtet, von dem er wußte, daß sie allein sein würden – ohne ihre Neugier zu bedenken. »Die Dame hatte einen großen Verlust erlitten.«

»Einen Verlust, der in ihr das Verlangen weckte, sich selbst anzuschauen?« Celine wanderte auf und ab, ging durch die Mondstrahlen wie ein Wesen aus Schatten und Licht. Ihr rosa Satinkleid verwandelte sich in einen schimmernden Wasserfall von Blüten.

James spürte, wie sein Körper sich verkrampfte. »Sie mußte eine Bestätigung finden.«

Celine bewegte sich von Spiegel zu Spiegel. James lehnte eine Schulter an die Wand und wartete, bis sie sich näherte und mit gerunzelter Stirn ihr eigenes Spiegelbild betrachtete. »Wieso brauchte sie soviel Selbstbestätigung?«

»Sie hat sich einem Mann hingegeben«, sagte er leise und berührte Celines Wange. »Er hatte ihr seine Liebe gestanden und versprochen, um ihre Hand anzuhalten.«

Celine sah im Spiegel direkt in ihre eigenen Augen. »Und was geschah dann?«

Es war so verlockend, mit dem Handrücken ihren glatten Hals hinunterzustreichen, ihre Schultern entlang zu dem züchtigen Spitzeneinsatz, der eher Verlangen weckte, als den sittsamen Effekt zu erzielen, den sie zweifellos angestrebt hatte.

»Was ist passiert, James?« Celine hob ihr Kinn. Das Mädchen war absolut bereit für alles, was ein Mann sich nur wünschen konnte... der richtige Mann.

James löste sich von der Wand und stellte sich hinter sie. Ihre Blicke begegneten sich im Spiegel. »Ich hab dich nicht hierhergebracht, um dir alte Geschichten zu erzählen!« Er mußte damit warten, sie zu berühren, die Phantasie spielen lassen, die Ekstase, sie zu beobachten und zu erobern, hinauszögern.

»Ich möchte...« Ihre Lippen blieben offen, und ihr Busen hob sich, als sie, genau wie er, eine Schwere in der Luft spürte, ein Sieden. »Ich möchte sie aber kennenlernen.«

»Das sollst du auch«, versprach er. »Die können warten. Wir müssen uns um unsere Abmachung kümmern.«

Ihre Augen schlossen sich zur Hälfte, und er studierte ihr Gesicht, die heftigen Gefühle, die es ausdrückte. »Du bist sehr jung, Celine.« Jung und unbewußt wollüstig. »Vielleicht zu jung, um die Entscheidungen zu treffen, zu denen du bald gezwungen sein wirst.«

»Entscheidungen?« Ihre Wimpern hoben sich langsam, fast träumerisch, und sie sah in den Spiegel.

Ihm fiel auf, daß sie von ihm nur die dunkle Masse seines Körpers hinter sich sehen konnte, nur das Blitzen seiner Augen und Zähne, eine schemenhafte Silhouette im nächtlichen Dämmer. Dennoch sah sie ihn mit Vertrauen... und Verlangen an.

James legte sehr behutsam seine Arme um ihre Schultern und zog sie an seine Brust. »Du wirst zu Entscheidungen gezwungen, Celine.« Sein Daumen strich über ihren Hals und hob ihr Kinn. »Von dir wird erwartet, daß du kundgibst, wie du den Rest deines Lebens verbringen willst.«

Ihre Brüste preßten sich gegen seinen Arm. »Sie möchten, daß ich ihn heirate«, sagte sie kläglich.

»Ein Mädchen sollte sich Zeit lassen für die Regelung solcher Angelegenheiten.«

Seufzend ließ sie ihren Kopf an seine Schulter sinken. »Ich kann mich nur dazu entscheiden, aus Liebe zu heiraten.«

James spreizte seine Finger, ließ sie unter die geraffte Spitze gleiten, um den Hügel satinweicher Haut zu streicheln, der vertraut und gleichzeitig so berauschend neu war. Er wehrte sich mit aller Kraft gegen das Zucken seines Schafts, konnte aber den pulsierenden Druck nicht kontrollieren.

»Aus Liebe?« brachte er mit einiger Mühe heraus. »Könntest du dich in Letchwith verlieben?« Schon der Name brachte ihn in Rage.

»Niemals!« Sie nahm seine Hand und drückte sie an sich. »Eher sterbe ich, bevor ich ihn ertrage.«

»Sag nicht so böse Sachen.« Seine Begierde wuchs, sein Verlangen nach dieser Frau, die er ursprünglich nur als Waffe in seinem Kampf benutzen wollte.

»Du hast mich hierhergebracht, weil du gütig bist«, sagte sie gefaßt. »Du möchtest mir gern helfen, aber du kannst es nicht.«

»Wie kommst du darauf?«

Sie lehnte sich an ihn, faltete ihre Hände über seiner Brust. »Halte mich nicht für so kindisch, daß ich nichts von der angenehmen Wirkung meiner Weiblichkeit weiß… in der Kutsche neulich.« Sie kniff die Augen wieder zu. »Es ist mir peinlich, darüber zu sprechen, aber ich hab gesehen, wie groß deine Lust war. Vielleicht so groß wie meine. Aber das *ist* nicht genug. Abgesehen von solchen Augenblicken habe ich nichts, was ich dir im Austausch für den sehr großen Gefallen, um den ich dich gebeten habe, bieten kann. Bitte, hab kein Mitleid mit mir! Ich verstehe es. Es reicht, daß wir ... zusammensein durften. Und daß ich erfahren habe, wieviel Güte und Rücksicht Männer für andere aufbringen können.«

Ihre Worte förderten alles an Selbstverachtung zutage, was in ihm steckte. »Ich sagte, ich würde dir helfen. Gerade vorhin. Im Ballsaal. Und daß du dich nicht mehr vor Letchwith fürchten müßtest.«

Sie seufzte. »Nein. Ich kann dir nicht mehr erlauben, mir zu helfen. Warum auch? Du hast schon genug getan.«

Ich habe wesentlich mehr von dir genommen, Kleine! »Was du zu bieten hast, reicht als Ansporn, Celine, das kann ich dir versichern.«

»Unter keinen Umständen sollst du dich meinetwegen Erniedrigungen und Beleidigungen aussetzen. Nein, James, ich danke dir, aber bitte laß meine selbstsüchtige Bitte Vergangenheit sein.«

Den Teufel werde ich! »Celine«, sagte er, beugte sich vor und drückte ihr einen liebevollen Kuß hinters Ohr, »das lehne ich ab.«

Er fühlte, wie sie erschauerte.

»Was immer zwischen uns passiert, könnte mir nie Beleidigungen einbringen«, murmelte er. »Schau dich doch im Spiegel an.«

Langsam gehorchte sie seinem Befehl.

»Wende dich nicht ab«, sagte er, als sie eilig den Kopf senkte. »Ich möchte, daß du siehst und begreifst – dich selbst und auch mich.«

Sie hob den Blick zu seinen Augen im Spiegel, und er spürte, daß eine tiefe Röte in ihre Wangen stieg, was im Mondlicht nicht sichtbar war.

»Schau bitte hin, Liebes. Sieh die Frau, die du bist und sein sollst.«

Ihr Atem beschleunigte sich, und ihr Zittern spürte er in

Wogen unter seinen Fingern. »Ganz ruhig«, befahl er so sanft, wie sein hartgewordener Leib und sein tobendes Verlangen es ihm gestatteten. Dies stellte die größte Probe für seinen Willen dar – eine noch größere als ihr voriges Tête-à-tête –, falls das möglich war. Die größte, weil er sich zweifellos alles nehmen könnte, was er wollte…

»James!«

Er lehnte sich über ihre Schulter, drehte ihr Gesicht zu sich und heftete seine Lippen auf ihren Mundwinkel. Sie atmete leise aus, und ihre Lippen öffneten sich, um seiner Zunge Einlaß zu gewähren. »Schau in den Spiegel«, befahl er und küßte ihre Schulter.

Seine Hände glitten ihren Rücken hinab, unter ihre Arme, dann bedeckten sie ihre Brüste. Er lächelte über ihr leises Stöhnen – und darüber, wie sich ihre Nippel unter der Satincorsage versteiften. Seine Handflächen kreisten über sie, und er konnte den Stoß seiner Hüften nicht verhindern, als sie sich an ihn drängte.

»Das ist es, mein Schatz. Das bist du, und so sollst du sein!« Er riskierte einen Blick auf ihr Spiegelbild, und ihm stockte der Atem. Ihr Gesicht schimmerte wie Porzellan, und ihre Lippen glänzten. Sie bog den Rücken, drängte ihre Hände zwischen ihre Körper und bohrte ihre Fingerspitzen in die eisenharten Muskeln seiner Schenkel.

»James«, keuchte sie seinen Namen. »James?«

»Ja, meine Süße? Sag mir, was du willst.«

Sie schlug ihre kleinen weißen Zähne in ihre Unterlippe und kniff die Augen fest zu. »Ich bin hilflos gegen das, was sich in mir aufbäumt. Auch wenn es unrecht ist, mag ich es nicht unterdrücken.«

Er hatte allergrößte Mühe, sich zu beherrschen. Die Spitze an ihrem Hals war ein verlockender Schleier, der unter seinen Fingern kapitulierte. Beiseite geschoben enthüllte er die üppige Fülle ihrer Haut seinem Blick, der Atem in seiner Kehle brannte.

Hitze krallte sich in seinen Unterleib.

Rasch lockerte er die Bänder am Rücken ihrer Corsage und zwang sich innezuhalten, sich zu sammeln. »Schau«, sagte er mit belegter Stimme. »Schau genau hin!«

Erneut schob er die Spitze zurück, hakte seine Finger in den Ausschnitt ihres Kleides und streifte es mitsamt den kleinen Puffärmeln tiefer.

»Nein!« Sie zupfte vergeblich an seinen Armen.

James wartete, bis sie stöhnte, und ihr Griff sich lockerte. Er lächelte, ein kleines Siegeslächeln, und bemächtigte sich ihrer Hände. Er legte sie an seine Hüften und strich die letzte Barriere aus Seide und Spitze von ihrem vollen Busen; dann, mit ihrer willenlosen Hingabe, erweckte er die rosigen Spitzen zum Leben, zur Bereitschaft für ihr gemeinsames Vergnügen.

»Das darf nicht sein...« Sie keuchte, als er mit dem Daumen kurz über ihre Nippel streifte, stöhnte erneut und drehte den Kopf zur Seite.

James hielt inne, die Finger auf den kleinen Runzeln, die sie zum Wahnsinn trieben. »Schau, Celine! Hör nicht auf zu schauen.«

Langsam gehorchte sie. Und er tat desgleichen. Ihr Haar hatte sich aus dem sorgfältig gesteckten Knoten gelöst und Locken fielen in herrlichem Gewirr um ihre Schultern.

»Gut.« Er lächelte sie an, ließ ihren Blick nicht los, während er sich langsam beugte und einen Nippel zwischen die Zähne nahm. Er knetete die andere Brust und saugte, bis sie einen erstickten Schrei ausstieß und sich an ihn klammerte.

Lachend wich er ihren Händen aus, und es gelang ihm, sie erneut mit dem Rücken zu sich festzuhalten. »Da kommt noch mehr, meine Liebe, viel mehr. Ich muß dich allerdings Geduld lehren.« Er streifte ihr rasch das Kleid vom Körper und ließ es fallen. »Geduld ist für herrliche Liebesspiele unerläßlich. Und du wirst eine Meisterin dieser Kunst werden.« Er hob sie hoch und schob das Kleid unter ihren Füßen weg. Jetzt trug sie nur noch ein spärliches Hemd, das bis zur Taille offen hing.

»James, ich kann es nicht ertragen«, sagte sie und ihre nackten Brüste hoben und senkten sich erwartungsvoll.

Eilig senkte er den Kopf und widmete sich dem anderen Nippel. Dann stellte er sich erneut hinter sie und ließ seine Finger über die beiden aufgerichteten Spitzen gleiten. »Gerade wenn du glaubst, du könntest es nicht mehr ertragen, wirst du noch mehr erregt, Celine, und noch mehr.« Und er würde ebenfalls durchhalten und beten, daß er an dieser Kraftprobe nicht zerbrach.

Bevor sie ahnte, was er vorhatte, tauchte er zwischen ihre Beine, packte ihren Venushügel durch den dünnen Batist des Hemds.

Er sah in ihre Augen, als ihr Mund ein schockiertes »Oh!« formte, und sie wand sich, tastete blind nach ihm. »James, ich will dich anfassen.«

Er tauchte seine Fingerspitzen in sie, spürte, wie die heiße, schwere Nässe aufwallte und wie sie hilflos ihre Hüften seinem Sturm von Verlangen darbot und gegen seine Finger stieß.

Zuviel. Diesem Druck war er nicht mehr gewachsen. Mit hastigen, geschickten Fingern öffnete er seine Hose und verkniff sich mit Mühe ein erleichtertes Keuchen, als seine Männlichkeit befreit wurde.

Mit gespreizten Beinen zog er den dünnen Fetzen Stoff, den sie um die Hüften trug, beiseite und drängte sich gegen ihr kleines festes Gesäß ... heftig im Kampf mit dem Drang, das zu tun, was jetzt so leicht wäre.

»James! Was machst du da?« Ihre Stimme klang jetzt hell und atemlos.

Mit größter Mühe gelang es ihm, in ihre weitaufgerissenen Augen im Spiegel zu lächeln; dabei schlang er noch einmal seine Arme um sie und riß ihr Hemd auf, bis er ihr goldenes, schimmerndes Haar zwischen den Beinen erblickte.

»Du bist schön«, flüsterte er in ihr Ohr. »Es wird nie einen Moment geben, in dem ich dich nicht genau so will, wie du jetzt bist.«

Sie begann sein Lächeln zu erwidern, biß aber die Zähne zusammen. James' Finger schlängelten sich in die heißen seidigen Falten, die das goldene Haar schützte, und strich rhythmisch auf und ab, wehrte ihre um sich schlagenden Hände ab, und stieß härter und härter zu.

»James! Bitte!«

»Ja, meine Liebe. Ja!«

»Ja!« hauchte sie ihr Echo, und dann kam ihr Orgasmus, brachen die Wellen über sie herein.

Schließlich erschlaffte Celine in seinen Armen, legte ihre Wange an seine Brust. James hielt sie behutsam fest. Er ließ seinen letzten gierigen Speer von köstlichem Schmerz aus seinem Schaft branden, der gegen ihr weiches, weibliches Fleisch drängte – dann zwang er seinen Verstand, sich von den körperlichen Gelüsten zu befreien.

Ein kleines Geräusch durchdrang den Nebel in seinem Kopf. Besorgt beugte er sich über Celine. »Was ist denn, mein Herz?«

Unaufhörliche Schluchzer schüttelten sie, und James schob sie ein kleines Stück von sich, um seine Hose zurechtzurücken.

Sie weinte.

»Nicht, mein Herz!« Er ging auf die Knie und zog sie hinunter, bis er sie auf seinen Schenkeln wiegen konnte. »Du mußt nicht weinen. Alles ist genau so, wie es sein soll.«

»Nein«, sagte sie mit gebrochener Stimme. »Nein, überhaupt nicht. Ich wünschte, das wäre es.« Sie strampelte sich frei und kniete sich in ihrem zerfetzten Unterkleid vor ihn. »Diese Gefühle sind für mich wunderbar. Und ich möchte sie immer und immer wieder erleben, mit dir! In dieser Hinsicht weigere ich mich, dich jemals anzulügen, James!«

Er verkniff sich ein Lächeln. »Darüber bin ich froh!«

»Was auch immer kommen mag: Ich werde mich an diese Nacht erinnern und wissen, daß ich das Beste erlebt habe, was es zwischen einem Mann und einer Frau geben kann.«

Noch nicht. »Celine, ich möchte dich etwas fragen.« Warum sollte er nicht beides bekommen, das Mädchen und seine Rache?

»Zuerst wirst du mir von der Dame und den Spiegeln erzählen.«

Er zog die Schultern hoch. Manchmal mußte man Frauen, gleichgültig wie tapfer und herzhaft sie sind, einfach ein paar Illusionen gönnen. »Sie war ... Sie war ein Mythos. Eine Legende. Angeblich eine Verwandte eines Ahnen der Casterbridges. Nachdem sie sich verliebt hatte und erwartete, geheiratet zu werden, ließ ihr Liebhaber sie sitzen. Ihr Ruf war ruiniert, und keiner machte ihr je wieder einen Antrag. Angeblich hat sie dieses Zimmer geschaffen und ist hierhergekommen, um sich stets in Einsamkeit zu betrachten.«

»Aber warum?«

»Sich bestätigen zu lassen, daß ihre Schönheit nicht verwelkte.«

»Oh!« Celine hockte sich auf ihre Fersen. »Wie gräßlich! Irgendwann mußte sie ja dahinschwinden.«

»Nein. Sie ist ziemlich jung gestorben«, improvisierte James. »An einem Fieber und ganz friedlich, soweit ich hörte.«

»Arme, liebe Seele!« Celine sah aus, als würde sie gleich wieder weinen.

»Eine schöne Legende! Denk nicht mehr dran. Wie, glaubst du, würden deine Mama und dein Papa reagieren, wenn jemand Neues um deine Hand anhielte?«

»Hm?«

»Ein unerwarteter Antrag! Wenn irgendein anderer Mann außer Letchwith dich heiraten wollte, was, glaubst du, würden deine Eltern dazu sagen?«

Er sah, wie sie schluckte und dann hinunter auf ihre Blöße sah. Sie versuchte, die Batistfetzen zusammenzuraffen.

»Wenn du erlaubst...« James hob sie hoch, streifte das Kleidungsstück ab und griff nach ihrem Kleid. Das zog er über ihren Kopf und schloß es, dann drehte er sie wieder zu sich. »Bitte, Liebes, äußere dich!«

»Papa kann so schwierig sein«, sagte sie und zupfte unbeholfen die Spitze an ihrem Hals zurecht. »Es ist schwer zu erklären, aber ein Kerl, ein Ungeheuer, hat ihm seine Träume genommen. Er hat gestohlen, was eigentlich Papa zustand, und jetzt kommen bei ihm diese wilden Phasen, und er reagiert ganz unberechenbar auf fast jedes neue Ereignis.«

James begann, Celines Haar zu glätten und ihr zu helfen, es einigermaßen ordentlich hochzustecken. »Was wurde gestohlen?«

»Ich weiß es nicht. Aber Papa sagt oft, er wünschte, er könnte den Dieb und seine Familie aus der Welt schaffen. Ich hab immer gehofft, daß sie weit weg sind, damit so etwas Furchtbares nicht geschieht. Kann ich jetzt eigentlich wieder hinuntergehen und nach Hause fahren, ohne groß aufzufallen?«

»Keine Sorge. Erzähl mir mehr von diesem Mann. Von dem, der deinem Vater das angetan hat.«

»Genaueres weiß ich nicht«, bekannte Celine. Er glaubte, in ihren Augen unvergossene Tränen wahrzunehmen. »Aber sicher kann doch keiner so böse sein wie... sicher nicht...«

»Wer ist es? Wie heißt er?«

Celine frisierte sich weiter. »Es heißt nur immer, daß sein Vorname Francis lautet.«

James konnte mit Mühe verhindern, daß er einen Satz rückwärts machte. »Francis?«

»Ja. Aber mehr weiß ich wirklich nicht.«

So. Es stimmte also, daß Godwin glaubte, ein Mann namens Francis hätte ihm einen großen Schatz geraubt. James brauchte keine Fragen mehr zu stellen. Die Vermutungen seines Vaters waren korrekt gewesen. Und er wußte, was zu geschehen hatte.

Sowohl seine Genugtuung als auch Celine würde er kriegen! Das einzige, was sich geändert hatte, waren seine Gefühle für das Mädchen. Er betrachtete sie nicht mehr als Gegenstand seines Plans. Nein. Sie ließ ihn nicht mehr los, und er würde ihre Achtung erwerben. Vielleicht würde er durch sie sogar ein wenig Hoffnung und Freude in sein Leben bringen. Oder befand er sich auch nur im Traum eines albernen verliebten Jünglings?

Trotz alledem würde er Rache üben!

»Komm, wir bringen dich zurück in die Curzon Street, mein Herz«, sagte er und hoffte, Celine würde den Zorn in seiner Zimme nicht bemerken. »Auch Lettie kommt dann gleich anschließend nach. Sie wird meine Geschichte, daß du unpäßlich geworden bist, glauben.«

»Ich verstehe«, sagte Celine mit dünner Stimme, »schon gut.«

»Sieh mich an«, befahl James, und als sie gehorchte, lächelte er sie an und drückte ihr einen Kuß auf die Stirn. »Also! Was ich dir jetzt sage, wird alsbald in die Tat umgesetzt.«

Abwartend zog sie die Schultern hoch.

»Innerhalb weniger Tage halte ich um deine Hand an und mein Antrag wird hundertprozentig akzeptiert werden!«

19

»Schläfst du denn *nie*?« James stolzierte vorbei an Won Tel zur Treppe.

»Willkommen daheim, James!«

»Vorsicht Sir. Meine Stimmung ist gefährlich.« Er schickte sich an hinaufzusteigen.

»Es ist vier Uhr früh.«

»Wie lange ich in meinem Club bleibe, ist meine Sache. Geh schlafen, Mann.«

»James!«

Widerwillig blieb der Hausherr stehen, aber er drehte sich nicht um zu Won Tel.

»Ihr habt Euren On... Ich meine, Ihr habt den Marquess von Casterbridge verpaßt.«

James runzelte die Stirn und machte eine Kehrtwendung. »Er war hier?«

»Ja. Vor knapp einer Stunde.«

»Aber er hat gewußt, daß ich seinen verdammten Ball verlasse und zu Boodle's gehe.«

Won Tel vermied es, James in die Augen zu sehen. »Vielleicht hat er es vergessen.« Die Bewegungen des Mannes waren ungewöhnlich nervös.

»Ich habe es ihm gesagt, als ich mich verabschiedete«, sagte James langsam. »Hat er eine Nachricht hinterlassen?«

Won Tel räusperte sich. »Er hofft, daß Ihr Euch alle wichtigen Entscheidungen gut überlegt.«

»Das war alles?«

»Ja... außer daß er sagte, Ihr sollt auf Eure Reaktionen... Er meinte, Ihr könntet schon bald geneigt sein, gewisse Dinge in einem anderen Licht zu sehen.«

»Rätselhaft! Und außerdem?«

»Nichts.«

»Dann wünsche ich dir gute Ruhe.«

»Gute Nacht, James.«

»Gute Nacht!« Zum Teufel mit den verschlüsselten Nachrichten seines Onkels.

»James!«

Er sah über seine Schulter in Won Tels besorgtes Gesicht. »Gibt es noch etwas, Mann?«

»Nein, nein! Gute Nacht.«

Fluchend stampfte James die erste Treppe hoch und dann die zweite zu der großen Flucht von Zimmern, die für seine Zwecke umgebaut worden waren.

Die Stunden bei Boodle's und die großen Mengen konsumierten Weins hatten keine Lösung gebracht. Im Gegenteil, zu seiner miesen Laune gesellten sich nun auch noch dröhnende Kopfschmerzen.

Diese unglückselige Erbschaft mußte aus der Welt geschafft werden – sofort. Morgen früh oder wann immer er seinen trunkenen Geist wieder gesammelt hatte, würde er sich aufmachen zum nächsten, entscheidenden Schritt.

Er warf die Tür des kleinen Arbeitszimmers auf, das zu seinem Schlafgemach führte, ging hindurch und ließ Zylinder, Mantel und Schal unterwegs fallen. »Verdammt!« Die durch die Luft segelnden Handschuhe rutschten vom Schreibtisch auf den Boden. »Won Tel ist ein miserabler Diener!« Die Tatsache, daß Won Tel es nicht gewohnt war, Besuchern und Mitgliedern des Haushalts ihre Mäntel am Eingang abzunehmen, stimmte James ihm gegenüber auch nicht freundlicher.

»Allmächtiger!« In seinem Kopf hämmerte es. Wenigstens hatte man das Feuer im Schlafzimmer angezündet. Der Schein der Flammen flackerte über tiefgrüne, seidenbespannte Wände, und er trat ein, lockerte die Krawatte…

»Hallo, James!«

Er stutzte, dann blieb er reglos auf der Schwelle stehen. »Was, in Teufels Namen…« Lady Anastasie saß oder vielmehr kuschelte sich in einen ledernen Ohrensessel vor dem Feuer.

»Und jetzt sag mir bitte, wie sehr du dich freust, mich zu sehen«, flötete sie. Ihre rauchige Stimme war etwas langsam, wahrscheinlich von der halbleeren Flasche Champagner, die neben ihr auf einem chinesischen Bronzetisch stand.

James sah sie an – und bei der Dame gab es wirklich einiges zu sehen – zog sich die Krawatte ganz aus und schälte sich aus seiner Jacke. Diese ließ er auf den Stuhl neben Lady Anastasie fallen. »Was machen Sie hier, Mylady?«

Kichernd erklärte sie: »Ich wurde *geliefert*!« Sie breitete die Arme aus und spritzte Champagner aus dem Glas, das sie hielt, auf James' kostbaren chinesischen Seidenteppich. Dann hob die Dame ihr Kinn und lachte. Ihr Haar hing offen über ihre Schultern. Sie war vollkommen nackt.

James ließ langsam seinen Blick über sie schweifen, während er seine Weste ablegte und begann, sein Hemd aufzuknöpfen.

Lady Anastasie reckte sich begehrlich und senkte verführerisch die Wimpern. »Der liebe Augustus scheint dich sehr, sehr gern zu haben, James«, sagte sie. Ihr Schnurren schwoll an. »Er hat diesem seltsamen Menschen in deinen Diensten …«

»Welchem seltsamen Menschen?« Das Hemd gesellte sich zur Weste und James setzte sich, um seine Stiefel auszuziehen.

»Du weißt schon! Der mit der komischen Tunika und der Mütze, dieser Riese kann einem wirklich Angst einjagen! Aber mir natürlich nicht!«

James schob die Stiefel beiseite und lehnte sich in den Stuhl zurück. Er streckte seine Beine aus.

»Wir werden Spaß haben«, lockte Lady Anastasie ihn. Sie zog ihre Fingerspitzen über einen Schenkel, durch das rote Dreieck am Ansatz ihrer Beine und über ihren gerundeten Bauch. »Zieh dich ganz aus. Ich bin Augustus' kleines Geschenk für dich!«

»Hm!« Seine Kopfschmerzen verließen ihn nicht, aber wenigstens konnte er wieder klar denken. »Wie ich sehe, trauern Sie immer noch um Ihren verlorenen Verlobten. Das muß eine schwere Prüfung für Sie sein, Mylady!«

Langsam leckte sie über ihre Lippen und machte einen

Schmollmund. »Es war eine sehr schwere Zeit, aber ein Mädchen muß auch wieder leben, um zu vergessen.« Das Glas wackelte, aber es gelang ihr, es zum Mund zu führen und einen schlürfenden Schluck zu nehmen. »In einsamen Nächten braucht ein Mädchen einen Mann, um sich von so traurigen Erinnerungen abzulenken. Einen Mann wie dich, James. Jemand, der groß und stark ist und *aufrichtig.* Und *bereit.* Sie musterte seinen Unterleib, und er zweifelte nicht daran, daß sie die ganz natürliche Wirkung, die sie auf diesen Teil von ihm ausübte, bemerkte.

Er legte den Kopf zurück und beobachtete sie mit halb geschlossenen Augen. *Lecker.* Augustus hatte den Zeitpunkt für diesen Test gut gewählt. Denn das sollte einer sein. Der alte Herr war alles andere als erfreut über den Gedanken, daß James sich mit den Godwins einließ, ganz zu schweigen von seinem Interesse an deren Tochter. Lady Anastasies Anwesenheit sollte James zu der Einsicht bringen, daß ein Mann, der bald zum Earl ernannt und schließlich Marquess werden würde, eine welterfahrene, strahlendere Partie an seiner Seite brauchte.

Augustus hatte zweifellos die Frustration seines Neffen gespürt und sie erfahrungsgemäß zumindest einem teilweisen Mangel an sexuellem Ausgleich zugeschrieben.

James betrachtete Lady Anastasies Brüste. Entblößt waren sie etwas zu groß für seinen Geschmack, aber nicht zu groß, um einen Mann höchst befriedigend zu unterhalten, solange er damit spielen wollte.

»Gefällt dir, was du siehst?« fragte sie. Sie nahm einen schlaffen Nippel zwischen Daumen und Zeigefinger, und zwirbelte ihn. James hörte, wie sie sich leise keuchend erregte. »Warum tust du das nicht für mich, James?«

Er sagte nichts, aber er sah ihren Blick auf seinen Schaft in der zu engen Hose. Sie lächelte wissend.

Alles, was die Frau tat, hatte sie schon einmal gemacht, oder durch die Hände eines Mannes erfahren. Sie benutzte ihren Körper, wie sie es gelernt hatte – zu ihrem eigenen Vergnügen und um das zu kriegen, was sie wollte.

»Komm James, ich seh doch, wie bereit du bist.« Sie hob ein Knie und zeigte ihre weiblichen Falten, die bereits geschwollen waren und glänzten. »Ich bin es auch. Sieh her!«

Er beobachtete sie weiter. Für diese Lady war er nicht mehr als ein Mittel, um ihre Lust zu stillen, die eine erfahrene Kokotte wie sie nur allzu leicht erregen konnte.

Sie war gebraucht, und das ziemlich häufig

Ihr Knie fiel zur Seite, und sie suchte ihre Knospe des Verlangens.

James rutschte auf seinem Sessel hin und her.

»Zieh deine Hose aus«, hauchte sie. »Laß dir zeigen, was für einen geschickten Mund ich habe, James.«

Er zwang sich, ruhig zu bleiben, und beschwor das Bild Celines herauf, wie sie ausgesehen hatte, als sie vor ihm kniete – als sie mit kaum erwachter Fraulichkeit verkündete, daß sie sich weigerte, ihr Schäferstündchen zu bedauern.

Lady Anastasies Atem wurde lauter und schneller – im Takt mit ihren hin und her gleitenden Fingern. »Ich bin fast da, James«, keuchte sie. »Fast. Komm. Nimm mich. Jetzt!«

Diese Gefühle sind wunderbar für mich. Und ich möchte sie immer und immer wieder erleben, mit dir. In dieser Hinsicht weigere ich mich, dich jemals anzulügen… James!

»James!« Die Frau klang jetzt gereizt, fordernd.

Er schloß die Augen und entspannte sich.

»Hörst du mich?«

Er ließ sein Kinn schlaff werden, und es gelang ihm, einen kleinen Schnarcher anzudeuten.

»O nein!« Das Geräusch, das er hörte, war ihre Haut, die über Leder quietschte. »Niemals! Niemals ist ein Mann bei einer solchen Gelegenheit eingeschlafen. Das dulde ich *nicht*!«

Sein nächster Schnarcher war schon kühner und kitzelte ihn in der Nase.

»Ich bin noch *nie* so beleidigt worden. Oooh!« kreischte sie und ihre nackten Füße platschten quer durch den Schlafraum in sein Arbeitszimmer.

Vorsichtig blinzelte er und horchte. Er hatte den Test bestanden und jetzt nicht nur seinem Onkel, sondern auch sich selbst bewiesen, daß keine Frau ihn so verlocken konnte wie Celine Godwin.

»Das wird der Marquess aber erfahren!«

»Hoffentlich«, murmelte James.

Ein Kichern ließ James die Stirn runzeln. Sie würde doch wohl nicht noch einmal versuchen, ihn zu verführen?

Aus dem Kichern wurde ein Prusten, ein lautes, ordinäres Lachen.

Widerwillig erhob er sich und ging auf Zehenspitzen zur Tür. Die Dame stand am hinteren Ende des Arbeitszimmers, wo sie offensichtlich ihre Kleider auf einer Truhe abgelegt hatte.

»Oh!« Sie lachte, drückte ihr Unterkleid an sich und taumelte hilflos gegen die Wand. »Ist das komisch – entsetzlich komisch!«

James lüftete eine Braue und ging weiter in den Raum.

Allmählich verstummte das Lachen, und Lady Anastasie fixierte ihn böse zwischen Ausbrüchen von Gekicher. Sie packte ihr weißes Kleid und kämpfte sich hinein. Es gelang ihr, es zuzubinden und den Busen durch den engen Bund zu quetschen.

»Das wirst du bedauern«, sagte sie und bleckte die Zähne.

James verschränkte die Arme und kniff die Augen zusammen.

Die Lady ließ sich auf dem Rand der Truhe nieder und zog einen Strumpf an, wobei sie dafür sorgte, daß James noch einmal sehen konnte, was ihm entgangen war. Sie schob ihr Haar zurück und ihre Augen wurden groß – immer größer.

James beobachtete sie höchst interessiert.

Ihr Gesicht verzog sich, und sie begann zu niesen. Mit großer Mühe gelang es ihr, den zweiten Strumpf anzuziehen und aufzustehen – immerfort niesend.

Tränen traten aus ihren Augenwinkeln und ihre Wangen wurden feuerrot.

»Etwas ...« Sie nieste. »Etwas ist ...« Abermaliges Niesen.

James hielt sich den Mund zu.

Lady Anastasie griff keuchend nach einem weißen Satinslipper, steckte ihren Fuß hinein – und schrie auf – einen Moment, nachdem eine Reihe kleiner Schüsse aus dem Bereich ihrer Zehen ertönt waren.

Hektisch sah sie sich um. »Was ist das? Hier muß ein Mann mit einer Pistole sein. Wir werden angegriffen!«

»Glauben Sie wirklich?« fragte James ruhig und vermied es hinzuzufügen, daß sie und nicht er angegriffen wurde und daß man ihn dazu überreden könnte, den Angreifer sehr milde zu behandeln.

»Hilfe! Tu etwas!« Sie hüpfte wie eine unbeholfene, zerzauste weiße Krähe umher und rang mit ihrem zweiten Slipper. Auch dieser sprang sofort in die Luft, unter lautem Geknalle und eingehüllt von einer farbigen Rauchwolke, die von ihren Füßen zu ihrem Kopf aufstieg und einen neuerlichen Niesanfall auslöste.

»Erstaunlich«, bemerkte James.

Lady Anastasie rannte mit wild rollenden Augen und wedelnden Armen an ihm vorbei und riß die Tür zum Korridor auf. »Eine Kutsche!« schrie sie gellend. »Sofort eine Kutsche!«

Eine weitere Entladung war zu hören, dann das Trommeln ihrer Füße auf der Treppe.

James schlenderte zur Balustrade und sah hinunter. Won Tels dunkler Schopf und blaue Tunika erschienen, als Lady Anastasie in der Eingangshalle angelangt war, und sein getreuer Gefährte fing einen rudernden Arm mit fester Hand ein – gleichzeitig murmelte er beruhigende Worte.

»Liam«, befahl James, ohne sich umzudrehen. »Komm her.«

Leise Schritte näherten sich. »Ich bin da, James.«

Er richtete sich auf und drehte sich zu seiner kleinen Kriegerin um, die an diesem frühen Morgen ein bodenlanges Schlafgewand aus vielen Schichten bestickten rosa Musselins trug. Mit ihren offenen glänzenden Haaren, die wie ein schimmerndes schwarzes Cape bis zu ihrer Taille hingen, war sie, das mußte er zugeben, ein bezaubernder Anblick – trotz dieses selbstzufriedenen Zugs um den Mund und ihres trotzig erhobenen Kinns.

»Du hast dich schon wieder in meine Angelegenheiten eingemischt, Liam!«

»In der Tat, Master James.«

Master. »Ich bin immer *Master* James, wenn du mir Respekt vorgaukeln willst. Du hast dich an Lady Anastasies Kleidung zu schaffen gemacht. Ich dachte, ich hätte angeordnet, daß du deine Hexentrickkiste in Paipan läßt.«

Sie zuckte mit keiner Wimper und lächelte weiter befriedigt.

»Hättest du die Güte, dich zu rechtfertigen, mein Fräulein?«

Liam verbeugte sich tief. »Wenn Ihr es wünscht.«

»Auf der Stelle!«

»Nun ja, die Antwort ist sehr einfach.« Immer noch gebeugt fuhr sie fort: »Exotische Praktiken muß man bei Menschen aus fernen Landen eben erwarten.«

20

»Du hast wirklich mit Mrs. Merryfield gesprochen?«

»Das erzählte ich dir bereits.« David warf einen Blick auf seine Uhr.

»Und sie weigerte sich, Marigold zu entlassen?«

»Auch das kam schon zur Sprache.«

Celine fixierte mit grimmiger Miene den Salonteppich. »Und es war dir nicht möglich, mit Marigold zu sprechen?«

David seufzte. »Wie ich schon sagte – ich bin auf sie zugegangen, und sie zog sich zurück, bevor ich mit dem, was ich sagen wollte beginnen konnte. Sie schien ... verängstigt, denke ich. Obwohl da auch ein Anflug von Zorn mitschwang.«

»Bist du sicher, daß es sich um die richtige Frau handelte?«

»Natürlich.« Ungeduld erklang aus Davids Stimme. »Die Beschreibung, die ich von ihr hatte, paßte genau zu ihr. Und selbst wenn es zwei Frauen genau an diesem Ort mit Haaren wie Karotten geben würde, dann würden sicher nicht beide auf den Namen Marigold hören.«

»Du darfst nicht aufgeben!«

»Celine, es liegt eine Nachricht aus meiner Pfarrei vor. Ich werde dort gebraucht.«

»Jetzt?«

»Mrs. Strickland hat mich informiert, daß Ruby Rose nicht zu retten ist.«

»Mrs. Strickland ist eine unvernünftige ...« Celine sah, wie David ein Lächeln unterdrückte. »Du versuchst absichtlich, mich aus der Fassung zu bringen.«

»Nein, meine Liebe. Ich errate einfach ziemlich genau deine Ansichten.« Er setzte sich auf den Rand der Couch. »Die traurige Wahrheit ist, ich muß zurück nach Dorset, nicht um Mrs. Strickland zu helfen, sondern um Ruby Rose vor dieser Dame zu beschützen.«

Celine rieb sich die Schläfen. *James. James.* Er war alles, woran sie denken konnte, was sie sich klar vorstellen konnte – und klar *fühlen.* Gestern abend, nach dem, was sich wie ein Heiratsantrag ausnahm, war er so still geworden. Sie schloß die Augen. Wahrscheinlich bedauerte er seine Worte bereits – viel zu rasch dahingesagt nach einem

Moment höchsten Vergnügens, das zweifellos sein Denkvermögen vorübergehend getrübt hatte. Zumindest war sie einigermaßen zuversichtlich, daß er ihr helfen würde, Letchwith zu entrinnen. James war so lieb und hilfreich…

»Bist du krank, Celine?«

»Nein, nein, ich bin vollkommen gesund. Aber was ist mit Marigold, David? Wir können das arme Ding doch nicht einfach im Stich lassen, nachdem sie den Wunsch geäußert hat, gerettet zu werden.«

»Da stimme ich dir zu«, sagte David. »Aber ich muß mich zuerst um die junge Frau kümmern, die sich bereits unter meinen Fittichen befindet. Ich werde in die Stadt zurückkehren, sobald sich alles beruhigt hat. Wie lange lebt Liam schon bei Mr. Eagleton?«

»Vielleicht könnte Marigold… Wie bitte?«

»Wie…«

»Liam?« David war normalerweise so klar mit seinen Gedanken und seinen Worten. »James? Was haben diese mit Marigold und Mrs. Merryfield zu tun?«

David spreizte seine Hände über den Knien. »Ich habe dir eine simple Frage gestellt.«

»Und die Antwort weiß ich nicht«, erwiderte Celine erbost.

»So ein zerbrechliches Wesen sollte nicht in einem Haushalt leben, der eindeutig nur aus Männern besteht.«

Sie starrte ihn an.

David wandte sich ab.

»Ich versichere dir, Mr. James Eagleton ist über jeden Verdacht erhaben.« Röte stieg ihren Hals empor. »Er ist absolut verantwortungsbewußt und zweifellos mehr um Liams Wohlergehen besorgt als du, David.« Was würde David sagen – tun –, wenn er von den Stunden erfuhr, die Celine mit James verbracht hatte?

»Ich habe nur gefragt…«

Was auch immer, die Unterhaltung ging unter in dem

Aufruhr, der plötzlich aus der Eingangshalle ertönte. Stimmen wurden laut und hastige Schritte, die sich rasch dem Salon näherten – dann wurde die Tür aufgerissen.

David schoß hoch. »Guten Tag, Mr. und Mrs. Godwin!«

»Mama«, sagte Celine mit schwacher Stimme. »Papa!«

»Mama, Papa«, äffte ihre Mutter sie nach. Sie ignorierte David und eilte in die Mitte des Raumes. »Ist das alles, was du zu sagen hast? Keine freudige Begrüßung für deine Eltern, die du in diese mißliche Lage gebracht hast? Wirklich ein Skandal!«

Celine rang die Hände und sah hilfesuchend zu Lettie, die ebenfalls aufgetaucht war. »Ich habe keine Ahnung, was du meinst, Mama.«

Mamas jugendlich grellgrünes Kutschenkleid und die Schute mit der organdybesetzten Krempe waren weder vorteilhaft für ihre stattliche Figur noch für ihr blondes Haar und den etwas roten Teint. Vor lauter Empörung glühte ihr Gesicht mehr als gewöhnlich, und ihre hellblauen Augen hatten diesen harten Glanz, den Celine zu fürchten gelernt hatte.

»Celine ist eine gute und pflichtbewußte Tochter«, sagte Lettie mit lauter Stimme und stellte sich vor ihrem Schützling auf.

Papa wandte sich an Celines Gesellschafterin. »Sie werden den Mund halten, Lettie. Meine Frau und ich machen uns unser eigenes Bild, wie gut und pflichtbewußt unsere Tochter ist.«

»Wir können uns glücklich schätzen« – Mama schüttelte den Kopf und holte tief Luft – »glücklich schätzen, daß Bertram Letchwith über deinen Ungezogenheiten steht.«

»Was hat Mr. Letchwith...« Celine sah die bedrohliche Miene ihres Vaters und kniff die Lippen zusammen. Himmel, wie er ihr grollte! Wütend sah er noch größer und knochiger aus. Heute trug er eine offensichtlich teure weinrote Jacke und gelbe Hosen, und nicht die stets zerknitterte

Kleidung eines Landedelmannes, die er sonst bevorzugte; er schien irgendwie verändert. Celine erinnerte sich daran, daß sie ihren Vater nie zuvor in London gesehen hatte. Hier trug er augenscheinlich Kleidung, die er als modisch betrachtete. Ihr gefiel sein Aufzug in keinster Weise und am wenigsten die türkise Weste, die mit rotäugigen schwarzen Pfauen bestickt war.

Papa hob seine schmale Nase und ging ein paar Schritte auf Celine zu. »Wie deine Mutter schon sagte, können wir von Glück sagen, daß Bertram ein vernünftiger Mann ist. Und *wir* können uns glücklich schätzen, daß er uns heute morgen entgegengeritten ist, statt einfach seinen Antrag zurückzuziehen.«

Celine wurden die Knie weich. Eine Bewegung erregte ihre Aufmerksamkeit: Lettie gab ihr ein diskretes Signal.

»Wenn Sie mich bitte entschuldigen, Mr. und Mrs. Godwin«, sagte David sofort. »Ich habe etwas zu erledigen.«

Papas wütender Blick heftete sich auf den Pastor. »Was machen Sie denn hier, Talbot?« Sein schwerer Blick glitt zurück zu Celine. »Hab nicht gedacht, daß die Stadt nach Ihrem Geschmack ist.«

»David hat mir Neuigkeiten aus dem Dorf gebracht«, schaltete Lettie sich wieder ein. »Und wir haben darauf bestanden, daß er hier wohnt, während er seine geschäftlichen Angelegenheiten regelt. Ich bin sicher, das entsprach auch Euren Wünschen. Soll ich Ihnen eine Droschke rufen, David?«

»Das wäre sehr freundlich.«

David und Lettie entfernten sich. Celine sah schweren Herzens, wie die Salontür zufiel. Sekunden später hörte man die Haustüre gehen. Jetzt mußte sie sich der Wut und den Anklagen alleine stellen.

»David Talbot interessiert uns nicht«, sagte Mama. »Was hast du zu deiner Verteidigung vorzubringen, Celine?«

Letchwith hatte sicher auch über ihre Idee, Geld zu sparen, gesprochen. Wie schade, wenn sie jetzt mit ihrem wundervollen Projekt nicht fortfahren dürfte! »Ich hab nicht gewußt, daß ihr kommt«, sagte sie abwesend. Zumindest bestand keine Gefahr, daß Davids Rolle in dieser Angelegenheit ans Licht kam.

»Offensichtlich hast du gedacht, wir würden nie kommen.« Ihr Vater warf seine Rockschöße hoch und setzte sich in einen Stuhl aus Buchenholz, der unter seinem Gewicht knarzte. »Oder du hast es sogar *gehofft*! Du hast gedacht, du kannst deine frechen Spielchen ungestört weitertreiben. Ich bin dankbar, daß wir uns entschlossen haben, Bertram zu benachrichtigen. Er wußte, wo wir übernachten wollten, so kam es vor der Weiterfahrt zu unserem Treffen. Nur mit großer Mühe konnte ich ihn davon abhalten, uns heute nachmittag hierher zu begleiten.«

Seine Unterwürfigkeit verabscheute sie. »Ich bin überrascht, daß ihr euch soviel Mühe gemacht habt. Von wegen Frechheiten! Warum habt ihr ihm nicht gestattet, mitzukommen und mir seine Anschuldigungen ins Gesicht zu sagen?«

»Das reicht, liebe Tochter. Wie konntest du nur so eine Närrin sein? Dich mit einer Brut hochnäsiger Dämchen, die gesellschaftlich weit höher stehen als du, einzulassen?«

Celine starrte ihren Vater an und wartete auf den Rest der Gardinenpredigt. Würde er das als Vorwand nehmen, um sie wieder einzusperren? Sie erzitterte bei dem Gedanken, gab sich aber größte Mühe, nach außen hin gefaßt zu bleiben. Schon sehr früh hatte sie erkannt, wie jedes Anzeichen von Furcht ihren Vater erregte und er dann die Bestrafung in der Tat noch mehr genoß.

Mama plusterte ihre Röcke auf. »Trends kreieren! Allein die Vorstellung!«

Also wußten sie, was sie eingefädelt hatte.

»Wenigstens bist du gescheit genug, nicht abzustreiten, daß du dich von höheren Kreisen hast blenden lassen.« Papa richtete einen langen Finger auf Celine. »Wir beten zu Gott, daß wir rechtzeitig gekommen sind, um den Rest deiner Gelder sicherzustellen, nachdem du sie so raffiniert in deine eigene Regie gebracht hast.«

Celine war derart erleichtert, daß ihr erneut die Knie weich wurden. Sie merkten es nicht. »Oh, ich versichere dir, Papa, das hab ich nicht.« Dieser lächerliche Letchwith hatte aber auch alles falsch verstanden! Celine entschied sich dafür, Gott zu danken, statt ihn weiter zu belästigen mit Bitten. »Ich habe mein Budget bei weitem nicht überschritten.«

Mama kam mit mächtig raschelnden Röcken auf sie zu. »Und du glaubst, das würde uns dir gegenüber freundlicher stimmen? Die Frage, mit wem du dich irrigerweise angefreundet und was für alberne Flausen du im Kopf hast, dich wie eine Prinzessin aufzutakeln, ist völlig unwichtig. Daß du Mr. Letchwith offen geschnitten hast, *ist* wichtig!«

»Ich...«

»Schweig!« brüllte Papa. »Setz dich und schweig, während deine Mutter und ich entscheiden, welcher Weg der beste ist.«

Der beste für wen? Das war unmöglich, nicht fair, empörend. Celine wappnete sich gegen den Urteilsspruch, auf ihr Zimmer verbannt zu werden – und gegen das Geräusch eines Schlüssels, der im Schloß knirschte.

»Wir müssen eine Möglichkeit finden, Bertram zu besänftigen«, sagte Mama.

»Ich habe Mr. Letchwith nicht offen geschnitten.« Celine hob trotzig ihr Kinn. »Er war unverschämt und...«

»Das reicht!« Ihr Vater erhob sich wieder. »Setz dich!«

Sie tat wie ihr befohlen und zog sich in eine entfernte Ecke zurück.

»Darius«, sagte Mama. »Ich finde, wir sollten diese Heirat so bald wie möglich anberaumen.«

»Als allererstes müssen wir die Abfindung regeln«, setzte

Papa ihr auseinander. »Ich hatte gehofft, die Summe noch beträchtlich zu erhöhen, aber das Mädchen hat vielleicht jede Chance darauf verplempert.«

Celine hörte zu, und ihre Eltern redeten und redeten – als hätte sie aufgehört zu existieren, als wäre sie eine Puppe ohne eigenen Verstand und Willen. Eine halbe Stunde verging – eine Stunde –, und Celines Rücken schmerzte von der Spannung des Wartens.

Diese arme Marigold war eigentlich gar nicht so verschieden von ihr... keine von ihnen hatte Kontrolle über ihr eigenes Leben. Celine versuchte, das streitsüchtige Gebell ihrer Eltern auszuschalten. »Er wird zahlen.« »Er hat angedeutet, sie wäre besudelt.« »Besudelte Ware, von wegen! Nur günstiger will er das junge Ding bekommen.« Es war wirklich unerträglich, aber gab es für sie eine Wahl?

Wenn sie mit James weitermachen könnte, auch genauso wie bisher, würde sie sich nicht sträuben. Ein Interesse an Vergnügen mit Männern überhaupt kam ihr gar nicht in den Sinn.

Nein, sie war nicht wie die armen Gefallenen, denen das Verlangen ihres Körpers ihr Verhalten diktierte – aber Celine... für sie würde es *keine* Lust ohne James geben.

Diese Erkenntnis brachte große Trauer – und ein bißchen Wärme. Trauer um das Bevorstehende, wenn sie für immer ohne ihn leben müßte. Die Wärme indessen kam von der Erkenntnis, daß sie James wollte, seine Berührung, seine Gegenwart aus Gründen, die wesentlich tiefer lagen als Lust oder die Hoffnung, durch ihn Letchwith loszuwerden. Sie liebte ihn, ja, fast verzweifelt.

»Wir werden ihn sofort zum Abendessen einladen!« Mamas hysterische Stimme unterbrach die Tagträume der Tochter. »Ich werde mit der Köchin sprechen. Und Celine muß die Scharte wieder auswetzen.«

»Es ist nicht nötig, daß sie in Erscheinung tritt«, sagte Papa. »Sie braucht nicht einmal dabeizusein.«

Ihre Eltern trachteten lediglich danach, sie mit Profit loszuwerden. Und sie besaß wenig Möglichkeiten, diese Situation zu ändern. Aber Marigold... vielleicht könnte sie wenigstens ihr helfen.

Ein diskretes Klopfen an der Tür wurde mit einem ungeduldigen »Ruhe da draußen!« von Mama quittiert.

Die Tür ging auf, und Baity ließ sich blicken. »Ein Besucher«, sagte er knapp und ohne eine Spur von Nervosität über die schlechte Laune seiner Herrschaft. Er reichte ihnen das Silbertablett mit einer Visitenkarte.

Unwirsch nahm Papa sie zur Kenntnis. »Eagleton? Ich kenne keinen Eagleton. Schick ihn weg!«

Celine wollte sich erheben, setzte sich aber rasch wieder, versuchte, das Hämmern ihres Herzens zu unterdrücken und ihren Verstand zu sammeln.

»Er sagt, er hätte eine Angelegenheit mit Ihnen zu besprechen, die für Sie von Vorteil sein könnte, Mr. Godwin.«

»Hm!« Papa schniefte. »Laß ihn reinkommen, aber entferne dich nicht zu weit, für den Fall, daß er sich als unerwünscht erweist.«

In den Momenten, die folgten, flatterte Celines ungebärdiges Herz wie ein Kolibri. Dann trat James in den Salon und ihr stockte der Atem.

Ihre Blicke begegneten sich nur für einen Augenblick, aber das reichte für die Erkenntnis, daß das Grau seiner Augen heute stählern war. Der Wind, der die Fenster hinter ihr rüttelte, hatte zwar sein schwarzes Haar zerzaust, war aber sicher nicht für die leichte Rötung seiner Wangen verantwortlich.

James' breite Brust schwoll inzwischen an unter seinem perfekt geschnittenen Jackett. Trotz seiner Größe erschien Papa neben ihm viel kleiner und schmächtiger als dieser berückend schöne Mann.

Berückend schön.

Im Bruchteil einer Sekunde nahm Celine James' Anblick

in sich auf, vom zerzausten Haar über die breiten Schultern bis zu den schmalen Hüften und kräftigen Beinen.

Er hatte noch kein Wort gesagt. Sie sah in sein Gesicht und holte hastig Luft. Das war doch wohl kein Haß in seinen klaren Augen, die sich jetzt auf ihren Vater hefteten?

»Eagleton, nicht wahr?« Papa sah von der Karte, die er hielt, zu dem Besucher. Verachtung und auch Ärger lagen in der Frage.

»James Eagleton.« James konzentrierte sich so eindringlich auf Mr. Godwin, daß Celines Magen sich verkrampfte. »Ich werde Sie heute nicht mit Einzelheiten langweilen. Sie können meinen Anwalt und andere Referenzen, die ich Ihnen geben werde, überprüfen, um sich von der Wahrheit zu überzeugen.«

»Die Wahrheit, Sir?«

Mama öffnete ihren gelbgrünen Fächer und wedelte ihn dramatisch hin und her. »Was ist denn, Darius? Was will er denn?«

»Bitte, Mrs. Godwin, regen Sie sich nicht auf.«

»Er kennt uns?« Mamas Stimme erstarb.

James' Lächeln war kein tröstlicher Anblick. »Gewiß, Mrs. Godwin.« Seine weißen Zähne blitzten wie die eines Raubtiers. »Oder besser gesagt, ich weiß von Ihnen.«

»Treiben Sie nicht Ihr Spiel mit uns, Mann«, sagte Papa.

»Niemals, Sir. Es sind keine langen Erklärungen nötig und gleich entferne ich mich wieder – für heute. Ich bin der alleinige Besitzer einer Insel im Südchinesischen Meer, wo sich der Sitz meiner beachtlichen Reederei und Handelsinteressen befindet. Zusätzlich gehört mir ein sehr ansehnliches Anwesen hier in London und ein weiteres in Dorset … nicht weit von dem Ihrigen übrigens.«

Mamas Fächer erstarrte.

Papa sah noch grimmiger drein.

»Das sind nur meine festen Besitztümer. Ich bin, Mr. Godwin, ein außerordentlich vermögender Mann.«

»Und was geht mich das an, Sir?« Papa beobachtete James mißtrauisch.

»Sie, Mr. Godwin? Ich bin mir sicher, daß es in nächster Zukunft für Sie von großem Interesse sein wird: Ich habe vor, Ihre Tochter zu heiraten.«

21

»Warum?« Mary Godwin entfernte sich vom Boudoirfenster.

Darius lag auf ihrer geliebten rosa Seidenchaiselongue und war scheinbar vertieft in die Betrachtung seiner Fingernägel. »Warum was, meine Liebe?«

»Warum sollte ein Mann wie er sie wollen?«

»Ein Mann wie er?«

Wie immer spielte Darius in ihrer Gegenwart den Beschränkten.

»James Eagleton könnte jede haben.« Sie stellte sich den Mann vor, und Erregung packte sie. »Was soll er denn mit einer faden Jungfer wie Celine?«

»Seine Gründe interessieren mich nicht, sondern sein Geld. Mr. Eagleton ist vielleicht die Antwort auf unsere Gebete. Du hast gehört, welche Summe er für die Abfindung vorschlug.«

Eagleton war älter als die Männer, die Mary normalerweise bevorzugte; aber er strahlte etwas aus, etwas Dunkles, Heißes, eine Leidenschaft, die langsam brennen würde und tief... und lange.

»Mary?«

»Bertram hat bereits um sie angehalten.«

»Und wir wägen sein Angebot noch ab... Es ist nicht hoch genug.«

»Wenn wir Bertram verärgern, kriegen wir das sicher zu spüren.« Sie hatte gehört, wie Bertram Letchwith mit seinen Feinden umsprang. »Er könnte unser Leben in der Gesellschaft unerträglich machen.«

»Wir haben nichts von ihm zu befürchten. Da kannst du dich auf mich verlassen.«

Darius' verächtlich verzogener Mund gab ihr ein bißchen Zuversicht. Vielleicht war das, was ihren Mann mit den Letchwiths verband, noch wesentlich pikanter, als sie vermutete.

»Möglicherweise gibt es noch ein paar andere Elemente, die bald lästig werden könnten«, murmelte sie. Diesem Thema waren sie lange genug ausgewichen. »Würde Augustus sich den Wünschen des alten Marquess widersetzen und uns aus Knighthead werfen? Das Haus gehört schließlich ihm.«

Darius betrachtete weiter seine Fingernägel.

»Hast du mich gehört?« Sie hatte zuviel erduldet, dachte sie, viel zu lange. »Darius! Antworte mir!« Der Anblick ihres verhaßten Mannes in dem Boudoir, das sie als ihre private Zuflucht ansah – ihre und dessen, dem sie jeweils ihre Gunst schenkte – brachte sie den Zornestränen nahe.

»Celine war zu einem Ball in Casterbridge House eingeladen«, sagte Darius schließlich. »Er hat uns so viele Jahre lang ignoriert. Wir können nicht umhin, uns zu fragen, ob er die Situation mit dem Anwesen neu überdenken will.«

»Wieso sollte die Einladung für Celine denn damit etwas zu tun haben?«

Darius drapierte einen Arm über die Lehne der Chaiselongue. »Einfache Neugier wahrscheinlich. Er weiß nichts über die Gründe, weswegen sein Vater Francis verbannt hat, da können wir sicher sein. Und augenblicklich interessiert Eagleton mich mehr.«

Mary lief hin und her, gefolgt von der Schleppe ihres schönen neuen Seidenmorgenmantels. Die tiefrosa Farbe stand ihr gut. Selbst die dumme Freda hatte das zugeben müssen, als sie Mary aus ihrem Reisekostüm geholfen hatte.

Sie zupfte an der goldenen Schleife, die sich so reizvoll zwischen ihre Brüste schmiegte. Immer noch schöne, verlockende Brüste... ah ja, dieser wunderbare blonde Knecht, den sie entjungfert hatte, bevor sie in die Stadt aufbrach, war befriedigend erregt gewesen und nur allzu bereit, ihrem Fleisch zu huldigen. Das Kribbeln zwischen den Beinen erinnerte sie daran, wie der Junge – selbst mit seinem unerfahrenen Gefummel – ihr Erleichterung verschafft hatte. Ja, Colin war in der Tat ein angenehmer Grund, sich auf die Rückkehr nach Knighthead zu freuen.

»Wenn wir sie an Eagleton abtreten, haben wir keine Geldsorgen mehr«, sagte Darius, ohne Mary anzusehen. Eigentlich sah er sie auch sonst nie an. »Ich werde Bertram besänftigen. Er wird nur allzu bereit sein, an ein, zwei kleinen Vergnügungen teilzunehmen, die mir vorschweben.«

Alter Narr! Den Mann beherrschte ein einziger Gedanke: Sex mit seinen Dirnen. »Es gab nie etwas Schriftliches zu Knighthead. Der alte Marquess hat nur gesagt, wir könnten da leben, solange wir wollten. Mehr nicht.«

Darius lachte. »Und wie wir beide wissen, stehen die Casterbridges zu ihrem Wort – selbst wenn es sie einen Sohn kostet.« Er warf den Kopf zurück und grinste hämisch. »Heiliges Kanonenrohr, ich krieg immer noch ein wohliges Gefühl im Bauch bei dem Gedanken an den alten Trottel, der auf unser Betreiben hin sogar seinen Sohn enterbt hat. Keine Sorge, meine Liebe, Augustus ist aus demselben Holz geschnitzt! Er wird die Wünsche seines Vaters respektieren. In Knighthead sind wir sicher, solange wir da bleiben wollen... und zwar bis wir diese Juwelen in die Finger kriegen.«

Mary warf die Hände hoch. »Bis wann denn noch? Seit zwanzig Jahren suchen wir und haben nichts gefunden.«

»Kommt noch. Ich fühle es. Diese Heirat könnte genau das sein, was wir brauchen. Mit frischen Dukaten in der Tasche lösen sich alle Sorgen in Luft auf.«

»Trotzdem haben wir noch keinen *Schlüssel.* Vor all den Jahren hast du gehört, wie Francis Mutter ihm sagte, er solle den Schlüssel hüten. Ich *weiß*, daß wir ohne ihn den Sainsbury Schatz nie finden werden.«

»Verflucht, Madam!» Darius fletschte die Zähne. »Und verflucht soll der Tag sein, an dem ich dir genau erzählte, was ich hörte. Sie sagte: ›Das ist der Schlüssel. Hüte ihn gut.‹ Und dann sagte sie: ›Entdecke die Macht des Auges.‹ Wann wirst du endlich kapieren, daß es keinen echten Schlüssel gab und auch nie geben wird? *Das Auge ist der Schlüssel,* Madam! Das *Auge* ist es, wonach wir suchen. *Und wir werden es finden.*«

»Wenn du doch nur mit mehr Mumm und Ausdauer gelauscht hättest, wo sich dein ach so wichtiges Auge befindet!«

Darius wandte sich ab. »Wie oft muß ich dir noch sagen, daß mein Versteck Gefahr lief, jeden Moment entdeckt zu werden? Ich konnte es nicht riskieren, gesehen zu werden. Also mußte ich mich davonmachen. Außerdem ist es gut möglich, daß gar nicht mehr gesagt wurde.«

»Nein.« Sie schüttelte den Kopf. »Nein, das kann nicht sein. Und deshalb war ich gezwungen zu leiden und die besten Jahre meines Lebens zu vergeuden.«

»Hah!« Er sah sie mit diesem wissenden, obszönen Blick an, für den sie ihm regelmäßig die Pest an den Hals wünschte. »Die *besten* Jahre Eures Lebens, Madam? Möchtest du mir vielleicht weismachen, dein Vorrat an willigen Knaben sei erschöpft?«

Das Blut schoß ihr in den Kopf. »Untersteh dich …«

»Untersteh dich, was, Madam? Untersteh du dich, mich daran zu erinnern, daß du *echte* Männer nicht ertragen kannst. Untersteh du dich, mich daran zu erinnern, daß dich nur Kinder erregen, die dich nicht an *echten* Frauen messen können?« Angeekelt schüttelte er sich. »Was glaubst du, sagen sie über dich, nachdem du für sie die Beine gespreizt und sie trockengelutscht hast? Kannst du dir vorstellen, wie die über eine alte Vettel lachen, der bei dem Gedanken, sie an ihre Brust zu drücken, wie sie nie einen eigenen Sohn an die Brust gedrückt hat, das Wasser im Mund zusammenläuft? Ihr, *Madam,* konntet mir nie einen Sohn geben!«

Sie hielt sich die Ohren zu und kniff die Augen zusammen. »Du bist eifersüchtig«, flüsterte sie. »Eifersüchtig, weil ich wahre Lust finden kann, während du in Perversitäten ertrinkst.«

Das Schweigen dauerte, bis sie die Augen öffnete und Darius' teilnahmsloses Gesicht sah. Was sich auch immer abspielte, sie durfte die Beherrschung nicht verlieren, durfte ihm nicht überlassen, was ihr gehörte – die verfluchten Sainsbury Juwelen. Sie *mußten* sie finden.

»Manchmal mach ich mir Sorgen«, sagte Mary mehr zu sich selbst, »Francis könnte zurückkehren.«

»Das wird er nicht.«

»Aber wenn er es doch tut?«

Darius lehnte sich zurück und verschränkte die Arme. »Diese Frage haben wir oft genug diskutiert. Francis kann heute nicht mehr wissen als vor zwanzig Jahren. Er hat die Konsequenzen gezogen, die wir für ihn eingefädelt hatten – der Narr akzeptierte halt, wessen ihn sein Vater damals beschuldigte. Jetzt ist der Alte tot, und wer sollte Francis etwas anderes erzählen können?«

»Keiner!« Darius hatte recht.

»Ich bin froh, daß du mir zustimmst. Francis glaubte, sein Vater hätte von dem Besuch im Bordell erfahren. Er glaubte, daß der verlorene Ring, den sein Vater ihm unter die Nase hielt, das Zeichen und Unterpfand dieses Fehltritts wäre. Und er wußte, daß der Marquess unerschütterliche religiöse Prinzipien pflegte – und daß seine Eltern Francis' Frau liebten wie eine Tochter, die sie nie besaßen.«

Dies bestätigte Mary und schwelgte in Erinnerungen.

»... und die ein Tugendschaf war. Ihr Bund mit dem lieben Francis durfte nie von solch irdischen Ereignissen, die ein Teil des Lebens jeden normalen Mannes ausmachen, besudelt werden. Ihr Mann durfte sich nicht mit einer Kokotte amüsieren, damit das zarte Gemüt von Sophie keinen Schaden erlitt. Und dafür, glaubte Francis, verbannte sein Vater ihn aus England. Welche Raffinesse!«

»In der Tat, raffiniert«, stimmte Darius leise zu. »Und das linderte die Wunde deines Hasses, stimmt's? Dein Haß auf Sophie, weil Francis sie gewählt hat statt dich?«

Sie warf die Schleppe ihres Morgenmantels zurück und wandte sich ab. »Ich habe ihn nie gewollt. Er war es, der mich wollte und sie nur geheiratet hat, weil er mich nicht bekam.«

»Egal wie!« Was Darius wirklich glaubte, schwang unterschwellig in seinen Worten mit. »Wir beide haben jedenfalls eine Abmachung getroffen und uns daran gehalten. Jeder für sich. Francis sind wir losgeworden, und der alte Marquess hat den Preis bezahlt, den wir verlangt haben für unser Schweigen über die angeblichen Ausschweifungen seines Sohnes: nämlich Knighthead! Welch ein Glück, daß er nie von den Juwelen wußte, die die Familie seiner Frau seit Generationen von Tochter zu Tochter weitervererbte – bis es keine Tochter mehr gab, nur den armen Idioten Francis. Und er spielte sie uns direkt in die Hände.«

Sie lachten in widerlicher Eintracht, und Marys Herz erwärmte sich etwas für ihren Gemahl. Die Nacht lag vor ihr, lang und öde – nichts haßte sie mehr als Langeweile.

»Darius!«

»Ja?«

»Bist du heute abend zu Hause?«

Er sah sie an und runzelte die Stirn. »Im Moment habe ich nicht vor, irgendwohin zu gehen.«

»Vielleicht ist das gut.« Mary löste langsam die goldene Schleife ihres Morgenmantels, öffnete ihn und ließ ihn fallen. »Es ist schon so lange her, seit wir uns miteinander amüsierten. Sollen wir versuchen, ob wir es noch können?« Sie näherte sich mit schwingenden Hüften seiner Chaiselongue und stellte sich vor ihn, glättete den transparenten Batist ihres Nachthemds über ihren Brüsten.

Darius betrachtete sie, dann krümmte er einen Finger und sie sank neben ihm auf die Knie.

Sie beugte sich vor. »Ich bin schon immer neugierig, was dich denn so an deinen, äh, *Zeitvertreiben* fasziniert. Bring es mir bei, Darius! Vielleicht ist es noch nicht zu spät, daß wir lernen, uns gegenseitig zu erfreuen – wenn es uns beiden gefällt.«

»Neugier?« Er packte den Ausschnitt ihres Nachthemds und riß es mit einem Ruck auf. »Ist es das, was die Knaben genießen?«

Mary spürte, wie die Hitze in ihren Kopf stieg. »Genau«, flüsterte sie. Die plötzliche Brutalität von Darius erregte sie.

»Interessant.« Er beugte sich mit geblähten Nasenflügeln vor und nahm einen Nippel zwischen die Zähne.

»Darius! Du tust mir weh!« Sie konnte sich nicht befreien.

Er gab keine Antwort, packte nur ihre Brüste und drückte sie, begann statt zu beißen heftig zu saugen.

Die Kraft seines Mundes und seiner Hände schockierte sie, ließ ihre Knie weich werden – erregte sie. Tief in ihrem Bauch wurde der lustvolle Schmerz sexueller Begierde zu einem brennenden Verlangen nach Erfüllung. »Ja«, murmelte sie. »Ja, ja!«

Genauso abrupt wie er sie gepackt hatte, ließ Darius ihre Brüste los und öffnete seine Hose. »Nur eine kleine Lektion heute abend, meine Liebe. Das ist das erste, was du tun kannst, um mich zu erfreuen.«

Sie sah zu, wie er seinen Schwanz herauszog – seinen schlaffen und verschrumpelten Penis.

»Zeig mir, ob du eine *echte* Frau bist«, forderte er.

Es dauerte nur einen Moment, bis sie ihren Ekel überwunden hatte. Sie lächelte in seine blassen Augen, beugte sich vor und nahm ihn in den Mund. Sie ließ ihn ein- und ausgleiten, knabberte an der schlaffen Haut, bis sie straff wurde, strich mit ihrer Zunge über das glatte Ende seines Schaftes, bis er zu tropfen begann.

»Du lernst schnell«, sagte er mit belegter Stimme. Die Hand, die jetzt nach ihrer Brust tastete, war zittrig, aber seine Finger krallten sich grob in ihr Fleisch, bis sie schrie. Darius lächelte nur und molk rhythmisch ihre Nippel wie das Euter einer Kuh.

»Sehr gut«, murmelte er, und seine hageren Hüften bäumten sich auf. »Hör nicht auf, *Luder*!«

Marys Haß kochte über, und sie bearbeitete ihn noch heftiger. Bald war sein Glied voll erigiert, pulsierend und bereit. Sie wollte sich zurückziehen, aber er hielt ihren Kopf fest – und ergoß sich in ihren Mund.

Sie hörte ihn lachen und lachen, und schließlich erlaubte er ihr, den Kopf zu heben. Sie wischte sich den Mund mit dem Handrücken ab und schickte sich an, ihn zu besteigen. Ihr Körper schluchzte nach seinem Höhepunkt.

»Halt«, wehrte Darius ab und kniff die Augen zusammen. »Laß uns diese neue Erfahrung langsam angehen, meine Liebe.« Er schob sie zur Seite, setzte sich auf und schloß seine Hose.

Mary hockte da, mit dem Nachthemd, das in Fetzen um ihre Taille baumelte, und beobachtete ihn. »Ich will…«

»Freilich willst du«, höhnte Darius. Abscheu verzerrte sein Gesicht. »Was ich wollte, ist erledigt. Sucht Euch einen neuen Stalljungen, Madam. Du bist bereit für ihn!«

Sie ließ sich zurückfallen. »Das kannst du nicht machen.«

»Es ist alles erledigt, jetzt rufen die Geschäfte. Ich werde zu Eagleton gehen und seinen Antrag annehmen.«

22

Der Nebel, der vom Fluß aufwallte, brannte in Celines Augen und Nase und ätzte ihren Hals. Sie hatte sich zwar Galoschen über ihre Slipper gezogen, aber die glatten Sohlen boten wenig Halt auf dem vor Nässe glitschigen Kopfsteinpflaster.

Sie hielt die Hände an den Mund und rief: »Warten Sie!« *Warten Sie, warten Sie!* kam das Echo ihrer Stimme, aber die Frau, die vor ihr den schmalen Weg entlanghuschte, lief einfach weiter. »Marigold! Warte!«

Die Frau flitzte durch den schwachen Strahl gelben Lichts der Straßenlampe am Ende der Gasse. Einen Augenblick lang leuchtete ihr Haar orangerot im gelben Dunst auf.

»Marigold! Laß mich dir helfen!« Für David wollte sie das tun. Wenn sie sich so nützlich zeigte, würde er ihr vielleicht erlauben, ihm weiterhin zu helfen, selbst nachdem ... Sie durfte jetzt nicht an James denken, an sein tapferes, aber steifes und feindseliges Angebot. Auch seine knappe Verbeugung vor ihr, bevor er gegangen war, mußte sie schleunigst vergessen, die Verbeugung eines Fremden, dem das, was er sah, mehr als mißfiel.

»Marigold!«

Celine rannte, so schnell sie es wagte, weiter, dann blieb sie stehen. Die Frau, die Marigold sein mußte, drehte sich langsam um und trat ins Licht.

»Was willste denn?« Die Stimme war die einer jungen Frau, hoch und klar.

»Dir helfen.« Celine beschloß, nicht näher zu treten, aus Sorge, das andere Mädchen würde ihr wieder entwischen.

»Bei was denn?«

Das war etwas, das sie hätte üben sollen. »Dabei, dein Leben zu ändern.«

Marigold machte keine Anstalten wegzulaufen, gab aber auch keine Antwort.

Trotz der breiten Hutkrempe war Celines Gesicht tropfnaß. Irgendwo aus der Nähe ertönte unheimlich und blechern aus einer Drehorgel: »Oh, Susannah!«

»Was is denn falsch an meim Leben?« Das Mädchen schob das Kinn vor, ein scharfes Profil vor dem Hintergrund des Lichtkegels. »Wie kommst du dazu, hier reinzuschneien und mir Vorschriften zu machen?«

Celine raffte ihren Wollmantel mit starren Fingern zusammen und sah sich hilfesuchend um. Eigentlich hatte sie es für eine ausgezeichnete Idee gehalten, Baity die Droschke ausfindig machen zu lassen, die David in der Ballnacht hierhergebracht hatte. Jetzt, allein in diesem Labyrinth schäbiger Gassen am Fluß fand sie ihre Entscheidung, Marigold aufzusuchen, gar nicht mehr so vernünftig. Alles schien mit einemmal bedrohlich.

»Eine Freundin von dir hat deine Nachricht überbracht. Sie hat gesagt, du möchtest weg von Mrs. Merryfield und...«

»Einen Dreck will ich!« Die Gestalt bewegte sich aus dem Licht. »Sie sind so eine, die gerne den Engel spielt, nich? Wie der Gentleman, der wo hier war!«

»Marigold!« Celine tat einen Schritt vorwärts. »Wahrscheinlich hast du Angst vor Miss Merryfields Rache. Das brauchst du nicht. Wir werden dir helfen, aus London wegzukommen und zu lernen, wie du dir einen ehrlichen Lebensunterhalt unter anständigen Leuten verdienen kannst.«

Jetzt rannte Celine los und blieb mit einem Schrei stehen, als sich plötzlich mit lautem Getöse Räder näherten. »Aale!« krächzte eine rauhe Stimme. »Schöne Aale! Holt sie euch billig, solange der Vorrat reicht!« Sie preßte sich an die Wand, und ein Karren rollte vorbei, gezogen von einem asthmatischen Klepper, den eine zerlumpte Gestalt vor sich hertrieb. Der faule Fischgestank übertraf sogar den schwefelsauren Nebel und drehte Celine den Magen um.

In der Ferne sah sie Marigolds Haar unter einem weiteren dämmrigen Lampenkegel aufscheinen. Celine ließ alle Vorsicht sausen und rannte weiter, vorbei an anderen menschlichen Schemengestalten.

Ihre Füße erzeugten ein gedämpftes Platschen auf dem Kopfsteinpflaster, ein anderes Geräusch als die Schritte hinter ihr… Celine blieb wieder stehen und blickte sich um.

Nichts.

Sie schickte sich wieder an, Marigold zu folgen und sah, wie das Mädchen durch eine Haustür schlüpfte.

»Ich werde mich nicht fürchten«, ermahnte Celine sich laut, und ging weiter, diesmal langsamer – so langsam wie die Schritte hinter ihr.

Vor der Tür, durch die Marigold verschwunden war, blieb sie stehen, spähte in den Nebel – und machte einen Satz. Die Gestalt eines kleinen, gutgekleideten Mannes kam energischen Schrittes aus dem Dunst. Als er bei ihr angelangt war, tippte er an die Krempe seines Zylinders und sagte: »Guten Abend, Miss.«

»Guten Abend«, erwiderte Celine zaghaft.

»Darf ich Ihnen helfen, den Weg nach Hause zu finden?« Irgendwie klang er bekannt. Er neigte den Kopf. »Newgate ist nicht gerade ein sicherer Ort für eine junge Dame.«

Celine raffte ihren Mantel noch fester um sich. »Danke, Sir!« Wenn sie jetzt aufgab, hätte sie vielleicht nie wieder eine Chance, David ihre Tüchtigkeit zu beweisen. »Danke, aber ich bin gleich angekommen.«

»Sind Sie sicher?«

»Völlig!«

Er sah sie direkt an, nickte, dann ging er seines Wegs und wurde sofort wieder vom Nebel verschluckt.

Celine hob die Hand, um an die Tür zu klopfen. Sie hatte

diesen Mann schon einmal gesehen… einen kleinen Mann mit grauen Augen…

Die Tür schwang auf. »Was willst du?« blaffte eine Frauenstimme sie aus dem Schatten an.

Celine zuckte zusammen. »Ich…«

»Rein mit dir!« Eine Hand klatschte so heftig auf ihre Schulter, daß sie fast in den Gang gefallen wäre. Es roch betäubend nach schwerem Parfum. »Steh auf. Was haste zu sagen?«

Die Tür schloß sich knarzend hinter Celine, und sie richtete sich hastig auf. »Ich bin hier, um mit Marigold zu sprechen«, sagte sie zu der Matrone vor ihr. Das war Mrs. Merryfield, daran bestand kein Zweifel.

Im rötlichen Licht eines Korridors mit vergoldeten Spiegeln sah sie jetzt die ganze massige Gestalt, die ein voluminöses Kleid aus pflaumenfarbenem Satin trug. »Ich kenne keine Marigold.« Knallige Rougeflecken leuchteten über einer dicken Schicht weißen Puders auf einem feisten Gesicht.

Celine stand kerzengerade da und war heute besonders dankbar für ihre stattliche Größe. »Marigold ist vor ein paar Minuten hier hineingegangen. Ich hab sie gesehen. Armes Mädchen. Gefangen in diesem sogenannten *Nonnenkloster*!«

»Was Sie nicht sagen!« Das Lächeln der Frau war kein schöner Anblick.

In dieser Situation empfahl sich delikateste Diplomatie. »Sind Sie Mrs. Merryfield?«

Stumpfe schwarze Locken wippten. »Wer will das wissen?«

Celine gelang es, fröhlich zu lachen. »Ich wußte, daß Sie es sein müssen. David… Ich meine, Marigold, hat Sie perfekt beschrieben – und sehr schmeichelhaft. Eigentlich wollte ich sie auf der Straße einholen, aber…«

»Aber?«

Celine versteckte ihre zitternden Hände. »Aber sie hat mich nicht gesehen«, log sie, immer noch lächelnd. »Wenn Sie mir nur sagen könnten, wo sie ist, wäre ich Ihnen sehr dankbar. Wir haben einiges zu besprechen.«

Eine Bewegung in den dunkleren Regionen des Korridors lenkte Mrs. Merryfield ab. Eine Frau … eine sehr mangelhaft bekleidete … näherte sich. Sie beäugte Celine neugierig. »Fertig, Mrs. M. Welche Nummer haben Sie gesagt?«

»Nummer …« Mrs. Merryfield setzte erneut ein sehr unangenehmes Lächeln auf. »Warte eine Minute, Belle, ich hab was mit der jungen Lady hier zu klären.« An Celine gewandt fuhr sie fort: »Geh du die Treppe hoch, meine Beste. Die Partei in Nummer Neun wird dir sagen, was du wissen willst.«

»Oh, danke. Vielen Dank!« Celine ging auf Zehenspitzen an Mrs. Merryfield und Belle vorbei und stieg dann eine Treppe hoch, die so schmal war, daß Celine fast an die Wände stieß. Die meisten Männer und ganz bestimmt Mrs. Merryfield mußten sicher seitwärts gehen.

Am oberen Treppenabsatz erstreckte sich ein Gang, der von flackernden Kerzen in Wandleuchtern erhellt war. Celine schlich immer noch auf Zehenspitzen langsam weiter und las die Nummern an den Türen. Das gräßliche Blumenparfum konnte einen ihr fremden, modrigen Geruch nicht ganz überdecken.

Nummer Neun war die letzte Tür auf der rechten Seite. Schüchtern klopfte sie an und wartete.

Als Antwort drang ein Rascheln heraus.

Celine klopfte noch einmal. »Hallo! Sind Sie da?«

Eine gedämpfte Stimme sagte etwas, das sie nicht verstehen konnte, aber sie klang freundlich.

Sie drehte den Türknopf und trat langsam über die Schwelle. »Hallo?« Eine Sammlung tropfender Kerzen flackerte auf einer schweren Truhe an der gegenüberliegenden Wand. Über ihrem Kopf tanzte eine Reihe Papierlaternen im Luftzug, der vom Gang hereinwehte. »Wo sind Sie?« Celine tastete sich voran.

»Ich bin hier, mein Schatz.«

Die Stimme klang immer noch etwas entfernt.

Celine lugte um die Tür herum und erstickte einen Aufschrei.

»Bist du jetzt nahe, mein Schatz?«

Sie hielt die Luft an.

»Komm zu mir. Zögre nicht. Ich bin dein Diener.«

Beherzt wagte sich Celine näher an das Bett, von dem die Anweisungen kamen. Auf einem gelben Seidenlaken lag ein Mann von durchschnittlicher Größe mit einem Kranz dunkler Haare um seine glänzende Glatze, einer riesigen Nase und einem schmalen, sehr roten Mund.

»Fühlen Sie sich … geht es Ihnen gut?« Celine behielt die Tür im Auge und versuchte abzuschätzen, wie schnell sie sich davonmachen könnte.

»Oh, gleich wird's mir gut gehen, mein Schatz – sobald ich deine Befehle erfüllen darf.«

Celine musterte ihn mit erstaunten Augen von Kopf bis Fuß. Nein, sie hatte sich nicht geirrt. Der Mann auf dem Bett trug eine rosa Satinmaske, staubige Stiefel … und ein dünnes Batistnachthemd, das nicht über seine knochigen Knie reichte.

»Eine rothaarige Prostituierte?« brüllte James nicht das erste Mal, seit er und Won Tel vom Grosvenor Square aufgebrochen waren. »Verfluchter Mist!«

»Beruhigt Euch, James«, sagte Won Tel, obwohl auch er etwas besorgt klang. »Mein Informant ist direkt zu uns geeilt, nachdem er Miss Celine gesehen hat!«

»Allmächtiger!« James hämmerte an das Guckloch zum Kutscher und wartete, bis es aufglitt. »Beeil dich, Mann! Schneller!«

Ein gefauchtes Ja war keine Beruhigung für James.

»Wir werden bald da sein«, sagte Won Tel. »Ich kann Euch versichern, daß keine dreiviertel Stunde vergangen ist, seit mein Informant Celine in dieses Haus gehen sah.«

»Dieses elende Bordell, meinst du? Was, in aller Welt, hat sich die kleine Närrin dabei gedacht?«

»Mein Informant...«

»Verdammter Esel! Er hätte sie wegschleppen sollen, mit oder ohne ihr Einverständnis.« Er spähte durch das Fenster auf die trübseligen Straßen, durch die sie fuhren. Unappetitlich aussehende Gestalten lauerten in den Eingängen schmaler Gassen, ihr trunkenes Gebrabbel übertönte das Geklapper der Kutschenräder.

»Wir halten an.« Won Tel rutschte auf seinem Sitz nach vorn und packte James am Arm, der aus der Kutsche springen wollte. »Einen Augenblick bitte, James! Es wäre sehr unklug, überstürzt zu handeln.«

Er nickte widerwillig. »Also gut, aber wir müssen rasch zu Werke schreiten.«

Won Tel lockerte seinen Griff. »Oder auch nicht«, sagte er befremdet. »Da ist sie.«

James verrenkte sich den Hals, um zu sehen, was Won Tel entdeckt hatte, und kniff die Augen gegen den Nebel zusammen.

»Verrückt«, murmelte er. »Völlig übergeschnappt.« Damit streifte er Won Tels Hand ab und sprang aus der Kutsche.

Celine, etwas derangiert in einem braunen Wollmantel mit baumelnder Kapuze, prallte direkt gegen seine Brust. »Oh, Verzeihung!« Ihre erstaunten bernsteinfarbenen Augen hoben sich und der Mund blieb ihr offen. »Was machst du denn hier?«

Wenn er sich nicht zusammennahm, würde er sie übers Knie legen und sie gründlich versohlen, wie sie es verdiente. Statt dessen raffte James Celine in seine Arme und steckte sie in die Kutsche. Als er einstieg, machte Won Tel Platz, und das Gefährt schwankte unter seinem Gewicht auf dem Kutschbock.

Celine kauerte in der Ecke, in die James sie verfrachtet hatte, und sah ihn trotzig an. »Ich hab dich gefragt, was du hier machst? Und was, bitte, denkst du dir dabei, mich wie einen Mehlsack herumzuwerfen?«

James zwang sich mit einiger Mühe, ruhig zu bleiben – und nicht den Kopf zu verlieren; dann öffnete er erneut das Guckloch und rief: »Los! Fahr irgendwohin, wo es saubere Luft gibt, verdammt noch mal, und zwar augenblicklich!«

Sie versuchte vergeblich, ihr Haar zu glätten, dann rutschte sie auf dem Sitz hin und her, und zupfte ihren Mantel zurecht. »Wie ich sehe, bist du wütend«, sagte sie, ohne ihn anzuschauen.

»Deine Beobachtungsgabe erstaunt mich.«

»Ich kann mir nicht vorstellen, warum.«

»Tu mir den Gefallen und sei still!« Er brauchte Zeit, um seine Erbitterung einigermaßen in den Griff zu bekommen.

»Es ist sehr nett von dir, mich abzuholen und nach Hause zu begleiten.«

»Gib Ruhe!«

»Woher hast du gewußt, wo du mich finden kannst?«

»Sei still!«

»Oh!«

Die Kutsche schaukelte und schwankte. James schwieg und gestattete sich nicht, Celine anzusehen. Draußen wechselte allmählich die Szenerie. Die dichtgedrängten grauen Unterkünfte wichen anmutigen Häusern an breiteren Straßen. Der Himmel war klarer und bald darauf, als sie sich den Rändern des Zentrums näherten, tauchte ein weißer Mond kleine Villen mit weitläufigen Gärten in überirdisches Licht. Ein starker Wind, der helle Wolkenfetzen vom Himmel fegte, rüttelte an der Kutsche. Wie lange mußte er noch warten, bis er wieder das Meer riechen und durch offenes Land spazieren konnte, nach dem seine Seele dürstete?

James hatte sich etwas beruhigt und riskierte jetzt einen Blick auf das Mädchen in der Ecke. Sie saß stocksteif da, die Hände im Schoß gefaltet, mit angestrengt gerunzelter Stirn. Was, in Teufels Namen, hatte sie dazu bewegt, sich in solche Gefahr zu begeben?

Ihre Blicke begegneten sich, und sie biß sich auf die Unterlippe.

James schüttelte den Kopf. »Warum? Warum bist du dorthin gegangen? Was, in Gottes Namen, hast du dort zu suchen?«

»Es tut mir leid, wenn ich dich erzürnt habe.«

Wenn sie seine Fragen nicht beantwortete, würde er noch wesentlich wütender werden. »Warum?«

Celine zog ihre Schultern unter dem Mantel hoch. »Es gibt viele Frauen, die weniger Glück haben als ich.«

Seine Brauen zogen sich zusammen. »Ja – aber was hat das mit dieser Verirrung zu tun?«

»Jemand muß ihnen helfen. Ich hab von einer gewissen jungen Frau erfahren, die ihre schreckliche Lage ändern wollte.« Sie hüstelte. »Also bin ich hingegangen, um ihr dabei zu helfen. Du wirst doch sicher verstehen, daß ich mich nützlich machen möchte.«

Eine Woge von Gefühlen erschütterte James. So töricht ihre Worte auch klangen, er glaubte ihr. Celine hegte tatsächlich die Ansicht, sie könnte einfach in einen der gefährlichsten Distrikte Londons gehen und Menschen »retten«. Vor ihm saß ein hoffnungsloses Unschuldslamm mit einem unverdorbenen und unglaublich großzügigen Herzen. *Kleine Närrin.*

»James, du siehst furchtbar böse aus...«

»Ich hatte Angst um dich«, grollte er.

»Das war lieb, aber nicht nötig.« Sie zog die Mundwinkel nach unten. »Ich fürchte, es ist mir nicht gelungen, Marigold zu überzeugen.«

»Marigold!«

»Möglicherweise ist es für sie leider zu spät. Ich glaube, sie möchte einfach so weitermachen.«

Er sollte dieses Thema am besten fallenlassen. »Versprich mir, daß du nie wieder dorthin gehen wirst.«

Sie riß den Kopf hoch. »Aber vielleicht...«

Bevor sie noch mehr sagen konnte, raffte James Celine in seine Arme und setzte sie auf sein Knie. »Nie wieder! Hast du verstanden?« Er schüttelte sie. »Ver-stan-den?«

»Ich... jaha...« Tränen schimmerten in ihren Augen. »Du warst meinetwegen in Sorge?«

Sogar in Höllenangst, mein goldenes Mädchen! Er zog sie sanft in seine Arme und legte ihren Kopf an seine Schulter. »Wie ich schon sagte, es hat mich einigermaßen aufgeregt, Celine. Wo du warst, hält sich kein sanftes, reines Mädchen auf.«

»Rein wohl kaum.«

»Wie bitte?«

Sie packte sein Revers und sagte leise: »Ich bin nicht mehr rein, James. Das wissen wir beide, aber ich bedaure das nicht.«

Unglaublich. Inmitten einer Gesellschaft, in der praktisch die Verderbtheit regierte, war dieses Wesen gleichsam unberührt. Sie wußte nicht, daß ihre erotischen und entzückenden Rendezvous weit entfernt waren von der totalen Befriedigung, nach der er gierte. Sein Körper regte sich bei diesem Gedanken.

»Bitte, denk nicht, ich wäre nicht dankbar dafür, daß du mich abgeholt hast. Ich hatte ganz schön Angst!«

Er schloß die Augen und strich über ihre glatte Wange und ihr seidiges Haar. »Du wirst keine Angst mehr haben. Ich bin jetzt verantwortlich für deine Sicherheit.«

Sie erschauerte. »Bitte, sag so etwas nicht. Du bist *nicht* für mich verantwortlich.«

James packte Celine bei den Schultern und richtete sie auf. »Ganz ohne Frage *bin* ich das.«

Sie schien nachdenklich.

»Und du bist meine Braut!« Die Worte, die seinen Lippen so fremd waren, lösten in ihm ein heftiges, überwältigendes Gefühl aus, das er nicht gewillt war, näher zu untersuchen. Celine sah zu ihm hoch, mit fragendem Blick. Ihr Herz spiegelte sich in ihren Augen, und dieses Herz bot sie ihm an. Zum ersten Mal in seinem Leben erlebte er, wieviel Freude das Vertrauen einer unverdorbenen Seele bringen konnte.

Er begehrte dieses junge, schöne Mädchen, wie er noch nie irgend jemanden oder irgend etwas begehrt hate. Abermals schüttelte er sie. »Meine *Verlobte*, Celine! Begreifst du, was das heißt?«

Ihr Mund zitterte, und sie berührte sacht sein Kinn. »Nein, James. Danke, aber nein! Ich werde nicht darauf bestehen, daß du dein gutgemeintes Versprechen einlöst. Es muß andere Möglichkeiten geben, diesen… James, ich danke dir wirklich, aber…«

»Still!« Bevor sie weiterreden konnte, umarmte er sie erneut und drückte sie an sich. Er hatte keine Erfahrung mit Frauen, die sich eines Mannes für unwürdig hielten.

»Darf ich dir etwas sagen?«

Er wiegte sie sanft. »Alles!«

Ihre Hand tastete sich zu seinen Wangen. Ihre Berührung war wie ein Schmetterlingsflügel, der über seine Haut strich, auf seinen Mund schwebte. »Du bist anders als die Männer, die ich kenne.«

Ihm stockte der Atem. »Ich… du scherzt.«

»Ich scherze nicht. Mir ist klargeworden, daß ich… ich…«

»Du?« Behutsam hob er ihr Kinn. »Was, meine Süße?«

In der Pause, die folgte, musterte Celine ihn, ihre Augen leuchteten in der schwach erleuchteten Kutsche.

»Sag es mir, Celine!«

»Ich sehe dich überall, wohin ich auch gehe. Was immer

ich unternehme. Wenn Freda meine Haare bürstet, laß ich mich treiben und stell mir vor, du bist es, der mich berührt. Und wenn ich meine Augen schließe…« Sie zögerte, mit offenem Mund.

»Wenn du deine Augen schließt?« Seine Kehle war wie zugeschnürt.

»Dann seh ich dein Gesicht«, flüsterte sie – der Schimmer ihrer Tränen verwandelte sich zu Bernstein, dann zu weichem Gold und heftete sich an ihre dichten Wimpern. »Du bist schön, James. Innen genauso schön wie außen. Du berührst meinen Geist!«

James sah die wunderbare, vertrauensselige Frau in seinen Armen an und drückte erneut ihren Kopf an seine Schulter. Es gab keine Worte – um sich nicht zu verraten, wie fest sie *seinen* Geist vereinnahmt hatte.

Könnte er sie besitzen? Könnte er für sie das werden, was sie bereits von ihm annahm? Gab es irgendeine Hoffnung, daß sie, wenn er diese verdorbenen Leute von Eltern zertreten hatte, ihm… trotzdem erhalten bliebe?

Verzweiflung nagte an seinem Mark, an dem, was dieses kostbare Wesen Geist nannte. Aber wie die Dinge auch lagen, er konnte nicht aufgeben, was er seinem Vater versprochen hatte – und sich selbst.

Celine würde erfahren, daß er sie benutzt hatte – und dann?

»Du findest mich töricht«, flüsterte sie.

»Ich glaube, es wäre klug, sehr bald zu heiraten«, sagte er und zwang sich zur Ruhe. »Und aus diesem Grunde werde ich deine Eltern drängen, sofort mit dir nach Dorset zurückzukehren.«

»Das wirst du?«

»Mein Wort darauf!«

»Und wo bleibst du?«

Er lächelte über sie hinweg. »Auch in Dorset! Ich kann dich schlecht heiraten, wenn ich herumstreune.«

»Du hast wirklich vor, mich zu heiraten?«

»Nichts anderes, Celine! Ich möchte es.«

»Oh!«

»Das sagst du oft.«

Sie kuschelte sich an ihn, und sein Lächeln wurde zu einem Grinsen. Irgendwie würde er sie unauflöslich an sich binden. Er schaffte es, an das Guckloch zu klopfen, und gab das Signal für die Rückkehr nach Hause.

»James?«

»Hm?«

»Die Münzen drücken mich. Ich würde sie gerne entfernen.«

Er wich zurück, und Celine faßte unter ihren Mantel. Sie mühte sich äußerst konzentriert etwas, das wohl in ihrer Corsage versteckt war, herauszuziehen und schließlich förderte sie einen klimpernden Lederbeutel zutage.

Sie stellte den Beutel auf den Sitz und wickelte sich wieder in ihren Mantel. »Einmal sollte ich noch zurückfahren und Mrs. Merryfield sagen, was ich von ihr halte. Sie nennt sich Äbtissin, weißt du. Und sie bezeichnet dieses schreckliche Haus als Kloster.«

James erstarrte. »Was ist passiert, während du dort warst?« Verdammt, wenn einer sie angefaßt hatte…

»Diese Frau hat mir gesagt, wenn ich nach oben in ein bestimmtes Zimmer gehen würde, dann käme ich mit Marigold in Verbindung – obwohl ich nicht verstanden habe, wieso man mich nicht gleich zu ihr schickte.«

»Und – bist du hineingegangen?«

»Bin ich!«

Er biß die Zähne zusammen. »Und da war jemand?«

»Oh, ja! Ein Mann. Ein sehr seltsamer Mensch.«

Der Grimm setzte ihn förmlich außer Gefecht. »Wieso seltsam?«

»Seine Kleidung war ziemlich merkwürdig. Genau wie die Dinge, um die er mich gebeten hat.«

Es kostete ihn größte Mühe, seine Stimme zu beherrschen. »Erzähl mir von diesen Dingen.«

»Ich hab sie getan.« Ihre Hand legte sich auf seinen Hals über der Krawatte. »Und ich hab das Geld genommen. Ziemlich viel Geld, möchte ich meinen. Aber er hat nicht gewußt, wo Marigold ist.«

»Zum Teufel mit Marigold!« James Kopf pochte vor Zorn. »Du hast Geld von dieser Ratte genommen?«

»Selbstverständlich. Geld ist ein sehr kostbarer Artikel für Menschen, die keines haben. Wenn wir alle vorsichtiger damit umgehen würden, gäbe es nicht soviel Armut. Ich werde dafür sorgen, daß dieses Geld einem guten Zweck zugeführt wird und …«

»Schweig!« Er hinderte sie daran, sich von ihm zu lösen. Es wäre ihm unerträglich, in ihr Gesicht zu sehen. »Zum Henker mit deinen verrückten Kampagnen. Sag mir sofort: Was ist in diesem Zimmer passiert?«

Ein Seufzer ging durch ihren Körper. »Ich hab es dir gesagt. Er verlangte es so. Ich mußte ihn ans Bett fesseln und knebeln, damit er bereit wäre für den nächsten Schritt.«

James hielt still und wartete. Als sie nichts mehr sagte, hakte er nach: »Was wollte er denn als nächstes getan haben?« Er würde zurückfahren und diesen Abschaum dingfest machen!

»Ich glaube tatsächlich, ich werde schläfrig. Das war wirklich eine außergewöhnliche Nacht.«

»Celine, erklär mir, was der Mann als nächstes von dir verlangte!«

»Nichts«, sagte sie leise. »Nachdem er geknebelt war und sich nicht mehr rührte, konnte er mir keine weiteren Anweisungen geben.«

23

»Mir schwirrt immer noch der Kopf.« Celine lachte James strahlend an. »Ich kann nicht glauben, daß ich schon zurück in Knighthead bin – mit dir an meiner Seite.« Sie argwöhnte, daß ihr Leben sich plötzlich als Traum herausstellte, aus dem sie, unglücklicherweise, auf einmal erwachen könnte.

Einzig James' Zerstreutheit trübte ihre Freude etwas. Er hatte kaum ein paar Worte gesagt seit seiner Ankunft vor fast einer Stunde. Das war das erste Mal, daß sie ihn wiedersah, seit er sie vor einer Woche aus dieser schrecklichen Gegend in der Stadt gerettet hatte, und sie wollte *so* viel mit ihm besprechen.

»James?« Zögernd berührte sie seinen Arm. »Habe ich dich verärgert?«

Er löste sich langsam vom Anblick der weiten Rasenflächen von Knighthead und der Rhododendronbüsche, die inzwischen zu Bäumen herangewachsen waren und vor rosa und violetten Blüten überquollen. »Was hast du gesagt, Celine?« Seine Haut war sonnengebräunt, was seine schneeweiße, streng gebundene Krawatte noch betonte.

»Du bist unglücklich!«

»Nein.« Er schüttelte den Kopf. »Nein, wie könnte ich das sein, wenn ich durch den schönsten Garten… der Welt… spaziere und das mit der Frau, die bald meine Gattin sein wird?«

Gattin. Celine ließ langsam den türkishellen Sonnenschirm, passend zu ihrem Batistkleid, kreiseln.

»Du bist also weiterhin bereit, dich zu opfern, James?«

»Opfern?« Die warme frühnachmittägliche Sonne hinter seinem Rücken ließ sein Gesicht im Schatten, die dunklen Augen waren unergründlich. Er faßte sie so abrupt um die Taille, daß sie gegen ihn fiel.

Celine warf einen Blick zum Haus, wo ihre Mutter sich

demonstrativ um die Rosen kümmerte, die die Terrasse säumten. »James, wir sollten nicht, wo doch Mama…«

»Sag nichts. Deine Mutter erfüllt nur die üblichen Anstandsregeln. Wir werden bald verheiratet sein. Und dann ist unser Umgang miteinander unsere Angelegenheit – allein unsere!« Sie konnte zwar den Ausdruck in seinen Augen nicht erkennen, aber die schroffen Linien seines Gesichtes, seine scharf nach unten gezogenen Mundwinkel, seine geblähten Nasenflügel – das alles fiel ihr unmißverständlich auf. Sie begriff den Grund nicht, aber daß James sich in Spannung befand, daran gab es keinen Zweifel.

Mit seinem dunkelblauen Jackett, den engen Hirschlederhosen und Stiefeln kannte sie keinen imposanteren Mann als James Eagleton. Celine hatte seine Ankunft beobachtet, als er auf seinem gewaltigen schwarzen Jagdpferd die Einfahrt hochgaloppiert kam, und hatte seine Autorität, seinen eisernen Willen gespürt. Neben James verblaßten alle anderen. Trotzdem behauptete er steif und fest, es wäre ihm eine Freude, *sie* zu heiraten. Unruhe bemächtigte sich ihres Herzens. *Warum?* Er hätte sich eine Prinzessin aussuchen können.

»Ich dachte, du würdest gar nicht kommen.« Die Worte purzelten heraus, ehe sie es verhindern konnte.

James umfaßte ihre Taille und strich langsam mit seinen Daumen über sie. Er sah sie so eindringlich an, daß sie schließlich den Kopf senkte.

Ein leichtes Schütteln zwang sie, wieder aufzublicken. »Celine, durch mich wirst du deinen wahren Wert kennenlernen. Das verspreche ich dir.« Er lachte. »Ach, es gibt viel zu lernen, für dich und für mich.«

Ihr kam seine Musterung wie eine Ewigkeit vor. Als sein Blick zu ihren Lippen glitt, spürte sie die Wärme und die Sehnsucht, die nur er in ihr zu wecken vermochte.

Dann fiel ihr Mama auf der Terrasse wieder ein. »Ich würde dir gerne das Haus zeigen«, sagte sie hastig. »Es ist wirklich sehr schön, obwohl es ein paar Teile gibt, die ein bißchen... sie müssen renoviert werden. Warum wolltest du bei deiner Ankunft nicht reingehen?«

»Du wirst mir das Haus noch früh genug zeigen.« Er hob sein Kinn. Eine Brise zupfte an seinem Haar, und Celine *wußte,* daß er der attraktivste, anziehendste Mann der Welt war. »Ich wollte den Garten sehen. Ich... hab soviel davon gehört.«

»Wir hatten noch keine Gelegenheit, über manches zu sprechen, James. Ich wollte dich fragen, was dich dazu bewegt hat, so überstürzt um mich anzuhalten.«

»Talbot«, erwiderte James knapp.

»David? Was ist mit ihm?«

»Miss Fisher hat ihn zu mir geschickt. Er klärte mich über deine Eltern auf.« Erneut betrachtete er Celine, bis hinunter zu ihren türkisen Satinslippern mit den Schleifen. »Ist Talbot irgendwie für deine gefährliche Beschäftigung mit dem, was du Kampagnen nennst, verantwortlich?«

Auf keinen Fall würde sie mit James darüber reden, noch nicht. »Wie lieb von David, mir helfen zu wollen! Meine Eltern waren wirklich... sie waren sehr aufgebracht über mich.«

James spielte mit einer weichen Locke, die über ihre Wange baumelte. »Sie werden sich nie mehr ärgern über dich. Und ich glaube, Mr. Talbot hatte mehr als einen Grund, mich aufzusuchen.« Er schien sich in Gedanken zu verlieren. »Ich frage mich, wie lange er noch dageblieben ist, nachdem ich gegangen war.«

»Was sollte David dort zu schaffen haben?« Sobald sie die Frage gestellt hatte, wußte sie die Antwort. »Vielleicht wollte er mit Liam sprechen. Er ist immer sehr besorgt um diejenigen, die seiner Meinung nach einer gewissen Unterstützung bedürfen.«

James' Lachen klang nicht sehr freundlich.

»Ich verstehe nicht, was daran komisch sein soll.«

»Gar nichts.« Aber seine Mundwinkel zuckten.

Celine beäugte ihn mißtrauisch, entschloß sich aber, das Thema fallenzulassen. Eine Brise wehte den Geruch frischgeschnittenen Grases durch die Lüfte. Dotterblumen und Gänseblümchen nickten mit ihren fröhlichen Köpfchen. Sie wollte sich freuen wie die Blumen – aber der beunruhigende Gedanke, daß James aus irgendeinem seltsamen Grund mehr wütend als guter Dinge war, ließ ihr keine Ruhe.

»Laß uns weitergehen«, sagte er abrupt, und steckte ihre Hand zwischen seinen Ellbogen und seinen harten Körper. »Ich würde gern den See sehen... und den Eichenhain auf Miller's Hill.«

Verwirrt von diesem beunruhigenden Gefühl, dem sie nicht auf die Spur kam, ließ Celine sich von ihm hinunter zu den Weiden geleiten, die den See säumten. James hielt die Zweige hoch, damit sie darunter durchgehen konnte und erstarrte, blickte in die Ferne, als entdecke er etwas, was Celine nicht sah...

Sie hielt sich still, beobachtete ihn und preßte ihre Rechte auf die Hüfte. Hier schien er plötzlich so anders als der Mann, den sie in London kennen und lieben gelernt hatte.

James ging an ihr vorbei zum Ufer und schaute hinunter in die Tiefe, die im Laufe der Jahre trübe geworden und verwachsen war, mit Schilf an den Rändern.

Vorsichtig näherte sie sich ihm.

»Da waren Schwäne«, sagte er mit einer ganz fremden Stimme.

Celine runzelte die Stirn. »Schwäne? O nein, ich versichere dir, hier gab es nie Schwäne.«

»Da waren *Schwäne,* sag ich...« Er wirbelte herum und in seinem Gesicht zeichnete sich eine tiefe, beunruhigende Passion ab. Dann klärte sich seine Miene wieder, und er holte hörbar Luft. »Verzeih mir mein ungereimtes Geplapper. Die Reise war mörderisch, weil ich unterwegs keine Pause gemacht habe.«

»Warum?« Seine Bemerkung überraschte sie. »Warum hast du keine...«

»Ich konnte es einfach nicht erwarten, zu dir zu kommen.« Er lächelte und hob ihr Kinn. »Und den ganzen Weg hab ich an deine Haare wie Honig und deine Augen wie Gold gedacht... und an deine Lippen, so weich und voller Erwartung, geküßt zu werden!« Als wolle er seine Worte beweisen, beugte er sich über sie, strich mit seiner Wange über ihr Haar, sah in ihre Augen und küßte schließlich ihre Lippen. James umfaßte behutsam ihre Taille und küßte Celine fast keusch – als er den Kopf hob, kam er ihr traurig vor.

»James...«

»Du mußt mir etwas versprechen«, sagte er mit leiser, eindringlicher Stimme. »Wirst du das tun?«

Sie nickte. »Aber gern.« Düstere Vorahnungen regten sich in ihrem Inneren.

»Versprich mir, daß du dich nie von mir zurückziehst...«

»Das werde ich nicht!«

James packte ihre Schultern so fest, daß sie zusammenzuckte. »Niemals, Celine! Was auch geschieht, du wirst darauf vertrauen, daß ich mich um dich kümmere und dir ein guter Ehemann sein werde?«

»Freilich«, sagte sie leise, erschüttert von seiner Vehemenz. »Bitte James, etwas beunruhigt dich. Es ist wegen mir, nicht wahr? Weil du glaubst, du mußt das tun, um mir zu helfen, obwohl du's lieber nicht tun würdest.«

Einen Moment lang fürchtete sie, er verweigerte ihr eine Antwort. Gerade als sie sich anschickte weiterzusprechen, bemerkte sie, daß James erstaunt über ihre Schulter blickte.

»Talbot«, sagte er. »Guten Tag!«

Celine drehte sich um und sah David auf sie zukommen, mit einer Hand unter Liams Ellbogen. »Guten Tag, Eagleton.« Davids grüne Augen waren nachdenklich, als er James ansah, aber wenigstens trübte nicht mehr das Knistern ihrer früheren Begegnungen die Atmosphäre. »Ich wollte Sie auf

Blackburn Manor besuchen. Liam war so freundlich, mir zu sagen, wo Sie sind, und mir den Weg zu zeigen.« David hüstelte, dann fuhr er fort. »Mr. Won Tel begleitet uns ebenfalls. Er nimmt im Haus eine Erfrischung mit Lettie.«

»Den Weg zeigen?« bemerkte Celine verwirrt und sah, wie David leicht errötete. Sie beschloß, ihn nicht daran zu erinnern, daß er seit seiner Kindheit recht häufig in Knighthead aufkreuzte. »Willkommen, Liam. Was halten Sie von Blackburn? Fühlen Sie sich dort wohl?«

Liams strahlendes Lächeln, das erste, das sie Celine zeigte, war atemberaubend. »Es ist ein höchst interessantes Haus.« Die violetten Rhododendronblüten, die das Mädchen in ihre glänzende Krone von Zöpfen geflochten hatte, hatten sich in exotischen Schmuck verwandelt, der zu den Lilien auf ihrer lavendelfarbenen Seidentunika paßte.

»Squire Loder hat früher da gewohnt.« Celine kicherte. »Er lebte wie ein Einsiedler. Als ich noch ein kleines Mädchen war, hielt ich ihn für eine Art Magier.«

»Sie haben möglicherweise recht gehabt.« Liam rümpfte ihre niedliche Nase und warf einen Blick auf David, der sie hingerissen beobachtete. »Ich habe bereits eine Reihe von Frauen aus dem Dorf Little Puddle engagiert. Ist das nicht ein merkwürdiger Name für einen Ort? Ich glaube, sie können alles baldigst in Ordnung bringen. Die Möbel sind nicht nach James' Geschmack, aber die wird er sicher auch rasch auswechseln, so was geht bei ihm schnell.«

»Sie können ganz wunderbar organisieren, meine Liebe«, lobte David. Seine kräftige Gestalt brachte Liams Zerbrechlichkeit noch mehr zur Geltung. Celine stellte fest, daß dieses winzige Wesen eine ungeheure Weiblichkeit ausstrahlte.

»Ich bin sehr zuversichtlich, daß wir es mit Hilfe von Davids tüchtiger Haushälterin und ihrer Assistentin hervorragend schaffen werden.«

James trat ungeduldig von einem Fuß auf den anderen,

aber Liams Bemerkung ließ Celine erstarren. »Mrs. Strickland hat sich freiwillig bereit erklärt, Ihnen zu helfen?«

»Das hat sie und zwar mit Schwung! Es war sie und nicht ich, die mit den Frauen aus dem Dorf sprach und ihnen genau erklärte, was getan werden soll. Mrs. Strickland und Ruby Rose sind offensichtlich ein aufeinander eingespieltes Team. Ich beneide David.« Ihr hinreißendes Lächeln richtete sich auf ihn. »Selbstverständlich ist es nur natürlich, daß die, die für ihn arbeiten, glücklich sind und ihm – und anderen – gerne dienen.«

Dieses eine Mal wußte Celine wirklich nicht, was sie sagen sollte. Mrs. Strickland und Ruby Rose – *ein Team?*

»Gibt es irgendeinen bestimmten Grund, warum Sie mich sprechen wollten, Talbot?« James' Ton war scharf. »Liam, deine Schuhe sind naß.«

Celines Blick wanderte von den fraglichen Schuhen zu James' mißbilligender Miene und zurück zu Liam. Sie lächelte immer noch unverwandt.

»Wenn Sie sich erinnern«, sagte David, jetzt ganz steif und förmlich, »haben Sie mich gebeten, Ihnen in einer gewissen Angelegenheit behilflich zu sein. Das, worum Sie gebeten haben, ist erledigt. Es ist mir gelungen, das Aufgebot am Tag meiner Rückkehr nach Dorset verlesen zu lassen und gestern das zweite Mal. Nächsten Sonntag erfolgt der Abschluß, und dann stimmt alles.« Er zog ein gefaltetes Dokument aus der Tasche. »Die Lizenz!«

»Gut!« James trat vor und schlug David kräftig auf den Rücken. »Bewundernswert, Talbot! Ausgezeichnet!«

David zuckte zusammen. »Ich wiederhole, was ich Ihnen in London gesagt habe, Sir. Es dient Celines Bestem. Sollte mir je etwas anderes zu Ohren kommen ...« Vielsagend lüftete er die Brauen.

Celine war völlig durcheinander. »Was ist zu meinem Besten? Wovon redet ihr zwei überhaupt?«

James drehte sich um und reichte ihr die Hand. Als sie

ihre in die seine legte, eröffnete er ihr: »Wir reden über eine Hochzeit, Celine. Unsere, deine und meine. Heute in einer Woche werden wir heiraten, am nächsten Montag.«

Der Sonnenschein, der durch die bunten Bleiglasfenster von Knighthead fiel, verwandelte den Raum in ein Kaleidoskop üppiger Farben. James spürte, wie sich das Haus gleich einem geliebten, angegossen sitzenden Mantel um ihn legte. Vertraute Anblicke und Gerüche weckten Erinnerungen, die fast unerträglich von Sehnsucht erfüllt waren, und die glühenden Scheite seines Rachedurstes neu entflammten. Die Woche, die vor ihm lag, würde er teuer bezahlen müssen. Er durfte keine Sekunde lang auch nur eine Spur seiner wahren Gefühle zeigen, außer wenn er allein war – und solche Augenblicke würden sehr rar sein.

»Hoffentlich schätzt sich Celine auch angemessen glücklich«, sagte Mary Godwin gerade. »Die Vorsehung allein weiß, warum ein so erfolgreicher und gewandter Mann wie Sie bereit ist, ihre dickköpfige launische Natur zu ertragen. Wir sind aber entzückt, daß Sie das auf sich nehmen wollen.«

James sah in Celines blasses, unglückliches Gesicht und schäumte hinter der teilnahmslosen Fassade, die er seinen Gastgebern präsentierte.

»Wahrscheinlich brauche ich Ihnen nicht zu sagen, daß eine strenge Hand bei Mädchen mit schwachem Geist nie fehl am Platze ist, Mr. Eagleton«, setzte Mary Godwin hinzu.

»Ganz richtig«, sagte Godwin mit einem zweideutigen Grinsen, bei dem James' Hand unwillkürlich nach seinem linken Ärmel und dem Stilett griff. Genauso rasch ließ er seine Hand wieder fallen. Er mußte warten und stets daran denken, daß Tod eine viel zu gnädige Strafe wäre.

Die Godwin thronte auf einer bildschönen Chaiselongue im griechischen Stil, die einmal seiner Mutter gehört hatte, und lächelte süffisant. »In einer Woche! Ich muß schon sagen, das scheint mir fast ein wenig überstürzt.« Ihre verschlagenen Augen glitten zu Celine und blieben auf ihr haften. »Man könnte denjenigen, die weniger großzügig sind als wir, kaum einen Vorwurf machen, wenn sie sich über diese unziemliche Hast wundern.« Sie gestattete sich ein allzu vertrauliches Lächeln in Richtung James und glättete die Falten ihres unpassend mädchenhaften, erbsengrünen Satinkleides.

James stützte einen Ellbogen auf den Sims des geschnitzten elisabethanischen Kamins und blieb kühl. Alles würde zu seiner Zufriedenheit geregelt werden – und das bald.

»Wir Männer verstehen solche Dinge«, plapperte Godwin. »Reife Früchte soll man hier und jetzt genießen, was, mein Junge?«

James starrte ihn an.

»Ja, also, auf jeden Fall ... Äh, Sie und ich, wir haben noch die geschäftlichen Aspekte zu besprechen und – äh – Mrs. Godwin will ohne Zweifel unverzüglich die notwendigen Vorbereitungen einleiten.«

»Am nächsten Sonntagabend, dem Vorabend unserer Hochzeit, wird es ein Verlobungsessen auf Blackburn Manor geben.« James lächelte Celine beschwichtigend an und sah erleichtert, daß sie es erwiderte.

»Hören Sie«, erhob Godwin Einspruch, »das ist doch wohl meine Aufgabe ...«

»Ich denke, nein«, widersprach James. »Was meine Heirat betrifft, ist definitiv alles *meine* Sache.«

Mary Godwin erhob sich, mit beeindruckend wogendem Busen. »Wem sollen wir unsere Gästeliste geben? Es bleibt nur wenig Zeit, und unsere Freunde sind in London ...«

»Es wird ein sehr kleines Fest.« James sah mit Genugtuung, wie häßliche Röte in die Wangen der Frau schoß. Ohne Zweifel war sie einmal recht attraktiv gewesen – aber er spürte etwas Finsteres um sie, etwas Böses, das vielleicht sogar seine Ahnungen übertraf.

Ihre viel zu blonden Locken wippten, als sie ihren Kopf zurückwarf. »Sie werden doch sicher den Klatschmäulern nicht noch mehr Zündstoff liefern, als diese plötzliche Heirat ohnehin schon provoziert. Ich erwarte, daß meine engsten…«

»Nein«, brach James die Diskussion freundlich ab. »Die Zeit wird beweisen, daß unsere Heirat keineswegs unziemlich überstürzt war. Es ist mein Wunsch, daß diese Hochzeit Celine einzig Freude machen soll. Die Verlobungsfeier ist ein Teil meines Geschenks an sie. Ich bin sicher, auch Sie wollen nur das Beste für Ihre Tochter!«

Jetzt wandte er sich an Godwin. »Sie und ich werden innerhalb der nächsten Tage das Weitere besprechen. Im Augenblick aber möchte Celine mir gerne… ihr Zuhause zeigen.« Bald würde es ihr Zuhause sein und seines – niemandes sonst!

Das Mädchen stand auf und wäre fast zur Tür gerannt, aber sie fing sich rechtzeitig und wartete, bis James sie ihr öffnete. In der Eingangshalle mit den hohen Fenstern und den abgetretenen Steinplatten wollte sie vorauseilen, aber James packte ihre Hand und nahm sie kurz in den Arm. »Ist schon gut, meine Süße. Immer mit der Ruhe. Ich fühle dein Herz flattern wie ein ängstlicher Vogel. Du bist jetzt in Sicherheit. Bitte, glaub mir.«

Er sah aus dem Augenwinkel eine Bewegung und entdeckte Miss Fisher, die rasch aus dem ehemaligen Salon seiner Mutter auf sie zukam.

Sie legte einen Finger an den Mund und winkte sie in einen Korridor, der zum hinteren Teil des Hauses führte. »Ich hab gewartet«, flüsterte sie und zog sie beiseite. Ihre sanften braunen Augen schimmerten. »Vielleicht werde ich keine Gelegenheit mehr haben, mit euch beiden zu reden, vor… vor der Hochzeit.«

Celine nahm ihre Hand zwischen ihre. »Liebe Lettie, was ist denn?«

»Nichts... *Alles.*« Die Frau schien sehr aufgeregt. »Ich bin so glücklich. Das ist... Oh, verzeihen Sie meine Aufdringlichkeit, Mr. Eagleton, aber ich bin so glücklich für Celine! Und für Sie. Gott wird euch beide segnen, das weiß ich.« Sie schien kurz davor, Freudentränen zu vergießen.

»Danke, Miss Fisher«, sagte James ernst.

»Bitte nennen Sie mich Lettie.« Ihre freie Hand flog an ihren Mund. »Verzeiht. Ihr haltet mich sicher für dreist. Aber ich bin so froh. Voller Freude, daß mein Lämmchen endlich einen Mann gefunden hat, der sie lieben, für sie sorgen – und sie beschützen wird.« Sie beugte sich vor und drückte ihre Wange auf Celines Hand.

James runzelte die Stirn. Er hatte gehört, wie ergeben Gesellschafterinnen sein konnten, kannte das sogar aus eigener Erfahrung; aber dies waren doch wirklich übertriebene Loyalitätsbezeigungen für eine Dienstperson.

»Danke, Lettie«, flüsterte Celine und umarmte ihre Gefährtin. »Ich bin auch glücklich, und du wirst immer dazugehören. Nicht wahr, James?«

Er betrachtete sie nachdenklich. »Natürlich, wie du wünschst.«

Lettie schniefte gerührt und wirbelte davon. »Ich hab zu tun«, sagte sie. »Es warten allerhand Pflichten auf mich.«

»Deine Gesellschafterin hat dich sehr, sehr gern«, sagte James, als sie wieder allein waren. Er zog Celine in seine Arme und legte sein Kinn auf ihr Haar. »Ich verstehe, warum.«

Die Zeit glitt vorüber, während sie da standen, leicht schwankend, verloren in der süßen, intimen Wärme des Augenblicks.

Ein Räuspern ließ James erkennen, daß er und Celine nicht allein waren. Won Tel stand pünktlich auf der Schwelle.

»Mr. Eagleton!« Won Tel verbeugte sich. »Bitte verzeiht, aber Liam wünscht ganz dringend, was sie eine, äh, wichtige Aussprache nennt, mit Miss Celine.«

James mußte sich angesichts Won Tels unterwürfigem Gehabe ein Grinsen verkneifen. »Eine wichtige Aussprache?«

»Ja, Sir. In der Angelegenheit – sagt sie – von Miss Celines Haaren.«

Celine griff sich ins Haar.

James verschränkte die Hände auf dem Rücken. »Ich kann mir nicht vorstellen, was Liam meint.«

»Meine Schuld, Sir!« Won Tel verbeugte sich erneut. »Ich glaube, ich sollte sagen, Liam wäre Expertin in solchen Dingen und würde sich gern mit Miss Celine darüber unterhalten, wie man ihr Haar für die Hochzeit frisiert. Sie befindet sich mit Mr. Talbot im Garten.«

James stellte befriedigt fest, daß ein erfreutes Lächeln Celines sorgenvolle Miene aufhellte. »Ich kann kaum glauben, was mir da wirklich bevorsteht«, sagte sie und sah zu ihm hoch. »Ich würde sehr gerne Liams Rat einzuholen. Ihre Haare sehen immer so schön aus.«

Und Liam verbrachte wirklich auffallend viel Zeit mit dem guten Reverend, eine Angelegenheit, die er bei Gelegenheit mit ihr besprechen mußte.

»Ist es dir nicht recht?« Prompt hob Celine ihre Hände Won Tel abweisend entgegen. »Ich soll James unser Haus zeigen. Bitte sagt Liam …«

»Unsinn«, fiel James ihr ins Wort. »Lauf nur zu. Es gibt einiges mit deinen Eltern zu regeln. Jetzt paßt es gerade gut. Ich komm später zu euch.«

Sobald Won Tel und Celine außer Sicht waren, trat James den Rückweg an. An der Salontür blieb er nur so lange stehen, bis er das Gemurmel der Godwins hörte, und ging dann mit raschen, lautlosen Schritten den Korridor entlang, an den er sich so gut erinnerte.

Zwar hatte er bereits mit etwa zehn Jahren dieses Haus verlassen, aber er wußte noch, wie man auf dem kürzesten Weg die Bibliothek erreichte.

»Verfluchter Mist«, murmelte James mit zusammengebissenen Zähnen.

Er warf einen Blick auf seine Uhr und steckte sie zurück in die Westentasche. Länger wagte er nicht, in der Ruine zu verweilen, die einmal Francis St. Giles' prachtvolle Bibliothek darstellte.

Versilberte Balken überspannten die hohen Decken des edel proportionierten Raumes. Die Wände waren von Bücherregalen gesäumt – Bücherregale, deren Inhalt in zerfetzten Haufen auf dem Steinboden herumlag.

Er ging an dem Thomas-Moore-Teppich vorbei, den Sophie St. Giles mit soviel Stolz für ihren Mann erstanden hatte und der jetzt achtlos aufgerollt ein Eckendasein fristete. James sah sich noch einmal eingehend die beiden Jadedrachen an, die den Kamin flankierten. Ihre Augen waren glatt, nichts deutete auf eine Verbindung zu dem tief eingravierten Zeichen in Francis St. Giles' Ring hin. Er zog noch einmal den weichen Lederbeutel aus seiner Tasche und holte den Ring heraus. Drei pyramidenförmige Segmente waren aus einem massiven Lapislazuli geschnitten, der eigentlich mittels des Familienwappens als Siegel dienen sollte. Damit und mit dem filigranen Medaillon, das Celine am Vorabend ihrer Hochzeit erhalten würde, würde er endlich das Erbe seiner Großmutter in Besitz nehmen.

Ein kratzendes Geräusch war vom Korridor draußen zu vernehmen. James schob den Ring zurück in seinen Beutel und steckte ihn wieder in die Tasche, bevor er den Raum langsam weiter abschritt und dabei die Stuckleiste zwischen den Regalen und der Decke studierte. Falls man ihn hier aufstöberte, würde er einfach sagen, er wäre durch die Räume geschlendert, während er auf Celines Rückkehr wartete.

Die Leiste bestand aus Blättern und Beeren – keine Spur von einem Muster, das zum Ring paßte.

Es wurde Zeit für ihn!

Rückwärts wich er zur Tür zurück und warf einen letzten Blick auf die verrutschten Möbel, die Ziergegenstände und Uhren, die Bilder, die man abgenommen und an den Wänden gestapelt hatte.

Das kratzende Geräusch kam immer näher, James zog seine Weste zurecht und drückte die Klinke nieder… fast wäre er über eine Katze gestolpert, die fauchend davonschoß.

Er strich sich die Haare glatt und ging den Weg zurück, den er gekommen war. Die Godwins hatten nichts gefunden, da war er sich sicher. Aber sie hatten gesucht, o ja, das hatten sie, lächelte er grimmig. Zumindest hatte er sich davon überzeugt, daß sie nicht dasselbe wußten wie er: der Sainsbury Schatz war tatsächlich in dem Raum zu finden, den er gerade verließ.

Vielleicht würde es genügen, dem verbrecherischen Paar jede weitere Gelegenheit zur Suche zu vereiteln. Aber noch während er mit dieser Idee spielte, wußte James, daß sein Rachedurst nicht gestillt sein würde, bis er die Juwelen seinen Feinden unter die Nase hielte und ihre ohnmächtige Wut erlebte.

Würde ihm das genügen?

Er glaubte nicht, aber für den Augenblick mußte er sich aus diesem Haus entfernen, wo die Anwesenheit der Godwins eine Tortur darstellte, die er keine Minute länger ertragen konnte.

Die frische Luft vor den massigen Eingangstüren war ein Segen. James umrundete das Haus und machte sich dann auf den Weg über den Rasen. Schon bald war weibliches Gelächter zu hören, und er entschied, trotz der bitteren und drängenden Sehnsucht, sein Vorhaben zu Ende zu führen.

Über dem tiefer liegenden Garten, auf dessen Sammlung kleiner weißer Statuen seine Mutter so stolz gewesen war, blieb er stehen und hielt sich außer Sichtweite.

Won Tel war nirgends zu sehen, Miss Fisher auch nicht,

aber David Talbot lehnte an einer Säule und schaute zu, wie Liam Celine kämmte.

»Ich brauche Übung«, Liams Stimme war deutlich zu vernehmen. »Wir fangen ganz von vorne an.« Geschickt entfernte sie ein paar Haarnadeln und ließ Celines Haar auf ihre Schultern fallen.

»Nein!« Reverend Talbot schlug sich auf den Schenkel und verdrehte die Augen gen Himmel. »Nicht noch einmal!«

»Doch, unbedingt«, sagte Liam mit ihrer üblichen Unbekümmertheit. »Es soll perfekt werden. So bildschönes Haar! Schau, wie die Sonne sich darin fängt.«

James beugte sich vor, um besser sehen zu können, wie Celines goldenes Haar durch Liams erhobene Hand glitt.

»Ja«, bestätigte er leise, »... wie die Sonne sich darin fängt.« Glänzende Strähnen tanzten sich frei und legten sich langsam, behutsam in warme Wellen wie Honig.

In wenigen Tagen würde er sein Gesicht in diese Fülle senken, wenn es sich über die Kissen seines Hochzeitsbettes breitete. Er würde seinen Kopf in ihrem Haar und seinen Körper in ihrem begraben.

Die Heftigkeit, mit der ihn die Erregung packte, traf ihn wie ein Kolben. Er wollte alles: Knighthead, die Sainsbury Juwelen ... und Celine.

Nur der Tod könnte ihm einen Strich durch die Rechnung machen.

24

Celine atmete die Nachtluft ein und blickte auf zu Blackburn Manor. Morgen würde sie James heiraten.

»Wirklich Celine, ich wünschte, Lettie hätte meine Anweisungen befolgt. Dieses Kleid ist unpassend für die Verlobungsfeier eines Mädchens. Ich *weiß* es.«

»Gräm dich nicht, Mama. Und mach Lettie keine Vorwürfe – bitte nicht. Das Kleid habe ich ausgesucht und kommt mir genau *passend* vor.« Die rostrote Seide, am Ausschnitt mit schmaler, elfenbeinfarbener Spitze besetzt, war sehr schlicht geschnitten; aber Celine wußte, daß es ihren Teint perfekt zur Geltung brachte... obendrein keine »Eintagsfliege« – was ihr eine geradezu diabolische Freude bereitete.

»Viel Lärm um nichts, wenn du mich fragst«, sagte Papa. »Der Handel ist perfekt. Kann mir nicht vorstellen, warum Eagleton nicht einfach seine Errungenschaft abholt, bezahlt und basta.«

Celine raffte ihren reichen tiefgrünen Samtumhang zusammen und ging vor ihren Eltern her auf die Lichter zu, die aus der offenen Eingangstür des Herrensitzes fluteten.

Die Verlobungsfeier ist ein Teil meines Geschenks an Celine, hatte James gesagt. Wie konnte es soviel Glück auf der Welt geben?

Musik ertönte, Klänge eines geheimnisvollen Instrumentes, desgleichen sie noch nie gehört hatte.

»Mumpitz«, murmelte Papa hinter ihr. »Hätte nie gedacht, daß ich den Tag erlebe, an dem wir nach der Pfeife irgendeines Emporkömmlings in Loders Haus tanzen. Ein Abstieg, denke ich. Eagleton ist ein Glücksritter.«

»Könnte gut sein. Sein Geschmack spricht Bände.«

»Aber sein Geld ist echt und das zählt, sonst nichts.«

Celine kniff den Mund zusammen. Sie würde sich ihre Vorfreude durch nichts verderben lassen.

Colin, der neue Knecht, den Mama unerklärlicherweise zum Kutscher befördert hatte, ließ die Schultern hängen. Man hatte ihn in seinen Pflichten unterwiesen, ihm gesagt, er solle auf Blackburn Manor zugehen und an der Tür um Einlaß klopfen – aber die offene Tür verwirrte ihn offensichtlich.

»Daß jeder gewöhnliche Gaffer Maulaffen feilhalten

kann«, sagt Papa, und zwar nicht leise. »Was erwartest du schon von einem Wilden? Keine Ahnung, was sich schickt! Paßt zu den Geschichten, die sie im Dorf erzählen. Seltsame Leute. Seltsame Vorkommnisse.«

Sie hatten den oberen Absatz der soliden Steintreppe erreicht und standen etwas ratlos da.

»Äh, Mrs. Godwin?«

Mama winkte den frischgebackenen Kutscher beiseite, mit einem Lächeln, das Mama gar nicht ähnlich sah. »Ich faß es nicht«, sagte sie und tätschelte die kleinen Locken, die ihr Gesicht unter dem magentafarbenen Turban einrahmten. »Kein Butler! Was erwartet man denn von uns …«

»Guten Abend, Miss Celine.« Won Tels Erscheinen ließ, wie üblich, alle verstummen. »Guten Abend, Mr. und Mrs. Godwin! Mr. Eagleton erwartet Sie.«

»So ist es!«

Die Zeit blieb stehen.

Celine hörte die magischen Saiten, die von unbekannten Orten sangen, glaubte sich im Lichte tausender Kerzen in funkelnden Kristallüstern und roch den süßen Duft hunderter gelber Rosen, mit denen die Eingangshalle und der Treppenaufgang geschmückt waren.

Und sah nur James!

Er kam auf sie zu, ihr großer, breitschultriger, blendend aussehender Bräutigam, der alles ringsum übertrumpfte. Celine spürte, wie die Luft dünn wurde, als würde sie seinem Kielwasser entfliehen. Schatten huschten über sein Gesicht, tauchten es mal in Dunkel wie seine Augen, die nur sie anblickten, und dann vornehme Blässe enthüllten, die sich über herrischen Knochen spannte.

»Komm zu mir, Celine«, sagte er und reichte ihr eine starke Hand, die sich um die ihre schloß. »Von dieser habe ich die Dornen abgebrochen.« Er gab ihr eine einzelne, vollkommene Blüte.

Sie hielt die Blume an ihre Wange und schloß die Augen.

»Tillie's Charmers«, sagte sie in Erinnerung ihres ersten gemeinsamen Nachmittags. »Ist es denn möglich, daß wir uns erst so kurze Zeit kennen?«

James zog sie an sich und sagte, nur für ihre Ohren bestimmt: »Du erinnerst dich an alles, mein goldenes Mädchen?«

»Ja, ich erinnere mich an jeden Augenblick, den wir zusammen verbracht haben.«

»Ich auch. Ab morgen werden wir nie mehr getrennt sein, meine Süße.« Mit seinem eleganten, schwarzen Abendanzug und dem erlesenen weißen Seidenhemd wirkte er so stark wie ein Baum. Er bot Zuflucht und Hilfe, Schutz … und Leidenschaft – im Zaum gehalten von eiserner Beherrschung. Diese wirkte besonders mächtig im Hinblick auf ihre endgültige Entfesselung.

Auf einmal lächelte James. »Gib mir deinen Umhang.« Während er ihn ihr abnahm, bemerkte Celine erst Liam, die mit einem seltsamen Instrument auf einem Silberkissen kniete. Den langen Saiten entlockten die zarten Finger jene wehmütigen Weisen, die in die Luft emporstiegen.

»Hallo, Celine!« Es war David, der sie aus einer schattenverhangenen Ecke hinter Liam begrüßte. »Du siehst wunderschön aus.«

»Nicht wahr?« sagte James.

Celine brachte kein Wort heraus, konnte nur zu David gehen, ihn auf die Wange küssen und Liams etwas spitzbübisches Lächeln erwidern.

Mama und Papa hatten bereits ihre Mäntel abgegeben und waren in die Halle getreten; sie sahen sich schweigend um und folgten Won Tel durch eine Flügeltür.

James bot Celine seinen Arm. »Sollen wir?« Er führte seine Braut in ein kleines, aber kostbar ausgestattetes Speisezimmer, wo Gold und Kristall im gedämpften Kerzenlicht funkelten und schimmerten. Er geleitete sie zum Platz an seiner Linken.

Als die Tafel vollzählig war, inklusive David, rümpfte Mama die Nase und sagte mit durchdringender Stimme: »Sechs!« Mißbilligend blickte sie auf die wenigen Gedecke. Sie klappte einen bemalten Fächer, Magentarot und Bronze, auf und fächelte sich lustlos zu, was die Locken um ihr puterrotes Gesicht ziemlich unvorteilhaft abstehen ließ. »Nicht gerade das, was sich eine stolze Mutter für ihre einzige Tochter an einem solchen Tag erhofft.«

Celine gab sich alle erdenkliche Mühe, die Feindseligkeit, die in ihr aufbrach, zu unterdrücken. »Wie ist es dir gelungen, in nur einer Woche ein solches Märchen wahr zu machen, James? Es ist alles so festlich.«

»Ich...«

»Er hat natürlich einfach geordert und angefordert, Celine«, verkündete Liam hinter James' Rücken. Heute abend wirkte sie brav wie ein Schulmädchen in Hellblau. »Wie er es immer macht! Und genau wie sonst hat er seinen Willen durchgesetzt.« Sie klatschte verdrossen in die Hände und machte einen Schmollmund.

Celine grinste, ignorierte James' zusammengekniffene Augen und die ironisch hochgezogene schwarze Braue.

»Gut, daß dieses Essen nicht am Grosvenor Square stattfindet. Nachdem die dortige Einrichtung jetzt komplett hier ist, müßtet ihr vom Boden essen!«

James' und Davids Gelächter – sowie Mamas irritiertes Zungenschnalzen – wurde von Liam unterbrochen, die erneut klatschte. Diener traten durch eine Tür neben dem Kamin mit dem Rokokosims.

Won Tel hatte sich neben einer schimmernden Anrichte aus Ebenholz aufgebaut. Sie stand auf Messingfüßen in der Form bärtiger Fische. Auf ein unauffälliges Zeichen von James hin trat er vor und beugte sich zu seinem Herrn. Einen Augenblick später zog Won Tel sich aus dem Raum zurück.

Während ein Kammerdiener und zwei Zofen die Fingerschalen verteilten, begann ein ehrfruchtgebietender Butler Suppe aus einer handbemalten Wegdewood-Terrine zu servieren.

James packte Celines Hand und zog sie unter der Tischdecke zu sich. Er legte sie auf seinen harten Schenkel und streichelte sie rhythmisch.

»Möchten Sie ein wenig Limonade, Celine?« fragte eine Stimme neben ihrem Ohr. »Sie sehn ganz wundervoll aus, aber erschöpft!«

Celine hob erschrocken den Kopf und sah direkt in Ruby Roses strahlend blaue Augen. »Ruby…« Von ihrer jungfräulich weißen Rüschenhaube bis zu den glänzend polierten schwarzen Schuhen war Ruby Rose der Inbegriff des klassisch gekleideten Hausmädchens. »Danke, Ruby Rose, ja, ich hätte gerne ein Glas.«

Celine musterte so unauffällig wie möglich die erstaunliche Verwandlung, die diese junge Frau durchgemacht hatte, seit sie vor wenigen Monaten, grell und ordinär gekleidet, aus London hierhergekommen war. Das nächste Gesicht, das ihr ins Auge fiel, erstaunte sie noch mehr. Mrs. Strickland, in dem angemessenen Habit ihrer Stellung als Wirtschafterin, beobachtete Ruby Roses effiziente Bemühungen mit kaum verhohlener Befriedigung wie eine erfreute Patin. Celine merkte auf einmal, daß sie beobachtet wurde und ertappte auch David bei einem triumphierenden Grinsen, das sie erwiderte.

Der Stuhl zur Rechten von James blieb leer – was ihn nicht zu bekümmern schien. Celine warf von Zeit zu Zeit einen Blick darauf. Vielleicht würde Won Tel später… Nein, oder doch?

Sie kostete die Suppe kaum, auch nicht den Fischgang vor den Wildpasteten und raffinierten Beilagen, den Kompotten und der Zitronenspeise. Gerichte wurden aufgetragen und abserviert, während Mama und Papa stumm und gleichgültig kauten; David und James dagegen mit großem

Appetit und Genuß. Celine schaffte es, ein paar Bissen hinunterzuschlucken und zu lächeln – und James' Gegenwart bis in ihre Seele hinein zu spüren. Er war es, der zählte.

Ein leichter Druck auf ihrer Hand lenkte ihre Blicke auf sein Gesicht. Er beugte sich zur Seite und flüsterte: »Erschrick nicht, meine Süße, es gibt nämlich eine kleine Überraschung.«

Bevor sie ihn fragen konnte, erschien erneut Won Tel und räusperte sich. »Euer letzter Gast, Mr. Eagleton. Augustus St. Giles, Dritter Marquess von Casterbridge.«

James erhob sich sofort, ebenso David.

In der Tat, eine unerwartete Persönlichkeit. Aber Celine war so glücklich, daß sie jeden akzeptierte, der an diesem wunderbaren Abend teilhaben wollte. Warum war Papa nicht aufgestanden? Und warum schien Mama so betroffen?

Der Marquess trat ein, sehr elegant und jugendlich frisch. Er lächelte in alle Richtungen. »Guten Abend, die Herrschaften! Glücklicher Anlaß. Sehr glücklich. Wie ich höre, kann man gratulieren!« Er schlug James auf die Schulter, führte Celines Hand an den Mund und murmelte: »Versteh schon, warum der Welpe sich verliebt hat, meine Liebe.«

Der Marquess wehrte ab, als Won Tel ihm den Stuhl zurechtrücken wollte, und winkte den Butler zu sich. »Füll er die Champagnergläser, guter Mann! Und keins leer lassen! Ein glücklicher Anlaß! Wir müssen heute noch einiges hinter uns bringen.« Er sah zu Mama und Papa. »Darius und Mary Godwin, sieh einer an. Recht passabel sehen Sie aus, absolut. Glücklicher Tag für uns alle.«

Ein eisiger Hauch fuhr über Celine hin, obwohl der Raum sehr warm war. Mamas geblähte Nasenflügel zeigten, wie sehr sie es haßte, als passabel bezeichnet zu werden. Papas Hände krallten sich so heftig um die Tischkante, daß seine Knöchel weiß wurden.

Der Marquess bedeutete James und David, sich zu setzen. »Ich wollte das, was ich jetzt äußere, schon vor Monaten sagen. James hat mich überredet zu warten.«

Scheinbar ohne Rücksicht auf Anstandsregeln legte James seine Hand in Celines Nacken und lächelte ihr beruhigend zu.

»Darius und Sie, Mary, Ihr werdet Euch gut an Francis und Sophie St. Giles erinnern.« Er hob das Glas Champagner, das man ihm gereicht hatte und wartete, bis der Rest der Gesellschaft seinem Beispiel folgte. »Laßt uns auf ein wunderbares Paar trinken: auf meinen starken, ehrenwerten Bruder Francis und seine schöne, sanfte Frau Sophie!«

In vollkommener Stille wurden die Gläser zum Mund geführt – alle, bis auf die der Godwins. Celine fand, daß Mamas Blässe einen leicht gräulichen Schimmer aufwies, und Papa hatte eindeutig vergessen, den Mund zu schließen. Celine trank, aber ihr saß ein Kloß im Hals. Sie verstand die plötzlich drückende Atmosphäre überhaupt nicht.

»Allerdings wißt Ihr, Darius und Mary, nicht, daß...« Der Marquess hielt inne, richtete den Blick direkt auf die beiden. »...daß, obwohl es Euch beiden zweifellos große Erleichterung bringen wird, der Mann neben Eurer Tochter, der Mann, der morgen ihr Ehemann wird – und Euer Schwiegersohn, daß dieser Mann nicht ist, wer er behauptet zu sein.«

In der bangen Pause, die folgte, sah Celine der Reihe nach in alle Gesichter: Davids, der verwirrt die Stirn runzelte, die völlig erstarrten Mienen ihrer Eltern, und dann zu James. Traurigkeit. Was sie jetzt bei ihm entdeckte, war tiefe, tiefe Traurigkeit. Sie selbst befand sich am Rande der Verzweiflung. All das ergab keinen Sinn, nicht wahr?

»Darius!« Mamas Stimme drohte sich zu überschlagen. »Was sagt er da? Was geht hier vor?«

»Also!« Der Marquess hob grinsend sein Glas. »Wir sind alle entzückt von diesem einzigartigen Treffen, nicht wahr, Mary?«

James' Hand umschloß Celines Nacken fester, und er musterte ihre Miene, bevor er ihr einen sanften Kuß auf die Wange drückte und flüsterte: »Es ist alles in Ordnung, mein Herz. Vertrau mir!«

»*Also*«, dröhnte Lord Casterbridge. »Es ist mir eine außerordentliche Freude. Eine Ehre, meine freudige Pflicht, James zu seiner Verlobung zu gratulieren – am Vorabend seiner Hochzeit mit Celine – und zu verkünden, daß er den Namen Eagleton nur tragen wollte bis zu dem Tag, an dem wir seine wahre Identität preisgeben könnten.«

Liam hatte Stellung hinter David bezogen. Ihre Hand stahl sich auf seine Schulter, und er bedeckte sie mit seiner.

»Darf ich vorstellen« – Lord Casterbridge hob sein Glas und warf einen strengen Blick in die Runde – »James St. Giles, Earl of Eagleton, mein Neffe und einziger Erbe!«

Der Marquess trank, wie auch David. Celine gelang es, ihr Glas mit zitternder Hand zum Mund zu führen. Mama und Papa schienen wie versteinert. Warum? Celine war selbst wie vom Donner gerührt. Der Mann, den sie morgen heiraten sollte, hatte es versäumt, ihr seine Herkunft zu verraten und, falls diese Hochzeit immer noch stattfinden sollte, würde sie nicht Mrs. Eagleton werden, sondern *Lady* Eagleton. Unfaßlich!

»Warum?« Mamas Stimme, immer noch unnatürlich hoch, klang heiser, und sie richtete ihren Zeigefinger auf James.

»Ganz einfach«, sagte James rasch. »Ich wollte sichergehen, daß Celine mich um meiner selbst willen und nicht aus irgendeinem fehlgeleiteten Pflichtgefühl nähme.«

»Pflicht?« Celine schluckte krampfhaft.

»Unsere Väter waren enge Freunde, meine Süße. Ich wollte nicht, daß du mich heiratest, um diese Freundschaft in Ehren zu halten. Und ich bin sicher, Sie billigen meine Vorgehensweise, Mr. und Mrs. Godwin.« Er wandte sich mit bittender Miene an die beiden. »Fast hatte ich erwartet, daß Sie sich an mich erinnern. Aber ich war ja nichts weiter als ein kleiner Junge bei unserer letzten Zusammenkunft – bevor mein Vater sich entschied, sein Glück in Übersee zu machen – und ich habe mich ohne Zweifel beträchtlich verändert.«

»In der Tat«, stimmte Papa ihm langsam zu. Jetzt trank er endlich seinen Champagner, und Mama folgte seinem Beispiel. »Ich war sehr traurig, daß ich die Verbindung zu Ihren Eltern verloren habe. Hat Francis, äh... Warum hat er... Nach seiner Abreise hat er sich nie mehr gemeldet.«

»Ich weiß«, sagte James mit einem Achselzucken. »Mein Vater stürzte sich mit Haut und Haaren in seine Geschäfte, fürchte ich. Er und meine Mutter haben sich wohl ganz von England gelöst, sobald wir in Paipan niedergelassen waren.«

Mama schien sehr aufgeregt, aber von ihrem ersten Schock hatte sie sich etwas erholt. »Und die liebe, äh, Sophie! Ist sie... Ohne Zweifel werden sie und Ihr Vater wohl bald draußen vorfahren. Ich kann mir nicht denken, daß sie die Hochzeit ihres Sohnes versäumen möchten.«

James nahm seine Hand von Celines Nacken und bedeutete dem Butler, sein Glas zu füllen. Während dies geschah, warf er einen Blick auf seinen Onkel, der nickte, als bedürfe es zwischen ihnen keiner Worte.

»Meine Eltern«, sagte James und sah in seinen Champagner, »sind beide tot. Sie haben offensichtlich überhört, daß ich erwähnte, ich hätte die Geschäfte von meinem Vater übernommen. Er ist vor einem Jahr gestorben. Meine Mutter schied einige Monate früher von uns.«

Die Braut erstickte einen kleinen Schrei des Mitgefühls und preßte ihre Hände im Schoß zusammen.

»Oh!« Betreten stellte Celine fest, daß ihre Mutter mehr Befriedigung als Trauer zeigte. »Oje! Die arme, liebe Sophie. Und der arme Francis natürlich. Sie haben von... unserer engen Freundschaft erzählt, sagen Sie?«

»Das haben sie in der Tat«, sagte James. »Besonders mein Vater hat den Verlust dessen bedauert, was ihn mit Mr. Godwin verband.«

»Den Verlust?« wiederholte Papa scharf.

»Es war unvermeidlich, daß die Entfernung die enge Freundschaft, die Sie einst genossen, entzweite«, beendete James seinen Gedanken.

Nachdem er das dritte Glas Champagner geleert hatte, sagte Papa: »Ganz richtig. Verdammte Schande. Sie wollen den Abend sicher nicht zu lang werden lassen, mein Junge. Wirklich, wir sind alle ziemlich mitgenommen. Sie werden wohl auch mit seiner Lordschaft reden wollen und sich für morgen vorbereiten.« Er machte einen kurzen Diener in Lord Casterbridges Richtung. »Hab nie viel über die Vergangenheit geredet. Würde gerne ...«

»Nicht nötig«, polterte der Marquess leutselig. »Überhaupt nicht nötig. Was wir tun müssen, ist, uns an die neue Situation zu gewöhnen, wie man so sagt. Mach ich verdammt gerne, das kann ich Ihnen versichern. Höchste Zeit, daß sich in Casterbridges Kinderzimmern etwas rührt.«

Celine dämmerte allmählich, was er damit meinte, und lief rot an. James suchte wieder ihre Hand und drückte sie.

»Ich hab ein Geschenk, das ich Celine gerne geben würde, und dafür ist jetzt der richtige Moment.« Er zog ein abgeschabtes Lederetui aus seiner Tasche, öffnete es und zeigte ihr den Inhalt. »Das gehörte meiner Mutter. Sie bekam es am Vorabend ihrer Hochzeit von der Mutter meines Vaters. Jetzt ist es deins, Celine!«

Eingebettet in altem Samt lag ein Goldmedaillon von einmaliger Form. Die komplizierte Kette bestand aus blattförmigen Gliedern, durch ihre Stiele verbunden; daran hing das rechteckige Schmuckstück, dessen Mitte ein schweres, mit Blumen besetztes Kreuz zierte.

Celines Augen wurden naß. »Wie herrlich! Ein Kleinod!«

James erhob sich. »Meine Mutter hätte es dir bestimmt gerne umgehängt.« Er stellte sich hinter sie.

»Ich werde die arme Sophie vertreten«, ertönte Mamas Stimme. Sie klang jetzt wieder gekräftigt. Mit einem Spitzentaschentuch tupfte sie sich die Augen, erhob sich von ihrem Stuhl und ruderte mit ausgebreiteten Armen auf James zu. »Arme, liebe Sophie! An ihrer Statt werde ich dieses Medaillon Celine umhängen. Wie hätte sie diesen Abend genossen. Zu sehen, wie ihr einziger Sohn mit der einzigen Tochter des liebsten Freundes ihres Mannes vereint wird!« Zwei riesige Tränen tropften über ihre Wangen.

Mama nahm James die Kette ab und befestigte sie sorgsam um Celines Hals. »Perfekt«, sagte sie mit brüchiger Stimme. »Oh, da ist ja ein herrlicher Diamant am Schloß ... hm ... wie bin ich froh, daß ich unseren dahingeschiedenen Freunden wenigstens diesen Dienst erweisen konnte.«

»Und jetzt, Godwin«, gab Lord Casterbridge das Zeichen zum Aufbruch. »Natürlich ist es nicht ganz schicklich, aber ich wäre dankbar für ein wenig Zeit mit dieser jungen Schönheit, die mein Neffe erobert hat. Muß sie doch erst einmal kennenlernen, bevor sie von mir verlangt, daß ich neue Casterbridges auf meinen Knien reiten lasse.«

Celine beugte den Kopf, um ihr Gesicht zu verstecken, und hörte James leise lachen.

»Auf jeden Fall«, fuhr seine Lordschaft fort, »werden Sie mir sicher Ihr Küken anvertrauen. Ich bring sie später nach Hause. Selbstverständlich wird sie sich rechtzeitig zur Ruhe begeben, damit sie sich für die morgigen Strapazen ausruhen kann!«

Männliches Gelächter brandete auf, und Celine starrte weiter in ihren Schoß.

»In Ordnung«, sagte Papa. »Komm, Mary, wir brauchen auch unseren Schlaf, damit wir uns bei den Festlichkeiten morgen von unserer besten Seite zeigen. Wir freuen uns darauf, euch dann alle zu sehen!«

Der Abschied ihrer Eltern ging, unterstützt von Liam und Won Tel, sehr rasch vonstatten. Dann erhob sich David und nahm Celine, nach einem wohlwollenden Nicken von James, in die Arme, um sie auf die Stirn zu küssen. »Ich bin so froh für dich, Mylady«, sagte er mit einem sanften Lächeln. »James – Lord Eagleton – ist ein Glückspilz.«

»James für Sie, David«, sagte James fast barsch. »Ich bin dankbar für die Freundschaft und Hilfe, die Sie Celine stets erwiesen.«

David brach auf und ließ Celine mit James und seinem Onkel allein. Die Dienstboten, Won Tel, auch Liam, waren unbemerkt verschwunden.

»Gehen wir in mein Arbeitszimmer?« schlug James vor. »Es ist zwar noch nicht fertig, aber gemütlich.«

Lord Casterbridge schüttelte den Kopf und stellte sein Glas auf den Tisch. »Wenn es dir nichts ausmacht, zieh ich mich zurück. Wie ich höre, ist ein Zimmer für mich vorbereitet?«

Celine sah, wie die Männer einen Blick tauschten. »In der Tat«, sagte James. »Ich freue mich schon darauf, Celine in naher Zukunft durch Morsham Hall zu führen.« Für Celine fügte er hinzu: »Morsham Hall liegt etwa zwei Stunden nördlich. Das ist unser Familiensitz.«

»Und dein zukünftiges Zuhause, wenn…«, begann Augustus.

»Nicht nötig, jetzt darüber zu sprechen«, unterbrach James ihn hastig.

»Wie du meinst!« Lord Casterbridge sah seinen Neffen liebevoll an. »Das ist ein glücklicher Tag für mich, mein Junge! Ich wünsche euch eine gute Nacht.«

Nachdem sie alleine waren, mußte Celine feststellen, daß sie und James zu nichts anderem mehr fähig waren, als sich gegenseitig anzustarren.

»Der alte Haudegen hat ein gutes Herz«, sagte James schließlich. »Ich hab ihn nicht darum gebeten…, daß er sich verabschiedet – bin aber verdammt froh, daß er es getan hat.«

»Genau wie ich.« Aber Celine zitterten die Beine und ihr Magen auch. Sie war verwirrt und gleichzeitig voller Erwartung. »Ich bin mir nicht sicher, daß ich mich an dich als Earl gewöhnen kann, Mylord.«

»Dafür gefällt mir das Mylady recht gut«, erwiderte James leise. »Oh, ja, in der Tat, meine Lady!«

Sekunden verstrichen. Er tat den einen Schritt, den er zu ihr brauchte, strich mit einer Hand ihr Kinn entlang. Seine Finger liebkosten ihr Haar und spielten mit der Locke, die über ihre Wange baumelte – und er wartete, bis sie die Augen schloß und ihr Gesicht in seine Hand legte.

Sie spürte, wie er näher rückte, aber er umarmte sie nicht. Als sein Mund ihre Lippen berührte, so glatt und fest – wich sie mit einem kurzen Stöhnen zurück, öffnete aber die Augen nicht. Und dann fand James erneut ihren Mund und küßte sie mit so verführerischer Zurückhaltung, daß sie den Mund öffnete, um den Kontakt zu vertiefen.

»Nein, Süßes!« Seine Zunge tauchte kurz in einen Mundwinkel. »Wenn ich dich jetzt nicht nach Hause bringe, weiß ich, daß ich mich nicht beherrschen kann und dich ganz nehmen werde ohne Zaudern. Das muß warten bis morgen, wenn wir Mann und Frau sind.«

Celines Körper pulsierte vor Verlangen nach ihm, aber sie hielt die Augen niedergeschlagen, während James ihren Umhang holte und ihn um ihre Schultern legte. »Ich lasse die Kutsche vorfahren«, teilte er ihr mit.

»Nein!« Celine nahm seinen Arm. »Könnten wir reiten, James? Wir sind noch nie zusammen geritten.«

Er sah sie und ihre unpassende Kleidung an, doch dann nickte er. Auf das Bimmeln des Klingelzugs neben dem Kamin hin erschien sofort Won Tel auf der Schwelle, und James bat ihn, zwei Pferde zu satteln.

Nach wenigen Minuten ertönte Hufgetrappel, und James

warf sich einen grauen Mantel mit mehreren Kragen um, bevor er Celine aus dem Haus führte.

»Was für eine hübsche kleine Braune!« Die Stute, auf die James sie setzte, glänzte im Mondschein.

»Sie gehört dir«, sagte James, während er ihre Röcke zurechtrückte und ihren Mantel vorne zuzog. »Natürlich willst du deinen Wallach – Cleopatra, nicht wahr? – nicht ganz aufgeben. Diese verfluchten Damensättel. Idiotischer Unsinn.« Er nahm ihren Fuß und steckte ihn in den Steigbügel.

Celine schaute hinunter auf seine dunklen Locken und lächelte. Zögernd fuhr sie mit ihrer Hand in sein dichtes Haar und fühlte, wie er sich anspannte. »Danke, James!«

Langsam hob er den Kopf, seine Hand blieb auf ihrem Knöchel. »Wofür?«

»Dafür, daß du James bist. Dafür, daß du mich gerettet hast, auch wenn ich vielleicht nicht das bin, was du dir von einer richtigen Frau erhofft hast. Ich werde mein Bestes geben.«

»Wann wirst du endlich glauben, daß du alles bist, was ich je haben will? Mehr, als ich mir erhoffte oder erträumte!«

Rührung schnürte ihr die Kehle zu. Sie strich durch sein Haar, er drehte den Kopf und küßte ihr die Hand.

»James ...«

»Es geht los«, sagte er streng, trat zur Seite und schwang sich auf sein eigenes Roß. »Mylady, Ihr seid eine zu große Versuchung.«

»Noch bin ich nicht deine Lady.«

Der Rappe tänzelte rastlos, und James lenkte ihn auf Celine zu. »In meinem Kopf bist du längst meine Lady und in meinem Geist auch. Im übrigen kann es mein Körper kaum ertragen, daß es noch so viele Stunden sind, bevor ich die Bilder in meinem Kopf verwirklichen darf. Komm, bringen wir dich in Sicherheit!«

Knighthead war nur knapp drei Meilen von Blackburn

Manor entfernt. Für Celine verging der Ritt viel zu schnell. Brav trabte sie hinter James und seinem mächtigen Jagdpferd her; sie sehnte sich danach, vom Damensattel befreit zu sein und loszugaloppieren. So pflegte sie sich in den verschwiegenen Stunden des frühen Morgens auszutoben, wenn keiner unterwegs war, der sie erkennen und ihr Benehmen kritisieren konnte.

Der Rappe hatte jetzt den Kiesweg erreicht, der zum Haus führte, und seine schweren Hufe ließen die Kieselsteine aufspritzen. Celines kleine Braune hastete tapfer hinterher, erreichte aber den Stall eine volle Minute später als ihr starker Artgenosse.

Der Rappe bäumte sich schnaubend auf, immer noch begierig auf einen Galopp. James trug keinen Hut, und das Mondlicht betonte seine kantig maskulinen Züge, als er sich über den Hals des Hengstes beugte und ihn beruhigend tätschelte.

»Er ist prachtvoll«, rief Celine, als sie ihn eingeholt hatte. Aber sie sprach nicht aus, was sie dachte: daß das Tier mit seiner drängenden, gebändigten Kraft ein ebenbürtiger Partner für den Reiter war.

James näherte sich. »Ich werde die Minuten bis morgen zählen.«

»Nicht nur du«, sagte Celine, und ihr Herz begann wieder mit seinem inzwischen vertrauten Hämmern. »Es macht mich so glücklich, daß David uns trauen wird.«

»Hm.« Er hob den Blick kurz gen Himmel, dann schwang er sich zu Boden und hob auch Celine herunter. »Du mußt jetzt ins Haus!« Seine Stimme war rauh, und er packte abrupt ihre Hand.

Celine rannte beinahe, um mit ihm Schritt zu halten, und als sie am Fuße der Eingangstreppe angelangt waren, schlug ihr Herz noch heftiger. James drehte sie zu sich und senkte langsam den Kopf. Sie schloß die Augen, fühlte seinen Atem, süß und warm auf ihren Lippen.

»Nein!« sagte er unvermittelt.

Celine riß die Augen auf.

»Nein, mein kostbares Mädchen. Ich muß jetzt stark sein, damit ich diese Nacht weniger leide.« Sein Lachen war hart und freudlos. Er trat zurück und hob die Hand.

Einen Augenblick lang verstand Celine nicht, dann schob sie ihre Zunge zwischen die Zähne und drückte sie gegen die seine, fühlte, wie seine Finger zwischen ihre glitten.

»Auf immer und ewig«, sagte er, und das eisblaue Mondlicht zeichnete erneut sein Gesicht, verweilte auf dem sinnlichen Schwung seiner Lippen, entflammte von neuem das Feuer an Celines sensibelsten Stellen.

»Auf immer und ewig«, echote sie und spürte, wie ihre Handflächen verschmolzen, Haut zu Haut, Feuer zu Feuer... Leben zu Leben.

Er ließ sie los, und Celine rannte zur Tür, um sie zu öffnen. Als sie langsam zufiel, konnte sie ihn noch sehen, eine Silhouette in der Dunkelheit. Viele Sekunden verstrichen, ehe sie Hufgetrappel auf dem Kies hörte.

Morgen.

Es gab keine Gerechtigkeit!

Diese Unschuld vom Lande verdiente keinen solchen Mann... einen Mann wie James St. Giles, Earl of Eagleton. Sie drückte sich näher an das Fenster des kleinen Lagerraums, von dem aus man die Einfahrt überblicken konnte. Für einen Augenblick hatte sie seine große, männliche Gestalt erspäht, dann war er im Schatten der Tür verschwunden – mit dieser Gans.

Sicher küßte er sie. Liebkoste ihre Brüste. Setzte seinen schönen Mund und seine Zunge ein... Mary preßte die Hand zwischen die Beine. Sie spürte ihre feuchte Hitze durch ihr Nachthemd. Colin würde sich über ihren Besuch freuen, sobald sie ihn ohne Gefahr aufsuchen konnte.

Die Tür schlug zu, und sie blieb reglos stehen, horchte auf

Schritte. Sie hörte, wie Celine an ihrem Zimmer vorbeihuschte.

Morgen würde Celine in sein Haus ziehen, sein Zimmer. In sein Bett...

Eagleton war bereits im Sattel und ritt los, Celines Stute führte er am Zügel nebenher. Soviel zum Ehrenwort von Casterbridge, der versprochen hatte, die Göre nach Hause zu bringen. Verflucht sollte er sein, dieser Name! Verflucht auch der Name St. Giles. Francis hatte... Sie würde nicht an Francis denken, höchstens ihre Schadenfreude über seinen Tod laut hinausbrüllen. Jetzt waren sie tot, er und dieses bigotte Luder, das er erwählt hatte, obwohl er Mary hätte gehören sollen.

Sie wollte sich vom Fenster abwenden, als sich etwas durch die Schatten bewegte, die die uralten Eiben auf die Einfahrt warfen.

Jemand näherte sich dem Haus, drückte sich verstohlen von Baum zu Baum. Dies war ihr Haus und nur ihres!

Mary preßte sich wieder an die Scheibe und spähte hinunter.

Und die Gestalt brach aus der Dunkelheit in das entlarvende Mondlicht.

James Eagleton! Earl of Eagleton, wie sein verfluchter Onkel so protzig verkündet hatte. Er war sicher zurückgekommen, um sich heimlich in Celines Zimmer zu schleichen. Mary erschauerte. Schon heute nacht wollte er sie haben – in ihrem Haus...

Jetzt zögerte der edle Ritter, sah sich in alle Richtungen um, dann schlich er hastig weiter – nicht zur Eingangstür und der Treppe, die zu den Räumen der Familie führten, sondern um das Gebäude herum.

Kalte Panik ergriff sie. Er war Francis' Sohn. Ganz ohne Zweifel hatte der Vater seinem Sohn erzählt, was er über die Juwelen wußte.

Mary zögerte in ihrem modrigen Versteck mit den spinn-

webenverschleierten Fenstern. Darius hegte stets die Überzeugung, daß Francis nicht mehr Einzelheiten bekannt waren als Darius selbst, nachdem er heimlich die Aussagen der alten Lady Casterbridge mit angehört hatte.

Mary stolperte über Reisetruhen und verhüllte, undefinierbare Objekte zur Tür, die sie vorsichtig öffnete. Mit tastenden Schritten näherte sie sich der Treppe und machte sich auf den Weg in die Halle.

25

Als er das letzte Mal durch das Fenster der Milchkammer eingestiegen war, war er wesentlich kleiner gewesen.

Er rieb sich eine Beule, die er sich unterwegs geholt hatte, kletterte von dem eisernen Abtropfbrett neben einem der zahlreichen tiefen Becken und schlich durch den Kühlraum, der nach geronnener Milch roch. Sobald er den Gang, der sich zwischen Spülküche und Wildkammer, der Fisch- und Fleischkammer und dem Lampenraum befand, erreicht hatte, bewegte er sich mit der Sicherheit eines Mannes, der jeden Zentimeter der Räume unter der Stiege kannte. In jenen fernen Tagen seiner Kindheit hatte er viele Stunden in der liebevollen Gesellschaft der Köchin verbracht, die ihre Untergebenen mit eiserner Hand regierte, aber James immer eine kuschelige Zuflucht bot.

Nur Minuten verstrichen, dann war er an der Treppe zu dem Gang, der ihn zu seinem Ziel brachte, angelangt.

Bevor er die Bibliothek betrat, horchte er, lauschte der Stille des alten Hauses. Irgendwo oben lag seine geliebte Celine sicher bereits in den Kissen. Er würde darauf wetten, daß ihre Löwenaugen noch weit offen waren und ins Leere starrten – ohne sein Vorhaben würde es ihm auch nicht anders gehen. Bei dem Gedanken lächelte er und schlüpfte über die Schwelle.

James mußte sich beeilen und durfte keinerlei Geräusch verursachen.

Wenn sein Onkel nicht so überraschend vorgeschlagen hätte, daß Celine nach dem Abschied ihrer Eltern noch bleiben sollte, hätte James keinen Gedanken mehr auf seine Suche verschwendet, bevor ihm seine Heirat ohnedies ungehinderten Zugang zu Knighthead verschaffte. Nachdem er losgeritten war, stellte er fest, daß er nun der Versuchung nicht widerstehen konnte, das Experiment zu versuchen, das ihn seit seinem letzten, viel zu kurzen Besuch beschäftigte.

Rasch zündete er eine Kerze an und schnitt eine Grimasse ob des spärlichen Scheins, den sie in den verwüsteten Raum warf. Leider konnte er ein stärkeres Licht kaum riskieren. Er versuchte sich zu erinnern, wie die Möbel in seiner Kindheit gestanden hatten und rückte sie an die entsprechenden Stellen, eine schweißtreibende, kräftezehrende Arbeit.

Das Schwierigste war der Schreibtisch. James kippte das antike Möbelstück auf ein Bein, drehte es herum und ließ es langsam wieder sinken. Seine Hand rutschte ab. »Verdammt«, fluchte er mit zusammengebissenen Zähnen, konnte es aber nicht halten.

Der dumpfe Aufprall war nicht sehr laut, aber James blies die Kerze aus und wartete, bis der dunkle Mantel der Nacht seinen Schrecken gnädig gedämpft hatte. Erneut entzündete er sein Talglicht.

Nach kurzer Zeit waren alle Urnen, Vasen und Figurinen an ihrem Platz, die Bücherhaufen dicht an die Regale geschoben. Die hinterhältigen Godwins würden sicher Fragen stellen, wenn sie die geschaffene Ordnung sahen. Keiner könnte ihnen eine Antwort geben.

James lächelte wieder.

Die Kerzenflamme flackerte.

Ein Luftzug. Er drehte sich rasch zum Fenster und sah, wie sich die Vorhänge leicht bauschten. Ohne sich weiter beirren zu lassen, näherte er sich den aufgestapelten Bildern. Die Fenster hier waren noch nie dicht gewesen. Ein Makel, den sein Vater hatte korrigieren wollen, bevor man ihn aus seinem Zuhause vertrieb.

Die Gemälde aufzuhängen war einfach. Helle Stellen markierten die Wände und eins nach dem anderen wanderten die Landschaften, Jagdszenen und Porträts wieder an ihre rechtmäßigen Plätze.

James trat einen Schritt zurück, und unerwartet überfiel ihn schmerzliche Sehnsucht. Das letzte Mal, als er in diesem Raum gestanden hatte, umgeben von all den Kunstwerken, war sein Vater an seinem geliebten Schreibtisch gesessen.

Jetzt blieb nur noch der Teppich zu entrollen.

Er begann ihn in die Mitte zu stoßen. *Sophie, mein Herz, du verwöhnst mich.* James hörte die Stimme seines Vaters so deutlich, daß er die Augen schloß. *Nicht so sehr, wie du mich!* Und seine Mutter hatte gelacht, ihr charmantes, melodiöses Lachen.

Verflucht sollten sie sein, diese Godwins!

Er schlug die Augen wieder auf, bückte sich, um weiterzumachen – und hielt inne. James runzelte die Stirn und hockte sich auf seine Fersen. Auf der Steinplatte direkt neben seinem linken Knie leuchtete ein kleiner runder Kreis.

Um ihn genauer zu erforschen, berührte er ihn. Ein Kreis, kaum sichtbar in den Stein geschnitten, lag im Licht. Innerhalb des Kreises tastete er mit seinen Fingern drei Punkte. Sein Herz begann wie ein Amboß zu schlagen. Mit wachem Blick folgte er dem dünnen Lichtstrahl, der wie ein blasser Zeigestab auf den Fleck am Boden deutete.

James erhob sich langsam und sah zum Fenster. Die Godwins waren natürlich viel versierter in der Kunst des heimlichen Suchens als er. Sie hätten natürlich die Vorhänge geschlossen, um neugierige Augen auszusperren – genau wie er das auch hätte tun sollen. Aber in dem Falle hätte der Mond dieses andere Auge auch nicht gefunden.

Entdecke die Macht des Auges.

Und er hatte sie entdeckt!

In dieser Nacht, in der ihn das Schicksal an diesen Ort zu dieser Stunde geführt hatte, fiel das Mondlicht auf ein Bild an der Wand neben einem Bücherregal. Ein Prisma grünen Lichts im Auge eines längst verstorbenen Vorfahren wurde sichtbar.

James näherte sich dem Gemälde und sah sich seinen ehrwürdigen, grünäugigen Ahnen, dessen Namen er nie gekannt hatte, gründlicher an.

»Allmächtiger«, murmelte er. »Ein Juwel, um Juwelen zu finden!« In das gemalte Auge war ein kleiner Smaragd eingesetzt, so raffiniert, daß er in jedem anderen Licht wie ein besonders gelungener Pinselstrich aussehen mußte. »Die Macht«, sagte er leise und folgte dem Strahl zu dem Kreis auf dem Boden.

Leicht zitternd tastete James nach dem Lederbeutel in der speziell dafür eingenähten Tasche seiner Jacke und holte den Ring heraus. Er wußte, bevor er ihn an den Stein hielt, daß das Siegel wie ein Deckel auf den eisgrünen Fleck passen würde... Mit Schweißperlen auf der Stirn drückte er die drei Kerben des Rings auf die winzigen, entsprechenden Steinpyramiden und drehte. Der Ring wurde zum Schlüssel und löste einen offensichtlich versteckten Mechanismus aus.

Vor seinen faszinierten Augen glitt der Stein lautlos nach unten und zur Seite. James starrte in eine abgründige Leere, aus der keine Luft aufstieg – nur tiefe, todbringende Kälte.

Er hob die Kerze und versuchte vergeblich, dort unten etwas zu erkennen. *Den Schatz zu finden ohne das Medaillon in der Hand bedeutet den Tod.* Francis St. Giles hatte die Warnung seiner Mutter an den Sohn weitergegeben.

Mit immer noch erhobener Kerze überlegte James fieberhaft, was er tun sollte. Er konnte den Ring nicht offen herumtragen – und genauso wenig das Medaillon holen, das Celine um den Hals trug.

Ein leises zischendes Geräusch ertönte, James hielt die Kerze noch höher und sah, wie der Stein wieder an seinen Platz glitt. Er runzelte die Stirn, das Juwel hatte sich aus eigener Kraft bewegt.

Kopfschüttelnd heftete er seinen Blick auf den Ring, betrachtete ihn kurz, dann verstaute er ihn wieder in Beutel und Tasche. Geduld. Bald würde er Celine hierherbringen und zusammen würden sie die Juwelen bergen. Er freute sich bereits auf ihren Eifer bei dem Abenteuer.

Die Tür schlug zu, und James machte einen Satz. Im Bruchteil einer Sekunde hatte er das Stilett aus seinem Halfter befreit und schritt rasch auf den Gang zu. Er holte tief Luft, schob die Tür auf und hob seine Waffe.

Keine Menschenseele weit und breit. Ein weiterer Luftzug durch irgendeine versteckte Ritze hatte die Tür bewegt. Aber es war höchste Zeit zu verschwinden.

Der unbeleuchtete Gang lag verlassen da. Einen Moment nahm er sich Zeit, um die Kerze zu löschen und wegzustellen, dann machte er sich auf den Rückweg. Diesmal nahm er die Spülküchentür nach draußen und betete, daß keine Dienstmagd bestraft würde, weil sie sie nicht abgeschlossen hatte.

Sobald er auf seinem Rappen, den er am Ende der Auffahrt angebunden hatte, saß, ritt er los, duckte sich unter den tiefhängenden Bäumen und spornte sein Pferd an zu gestrecktem Galopp, so daß die kleine Stute Mühe hatte, Schritt zu halten.

Celine würde ihm gehören. Der Schatz würde ihm gehören. Und die *Rache.* Morgen.

Er lachte zum Mond empor.

Hände krallten sich in seinen Hals.

Darius erwachte und kämpfte sich hoch. »Hör auf! Hör auf! Aaaa!« Er schlug um sich. Nägel kratzten und Finger bohrten sich in ihn.

Die Finger einer Frau.

Er griff nach der schluchzenden weißgekleideten Gestalt, die sich über ihn beugte, und packte dünnen Batist sowie weiches Fleisch. Die Hand an seinem Hals ließ ab, aber das Schluchzen wurde heftiger. Darius lächelte und hievte den üppigen Körper ins Bett, bis er ihn unter sich begrub.

»Der Champagner hat dich geil auf mich gemacht, nicht wahr, Mary?« Er grinste in ihr schemenhaftes Gesicht und erinnerte sich, wie er ihr letztes Angebot ausgeschlagen hatte. Heute abend hatte er einen furchtbaren Schock erlitten, groß genug, um ihn zu erregen. Heute nacht brauchte er ein Weib wie Summer Peach zu seiner Erleichterung, das ihn seine Begegnung mit der Angst vergessen ließ. Da mußte eben Mary herhalten.

»Deine Schuld!« Sie keuchte und strampelte.

»Spreiz deine Beine für mich, Weib. Gib mir etwas von dem, was du an den hübschen Colin verschwendest.«

Ihr Schrei ging ihm durch Mark und Bein. Sie schrie und schrie und schlug ihn ins Gesicht.

»Hör auf!« Er kriegte ihre Hände nicht zu fassen. »Hör auf... Verfluchtes Luder! Du hast mich geblendet!« Er spürte, wie sie ihre Nägel in seine Augenlider schlug. Warmes klebriges Blut trat aus und vernebelte ihm die Sicht.

»Du!« Mary schrie erneut und bäumte sich strampelnd und kratzend unter ihm auf. »Du hast unsere Jahre vergeudet!«

Endlich bekam er eine ihrer Hände zu fassen, dann die andere. Er packte sie beide mit einer Faust, und es gelang ihm, mit der anderen die Lampe neben seinem Bett anzuzünden. Sie kauerte mit zerzaustem Haar und einem Gesicht, das nur noch eine Maske des Hasses war, neben ihm und sah aus, als hätte der Wahnsinn sie in seinen Klauen.

Wahnsinnig?

Darius wich vor ihr zurück. »Beruhige dich«, sagte er und hörte seine Stimme wie aus der Ferne. »Du bist überanstrengt. Das war ein schwieriger Abend.«

»Schwierig?« Ihr Busen unter ihrem zerknitterten Nachthemd und Morgenmantel wogte. Sie versuchte, ihn abzuschütteln. »Diese Nacht war die Hölle!«

»Ja, ja!« Er mußte sie unbedingt loswerden, und das bald.

»Sie sind da.« Tränen gruben Furchen durch das dicke Rouge auf ihren Wangen. »Da, sag ich dir. Die ganze Zeit waren sie da!«

»Ja, ja, beruhige dich, meine Liebe!«

Mit einem heftigen Stoß gelang es ihr, ihn abzuwerfen. »Beruhigen?« Bevor er sie erwischen konnte, sprang sie vom Bett und wich in eine Ecke zurück. »Mich beruhigen! Hörst du denn nicht, was ich sage? Die Juwelen sind da! Das Auge ist da! Hast du mich verstanden?«

Darius schluckte und runzelte die Stirn. »Was sagst du da?«

»In der Bibliothek. Eine von den Bodenplatten bewegt sich. Darunter ist ein Geheimfach. Was, glaubst du, ist da drin? Was, Darius?« Langsam beugte sie sich zu ihm, die Augen erregt geweitet, böse funkelnd. »Sag es mir!«

Er leckte sich die Lippen. »Bist du sicher? Woher weißt du das?«

»Ich hab es gesehen. So sicher bin ich mir.«

»Aber …«

»Er. *Eagleton.* Francis' Sohn! Ich hab gesehen, wie er in der Dunkelheit ins Haus geschlichen ist, und paßte ihn unten ab. Dann bin ich ihm gefolgt und habe ihn beobachtet. Die Tür war bloß angelehnt. Aber dann ist sie zugeschlagen und ich mußte mich in der alten Truhe im Korridor verstecken, damit er mich nicht entdeckte.«

Ein schweres Pochen breitete sich hinter Darius' Schläfen aus. »Er wußte, wo das Auge ist?« fragte er, mehr um die Worte selbst zu hören, als um eine Antwort zu bekommen. »Er hat es die ganze Zeit gewußt und wollte sich unser Vertrauen durch seine angebliche *Liebe* zu Celine erschleichen. Hah!« Er spuckte vor Zorn bei dem Gedanken an diesen Verrat. »Wo ist er? Ist er jetzt bei den Juwelen?«

»Nein, er hat den Stein wieder zurechtgerückt und sich davongemacht.«

Darius starrte sie an. Die Augen der Frau bohrten sich wie Dolche in die seinen. Speichel sammelte sich in ihren Mundwinkeln.

»Morgen wird er Celine heiraten«, sagte er und erstickte fast an den Worten. »Was kann er vorhaben?«

»Seine Chance nützen, wann immer er lange genug in diesem Haus ist, um sich das, was uns gehört, anzueignen. Ich glaube, unsere Vermutungen, daß die Beute riesig ist, waren richtig.«

»Er ist hinuntergestiegen?«

»Nein. Er hat in die Öffnung unter dem Stein geschaut und wieder verschlossen. Zeit ist das, was er braucht. Damit haben wir den Grund für diese Heirat. Ich hab gewußt, daß er nicht scharf auf sie ist.«

Sein Mund wurde trocken. »Wir müssen die Hochzeit verhindern.«

»Aber nein, ganz im Gegenteil!« Das fiebrige Licht in ihren Augen verwandelte sich in ein böses Funkeln. »Durch die Heirat wird Celine aus diesem Haus entfernt. Dann passen wir unsere Gelegenheit ab. Seine neue *Familie* wird ihn stets willkommen heißen ... bis das Gebot der Stunde da ist.«

»Das Gebot der Stunde?« Seine Zunge fühlte sich geschwollen an, sein Kopf kleiner, enger. »Drück dich klar aus,

Weib! Was willst du…« Ihm wurde flau im Magen. »Nein, nein, es ist vorbei, du! Nie wieder ein Wort darüber.«

Mary kam näher, bis sie über ihm stand. »Es? Es, Darius?« Sie näherte sich noch weiter, bis er ihren Schweiß, gemischt mit ihrem betäubenden Parfum, riechen konnte, dann legte sie eine Hand auf seine Brust. »Du meinst zweifellos die *andere* Geschichte? Die wahre Geschichte, die wir dem alten Marquess erzählt haben? Keine Angst, Gemahl, das gehört der Vergangenheit an… es sei denn…«

»Es sei denn?« Er wich zurück.

»Es sei denn, es ist der einzige Weg, an unser Ziel zu gelangen. Ich würde unsere kleine *Schande* erzählen, wenn es das einzige Mittel wäre, diese Juwelen in meine Finger zu kriegen.«

»Du kannst nicht…«

»Ich *werde* es tun, verdammt noch mal!« Sie ballte die Fäuste gen Himmel. »Verflucht sollst du sein, du Narr! Du hattest ihn in der Hand. Du *hattest* ihn!« Sie riß den Mund auf und schrie wieder, ein markerschütterndes Geheul, das Darius erstarren ließ.

Keuchend richtete er sich auf und kroch nach vorn, bis er sich an den Bettrand setzen konnte. »Bitte, Mary, beruhige dich. Wir müssen Pläne schmieden.«

»Wir?« Sie begann zu lachen, schluchzte auf und röchelte dann: »Wir? *Ich* werde Pläne machen. *Du* wirst tun, was ich dir sage.«

»Ja, Schätzchen. Was immer du sagst!« Vorläufig mußte er sie nur einlullen, später könnte er sie vielleicht verschwinden lassen – bevor sie ihm alles ruinierte.

»Schau mich an, Darius!«

Er gehorchte.

»Möchtest du mich nicht etwas fragen?« Sie wiegte sich hin und her, zupfte an den Bändern ihres zerdrückten Morgenmantels. »Möchtest du nicht wissen, wie Eagleton den Stein geöffnet hat, Gemahl?«

»Wie denn?« Es gelang ihm zu schlucken.

Sie packte ihn so schnell am Hemd, daß er nicht zurückweichen konnte. »Du hattest das, womit er es bewerkstelligt hat, in *deiner Hand.*« Ihre Stimme wurde traurig. »Du hast ihn weggegeben. Du, der Mann, der entschlossen war, seinen alten Freund dafür *bezahlen* zu lassen, daß er reich zur Welt gekommen war, während du nur der Sohn eines verarmten Squire warst! *Du*, der du die Güte dieses Freundes und seiner Familie so gehaßt hast, daß es dich völlig vergiftete. *Du* hast einen Plan entworfen, der uns beiden die Gerechtigkeit, die wir verdient haben, bringen sollte, und *du* hast den Schlüssel zu dieser Gerechtigkeit weggegeben.«

Sein Körper bebte. Schweiß rann zwischen seine Schulterblätter. »Den Schlüssel?«

»Den Schlüssel. Du hast beschlossen, Francis' Ring als Indiz zu überreichen. Als er ihn von seinem Vater zurückbekam, hat er sich selbst aus diesem Haus und diesem Land verbannt. Aber er trug das einzige, womit man den Schatz heben kann, bei sich. Er hat den *Ring* mitgenommen, Gemahl, und hat ihn seinem Sohn vermacht.«

»Dieser Ring ist es also!«

27

Der Morgen erwachte über den Hügeln Dorsets.

James stand auf der Vordertreppe von Blackburn Manor und sah gen Himmel, wo sich ein Schwarm Schwalben einen Pfad durch die Frühdämmerung bahnte. Die Vögel stiegen pfeilgerade gen Himmel und ließen sich auf einem Luftstrom herunterfallen. Ein Wind, der vom Moor herüberwehte, brachte den Duft von Heidekraut und Ginster.

Sein Hochzeitstag.

James schloß die Augen, beugte den Kopf und zwang seinen Verstand zur Ruhe.

Celine!

Eine warme, sengende Woge durchbrauste ihn mit unendlicher Süße, füllte all seine tauben Stellen. Schon bald wäre es an der Zeit für das andere – Zeit für Vergeltung und die endgültige Konfrontation mit den bösen Geistern der Vergangenheit. Heute jedoch gab es nur Celine.

»Mr. Eagleton!«

Er stutzte und sah sich suchend um.

»Hier unten!«

»Wer ist da?« Er ging zur Balustrade und erblickte Miss Fisher. Sein Herz machte einen gewaltigen Satz. »Was ist los? Celine?« Er rannte die Treppe hinunter und fuchtelte mit den Armen.

»Oh, Mr. Eagleton… Ich meine, Mylord. Ich…«

»Was ist passiert?« Er kam noch näher, und sie kauerte sich in den Schatten der Stufen. »Sprechen Sie!«

»Ich habe Angst.«

Er erstarrte. »Wovor?«

Sie sah sich um. »Es gibt Dinge, die Sie nicht wissen.«

»Wo ist Celine?«

»Auf Knighthead.«

»Bereitet sie sich auf unsere Hochzeit vor?«

Miss Fisher legte die Hand vor den Mund und nickte. Dunkle Ringe unter den Augen, gepaart mit ungekämmten Haaren deuteten an, daß sie nicht geschlafen hatte.

»Was ist es dann, Madam?«

Sie schüttelte den Kopf. Ihre Augen waren weit aufgerissen.

James faßte sich. »Ist Celine irgendwie in Schwierigkeiten?«

»Nein, es ist… Sie hat kein leichtes Leben gehabt. Ich hätte besser achtgeben müssen… eine Möglichkeit finden, sie da wegzuschaffen…« Sie flocht ihre schlanken Finger ineinander. »Ich habe nicht… habe schlechte Entscheidungen getroffen…«

»Reden Sie von dem, was Celine als die wilden Phasen ihrer Eltern bezeichnet?«

»Ja, ja. Sie hat gelitten, Mr.... Mylord. Das Böse richtet furchtbare Dinge in Menschen an, und in Knighthead gibt es viel Böses, das sie zur Gottlosigkeit treibt.«

»In der Tat«, beschwichtigte James sie. »Aber das ist jetzt vorbei.«

»Nein! Nein!« Sie ergriff seine Hand. »Bitte! Es ist nicht vorbei. Es wird nie vorbei sein, bis... Sie kennen die Gefahr nicht. Sie wissen nicht, wozu die beiden fähig sind.«

Die arme Kreatur ahnte nicht, daß die Godwins schon bald aus dem Haus verbannt würden, und aus ihrem Leben – aus ihrer aller Leben. Er lächelte. »Geht nach Hause zu Celine. Paßt heute morgen auf sie auf, Lettie – bis ich mich selbst um sie kümmern kann.«

»Ich muß Ihnen sagen...«

»Nein, müssen Sie nicht. Bitte gehen Sie wieder nach Hause. Alles wird gut!«

»Celine hat mir erzählt, was gestern enthüllt wurde. Sie hat mir gesagt, wer Sie sind.«

»Ja, ja.« Er tätschelte ihre Hand. »Ich lasse Sie von Won Tel zurückbringen.«

»Da ist Gefahr, Mylord! Sie müssen wachsam sein.«

Wie schon so oft erschien Won Tel, als hätte er seinen Namen gehört, bevor James ihn aussprach. »Ihr braucht mich, James?« Er kam die Treppe herunter, aber seine Aufmerksamkeit galt Miss Fisher, nicht James. »Guten Morgen, Lettie!«

»Guten Morgen.« Miss Fishers besorgter Blick richtete sich hoffnungsvoll auf Won Tel. »Er will mir nicht glauben.«

»Miss Fisher macht sich unnötig Sorgen«, erklärte James. »Das muß die Aufregung sein. Sei so gut und bring sie nach Knighthead zurück.«

»Aber... Sie müssen mir zuhören!«

»Ich *weiß*, was Sie sagen wollen«, meinte James freundlich. »Machen Sie sich jetzt keine Sorgen! Ich freue mich darauf, Sie nachher bei den Feierlichkeiten zu sehen.«

Er verließ sie und ging in seine Gemächer. Es war an der Zeit, sich um seinen Hochzeitsanzug zu kümmern.

Der rasch heller werdende Himmel ließ ihn durchs Fenster blicken. Von hier aus konnte er bis Knighthead schauen.

Miss Fisher war ganz außer sich gewesen ... etwas unverständlich, diese Aufregung ...

Ratlos hob James die Schultern und streifte sein Hemd ab. Er hatte jetzt wirklich keine Zeit, sich den Kopf über sonderbares Verhalten von Dienstboten zu zerbrechen.

»Ja, ich will.« Das Feuer des Besitzerstolzes in James' Augen kam auch in seiner Stimme zum Ausdruck.

David sagte jetzt etwas, klar und dröhnend. Celine vernahm kein Wort. Sie beobachtete ihren Bräutigam und sah, wie er ihr nickend zulächelte.

Sie erwiderte sein Lächeln und packte seine Hand noch fester. Ein kleiner Schniefer ließ sie zur Seite blicken – zu Lettie, die sich ein Taschentuch an die Nase hielt und sie mit tränennassen Augen anstrahlte.

»Celine?«

Erschrocken zuckte sie zusammen und sah David an. »Ja?«

Diskrete Heiterkeit bemächtigte sich der Gesellschaft in Little Puddles kleiner Kirche – die sich erheblich vergrößert hatte durch eine Reihe von Dorfbewohnern, die herbeigeströmt waren, um sich das Schauspiel einer Herrschaftshochzeit nicht entgehen zu lassen.

»Celine«, wiederholte David mit gerunzelter Stirn. »*Willst* du?«

»O ja! Absolut. Das ist *genau*, was ich will!«

Das Gelächter wurde lauter, und Celine biß sich auf die Lippe. »Hab ich etwas Falsches gesagt, James?«

»Nein, Liebes. Was du gesagt hast, war völlig richtig!«

»Gut«, flüsterte sie. »Ich bin etwas nervös.«

»Verständlich.« James nahm ihre Hand in die seine. »Das wird das Zeichen sein, daß du mir gehörst und ich dir.« Damit streifte er ihr einen Ring über den Finger, ein Kreis von Smaragden, deren grünes Feuer aus jedem perfekten Stein blitzte.

Celine sah James an, dann den Ring. »Ich habe nie gedacht, daß ich einmal einen Smaragd besitzen werde. Jetzt habe ich einen.« Und sie hatte – ihn, die wunderbarste, erstaunlichste Wahrheit!

David räusperte sich. »Und damit seid ihr Mann und Frau.«

»Sind wir?«

»In guten und in bösen Tagen«, gelobte James und nahm sie in seine Arme. »Wir sind es schon seit mindestens einer Minute, mein goldenes Mädchen. *Mylady*!« Begleitet vom Geraschel und Geflüster der Gesellschaft küßte er sie auf den Mund und hielt sie so fest, daß sie kaum noch atmen konnte.

Die Orgel stimmte einen rasanten Marsch an, und James drehte sie herum, damit sie der Welt das erste Mal als Lady Eagleton gegenübertreten konnte. »Sie jubeln«, murmelte sie und begegnete Mamas Blick. Mama jubelte nicht, ihre Lippen bildeten einen Strich. Sie erwiderte kurz Celines Blick, dann wandte sie abrupt den Kopf zur Seite.

Diesen Tag lasse ich mir nicht verderben. Celine lehnte sich an James Arm, und sie begannen den Chorgang entlangzuschreiten. Won Tel, der als Trauzeuge rechts neben James gestanden hatte, folgte mit Liam. Liam, ein Schmetterling in saphirblauem Brokat, unter dem türkise Seidenhosen hervorspitzten, war ganz aus dem Häuschen gewesen vor Freude, weil sie die Brautjungfer sein durfte – trotz Mamas Tobsuchtsanfall wegen der Unziemlichkeit, nicht standesgemäße Wilde einzusetzen.

Liam berührte Celines Arm und gab ihr den gelben Rosenstrauß zurück, den sie während der Zeremonie für sie gehalten hatte.

Die Gäste wurden zu einer lächelnden flüsternden verschwommenen Masse, die Celine durch einen Schleier von Freudentränen wahrnahm. James drückte ihre Hand, die auf seinem Arm ruhte, und geleitete sie aus der Kirche zu dem blumengeschmückten, silbergrauen Landauer, der sie erwartete.

»Schade, daß ich neben dir sitzen muß«, bedauerte James, nachdem sie ihre Plätze eingenommen hatten.

Celine sah ihn verwirrt an.

Er musterte sie mit ernster Miene. »Ich möchte dir lieber gegenübersitzen, Celine, da ich es nie müde werde, dich anzusehen.«

»Ich auch nicht«, sagte sie impulsiv. »Heute muß mich jede Frau auf dieser Welt beneiden – und das auch jeden Tag für den Rest meines Lebens.«

James lüftete die Augenbraue. Sein dunkelgrauer Frack stellte einen deutlichen Kontrast dar zu einem gerüschten weißen Hemd und Weste. Ohne Rücksicht auf Konventionen hatte er dazu Hosen in einem helleren Grau und schwarze Stiefel gewählt, anstatt der üblichen Bundhose mit Seidenstrümpfen.

Sein plötzliches Lächeln blendete sie. »Darf ich annehmen, daß Euch das, was Ihr seht, gefällt, Mylady?«

»Und wie!« Celine warf ihren Kopf zurück und wagte es dann, seine langen gebräunten Finger zu streicheln, die auf seinem Schenkel ruhten. »In diesem Augenblick tobt eine wahre Armee von kleinen geflügelten Bestien in meinem Leib – überall. Alles an dir macht mir eine Gänsehaut, James. Eigentlich gehört sich ja eine solche Bemerkung nicht, aber nachdem ich jetzt eine verheiratete Lady bin, betrachte ich es als mein Recht, so zu reden, wie es mir paßt.«

James lachte laut, reagierte aber geistesgegenwärtig genug, Blumen von den Kutschengirlanden abzureißen und sie den Zuschauern zuzuwerfen. »Du, mein Mädchen, wirst bald erfahren, mit welchen Mitteln ich diese geflügelten Bestien auf Trab bringe.« Er neigte den Kopf in Richtung eines Paares, das ihnen zuwinkte. Dann fand er eine Münze, die er in die ausgestreckte Hand eines kleinen Jungen warf. »Stell dich darauf ein, daß die Fahrt nach Blackburn Manor etwa eine halbe Stunde dauert, oder sogar länger, wenn wir ein paarmal kurz anhalten.«

»Hm«, sagte Celine, während die Kutsche langsam weiterrollte. Ein fröhlicher Zuruf lenkte ihre Aufmerksamkeit auf Lord Casterbridges hochgewachsene Gestalt. Er salutierte, machte eine elegante Verbeugung, und die kleine, hinreißende Countess Lafoget, in prachtvollem rosenfarbenem Satin, hielt knicksend seinen Arm. »Dieser Tag ist ... Es ist zuviel, James. Und ich möchte keine halbe Stunde darauf warten, mit dir allein zu sein. Keine Minute will ich mehr warten.«

»Das wirst du aber müssen, meine leidenschaftliche Lady.« Er grüßte weiter die Zuschauer, ließ aber eine Hand auf ihren Schenkel fallen und grinste, als sie zusammenzuckte. »In einer halben Stunde sind wir angekommen. Noch ein paar Stunden für das Hochzeitsmahl, und wer weiß was für lästige Hindernisse. Aber keine Sorge, zumindest auf der Fahrt werde ich dich unterhalten.«

»Mich unterhalten?« sagte sie lächelnd. »Wie das? Wirst du vielleicht singen?«

»Ihr verspottet mich, Madam! Und du zeigst einen bemerkenswerten Mangel an Vertrauen in meine Fähigkeiten zu plaudern. Ich erzähle dir jetzt eine Geschichte – mehr einen Bericht – darüber, was passieren wird.«

»Du sprichst von unserer Abreise?«

»Nein, ich meine, was passiert, bevor wir abreisen.«

»Du hast mir noch nicht gesagt, wohin wir fahren.«

»Das kommt noch früh genug. Inzwischen laß mich dir erklären, wie ich dich ausziehen werde.«

»Wie bitte?« Ein flüssiges Brennen überflutete ihren Körper. »James! Nicht hier.«

»O doch! Niemand hört mich außer dir.«

»Der Kutscher?«

»Wohl kaum.« Sein schwelender Blick streifte über ihre Gestalt. »Ich werde nicht mit diesem kleidsamen Spitzenschleier beginnen, der so hinreißend über deinem Haar schwebt.«

»Wirst du nicht?« Ihr Gesicht glühte.

»Nein. Damit habe ich andere Pläne. Zuerst das Kleid.«

»Ach! Nicht meine Handschuhe! Meine Slipper?«

»Definitiv nein. Du wirst mir den Rücken zudrehen... Aha, wir haben Zuschauer – wink doch der guten alten Ruby Rose!«

Celine zog eine Rose aus ihrem Strauß und ließ sie in Ruby Roses Hände fallen, dann suchte sie noch eine für Mrs. Strickland, die sich neben ihr aufgepflanzt hatte.

»Wenn ich dann hinter dir stehe, werde ich die Bänder deines Kleides lösen«, flüsterte er. »Hab ich dir gesagt, daß ich, als du in der Kirche auf mich zukamst, bemerkte, daß auf dir weißer Batist und Silberspitze zu einem Werk des Teufels wird, das einem Mann den Verstand rauben kann?«

»Das hast du mir nicht gesagt.« Sie konnte kaum atmen.

»Ich hab erkannt, daß ich dich, statt meinen Verstand zu verlieren, überall da berühren werde, wo dich diese raffinierte Kreation verhüllt.«

»James, bitte!« Sie rutschte auf ihrem Sitz herum, schockiert von der schweren Hitze in ihrem Inneren.

»Bitte?« Er spielte mit einer Locke über ihrem Ohr. »Du mußt nicht betteln. Ich werde diese Dinge gern tun. Diese Silberspitzen sind besonders reizvoll – die da aufhören, wo deine köstlichen Nippel beginnen. Zweifellos ist es so entworfen, damit ich genau weiß, wo ich unter die Corsage tauchen und diese delikaten rosa Teilchen finden kann, die jetzt steif sind, nicht wahr, Celine? Steif und voller Sehnsucht nach meiner Berührung!«

Sie keuchte leise und drehte ihm ihr flammendes Gesicht zu. »Ihr seid ein echter Verführer, Mylord. Ihr wißt, was Ihr mir antut, nicht wahr?«

»Ganz genau, dem Himmel sei Dank. Und diese anderen Verzierungen.« Sein Blick wanderte nach unten, wo das Spitzenüberkleid an ihren Hüften endete. »Die bedeuten auch etwas, meine Liebe. Unter denen bist du bereits feucht, und es schmerzt ein bißchen, nicht wahr?«

»Ihr zerstört meine Fassung, Mylord.«

»In der Tat, das hoffe ich! Das Kleid wird mühelos von deinen Schultern gleiten, und ich werde es beiseite legen. Und dann werden dich meine Hände langsam, sehr langsam erkunden. Dein Gesicht und Hals, deine Schultern, deinen Rücken – bis zu dieser schmalen Taille – und deine schönen Brüste. Jawohl, ich werde sie mit großer Sorgfalt prüfen und berühren – um sie vorzubereiten, Celine.«

»Nein, das ...«

»Doch, du verstehst. Ich werde sie bereit machen für meine Lippen, Süßes, für meine Zunge und meine Zähne.«

Sie schloß die Augen und atmete tief ein. Das Schwanken der Kutsche warf sie gegen James' unnachgiebigen Arm. Er fing sie auf und streifte dabei leicht einen steifen Nippel, ein kleiner Schrei entwich ihren Lippen.

Stöhnend sahen sie sich an. Seine gebräunte Haut spannte sich über den scharf ausgeprägten Wangenknochen. »Ich wußte ... Als wir zusammen waren, hab ich begriffen, daß es dir Lust bereitet«, murmelte sie. »Ich sehne mich danach, dir wieder diese Lust zu schenken.«

»Diese Lust und mehr«, sagte er mit belegter Stimme. »Mehr, als du ahnst.«

Er rutschte, richtete sich mit einem Ruck auf. Celine sah nach unten und preßte ihre Hände in ihren Schoß. Das, was sie bei den früheren Gelegenheiten gespürt hatte, war jetzt unter seiner hautengen Hose deutlich sichtbar. »Ihr seid … Ihr seid sehr groß, Mylord.«

Er schnitt eine Grimasse und folgte ihrem Blick. »Ich bete, daß ich dich nicht ängstige.«

»Warum solltest du?«

Stöhnend biß er sich auf die Unterlippe. »Mein kleines Unschuldslamm. Du treibst mich zum *Wahnsinn.*«

»Hast du Schmerzen? Oh, James, wie kann ich dir helfen? Laß mich etwas tun, was den Druck lindert.«

»Schweig.« Er verschränkte die Beine und verzog seinen geschwungenen Mund. »*Ich* unterhalte dich. Als nächstes werde ich dir dein Unterhemd ausziehen.«

Sie rang nach Luft. »Während ich stehe, Mylord? Und bei Licht?«

»Aber ganz sicher. Und jetzt drehst du dich zu mir.«

»Aber meine Handschuhe«, jammerte sie ein wenig. »Meine Handschuhe!«

»Hm. Was für ein Bild ich da sehe! Deine perfekten, vollen Brüste. Deine rosigen Nippel, die um meine Beachtung betteln. Dein sanft gerundeter Bauch, deine Hüften und das goldene Haar, das den Ort beschützt, an dem du einzig Frau bist und einzig mir gehörst.«

Der Kutscher bekam sicher etwas mit von James' Plauderei, trotz der knirschenden Räder und des Hufgetrappels – und der Hochrufe der Passanten.

»Dann ist es an der Zeit, diesen entzückenden Hauch von Spitze von deinem Haar einzusetzen. Wenn ich ihn dir abnehme, wirst du dein Haar öffnen, Geliebte, und die Rosen und Perlen aus Liams Meisterstück nehmen. Es erweckt in dir wunderbare Gefühle, wenn ich mit den Rosen deine Haut streichle. Und die Spitze wird ein sehr aufreizender Schleier sein. Ein Schleier, der unsere Begierde, einander zu genießen, noch steigert. Dann küsse ich dich durch die Spitze, Celine. Mein Mund wird das Gebilde befeuchten, die Spitze, die dich kitzeln und verrückt machen soll.«

»Ich sehe das Tor von Blackburn«, meldete Celine und legte ihre Hände an den Hals. »Wir sind fast da.«

»Fast, stimmt!« James beugte sich vor und küßte ihren Hals. »Und ganz zum Schluß werde ich deine Handschuhe ausziehen, Finger für Finger und deine Strümpfe. – Jawohl, deinen Strümpfen will ich besondere Aufmerksamkeit widmen. Und mir viel Zeit lassen. Ich glaube sogar, ich werde vor dir auf die Knie gehen müssen, um der Aufgabe gerecht zu werden. Und damit ich mich besser darauf konzentrieren kann, werde ich auch jenen Teil prüfen, der, als ich ihn das letzte Mal betrachtete, höchst befriedigend auf meine Aufmerksamkeit reagierte.«

Celine keuchte auf und hielt sich den Mund zu.

»Glaubst du nicht, daß dir das gefallen wird?«

Sie nickte. Ihr war sehr wohl bewußt, wie ihr das Blut in den Kopf stieg.

»Gut!« James klang ungeheuer erwartungsvoll. »Aus diesem Grunde hoffe ich, daß die gesellschaftliche Höflichkeitskür nicht allzulang dauert.«

»James?«

»Ja?«

»Soll ich dir beschreiben, wie ich dich ausziehen werde?«

Einen Augenblick lang verschlug es ihm die Sprache. Doch dann packte er ihre Hand und führte sie an seine lächelnden Lippen. »Du bist ein unverschämtes Fräuleinchen im Gewand einer Lady. Wir werden sehen, wer was mit wem macht, wenn es soweit ist. Und jetzt setze bitte eine züchtige und angemessen strahlende Miene auf.«

Sie hörte das fröhliche Klatschen von James' Personal kaum, nahm aber den Arm ihres Gemahls und schaffte es, ein paar liebenswürdige Worte des Dankes zu murmeln, als sie die Treppe erklommen.

Kurz darauf saß sie wieder am Tisch des zauberhaften Speisesalons, der eine weitere Verwandlung erlebt hatte. Gedrehte weiße Seidenbänder wanden sich in Girlanden, wie ein sanft schimmernder Baldachin, vom Lüster zu den Wänden. In der Mitte des Tisches stand ein vielstöckiger Hochzeitskuchen, dessen weiße Zuckerglasur märchenhaft glitzerte.

Bedienstete kamen und gingen, servierten und deckten Gerichte ab, lauschten den gemurmelten Anweisungen des formidablen Butlers. Celine aß keinen Bissen, bis James einen perfekten Zuckerschwan auf ihren Teller stellte und ein Stück abbrach. Das führte er an ihre Lippen und wartete, daß sie ihren Mund öffnete und er das Stückchen auf ihre Zunge legen konnte.

Die Gäste applaudierten, und Celine senkte ihren Blick. Das Essen dauerte eine Ewigkeit. Mama und Papa tranken unmäßig viel von den Weinen und Likören, die in Strömen flossen. Die kleine Countess Lafoget kicherte und bearbeitete schäkernd den Marquess mit ihrem Fächer, der sich das sichtlich gerne gefallen ließ. David und Liam hatten die Köpfe zusammengesteckt. Lettie saß steif neben Won Tel und konnte sich anscheinend nicht entspannen.

»Ich glaube, es ist Zeit, daß wir unseren beiden Frischvermählten erlauben, sich zurückzuziehen.« Lord Casterbridges plötzliche Ankündigung ließ alle schlagartig verstummen. »Nach all den Aufregungen wollen wir sie nicht zwingen, hier zu bleiben.«

James suchte Celines Hand. Ein Muskel zuckte in seiner Wange. »Wenn du darauf bestehst, Onkel.«

»Unbedingt, mein Junge. Aber zuerst wäre da noch die Sache mit einer gewissen Entscheidung, die ich getroffen habe. Ich glaube, sie wird den Beifall aller finden. Du kannst dich doch an Windham erinnern, James?«

Der Jüngere nickte. »Und wie gut! Ein Haus der Familie etwas außerhalb von Weymouth, an der Küste.«

»Genau das. Dein Vater hat es sehr gern gehabt. Zu Zeiten des alten Königs haben deine Großeltern Francis und mich immer während der kleinen Ballsaison dorthin mitgenommen, wenn König George dort geruhte zu baden.«

Celine spürte James' Nervosität. »Ich glaube, ich erinnere mich an die Geschichten, Onkel.«

»Wenn die königliche Badevorrichtung – hatte 'ne Krone oben drauf, wißt Ihr –, wenn sie ins Wasser rollte, dann rollte ein zweites solches Vehikel nebenher, mit einem Orchester an Bord, die während der gesamten Prozedur immer wieder ›God Save the King‹ spielte. Das war ein Spektakel!«

»Sehr lustig.« James packte ihre Hand noch fester, und Celine nagte an ihrer Lippe, um sich ein Lächeln über seine Ungeduld zu verkneifen.

»Wie dem auch sei!« Lord Casterbridge warf sich in die Brust. »Windham gehört dir, James! Dir und Celine, wann immer euch danach zumute ist, ein paar ungestörte Tage zu verbringen – wie das junge Leute machen sollten – öfter mal.«

»Danke, Onkel.«

»Danke«, kam das Echo von Celine, die gänzlich überwältigt war.

»Natürlich wird dir irgendwann auch Morsham Hall gehören...«

»Ich will nicht...«

»... darüber sprechen«, endete der Marquess für ihn. »Du bist einfach zu bescheiden. Unsere Besitzungen können sich sehen lassen. Ich werde keine Zeit damit verschwenden, dir unsere Häuser in Yorkshire und Wales aufzuzählen. Für den Augenblick ist die wichtigste Frage dein jetziges Zuhause.« Er hob abwehrend die Hand. »Nein, James, laß mich ausreden. Wir haben zu viele Jahre verpaßt. Ich möchte, daß du in der Nähe wohnst. Hier ist es ja ganz nett, aber du gehörst in ein Haus, das dir etwas *bedeutet*. Knighthead wird dem fürs erste entsprechen.«

Celine sah, wie James die Stirn runzelte und folgte seinem Blick zu ihren Eltern. Starr lächelten sie den Marquess an.

Freuten sie sich womöglich darüber, nicht nur ihre Tochter, sondern auch den Schwiegersohn bei sich zu beherbergen?

»Ihr, Darius und Mary, seid nicht vergessen worden. Für Celines Eltern trage ich schließlich auch Verantwortung. Vor kurzem habe ich zu meiner Freude ein entzückendes Cottage in Sussex entdeckt, das Euch sicher ebenfalls begeistern wird. Ich arrangiere Euren sofortigen Umzug dorthin. Innerhalb von vierzehn Tagen werdet Ihr Euch dort zweifellos eingerichtet haben.«

Celine stockte der Atem. Wahrscheinlich hatte sie den Marquess mißverstanden – er konnte doch nicht wirklich vorhaben, Mama und Papa aus ihrem Zuhause zu vertreiben?

Mama und Papas starres Lächeln verwandelte sich allmählich in blankes Entsetzen. Papa brachte ein Ächzen hervor und würgte. Er hustete in seinen Brokatärmel, keuchte, bis sein Gesicht violett angelaufen war.

»Denk dir nichts, alter Junge«, schwadronierte Lord Casterbridge leutselig. »Kein Grund, überwältigt zu sein! Ist ja das wenigste, was ich für die Schwiegereltern meines Neffen tun kann... zudem werde ich dafür sorgen, daß Knighthead perfekt hergerichtet ist, bis Braut und Bräutigam von ihrer Reise zurück sind.«

Was würde passieren? Celine strich sich über die Stirn. Nichts würde passieren! Nach dem heutigen Tag würde es keinerlei angstvolle Stunden der Gefangenschaft mehr geben!

Mama erhob sich so abrupt vom Tisch, daß ihr Stuhl umkippte, dann rannte sie hinaus, gefolgt von Papa.

Der Marquess wedelte achtlos mit der Hand und sagte zu Celine: »Mach dir keine Sorgen um sie. Schwierig, die einzige Tochter zu verlieren, weißt du! Sie werden ihren Verlust überwinden, und die neue Unterkunft wird sie schon bald sehr beschäftigen. – Also James! Räume jetzt mit deiner Braut das Feld, Junge!«

James war stolz auf seine Selbstbeherrschung. Jetzt mußte er für Celine und sich selbst absolut Herr der Lage bleiben. Dieses erste Mal würde für sie zweifellos schwierig sein.

Er stand im dämmrigen Licht seines Ankleidezimmers und zog sich die Jacke aus. Sein Kiefer verkrampfte sich vor Leidenschaft und Besorgnis. Endlich würde er sie besitzen. Dafür dankte er dem Schicksal. Seine Männlichkeit drängte sich gegen seine Hose, aber er konnte den Gedanken, ihr Schmerz zuzufügen, kaum ertragen.

In diesem Moment war sie in ihrem Gemach, nur durch ein paar Meter von ihm getrennt. Sie würde auf ihn warten, einfach erwarten, daß er sie zur Erfüllung ihrer Leidenschaft führte.

Darauf vertraute sie. Und später, wenn sich ihre Körper erneut vereinigten, würde sie bereit sein für die vollkommene Ekstase, die sie, wie er wußte, erleben könnte – mit ihm.

Mit einem Ruck riß er sich die Krawatte vom Hals und warf sie beiseite. Seine Erregung trieb ihn. Er wollte Celine seine Anbetung, seine Sehnsucht zu Füßen legen – aber er mußte auch alles, was in seiner Macht stand, tun, um sie vor einer plötzlichen Panik zu bewahren.

Jetzt. Jetzt war die Zeit gekommen. Er näherte sich der Tür zu ihrem Gemach.

»Warte, James!«

Verwirrt wirbelte er herum. »Was ist?«

»Ich hab gesagt, warte.« Die Tür zu seinen Räumlichkeiten öffnete sich weiter, und Mary Godwin erschien im Rahmen. »Komm her zu mir!«

Zorn strömte wie Lava durch seine Adern. Er ballte seine Hände zu Fäusten aus Angst, er könnte ausfällig werden und diese Frau am Hals packen. »Verschwinden Sie«, zischte er. »Verlassen Sie sofort diesen Raum!«

»Das kann ich nicht.« Sie schüttelte den Kopf. »Und du

möchtest das nicht wirklich. Komm näher und laß dich ansehen.«

James traute seinen Ohren nicht, näherte sich ihr aber, bis er über ihr aufragte. »Was wollen Sie?«

Bevor er ihre Absicht erkennen konnte, strich sie über seinen Mund.

James packte ihre Hand und stieß sie von sich.

Mary Godwin verzog den Mund. »Du siehst Francis so ähnlich. Warum hab ich es nicht gleich bemerkt? Du hast seine Augen. Diese grauen Augen, wie der Stahl eines Schwerts im Mondlicht. Hart. Francis war ein unbeugsamer Mann.«

Er versuchte, sie wegzustoßen, aber sie krallte sich in sein Hemd und hielt ihn fest. »Du mußt mir zuhören, James! Verlaß sofort dieses Haus. Hast du verstanden?«

»Ich?« Ungläubig lachte er auf. »*Verlassen*? Ich will gerade zu meiner Braut, Madam! Sie werden diejenige sein, die sich aus diesem Raum auf der Stelle entfernt!«

Er zerrte ihre Hand von seinem Hemd und stieß sie weg. »Raus!«

Wieder warf sie sich gegen ihn, verfehlte aber ihr Ziel und fiel keuchend zu Boden. »Ihr werdet derjenige sein, der geht, *Mylord*!«

James wandte sich ab und steuerte auf Celines Zimmer zu.

»Nein!« kreischte die Frau.

Er schwang zurück, beugte sich drohend über sie. »Schweig! Hast du begriffen! Schweig, bevor du meine junge Gemahlin verängstigt.«

»Junge *Gemahlin*!« Sie kniete immer noch da, jetzt breitete sie die Arme aus. »Weißt du es nicht? Kannst du es nicht erraten? Sie kann nicht deine *Gemahlin* sein. Jetzt nicht und niemals.«

»Madam ...«

»Ich hätte der Farce gestern abend ein Ende machen sollen. Aber ich schämte mich so ...«

»Sie werden mich nicht daran hindern...«

»Euer Vater hat mich vergewaltigt, Mylord.«

»Nein!«

»Er hat mich vergewaltigt, obwohl er bereits mit deiner Mutter verheiratet war, und obwohl er wußte, daß ich ihn nicht wollte.«

James schüttelte den Kopf. »Nein! Geht! Mein Vater war ein ehrenwerter Mann!«

»Hah!« Sie fletschte die Zähne. »Warum glaubst du, verbannte dein Großvater ihn aus seinen Augen – sogar aus England? Der alte Marquess hat erfahren, was dein Vater mir antat.«

Sein Kopf dröhnte. Er sah nur noch Schwärze durchzuckt von rotem, rotem Feuer. »Sie lügen!«

»Es gab einen Nachweis, den ich vorbrachte. Dein Großvater hat deinen Vater mit diesem Corpus delicti konfrontiert, und als er ihn nahm, gestand er damit das Verbrechen gegen mich und meine Familie ein.«

»Ich glaube Ihnen nicht.«

»Glauben Sie, was Sie wollen!« Ihre Stimme gerann zu einem heiseren Flüstern. »Aber hör dir dies eine an, Sohn von Francis St. Giles. Du kannst nicht zu der Frau gehn, die du deine Braut nennst.«

»Nein, nein, nein!« Er schüttelte den Kopf und stöhnte über den donnernden Schmerz in seinem Kopf. »Das hat nichts mit mir zu tun.«

«Es hat alles mit dir zu tun«, korrigierte Mary Godwin ihn. »Dein Vater hat mich geschändet, und das Ergebnis dieser Schändung war ein Kind – Celine.«

»Schluß damit!«

»Ihr, Mylord, habt Eure *Schwester* geheiratet!«

28

Endlich würde sie die Sainsbury Juwelen in ihren Händen halten. Darius allein zurückzuschicken war ein brillanter Schachzug gewesen. Der arme Trottel bibberte nur noch jämmerlich, als sie ihn Colin zur Heimfahrt anvertraut hatte. Inzwischen würde ihr lieber Gatte bewußtlos vor sich hin schnarchen.

Sie wartete, bis die Kutsche, die sie von Blackburn Manor geborgt hatte, abgefahren war, dann stürzte sie durch die Eingangstür von Knighthead und den Korridor zum hinteren Teil des Hauses entlang. Bis Darius sich dem Morgen stellte und sein Inneres ausgespien hatte, würde sie, Mary Godwin, weit weg von hier sein – und reich.

Den kleinen Lederbeutel, der ihre Zukunft enthielt, fest an die Brust gedrückt, rannte sie weiter. Sie erinnerte sich an Eagletons gepeinigtes Gesicht, wie er sie beiseite geworfen hatte und aus der Kammer gestürmt war – ohne seine Jacke. Die Leichtigkeit, mit der sie sich des Beutels bemächtigen konnte, war ein unerwarteter Glücksfall gewesen. Fast mußte sie sich das Lachen verkneifen. In diesem Augenblick irrte Francis St. Giles' geliebter Sohn durch die Landschaft, allein mit seinen Qualen. Und Celine …? Wen scherte schon, was für angsterfüllte, verschlungene Pfade ihre Gedanken nahmen, während sie vergeblich auf ihren arroganten, unwiderstehlichen Volltreffer von Gemahl wartete.

Als sie an der Bibliothek angelangt war, riß Mary die Tür auf … und erstickte einen Schrei.

Darius stand schwankend in der Mitte des Raums. »Hallo Mary!« Er rieb sich seine blutunterlaufenen Augen. »Sie haben gesagt, du würdest direkt hierherkommen. Haben gesagt, du wärst … *verschlagen* … Ja, das haben sie gesagt. Du würdest einen Weg finden, ihn zu kriegen. Das haben sie mir gesagt, und sie hatten recht!« schloß er rülpsend.

»Sie?« sagte Mary vorsichtig. Sie ließ die Hände fallen und bewegte sich unauffällig nach hinten. »Hörst du Stimmen, Darius?«

»Sie«, echote er trotzig und schaute an ihr vorbei.

Marys Haut spannte sich und wurde kalt – die winzigen Haare in ihrem Nacken stellten sich auf. Sie drehte sich langsam um und... stand Bertram und Percival Letchwith gegenüber.

»Mary!« Bertram machte eine übertriebene Verbeugung, während sein Kretin von Sohn grinste und seine gelben Zähne zeigte. »So eine kluge Frau«, fuhr Bertram fort. »Wir dachten, wir hätten eine schwierige Arbeit zu bewältigen, aber Sie haben den Weg geebnet – für uns alle.«

Sie wirbelte zu Darius zurück. »Was sagt er da? Was meint er? Antworte!«

»Nicht der Rede wert, meine Liebe. Mußte doch was machen, um Bertram und Percival für den Verlust von Celine zu entschädigen. Da unten wird genug sein für uns alle.« Er deutete mit dem Kopf auf die Steinplatten. »Wir teilen die Beute, halbe halbe. Die Hälfte für Bertram und Percival, und die andere Hälfte für mich. Fairer geht's nicht. Raus mit dem Ring.«

»Die Hälfte für dich?» Sie hörte, wie sich ihre Stimme überschlug. Gar nichts wollte er ihr von dem lassen, wofür sie ihr ganzes Leben geopfert hatte. »Die Hälfte für *sie*? Niemals, hörst du mich? Niemals!«

»Gib schon!«

Eine Hand schloß sich um ihr Handgelenk auf dem Rücken. »Hier ist er, Darius.« Der Beutel wurde ihren hilflosen Fingern entrissen. »Mary hat ihn für uns aufbewahrt, nicht wahr?«

Sie öffnete die Lippen, um zu schreien; aber Percival riß sie an seinen knochigen Körper und hielt ihr den Mund zu, so daß nur ein ersticktes Röcheln erklang.

»Still, Mary«, sagte Darius, riß mühsam die Augen auf

und legte einen Finger an den Mund. »Schsch! Wir wollen doch nicht die Dienstboten wecken. Setz dich einfach dort drüben hin und warte, während Bertram und ich runtergehen, um uns ein Bild zu machen.«

Letchwith war bereits auf den Knien, kratzte herum, strich mit den Fingern über die staubigen Steinplatten.

»Ich komme mit«, verkündete Percival. »Kann ich doch, oder, Papa? Zum Helfen, unsere Interessen zu wahren.«

»Mußt bei ihr bleiben«, nuschelte Darius. »Dem Luder kann man nicht trauen.«

Mary gelang es, ihren Mund zu öffnen. Sie schlug ihre Zähne in einen von Percivals Fingern und wurde prompt von ihm zu Boden geschleudert.

»Sie hat mich gebissen!« Percival hopste herum, schüttelte seine Hand. »Es tut weh!«

»Da haben wir es.« Bertram grinste mit hochrotem Kopf zu Darius hoch. Er zog den Ring aus dem Beutel und drückte ihn auf die Stelle, für die er gemacht war. »Darius, bring eine Kerze. Natürlich darfst du mitkommen, Percival.«

»Und ich auch«, ließ Mary sich vernehmen. Eher würde sie sterben als diese Geier mit dem, was ihr gehörte, allein zu lassen.

»Du wartest hier«, sagte Darius. »Und paß auf sie auf, Percival!«

»Es funktioniert!« Bertram richtete sich mühsam auf und lugte in den immer größer werdenden Spalt zu seinen Füßen. »Allmächtiger, seht mal! Komm, Percival.«

Ohne einen Blick für Darius setzte sich Bertram auf den Rand der Öffnung ließ seine mageren Beine baumeln, bis seine Füße auf etwas Hartes stießen. Eine Stufe. Da waren Stufen, die zu ihrem Schatz führten, und dank Darius würde dieser Dieb sie gleich benutzen.

»Warte auf mich«, sagte Darius und torkelte hinter Bertrams langsam entschwindender Gestalt drein.

»Und mich!« Percival folgte. Als sein Kopf langsam außer Sichtweite sank, rief er: »Bleibt da, Madam. Wir kommen zurück.«

Sie blieb – bis das hohle Geräusch der Schritte verklang. Dann zählte sie bis fünf. »Zwanzig Jahre«, zeterte sie. »Zwanzig Jahre habe ich auf den Triumph dieser Nacht gewartet. Den werdet ihr mir nicht entreißen!«

Sie raffte ihre Röcke und kletterte ihnen nach.

29

»Bring etwas Brandy«, sagte Lettie. Ihr Schützling sah teilnahmslos zu, wie Won Tel das Schlafgemach verließ. »Liam, wie lange ist es her, seit James ...?«

»Ich weiß es nicht. Jedenfalls irrte Celine durch die Gänge. Mehr kann ich nicht sagen.« Liams sanfte Stimme zitterte, soviel bekam Celine mit – aber irgendwie konnte sie nicht denken.

Won Tel kam rasch zurück, mit einem Glas und einer Karaffe auf einem Tablett. Er goß Brandy ein und reichte ihn Lettie. »Das wird sie beleben.«

Lettie hielt das Glas an Celines Lippen. »Trink, Kleines. Nimm ein Schlückchen für Lettie.«

Sie schüttelte den Kopf. »Wo ist James? Ich will meinen Mann.«

»Still«, sagte Lettie und streichelte Celines Haar. »Wir werden ihn für dich finden. Trink ein bißchen, *bitte,* mein Lämmchen.«

Sie öffnete den Mund, nahm einen kleinen Schluck und hustete. Der Schnaps brannte in ihrer Kehle. »Warum hat er mich verlassen? Was hab ich getan, das ihn so beleidigte?« Als sie sich nach dem Hochzeitsessen zurückzogen, war er so liebevoll gewesen, hatte ihr versichert, daß er für immer bei ihr bleiben wollte. »Er ist zu mir gekommen... in einer

Wolke von Zorn. Dann ist er gegangen... einfach weggegangen.«

»Won Tel«, flehte Lettie. »Du hast ihn doch sicher gesehen?«

»Das hab ich nicht, zu meinem größten Bedauern.«

»Wenn *ich* ihn sehe, werde ich ihm mit meinem eigenen Messerchen die Zehen abhacken!« Liam, deren Haare sich aus ihren Zöpfen lösten und sich den Rücken hinunterschlängelten, marschierte im Zimmer auf und ab. Ihre kleinen Fäusten trommelten gegen ihre Hüften. »Es ist in Ordnung, wenn ein Mädchen Angst vor ihrer Hochzeitsnacht hat und zu fliehen wünscht. Es ist *nicht* in Ordnung, wenn ein *Mann* das macht. Oooh, ich bin außerordentlich verärgert, und das wird er bereuen!«

»Liam«, sagte Won Tel streng. »Da muß etwas vorgefallen sein, von dem wir nichts wissen. Du wirst nicht so von James sprechen.«

»Ich spreche, wie ich will! Den Eigensinn von Männern akzeptiere ich nicht, außer es ist mein Wunsch.«

»Bitte«, appellierte Lettie an die Anwesenden. »Können wir nicht unsere Energien darauf verwenden, seine Lordschaft zu suchen, um die Hintergründe zu klären?«

Er hatte sie verlassen, weil sie ihm schließlich doch mißfiel.

Laute Stimmen ertönten von unten herauf. Celine erkannte Davids erhobene Stimme und rutschte auf die Kante des ägyptischen Diwans, auf den Lettie sie gelegt hatte. »David! Ich will ihn sehen.«

Bevor jemand reagieren konnte, war Liam aus dem Zimmer gehuscht und kam kurz darauf mit dem Reverend zurück, an dessen Arm sie sich klammerte. »James ist weggelaufen«, keifte sie und blickte wütend um sich. »Er ist vor seiner eigenen Hochzeitsnacht geflohen wie ein albernes Frauenzimmer und...«

»Beruhige dich, Liam«, sagte David und tätschelte ihre

Hand. »Ich hatte gehofft, jemand könnte mir erklären, was passiert ist.«

Celine sprang auf. »Du hast ihn gesehen? Wo ist er?«

Davids grüne Augen verdüsterten sich besorgt. »Du bist außer dir, Celine. Setz dich, ich flehe dich an.«

»Sag mir, wo James ist!«

»Laß es uns wissen«, stimmte Lettie ein. »Etwas Schreckliches ist geschehen, und wir müssen das sofort in Ordnung bringen.«

»James ist auf seinem schwarzen Hengst an mir vorbeigeritten. Er schien, äh, dieser Welt entrückt.«

Schwindel überkam Celine, und sie schloß die Augen.

»Ich war nach dem Hochzeitsessen gerade ins Pfarrhaus zurückgekehrt, als mir einfiel, daß ich ein paar wichtige Bücher in der Kirche vergessen hatte. Auf dem Weg dorthin kam James an mir vorüber.«

»Wo ist er?« Schwärze schwebte hinter Celines Augenlidern.

»In Windham, glaube ich«, erwiderte David.

»Windham?« wiederholten alle im Chor.

»Ja. Wie das Schicksal so spielt, hatte ich mein Pferd noch nicht in den Stall gebracht. Ich bin ihm nachgeritten. Er sagte ...« David runzelte die Stirn. »Er sagte, er würde fortgehen und nicht zurückkommen. Niemals. Das hat er gesagt. Er schwafelte etwas von bösem Schicksal – und einem Fehler –, und als er sein Pferd drehte und angaloppieren ließ, hörte ich ihn Windham flüstern. Zumindest glaube ich, daß er das meinte.«

»Dann müssen wir ihm folgen. Wie weit ist das?«

»Nicht weit«, sagte David zu Lettie. »Weniger als ein Zwei-Stunden-Ritt nach Süden. Ich komme mit.«

»Celine und ich werden alleine losziehen. Ich möchte dich bitten, mir den Weg zu erklären, David.«

Als sie den unterdrückten Zorn in Letties Stimme hörte, schlug Celine die Augen auf.

Ihre liebe Freundin hatte sich bereits erhoben und kramte in den Kleidern, die man gestern von Knighthead hierher nach Blackburn Manor gebracht hatte. Sie suchte einen von Celines schwersten Umhängen heraus und legte ihn ihr um die Schultern. »Komm«, sagte sie lächelnd, aber mit unbeirrtem Blick. »Wir werden deinen Gemahl finden und uns gemeinsam den Grund für diese empörende Grausamkeit anhören.«

Die Nacht war ein Spiegel seines Verstands, ja seiner Seele: schwarz und vom Sturm gepeitscht.

Celine war seine *Schwester*, die Tochter seines Vaters und Mary Godwins.

Mein Gott! Das konnte nicht sein. Und dennoch, warum sollte er dieser Frau nicht glauben? Celine kam ein paar Monate, nachdem Francis St. Giles mit seiner Frau und seinem Sohn aus England geflohen war, auf die Welt. Warum? Als James Mary Godwin gegenüber verlauten ließ, daß sein Vater nie den genauen Grund für den Zorn des alten Marquess erfahren hatte, wies sie ihn flugs darauf hin, daß ein Vater so etwas wohl kaum seinem Sohn gestehen würde: er hätte eine Frau vergewaltigt und sie, mit seinem Kind unter dem Herzen, sitzengelassen.

Dein Großvater hat darauf bestanden, daß seine uneheliche Enkelin in der Bequemlichkeit eines der Häuser ihres zügellosen Vaters aufwächst. Der alte Marquess war ein tiefreligiöser Mann, sehr ehrenwert. Ich habe mich seiner Gnade unterworfen. Es stand zu befürchten, daß Darius mich verstoßen würde. Der Marquess sagte, er wolle Francis eine Chance geben, sich gegen meine Anschuldigungen zu verteidigen.

Jetzt hatte James Windhams weißgekalkte Wände und sein Schieferdach im Rücken, und er dirigierte seinen Rappen aufs Meer zu, trieb das Tier abwärts zum Rande der Klippen. Ein Blitz zerriß den Himmel, malte Pfeile in die

Nacht und blutete aus wie die berstenden Adern eines gleißenden Lichtstroms – erst als er sich in den wogenden Ozean krallte, tauchte alles wieder ins Dunkel.

Deinem Vater muß man zugute halten, daß er sein Verbrechen nicht abstritt. Und so hat Francis, aufgrund der Zusage, daß sein bestialisches Verhalten vor deiner sanften Mutter geheimgehalten wird, England verlassen. Der Marquess überredete Darius, Celine als sein eigen anzunehmen – was er mit bewundernswerter Güte ausführte – und meine Schande zu vertuschen. Du siehst doch ein, daß ich dieses Zerrbild einer Ehe nicht dulden konnte?

James hatte es eingesehen. Es war mehr, als er ertragen konnte. Und am Ende seines Lebens hatte dieser Mann, der Celine gezeugt haben sollte, sich immer noch danach gesehnt, Knighthead und die Sainsbury Juwelen zurückzugewinnen. Trotz seiner turmhohen Schuld, trotz der gerechten Verfügung, durch die er es verloren hatte, hatte er seinen Sohn gedrängt, es sich wieder anzueignen. Francis war nie die Idee gekommen, daß James und Celine sich ineinander verlieben könnten.

»Verflucht sollst du sein!«

Der Wind nahm seine Stimme und integrierte sie in einen gewaltigen Donnerschlag.

»Verdammt!« Seine Kehle brannte. »Verdammt sollst du sein, Vater!« Die Schleusen des Himmels öffneten sich, und seine Fluten prasselten zur Erde. James trieb den Rappen ein Stück weiter und starrte über die Kante des steil abfallenden Kalkfelsens nach unten. Tosende Gischt nagte an den gebündelten Felsnadeln, die vom schmalen Strand emporragten.

Kein Mensch würde einen Sturz in diesen brodelnden Schlund überleben.

Das Pferd warf den Kopf hoch und rollte die Augen. Das Tier scharrte auf dem rauhen Boden und stieg seitlich hoch, seine Haut zitterte unter James' Schenkeln.

»Halt«, befahl James. »Halt, sag ich!«

Aber das Tier tänzelte, drehte sich und James suchte nach der Ursache seiner Nervosität, abgesehen von dem Sturm. Der Grund war leicht erkennbar. Zwei Pferde kamen auf ihn zu. Der Reiter des ersten führte das zweite am Zügel. Zwei Frauen, die erste aufrecht, die andere über den Hals des Tieres gebeugt.

James wartete. Zwei Frauen, die allein ritten, mitten in einem solchen Unwetter? Sie kamen näher.

»James? Lord Eagleton? Seid Ihr das?«

Er holte tief Luft, und der Atem gefror in seiner Brust. »Nein! Nein! Kehrt um!«

Sie ritten weiter die Klippen herab auf ihn zu. Die erste Frau, Lettie Fisher, schlug ihre Kapuze zurück. »Wir werden *nicht* umkehren, Mylord. Ich habe Eure Gemahlin gebracht.«

»Erbarmen!« Er drehte sein Gesicht gen Himmel und schloß die Augen. »Warum muß ich noch mehr gequält werden? Geht. Geht, ich flehe Sie an. Nehmt sie mit. Macht sie vergessen, daß sie mich je gesehen hat.«

Lettie ignorierte seine Befehle und ritt unbeirrt weiter, bis sie direkt neben ihm anhielt. Sie griff nach dem Zügel seines Pferdes und sah James direkt in die Augen. »Ich werde sie nicht wegbringen. Und sie wird Euch nie vergessen, genausowenig, wie Ihr sie vergessen könnt. Ihr leidet, Mylord! Bitte, ich beschwöre Euch im Namen Gottes, erklärt Euch!«

Er wischte sich den Regen aus dem Gesicht und zwang sich, Celine anzusehen. Sie lag fast auf dem Hals ihres Pferdes, und selbst in der Dunkelheit sah er, daß ihr Mantel völlig durchnäßt war.

Sein Herz klopfte zum Zerspringen und dröhnte in seinen Ohren. »Sie wird krank werden«, sagte er, kaum hörbar. »Bringt sie nach Hause in ihr Bett, bitte hört auf mich.«

»Ihr Bett ist Euer Bett, James. Sie ist Eure …«

»Nein! Sagt dieses Wort nie wieder.«

»Celine ist Eure Gemahlin.«

»Laß gut sein!« Celine hob den Kopf, und ihre Hände glitten von den Zügeln, damit sie sich am Sattel abstützen konnte. »Es ist mir gleichgültig, Lettie. Er will mich nicht. Wir werden unserer Wege ziehen.«

»James«, erhob Lettie ihre Stimme und zupfte an ihren durchnäßten Kleidern. »Wir werden diesen Ort nicht verlassen – nicht bevor Ihr erklärt habt, was passiert ist.«

»Sie wird ernsthaft krank werden, ich sag es Ihnen«, mahnte er. Celines Gesicht war ein blasser Schatten unter ihrer Kapuze. »Bitte …«

»Sagt es uns!«

»Was soll ich …?« Er lachte schrill auf und wandte sein Gesicht ab. »Nun denn! Ich erzähl es euch. Celines reizende Mutter hat mir einen Besuch abgestattet und mir die Umstände der Geburt ihrer Tochter offenbart.«

Als Lettie nicht reagierte, musterte er sie scharf. »Es wäre besser gewesen, Sie hätten mich nicht dazu gezwungen, Madam! Aber nachdem Sie darauf bestehen: wie es scheint, hatten Mary und mein Vater … ein gemeinsames Erlebnis. Das Ergebnis dieses Vorfalls war …« Jetzt würde Celine das Grauen erleiden, das er in diesen vergangenen Stunden durchgemacht hatte. Lieber hätte er es ihr erspart … »Das Ergebnis war Celine. Meine ›Gemahlin‹ und ich haben denselben *Vater*, Madam. Befriedigt Sie diese Nachricht?«

Wieder zuckte ein Blitz übers Firmament und verwandelte Letties und Celines Gesichter zu starren Masken. In diesem Moment erhaschte James einen Blick auf seine Braut, deren Augen sich weiteten vor stummem Entsetzen.

»Das Ganze war mein Fehler!« Lettie packte ihn am Ärmel. »Ich hätte es nie zulassen dürfen.«

Er nahm ihre Hand. »Sie haben es gewußt?«

Sie schüttelte den Kopf. »Nein, Sie verstehen nicht.« Lettie drehte sich im Sattel und zog Celines Zügel näher. »Das ist alles meine Schuld. Ich war jung – siebzehn – und allein in einem großen Haus, weit weg von daheim. Er war so voller Kraft und doch so sanft – dagegen ich schrecklich einsam …«

»Was hat das mit den Enthüllungen von heute nacht zu tun?«

»Die Godwins besuchten meine Herrschaften – ich war eine Bedienstete –, und Mrs. Godwin hat an dem Tag, an dem man mich entlassen wollte, mit mir geredet.«

»… interessiert mich nicht!« Er konnte es nicht ertragen, Celine ins Gesicht zu sehen, aber schaffte es ebensowenig, sich abzuwenden.

»Der Mann war ein Gast, ein Fremder. Aus Frankreich. Er hat mich überzeugt, daß er mich nur trösten und … und …«

»Und?«

»Celine war das Ergebnis des Trostes, den er mir gespendet hat. Ich habe nicht gewußt, was er vorhatte, bis es zu spät war. Seine süßen Worte umgarnten mich … und dann ging er für immer fort. Als ich heute morgen zu Euch kam, wollte ich Euch davor warnen, daß die Godwins von jeher vor nichts zurückschrecken, um ihre Ziele zu erreichen.«

James drehte sich sehr langsam zu Lettie. »Celine war …?« Er runzelte die Stirn, versuchte zu begreifen.

»Ja«, wisperte Lettie. »Celine ist *meine* Tochter. Die Godwins konnten keine Kinder bekommen. Sie überredeten mich, sie ihnen zu überlassen. Zum Ausgleich wollten sie dafür sorgen, daß wir beide ein Dach überm Kopf hatten, und erklärten sich mit meiner einzigen Forderung einverstanden: daß ich in Celines Nähe bleiben durfte.«

Allmählich kehrte das Blut in James' Adern zurück. »Sie haben erlaubt, daß diese Leute Celine benutzen? Sie haben zugesehen, wie sie sie mißbrauchten und einsperrten – eine Heirat mit diesem dreckigen, perversen Letchwith arrangierten?«

Lettie hob ihr Kinn. »Ich habe mich immer um sie gekümmert, bin stets an ihrer Seite geblieben. Und ich hätte es schon geschafft, sie wegzubringen, bevor man sie mit diesem Lump verheiratete. Aber ich hatte keine andere Wahl, da ich selbst fast noch ein Kind war, als ich sie erwartete. Niemals hätte ich ihr irgend etwas bieten können…«

»Sie hätten ihr *Liebe* geben können.«

»Die habe ich ihr gegeben«, sagte Lettie, sehr leise. »Liebe füllt keinen Magen oder gibt einem Kleider. Ich hab getan, was ich für das Beste hielt, und dann war es zu spät – für uns beide.«

»Wußten Sie von dem faulen Verrat, den die Godwins an meinem Vater begangen haben?«

Lettie beugte den Kopf und flüsterte: »Ja, Gott steh mir bei, ja. Heute morgen versuchte ich, Euch davon zu berichten. Einige Male, wenn Mrs. Godwin, äh, betrunken war, hat sie damit geprahlt, wie sie den alten Marquess reinlegte, indem sie ihm diese Bastardgeschichte seines Sohnes auftischte. Mir hat sie erzählt, sie hätte das getan, um für sich und Mr. Godwin das, was ihnen zustehe, zu kriegen. Er hätte soviel weniger gehabt als Ihr Vater, und sie hat nie die Zurückweisung von Francis St. Giles überwunden. Darius und Mary planten zusammen, wie sie ihn loswerden und sich seines Besitztums – seines Zuhauses – bemächtigen könnten. Mrs. Godwin ist es gelungen, sich den Ring anzueignen, den Euer Vater immer trug – ein Geschenk seiner Mutter –, und sie machte dem Marquess weis, Euer Vater hätte ihn ihr aus lauter Schuldgefühlen gegeben – nachdem er mit ihr zusammen war.«

James preßte seine Hände aneinander und zwang sich, ruhig zuzuhören.

»Sie sagte dem Marquess, er solle Francis den Ring vorweisen«, fuhr Lettie fort. »Falls er ihn ohne zu fragen nähme, würde das ihre Geschichte bestätigen. Mrs. Godwin sagte, er hätte das getan, weil er glaubte, den Ring hätte eine… eine Frau von schlechtem Ruf zurückgebracht, in deren Gesellschaft er aufgewacht war, nachdem man ihn mit Drogen betäubt hatte. Er konnte sich an nichts mehr erinnern, aber nahm an, er hätte die Dienste dieser Person gesucht. Der Marquess duldete solche Ausschweifungen nicht.«

»Dieses Godwin-Weib hat Ihnen das alles *erzählt*? Und sie hatte keine Angst, daß Sie ihr Geheimnis verraten könnten?«

»Sie hat nur davon gesprochen, wenn sie betrunken war – und das passierte ziemlich oft. Außerdem war sie überzeugt, daß ich niemals Celines Position gefährden würde. Mrs. Godwin hat mich ständig an Celines Haß erinnert, wenn sie erführe, daß ich sie weggegeben hatte.« Lettie wollte Celine berühren, zog aber ihre Hand wieder zurück. »Als ich die Wahrheit entdeckte, hätte ich es dem alten Marquess sagen sollen, aber da waren bereits all die Lügen in Umlauf und Eure Eltern abgereist. Und sie besaßen immer noch genug, auch wenn sie England verlassen mußten.«

Endlich wußte er alles. »Das Land, das sie liebten! Der Ferne Osten hat meine Mutter getötet. Hat Ihnen Mrs. Godwin je erzählt, wonach sie in Knighthead suchten?«

»Nein, nicht direkt. Aber ich bin sicher, sie vermuteten irgendwo versteckte Wertgegenstände.«

»Und ich weiß auch, welche«, sagte James mehr zu sich selbst. Dann fluchte er plötzlich und sprang vom Pferde. Celine, die bis jetzt geschwiegen hatte, kippte im Sattel zur Seite und rutschte langsam hinunter.

Er fing sie auf, bevor sie in den Schlamm fiel, und raffte sie in seine Arme. »Sie ist ohnmächtig. Ich muß sie warm kriegen. Rasch! Bringen Sie die Pferde.«

»Ich habe es Euch eher sagen wollen«. Letties Stimme war schmerzverzerrt. »Ihr wolltet nicht zuhören.«

»Und das bereue ich!«

Er ließ Lettie stehen, schritt bergauf zu dem kleinen Pförtnerhaus und stieß mit dem Stiefel die Tür auf. Gott sei Dank roch es sauber und gelüftet. Sein Onkel hatte das sicher so angeordnet.

Mit einiger Mühe gelang es ihm, eine Laterne zu finden und sie anzuzünden. James hielt Celine immer noch an sich gedrückt, als er vor dem rustikalen Steinkamin in die Hocke ging und das vorbereitete Feuer entzündete.

»Sie muß trockene Kleider haben.« Lettie war hinter ihm eingetreten und kniete sich ängstlich neben ihn. »Werde ich da drin welche finden?« fragte sie und wies auf eine Tür.

»Soweit ich mich erinnere, wurden dort immer Sachen aufbewahrt für den Fall, daß irgend jemand unerwartet zu Besuch kam.« Flammen loderten im Kamin auf, tauchten die Wände und die schlichte, aber gemütliche Einrichtung in einen wohligen Schein. »Passen Sie auf, daß Celine hier in der Wärme bleibt. Ich werde mich einmal umschauen.«

Wenige Minuten darauf kam er zurück, mit einem Armvoll weiblicher Kleidungsstücke. »Helfen Sie mir, ihren Umhang aufzuknöpfen«, befahl er Lettie.

Unter der regendurchtränkten Wolle trug Celine immer noch ihr Hochzeitskleid. James schluckte. »Was haben wir ihr nur angetan? Möge sie bloß in Ordnung sein! Irgendwie werden wir das überstehen und weitermachen. Wir müssen sie ins Bett schaffen.«

Eine schlanke Hand, die sich auf sein Handgelenk legte und ihn wegschob, ließ James zusammenzucken. Er hob den Kopf und sah in Celines weitgeöffnete Augen.

»Schon gut, schon gut«, murmelte Lettie. »Alles wird wieder gut. Wir …«

»James«, flüsterte Celine. »An jenem ersten Abend im Theater hast du mich nur deshalb angesprochen, weil du vorhattest, mich zu benutzen, nicht wahr?«

Er öffnete den Mund, wußte aber keine Antwort.

Lettie schickte sich an wegzugehen. Celine packte ihren

Umhang und krallte sich in den Stoff. »Du bist meine Mutter?«

»Das bin ich!« Letties dunkle Augen standen voller Tränen. »Ich hab das getan, was ich für das Beste hielt. Wenn ich alleine weitergemacht hätte, hätte ich vielleicht nie ein gesundes Kind zur Welt gebracht, und den Gedanken, dich zu verlieren, konnte ich einfach nicht ertragen. Damals schien es die einzige Möglichkeit. Ich hatte keine Ahnung von ihren wahren Absichten mit dir.«

»Celine«, sagte James mit sanfter Stimme. »Du mußt warm werden und dich ausruhen.«

Celine richtete ihre verschatteten goldenen Augen auf ihn. »Lettie wird sich um mich kümmern«, sagte sie mit klarer Stimme. »Sie ist meine Mutter, die ihr ganzes Leben damit verbrachte, für mich zu sorgen.«

»Natürlich.« Er lächelte, tief gerührt von ihrem großen, verzeihenden Herzen. »Von jetzt an werden wir uns beide um dich kümmern.«

Celine wich vor ihm zurück, ließ sich von Lettie aufhelfen, dann durchbohrte sie ihn mit ihrem Blick. »Du willst das, was auch immer in Knighthead versteckt sein mag. Genau wie meine… diese anderen Leute es wollen! Und du hast mir Zuneigung vorgegaukelt, damit du deinem Ziel näher kommst. Als nächstes erschien dir eine Heirat als das Tüpfelchen auf dem i für deinen Plan. Durch die Ehe mit mir konntest du den Einfluß deines Onkels nutzen, um sie zu entfernen und selbst dort einzuziehen. Du hast mich benutzt, um Genugtuung und irgendeinen Schatz zu bekommen. Warst du denn noch nicht reich genug, James?«

»Du verstehst nicht. Die Godwins haben meinen Vater hereingelegt, und als er im Sterben lag, bat er mich, hierherzukommen und das zu holen, was von Rechts wegen mir gehört. Es war meine heilige Pflicht, seine Wünsche zu erfüllen.«

»Natürlich. Und jetzt wird dir alles von selbst zufallen.

Ich werde dich nicht weiter mit der Fortsetzung dieses Theaters belästigen.«

»Bitte!« James versuchte den Arm um sie zu legen, aber sie schüttelte ihn ab.

»Lettie …« Celine wandte sich lächelnd zu der anderen Frau. »Ich bin froh, daß du meine Mutter bist. Du warst immer der wichtigste Mensch in meinem Leben.«

»Du verzeihst mir?«

»Ich verzeihe dir, weil es verständlich ist. Einen Bastard großzuziehen wäre praktisch unmöglich gewesen.«

»Laß dich zu Bett bringen«, bat James. Celines reserviertes Verhalten brachte ihn völlig durcheinander.

»Nein, danke. Wenn du nichts dagegen hast, wäre ich lieber mit … mit meiner Mutter allein. Sie hat gelitten – genau wie ich. Sie wird sich auch jetzt um mich kümmern.«

»Aber Celine …«

»Nein, James, ich wäre dankbar, wenn du uns verläßt.« Sie wandte sich von ihm ab. »Morgen fassen Lettie und ich neue Beschlüsse. Deiner Lodge wird nichts passieren.«

»Ich bin dein Gemahl.«

»Du bist mein Gemahl geworden, um die Leute zu bestrafen, die du für meine Eltern hieltest. Du hast nicht mich gewollt … und jetzt werde ich mich bemühen, dich nicht zu wollen.«

Celine glitt behutsam aus dem weichen Bett, in das Lettie sie gesteckt hatte. Das Haus war still, aber James hatte darauf bestanden, am Kamin zu warten, bis sie aufwachte. Vor einiger Zeit war Won Tel eingetroffen und hatte Lettie nach Blackburn Manor gefahren, um noch mehr warme Kleidung für Celine zu holen, die sich für Widerspruch zu elend fühlte.

Jetzt sickerte allmählich wieder Energie in ihre durchgefrorenen Gliedmaßen. Sie würde nicht bleiben.

Celine schob langsam das untere Fenster hoch und

dankte Gott, daß der breite Fenstersims nur wenige Zentimeter über dem Boden lag. Eigentlich bräuchte sie einen Mantel, aber der einzige, den sie besaß, war durchnäßt und bei James im Raum.

Sobald ihr Fuß die schlüpfrige Erde berührte, erschauerte sie heftig; aber dann trat sie tapfer auf und ging direkt zu den Pferden, die an einen Baum gebunden waren: James' Rappe und ihre eigene liebe Cleopatra.

Sie führte Cleopatra unter leisen ermutigenden Worten etwas abseits, dann kletterte sie mit Hilfe eines Baumstumpfes auf das ungesattelte Tier.

Celine packte die Mähne und ließ ihn losgaloppieren. Es regnete immer noch und innerhalb weniger Minuten klebte das dünne Nachthemd, das sie trug, an ihrem Körper. Der Strand. Sie mußte zum Strand, wo sie den Wellen zuschauen und die kostbaren Düfte einatmen konnte, die seit der Kindheit ihre Freunde waren.

Langsam ritt sie den Weg an den Klippen entlang, dankbar für den weißen Kies, der ihr den Weg wies. Sie war auf dem Pfad zu einer abgeschiedenen Klippe gelangt, die sie kannte, und wollte gerade hinunterreiten... da hörte sie donnernde Hufe hinter sich.

»Los, los, Cleopatra!« Der tapfere kleine Wallach schlitterte auf dem lockeren Grund, stürmte aber weiter abwärts.

Der Wind trug James' Stimme zu ihr herüber: »Celine, Celine, warte!«

Das wollte sie jedoch nicht.

Die Brandung donnerte an den Strand. Celine schnalzte mit der Zunge und trieb Cleopatra auf den schimmernden weißen Schaum zu. Aber sie wußte bereits, daß sie James nicht abschütteln konnte.

»Bleib sofort stehen, du kleine Närrin!«

Er holte sie ein, und Celine riß an Cleopatras Mähne, um ihn ins Wasser zu drängen.

James erwischte sie, als die Flut die Beine der Pferde

umspülte. »Was, in Teufels Namen, hast du dir dabei gedacht?«

»Laß mich los!«

»Niemals! Du gehörst mir.«

Sie versuchte sich loszureißen, aber James hatte Cleopatra fest an der Mähne gepackt und befestigte ein Zaumzeug um seinen Kopf. Als er die Zügel in der Hand hielt, richtete er sich kerzengerade auf und starrte sie an. Das weiße Hemd mit den gebauschten Ärmeln, das er trug, klebte an seinem prachtvollen Körper. Die Nässe brachte die harten Muskeln seines Torsos und seiner Arme durch den Stoff reliefartig zum Vorschein.

»Laß mich los«, flüsterte sie, unfähig, ihren Blick von ihm zu lösen, von seiner kräftigen Gestalt, von seinen unerträglich markanten Zügen und den wilden, vom Wind zerzausten Haaren. »Du hast, was du willst. Laß ein Ende sein!«

James gab keine Antwort. Er sah sie mit der dunklen Intensität der Leidenschaft an, sah ihr Gesicht, das Gewirr feuchter Locken, die bis zu ihrer Taille hingen. Celine schaute an sich hinunter und spürte, wie die Hitze durch ihre Adern strömte. Sie könnte genausogut nackt sein. Das dünne, nasse Nachthemd klebte an jeder Kurve, jeder Rundung, klammerte sich an ihre Brüste wie die Hände eines Geliebten und machte Haut sichtbar, umspannte rosa, knospende Nippel.

Bevor sie ahnte, was er vorhatte, nahm James ihr Kinn in seine Hand und drückte einen Daumen gegen ihre Unterlippe. »Was ich will, Celine, bist du. Was ich am allermeisten will, bist du!«

Sie schüttelte den Kopf. »Du hast mich nur benutzt.«

Er lächelte, und ihr Herz schlug einen Salto. »Ja, mein goldenes Mädchen«, sagte er zärtlich. »Ich habe dich benutzt – am Anfang … aber das hat sich alles geändert. Offen gestanden möchte ich immer noch das Erbe meines Vaters antreten – aber innerlich habe ich gewußt, daß das keinen Sinn hätte ohne dich. Und vielleicht sollten wir nicht vergessen, daß auch du anfangs darauf aus warst, mich zu benutzen, meine Liebe. Ich sollte Mittel zum Zweck sein, um dich vor einer Heirat mit Letchwith zu bewahren.«

»Ich …«

»Still!« James beugte sich vor und pflückte Celine von Cleopatras Rücken. »Ich werde mir keine weiteren Einsprüche anhören. Wir haben beide Fehler gemacht, aber, gottlob, einander nicht endgültig verloren.« Er setzte sie vor sich im Sattel zurecht und rückte sie an die solide Wand seiner Brust.

»Du bist ein Earl.« Sie mußte versuchen, klar zu denken. »Und ich … bin ein Bastard und völlig ungeeignet als Gemahlin für dich.«

James kicherte. Ein höchst beunruhigendes Geräusch. »Du bist von Kopf bis Fuß geeignet für mich und ich für dich. Keine Widerworte mehr!« Und als wolle er seine Rede besiegeln, legte er eine Hand auf ihre Brust.

Ein brennendes Verlangen brach aus dem gespannten Nippel unter seiner Berührung und fand seine Entsprechung in den sensiblen Falten zwischen ihren Schenkeln. »Was ist mit Mama und … Was können wir gegen sie tun?«

»Heute nacht müssen wir gar nichts tun«, winkte James ab, als sie ihren Ritt entlang der Klippe begannen. »Morgen früh ist Zeit genug für eine Konfrontation. Heute nacht haben wir andere Dinge im Sinn.«

30

James goß gewärmtes Wasser in zwei Porzellanschüsseln und trug sie zum Schlafzimmer. Er blieb in der Tür stehen. Celine stand in eine Decke gehüllt vor dem Feuer, das er entzündet hatte.

Er tastete sich leise weiter in den Raum und stellte die Schüsseln auf den marmornen Waschtisch. »Celine.«

Sie warf ihm einen Blick über die Schulter zu. »Ja?« Ihr zerzaustes Haar ergoß sich über ihren Rücken. Unter der Decke trug sie immer noch das zerfledderte, schlammbefleckte Nachthemd. Auch ihre schlanken Füße sahen recht mitgenommen aus.

Sein Herz machte einen gewaltigen Satz. »Komm, setz dich, ich will mich um deine Füße kümmern.«

Sie bewegte sich nicht.

James lächelte in ihre weit offenen Augen und gab sich Mühe, nicht zuviel von dem Verlangen zu zeigen, das in ihm pochte. Zweifel trübten diese goldenen Augen – trotz ihrer unschuldigen Annahme, sie hätte bereits die äußerste Intimität gekostet.

Er legte seine Hände auf ihre Arme und spürte, wie sie zitterte. »Dir ist kalt«, sagte er, gab sich distanziert. Er zog einen Ohrensessel näher ans Feuer und setzte sie hinein. »Das Nachthemd ist naß. Es sollte entfernt werden.«

»Nicht nötig! Aber dein Hemd ist auch naß. Du mußt es ausziehen.«

»Richtig. Mache ich gleich!« Prompt knöpfte er sein Hemd auf, zog es aus der Hose und streifte es ab. Er warf es beiseite, stemmte die Hände in die Hüften, spreizte seine gestiefelten Beine und lächelte sie an. »Hier! Beachten Sie, wie gehorsam ich bin, Mylady.«

Ihr Blick glitt rasch über die ganze herrliche Gestalt, bevor sie ihre Aufmerksamkeit wieder dem Feuer zuwandte.

James Lächeln wurde etwas breiter. Seine junge Frau war alles andere als gleichgültig, was seinen Anblick betraf. Er holte eine Schüssel Wasser und ein Tuch, und kniete sich vor sie. Sie versteckte ihre Füße unter der Decke.

»Celine, laß mich dich ein wenig verwöhnen.« Behutsam nahm er einen schmalen Knöchel und ließ sich Zeit damit, tastete seine Konturen ab, fuhr die glatte Hinterseite ihrer

Wade hinauf zum Knie. Sie erbebte. »Du und ich, wir werden gemeinsam lernen, was es heißt, Mann und Frau zu sein, mein Schatz«, sagte er. »Wann immer du etwas brauchst, werde ich deine Wünsche erfüllen. Und ich weiß, daß du unser ganzes Leben lang meine getreue Helferin sein wirst.«

Ihr Mund öffnete sich. Sie blickte auf ihn und ihre Augen schwammen in Tränen. »Du bist... James, ich hab ziemliche Angst. Ich möchte alles sein, was du brauchst. Aber ich weiß nicht viel über das Eheleben, hörst du? Darüber, was wirklich zwischen einem Mann und einer Frau vorgeht.«

»Es gibt nichts, wovor du Angst haben mußt. Vertraust du mir?«

Sie nickte.

»Dann glaube mir, daß ich ein geduldiger Lehrer sein werde – mit Leidenschaft, weil ich starke Gefühle hege – genau wie meine Liebste – beide voller Zärtlichkeit.« Er befeuchtete ein Tuch, strich mit seiner feuchten Wärme über ihren Fuß und beobachtete, wie sich ihre Zehen bei seiner Berührung aufrollten... erneut lächelte er. »Deine Füße sind sensibel.«

Nun wusch er den anderen. Die Selbstbeherrschung forderte ihm einen hohen Preis ab. Er hob ein Knie, stellte ihren Fuß drauf und trocknete ihn ab. Mit dem Handrücken streichelte er den hohen Rist, beugte sich vor, um einen Kuß zu plazieren – und stöhnte, als bei ihrem leisen Schrei ein Blitz durch seinen Unterleib tobte.

Mit vorsichtigen Bewegungen schob James das Nachthemd hoch und folgte seinen Fingern mit den Lippen, streichelte die süßen Kurven ihres Beines.

Er hörte, wie ihr Atem schneller wurde, hob den Kopf und sah die geöffneten Lippen. In der Tat hatte sie Angst. Unbedingt mußte er sich zurückhalten, langsam vorgehen. Er konnte den Gedanken, ihr Schmerz zuzufügen, nicht ertragen – und wußte aber, daß es beim ersten Mal wohl unvermeidbar war.

»Darf ich dein Haar bürsten?«

Sie nickte abermals. Ihr Gesicht war blaß. »Auf der Truhe neben dem Fenster ist eine Bürste.«

Das wußte er bereits. Während Celine geschlafen hatte – vor ihrer Flucht zum Strand – hatte Won Tel Lettie mit einem Haufen nützlicher Utensilien zurückgebracht.

»Komm jetzt«, sagte er zu Celine und reichte ihr die Hand. Sie legte ihre Finger in seine und ließ sich von ihm zu dem Fell vor dem Feuer führen. Gehorsam hockte sie sich auf die Fersen, beugte den Kopf und wartete ab.

Die honigfarbenen Flechten trockneten bereits. James teilte vorsichtig einige Strähnen und entfernte geduldig die Knoten, bis sich ihr Haar wie ein schimmernder Vorhang um sie legte.

Celine seufzte, und ihr Kopf fiel noch weiter nach vorn. Die Decke rutschte über ihre die Hüften hinunter, aber sie schien es nicht zu bemerken.

James hielt kurz inne, um sich am Anblick ihres geraden schlanken Rückens, ihrer schmalen Taille und der Rundung der Hüften, die durch das Nachthemd schienen, zu laben. Er biß die Zähne zusammen gegen den neuerlichen Aufstand seiner Begehrlichkeit.

»Bist du fertig?« murmelte sie.

»Nicht ganz.« Mit langsamen, rhythmischen Strichen bürstete er ihr Haar von der Krone bis zu den lockigen Spitzen. Jedesmal, wenn er die Bürste hob, fächerten sich feine Härchen auf und schimmerten im tanzenden Schein des Feuers. »Vielleicht werde ich nie fertig werden. Ich hab nicht gewußt, wie weich das Haar einer Frau sein kann – oder was für ein Gefühl es für mich ist, es zu berühren.« Allmächtiger, bisher war es ihm niemals aufgefallen.

Er bündelte ihr Haar in einer Hand und beugte sich vor, um seine Lippen auf ihren Hals zu drücken, wo die Kette des Medaillons seiner Mutter auf der weißen Haut schimmerte. Den Ring hatte er in Blackburn gelassen, und das war auch unwichtig. Es blieb noch Zeit genug, ihn zu benutzen. Celine legte ihren Kopf an seine Schulter, und James schloß die Augen. »Du riechst nach Wind und Regen – und deinem wilden Dorset Gras.« Sein Mund öffnete sich auf ihrer Haut. »Und du schmeckst nach Meer ... aber dieses Nachthemd ist nicht trocken, Celine.«

Sie sagte nichts, wartete nur ruhig, während er die zweite Schüssel Wasser holte.

Er fiel wieder hinter ihr auf die Knie, spreizte sie und zog ihre Hüften zwischen seine Schenkel. Ein Pfeil köstlichen Schmerzes durchzuckte seinen Unterleib. Sie schien so jung, eine sehr junge, aber üppig perfekte Frau, die er in Kürze zur Seinen machen würde.

Zögernd rieb James ihre Schultern und spreizte seine Finger über ihrem zarten Dekolleté. Ein winziger Ruck löste das Band, das das Nachthemd hielt, dann streifte er das feine Gewebe über ihre Schultern.

Sie stöhnte und lehnte ihr Gewicht an ihn, bäumte ihren Rücken auf und reckte ihre Brüste so, daß er auf ihre volle Pracht hinuntersehen konnte.

Unter Aufbietung aller Reserven, deren Existenz ihm ganz neu war, nahm James ein frisches Tuch, das er in das saubere Wasser tauchte. Zuerst wischte er über Hals und Schultern. »Das wird dich beruhigen«, sagte er und hörte das heisere Verlangen in seiner Stimme. »Von der Massage wird dir warm.«

»Du wärmst mich, James. Mit deiner Berührung, sogar deinen Blicken. Mein Gemahl, du läßt mich pulsieren. Ist das normal?«

»Pulsieren? Wo?« Er sah noch einmal auf sie hinab und zuckte zusammen ob dieser Selbsttortur.

»An – seltsamen Stellen. Hier.« Mit einer Hand wies sie in ihren Schoß.

Die Bewegung wäre fast James' Untergang geworden. Sie rührte sich, und es gelang ihm, sein Glied kräftiger an ihr weiches frauliches Gesäß zu drücken. »Tief in deinem Bauch?« fragte er und dachte nur daran, wie es wäre, sie zu Boden zu werfen und jetzt gleich in sie zu dringen. »Zwischen deinen Beinen?«

»Genau.« Dieses eine Mal klang ihre Antwort verschämt, unterdrückt, und er konnte sich ein Lächeln nicht verkneifen.

Er mußte sie anfassen! James tauchte erneut das Tuch ins Wasser, wusch eine Brust und beobachtete, wie sich der Nippel hart aufrichtete. Sein Atem ging nur noch keuchend. Er dehnte seinen Liebesdienst auf die andere aus, und sah, wie sich ihre Hüften vorwölbten. Celine tastete hilflos nach hinten und warf eine Hand auf seine Schulter.

Er glaubte sterben zu müssen, wenn es ihm nicht gelänge, den Druck seiner Männlichkeit zu entladen – trotzdem mußte er warten, sich zurückhalten, bis dieser Schatz, den er so wundersam erlangt hatte, ganz bereit war, ihn zu empfangen.

»Nicht genug«, murmelte sie.

»Nein, Süßes. Noch längst nicht!« James stützte das Gewicht ihrer seidigen Brüste und strich mit dem Daumen über den starren Satin ihrer Nippel hin und her, kniff und rieb sie. Er fuhr mit der Zunge über seinen Mund, erahnte schon den Geschmack und das Gefühl dieser reifen Knospen zwischen seinen Zähnen.

Celine wand sich, schlängelte sich auf ihn zu – und hinter James' Schläfen hämmerte es. Je länger er sie auf das, wonach sie sich verzehrte, warten ließ, desto heftiger würde die erlösende Ekstase sein.

»James?« Sie riß die Augen auf. »James?«

»Ja, Süße?« Er folgte mit einer Fingerspitze dem Tal zwischen ihren Brüsten, zeichnete eine geschwungene Linie um jede.

»Ich will…«

»Du willst?« Mit zwei Knöcheln strich er die schweren weichen Unterseiten entlang. »Was willst du?«

»…möchte gerne… Oh, James, James!«

»Hm.« Er beugte sich vor, bedeckte ihren Mund, teilte ihre Lippen mit seinen und kostete von ihr. Er zeichnete die Konturen ihres Mundes mit seiner Zunge nach, drückte sein Gesicht auf ihres, wiegte ihren Kopf von Seite zu Seite. Als ihre Brüste sich an ihn preßten und er seine wachsende Begierde kaum noch zähmen konnte, bohrte sich seine Zunge durch ihre Lippen, neckte sie, trieb sie, bis sie ihn selbst mit kleinen Stößen ihrer Zunge jagte.

So abrupt wie er ihren Mund in Besitz genommen hatte, hob er den Kopf und sah, wie sich Enttäuschung auf ihren Zügen malte. Sie drängte sich an ihn und quetschte ihre Brüste an seine Brust, fand seine Hand und zwängte sie zwischen sie, rieb sie hin und her, während sie vor Verlangen wimmerte.

Er verlor die Beherrschung, bog sie über seinen Arm, nahm einen Nippel zwischen die Zähne, öffnete weit den Mund, um sie sich einzuverleiben. Und als er zu saugen begann, stöhnte sie laut und krallte sich in seine Haare.

Leicht bewegte er sich von einer Brust zur anderen, zupfte und benetzte sie, begrub sein Gesicht zwischen ihnen und schloß die Augen. Sie machte Geräusche wie eine Ertrinkende, betäubt vor Sehnsucht, und diese Hingabe würde er nützen, um den Weg zu ebnen.

Er raffte sie an sich, hielt ihr Gesicht an seinen Hals und fuhr erneut jede Linie ihre Körpers nach, bis er sich in das elastische Haar zwischen ihren Beinen wagte. Die feuchte Hitze, auf die seine Fingerspitzen stießen, ließen ihm den Mund ausdörren und trieb ihm den Schweiß auf die Stirn.

Celine schrie und versuchte sich loszureißen.

»Still«, murmelte James. »Ich möchte dir wieder Lust bringen, Celine.«

Sie keuchte. »Und ich dir, James!«

»Das wirst du. « Baldigst würde sie das. Sein bohrender Finger traf auf heißes, nasses Fleisch – in Bereitschaft. Er stieß tiefer, dann zog er sich zurück.

»James?« Ihre Stimme erhob sich zu einem dünnen, tonlosen Fiepen.

»Ja, Süße, ja!« Diesmal steckte er zwei Finger hinein und bearbeitete ihren engen, glitschigen Tunnel. Als sie zu hecheln begann, schloß er die Augen und brachte seinen Daumen auf die sensible Knospe ihrer Fraulichkeit, und sie begann sich zu wiegen.

»Ich kann nicht«, keuchte sie. »James, ich…«

»Sicher, Celine. Natürlich kannst du.« Er nahm seine Hand weg und legte sie behutsam in das weiche Fell. Dann sah er ihr forschend in die Augen und schwang ihre Beine über seine Schultern.

Celine warf den Kopf zur Seite. »Nein!«

»Doch«, sagte er entschlossen. »Du wirst alles genießen, was wir tun, mein Schatz. Das verspreche ich dir.«

Als er ihre Falten geteilt hatte, beugte er sich zu ihr und fand das geschwollene Zentrum ihres Verlangens mit seiner Zunge… da schrie sie auf. Er griff nach ihren Armen und hielt sie fest, bohrte sich tief in diesen Teil von ihr, der sie schon jetzt förmlich um den Verstand brachte.

Celine schlug um sich, ihre Hüften zuckten, sie krallte ihre Finger in seine Schultern. Er schnitt eine Grimasse, begrüßte aber den frohen Schmerz; dann fühlte er, wie ein heftiges Schaudern in Schockwellen durch ihren Körper wogte, während sie Wortfetzen vor sich hin stammelte. Celine warf die Hände über den Kopf und gab sich der gleißenden Flut hin, die den Regen ihrer Erfüllung, heiß und voller Urgeschmack auch auf seine Zunge brachte.

»James!« Sein Name entfuhr ihr mit einem Keuchen, und sie erschlaffte. »Zeig es mir!«

»Was soll ich dir zeigen?« Er erhob sich zu ihr und küßte

ihren Mund. »Koste deine eigene Süße, meine Liebe... die Süße, die wir immer und immer wieder teilen werden.«

Sie küßte ihn verlangend, und er spürte die Schwere ihres Nachglühens. »Ich möchte dich schmecken«, bettelte sie.

James konnte sich gerade noch bremsen, bevor er instinktiv nach seinem Glied griff. »Das wirst du«, sagte er mit zusammengebissenen Zähnen. »Und jetzt wird es höchste Zeit, daß ich dich voll und ganz zu meiner Gemahlin mache.«

Er wich ein Stück zurück, streifte seine Hose ab und kam dann wieder auf sie zu. »Du weißt darüber nichts, nicht wahr? Nicht wirklich?«

Sie schüttelte den Kopf und schaute erwartungsvoll zu ihm auf.

»Zuerst tut es vielleicht ein bißchen weh. Aber es wird vergehen, und mit jedem Liebesakt genießt du es mehr.«

»Tu es. Jetzt gleich!«

Seine Wange schmiegte sich an ihren Hals, und er lachte. »Unwiderstehliches Mädchen! In meinem Leben wird es nie wieder Leere geben – oder Langweile.«

Celine sagte nichts, kreiste nur mit ihren Hüften unter ihm. »Zeig es mir, James. Es tut weh... aber ich brauche etwas. Zeig es mir!«

Stumm spreizte er noch einmal ihre Beine, nahm ihre Hand und legte sie um seinen Schaft. Zischend holte sie Luft.

»Das wird in dich eindringen, Celine. Durch dieses Eindringen werden wir eins.«

»Oh!« Sie benetzte sich die Lippen. »Es ist... Du bist sehr groß.«

»Macht dir das angst?«

Sie runzelte die Stirn. »Und dieser Körperteil bereitet dir Lust?«

»Du beantwortest eine Frage mit einer Frage. Ja, Süßes, er wird mir mehr Lust bereiten als alles andere auf dieser Welt.«

Die Sorgenfalten wurden noch tiefer. »Dann tu es.«

James seufzte. »Du *hast* Angst! Wir sollten warten.«

Statt einer Antwort packte Celine seine Männlichkeit noch fester und führte seine Spitze zum Eingang ihres Körpers. »Ich will nicht warten. Ich seh aber noch nicht, wie... Wird er in mich passen?«

Nun konnte er sich nicht mehr zurückhalten. Er legte einen Finger auf ihre kußgeröteten Lippen und schob sich langsam in ihren engen Tunnel, sah, wie ihre Augen sich weiteten. Er war an die Barriere ihrer Jungfernschaft gelangt. »Soll ich aufhören?« Um Haaresbreite war er davon entfernt, sich in ihr zu entladen.

»Du mußt es tun!« Sie hob ihr Knie und biß die Zähne zusammen – er sah, daß er ihr weh getan hatte.

»Mein Schatz...«

»Nein.« Allmählich entspannten sich ihre Züge. »Es hört schon auf. Schieb, James. Bitte komm!«

Kurz holte er Luft und stieß dann zu, begrub sich in seiner Frau ohne Schranken. Luft pfiff durch seine Kehle, und der Takt wurde zu einem elementaren Rhythmus, auf den er keinen Einfluß mehr hatte.

Er stieß zu und hörte Celine keuchen. Ihre Körper waren eins. In der dunklen Hülle ihrer Lust taumelten sie, bis Celine rittlings auf seinen Hüften saß. Sie erhob sich nur einmal, warf sich ein einziges Mal auf ihn herab, und er strebte seinem Höhepunkt entgegen. Aber er bewegte sich immer noch, bis er merkte, daß sie sich um ihn verkrampfte.

»Ich liebe dich!« Celine bäumte sich auf, dann ließ sie sich herabfallen und preßte ihr Gesicht an seinen Hals. »Ich liebe Euch, Mylord.«

Im flackernden Feuerschein küßte James das Haar seiner Gemahlin und schloß die Augen. »Und ich liebe Euch, Mylady – und meine Schönste der Welt!«

Das Gewicht war verschwunden.

Celine schlug die Augen auf und sah Glutreste auf dem Boden des Kamins. Ihr Körper war steif und wund, aber eine tiefe, angenehme Zufriedenheit durchzog jeden Nerv.

Sie drehte sich auf den Rücken und schob die Decke von ihrem Kinn.

»... James!« Er war fort. Celine warf das Bettzeug beiseite, setzte sich auf und erblickte ihn. Mit geschlossenen Augen lag er in dem Polstersessel.

Einen Moment lang studierte sie sein Gesicht. Dichte schwarze Wimpern lagen auf seinen Wangen. Im Schlaf sah er jungenhafter aus, trotz der markanten Züge.

Behende erhob Celine sich und schlich auf Zehenspitzen zu ihm hinüber. Um seine schmalen Hüften hatte er eine Decke drapiert, die dabei war abzurutschen. Das dunkle Haar, das sich über seine ganze Brust breitete, verschmälerte sich nach unten zu einer Linie und nahm wieder zu, wo... Sie biß sich auf die Lippe. Zweifellos gehörte sie zu jener Sorte gefallener Frauen, denn erneut spürte sie das Zucken heißen Verlangens in ihrem Leib. Sein Körper war hart, durchzogen von glänzenden Sehnen und Muskeln, eine schöne Gestalt, so stark und verschieden von ihrer eigenen Weichheit.

Taten Ehefrauen so etwas...? Was würde James denken, wenn sie...?

Sie nahm einen Zipfel der Decke zwischen Daumen und Zeigefinger und zog sie ihm weg. Vor Überraschung blieb ihr der Mund offenstehen. Selbst im Schlaf war sein... Er schien sehr... Scheinbar war James bereit für mehr von dem, was sie bereits genossen hatten.

Plötzlich schnellte eine starke Hand vor und packte ihren Arm. Sie kreischte.

Mit einem schelmischen Lächeln sah er zu ihr auf. »Gefällt Euch, was Ihr seht, *Mylady*?«

»Äh, schon...«

»Da bin ich froh.« Er zog sie näher.

»Ich dachte, du schläfst.«

»Das solltest du auch denken. Ich hab dich reingelegt. Bis du anfingst aufzuwachen, hab ich hier gesessen und dich beobachtet.«

»Aber warum?«

»Weil du ein schöner Anblick bist.« Schamlos zeigte er auf den Teil, der zur Debatte stand. »Und du siehst das Ergebnis!«

»Hm, also …«

»Was glaubst du, sollen wir gegen diesen Zustand unternehmen?«

»Na ja.« Celine schluckte. Sie raffte ihren Mut zusammen, beugte sich vor und legte ihre Brüste auf sein Gesicht. Ein Geräusch, halb Schluchzen, halb Stöhnen, entwich seiner Kehle. James nahm ihre Fülle in seine Hände und machte sich daran, ihre Nippel zu baden. Sofort durchzuckten sie glühende Feuerfäden und schossen in ihre Lenden, die sich danach sehnten, James wieder zu spüren.

»Warte«, sagte sie. Sie glitt zwischen seine Schenkel und nahm seinen erigierten Schaft ehrfürchtig in die Hände. »So kräftig«, bewunderte sie ihn.

Mit wachsendem Staunen strich Celine über die Samthaut, die seine Eisenhärte umspannte, folgte pulsierenden Adern mit einem Finger. Dann zeigte sie ihm mit ihrem Mund, wie teuer ihr jeder Teil von ihm war und – endlich kostete sie ihn neugierig.

»Celine!« Seine Stimme überschlug sich, und er zog sie hoch. Heftig atmend griff James nach ihren Händen. »Und jetzt, Mylady, glaube ich, sollten wir weitermachen.«

»Diese Entscheidung gebührt Euch, Mylord.«

»Genau!« Er lachte, allerdings etwas zittrig, und zeigte seine starken weißen Zähne. »Es ist an der Zeit, daß ich dir etwas Neues beibringe.«

Damit setzte er sie auf seine Schenkel. »James?«

James packte Celine bei den Hüften, hob sie hoch, spreizte ihre Beine und ließ sie herab, begrub seinen Schaft in ihr. »Ruf meinen Namen, Mylady«, befahl er, und seine Finger krallten sich in ihren Hintern. »Schrei meinen Namen.« Und dann begann sein Daumen mit der unerträglich köstlichen Tortur ihrer kleinen Knospe, von der sie nichts gewußt hatte, bis er in ihr Leben getreten war. »Sprich ihn aus!« flehte er sie an.

»James!« Die Flut stieg und stieg. »James!«

Er warf den Kopf zurück und schrie: »Ich liebe dich!«

31

»Es ist nicht nötig, daß du anwesend bist«, sagte James zu Celine. »Bitte, Süße, laß dich von Won Tel nach Blackburn zurückbringen. Warte dort auf mich!«

»Nein.« Energisch schüttelte sie den Kopf, hakte sich bei ihm unter, um die Vordertreppe von Knighthead zu erklimmen. »Wohin du gehst, komme ich mit. Von jetzt an ist mein Platz an deiner Seite.«

Er blieb stehen. »Das ist er in der Tat!« Ihr Gesicht, das ihm so teuer war, vermochte ihn völlig aus dem Konzept zu bringen. Hochbeglückt setzte er seinen Weg fort. »Nach gestern nacht wirst du Schwierigkeiten haben, mich auch nur für eine Sekunde loszuwerden.«

Celine lachte leise und ein Hauch Rosa überzog ihre Wangen. »Bitte nicht so laut, James. Wie peinlich, wenn uns jemand belauscht!« Sie warf einen Blick zurück auf die Kutsche, die sie von Blackburn hierhergebracht hatte. Won Tel, in dessen Tunika sich die Nachmittagssonne fing, unterhielt sich mit dem Kutscher.

»Sommer in Knighthead«, sagte James. Sein Blick schweifte über den Rasen zu den sanft schwellenden Hügeln hinter den Wäldern, die das Anwesen begrenzten.

»Glaubst du, du wirst Spaß dabei haben, die Gärten wieder erblühen zu lassen wie einst?«

»Ich freu mich darauf! Es gibt nichts, was mir mit dir keinen Spaß machen würde.«

James ignorierte das Knarzen der sich öffnenden Haustür, umfing den schlanken Hals seiner Frau und ließ seine Lippen langsam, sinnlich über ihren weichen Mund streifen. Wie nicht anders zu erwarten, regte sich sofort seine Begehrlichkeit, er spannte seine Schenkelmuskeln an. »Ihr seid mein Untergang, Mylady. Ich glaube, ich werde Euch sofort nach Blackburn schleifen und mich an Euch vergreifen.«

Silberhell lachte sie auf. »Ich unterstehe Eurem Kommando – solange ihr Euch meinem beugt.«

Er stöhnte. »Was hab ich da nur ins Leben gerufen?«

»Eine Frau, die tut, wofür sie geboren ist«, erwiderte sie unschuldig. »Ich habe vor, eine genauere Untersuchung vorzunehmen, James. Keinen Teil von dir darf ich ungekostet lassen ... oder unbenutzt ...«

»Du bist eine Hexe!« grinste er. Aber das, was sich da in seiner Hose bemerkbar machte, würde bald nicht mehr zum Lachen sein, und sie hatten allerhand Geschäftliches zu regeln. »Also! Bitte, ich muß mich jetzt konzentrieren. Und vergiß nicht unsere Abmachung, daß ich mit den Godwins zu meinen Bedingungen verhandeln will.«

Won Tel gesellte sich zu ihnen und bedeutete ihnen, daß man sie beobachtete.

»Lettie!« Celine riß sich von James los und flog zur obersten Treppe, wo sie abrupt stehenblieb. »Ich meine ... ich weiß nicht, wie ich dich nennen soll.«

»Laß dir Zeit«, erwiderte Lettie, aber ihre Augen waren feucht. »Eine lebenslange Freundschaft verbindet uns bereits, Celine. Vielleicht kommt der Rest ganz von selbst.«

James wünschte, er könnte die beiden allein lassen, aber das mußte auf später verschoben werden. »Guten Tag,

Lettie. Wir sind gekommen, um Mr. und Mrs. Godwin aufzusuchen.«

Lettie glättete die Röcke ihres grauen Morgenkleides. »Ich bin heute früh zurückgekehrt«, sagte sie. »Zuerst dachte ich, Mr. und Mrs. Godwin würden schlafen; aber ihre Betten waren unbenutzt, und keiner der Dienstboten hat sie seit gestern mehr gesehen.«

»Sie sind zurückgekehrt?« Dicht gefolgt von Won Tel betraten James und Celine das Haus.

»Die Köchin hat mir berichtet, Mr. Godwin sei als erster gekommen und habe Miller – den Butler – um Erfrischungen in die Küche geschickt. Miller sagte, er habe drei Flaschen Wein für Mr. Godwin und seine Gäste geordert. Das war vor zehn.«

Mit grimmiger Miene ging James an Lettie vorbei und warf die Tür zum Salon auf. Niemand befand sich darin. Staubflusen schwebten inmitten eines Sonnenstrahls, der durch ein Fenster fiel – dasselbe Licht legte sich auf benutzte Weinkelche auf einem böse zugerichteten Mahagonitisch.

Er drehte sich um. »Gäste? Welche Gäste?«

Lettie preßte die Hände an die Wangen: »Mr. Bertram Letchwith und sein Sohn«, gab sie bekannt. »Ich fürchte, hier ist etwas nicht in Ordnung. Mein Gefühl sagt es mir, Mylord.«

»James heiße ich. Bitte, laß dieses Mylord, schließlich sind wir jetzt verwandt, Lettie.«

»Ja… James.« Sie wies auf die Gläser. »Die Letchwiths haben einige Gläser getrunken, während sie auf Mr. Godwins Rückkehr von Blackburn Manor nach der Hochzeit warteten. Hinterher haben die drei, laut Miller, diesen Raum verlassen, und wohin sie dann gegangen sind, wissen wir nicht. Sämtliche Pferde befinden sich noch im Stall, und weder die Kutsche der Godwins noch irgendein Reittier war unterwegs.«

»Was ist mit Mrs. Godwin?« Die Galle stieg James hoch bei der Erinnerung an dieses skrupellose, verachtenswerte Frauenzimmer.

»Sie hat offensichtlich Mr. Godwin allein vorausgeschickt. Wir wissen nicht, warum, aber einer der Kutscher von Blackburn Manor berichtet, er habe sie zu späterer Stunde hierher zurückgebracht. Etwa um elf.«

»Und sie können unter keinen Umständen wissen, daß du nach Windham gekommen bist, um mit mir zu reden?«

»Nein!«

»Wir werden das Haus durchsuchen«, ordnete James an. »Wenn wir Glück haben, sind sie lieber mit ihrem Zeug auf und davon, anstatt sich mir zu stellen. Es würde zu ihrer infamen Feigheit passen.«

»Natürlich«, sagte Lettie. »Aber es ist sinnlos. Ich habe keine Spur von ihnen gefunden, und soweit ich im Bilde bin, ist nichts entfernt worden. Freda hat mir geholfen, die Koffer und ihre Habe zu überprüfen.«

»Trotzdem bitte ich alle, mit mir noch einmal überall nachzusehen.«

Eine Stunde später, als er jeden Zentimeter ihrer Gemächer und Kammern durchforstet hatte, machte sich James daran, das Erdgeschoß zu überprüfen. Die Köchin und Miller versicherten ihm, daß es unten keinerlei Anzeichen für ungewöhnliche Aktivitäten gegeben habe.

Celine folgte James, fast lautlos in ihren leichten Schuhen. Es hatte ihr das Herz umgedreht, als sie seine Blässe bemerkte. Vielleicht wäre es besser, nicht gleich wieder in Knighthead einzuziehen. Sie konnte sich leider, im Gegensatz zu James, nicht an eine idyllische Kindheit erinnern.

Die Bibliothek hatte er sich bewußt für zuletzt aufgehoben.

»Hier ist keine Spur von ihnen, James«, rief Won Tel, der James und Celine ergeben den Korridor entlang folgte. Letties rasche Schritte waren ihm dicht auf den Fersen.

James öffnete die bewußte Tür und trat ein.

Völlige Stille.

Celine, kaum einen Schritt von ihm entfernt, rieb sich zitternd die Arme. »Dieser Raum ist immer so kalt. Hier gefällt es mir nicht.«

»Dann brauchst du nicht zu bleiben, mein Herz. Offensichtlich sind wir zu spät dran, um unserer Beute eine Falle zu stellen.«

»James!« Won Tel stand neben dem Schreibtisch und betastete eine Jadefigur. »Seht Euch das an.«

Der Hausherr blickte auf. Er sah drei gebrauchte Gläser und eine offene Branntweinkaraffe. »Sie waren hier.« Seine Aufmerksamkeit richtete sich sofort auf die Bodenplatten. »Celine, bitte, mach dich mit Lettie auf den Weg. Kehrt sofort zurück nach Blackburn und wartet dort auf mich.«

»James?«

»Wirklich, meine Liebe! Beeil dich.« Er legte eine Hand auf Won Tels Arm. »Bleib du hier.«

Celine packte James am Ärmel. »Mein Platz ist an deiner Seite!« Angst flackerte in ihren Augen.

»Ich werde bald wieder bei dir sein. Du hast...« Die Kette an ihrem Hals schimmerte. »Du hast mein Wort. Bitte, laß mir dein Medaillon, als Talisman!«

Sie öffnete den Mund, um zu widersprechen, doch dann klappte sie ihn hastig zu und öffnete rasch den Verschluß. Das Schmuckstück glitt in seine Hand, und Celine eilte mit Lettie hinaus.

James wartete, bis ihre Schritte verhallt waren, dann wandte er sich an Won Tel. »Mach dich auf etwas gefaßt, mein Freund. Wahrscheinlich nichts Angenehmes.« Er zog seine Uhr aus der Westentasche. Drei Uhr nachmittags. Viele Stunden waren vergangen, seit Mary Godwin Blackburn Manor verlassen hatte – nach der Enthüllung ihrer Wahrheit.

»Der Augenblick ist gekommen, dir den Rest der Geschichte meines Vaters mitzuteilen.«

Won Tels beeindruckende Brauen zogen sich abwärts. »Der Rest? Es gibt noch mehr?«

»Einiges.« James durchquerte den Raum und kniete sich neben ein glänzendes Objekt, das in den Boden eingebettet schien.

Der Ring.

»Was ist das?« Won Tel beugte sich über James. »Das ist... doch wohl der Ring Eures Vaters, der, den er immer trug...«

»In der Tat. Und genau für diesen Zweck wurde er angefertigt.« James drückte das Siegel fester auf die drei perfekt passenden Pyramiden und drehte. »Es ist der Schlüssel, Won Tel, ein Schlüssel, der nur in dieses Schloß paßt. Bring mir eine Kerze!« Gleichzeitig glitt der Stein lautlos nach unten und außer Sicht – so daß ein schwarzes Loch im Boden klaffte. James betrachtete das Medaillon in seiner Linken, nahm die Kerze aus Won Tels Händen, hielt sie über seine Kopf und horchte.

»Erklärt es mir, James, Woher wißt Ihr das?«

»Mein Vater hat es mir erzählt. Ich höre nichts, und du?«

»Auch nichts...«

James beugte sich vor, spähte in die Tiefe. »Die Godwins waren hier. Dessen bin ich mir sicher. Vielleicht... falls sie sich entschlossen haben, dort hinabzusteigen, liegen sie möglicherweise auf der Lauer. Bleib hier. Dieses Medaillon...« Er zeigte, wie sich das Mittelstück des Schmuckes drehte und dergestalt einen weiteren, einzigartigen Schlüssel bildete. »Damit kann man den Stein von der anderen Seite bewegen, glaube ich. Aber wenn ich nicht schnell wieder da bin, benutz wieder den Ring!«

»Ich werde den Stein blockieren, damit er offenbleibt«, sagte Won Tel, während das Loch sich langsam wieder schloß. »Ihr sollt nicht alleine untertauchen!«

»Das muß ich aber. Denk an das Messer, in dessen Gebrauch du mich so gut unterrichtet hast. Wir haben nichts zu befürchten.«

Damit öffnete er erneut den Stein und kletterte durch das Loch. Bevor James auf der zweiten Stufe war, rammte Won Tel bereits die große Marmorstatue eines Hundes in die Öffnung, um den Mechanismus zu unterbrechen.

James stieg noch eine Stufe tiefer und blieb stehen. Seine Kerze schickte flackernde Finger gelben Lichts über knochentrockene Wände, die ihn in einem senkrechten Schacht umgaben.

Seine Nüstern blähten sich, und Ekel packte ihn. Ein gewaltiger Gestank benebelte ihm die Sinne.

Diesen Geruch kannte er. Männer, die dem sicheren Tod ins Auge sahen, produzierten genau diese Ausdünstungen. Er sah sich um, bewegte die Kerze. Die Wände waren verschmiert – mit dunklen Flecken. *Blut!* Alles starrte von Blutflecken, wie von irrer Hand verspritzt.

Er schloß die Augen, brachte seinen rebellierenden Magen unter Kontrolle, stieg noch eine Stufe weiter und wich erschrocken zurück. Sein gestiefelter Fuß war auf etwas getreten, das nachgab.

»Allmächtiger!« Die Luft entwich schlagartig seinen Lungen.

Das Ende des Schachts lag vor ihm.

Schützend hielt James eine Hand um die Kerzenflamme und sah langsam nach unten ... in die toten, weitaufgerissenen Augen von Mary Godwin. Sein Fuß stand auf einer Hand ... einer bereits zerquetschten Hand, die geronnenes Blut bedeckte – die Nägel abgerissen, das Fleisch nur noch violetter Brei.

... von diesen Fingern ergossen sich Ströme von Juwelen: Smaragde wie grünes Feuer und Diamanten, die wie Sternenlicht auf jungfräulichem Schnee glitzerten.

James widerstand dem Drang, sofort dahin zurückzustürzen, woher er gekommen war, und bewegte seinen Fuß. Das Dröhnen in seinem Kopf entsprach dem Hämmern seines Herzens. Ein Gang öffnete sich zur Rechten, der so schmal war, daß ein Mann nur seitwärts eintreten konnte. Vor diesem lag Mary Godwins Leiche, in die Fetzen ihres Kleides gehüllt. Unter ihr, in einem Zerrbild von Intimität verschlungen, stapelten sich Darius Godwin und die Letchwiths. Offensichtlich hatten sie verzweifelt darum gekämpft, ihren Fall aufzuhalten und zu entfliehen, bevor sie in den Tod stürzten. Über und um sie herum lagen Juwelen in solchen Mengen verstreut, daß es selbst James den Atem verschlug.

Er wandte sich ab und stieg wankend nach oben, bis Won Tels starke Hände unter seine Arme glitten und ihn aus der Öffnung hievten. »James! Mein Gott, Ihr kippt gleich um. Ich hol euch...«

»Nein, nein!« Er winkte ab. »Mir ist nur übel. Mehr nicht. Übel von den Abgründen des Bösen, denen ich soeben begegnete. Sie sind alle tot.«

Won Tel warf einen Blick in die Tiefe. »Wie das?«

»Die Damen unserer Familie haben ihren Schatz gut versteckt. Der Raum da unten ist täuschend klein und luftdicht. Am Ende des Schachts befindet sich ein Gang. Die Godwins und die Letchwiths haben ihn betreten und die Juwelen gefunden, die meine Familie wohl seit Generationen ihr eigen nennt. Sie müssen direkt dort gewesen sein, wo ihre Habgier sie packen konnte.« Er erschauerte bei dem Gedanken an Mary Godwins zerstörte Hände. »Die Falle schloß sich über ihnen, und sie hatten keine Möglichkeit, sie wieder zu öffnen.«

»Was nur mittels des Medaillons gegangen wäre«, erriet Won Tel.

»Richtig.« James schüttelte erschöpft den Kopf. »Sie haben an den Steinen gekratzt, um rauszukommen. Won Tel, sie haben gefunden, wonach sie zwanzig Jahre lang suchten – und es hat sie umgebracht.«

Epilog

Am Fuß des Hügels lag Little Puddle, dessen Reetdächer sich um ein romanisches Kirchlein drängten.

»Leg dich zu mir, Celine.«

Sie drehte sich um und lächelte auf James herab. Er räkelte sich mit verschränkten Stiefeln auf der Decke, die sie für ihr Picknick ausgebreitet hatten. Ein Grashalm steckte zwischen seinen Zähnen. »Ein verlockendes Angebot«, meinte sie schließlich. »Aber von hier aus kann ich die ganze Welt sehen.«

»Hm!« Der Graf hob lässig eine Hand. »Erzähl mir von deiner ganzen Welt. Unterhalte mich!« Er hatte seine Jacke abgelegt, sein weißes Hemd mit den weiten Ärmeln brachte seine breite Brust und die starken Arme aufs vorteilhafteste zur Geltung.

»Zu Befehl!« Ihr wäre es lieber gewesen, ihn einfach nur anzuschauen. »Na ja, direkt da unten – im Norden – haben wir das entzückende Dorf Little Puddle mit seiner jetzt berühmten Kirche.«

»Wie das? Ich meine, warum ist sie berühmt?«

»Ganz einfach, Sir! Vor kaum einem Monat hat in dieser Kirche der Earl of Eagleton Celine Godwin geheiratet.«

»Ah, dann ist sie in der Tat berühmt. Was noch?«

»Genau im Westen liegt Blackburn Manor, die augenblickliche Residenz des Earls und seiner Lady – und nach Süden indessen hat man eine hervorragende Aussicht auf den Ärmelkanal. Heute erscheint er als schmales graues Band unter einem englischen Sommerhimmel in blauen und violetten Tönen – natürlich mit kleinen Wölkchen verziert.«

»Versteht sich!«

»Im Osten erblickt man diesen herrlichen alten Landsitz – Knighthead – wo die Eagletons bald ihren Wohnsitz nehmen werden.« Sie biß sich auf die Unterlippe und berührte das Medaillon an ihrem Hals. Es erschien ihr immer noch kaum glaubhaft, daß die Godwins und Letchwiths unter diesem Dach gestorben waren. »Soviel ist in den Monaten seit dem Frühling passiert, James ... seit dem Frühling und unserer ersten Begegnung.«

»Erst in diesen Monaten begann mein Leben, Celine.«

Mit geschlossenen Augen atmete sie tief den Duft von sonnengetrocknetem Gras und blühenden Heckenrosen ein. Das leise Summen der Bienen war zu hören, die nach Honig suchten, sowie das zufriedene Schnauben und Kauen von Cleopatra und dem Rappen.

»Für Reichtum, James ... um die Sainsbury Juwelen an sich zu bringen sind sie gestorben. Mama ... sie hat tatsächlich dieses Medaillon gehalten und mir um den Hals gelegt. Damit hätte sie die Falle von unten aufsperren können, wie du es wußtest. Ihre Hände waren völlig zerfetzt vom Kratzen am Stein. Bis es keine Luft mehr gab ...« Den Anblick des grausigen Leichenhaufens hatte sie sich erspart, aber ihre Phantasie erschuf ihr das Bild.

»Versuch es zu vergessen«, empfahl er ihr. »Wenn du dich erinnern willst, dann daran, daß ihre Habgier uns zusammengeführt hat. Ich für meinen Teil muß sagen, daß es nie eine Frau gab, die sich besser dazu eignet, unsere Juwelen zu tragen. Darf ich hoffen, daß du sie eines Tages wirklich anlegst?«

»Vielleicht.« Bis jetzt hatte sie es vermieden, die wertvollen Stücke, die James ihr gebracht hatte, auch nur ins Auge zu fassen. »Laß uns bitte nicht jetzt daran denken.«

Es gab da jedoch eine Frage, die gestellt werden mußte. Sie war bereits zu lange hintangestellt worden. »Was ist mit Paipan, James?« Endlich hatte sie es geschafft.

»Was soll damit sein?«

»Wann, meinst du, mußt du dorthin zurück?«

»Das habe ich keineswegs vor!«

Celine blinzelte. Eine Brise lupfte die Locken an ihren Schläfen und am Nacken. »Aber ich dachte ...«

»Nein, ich hab andere Pläne für Paipan – ohne meine Anwesenheit. Eines Tages werde ich es besuchen. Und auf dieser Reise wirst du mich hoffentlich begleiten, obwohl wir dann sichergehen müssen, daß du nicht... ich könnte dich nicht mitnehmen, wenn du guter Hoffnung bist.«

Sie preßte ihre Hände auf ihren Leib und lächelte. »Nein. Das wollte ich auch nicht. Womöglich ist es bald soweit ...« Freude ließ ihr das Herz schwellen. Er hatte nicht vor, sich auf Dauer in jenem fremden Land niederzulassen. »Wieviel Uhr ist es, James?«

»Weiß nicht.« Ächzend schloß er die Augen.

Celine beugte sich ungeduldig über ihn, um die Uhr aus seiner Weste zu ziehen. Und wurde prompt auf seine Brust geworfen, mit sehr undamenhaft gespreizten Beinen. »James!« Sie strampelte vergeblich, aber es gelang ihr trotzdem, auf die Uhr zu sehen. »Träumerle! Du solltest doch auf die Zeit achten!«

»Warum?« Er legte eine lange, starke Hand in ihren Nacken und führte unbeirrbar ihren Mund an seinen. James küßte Celine gründlich, bevor er ihr gestattete, keuchend nach Luft zu ringen. »Was schert uns die Zeit!«

»Egoist!« Sie begann, mit den Fäusten gegen seine Brust zu trommeln. »Ich hab Liam versprochen, daß sie um drei Uhr unsere ungeteilte Aufmerksamkeit bekommt. Sie möchte etwas Wichtiges mit uns besprechen, und es ist höchste Zeit. James, laß mich los!«

»Nein!« Begeistert küßte er ihre Nasenspitze.

»James, ich warne dich.«

Er ließ sich fallen und breitete die Arme aus, sie blieb mit ausgestreckten Armen und Beinen auf ihm liegen. »Ich muß mich wirklich für das Benehmen meiner Gemahlin entschuldigen. Sie kann einfach nicht genug von mir kriegen.«

»Was?« Celine stützte sich auf die Ellbogen und spähte mißtrauisch in seine dunklen Augen. »Wovon redest du Aufschneider?«

»Ich habe mich entschuldigt, meine Liebe. Bei David und Liam.«

Einen Augenblick lang verharrte sie reglos, dann stützte sie sich ab und blickte sich um – genau auf die stämmigen Beine eines grauen Pferdes – Davids Wallach. Ihre Augen wanderten aufwärts, bis sie in die lachenden grünen Augen dieses Herrn sah. Es gelang ihm, den Hut zu ziehen und sich zu verbeugen – nicht unbedingt ein Kinderspiel mit Liam vor sich im Sattel.

Celine strampelte sich hoch und klopfte sich das trokkene Gras aus ihren Röcken, zupfte es aus den Haaren. »Wie nett von dir, Liam mitzubringen, David. Irgendwie ist uns die Zeit entwischt, und wir wären zu spät zu unserem Treffen mit ihr gekommen.«

»Mit ihnen«, korrigierte James. »Zu spät zu unserem Treffen mit ihnen!«

Sie ignorierte ihn. »Bitte steigt ab und setzt euch zu uns. Wir haben noch Wein und ein paar kleine Kuchen, die Ruby Rose gebacken hat. Ruby Rose und Mrs. Strickland vertragen sich immer noch gut?«

»Sehr gut«, gab David Auskunft, schwang sich vom Pferd und hob dann Liam zu sich herunter, wobei sie sich an ihm festklammerte und unverwandt in sein Gesicht sah. »Ich glaube, wir sind nicht zu spät dran, James.«

Celine sah mit gerunzelter Stirn von einem Neuankömmling zum anderen. »James hat euch gebeten, heute hierherzukommen? Aber ich dachte…«

»Woher glaubst du, wußten sie, wo sie uns finden würden?« näselte James. »Ich hab David gesagt, das hier wäre ein durchaus angemessener Platz, um über die Zukunft zu sprechen.«

»Genau«, pflichtete Liam ihm bei. Sie war bildhübsch

mit ihrer Tunika aus blumenbestickter gelber Baumwolle und den Dotterblumen im Haar. »David sagt, der Himmel ist Gottes Dach, und die ganze Welt ist seine Kirche. Findet ihr das nicht auch hinreißend poetisch?«

Celine wagte es nicht, James anzusehen. »Ja, in der Tat.«

»Also, unter dem Dach von Davids Gott sind wir hierhergekommen, um eine sehr wichtige Frage zu stellen.« Dieses eine Mal verlor Liams Miene ihr schelmisches Selbstvertrauen; sie schlug die Augen nieder. »Ich hoffe, es mißfällt euch nicht.«

David räusperte sich, und Celine sah, wie ein Muskel in seiner Wange zuckte. »Ich liebe sie«, sagte er schlicht und legte die Fingerspitzen einer Hand an Liams Mund. »Wir wissen beide, daß es nicht einfach sein wird, aber wir möchten heiraten.«

Celine verschränkte die Hände und spürte, wie ihr die Tränen in die Augen schossen. »Wir wünschen Euch alles Glück dazu«, verkündete sie und mußte husten.

»Liam und ich haben uns sehr lange darüber unterhalten«, fuhr David fort, »und wir wissen, daß eine solche Verbindung in England auf Schwierigkeiten stieße. Wenn du einverstanden bist, James, würden wir gerne nach Paipan zurückkehren. Liam glaubt anscheinend, dort gäbe es eine Menge Arbeit für mich.«

Celine sah zu James und kniff die Augen zusammen. Er grinste wie ein selbstzufriedener Vater, der dem perfekten Bräutigam seiner Lieblingstochter gegenübersteht.

»Das stimmt, sehr viel Arbeit«, bestätigte er. »Ihr werdet hier heiraten und dann bald nach Paipan aufbrechen. Mein Haus dort braucht Pflege. Liam wird das wunderbar machen, es soll unser Hochzeitsgeschenk an euch sein. Und du, David, kannst für mich gewisse Geschäfte im Auge behalten – zusätzlich zum Seelenretten natürlich. Wäre euch das genehm?«

»Du hast das erwartet?« warf Celine ihm vor.

»In Herzensangelegenheiten bin ich Experte«, sinnierte er.

»In allen Herzensangelegenheiten?« fragte Liam in einem Ton, der Celine aufhorchen ließ. »Ich glaube nicht. Schließlich und endlich ist er ja doch nur ein Mann.«

Celine hielt sich den Mund zu, aber Liam griente über alle vier Backen und lehnte sich an David. Letzterer tauschte einen nachsichtigen Blick mit James.

»Hier kommen sie«, verkündete Liam.

»Wer?« Celine sah sich nach allen Seiten um, und dann entdeckte sie eine Bewegung in der Ferne. Ganz langsam kam ein Pferd in Sicht und noch eines – Won Tel ritt voran, Lettie hinterdrein.

»Mit dir habe ich später ein Hühnchen zu rupfen«, informierte Celine James mit leiser Stimme. »Du hast das arrangiert. Wir hätten mehr zu essen mitbringen sollen.«

»Kommt, setzt euch zu uns«, rief James übermütig.

Won Tel und Lettie folgten der Einladung. »Ein schöner Tag für einen Ritt«, sagte Won Tel, dem aber offensichtlich nicht besonders wohl war in seiner Haut. »Sehr großzügig von Euch, uns hierher einzuladen.«

»Hierher einzuladen?« murmelte Celine. »Lauter Geheimniskrämerei! Ich fordere eine Erklärung für das alles, Mylord!«

Lettie holte einen Korb vom Sattel ihres Pferdes und setzte ihn ab. Ihm entnahm sie eine Flasche Champagner und sechs Gläser, die sorgfältig in weißes Leinen gewickelt waren. »Ich dachte, das könnte sich als angemessen erweisen.«

Celine schlug erbost auf ihre Röcke. »Hier gibt es eine Verschwörung. Das werde ich nicht dulden. Ihr behandelt mich wie einen Säugling.«

James nahm die Champagnerflasche und entfernte geschickt den Korken. »Manchmal ist es notwendig, einer Frau einige Dinge vorzuenthalten. Wegen der Diskretion.«

»James St. Giles!«

»Ah, ah!« Er packte ihr erhobenes Handgelenk. »Du wirst diesen ausgezeichneten Tropfen verschütten. Halte lieber die Gläser fest. Ich glaube, Won Tel und Lettie haben uns auch etwas mitzuteilen.«

Celine ließ langsam den Arm sinken und sah ihre Mutter und Won Tel ungläubig an. »Das habt ihr?«

»Richtig«, versetzte Lettie prompt. »Horace und ich sind übereingekommen, uns zu verloben.«

»Horace?« wiederholte Celine, und ihre Stimme schnappte über. Sie sah sich um. »Wer ist Horace?«

»Celine«, mahnte Lettie in scharfem Ton. »Wo bleiben deine Manieren! Won Tel ist Horace, und er muß lernen, stolz auf seinen Namen zu sein. Lange hat er ihn versteckt.«

»Horace?« James war offensichtlich genauso perplex wie Celine. »Was, in Gottes Namen, meinst du damit?«

»Du sollst den Namen Gottes nicht mißbrauchen«, verkündete Liam.

James warf ihr einen beleidigten Blick zu. »Das reicht, junge Frau. Erklärung – *Horace*!«

»Für Euch bin ich Won Tel«, sagte dieser Gentleman hochmütig. »Nur Lettie darf mich anders nennen.«

Lettie gab ihm einen Rippenstoß. »Erzähl ihnen die Geschichte.«

Won Tel trat von einem Fuß auf den anderen und zerrte heftig an seinem Bart. »Mr. St. Giles – Euer Vater – hat mich erwischt, als ich mich in einem seiner Lagerhäuser auf Paipan versteckte.«

»Als du dich aus dem Frachtraum eines seiner Schiffe davonmachen wolltest, habe ich gehört.«

Won Tel zuckte die Achseln. »Genau so. Ich war sechzehn und hatte mich als blinder Passagier versteckt, um zu fliehen… wegen der Anklage, ich hätte meinen Vater umgebracht – also mußte ich weg!«

»Ist das wahr?« James beugte sich vor. »Und, hast du?«

»Der Mann, der mich seit meiner Kindheit mißbraucht

hat, war nicht mein Vater. Er klaubte mich einfach von der Straße auf und benutzte mich.«

»Also bist du entflohen«, sagte James, und Celine spürte, daß ein stillschweigendes Abkommen getroffen wurde: Keiner würde je wieder erwähnen, was mit Won Tels selbsternanntem Vater geschehen war. »Das erklärt aber den Namen nicht.«

Eine sehr interessante Veränderung ging mit dem vor, was von Won Tels Gesicht oberhalb seines Bartes zu sehen war. Er lief glühend rot an. »Ich bin Schotte«, gestand er.

Einen Moment lang herrschte schockiertes Schweigen, dann tönten alle im Chor: »Schotte?«

»Ja, oder sollte ich *aye* sagen?«

»Aye!« übernahm Lettie aufgeregt das Wort. »Horace ist aus Schottland geflohen. Und als er dann auf dieser Insel anlangte – im Fernen Osten – hat er sich getarnt, damit keiner je entdeckt, woher er stammt, versteht ihr.«

Celine nickte.

James schüttelte den Kopf. »Nein, das verstehe ich ganz und gar nicht.«

»Bitte, erlaube mir«, unterbrach Won Tel Lettie, als sie fortfahren wollte. »Ich brauchte eine Verkleidung. Daher beschloß ich, so lange nichts zu sagen, bis ich mir von den anderen deren Akzent angeeignet hatte.«

»Ja«, ergänzte Lettie hastig. »Und mit seinem schönen dunklen Teint und den Haaren war es die perfekte Tarnung zu sagen, er käme aus dem Orient, ohne je einen genauen Namen zu erwähnen.«

James beugte sich zu Celine, und sie sahen sich kopfschüttelnd an. »Aber dein *Name,* Mann«, sagte er. »Erklär uns den!«

»Ganz einfach«, sagte Won Tel. »Euer Vater hat gesagt, entweder verrat ich ihm meinen Namen, oder er übergibt mich den dortigen Behörden. Nachdem ich damals ein bißchen dickköpfig war, hab ich mich geweigert.«

»Ja?« riefen beide im Chor.

»Mr. St. Giles hat nicht lockergelassen.« Won Tel sah gen Himmel. »Und so ist es zustande gekommen«, sagte Lettie und klatschte in die Hände. »Da er ein Schotte war, der seinen Akzent noch nicht ganz verloren hatte, flutschte Horace heraus: ›I won't tell‹, das sag ich nicht.«

James hatte sich auf dem Bett ausgestreckt. »Kannst du glauben, daß ich all die Jahre nichts von seinem Namen gewußt habe?«

»Jaha!« Celines Stimme kam aus dem Ankleidezimmer.

Er schob die Kissen unter seinem Kopf zurecht und knöpfte sein Hemd auf. »Nein, kannst du nicht.«

»Sicher kann ich das. Männer sind so begriffsstutzig.«

»Hah!« Er zog sein Hemd aus und ließ es zu Boden fallen. »Wie lange brauchst du denn noch?«

»Nicht mehr lange.« Sie schwebte in einem voluminösen weißen Seidenmantel herbei und löste ihr Haar, ließ es über ihre Schultern fallen. »Ich hab' nachgedacht und halte den Zeitpunkt für gekommen, tiefer in mein beachtliches Talent für … Lust einzutauchen.«

James senkte langsam die Lider und musterte das strahlende Gesicht seiner Frau, ihren schmollenden Mund, die aufreizenden Nippel unter der weißen Seide. »Ich kann dir nicht sagen, wie sehr mich dieser Beschluß freut. In letzter Zeit ist alles etwas langweilig geworden.«

»Langweilig?« Sie stemmte die Hände in die Hüften und starrte ihn wütend an. *»Langweilig?«*

»Na ja!« Er mußte lächeln. »Heißt das, *ich* habe Erlaubnis, dich bei deinem *Eintauchen* zu begleiten?«

»Möglicherweise.« Als sie sich dem Bett näherte, wurde ihre Miene sanfter, und ein glitzerndes Licht tanzte in ihren bernsteinfarbenen Augen. »Weißt du noch, wie sehr ich Geldverschwendung hasse?«

»In welcher Hinsicht?« fragte er unsicher.

»Daß ich nichts davon halte, zu viele neue Kleider zu kaufen und so weiter? Besonders, wenn man durch eine sorgfältige Auswahl Stücke erwirbt, die von außergewöhnlichem Wert sind und in ausgezeichnetem Zustand bleiben, auch wenn man sie viele viele Male trägt?«

»In der Tat«, sagte er vage, konnte aber nicht verhindern, daß sich seine Aufmerksamkeit auf ihre Hüften verlagerte, die bei jedem Schritt außerordentlich verlockend wippten. »O ja, ich erinnere mich, Celine!«

»Gut.« Sie lächelte zuckersüß und begann, den Gürtel ihres Mantels zu lösen. »Sehr gut, weil ich mich für einen Gegenstand von unvergleichlichem Wert entschlossen habe, der als Gewand völlig ausreicht, wann immer ich beschließe, ihn zu tragen.«

Celine ließ den Mantel fallen, und James stockte der Atem.

»Gefällt es dir?«

»Ja«, flüsterte er und ballte seine Hände zu Fäusten.

»Dann werde ich so zu dir kommen, wann immer du es möchtest.«

Celine stellte sich neben das Bett, nahm eine seiner Hände zwischen ihre und legte sie in die schattige Kuhle zwischen ihren Brüsten – auf die Stelle, wo der größte Stein des sagenumwobenen Sainsbury Diamant- und Smaragdcolliers ruhte.

»Wunderschön«, flüsterte James, während er nach ihr griff. »Und ich meine nicht die Juwelen!«

»Nicht nur«, räumte Celine ein und ließ sich rittlings auf ihm nieder. »Aber du wirst zugeben, daß ich wirklich die beste Sparmaßnahme für Kleidung gefunden habe.«